Teil I

Kapitel 1

War sie aufgewacht oder träumte sie noch? Marian war sich nicht sicher. Falls es sich hier um einen Traum handelte, war er erstaunlich nah an der Wirklichkeit, denn sie lag in ihrem wackligen Eisenbett im Schlafsaal des Mädchenpensionats. Falls sie aber wach sein sollte – weshalb hatte sie dann dieses seltsam schwebende Gefühl? Es war eine Empfindung, als weilte sie in einer fremden Dimension, in einer sanften und doch beunruhigenden Welt, in der alles möglich war: das Wunderbare, das Beglückende, aber auch das Schreckliche. Eben wie in einer Traumwelt.

Es war die Zeit zwischen Nacht und Morgengrauen. Der Schlafsaal lag noch in tiefer Dämmerung, die Laterne, die nachts immer neben der Eingangstür auf einem hölzernen Schemel stand, war jedoch schon erloschen. Durch die Vorhänge an den hoch angesetzten Fenstern des Saals drang kaum merklich ein erstes fahles Morgenlicht. Nein, sie musste wach sein, sonst hätte sie doch die Schlafgeräusche der Mädchen nicht so deutlich vernommen: Lisas leises Schnarchen und Blasen, Kates beständiges Husten, das Knarren und Quietschen der Metallbetten, wenn eine der Schlafenden sich auf die andere Seite drehte.

Der Saal bestand aus einem schmucklosen, lang gezogenen Raum, in der Mitte von sechs Säulen aus Eichenholz gestützt, rechts und links davon waren die Betten der Mädchen aufgereiht. Es gab für jede der zweiundvierzig Pensionatszöglinge einen Nachttisch – ein ziemlich verschrammtes Möbelstück, das eine Schublade und ein Fach mit zwei Einlegeböden besaß. Dort war Platz für Schachteln, Büchlein, kleine Heimlichkeiten, die nicht für die Augen und Finger der anderen Mädchen bestimmt waren. Abschließen konnte man das Fach nicht. Außer dem Nachttisch und dem Bett stand jedem Mädchen ein schmaler Spind für seine Kleider zur Verfügung – das war alles, was man für sich allein hatte. Auch Bett, Nachttisch und Spind stellten im Grunde nichts Eigenes, sondern Allgemeingut dar. Die Möbel kennzeichneten Kratzer und Scharten zahlloser Vorgängerinnen und ohne Zweifel würden sie, von Marians Gebrauchsspuren ergänzt, später einem anderen Mädchen zugewiesen werden.

Der Morgen graute. Marian konnte inzwischen die ersten beiden Säulen erkennen. Auch einige Betten, die sich in ihrer Nähe befanden, traten aus der Dämmerung hervor. Der Schemel mit dem erloschenen Nachtlicht war jedoch zu weit entfernt. Er verschmolz mit der Wand, genau wie die Eingangstür des Saals und das große schon etwas schadhafte Gemälde, auf dem eine herbstliche Landschaft mit einer Jagdgesellschaft abgebildet war. Das alles war ihr wohlvertraut, es gehörte seit fast zwei Jahren zu ihrem täglichen Leben, ebenso wie der schmale Waschraum nebenan mit den vielen Porzellanbecken und das Speisezimmer mit den zerkratzten Tischen und Stühlen. Und doch hatte Marian jetzt wieder das Gefühl, sich in einem Traum zu befinden. Standen einige der Fenster offen? Es musste wohl so sein, sonst hätten sich doch die Vorhänge nicht gebauscht. Konnte das schwache Morgenlicht bewegliche Schatten im Saal erzeugen?

Etwas Graues strich an der schwarzen Form einer Säule vorüber, ähnlich einem Nebelstreifen oder einem Wesen, das ein weites schleierartiges Gewand trug.

Das wird Miss Woolcraft sein, überlegte Marian. *Sie ist im Nachtgewand und geht auf Zehenspitzen zwischen den Betten umher, damit keine von uns aufwacht. Weshalb tut sie das wohl? Ob Emily wieder einmal einen verbotenen Liebesroman von zu Hause mitgebracht hat?*

Ein wenig spürte Marian jetzt ihr Herz klopfen, nicht besonders heftig, aber doch lauter und rascher als zuvor. Ihre Vermutung erwies sich als falsch. Die seltsame Erscheinung hatte sich einem der Fenster genähert, war im fahlen Morgenlicht durchsichtig geworden und schließlich zerfallen. Es konnte also auf keinen Fall die füllige und überaus erdenschwere Miss Woolcraft gewesen sein, die den Mädchen Unterricht in Schönschrift, Handarbeit und englischer Literatur erteilte. Und doch war Marian sicher, dass zwischen den Betten der schlafenden Mädchen ein Wesen umhergegangen war, das ihre Gesichter und Körper musterte, als suchte es etwas, das ihm verloren gegangen war.

Marian verspürte bei dieser Erkenntnis keine Angst. Was sie wahrnahm, war ja eine Traumerscheinung, und der Traum hatte nichts Erschreckendes an sich, er war nur seltsam und machte sie neugierig. Wenn dieses Wesen sich in der Nähe der Fenster auflöste, dann vertrug es wohl das Morgenlicht nicht. Doch sobald es sich der Mitte des Raums nähert – dort, wo die Säulen noch als schwarze Schatten in grauer Dämmerung standen –, würde es möglich sein, seine Konturen zu erkennen. Es gab Träume, die man mit seinem Willen beeinflussen konnte, und dieser schien ein solcher zu sein, denn dieses Mal stimmte ihre Vermutung.

Da war sie wieder, die seltsame Gestalt, sie schien sich aus den wehenden Grautönen der Dämmerung zusammenzufügen, war jetzt sogar deutlicher als zuvor, die Umrisse härter, das Wesen fast Materie. Das war kein Nebelstreifen, was da an den Säulen vorüberglitt, um nun auf der anderen Seite des Saals zwischen den Eisenbetten der Schlafenden umherzuschleichen. Es glich auch nicht mehr Miss Woolcrafts üppiger wabernder Form – kein Schleier, kein wehendes Gewand.

Dort stand ein fester Körper, ein Mensch, der sich jetzt ein wenig vornüberbeugte, um ein schlafendes Mädchen zu betrachten. Marian konnte den langen Gehrock erkennen, über dessen Kragen sich ein Schal oder ein Tuch bauschte, das Kinn und Mundpartie des Wesens verbarg. Sicher war nur, dass es sich um einen Mann handelte. Ob alt oder jung, bärtig oder glatt rasiert war nicht auszumachen. Aber vermutlich war er jung, denn sein Haar war rabenschwarz.

Sie träumte, daran konnte nicht gezweifelt werden. Wäre Marian wach gewesen, hätte sie jetzt laut um Hilfe schreien müssen. Ein fremdes männliches Wesen, noch dazu im langen Gehrock, das im Schlafsaal der Mädchen umherstieg und die nur mit ihren Nachthemden bekleideten Zöglinge mit frechem Blick anstarrte – großer Gott! Ein solches Vorkommnis konnte dazu führen, dass das Pensionat in Verruf geriet, schlimmstenfalls sogar seine Pforten schließen musste. Auch der gute Ruf der ahnungslosen Mädchen würde in diesem Fall Schaden nehmen, zumal man befürchten musste, dass der Eindringling es nicht dabei bewenden ließ, die schlafenden Zöglinge nur anzustarren. Nein, Marian hätte spätestens jetzt mit lauter Stimme nach Mrs. Potter, der Institutsleiterin, und Mr. Crincle, dem Hausmeister, rufen müssen. Was sich dann hier im Schlafsaal ereignet hätte, war unschwer zu erraten, denn ihr Geschrei hätte auch die Mädchen aus dem Schlaf gerissen ...

Aber da es sich ja nur um einen Traum handelte, tat sie nichts dergleichen. Stattdessen verfolgte sie das Tun des Fremden mit gelassener Neugier, spürte das immer rascher werdende Klopfen ihres Herzens und empfand es als angenehm. Was auch immer dieser Traum mit ihr vorhatte, er war schön und aufregend, denn ihm haftete die süße Verlockung des Verbotenen an.

Die Erwartung schärfte Marians Sinne – oder war es ihr Vorstellungsvermögen? Obgleich der Fremde sich ihrem Bett nur wenig näherte, konnte sie jetzt weitere Details erkennen. Wenn er sich gerade aufrichtete, erschien er ihr sehr groß. Der graue Gehrock saß nur an den Schultern fest an seinem Körper, ansonsten war das Kleidungsstück zu weit und ganz sicher für einen anderen Träger geschneidert. Während die Schlafgeräusche der Mädchen ungehindert an ihre Ohren drangen, verursachte der seltsame Besucher keinen einzigen Laut, nicht einmal seine ledernen Stiefel hörte man knarren, von Fußtritten auf dem steinernen Boden ganz zu schweigen. Er bewegte sich gemächlich, als befände er sich in vollkommener Sicherheit, während doch in jedem Augenblick eine der Schlafenden erwachen und in panisches Geschrei ausbrechen konnte. Auch diese Tatsache bewies, dass das Ganze nur ein Traum war.

Der Mann schien bisher nicht fündig geworden zu sein – oder suchte er vielleicht gar nichts, sondern hatte eigenartigerweise nur Gefallen daran, schlafende Mädchen zu betrachten? Jetzt erschien er wieder in der Mitte des Raumes, blieb dort einen Moment lang zögernd stehen, und während er den Saal abschätzend musterte, konnte Marian endlich sein Gesicht sehen. Er war bartlos, seine Haut von einer fahlen Blässe, die an Mondlicht erinnerte, die Züge ebenmäßig, Kinn und Nase kräftig, die Lippen schmal, doch schön geformt. Seltsam waren seine Augen, die Marian sehr tief und dunkel erschienen und die von Schatten umgeben waren.

Er näherte sich, ging mit lautlosen Schritten auf ihr Lager zu. Sein Körper hatte etwas Schwebendes, als wöge er nichts, doch sie fühlte – konnte man in einem Traum überhaupt fühlen? – einen sachten Luftzug wie einen leisen Hauch, nicht kühl, sondern warm wie der Atem eines Lebenden. Unwillkürlich begann ihr Körper, zu zittern, zuerst nur die Hände und Finger, dann floss die Unruhe durch ihre Arme zu ihrem Herzen, verstärkte sein hastiges Schlagen und breitete sich über Bauch und Schenkel bis hinunter zu den Füßen aus. Er schritt direkt auf sie zu, sah weder nach rechts noch nach links, sondern hatte den Blick bereits fest auf sie geheftet, und die plötzliche Beschleunigung seiner Schritte zeigte ihr an, dass er nun ganz offensichtlich fündig geworden war.

Ich bin es, nach der er gesucht hat, dachte Marian, und obgleich sie immer noch keine Angst verspürte, war sie doch erschrocken. Für einen Augenblick war sie versucht, sich die Bettdecke bis an den Hals hochzuziehen, um sich vor diesen dunklen, umschatteten Augen zu verstecken. Dann aber wurde ihr klar, dass er in diesem Fall bemerkt hätte, dass sie wach war und ihn beobachtete. Also blieb sie reglos liegen, halb betäubt vom lauten Hämmern ihres Herzens, und – wieder ein Beweis dafür, dass sie träumte – obgleich sie die Augen geschlossen hielt, konnte sie den schattenhaften Besucher deutlich erkennen.

Sein schwarzes dichtes Haar fiel ihm über Stirn und Schläfen, als er sich über sie beugte. Sie glaubte, zu erstarren, regte kein Glied, obgleich sie innerlich zitterte wie Espenlaub. Durch ihre geschlossenen Lider hindurch konnte sie seine Augen sehen, die schwarz wie die Nacht waren, samtig. Dann meinte sie, einen schwachen dunkelblauen Glanz darin wahrzunehmen. In seinen Zügen las sie lächelndes Erstaunen.

Langsam, fast scheu, hob der Fremde die rechte Hand, ließ sie über Marians Gesicht schweben, und sie fieberte dieser nahenden Berührung entgegen, die das Wunderbarste und Aufregendste sein würde, das sie je in ihrem Leben gespürt hatte.

Da drang der erste Vogelruf aus dem Garten in den stillen Schlafsaal, ein Triller aus voller Brust geschmettert, der Morgengesang eines Amselmännchens, das den erwachenden Sommertag begrüßte. Der dunkle Besucher erstarrte in seiner Bewegung, ließ die Hand sinken, trat von Marians Lager zurück. Er hatte den Kopf gehoben, und sie bemerkte, dass seine Nasenflügel bebten – tatsächlich drang jetzt ein stechender Geruch in den Schlafsaal: Mrs. Crincle verbrannte um diese frühe Stunde gewöhnlich die Gartenabfälle. Marian sah den fremden Gast an den Säulen vorübergleiten, jetzt schon konturenlos, einem Nebel gleich, dann vereinigte sich die Erscheinung mit dem dunklen Viereck des Gemäldes, das inzwischen an der gekalkten Wand erkennbar war.

«Du bist ja schon wach», vernahm sie die morgenheisere Stimme ihrer Bettnachbarin Kate. «He – gibt's da auf dem alten Ölschinken was Aufregendes zu sehen, oder starrst du nur so in die Luft?»

Die schwebende, traumähnliche Stimmung zerriss unter Kates fröhlichem Gekicher, und Marian hatte das Gefühl, aus großer Höhe herabzustürzen. Sie seufzte tief und schloss die Augen.

«Ich fürchte, du hast wieder mal Gespenster gesehen, wie?», meinte Kate nun und gähnte dann herzhaft.

«Aber nein. Es war ... ich dachte, ein Vogel hätte sich in den Saal verirrt ...»

«Ein Vogel?», fragte Kate ungläubig und rieb sich die Stirn, weil die schweißfeuchten roten Löckchen kitzelten. «Wohl eher eine Fledermaus.»

Kate hatte keine Zeit mehr, über ihren Scherz zu kichern, denn in diesem Augenblick vernahm man die wohlbekannten und allseits verhassten Schritte der Pensionatsleiterin auf dem Steinfußboden des Flurs. Der Messingknauf quietschte, als Mrs. Potter die Tür öffnete – es war seltsam, dass Mr. Crincle niemals auf die Idee kam, diesen Knauf zu ölen. Mrs. Potters Händeklatschen schallte wie eine Salve Pistolenschüsse durch den Schlafsaal.

«Aufstehen – die Nacht ist vorbei! Heute ist die gelbe Gruppe zuerst im Waschraum, dann die blauen und am Schluss die grünen. In einer halben Stunde will ich euch alle beim Frühstück sehen! Und wenn ich sage «alle», dann meine ich genau das!»

Kapitel 2

Wie immer klangen die Stimmen der Mädchen beim Absingen des fünfstrophigen Morgenliedes ziemlich heiser, auch fehlte die rechte Begeisterung, denn alle waren hungrig und hätten sich gern niedergesetzt und mit dem Frühstück begonnen. Mrs. Potter erteilte die Erlaubnis dazu jedoch erst, nachdem sie das obligate Morgengebet gesprochen und alle Zöglinge an die Tugenden eines jungen Mädchens – nämlich Fleiß, Gehorsam und Bescheidenheit – gemahnt hatte. Früher hatte sie dem noch einige Sätze über die Bestimmung der Frau zur Ehefrau und Mutter angeschlossen, da aber zwei der Neuzugänge unter Blutarmut litten und schon mehrfach während Mrs. Potters Morgenansprache bewusstlos zu Boden gesunken waren, hatte die Leiterin sich inzwischen zu einer gekürzten Version entschlossen.

«Setzt euch jetzt zum Frühstück nieder! Ich will kein albernes Geschwätz und kein Gekicher hören – Jessica Meller, ich habe deine Grimasse sehr wohl gesehen und werde einen Eintrag machen ...»

Mit einem Plumps ließ die mollige Lisa sich auf ihren Stuhl fallen und riss erleichtert den Löffel an sich. Der Stuhl knackte bedenklich unter dem Ansturm ihrer Pfunde, doch das alte Möbelstück hatte schon viele Zöglinge überlebt und wusste auch Lisas beachtlichem Gewicht standzuhalten.

«Wenn diese Pampe doch wenigstens ein wenig süßer wäre!», seufzte sie, während sie in ihrem lauwarmen Porridge rührte. «Aber natürlich – Zucker und Honig sind teuer, an uns können sie ja sparen!»

«Psst!», ermahnte die rothaarige Kate sie und sah mit bedeutungsvollem Blick zu Gwendolyn hinüber, die neben Marian saß und scheinbar gleichgültig ihren Löffel ableckte. Gwendolyn stand im Verdacht, solche Äußerungen Mrs. Potter zu überbringen. Das war ihr durchaus zuzutrauen, weil sie gern Mrs. Potters Lieblingsschülerin sein wollte. Neulich hatte sie im Flur vor der Schulleiterin geknickst und gebeten, das zusammengefaltete Schultertuch, das über Mrs. Potters Arm hing, für sie tragen zu dürfen.

Doch die blonde Lisa zuckte nur mit den Schultern und fügte kalt lächelnd hinzu, dass der Porridge heute nicht einmal steif, sondern ausgesprochen wässrig wäre. Sie konnte sich einiges herausnehmen, weil ihr Vater eine Stellung in der Finanzbehörde innehatte. Er war dort zwar kein großes Tier, aber Mrs. Potter und vor allem Mr. Duncester, dem das Pensionat gehörte, hatten großen Respekt vor ihm und behandelten die mollige Lisa stets nachsichtiger als alle anderen Mädchen.

Kate gab es auf und wandte sich lieber Marian zu, die heute ganz besonders verträumt dreinblickte und den Haferbrei gedankenschwer in sich hineinlöffelte.

«Am Sonntag wollen meine Eltern mich besuchen, Marian. Und ich wette, sie haben sich meinen Vorschlag überlegt und laden dich ein! Du liebe Güte – es wäre einfach großartig, wenn du meinen Vetter George kennen lerntest ...»

«Ach, Kate! Was du immer für verrückte Einfälle hast! Weshalb sollte ich wohl deinen Vetter George kennen lernen?»

«Weshalb? Natürlich damit er um dich anhält! Er wohnt doch mit seinen Eltern in unserer Straße. Wenn du also seine Frau wärst, könnten wir einander täglich besuchen. Wäre das nicht großartig?»

«Schon ...», murmelte Marian, die von solchen Gesprächen nicht viel hielt. Weshalb dachten eigentlich all ihre Freundinnen an nichts anderes als ihren zukünftigen Ehemann? Aber natürlich, die grüne Gruppe – das waren die älteren Zöglinge, zu denen auch Marian und Kate gehörten – würden das Pensionat in wenigen Monaten verlassen. In diesem Winter sollten die jungen Mädchen dann «in die Gesellschaft eingeführt werden», was nichts weiter bedeutete, als dass man Jagd auf eine gute Partie zu machen hatte. Für Kate, die in guten Verhältnissen lebte und hier in London eine weitverzweigte Familie besaß, war das nicht allzu schwer. Marians Chancen hingegen standen denkbar schlecht. Ihre Eltern lebten nicht mehr, und die Familie ihres Vaters würde ganz sicher keinen Finger rühren, um dem jungen Mädchen zu einer günstigen Heirat zu verhelfen. Auch ihr Vormund Mr. Strykers, der immer so gönnerhaft tat, würde in dieser Beziehung nicht viel unternehmen. Wenn Kates Eltern sie tatsächlich zu einer Abendgesellschaft einluden, bedeutete das eigentlich eine große Chance für Marian. Dennoch konnte sie sich nicht mit dem Gedanken anfreunden, Kates Vetter schöne Augen zu machen, um von ihm geheiratet zu werden. Sie war ihm bei einem gemeinsamen Sonntagsausflug im Frühling begegnet. Er war spindeldürr, hatte rotes Haar wie Kate und stotterte vor Schüchternheit.

Am oberen Tischende, wo Mrs. Potter und Miss Woolcraft saßen, war inzwischen auch Reverend Jasper zum Frühstück erschienen, ein pensionierter Geistlicher, der den Mädchen täglich Religionsunterricht erteilte. Er war weißhaarig und hatte eine Nase wie ein Haken, dazu zwang sein Rheuma ihn zu einer gekrümmten Körperhaltung. Dennoch war sein Unterricht nicht übel, denn er konnte die biblischen Geschichten auf spannende Weise erzählen, und wenn er sich einen Scherz erlaubte, blitzten seine kleinen hellblauen Augen unter den buschigen Brauen.

«Der kommt doch bestimmt nur hierher, weil er daheim nichts zu fressen kriegt!», hatte Lisa einmal behauptet. Marian hatte das ziemlich respektlos gefunden, aber ganz Unrecht hatte Lisa nicht. Reverend Jasper, der an allen Mahlzeiten teilnahm, aß mit großer Leidenschaft. Es war geradezu fantastisch, welche Mengen an Kartoffeln, Gemüse und Pudding er verschwinden lassen konnte, während er gleichzeitig mit Miss Woolcraft oder auch den Zöglingen des Pensionats eifrige Gespräche führte. Noch merkwürdiger fand Lisa die Tatsache, dass die Nahrungsmittel bei ihm überhaupt nicht anschlugen. Reverend Jasper konnte noch so viel Pudding vertilgen, er blieb trotzdem dünn wie ein Fädchen.

«Ist das nicht ungerecht? Und ich brauche nur einen Löffel von diesem wässrigen Porridge zu essen – schon muss ich das Mieder zwei Löcher weiter schnüren!»

Wenn Lisa sich über ihren Körperumfang beschwerte – was sie häufig tat –, stieß sie immer einen tiefen theatralischen Seufzer aus. Im Grunde aber störte sie sich kein bisschen an der eigenen Körperfülle, ganz im Gegenteil: Sie war davon überzeugt, wegen ihrer rosigen Pfunde besonders begehrenswert zu sein. Und tatsächlich schien sie – wenn ihre Ferienberichte nicht gelogen waren – bei den jungen Herren in ihrer Bekanntschaft viele Sympathien gewonnen zu haben. Dies war aber – und da waren Kate und Marian sich sicher – weniger ihrem molligen Körperbau als vielmehr ihrer unbefangenen, selbstbewussten und fröhlichen Art zu verdanken.

Marian hatte ihren Porridge noch nicht aufgegessen, da erhob Mrs. Potter sich und klatschte in die Hände. Damit war das Frühstück beendet. Man sah, wie Reverend Jasper sich den Mund mit der Serviette abwischte und rasch einen Schluck Tee nahm, da er jetzt das Gebet zum Tagesbeginn sprechen musste.

«Herr, schenke uns Deine Gnade bei allem, was wir heute verrichten werden, gib uns Zuversicht und Fröhlichkeit, und lass uns nicht ...»

Immer noch konnte man den Rauch riechen, der aus dem Garten in den Speiseraum drang. Mrs Crincle hatte an diesem Morgen offensichtlich eine ordentliche Menge an Unkraut und trockenen Ästen angezündet. Während Marian mit den übrigen Mädchen der grünen Gruppe zum Klassenzimmer ging, schnupperte sie immer wieder und fand, dass der Rauch heute anders roch als sonst. War das Salbei? Thymian? Pfefferminze?

«Das stinkt wirklich bestialisch», bemerkte Lisa hinter ihr. «Sie muss das halbe Kräuterbeet in Brand gesteckt haben, die verrückte Person!»

Marian blieb an einem der kleinen Flurfenster stehen, um einen kurzen sehnsüchtigen Blick in den Garten zu werfen. Er war weitläufig, denn das Gebäude, in dem sich das Mädchenpensionat befand, war vor Zeiten der Wohnsitz einer adeligen Familie gewesen. Als der letzte Spross des Adelsgeschlechts den Familienbesitz verkauft hatte, waren Haus und Parkanlage schon ziemlich verfallen gewesen. Mr. Duncester hatte mit dem Kauf dennoch ein Schnäppchen gemacht: Er ließ das alte Herrenhaus notdürftig renovieren und umbauen, der Park wurde größtenteils in einen Gemüsegarten verwandelt, um die Kosten für die Ernährung der Pensionatszöglinge niedrig zu halten. Mr. Crincle, der Gärtner, wurde bei seiner Arbeit von den Zöglingen unterstützt. Unkraut jäten, den Boden lockern oder die Obst- und Gemüseernte waren Teil des Erziehungsprogramms.

Marian liebte diesen Garten trotz allem. Es war Anfang Mai, und die Apfelbäume reckten ihre blühenden Zweige über die Wiese. In den abgezirkelten Beeten wuchsen Kohlpflänzchen, Feldsalat und Petersilie, das helle Kraut der Karotten schoss aus dem Boden, Schnittlauch wucherte in dichten saftig grünen Büscheln. Weiter draußen lagen die Felder mit Kartoffeln, Bohnen und sogar Hafer, dahinter verloren sich die Pflanzungen zwischen den letzten alten Bäumen der ehemaligen Parkanlage. Es waren gewaltige Eichen und Buchen, die dort nahe der bröckeligen Ummauerung wie Wächter einer vergangenen Zeit überdauert hatten. Auch eine Pinie und einige Zypressen hatten sich dazwischen verirrt, vermutlich hatte der adelige Vorbesitzer die Schösslinge von einer Italienreise mitgebracht.

«Es hat gewirkt», sagte jemand draußen im Garten. «Salbei und Pfefferminze haben ihn vertrieben.»

Marian erkannte die Stimme von Mr. Crincle, dem Gärtner. Er war ein merkwürdiger Kauz, Lisa hatte ihn einmal ein Monster genannt, was ganz sicher übertrieben war. Alles an ihm war lang und dürr, besonders seine Arme und Hände, dazu hatte er ein lahmes Bein und humpelte. Aber Kate schwor Stein und Bein, dass er sich trotz dieses Handicaps mit großer Schnelligkeit bewegen konnte. Angeblich hatte sie ihn einmal hinten bei den alten Bäumen wie ein Wiesel umherrennen gesehen.

«Aber es wird nicht lange anhalten», erwiderte jetzt Mrs. Crincle. «Jetzt, wo er uns entdeckt hat, werden sie kommen.»

«Er hat nicht nach uns gesucht, Millie.»

«Gewiss nicht. Aber er ist dennoch auf uns aufmerksam geworden – schon wegen des Räucherwerks.»

«Wir mussten das tun, Millie. Sie ist eine von uns, und wir müssen sie schützen.»

«Wir können sie nicht schützen, Josef. Wir sollten lieber an uns selbst denken ...»

«Aber wenn sie diejenige ist, die sie suchen?»

«In diesem Fall werden sie ihr nichts tun.»

«Zuerst wohl nicht ...»

Marian stand immer noch am Fenster, obgleich alle anderen Mädchen längst im Klassenraum verschwunden waren. Ein vielstimmiges Summen erhob sich jetzt in ihren Ohren, bedrohlich wie ein Bienenschwarm, und sie verspürte plötzlich eine unbestimmte Angst. Was für ein seltsames Gespräch! Wen hatten die beiden schützen wollen? Und vor wem?

Ich muss vollkommen verrückt sein, sagte sie sich und trat vom Fenster zurück. *Vermutlich reden sie von irgendwelchen Gartenschädlingen, die Mrs. Crincle heute Früh durch ihr stinkiges Räucherwerk vertrieben hat. Mücken vielleicht oder Wühlmäuse. Am Ende hat sie die Kartoffelkäfer, die sich letztes Jahr in übergroßer Zahl auf dem Kartoffelkraut eingefunden hatten, mit ihrem Rauch in die Flucht schlagen wollen.*

Das Summen in Marians Gehör verlor sich, und sie lief rasch ins Klassenzimmer, wo Reverend Jasper bereits seinen Platz vorn am Lehrerpult eingenommen hatte. Er bedachte sie mit einem strafenden Blick, als sie in den Raum schlüpfte und sich hastig auf ihren Stuhl setzte, doch er sagte nichts. Reverend Jasper hatte eine Schwäche für Marian, es geschah selten, dass er sie tadelte, und manchmal versuchte er sogar, sie Mrs. Potter gegenüber in Schutz zu nehmen.

«Der Reverend mag dich, weil du solches Engelshaar hast», hatte Lisa einmal gewitzelt. «Wirklich, wenn man dir zwei Flügelchen an den Rücken binden würde, könntest du gut als Weihnachtsengel durchgehen.»

Marian hatte sich über diesen Vergleich geärgert, denn sie hielt nicht viel von Engeln. Außerdem war ihr krauses hellblondes Haar fürchterlich störrisch, sodass sie am Morgen zum Kämmen und Zusammenbinden meist doppelt so viel Zeit brauchte wie die anderen Mädchen.

«Und wenn du ein Ringelschwänzchen hättest, könntest du leicht für ein Schweinchen gehalten werden», hatte Marian mit spitzer Zunge zurückgegeben.

Leider verfehlte die Beleidigung ihre Wirkung, denn Lisa lachte nur fröhlich und drückte sich den Zeigefinger gegen ihre Stupsnase, um daraus so etwas wie einen kleinen Schweinerüssel zu formen. Dieses Mädchen besaß ein solch dickes Fell, dass selbst eine Kanonenkugel daran abgeprallt wäre.

Reverend Jasper hatte inzwischen die Bibel aufgeschlagen und einige Verse vorgelesen, danach aber war er vom Bibeltext abgekommen und erzählte die Geschichte mit seinen eigenen Worten. Drei Weise aus dem Morgenland liefen einem Stern hinterher, weil sie fest daran glaubten, er würde sie zu dem neugeborenen König führen. Was für Dummköpfe sie doch waren! Ausgerechnet bei dem hinterlistigen König Herodes erkundigten sie sich nach dem Weg, und natürlich hatte dieser nichts anderes im Sinn, als diesen frisch geborenen Konkurrenten aus der Welt zu schaffen.

«Suchet ihn nur!», meinte Herodes zu den Weisen. «Und wenn ihr ihn gefunden habt, dann sagt mir, wo er ist ...»

Marian stützte ihren Kopf in die Hände und freute sich an dem gleißenden Sonnenstrahl, der wie ein leuchtender Schleier quer durch den Raum fiel. Gleich würde Lisa den Finger heben und vorschlagen, die Gardinen zuzuziehen, weil das Licht sie blendete und sie nicht schreiben könnte. Marian hingegen hatte niemals Schwierigkeiten, ins Licht zu sehen. Es musste an ihren Augen liegen, sie konnte sogar in die Sonne schauen, so lange sie wollte, es schadete ihren Augen kein bisschen.

Auch wenn Reverend Jasper sich Mühe gab, die Geschichte recht anschaulich zu erzählen – Marians Gedanken schweiften heute ab. Vielleicht lag es an der schläfrigen Stimmung, die über dem Klassenzimmer hing. Auch Kate schien vor sich hinzudösen, und Lisa hatte sogar die Augen geschlossen. Dazu vernahm Marian das beharrliche Summen einiger Stubenfliegen, die immer wieder verzweifelt versuchten, durch die Fensterscheiben hindurch in den blühenden Garten zu gelangen.

Was das heute Früh doch für ein merkwürdiger Traum gewesen war! Sie hatte doch geträumt, oder etwa nicht? Marian beschloss, nicht mehr über dieses Problem nachzudenken. Im Grunde war es gleich, ob Traum oder nicht, es war auf jeden Fall nicht die Wirklichkeit gewesen. Leider nicht. Sie spürte noch einmal dem Moment nach, als der geheimnisvolle Fremde sich über sie beugte und mit nachtblauen, dunkel umschatteten Augen betrachtete. Ein süßer Schauder durchlief ihren Körper, eine aufregende Mischung aus Sehnsucht und Erschrecken. Noch nie hatte sie etwas so sehr herbeigewünscht wie die Berührung seiner Hand, und zugleich verspürte sie die unbestimmte Furcht, dabei Schaden zu nehmen, vielleicht sogar daran sterben zu müssen.

«Was wissen wir noch über die drei Weisen? Marian!»

Reverend Jasper blinzelte mit leichtem Spott zu ihr hinüber, denn es war ihm nicht entgangen, dass Marian vor sich hinträumte. Das Mädchen fuhr tatsächlich zusammen und erhob sich von ihrem Stuhl, wie es eine Schülerin üblicherweise zu tun hatte, wenn sie aufgerufen wurde.

«Sie ... sie kamen nach Bethlehem und brachten dem Jesuskind Gold, Weihrauch und ... und ... noch was.»

«Aha!», tat Reverend Jasper erstaunt, obgleich diese Antwort nun wirklich leicht gewesen war. «Gold, Weihrauch und was noch? Wer weiß es?»

«Myrten!», vermutete Gwendolyn mit ernsthafter Miene.

Reverend Jasper behielt Haltung und bemerkte nur bissig, es gäbe Mädchen, die Tag und Nacht über ihr künftiges Hochzeitskleid und den dazugehörigen Myrtenkranz nachsinnen würden, im Stall von Bethlehem hätte es für derartigen Tand jedoch keine Verwendung gegeben.

«Gold, Weihrauch und ...?», forschte er und ließ seinen Blick im Zimmer umherwandern.

«Möhren», schlug Lisa vor und erntete Kopfschütteln.

«Na, die konnten sie doch wirklich gebrauchen», verteidigte

sie sich unverdrossen. «Für den Ochsen und den Esel!»

Betsy wusste die richtige Antwort, sie hatte sich schon eine ganze Weile gemeldet, doch Reverend Jasper nahm sie nicht dran. Das schmale blasse Mädchen hatte eine ungeheure Merkfähigkeit, sie lernte ganze Kapitel aus der Bibel ohne Schwierigkeiten auswendig. Mit dem Verständnis für das Gelernte haperte es jedoch. Auch jetzt konnte sie nicht erklären, was Myrrhe eigentlich war.

«Das ist ein Harz, so ähnlich wie Weihrauch», erklärte der Reverend. «Ein sehr teures und wertvolles Geschenk. Braune Krümel, die man anzündet, damit sie ihren Räucherduft verbreiten. Räucherwerk dient dazu, unreine Geister zu vertreiben ...»

Die Tür des Unterrichtsraums wurde ohne Vorwarnung geöffnet, und Mrs. Potter platzte herein. Als Leiterin von Schule und Pensionat nahm sie sich die Freiheit heraus, in jeden Raum einzutreten, ohne sich vorher durch Anklopfen bemerkbar zu machen. Sie drückte sich den Zwicker, der an einem Seidenband vor ihrer flachen Brust baumelte, auf die Nase und überflog die Reihen der Schülerinnen.

«Marian Lethaby!»

Marian fuhr von ihrem Stuhl hoch, begleitet von mitleidigen und hämischen Blicken ihrer Mitschülerinnen. Oha, da musste ja etwas Schlimmes passiert sein, wenn Mrs. Potter höchstpersönlich anrückte! Arme Marian! Die Potter konnte sie sowieso nicht leiden.

«Ja, Mrs. Potter?»

Die Schulleiterin betrachtete das Mädchen von oben bis unten, als müsste sie Maß für ein neues Sommerkostüm nehmen.

«Folge mir! Du hast Besuch.»

«Ja, Mrs. Potter ...»

Besuch – das konnte eigentlich nur Mr. Strykers, ihr Vormund sein, andere Leute besuchten sie nicht. Erleichtert atmete Marian auf, im Vorübergehen stieß sie zu ihrem Unglück jedoch an ein Buch, das auf Kates Pult gelegen hatte und nun mit einem lauten Knall auf den Boden fiel. Hastig bückte sie sich, um das Missgeschick wieder in Ordnung zu bringen, und sah dann kurz in Lisas grinsendes Gesicht. Die hatte gut lachen, sie war bei Mrs. Potter gut angeschrieben, da musste schon viel passieren, dass Lisa einmal bestraft wurde!

«Kannst du nicht aufpassen?», schalt auch schon die Schulleiterin. «Heute Nachmittag, wenn die anderen im Garten sind, wirst du dich in der Küche nützlich machen!»

«Ja, Mrs. Potter ...» Marian ging hinter der Schulleiterin her, und sie hatte Mühe, ihren Zorn zu verbergen. Wie gemein und ungerecht diese Frau war! Nur weil sie einen kleinen Augenblick nicht aufgepasst hatte, sollte sie nun den ganzen schönen Nachmittag in der dunklen Küche verbringen, um beim Abwasch zu helfen und Zinngefäße zu polieren! Ach, und sie sehnte sich so nach dem Garten, den grünenden Pflanzen und den hohen alten Bäumen, den duftenden Blüten und dem lauen Frühlingswind, der Rock und Bluse bauschte ...

Aber Marian hätte sich lieber die Zunge abgebissen, als Mrs. Potter um eine Milderung der Strafe zu bitten. Oh nein, sie würde nicht zu Kreuze kriechen! Aber schade war doch, dass dieses blöde Buch nur auf den Fußboden und nicht auf Mrs. Potters empfindliche Zehen gefallen war.

Mr. Strykers erwartete Marian im Speiseraum, der inzwischen von den beiden Küchenfrauen aufgeräumt und für das Mittagessen mit Suppentellern eingedeckt worden war. Mr. Strykers hatte sich jedoch die Freiheit genommen, die Teller am Kopfende des Tisches – dort, wo er sich niedergelassen hatte –, zusammenzuschieben, um seine Ellenbogen auf der Tischplatte aufstützen zu können. Als Mrs. Potter mit Marian in den Raum trat, erhob er sich höflich und machte in Richtung der Pensionatsleiterin eine kleine Verbeugung. Mrs. Potter, die schon über fünfzig und seit zwanzig Jahren verwitwet war, quittierte diese Höflichkeit mit einem geradezu herzlichen Lächeln, das zwei rote Tupfer auf ihre gelblichen Wangen zauberte. Marian kannte das bereits – Mr. Strykers war zwar dick und hässlich, dennoch machte er jeder Frau den Hof, gleich ob jung oder alt, verheiratet oder ledig, Küchenmagd oder Leiterin eines Mädchenpensionats. Und erstaunlicherweise hatte er dabei ziemlich oft Erfolg. Was wohl Mrs. Strykers dazu sagen mochte? Sie sollte eine «respektable Dame aus guter Familie» sein, zumindest hatte Strykers sie einmal so bezeichnet.

«Ich bin wirklich untröstlich, dass ich Ihnen solche Unannehmlichkeiten bereite, meine liebe Mrs. Potter!», rief er und legte theatralisch eine Hand dorthin, wo unter der seidenen Weste seine Brust sein sollte, wo aber eigentlich schon der Bauchansatz war.

«Aber lieber, geschätzter Freund», gab Mrs. Potter zurück, und ihre Stimme erschien Marian jetzt ganz ungewohnt weich, geradezu schmelzend. «Ich weiß doch, wie sehr Sie von Terminen bedrängt werden, da ist es doch selbstverständlich, dass wir uns ein wenig nach Ihnen richten.»

Tatsächlich war Mr. Strykers Rechtsanwalt und hatte angeblich viel zu tun. Während Eltern, Verwandte oder Vormunde der Zöglinge normalerweise am Sonntag kamen, wenn die Mädchen Besucher empfangen durften, konnte Mr. Strykers es sich erlauben, mitten in der Woche am Vormittag hereinzuschneien, um ein paar Worte mit seinem Mündel zu reden. Jetzt, da Marian vor ihn trat, um ihn mit einem höflichen Knicks zu begrüßen, nahm sie auch den zarten Duft nach Wacholdergeist wahr, der ihr mit dem Atem ihres Vormundes entgegenwehte. Aha, er hatte vermutlich zuvor mit Mrs. Potter in ihrem geheiligten Boudoir, das die Mädchen so gut wie nie betreten durften, gesessen und mit der Dame einen Wacholderlikör getrunken! Ach was – mindestens vier bis fünf Likörchen hatte er intus, Mrs. Potter hatte sich gewiss nicht geizig gezeigt!

«Guten Morgen, Marian. Nein, wie hübsch du geworden bist, mein Kindchen! Haare wie gesponnenes Silber, Augen, so unergründlich wie der weite Ozean und die Lippen so rot wie frische Kirschen ...»

Er hatte ihr die Hand gereicht, und als sie die ihre hineinlegte, schnappten seine Finger zu wie ein Fangeisen. Mit einer Festigkeit, gegen die Marian keine Chance hatte, umschloss er ihre Hand und hielt sie, seine Finger waren grob und heiß, rieben sich begehrlich an ihrer jungen Haut.

«Guten Morgen, Mr. Strykers ...»

Sie zog an ihrer Hand, bekam sie jedoch immer noch nicht frei. Währenddessen spürte sie die hasserfüllten Blicke von Mrs. Potter, der Strykers begeisterte Komplimente in Richtung des jungen Mädchens überhaupt nicht gefallen hatten.

«Nun, ich sehe, dass ich Sie beide jetzt wohl besser allein lasse», bemerkte die Pensionatsleiterin unterkühlt. «Sie haben gewiss einige wichtige Dinge mit Ihrem Mündel zu besprechen, Mr. Strykers.»

«Oh – nichts, dass ich nicht in Ihrer Gegenwart aussprechen könnte, meine liebe Mrs. Potter!», rief Strykers, seinen Fehler einsehend, und ließ nun endlich Marians Hand los. «Aber natürlich darf ich Sie nicht länger von Ihren Pflichten abhalten.»

Da hatte er recht. Mrs. Potter unterrichtete jetzt eigentlich die Gruppe der blauen Zöglinge, die bei ihr das perfekte Benehmen einer jungen Dame in Gesellschaft erlernten. Vermutlich hatte sie die arme Mrs. Crincle abgestellt, auf die Mädchen aufzupassen, während sie selbst mit Mr. Strykers plauderte und Wacholderlikör trank.

«Setz dich hier neben mich, Marian!», befahl Strykers, als Mrs.

Potter den Speiseraum verlassen hatte. «Wir haben ein paar Kleinigkeiten miteinander zu besprechen, nichts Weltbewegendes, aber es muss ja doch alles geregelt sein.»

Er zog die Lippen breit und lächelte, wobei er sich bemühte, seine Zähne nicht zu zeigen. Marian hatte jedoch längst gesehen, dass ihm ein Schneidezahn fehlte und auch der Rest seines Gebisses nicht viel wert war. Bevor sie sich setzte, zog sie den Stuhl ein wenig weiter von ihm fort, weil sie seine Neigung kannte, mit den Knien ihre Beine zu berühren und ekelte sich davor. Sie hatte jedoch Pech, denn Strykers rutschte mitsamt seinem Stuhl einfach ein Stück näher, und der Abstand, den sie listig geschaffen hatte, war so wieder aufgehoben.

«Da wäre diese Einladung, Marian», begann Strykers und unternahm einen Versuch, seine seidene Weste ein wenig herabzuziehen. Sein Bauch war jedoch so füllig, dass das Kleidungsstück gleich wieder hochrutschte.

«Mrs. Featners schickte sie mir – sie ist die Mutter deiner Freundin Kate, wie du ja weißt. Man möchte dich zu einer Abendgesellschaft bitten, was ich jedoch als sehr unpassend empfinde. Außerdem fehlt mir die Zeit für derartige Kindereien.»

«Aber ... Sie müssen mich nicht auf diese Abendgesellschaft begleiten, Mr. Strykers. Ich bin ja Kates Freundin, sozusagen ein Familienmitglied und brauche keinen Begleiter.»

Marian war zwar an dieser Abendgesellschaft wenig gelegen, sie wollte ihre Freundin Kate jedoch nur ungern enttäuschen. Kate war ein aufrichtiger und anhänglicher Mensch, eine Freundin, wie man sie nur selten fand, und auch ihre Eltern waren ausgesprochen nett.

«Nun, ich denke, wir müssen jetzt erst einmal über deine Zukunft reden», wich Strykers ihr aus. «Im September endet dein Aufenthalt hier, dann wirst du in ein vollkommen anderes Leben eintreten.»

Sie nickte eifrig. Ihr verstorbener Vater hatte ihr einen kleinen Landsitz, genannt «Maygarden», hinterlassen, außerdem ein nicht unbeträchtliches Vermögen, das ihren Lebensunterhalt sicherte. Sie würde also nach Yorkshire zurückkehren und in dem schönen alten Landhaus wohnen – dort, wo sie früher mit ihren Eltern so glücklich gewesen war. Es war zwar reichlich einsam, aber sie liebte diese hügelige waldreiche Landschaft. Sie würde lange Ausritte unternehmen, ihre Freunde einladen, Bücher lesen und Klavier spielen. Vielleicht auch heiraten, irgendwann, wenn sich der Richtige fand.

Marian zuckte zusammen, da sie jetzt wieder die Annäherung von Strykers feistem Knie an ihrem rechten Bein spürte. Er strich an ihrem Oberschenkel entlang, kostete den Moment ihrer Überraschung aus, um sein Knie fest an ihr zu reiben, und blies ihr dabei seinen warmen Wacholderatem ins Gesicht. Als sie jetzt angewidert mit dem Stuhl beiseiterückte, hörte sie ihn unwillig knurren.

«So sitz doch ruhig, Mädchen!», tadelte er sie. «Weshalb bist du so nervös? Ich meine es gut mit dir, das weißt du doch.»

«Natürlich, Mr. Strykers.»

Ihre Stimme klang kühl und der Blick ihrer blauen Augen war so eisig, dass sogar dem eingefleischten Schürzenjäger klar wurde: Hier gab es für ihn nichts zu gewinnen. Verärgert zog er sich zurück, holte seine goldene Taschenuhr aus der Westentasche und pfiff durch die Zähne.

«Du liebe Güte, wie spät es geworden ist! Hör mir jetzt zu, Marian, und unterbrich mich nicht mehr! Was ich dir zu sagen habe, ist nicht unwichtig.»

Marian dachte amüsiert, dass sie ganz gewiss nicht die Ursache für seine Verspätung war. Doch sie schwieg – je eher er ausspuckte, was er zu sagen hatte, desto rascher würde er wieder von hier verschwinden.

«Ein junges Ding wie du, Marian, kann in der heutigen Zeit nicht ausschließlich auf eine Heirat hoffen, um versorgt zu sein. Ich denke, du solltest dir deine musikalischen Fähigkeiten zunutze machen – man weiß nie, ob du nicht später einmal allein zurechtkommen musst, dann könntest du singen oder Klavierstunden geben ...»

Marian begriff nicht recht. Sie besaß doch ein kleines Vermögen, das Strykers als ihr Vormund für sie verwaltete, dazu ein Landgut. Damit war sie im Vergleich zu vielen anderen Mädchen hier im Pensionat sehr gut gestellt. Wenn sie volljährig war – also in drei Jahren –, würde sie ihr Vermögen selbst verwalten, das hatte sie sich fest vorgenommen. Es sei denn, sie war bis dahin verheiratet, dann – so war es von Gesetzes wegen geregelt – würde ihr Ehemann über ihren Besitz verfügen. Wieso glaubte Strykers, sie könnte eines Tages so arm sein, dass sie ihren Lebensunterhalt mit Musikunterricht verdienen musste?

«Aber meine verstorbene Mutter hat mir das Singen verboten, Mr. Strykers», wandte sie ein, froh, dass ihr das noch eingefallen war.

Er schüttelte unwillig den Kopf, wobei seine schlaffen Wangen hin- und herwabbelten. Das wäre purer Unsinn, meinte er. Sie hätte eine sehr schöne Stimme, das wäre bereits aufgefallen.

«Vor einigen Tagen sprach ein gewisser Sereno bei mir vor. Ein Professor für Belcanto, natürlich italienischer Herkunft, aber er unterhält hier in London eine Schule für Gesangskunst. Ich habe mich erkundigt – er ist kein Unbekannter und hat schon einige junge Talente ausgebildet, die später sogar auf der Bühne und im Konzertsaal zu Ruhm und Ehre kamen ...»

Marian starrte ihren Vormund ungläubig an. Was erzählte er ihr denn da für Märchen? Woher sollte dieser geheimnisvolle Professor wissen, dass sie, Marian, eine schöne Stimme hatte?

Sie kannte ihn ja gar nicht!

Strykers hatte ihre Zweifel erraten und bemühte sich, sie zu zerstreuen. Mr. Sereno hätte Sonntag vor zwei Wochen in der Kirche St. Jacob die Messe besucht, weil eine seiner Schülerinnen dort eine Kirchenarie vortrug. Bei dieser Gelegenheit hätte er Marians Stimme gehört, die – so hätte er sich ausgedrückt – beim Singen der Choräle wie flüssiges Silber aus den Stimmen der anderen Pensionatszöglinge herausstach.

«Er wird am Sonntag vorbeikommen, Marian, und ich wünsche, dass du ihm vorsingst!»

Das klang wie ein Befehl. Auch der Ausdruck seiner blassgrauen Augen hatte sich gewandelt, alle Begehrlichkeit war daraus verschwunden. Stattdessen entdeckte Marian dort eine seltsame Hast, die ihr verdächtig vorkam. Ihr Vater hatte diesem Mann vertraut, ihn bei Rechtsangelegenheiten als Anwalt und Notar herangezogen, in seinem Testament hatte er Strykers zum Vormund seiner Tochter bestimmt. Aber ihr Vater war ein weltfremder, liebenswerter Einzelgänger gewesen – konnte es sein, dass er sich in Strykers getäuscht hatte?

«Ich werde nicht singen, Mr. Strykers!», erwiderte sie entschlossen und hob den Kopf, um seinem Blick zu begegnen. «Ich habe es meiner Mutter versprochen und werde mein Versprechen halten.»

Strykers spürte, dass er keine Chance hatte. Dieses Mädchen benahm sich zwar meist wie ein scheues Reh, wenn sie jedoch zu etwas entschlossen war, konnte man ihr nur schwer beikommen.

«Verdammt – weshalb bist du so stur, Mädel!», seufzte er und sah bekümmert zu Boden. «Ich meine es wirklich gut mit dir. Es gibt nicht wenige junge Leute, die Leben und Seligkeit dafür geben würden, von Sereno unterrichtet zu werden. In Scharen belagern sie ihn, flehen ihn auf Knien an, versuchen, seine Angestellten zu bestechen – nur um ihm vorsingen zu dürfen. Und zu dir kommt er selbst gelaufen!»

«Es tut mir leid, Mr. Strykers», beharrte sie dickköpfig.

Es ging ihr weniger um dieses Versprechen, das sie in Wirklichkeit gar nicht gegeben hatte. Ihre Mutter hatte sie tatsächlich einmal gebeten, niemals öffentlich zu singen – das war jedoch schon lange her, und Marian hatte es fast vergessen gehabt. Aber erstens hatte sie Lust, sich diesem ekelhaften Kerl zu widersetzen, und zweitens hegte sie den Verdacht, dass die ganze Geschichte von diesem großartigen italienischen Gesangsprofessor nur ein Schwindel war. Strykers verheimlichte ihr etwas, und so jung sie auch war, sie ahnte, dass es mit dem Vermögen zusammenhing, das ihr Vater ihr hinterlassen hatte.

Ihr Vormund nahm die Entschuldigung mürrisch zur Kenntnis und meinte nur, sie könnte ihre Entscheidung dem Professor am Sonntag ja selbst verkünden, er wäre nun einmal angesagt und würde gewiss auch kommen. Dann zog er zum zweiten Mal seine goldene Taschenuhr zurate, und als er das gute Stück wieder in die Westentasche zurücksteckte, hatte Marian Gelegenheit, die blitzenden Diamantsplitter zu bewundern, die auf dem Uhrendeckel eingesetzt waren. Sie schienen vor ihren Augen förmlich zu explodieren, und die Lichtblitze, die sie aussandten, leuchteten in allen Farben des Spektrums.

Mrs. Potter musste draußen gelauscht haben, denn sie trat genau in dem Augenblick in den Speiseraum, als Mr. Strykers Marian verkündete, sie könnte jetzt wieder in den Unterricht zurückgehen, das Gespräch wäre beendet.

«Am Sonntag gegen drei Uhr wird Marian einen wichtigen Besuch erhalten», hörte Marian ihn zu Mrs. Potter sagen, während sie selbst schon an der Tür war. «Ich hoffe, das Klavier im Salon ist gut gestimmt? Wenn nicht, dann empfehle ich Ihnen ...»

Sie schloss die Tür hinter sich und tat einen tiefen Atemzug, um das ungute Gefühl loszuwerden, das sie bei diesem Gespräch erfasst hatte. *Wenn ich doch nur schon volljährig wäre!*, dachte sie. *Dann könnte ich mir einfach eine Kutsche mieten und nach Hause fahren. Wie mag es dort oben in Maygarden wohl aussehen? Bestimmt haben die Angestellten alles verkommen lassen. Ach, es ist so ärgerlich, noch drei lange Jahre warten zu müssen und dabei von diesem widerlichen Kerl abhängig zu sein!*

Sie hatte keine Eile, zurück in den Unterrichtsraum zu gelangen, sondern schlenderte gemächlich den Flur entlang und dachte dabei sehnsüchtig an den einsamen Landsitz in Yorkshire. Durch die Flurfenster fielen jetzt die Sonnenstrahlen in breiten glitzernden Streifen in den dämmrigen Flur, und schließlich blieb Marian stehen, um einen Blick in den Garten zu werfen.

Ein zauberhaftes friedliches Bild bot sich ihr. Die Apfelblüten schimmerten in der Morgensonne, als wären die weißen Blütenblättchen mit Silberstaub bestreut. Im hellgrünen Gezweig der Johannisbeerbüsche hatte sich ein Schwarm Sperlinge niedergelassen, zwei Amselmännchen mit blau schimmerndem schwarzen Gefieder wühlten hinten im Kartoffelacker herum. Liebevoll ließ Marian den Blick über die alten Bäume gleiten, die sie an den verwilderten Park von Maygarden erinnerten. Wie knorrig die Eichen gewachsen waren! Sie schienen wie alte kampferprobte Krieger, die sich im Frühling mit zartgrünem Mailaub angetan hatten. Sie warfen bizarre Schatten über das schmale Wiesenstück, das sich an den Kartoffelacker anschloss und vor Jahren einmal eine gepflegte Rasenfläche gewesen war. Marian wollte sich schon vom Fenster abwenden, da bemerkte sie eine Bewegung in den Schattengebilden und sie glaubte zuerst, ein Windstoß habe die Baumkrone der Eiche geschüttelt. Doch der alte Baum stand bewegungslos in der Morgensonne, kein Lüftchen ging, kein Blättchen rührte sich.

Der Schatten auf der Wiese krümmte sich zusammen, formte sich zu einer Gestalt und glitt zum Eichenstamm hinüber. Marians Herz klopfte plötzlich so heftig, dass sie sich am Fensterbrett festhalten musste. Da stand er – und dieses Mal handelte es sich nicht um einen Traum. Der Fremde lehnte ruhig an dem knorrigen Stamm der Eiche, dunkel wie ein Schatten und doch für Marians scharfe Augen nur allzu deutlich erkennbar. Der lächerliche Gehrock, der ihm fast bis zu den Knien reichte. Das Halstuch aus nachtblauem Stoff, schmale graue Beinkleider, halbhohe Stiefel aus Leder. Er hatte den Kopf zurückgelegt, als dächte er über etwas nach, und tatsächlich glaubte sie, zu erkennen, dass seine Augen geschlossen waren. Sein Mund stand ein wenig offen, und seine Lippen waren voller, als sie es in Erinnerung gehabt hatte. Eine Verlockung, die ihr bisher fremd gewesen war, ging von diesem Anblick aus. Sie glaubte, plötzlich ein Brennen auf ihren eigenen Lippen zu spüren, als hätte ein glühendes Eisen sie berührt.

Sie hatte keine Ahnung, wie lange sie am Fenster gestanden und die Erscheinung angestarrt hatte. Vielleicht zog die Wolke schon nach wenigen Sekunden vor die Sonne, vielleicht aber auch erst nach einer halben Stunde – wer konnte das wissen? Doch als die Sonnenstrahlen die Erde nicht mehr erreichten, vergingen auch die Schatten, und die Erscheinung löste sich auf.

Kapitel 3

Er grüßte die Nacht mit einem leisen dunklen Summen, das tief aus seiner Brust drang und die Umgebung mit Wärme erfüllte. Es war angenehm, den Schatten der feuchten Mauer endlich verlassen zu können, aus dem schmalen Streifen Dunkelheit, in den er sich verkrochen hatte, zu voller Größe und Gestalt emporzuwachsen und die Glieder zu recken. Die letzten Stunden des Tages waren eine Qual für ihn gewesen, was er jedoch seiner eigenen Dummheit zurechnen musste, denn er hätte diesen Ort längst im Schutz der Morgennebel verlassen können. So aber blieb ihm schließlich nur der Mauerschatten als Versteck, wo die jahrzehntelange Feuchtigkeit grünes Moos auf Boden und Steinen hatte wachsen lassen, weil kein Sonnenstrahl diese Stelle je erreichte. Besonders ärgerlich dabei war, dass er sich diese Tortur völlig umsonst angetan hatte. Diejenige, die er hatte beobachten wollen, war gar nicht im Garten aufgetaucht.

Er streckte seine Arme empor und dehnte den Brustkorb, spürte, wie das fahle Mondlicht seinen Körper mit sanften Händen streichelte, und überließ sich für ein Weilchen diesem erregenden Gefühl. Den albernen Gehrock hatte er längst abgeschüttelt, auch die übrige Kleidung, die er vorsichtshalber angelegt hatte, um jene, die ihn sehen konnten, zu täuschen. Jetzt bedeckte nur noch das graue Tuch der Nacht seinen Körper, ein anschmiegsamer und zugleich unzerstörbarer Anzug, der ihn wärmte und schützte, solange er denken konnte. Vermutlich war er schon mit dieser zweiten Haut geboren worden.

Er raffte die abgestreiften Kleider und Stiefel an sich, um keine Spuren zu hinterlassen, und stieg als grauer Nebelstreif von der

Wiese empor. Behutsam schlängelte er sich durch das krumme Geäst der Eiche und mied die Stelle, wo ein brütender Vogel auf seinem Gelege saß, um ihn nicht unnötig zu erschrecken. Die meisten wilden Tiere erkannten die nächtlichen Schattenwesen, und einige fürchteten sie. Viele Haustiere der Menschen hatten diese Fähigkeit jedoch verloren, sie waren fast genauso blind und ahnungslos wie ihre Herrschaft.

Das stundenlange Warten, auf engstem Raum zusammengedrängt, hatte ihn zuerst verärgert, später jedoch, als die Mädchen im Garten ihr Unwesen trieben und eine von ihnen so dicht an der Mauer vorüberlief, dass sie ihm fast auf den Kopf getreten wäre, fand er die Sache skurril und war erheitert. Auch jetzt, während er auf Höhe der Baumkronen und Dachfirste durch die nächtliche Stadt schwebte, musste er bei der Erinnerung an die braven Pensionatsschülerinnen mit ihren Gartenhacken und Gießkannen immer wieder grinsen. Ihre Kleider waren alle grau und vom gleichen Schnitt, offensichtlich eine Art Uniform, die sie blass und geschlechtslos wirken ließ. Tatsächlich waren die meisten dieser Mädelchen noch unfertig wie junge Gänse, pummelig oder spindeldürr, mit rundlichen Kindergesichtern und Stupsnasen, hohen Stimmchen und dünnen Beinchen. Nur die älteren glichen schon erwachsenen Frauen, doch keine dieser fleißigen Gärtnerinnen hatte auch nur den winzigsten Ansatz von Liebreiz besessen. Möglicherweise lag es an dem alten feuchten Gemäuer, in dem sie eingesperrt waren, vielleicht auch an der unförmig dicken Lehrerin, die sie Miss Woolcraft nannten – ein Ausbund an plumper Hässlichkeit –, dass die Zöglinge dieses Pensionats wie graue Mäuse wirkten. Wieder musste er grinsen, und ihn überkam die Lust, einen Schabernack anzurichten.

Er suchte ein stattliches Wohngebäude in der Nähe von Eaton Place aus und warf das Kleiderbündel in einen der aufragenden gemauerten Schornsteine. Er hatte die Sachen letzte Nacht in einem Gasthaus in Soho mitgenommen – nun würde die Dienerschaft der adeligen Familie rätseln, wie dieses Zeug wohl in den Kamin gelangt war. Dann spürte er den Hauch eines anderen Nebelschattens vorübergleiten, und ihm wurde klar, dass er im Begriff war, leichtsinnig zu werden. Die Nacht war lau, und der Mond zeigte sich in nahezu voller Rundung – zu dieser Zeit waren allerlei Wesen unterwegs, und die Nachtschatten, zu denen er gehörte, lebten nicht mit allen verwandten Geistern in guter Freundschaft.

Er dehnte sich, bemüht, seinen grauen Nebelkörper durchsichtig werden zu lassen, und zog noch eine letzte Abschiedsrunde über dem Gewirr der Häuser und Straßen der großen Stadt, die in solch lebendig warmem Dunst unter ihm brodelte. Es war schade, diesen Ort verlassen zu müssen, denn er bot für seinesgleichen eine Menge köstlicher Vergnügungen – allen voran die Gaslaternen, die den braunen Flussnebel gelblich färbten, und die künstlichen Lichter in den Schaufenstern, bunte Schattenflecken von solcher Pracht, wie er sie noch nie zuvor gesehen hatte. Nur die Polarlichter waren damit zu vergleichen. Bedauernd warf er noch einen letzten Blick auf die Brücke mit den beiden Türmen, wo sich die Nebelfrauen aus dem Fluss ein Stelldichein gaben, dann stieg er mit großer Geschwindigkeit aufwärts und glitt in eine der grauen Wolken hinein, die nach Norden reiste.

Im Grunde konnte er zufrieden sein, denn er hatte seinen Auftrag erfolgreich ausgeführt, ja, er hatte das Soll sogar übererfüllt, indem er versucht hatte, seine Beobachtungen auch am Nachmittag weiterzuführen. Seine Schuld war es nicht gewesen, dass sie dem Garten fernblieb, dafür hatte er sie am Morgen in aller Ruhe betrachtet und konnte nun die Vermutung seines Herrn bestätigen. Zusätzlich hatte er noch zwei weitere

Exemplare dieser verhassten und immer noch nicht endgültig ausgerotteten Todfeinde ausmachen können. Auch die hässliche Alte, die geglaubt hatte, ihn mit ihrem Räucherwerk vertreiben zu können, und ihr skurril ausschauender Ehemann waren Lichtelben. Ihre Tarnung war perfekt, aber er hatte sie dennoch erkannt. Schließlich machte er das nicht zum ersten Mal, er hatte Erfahrung, wusste durch die äußere menschliche Gestalt hindurch das elbische Wesen zu enttarnen. Tatsächlich – er war heute ungewöhnlich erfolgreich gewesen und konnte stolz auf sich sein!

Er war es jedoch nicht. Schlimmer noch: In der Tiefe seines Herzens schämte er sich dafür, diese Wesen ausgespäht zu haben und sie nun an seinen Herrn preiszugeben. Es würde ihre Vernichtung bedeuten, denn die Nachtschatten ließen keinen Lichtelben am Leben, so war es immer gewesen, solange er lebte. Die Lichtelben stellten gefährliche Feinde dar, die sich des Feuers der Sonne bedienen konnten, um den Nachtschatten das Nebelreich oben im Norden zu entreißen. So hatten es seine Lehrmeister ihm erklärt, aus diesem Grund war er von kleinauf zum Kämpfer ausgebildet worden. Klugheit, List und Kaltblütigkeit bildeten die Ideale, die er und seine Altersgenossen anstrebten, und unzählige Lichtelben waren schon von ihnen ausgespäht und getötet worden.

Sie hielten sich überall auf dem Erdenball verborgen, versteckten sich in den gleißenden Fluten der Wasserfälle, im schimmernden Silberlaub der Olivenbäume, lebten als Menschen verkleidet in den Dörfern und Städten. Inzwischen fand er es nicht mehr besonders heldenhaft, einen Lichtelben zu töten, denn kein einziger hatte sich je ernsthaft zur Wehr gesetzt, schon gar nicht das Feuer der Sonne auf ihn geschleudert. Vielleicht lag es daran, dass sein Erfolg ihm so wenig Befriedigung verschaffte. Vielleicht war aber auch das Gesicht des Mädchens daran schuld, das ihm so zart und unschuldig erschienen war, als er sich über sie beugte. Sie hatte ihn mit eisblauen Elbenaugen angesehen, und er hatte große Lust verspürt, sie zu berühren. Nicht um sie zu töten, damit war er nicht beauftragt. Noch nicht. Es missfiel ihm, dass man dieses Wesen auslöschen würde, das war es. Es war schade um sie, denn sie war schön und hatte niemandem, auch keinem Nachtschatten, etwas zuleide getan.

Die Nacht näherte sich ihrer Mitte, als er das Gebirge unter sich erblickte. Durch Wiesen und bewaldete Hügel wand sich eine kahle Bergkette gleich einem grauen Reptil bis hin zur Küste, wo sie als felsige Halbinsel ins Meer hineinragte. Dieses Eiland war ein öder Ort, den sogar die Meeresvögel mieden, kein Halm wuchs dort, nicht einmal Moose oder Flechten hielten sich an dem glatten Gestein. Wie eine natürliche Festung trotzten die steilen Felswände den Angriffen des Meeres, das sich immer wieder zornig gegen das harte Gestein warf, und an den vorgelagerten Klippen war schon so manches Fischerboot zerschellt. Mitten durch die Halbinsel zog sich eine Schlucht, die von oben gesehen einem zackig gerandeten schwarzen Spalt glich. Dort unten auf dem Grund der Schlucht, weitaus tiefer als auf dem Meeresboden und in vollkommener Sicherheit vor jedem Angreifer, befand sich der Wohnsitz seines Herrn.

Der Sturm, der unter ihm heulte, passte recht gut zu seiner Stimmung, es machte ihm Spaß, aus der Wolke herauszugleiten und den Kampf mit den Windbräuten aufzunehmen. Sie rissen seinen Körper mit sich fort, zerrten an ihm, stritten sich heulend um die Beute, jagten ihr Opfer so dicht über den aufgewühlten Wellen dahin, dass die eisigen Hände der Meeresfrauen lüstern nach ihm griffen. Eine Weile überließ er sich diesem Spiel, wiegte die Windbräute in dem Glauben, ihnen hilflos ausgeliefert zu sein. Dann jedoch, kurz bevor die boshaften Geister ihn gegen den steilen Fels geschleudert hätten, stemmte er sich machtvoll gegen ihren wilden Atem. Geschickt nutzte er ihre Kräfte für den eigenen Flug, warf sich ihnen mit ausgebreiteten Armen entgegen und ließ sich, einem großen Seevogel gleich, von ihrem Zorn emporblasen. Mit höhnischem Gelächter erreichte er die Spitze der steilen Klippen, rang dort mutig mit zwei Windfrauen – alten aufgeblasenen Vetteln, die schweren Gewitterwolken ähnelten – und entkam in kühnem Sturzflug hinab in die dunkle Tiefe der Schlucht. Über ihm zeterten und winselten die enttäuschten Luftgeister, schickten ihm ewige Verwünschungen nach und drohten, seinen Schattenleib beim nächsten Mal in tausend Fetzen zu reißen.

Er lachte über ihr Geschrei, während er immer tiefer in den düsteren Spalt hinabsank. Als er jedoch nach einer Weile die kühle Nähe des Palastes spürte, verließ die Heiterkeit ihn. Wächter hielten seinen Flug auf, fingen ihn ab, fragten nach seinem Namen und dem Zweck seines Besuches.

«Darion. Zurück von einem Auftrag des Herrn. Ich komme, um Meldung zu machen.»

Die Wächter gehörten nicht zu seinen Kameraden, so viel war sicher, obgleich er auch die Krieger, mit denen er ausgebildet worden war, immer mehr aus den Augen verlor. Diese Männer hier waren jünger als er, doch sie blieben gesichtslos. Niemals wusste er, ob es immer die gleichen oder jedes Mal andere waren, die den Dienst als Wächter versahen. Mehr als ihre dunkle Silhouette war nicht zu erkennen, denn sie materialisierten sich niemals.

«Du bist spät dran. Gorian hat schon nach dir gefragt.»

Die Bemerkung verblüffte ihn. War dieser Auftrag denn von solcher Wichtigkeit, dass der Herr der Nachtschatten mit Ungeduld auf seinen Bericht wartete? Nichts davon war in Gorians Miene zu lesen gewesen, als er ihn letzte Nacht nach London ausschickte. Er hatte seinen Befehl wie immer mit unbeweglichen Zügen und kühlem Gleichmut erteilt, eine reine Pflichtübung, die an seiner Stelle auch ein anderer Krieger hätte übernehmen können. Überhaupt hatte Darion bisher noch nie das Gefühl gehabt, von seinem Herrn geschätzt oder gar bevorzugt zu werden – ganz im Gegenteil.

Der Palast lag in vollkommener Finsternis, die düstere Pracht in seinem Inneren war nur für die Augen eines Nachtschattens erkennbar. Darion kannte bei Weitem nicht alle Gemächer des verwinkelten Baus, der sich über mehrere Etagen hinweg über den Grund der Schlucht erstreckte. Er wusste nur, dass die Räume sich um den hohen Thronsaal gruppierten. Dort, inmitten von Wänden aus blankem Onyx, fanden mehrmals im Jahr beeindruckende Zeremonien statt, außerdem wurde dort Gericht gehalten und der Toten gedacht.

Auch dieses Mal gelang es dem Wächter, Darion zu verwirren, denn schon nach kurzer Zeit hätte er nicht mehr sagen können, in welche Richtung sie sich bewegten. Entweder empfing Gorian ihn jedes Mal in einem anderen Gemach, oder man führte ihn auf immer neuen Wegen in den gleichen Raum. Es war schwer zu entscheiden, da die Felswände keinen Aufschluss darüber gaben und Mobiliar – so wie die Menschen es liebten – nicht vorhanden war.

Gorian, der Herr der Nachtschatten, befand sich in der Mitte des Felsgemachs, noch war er ein Teil der Dunkelheit und nur für seinesgleichen als schwarzer Schemen zu erkennen. Als man Darion jedoch hereinführte, begann die Schwärze, sich zusammenzuziehen, und die hohe Gestalt des Herrschers hob sich von der umgebenden Finsternis ab. Er war als Krieger gekleidet, trug den Dolch im Gürtel, und der lange Mantel aus dunklem Samt hing von seinen Schultern bis auf den Boden herab. Sein Gesicht war schmal, und obgleich Darion seinen Herrn nicht zum ersten Mal erblickte, fielen ihm heute doch die beiden tiefen Kerben rechts und links des Mundes auf. Die Nachtschatten hatten zwar ein längeres Leben als die Menschen, doch auch sie waren sterblich. Darion hatte die Mitte seiner Lebenszeit ganz sicher längst überschritten.

«Du kommst spät! War es so schwierig, meinen Auftrag auszuführen?»

Darion verneigte sich tief, wie es einem Krieger vor dem Herrscher geziemte, und bat um Vergebung. Er wäre nur deshalb säumig, weil er seine Aufgabe besonders gut hätte ausführen wollen.

Gorian hörte seinem Bericht schweigend zu, nur als sein Späher von zwei weiteren Lichtelben berichtete, die er sozusagen per Zufall entdeckt hatte, hob der Herrscher kurz seine schwarzen Augenbrauen.

«Wie nachlässig wir sind!», murmelte er unzufrieden. «Ein Elbenpaar lebt unbehelligt zwischen den Menschen und setzt neue Elbenwesen in die Welt!»

«Sie sind beide schon alt und werden wohl keine Kinder mehr haben», wandte Darion vorsichtig ein.

Der Herrscher schien ihn nicht gehört zu haben, auf jeden Fall zeigte seine unbewegliche Miene, dass er ihn nicht zur Kenntnis nahm. Gorian streckte einen Arm aus, und ein Schwarm Nachtfalter löste sich von der Felswand, um sich auf seinem weiten Ärmel niederzulassen.

«Das Mädchen ist also mit Sicherheit eine Elbin?»

Darion nickte schweigend. Wozu diese Frage? Er hatte es doch gerade eben berichtet. Es war schwer, angesichts des mächtigen Herrn der Schattenelben auf Widerspruch zu sinnen, doch Darion war fest entschlossen, den nun fälligen Auftrag abzulehnen. Er würde eine Ausrede finden, und wenn das alles nicht half, würde er sich weigern. Selbst auf die Gefahr hin, bestraft zu werden, schlimmstenfalls seinen Status als Krieger zu verlieren. Aber er war nicht bereit, dieses Mädchen zu töten.

«Ich bin sehr zufrieden mit dir, Darion», hörte er die leise Stimme des Herrschers.

Sie klang ungewöhnlich sanft in seinen Ohren, fast schmeichelnd, doch er spürte dahinter eine boshafte Tücke.

«Ich danke Euch, mein Herrscher!»

Er verneigte sich wieder und tat dabei zugleich mehrere Schritte rückwärts, um sich so aus dem Bereich des Herrn zu entfernen. Es war lächerlich genug, denn Gorian war auf diese Weise nicht zu übertölpeln.

«Du wirst noch heute Nacht an diesen Ort zurückkehren!», erklang der gefürchtete Befehl.

Darion sammelte seinen Mut und beschloss, es zuerst mit dem Argument der Erschöpfung zu versuchen. Er hatte den ganzen Tag über als winziger Punkt zusammengedrängt im Schatten einer Mauer gehockt und war dann ohne Pause hinauf zur Nordküste geflogen. Er hatte sich mit den wilden Windbräuten angelegt, die ihn viel Kraft gekostet hatten.

«Herr, ich bin ...»

«Hör mir jetzt gut zu, Darion!», unterbrach der Herr der Nachtschatten ihn. «Der Auftrag, den ich dir erteile, ist von größter Wichtigkeit für uns alle. Schwöre mir, mit keinem Wesen, das auf diesem Erdenball lebt – gleich ob Geist, Mensch oder Tier – darüber zu sprechen!»

Er begriff nichts, doch ganz offensichtlich ging es um mehr als die Tötung dreier Lichtelben. Umso schwerer würde es nun sein, diesen Auftrag abzulehnen. Er zögerte – vielleicht war es klüger, mit seiner Weigerung zu warten, bis er wusste, woran er war?

«Schwöre beim Kairon und bei allen Geistern der Nacht, dass du schweigen wirst!»

Er gehorchte. Was auch immer nun kommen würde: Er hatte

noch keinen Gehorsam gelobt, er hatte nur versprochen, darüber zu schweigen.

«Ich will, dass du dir dieses Mädchen genauer anschaust. Finde heraus, ob sie zwischen ihren Schulterblättern ein Zeichen trägt!»

Er war auf alles Mögliche gefasst gewesen, doch nicht auf solch eine seltsame Anweisung. Gorians sonst so unbewegliche Züge verzogen sich zum Anflug eines Grinsens – vermutlich schaute der Krieger Darion jetzt ausgesprochen dümmlich dein.

«Was ... was für ein Zeichen, Herr?»

«Ein Sonnenzeichen. Ein Kreis mit einer Flammenaureole.»

«Auf ... auf ihrer bloßen Haut? Eine Art Muttermal?»

Gorian schüttelte die Nachtfalter mit einer ungeduldigen Bewegung von seinem Ärmel und war für einen Augenblick von dem flatternden Schwarm umgeben.

«Gewiss. Aber es ist nicht braun, sondern lindgrün. Man sagt sogar, dass es silbrig schimmert, doch das halte ich für ein Gerücht.»

Darion nickte, obgleich er keineswegs sicher war, ob er diesen Auftrag annehmen oder ablehnen sollte. Er hatte noch nie zuvor davon gehört, dass Lichtelben ein Sonnenzeichen zwischen den Schulterblättern trugen. Aber wenn Gorian wissen wollte, ob das Mädchen ein solches Zeichen an ihrem Rücken hatte, dann waren wohl nicht alle Lichtelben damit ausgestattet. Irgendein Geheimnis steckte dahinter, das Gorian ihm ganz sicher nicht offenbaren würde. Es war Teil des geheimen Wissens der Nachtschatten, das nur der Herrscher und wenige Eingeweihte kannten und das man nicht mit einem einfachen Krieger teilte.

«Du musst dich vorsehen, während du danach suchst», fuhr Gorian fort. «Niemand darf dich erkennen, auch darfst du die Elben auf keinen Fall erschrecken! Sie dürfen nichts von deinem Tun bemerken, verstehst du?»

«Ich verstehe sehr gut, Herr ...»

Das bedeutete nichts anderes, als dass die drei am Leben gelassen wurden, solange er nach diesem seltsamen Zeichen forschte. Was aber würde Gorian von ihm verlangen, wenn er darüber Klarheit hatte?

«Ich habe dich für diese Aufgabe ausgewählt, weil ich glaube, dass du ebenso listig wie mutig bist. Enttäusche mich nicht, Darion!»

Das Lob beinhaltete zugleich eine Warnung. Darion erinnerte sich schwach, von Kammern und Höhlen tief unten im Felsgestein gehört zu haben. Dort – so hatte einer seiner Kameraden erzählt – würden jene ihre Fehler büßen, die an ihren Aufgaben scheiterten. Jahrelang, jahrzehntelang, bis ans Ende ihrer Tage. Kein Laut drang dorthin, auch waren das Weinen und Stöhnen der Gefangenen in keinem Teil des Palastes zu vernehmen.

Kapitel 4

«Es besteht ganz und gar aus roséfarbenem Atlasstoff, meine Liebe. Um das Dekolleté eine zarte Perlenstickerei, Mama hat extra roséfarbene Perlen besorgen lassen ...»

Lisa sprach mit vollem Mund und schielte schon nach den beiden Bratenscheiben, die Marian wieder einmal an ihren Tellerrand geschoben hatte. Sonntags stand Fleisch auf dem Speiseplan des Pensionats, das war vertraglich festgesetzt und konnte nicht umgangen werden. Die beiden Bratenscheibchen, die an jeden Zögling ausgeteilt wurden, waren jedoch so dünn, dass Kate behauptete, man könnte durch sie hindurchsehen. Sie hatte es sogar versucht und sich dabei einen Eintrag in Mrs. Potters Büchlein eingehandelt.

«Wenn du dein Fleisch nicht magst, Marian, dann würde ich es gern übernehmen», äußerte Lisa begehrlich und zielte mit ihrer Gabel auf Marians Teller. «Es wäre doch jammerschade, wenn es übrig bliebe, nicht wahr?»

«Eines ist für Kate, das andere für dich!», entschied Marian salomonisch. Sie hatte noch niemals gern Fleisch gegessen, schon gar nicht diesen Braten, dessen Farbe an graue Steine erinnerte.

Lisa fuhr fort, die Vorzüge ihres Ballkleides zu schildern, das ihre Mutter und ihre Tante zu Hause für sie nähten. Einige der Mädchen, besonders Gwendolyn, hörten ihr neidvoll zu, da ihre eigene Ausstattung weitaus bescheidener ausfallen würde. Andere kicherten und machten sich flüsternd über die mollige Lisa lustig. Wie sie wohl in dem roséfarbenen Kleid aussehen würde? Wie eine gestopfte Leberwurst vermutlich. Das Dekolleté allerdings war ganz sicher eindrucksvoll, denn Lisa war auch «obenherum» beneidenswert gut ausgestattet.

«Und die süßen kleinen Schuhchen aus weißem Leder – die müsstet ihr einmal sehen! Aschenputtel ist nichts dagegen! Mit geschwungenem Absatz und einem Schleifchen, in das eine roséfarbene Perle eingeknotet ist ...»

Marian sah, dass ihre Freundin Kate schon einen ganz sehnsüchtigen Blick bekam, und stieß sie mit dem Ellenbogen an.

«Komm zu dir, Kate!», flüsterte sie lächelnd. «Du weißt doch, dass sie immer übertreibt. Ich wette, die Perlen sind nur aus Glas, und die Schuhe hat sie von ihrer Mutter geerbt.»

Kate nickte und machte sich, von Marians Worten getröstet, über die geschenkte Bratenscheibe her. Oben am Kopfende des langen Tisches klopfte Mrs. Potter auf die Tischplatte, um die Mädchen daran zu erinnern, ihre Gespräche leise zu führen und nicht hysterisch zu lachen. Miss Woolcraft gab Reverend Jasper eine weitere Portion Bohnengemüse auf den Teller und lächelte den Seelenhirten dabei vielsagend an. Das üppige Fräulein hatte eine ganz besondere Schwäche für den geistlichen Herrn, die nicht nur platonischer Natur war. Als Mrs. Potters strafender Blick sie traf, erstarb das Lächeln auf ihren Zügen und wich einem schuldbewusst-verzweifelten Ausdruck. Miss Woolcraft war vollkommen mittellos und auf die Stelle als Lehrerin im Pensionat angewiesen. Ein böses Wort von Mrs. Potter, und der Besitzer, Mr. Duncaster, konnte sie auf die Straße setzen. Aus diesem Grund mutete die arme Miss Woolcraft stets wie Wachs in Mrs. Potters Händen an.

«Und überhaupt haben wir gerade eben noch in der Kirche gehört, dass all das nur eitler Tand ist», meinte Kate. «Wer will schon ein roséfarbenes Ballkleid haben? Ich jedenfalls würde darin ausschauen wie ein Schlossgespenst!»

Die Sonntagsmesse in der Kirche St. Jacobs war heute selbst den frömmsten unter den Zöglingen ungewöhnlich lang erschienen, was wohl an der strahlenden Frühlingssonne gelegen hatte, die in den Glasfenstern der Kirche spielte und bunte Schattenbilder auf den Steinfußboden warf. Auch die Bußpredigt des jungen Priesters hatte wenig zu dem prächtigen Tag gepasst – wer wollte schon in Sack und Asche gehen, wenn sich draußen Büsche und Wiesen mit farbiger Blütenpracht bedeckten und in den Fensternischen der Kirche verliebte Vogelmännchen ihre Arien in den Morgen schmetterten?

«Wozu braucht ein Mädchen überhaupt solch ein albernes Kleid?», pflichtete Marian ihrer Freundin bei. «Und noch dazu Schuhe, die in einer einzigen Nacht durchgetanzt sind? Weißt du, dass ich viel lieber im Reiterkleid und festen Mantel in Maygarden über die Hügel reiten würde, als mich hier in der Hauptstadt in einem Ballsaal herumzutreiben? Ach, ich träume in letzter Zeit so oft von meinem hübschen einsamen Landsitz! Ich wünschte wirklich, ich wäre dort!»

«Aber das kommt überhaupt nicht infrage, Marian!», regte Kate sich auf. «Du wirst George heiraten und mit ihm in London wohnen – das haben wir doch miteinander ausgemacht, oder nicht?»

«Also ... dass ich ihn heiraten werde, habe ich nicht gesagt, Kate. Höchstens wenn er mir gefällt ... vielleicht ...»

«Er wird dir ganz bestimmt gefallen, Marian! Ich werde ihm einschärfen, dass er sich dir gegenüber wie ein Gentleman zu benehmen hat. Weißt du, George tut alles, was ich will, er ist ein wirklich lieber Kerl, mit dem man Pferde stehlen kann ...»

Marian seufzte und schob den Teller zurück, obgleich noch einige Bohnen und eine halbe Kartoffel darauf lagen. Dieser Tag taugte nicht viel, das war jetzt schon klar. Kates Eltern waren ebenfalls zur Messe gekommen. Sie hatten gleich hinter den Zöglingen in einer Bank gesessen, und Kate hatte sich immer wieder umgedreht, um ihnen zuzulächeln. Nach dem Mittagessen würden sie ins Pensionat gehen, um Kate zu einem Ausflug abzuholen, und bei dieser Gelegenheit würde die arme Kate wohl die traurige Nachricht erfahren, dass Mr. Strykers seinem Mündel verboten hatte, die Einladung zur Abendgesellschaft anzunehmen. Das würde Kates schlaue Zukunftsplanung aus den Angeln heben, und obgleich Marian auf keinen Fall bereit gewesen wäre, Kate zuliebe den rothaarigen spindeldürren George zu heiraten, so tat ihr die Freundin doch leid.

Schlimmer noch war dieser Mensch, der ganz hinten im Kirchenschiff auf der letzten Bank gesessen hatte. Die Mädchen des Pensionats gingen immer paarweise durch den Mittelgang zu ihren Plätzen – eine lange Prozession, die von den übrigen Kirchenbesuchern mit leisem Schmunzeln beobachtet wurde. Marian selbst hatte den Mann gar nicht wahrgenommen, als sie an ihm vorüberging, aber Lisa, die neben ihr lief, machte sie auf ihn aufmerksam, und sie tat es so auffällig, dass es sämtliche Kirchenbesucher einschließlich des Küsters und der Knaben, die die Orgel melken mussten, mitbekamen.

«Hast du ihn gesehen, Marian? Großer Gott, das ist Professor Sereno, der berühmte Gesangspädagoge! Er soll die Giuditta Pasta und die Maria Malibran ausgebildet haben, und meine Cousine Grace hatte auch bei ihm Unterricht ...»

Zu allem Überfluss blieb sie auch noch stehen, um einen wohlerzogenen Knicks vor dem berühmten Mann zu machen – eine Geste, die dieser höflich mit einer angedeuteten Verbeugung im Sitzen quittierte. Doch Marian, die bei der Erwähnung seines Namens erstarrt war, bemerkte sehr wohl, dass Professor Serenos neugierige Blicke nicht auf die schmachtende Lisa, sondern auf sie, Marian, gerichtet waren. Er hatte übergroße braune Augen mit hängenden Lidern und Tränensäcken darunter, die jedoch erstaunlich ausdrucksvoll schauen konnten. Marian hatte zumindest das Gefühl gehabt, von diesem langen eindringlichen Blick geradezu verschlungen zu werden, und sie war froh, dass sie später in der ersten Bankreihe sitzen musste.

Normalerweise saßen dort jene Mädchen, die während der Woche mehrere Einträge in Mrs. Potters Büchlein erhalten hatten. Der Platz war nicht beliebt, denn man befand sich dort direkt unter den Augen des Priesters. Aber dort war sie durch die hinter ihr sitzenden Kirchenbesucher vor den aufdringlichen Blicken des Professors geschützt. Und natürlich hatte sie sich bemüht, die Kirchenlieder so leise wie möglich zu singen.

Die Mädchen, die heute mit dem Abräumen des Geschirrs an der Reihe waren, begannen jetzt auf Mrs. Potters Zeichen hin, die leer gegessenen Teller einzusammeln, um sie in die Küche zu tragen. Andere teilten schon Dessertteller für den Nachtisch und kleine Löffel dazu aus. Es gab Milchreis mit eingeweichtem Trockenobst, eine Nachspeise, die besonders bei den jüngeren Mädchen sehr beliebt war, einige behaupteten sogar, sie wären dafür gestorben.

Nach dem Mittagessen waren die Zöglinge am Sonntag meist sich selbst überlassen. Mrs. Potter pflegte sich dann in ihre Räume zurückzuziehen, um ein wenig Ruhe zu haben. Miss Woolcraft und Mrs. Crincle waren in einer weniger glücklichen Lage, da sie auch am Sonntag eine gewisse Aufsicht über die Zöglinge zu führen hatten. So galt es, jene Mädchen, die Besuch von Eltern oder Verwandten erhielten, sauber gekleidet und rechtzeitig in den Besucherraum zu führen und ihnen – falls ein Ausflug oder Spaziergang geplant war – einzuschärfen, spätestens um sechs Uhr wieder im Pensionat zu sein. Die anderen Mädchen hatten sich in den Klassenräumen oder in der Bibliothek aufzuhalten. Man konnte sich die Zeit mit Lesen oder Schwatzen vertreiben, durfte Briefe schreiben, seine Kleider, Strümpfe oder die Wäsche flicken, Handarbeiten anfertigen oder zeichnen. Alles hatte gesittet und ohne Lärm vor sich zu gehen, da Mrs. Potter in diesem Punkt sehr empfindlich war. Die lauten Stimmen ihrer

Zöglinge waren ihr am Sonntagnachmittag, wenn sie ausspannen wollte, ganz besonders widerwärtig. Aus diesem Grund war es den Zöglingen auch verboten, in den Garten zu gehen.

Trotzdem fand Marian die Sonntagnachmittage ganz angenehm. Vor allem, weil Miss Woolcraft und Mrs. Crincle ihre Aufsichtspflicht recht locker handhabten und nur hin und wieder bei den Mädchen auftauchten. Man hatte seine Ruhe, konnte ungestraft über die Lehrerinnen herziehen, Heimlichkeiten miteinander austauschen, und vor allem stand ihnen die große Bibliothek zur Verfügung, die einst dem adeligen Vorbesitzer gehört hatte. Weder Mrs. Potter noch die anderen Damen hatten eine Ahnung davon, welche Schätze Marian und Kate dort entdeckt hatten. Da gab es dicke Romane, Sammlungen merkwürdiger Geschichten und vor allem einen dicken Foliant mit Zeichnungen des menschlichen Körpers, die die Mädchen mit roten Ohren und glänzenden Augen betrachteten. Weder Marian noch Kate hatten jemals einen erwachsenen Menschen ohne Bekleidung gesehen. Man wusch sich in Unterwäsche, und auch wenn man badete, was im Pensionat einmal in der Woche anstand, behielt man ein Hemd an. Nicht einmal den eigenen Körper betrachtete man ohne Kleider – das war obszön. Und schon gar nicht einen männlichen Körper, wie er in diesem Buch gezeichnet war.

«Was hat er da in der Mitte?»

«Großer Gott – ich kann es nicht genau erkennen, Marian! Es schaut aus wie ein ... ein ... Ich erinnere mich, dass mein kleiner Bruder so etwas hatte, als man ihn badete.»

«Es schaut recht hässlich aus, findest du nicht, Kate?»

«Ja, wirklich. Du liebe Güte – ich habe gehofft, es verwächst sich, wenn er größer wird! Aber ganz offensichtlich bleibt es erhalten – armer Peter!»

«Glaubst du ... glaubst du, alle Männer haben dieses ... dieses Ding?»

Sie waren auch, nachdem sie länger nachgegrübelt hatten, zu keinem rechten Ergebnis gekommen, doch als sie weiter in dem Buch blätterten und noch andere Zeichnungen fanden, mussten sie annehmen, dass die Vermutung richtig war.

«Ich kann mir nicht vorstellen, wozu das gut sein soll», meinte Kate und runzelte die Stirn.

Sie versteckten das Buch wieder unten im Regal zwischen den Atlanten und den französischen Wörterbüchern, wo sie es per Zufall gefunden hatten. Keines der anderen Mädchen, nicht einmal Lisa und schon gar nicht Gwendolyn, die Verräterin, ahnten etwas von diesem aufregenden Fund. Es war ihr Geheimnis.

Nach dem Mittagessen machte Kate sich ausgehfertig, knöpfte einen kleinen weißen Spitzenkragen an das graue Kleid und nahm die Schürze ab. Dann bat sie Marian, ihr das Haar zu kämmen. Kates Haar war kupferrot und sehr kräftig. Wenn die Sonne darauf fiel, versprühte es glitzernde Fünkchen. Hier war ausgleichende Gerechtigkeit im Spiel, fand Marian, dass die unscheinbare sommersprossige Kate mit solch einem prächtigen Haarschopf gesegnet war, nach dem die Leute auf der Straße sich umdrehten. Kate selbst war von diesem auffälligen Schmuck jedoch gar nicht begeistert, sie hätte viel lieber glattes braunes Haar gehabt.

«Es ist wirklich schade, dass du nicht mitkommen kannst!», meinte Kate unglücklich.

«Das finde ich auch. Aber vielleicht klappt es ja an einem der kommenden Sonntage ... Ich wünsche dir jedenfalls einen wunderschönen Nachmittag, Kate.»

«Ohne dich macht mir das alles keinen Spaß!»

Marian haderte mit dem Schicksal, als sie die Treppen zur Bibliothek hinauflief. Kate würde heute mit ihren Eltern in den Zoo gehen – ein Vergnügen, zu dem man Marian normalerweise eingeladen hätte, aber leider musste sie hierbleiben, um auf den lästigen Gesangsprofessor zu warten. Der sollte sich wundern, wenn er nachher kam – keinen Ton würde er von ihr zu hören bekommen! Sollte er doch die vielen Mädchen unterrichten, die sich ihm vor die Füße warfen! Es war wirklich ärgerlich, dass er ihr diesen schönen Nachmittag verdarb.

Die Bibliothek stellte einen der Räume dar, die Mr. Duncaster aus weiser Sparsamkeit von allen Renovierungsarbeiten ausgenommen hatte. Sie befand sich noch im gleichen Zustand, in der ihr Vorbesitzer sie verlassen hatte. Man musste in die zweite Etage hinaufsteigen, wo sich auch die Dienstbotenkammern und die Vorratsräume befanden, und eine eingelegte Tür öffnen, um in den großen halbdunklen Raum zu gelangen. Es war sehr still dort, nur das Parkett knarrte, wenn man darüberging, und manchmal erschreckte einen ein Knacken, das von den mit Büchern beladenen Schränken herrührte. Man konnte sehr gut sehen, wie die Bibliothek im Laufe der Jahrzehnte gewachsen war, denn man hatte immer neue Schränke anschaffen müssen, bis schließlich kein Stückchen der verblassten hellblauen Tapete mehr zu sehen war. Die Vorhänge an den Fenstern bestanden aus rotem Samt, der im Laufe der Jahre ausgebleicht war. Mrs. Potter schickte hin und wieder eines der Dienstmädchen mit einem Staubwedel vorbei, vor allem wegen der Spinnen, die sich in den Vorhängen und hinter den Schränken aufhielten, und auch der Fußboden wurde manchmal gekehrt. Ansonsten aber traf man hier oben höchstens einmal Reverend Jasper, denn weder Mrs. Potter noch Miss Woolcraft oder die Crincles hielten viel von alten Büchern.

Marian setzte sich an den langen Tisch, der in der Mitte des Raumes stand, und stützte den Kopf in die Arme. Von unten hörte man Gelächter und Gekicher – einige der Mädchen saßen wohl im Klassenzimmer und schwatzten. Da würde vermutlich gleich Miss Woolcraft dazwischenfahren, denn sie waren zu laut. Eigentlich hätte sie ja zu den anderen hinuntergehen können, aber aus irgendeinem Grund war ihr heute nicht nach dummen Witzen und albernen Geschichten zumute. Sie überlegte, ob sie sich eines der Bücher holen sollte, in denen sie vergangenen Sonntag geschmökert hatte. Es waren Geschichten und Sagen gewesen, Elben, Riesen und Zwerge waren darin vorgekommen, auch junge Helden, die sich in schöne Frauen verliebten. Leider waren alle Liebesgeschichten, die sie bisher gelesen hatte, sehr traurig ausgegangen, aber vielleicht fand sie ja wenigstens eine, die glücklich endete.

Sie holte tief Luft und stand auf, um das Buch aus dem Schrank zu nehmen. Vermutlich würde man sie genau in dem Moment nach unten rufen, wenn die Geschichte so richtig spannend wurde – so war es immer. Aber das war schließlich kein Grund, überhaupt nicht mehr zu lesen.

Die Ecke, in der der Schrank stand, erschien ihr heute besonders dunkel. Vermutlich lag es daran, dass jemand die Vorhänge vor die Fenster gezogen hatte, sodass das Sonnenlicht rote Flecke auf den alten Samt zauberte. Die Schatten, die auf das eingelegte Parkett vor dem Schrank fielen, waren ebenfalls rot, seltsame Flecke und Zeichen, die sich bewegten und einen flackernden Tanz aufführten. Marian schritt mutig mitten durch die roten Flammenzeichen hindurch, zog die mit Glas eingelegte Schranktür auf und musterte die Buchrücken. Es war ein schmaler Band gewesen, in hellbraunes glattes Leder gebunden. Der Buchtitel war in kleiner ziemlich verblasster Goldschrift auf den Buchrücken gedruckt.

Stand eines der Fenster offen, oder war der Luftzug von der Tür her gekommen? Sie hielt inne und sah sich um – nein, die Tür war geschlossen. Weshalb aber hatte sie gerade eben das Gefühl gehabt, der Fenstervorhang hätte sich bewegt?

Ich sehe Gespenster, dachte sie beklommen. *Am frühen Nachmittag bei hellem Sonnenschein, während unten im Klassenzimmer die anderen Mädchen Witze erzählen, bilde ich mir ein, hier in der Bibliothek ginge ein Geist um!*

Doch sie konnte das unruhige Klopfen ihres Herzens ebenso wenig beherrschen wie das seltsame Summen in ihren Ohren. Ihr Finger glitt über die Buchrücken, folgte den breiten und schmalen Wölbungen der ledernen Einbände, doch ihre Aufmerksamkeit galt nicht mehr den Büchern. All ihre Sinne waren nach außen gerichtet. Da war etwas, sie spürte es deutlich: Ein Wesen teilte diesen Raum mit ihr, ein Schatten war gerade eben dicht an ihr vorbeigeschlüpft und befand sich jetzt hinter dem dicken Samtvorhang des Fensters. Ein Zittern erfasste Marian, das nichts mit Furcht zu tun hatte. Es kam vielmehr einem Zustand hochgespannter Erwartung gleich. War es jener fremde Besucher, den sie vor Tagen gesehen hatte? Sie hatte oft an ihn gedacht und sogar von ihm geträumt, schließlich aber auch überlegt, ob sie vielleicht krank war und Wahnvorstellungen gehabt hatte.

Wenn ich verrückt bin, dann ist hinter dieser Gardine schlicht und einfach gar nichts, dachte sie. *Wenn es aber tatsächlich Geistwesen gibt, dann versteckt sich eines davon jetzt hinter diesem verdammten alten Samtvorhang!*

Blitzschnell drehte sie sich um, fasste eine Falte des Vorhangs und riss den Stoff schwungvoll zur Seite. Staub wirbelte auf, irgendwo knirschte etwas Metallisches, weiter oben brach etwas aus der Wand heraus, und der gesamte Vorhang stürzte samt Stange und Aufhängung herunter. Marian konnte gerade noch zurückweichen, sonst hätte die schwere Messingstange sie getroffen, dann aber versank sie in einer Wolke aus ergrautem Mauerputz, Tapetenresten und uraltem Dreck. Hustend und keuchend flüchtete sie aus der Ecke heraus und wischte sich den Staub aus den Augen. Gar nichts war hinter dem Vorhang gewesen, nur Spinnweben und jede Menge Schmutz. Es gab keine Geistwesen.

Kapitel 5

«Großer Gott!», hörte Marian Miss Woolcrafts Stimme. «Was hast du denn nun wieder angestellt, Marian Lethaby? Willst du dieses Haus endgültig ruinieren?»

Miss Woolcraft hatte die Tür der Bibliothek aufgerissen und eilte jetzt, einem grauen Schlachtschiff gleich, an Marian vorbei zum Fenster hinüber, um den Schaden in Augenschein zu nehmen.

«Der schöne Vorhang!», rief sie und schlug theatralisch die Hände zusammen. «Und die Stange aus der Wand gerissen! Na, das wird teuer. Wenn Mr. Duncester davon erfährt, wird er ...»

Sie konnte den Satz nicht zu Ende sprechen, weil der immer noch umherwirbelnde Staub ihr in Hals und Nase drang und sie husten musste.

«Ich wollte nur den Vorhang beiseiteschieben, da ist alles auf mich heruntergefallen», verteidigte Marian sich. «Wenn die Messingstange mich erschlagen hätte, käme die Sache für Mr. Duncester noch viel teurer ...»

Miss Woolcraft hustete immer noch und konnte daher nichts erwidern, doch sie bewegte abwehrend die Arme, um Marian anzudeuten, dass sie puren Unsinn redete.

«Komm jetzt mit hinunter, es ist Besuch für dich gekommen!», keuchte sie schließlich und fasste Marian am Arm. «Nein, warte! Klopf erst einmal dein Kleid ab, und fahr dir durchs Haar. Fester. Noch fester! Du liebe Güte, was für ein Staub! Wisch dir übers Gesicht! Und schüttle den Rock aus ...»

Es dauerte eine Weile, bis Marian in einen Zustand versetzt worden war, in dem man sie präsentieren konnte. Unten im Salon – den Mrs. Potter eigentlich als Teil ihrer Privaträume betrachtete – wartete Professor Sereno auf sie.

«Was für ein unglückseliger Tag!», stöhnte Miss Woolcraft mit einem letzten Blick auf das Häuflein Müll, das einmal ein Vorhang gewesen war. «Die arme Mrs. Crincle hat fürchterliche Kopfschmerzen, und ihrem Mann geht es auch nicht gut – es ist, als läge etwas in der Luft ...»

Sie stiegen die Treppe ins Erdgeschoss hinunter, und je tiefer sie kamen, desto mehr dämpfte Miss Woolcraft ihre Stimme, um ja Mrs. Potter nicht in ihrer Sonntagsruhe zu stören.

«Und benimm dich anständig!», flüsterte sie, als sie vor der Tür des Salons standen. «Mrs. Potter meinte, es sei für das Pensionat eine besondere Auszeichnung, dass dieser berühmte Mann an einer unserer Schutzbefohlenen Interesse zeigt. Bemüh dich also, einen guten Eindruck zu machen ...»

«Ja, Miss Woolcraft.»

Mrs. Potter konnte Marian sowieso nicht leiden – nach ihrem Gespräch mit Professor Sereno würde sie sie hassen.

Der Salon war mit dem noch verwendbaren Mobiliar des adeligen Vorgängers vollgestopft, das man aus verschiedenen Zimmern zusammengetragen und hier aufgestellt hatte. Marian fand den Raum fürchterlich stickig und überladen – ein Wunder, dass Mrs. Potter sich hier wohlfühlen konnte.

«Da bist du ja endlich, Marian!»

Natürlich hatte Mrs. Potter es sich nicht nehmen lassen, den berühmten Gesangspädagogen zu empfangen und ein wenig mit ihm zu plaudern. Anders als Mr. Strykers schien Professor Sereno jedoch keine Neigung zu Wacholderlikör zu verspüren, und auch die Gespräche schienen recht unbefriedigend verlaufen zu sein. Das war schon an Mrs. Potters missvergnügtem Gesichtsausdruck und an ihrem ruppigen Ton zu erkennen. Marian gönnte ihr die Enttäuschung, und obgleich sie immer noch entschlossen war, keinen einzigen Ton zu singen, stieg der Gesangsprofessor doch ein wenig in ihrer Achtung.

Sereno erhob sich aus dem Sessel, um Marian die Hand zur Begrüßung zu reichen, ganz so, als wäre sie eine junge Lady. Sie hatte ihn in der Kirche nur flüchtig betrachten können. Jetzt stellte sie fest, dass er ein kräftiger und ziemlich groß gewachsener Mann war, der Anzüge aus gutem Tuch bevorzugte, jedoch statt eines Binders ein seidenes Halstuch trug. Er hatte dunkles glattes Haar, das in der Mitte des Schädels schon ziemlich dünn geworden war. Das Auffälligste an ihm waren jedoch die übergroßen braunen Augen. Die hängenden Lider verliehen ihnen einen verträumten Ausdruck, in Wirklichkeit aber war Sereno hellwach, und Marian hatte wieder das Gefühl, von seinem Blick verschlungen zu werden. Was wollte dieser Mensch von ihr?

«Marian Lethaby? Ich freue mich sehr ...»

Sie knickste höflich. Mrs. Potter, die in ihrem Sessel sitzen geblieben war, wackelte mit den Augenbrauen und spitzte die Lippen, um ihrem Zögling anzudeuten, dass jetzt Beglückung und begeisterter Dank für den Besuch angebracht wären. Doch Marian tat, als bemerkte sie Mrs. Potters mimische Aufforderung nicht, und schwieg sich aus. Sie hatte keinen Grund, diesem Mann zu schmeicheln oder ihm gar dankbar zu sein. Weshalb also sollte sie lügen?

«Man hat dir gesagt, weshalb ich gekommen bin?»

«Ja, Mr. Sereno. Aber leider kann ich Ihren Wunsch nicht erfüllen. Meine verstorbene Mutter wollte nicht, dass ich singe, und ich werde ihren Willen in Ehren halten.»

«Marian!», rief Mrs. Potter aufgebracht aus. «Entschuldige dich sofort bei Professor Sereno, und hör auf, diesen Unsinn zu reden! Natürlich wirst du ihm vorsingen! Los, los – geh hinüber zum Klavier, und zier dich nicht! Niemand wird dir den Kopf abreißen ...»

Marian hatte geglaubt, der Professor würde über ihre Weigerung erstaunt sein. Ihr gut zureden. Vielleicht auch zornig werden. Doch er tat nichts dergleichen. Schweigend wandte er sich um und hob den Deckel der Klaviertastatur, zog den Schemel in die richtige Position und setzte sich an das Instrument. Bevor er zu spielen begann, sah er kurz zu Mrs. Potter hinüber, und dieser Blick genügte, um ihr das Wort im Munde abzuschneiden.

Wie warme Regentropfen fielen die ersten Töne in den Raum, schillernd wie bunte Perlen, sachte und doch stark wie ein Zauberbann. Sereno begann, zu singen. Atemlos hörte Marian den Klang seiner dunklen weichen Stimme, spürte Sehnsucht und heiße Glückseligkeit, schmolz in unendlich tiefer Trauer dahin. Nie zuvor hatte sie geahnt, welche Empfindungen die Musik in ihr auslösen konnte. Auch hatte sie niemals vorher solch zauberhaft schönen Gesang vernommen. Auf solche Art singen zu können, musste das Wunderbarste sein, was einem Menschen auf Erden widerfahren konnte.

Als er das Lied beendet hatte, blieb Sereno für einen Moment unbeweglich sitzen, den Oberkörper vorgebeugt, die Hände noch auf den Klaviertasten liegend, als lauschte er den Klängen nach.

«Ich wünschte, ich könnte es besser», sagte er leise. «Frau Musika ist eine gestrenge Herrin, und ich habe ihr so manches Jahr treu gedient. Aber ich werde alt, und meine Stimme ist nicht mehr die, die sie einmal war.»

«Es war das Schönste, was ich je gehört habe», stammelte Marian. «Was war das für eine Musik? Es klang so ernst und zugleich doch süß und voller Trauer. Ach, ich ... ich kann es nicht mit Worten ausdrücken ...»

Sie bemerkte erst jetzt, dass ihr Tränen über die Wangen liefen, und sie wischte sie verlegen mit dem Handrücken fort. Sereno verharrte immer noch in der vorgebeugten Körperhaltung, doch er drehte seinen Kopf in ihre Richtung und sah sie an. Sein Blick war jetzt ein völlig anderer, er schien sehr berührt von ihrer Ergriffenheit, und wenn sie sich nicht täuschte, dann hatte auch er feuchte Augen.

«Es ist ein Lied, das ein deutscher Komponist mit Namen Franz Schubert geschrieben hat. Ich liebe es sehr und hoffte, es würde dir gefallen ...»

Wie zufällig erklangen wieder einzelne Töne auf dem Klavier, und Sereno lächelte sie an wie eine vertraute Freundin, während er den Anfang der Begleitung noch einmal spielte. War es die Macht dieser ernsten zarten Melodie oder ein unbekannter Zauberbann, mit dem dieser Mensch Marian belegt hatte? Wie von selbst drangen Töne aus ihrer Brust, ihre Kehle weitete sich, und noch bevor sie wusste, was sie tat, vernahm sie ihren eigenen Gesang. Sereno spielte mit geschlossenen Augen, lauschte ihrer Stimme mit großer Aufmerksamkeit, und sein Klavierspiel trug sie voran. Wie war es möglich, dass sie dieses Lied nun fehlerfrei singen konnte, obgleich sie es doch nur ein einziges Mal gehört hatte? Jeder Ton, jede Silbe waren ihr vertraut, ohne dass sie begreifen konnte, woher dieses Wissen stammte.

Als sie geendet hatte, blieb auch sie nun unbeweglich, spürte noch der Stimmung des Liedes nach, und plötzlich stieg eine Szene in ihr auf, die sie längst vergessen hatte. Ihre Mutter, die am Klavier saß und sang, die Hände auf den Tasten, den Oberkörper ein wenig zurückgelehnt, in ihrem langen Haar spielten gleißende Sonnenblitze. Ihre Mutter hatte dieses Lied gesungen, deshalb kannte Marian es so gut!

«Na siehst du, Marian!», platzte Mrs. Potter in ihre Träumerei hinein. «Es geht doch, wenn du dir ein wenig Mühe gibst!»

Mit einem Schlag wurde Marian bewusst, dass man sie übertölpelt hatte. Sie hatte gesungen – und dabei hatte sie doch gerade noch stolz erklärt, dies auf keinen Fall tun zu wollen, weil ihre Mutter es ihr verboten habe.

«Es ... es war nur ... ausnahmsweise. Wegen des Liedes ...», stotterte sie, doch sie spürte, dass sie unglaubwürdig und lächerlich geworden war. Ärgerlich kniff sie die Lippen zusammen und starrte den Professor am Klavier feindselig an.

Doch auch Sereno war über Mrs. Potters Bemerkung wenig erfreut. Er holte tief Luft, als hätte er gern etwas Abfälliges bemerkt, hielt sich jedoch in kluger Vorsicht zurück und bedachte Mrs. Potter stattdessen nur mit einem unfreundlichen Blick.

«Ich wollte dich nicht zu etwas verleiten, was du bereuen könntest, Marian», erklärte er bedauernd. «Ich hatte vielmehr die Absicht, dir eine Tür zu öffnen. Die Tür zum Zauberreich der Musik und der Kunst des Gesanges. Ich habe dieser Kunst mein ganzes Leben geweiht, Marian, und ich wünschte sehr, dich dorthin mitnehmen zu dürfen. Niemand verdient es so sehr wie gerade du, mein Kind, denn die Vorsehung hat dich mit einer ungewöhnlich schönen Stimme ausgestattet.»

Marian spürte, wie ihr Ärger sich bei seinen Worten auflöste. Dieser Mensch hatte zwar etwas Wunderliches an sich, aber er war ein beeindruckender Musiker. Vielleicht hatte er ja recht. Weshalb sollte sie sich dem Singen verweigern, nur weil sie sich über die lästige Mrs. Potter ärgerte? Damit brachte sie sich doch selbst um ein großes Glück.

«Es war ganz außergewöhnlich schön und aufregend, Mr. Sereno. Ich wusste selbst nicht, dass ich so gut singen kann, aber es hat mir gefallen ...»

Jetzt zeichnete sich so etwas wie Triumph in den Zügen des Professors ab. Wenn sein Ziel tatsächlich darin bestanden hatte, in Marian die Liebe zur Musik zu wecken, dann hatte er es erreicht.

«Es hat auch mir großes Vergnügen bereitet, Marian. Ich lasse dir nun ein wenig Zeit, um nachzudenken. Aber wenn du Lust hättest, ein Studium des Belcanto bei mir aufzunehmen, dann würde ich mich sehr freuen.»

Er hatte sich vom Klavierschemel erhoben, während er dies sagte, und machte schließlich auch eine höfliche Verbeugung zu Mrs. Potter hinüber, die mit einem verbindlichen Kopfnicken beantwortet wurde. Mrs. Potter war heute mit ihrem Zögling Marian Lethaby sehr zufrieden.

«Du kannst jederzeit in meinem Institut vorbeikommen, um dir die Arbeit dort anzuschauen», fuhr Sereno zu Marian gewandt fort und fügte lächelnd in Mrs. Potters Richtung hinzu: «Ich bin sicher, dass Sie Marian die Erlaubnis dazu geben werden, meine liebe Mrs. Potter. Ich weiß doch, dass auch Sie eine leidenschaftliche Anbeterin der schönen Künste sind.»

Er rannte offene Türen ein, denn Mrs. Potter hätte sich auch ohne dieses Kompliment gefügig gezeigt. So aber erklärte sie eifrig, dass ihre Zöglinge normalerweise unter strenger Aufsicht stünden und das Pensionat nur zum Kirchgang verlassen dürften.

«In diesem Fall werde ich jedoch eine Ausnahme machen, lieber Professor. Sie haben ganz recht – für die Kunst müssen Opfer gebracht werden. Marian, verabschiede dich jetzt von Professor Sereno. Du wirst in der kommenden Woche sein Institut besuchen und dir alles genau anschauen ...»

Marian schien es fast, als hätte er Sorge, sie könnte es sich anders überlegen, denn er hielt ihre Hand beim Abschied für einen Moment fest und blickte ihr tief in die Augen.

«Es liegt ganz an dir, Marian», sagte er bedeutungsvoll. «Ich hoffe sehr, dass du die rechte Entscheidung treffen wirst.»

Als sie aus dem Salon trat, sah sie Miss Woolcrafts üppige Gestalt gleich einem großen grauen Kaffeewärmer davonschweben und hinter der Tür zu einem der Wirtschaftsräume verschwinden – vermutlich hatte sie an der Tür gelauscht.

Marian blinzelte in die goldfarbenen Sonnenstrahlen, die durch ein offenes Fenster in den Flur fielen. Plötzlich verspürte sie ein ungeheures Glücksgefühl. Ja, sie würde singen lernen, die Musik war ihre Bestimmung! Vielleicht würde sie ja einmal an der Oper singen und eine berühmte Primadonna werden – das war auf jeden Fall besser, als irgendeine «gute Partie» heiraten zu müssen. Es war auch besser, als das ganze Jahr über mutterseelenallein auf dem einsamen Landsitz zu leben.

Gut gelaunt lief sie ins Klassenzimmer hinüber, um nun auch ein wenig zu plaudern und die anderen zum Lachen zu bringen.

Sie fand die Mädchen an den drei Fenstern verteilt und eifrig hinaus in den Garten spähend. Die Fenster waren schmal, und die Gardinen behinderten den Blick zusätzlich, sodass es immer wieder zu zornigem Geflüster kam und man sich gegenseitig beiseiteschob.

«Was gibt's da draußen denn zu sehen?»

Gekicher war die Antwort – meine Güte, war Marian aber dumm, sie hatte tatsächlich überhaupt nichts mitbekommen!

«Der neue Hausmeister, den Mrs. Potter eingestellt hat», ließ Lisa sich endlich zu einer Erklärung herab. «Ich glaube, er ist noch ungeschickter als sein Vorgänger. Schau dir das an, er kommt nicht einmal mit einer Leiter zurecht!»

Man vernahm einen dumpfen Schlag, alle Mädchen kreischten auf und hielten sich dann rasch die Hände vor die offenen Münder. Als Marian sich endlich einen Platz am Fenster erobert hatte, sah sie gerade noch, wie der unglückliche junge Mann unter einer umgestürzten Leiter hervorkroch.

«Selbst schuld, wenn er meint, am Sonntagnachmittag das Dach flicken zu müssen», bemerkte Lisa mitleidslos.

Kapitel 6

«Es ist jammerschade», seufzte Kate und zog das Cape enger um ihre Schultern. «Meine Eltern waren sehr erstaunt über Mr. Strykers ablehnende Antwort. Ehrlich gesagt, sie waren beleidigt.»

Die Mädchen durften nach dem Abendessen noch ein wenig durch den Garten laufen, wobei sie allerdings die Wiese zu meiden hatten und auf den Wegen bleiben mussten. Von dem schönen Sonnenschein, der den ganzen Tag über geherrscht hatte, war jedoch wenig übrig. Es war kühl geworden, und der Abendwind trug winzige Regentröpfchen herbei. Die Mädchen gingen in kleinen Gruppen über die Gartenwege, einige hielten sich brav an den Händen, andere hüpften herum und wenige ganz mutige bewarfen ihre Freundinnen mit Kieseln. Mrs. Crincle, die die Aufsicht hatte, ließ Milde walten – erfahrungsgemäß schliefen die Zöglinge besser ein, wenn sie zuvor an der frischen Luft gewesen waren.

«Ganz so schlimm ist es nicht», tröstete Marian, die neben Kate auf dem schmalen Pfad entlang des Kartoffelackers ging. «Wenn ich bei Professor Sereno die Kunst des Belcanto erlerne, werde ich auch in seinem Institut wohnen. Da könnten wir uns an den Sonntagen im Zoo treffen oder im Park spazieren gehen.»

«Das ist nicht dasselbe», murrte Kate. «Georges Haus ist nur wenige Schritte entfernt – wir hätten jeden Tag miteinander Tee trinken können. Aber da du jetzt eine berühmte Opernsängerin wirst, bin ich ja wohl sowieso abgeschrieben!»

Ein Windstoß ergriff ihre wollenen Umhänge, und beide Mädchen hatten einen Moment zu tun, um ihre Kleidung wieder in

Ordnung zu bringen. Es war wirklich kühl, und die Regentropfen drangen langsam, aber sicher durch den Stoff.

«Solch ein Unsinn!», schimpfte Marian. «Ich will überhaupt keine berühmte Sängerin werden, ich will einfach nur singen lernen und musizieren. Für mich, nicht für andere Leute. Verstehst du das nicht?»

Kate hatte sich umgedreht und sich die Kapuze über den Kopf gezogen – es war Zeit, zum Haus zurückzugehen, bevor sie ganz und gar durchweicht waren.

«Ich verstehe nur, dass du heute Früh noch erzählt hast, du würdest keinen einzigen Ton singen», meinte sie spitz. «Jetzt aber willst du auf einmal in Serenos Institut wohnen und dort die Kunst des Belcanto erlernen. Ich glaube nicht, dass mein Vetter George Lust hat, eine Bühnenkünstlerin zur Frau zu nehmen.»

Marian reichte es langsam. Sie konnte ja verstehen, dass Kate gekränkt war – aber deshalb musste sie nicht so hochnäsig daherreden.

«Du liebe Güte – weshalb lässt du mich nicht endlich mit deinem Vetter George in Ruhe? Wer hat denn gesagt, dass ich ihn heiraten will?»

Kate gab darauf keine Antwort und stakste beleidigt davon. Der Wind presste ihr den Rock gegen die dünnen Beine, und das wollene Cape flatterte wie ein paar grauer Flügel um ihre Schultern. Trotz ihres Ärgers musste Marian schmunzeln, denn die Freundin glich einer übergroßen Krähe, die sich gerade in die Luft erheben wollte.

«Kate! Ich habe es nicht so gemeint. Lass uns nicht streiten!»

Der Himmel öffnete jetzt seine Schleusen, und heftig prasselte Regen herab. Überall im Garten sah man die Mädchen zum Haus hinübereilen, einige stolperten in ihrer Hast über einen herumliegenden Blecheimer, zwei der jüngsten traten versehentlich in die frisch angelegten Kohlbeete. Kate umschiffte geschickt alle Hindernisse und verschwand im Hauseingang, ohne sich noch einmal nach ihrer Freundin umzudrehen. Wie es schien, war sie nun endgültig böse.

Marian hatte zu laufen begonnen, um Kate noch einzuholen, jetzt aber sah sie ein, dass es zwecklos war, und ging langsamer. Wie selbstsüchtig Kate doch war! Das hätte ihr längst auffallen müssen. Ob Marian glücklich war oder nicht, das interessierte Kate wenig – die Hauptsache war, sie konnte täglich mit ihr Tee trinken.

«Du wirst ja ganz nass, Marian!»

Sie fuhr zusammen, denn die Stimme war ihr vollkommen unbekannt. Unvermittelt war der neue Hausmeister neben ihr aufgetaucht und hielt einen breiten schwarzen Schirm über sie.

«Habe ich dich erschreckt?», fragte er, und auf sein Gesicht malte sich ein breites schuldbewusstes Lächeln. «Das tut mir leid. Ich war drüben im Geräteschuppen. Komm unter meinen Schirm, es wäre doch schade, wenn du dir eine Erkältung holen würdest ...»

«Sehr ... sehr freundlich, Mr. Mills. Danke ...»

Sie fand es eigentlich albern, von diesem seltsamen Kauz wie von einem Gentleman «beschirmt» zu werden, noch dazu vor den Augen ihrer Mitschülerinnen. Einige der Mädchen standen bei der Eingangstür, um ihre nassen Umhänge auszuschütteln. Auch Mrs. Crincle wartete dort, bis all ihre Schäfchen im Trockenen waren. Aber es wäre schrecklich unhöflich gewesen, das Angebot abzulehnen, und irgendwie fand Marian diesen Burschen rührend, so ungeschickt, wie er war.

Jonathan Mills war noch jung, vermutlich kaum zwanzig Jahre alt, lang aufgeschossen und sehr dünn. Die grobe Arbeitsjacke war ihm ein ganzes Stück zu weit, die Ärmel dafür jedoch zu kurz, sodass seine Unterarme herausragten. Jetzt, da er neben ihr herlief und den Regenschirm sorgsam über sie hielt, fiel ihr auf, dass seine Hände überraschend schön waren und gar nicht zu seiner schlaksigen Gestalt passten. Es waren die kräftigen Hände eines erwachsenen Mannes, dabei jedoch ebenmäßig geformt, mit ovalen makellosen Fingernägeln. Auf dem Handrücken sprossen feine schwarze Härchen. Ein Arbeiter war er gewiss nicht, sonst hätte er Schwielen und Risse an den Händen gehabt.

«Haben Sie früher auch als Hausmeister gearbeitet?», fragte Marian neugierig. Er gab keine Antwort, vielleicht hatte er ihre Frage ja nicht gehört. Zwischen den Kräuterbeeten war der Weg so schmal, dass Jonathan zwei Schritte hinter ihr gehen musste.

«Ich glaube fast, Sie sind kein Handwerker, sondern ein Student.»

Neugierig drehte sie den Kopf, um die Wirkung ihrer Worte in seinem Gesicht abzulesen. Sie musste geradewegs ins Schwarze getroffen haben, denn er schaute erschrocken drein, fast wie ein ertappter Schwindler. Eigentlich hatte er angenehme Gesichtszüge, nur die Nase war zu groß, und das Kinn wich zurück, was ihm ein schüchternes Aussehen verlieh. Dafür hatte er sehr volles dunkles Haar, das in Büscheln nach allen Richtungen stand. Ob er sich niemals kämmte?

«Ich habe recht, wie?», riet Marian lächelnd. «Keine Sorge, ich verrate es niemandem. Halten Sie sich an Mr. Crincle, den Gärtner. Er ist ein erfahrener Handwerker und wird Ihnen schon helfen. Die Crincles sind zwar ein wenig sonderbar, aber es sind gutherzige Menschen.»

Sie sprach mit gedämpfter Stimme, da sie schon dicht bei der Eingangstür waren. Allerdings hätte Mrs. Crincle, die dort auf sie wartete, ihre Worte ruhig hören dürfen. Marian hatte ja nicht schlecht über sie und ihren Mann gesprochen.

«Vielen Dank für den Rat, Marian! Du bist wirklich ein nettes

Mädchen. Wenn auch du einmal Hilfe brauchen solltest – ich werde zur Stelle sein!»

Er sprach ebenfalls mit leiser Stimme, es klang fast verschwörerisch, so als gefiele es ihm, mit ihr Heimlichkeiten zu teilen. Marian fand, dass er ein Stück zu weit ging- immerhin war sie ein Zögling des Pensionats und er nur ein Angestellter. Sie bereute nun ihre Vertrauensseligkeit, stieg rasch die drei Stufen hinauf und schlüpfte an Mrs. Crincle vorbei durch die Tür.

«Gütiger Himmel!», hörte sie diese hinter sich ausrufen. «Wie kommen Sie zu diesem Schirm, Mr. Mills? Geben Sie ihn nur rasch her – der gehört Mrs. Potter!»

Oh weh!, dachte Marian mitleidig. Da war der arme Bursche schon wieder ins nächste Fettnäpfchen getappt. Er war aber auch gar zu ungeschickt! Mrs. Potter war ausgesprochen empfindlich, was ihre Besitztümer anbelangte – ganz gleich, ob es sich um ihre mit Rosen bemalte Kaffeetasse, ihr persönliches Sitzkissen im Speiseraum oder um ihren Regenschirm handelte. Auch wenn Mrs. Crincle den Schirm jetzt zusammenfaltete und wieder in den Ständer stellte – Mrs. Potter würde sehr bald auffallen, dass ihr gutes Stück tropfnass war.

Miss Woolcraft scheuchte die Mädchen hinüber in den Waschraum, wo sie sich für die Nacht fertig machen sollten.

«Da bist du ja, Marian!», rief Lisa belustigt aus. «Einen feinen Kavalier hast du dir da an Land gezogen! Wie brav er hinter dir hergelaufen ist und immer nur deinen Rücken angeschaut hat!»

«Meinen Rücken?»

Lisa zerrte sich das nasse Kleid herunter und warf es achtlos auf den Fußboden. In dem weiten Hemd und den langen spitzenbesetzten Unterhosen sah sie fast noch unförmiger aus, als wenn sie angekleidet war.

«Ja, er hat dir immer zwischen die Schulterblätter gestarrt. Ich glaube, er war so verlegen, dass er nicht wagte, den Kopf zu heben. Ein Wunder, dass er nicht gestolpert ist ...»

«Ein wenig merkwürdig ist er schon. Aber ich glaube, er ist ein anständiger Bursche.»

Lisa zog sich das lange Nachthemd über, und da Miss Woolcrafts gestrenger Blick auf ihr ruhte, entschloss sie sich, wenigstens das Gesicht mit etwas Wasser zu benetzen.

«Ich wette, Mrs. Potter wirft ihn noch diese Woche hinaus», blubberte sie und rubbelte sich dann umständlich mit dem Handtuch trocken. «Er taugt doch wirklich zu gar nichts!»

Doch die schlaue Lisa täuschte sich. Nur wenige Tage später gab es ein aufregendes neues Gesprächsthema im Pensionat. Die Mädchen flüsterten in den Pausen, standen dicht gedrängt an den Fenstern des Klassenzimmers, um in den Garten zu schauen, und es wurde allgemein bedauert, dass in dieser Woche niemand in die Bibliothek hinaufgehen durfte. Von dort oben war eifriges Klopfen zu vernehmen – der Hausmeister war damit beschäftigt, die Vorhangstange wieder an der Wand zu befestigen.

«Sie ist ganz sicher oben bei ihm», flüsterte Lisa, und auch einige andere hielten das für möglich. «Die beiden sind ganz allein in der Bibliothek. Wer weiß, was sie dort tun ...»

«Wo sie doch gestern einträchtig im Garten spazieren gegangen sind», meinte auch Kate, die ihren Ärger auf Marian inzwischen vergessen hatte.

«Volle zehn Minuten standen sie neben dem Petersiliebeet beieinander! Und sie hat die ganze Zeit über mit ihm gesprochen ...»

«Na und? Mrs. Potter hat dem Hausmeister ein paar Anweisungen gegeben, weil das Dach geflickt werden muss.»

Marian war so ziemlich die Einzige, die das Gerede für vollkommenen Blödsinn hielt – vielleicht auch deshalb, weil ihr der Gedanke nicht gefiel, der harmlose, unschuldige Mr. Mills könnte Mrs. Potter in irgendeiner Weise nähergetreten sein. Tatsache war jedoch, dass Mrs. Potter dem jungen Mann gegenüber unfassbar nachgiebig war und immer eine Erklärung bei der Hand hatte, wenn ihm wieder eines seiner Missgeschicke passiert war. So war er bei einem seiner erfolglosen Versuche, das Dach zu reparieren, rücklings in Mr. Crincles Rosenbeet gestürzt. Wobei er zwei der neu gepflanzten, altrosa blühenden Edelrosen ruiniert hatte.

«Ich bekomme Kopfschmerzen, sobald dieser Mensch auch nur in meiner Nähe auftaucht!», schimpfte Mrs. Crincle und berichtete, ihr Mann bekäme in Mr. Mills' Gegenwart sogar Schüttelfrost. Das könnte nur daran liegen, dass dieser Mensch ständig irgendwelches Unheil anrichtete, gewiss nicht mit Absicht, sondern aus mangelnder Vorsicht. Tatsächlich hätte er bereits zwei hölzerne Leitern und mehrere Werkzeuge ruiniert, außerdem einen kleinen Spiegel zerbrochen, den er aus dem Salon mitgenommen hatte, um den goldfarbenen Rahmen zu reparieren. Was Mr. Mills allerdings im Salon zu suchen hatte – jenem Raum, den Mrs. Potter als ihren persönlichen Wohnbereich beanspruchte –, diese Frage gab zu allerlei Vermutungen Anlass, die Marian mehr als abgeschmackt fand.

«Es steht ein Sofa im Raum», behauptete Lisa.

«Und es gibt eine Verbindungstür zu Mrs. Potters Schlafzimmer.»

«Das stimmt doch gar nicht! Wer von euch war überhaupt schon einmal im Salon?»

«Na, du doch, Marian! Komm, erzähl uns mal, wie es dort ausschaut!»

«Ein Klavier steht dort. Und ansonsten ist der Raum mit alten Möbeln vollgestopft – geradezu scheußlich. Freiwillig würde ich es dort keine Minute aushalten.»

«Als dein Professor im Haus war, hast du es aber eine ganze Weile ausgehalten. Wirst du jetzt eine berühmte Primadonna, oder hast du es dir anders überlegt?»

Mrs. Potter hatte Marian am Mittwoch zu sich rufen lassen, um ihr mitzuteilen, dass sie für den folgenden Nachmittag die Erlaubnis hätte, Professor Serenos Institut zu besuchen.

«Leider kann ich dich nicht selbst begleiten, und auch Miss Woolcraft ist nicht abkömmlich. Deshalb habe ich Mr. Mills gebeten, mit dir zu fahren.»

«Mr. Mills? Aber er ist ... ich meine, er hat ...»

«Unterbrich mich nicht, Marian, du weißt, dass ich das nicht mag! Ihr werdet einen Wagen mieten müssen, das ist bereits mit Mr. Strykers abgesprochen. Ich werde Mr. Mills das nötige Geld geben ...»

Wie peinlich!, dachte Marian. *Mr. Mills wird sich bestimmt wieder schrecklich ungeschickt benehmen, und außerdem besitzt er ganz sicher keinen vernünftigen Ausgehanzug. Am Ende wird er diese schreckliche Jacke mit den viel zu kurzen Ärmeln und die ausgeleierten Arbeitshosen tragen. Hieß es nicht, der Professor unterrichte junge Leute aus adeligen und wohlhabenden Kreisen? Großer Gott – ich muss Mr. Mills klarmachen, dass er draußen vor dem Gebäude auf mich warten soll!*

Ihre Sorge schien nur allzu berechtigt, denn Jonathan Mills kletterte am Donnerstagvormittag auf dem Dach herum, und man sah ihn weiß gepudert mit Taubendreck von der Leiter steigen. Er nieste und hustete, außerdem war sein linker Zeigefinger geschwollen, weil ihm der Hammer ausgerutscht war.

«Dein Galan hat sich eine weiße Perücke zugelegt», witzelte die unermüdliche Lisa. «Er wird gewiss sehr würdig aussehen, wenn ihr beide nach dem Mittagessen in den Wagen steigt. Es könnte nur sein, dass er ein strenges Gerüchlein an sich hat ...»

«Was redest du nur?», gab Marian ärgerlich zurück. «Er wird sich vorher natürlich waschen und umkleiden!»

«Ganz sicher, Marian. Er wird in Rosenwasser baden, das Haar mit Brillantine bearbeiten und dann in den Smoking steigen.»

Kapitel 7

Marian hoffte inständig, dass ihr Begleiter sich wenigstens das Haar kämmte. Die Kleidung würde er vermutlich einfach ausklopfen, denn zum Waschen blieb gar keine Zeit mehr. Umso verblüffter war sie, als Miss Woolcraft sie nach dem Mittagessen abholte und über den vorderen Eingang in den Hof geleitete. Dort wartete die Mietkutsche – ein sogenannter Hansom, ein Einspänner, bei dem der Kutscher hinten auf dem Wagen stand. Jonathan Mills hielt seiner Schutzbefohlenen mit einer linkischen Geste, die wohl galant wirken sollte, den Kutschenschlag auf und grinste sie dabei triumphierend an. Wer immer ihm diese engen grasgrünen Hosen, die zitronengelbe Weste und die mausgraue Jacke besorgt hatte: Die betreffende Person verfügte zumindest über ein gutes Augenmaß, denn die Kleidungsstücke waren weder zu groß noch zu klein. Ansonsten war diese Zusammenstellung, die von einem zimtfarbenen Hut gekrönt wurde, einfach nur scheußlich.

«Es ist mir eine große Ehre und ein besonderes Vergnügen, diese junge Dame begleiten zu dürfen», sagte Mills zu Mrs. Woolcraft, die ihn mit ebenso entsetztem Blick musterte wie Marian.

«Halten Sie sich vor allem im Hintergrund, junger Mann!», versetzte die Lehrerin. «Am besten steigen Sie überhaupt zum Kutscher auf den Bock und lassen Marian allein im Wagen Platz nehmen.»

Aber damit war der Kutscher nicht einverstanden. Es wäre schon eng genug dort oben, und er brauchte zum Kutschieren genügend Ellenbogenfreiheit. Tatsächlich war der Braune ganz besonders unruhig, er schüttelte immer wieder die Mähne und machte sogar Anstalten, auf eigene Faust davonzutraben.

«Das gibt sich», versicherte der Kutscher. «Irgendetwas hat ihn erschreckt. Ist normalerweise ein lammfrommes Tier.»

Also stieg der bunt gekleidete Mr. Mills zu Marian in den Wagen, knallte den Kutschenschlag zu und beugte sich dann aus dem Fenster, um dem Kutscher das Zeichen zur Abfahrt zu geben. Auch jetzt hatte das Pferd sich noch nicht beruhigt. Es gab einen heftigen Ruck, als die Kutsche anfuhr, und man hörte den Kutscher beruhigend auf seinen Braunen einreden.

Marian saß steif in dem ledernen Polster und wagte nicht, sich anzulehnen, obwohl sie dann mehr Halt gehabt hätte, weil die Kutsche schwankte und sie durchgerüttelt wurden. Es war schrecklich eng im Wagen, wenn man um eine Kurve bog oder eines der beiden großen Räder in ein Schlagloch geriet, rutschte man zur Seite, und es geschah immer wieder, dass sie dabei Mr. Mills' Schuhe oder gar seine Beine berührte. Zuerst entschuldigte er sich dafür, schließlich aber bemühten sich beide, diese unvermeidliche Körpernähe einfach nicht mehr zur Kenntnis zu nehmen.

«Es ist großartig», meinte Jonathan Mills, der für seine langen Beine kaum Platz fand und zusammengefaltet wie ein Grashüpfer auf dem Sitz hockte. «Ich bin noch nie zuvor in einem Hansom gefahren.»

Marian schwieg und starrte angestrengt zum Fenster hinaus, wo jetzt für einen Augenblick die Bäume und Wiesen von Hyde Park zu sehen waren. Ein Automobil ratterte an ihnen vorüber, sie hörten ihren Kutscher ärgerlich über den Benzingestank fluchen. Eigentlich war es schön, so durch die Stadt kutschiert zu werden – wenn nur nicht dieses dumme Herzklopfen gewesen wäre! Es musste die Aufregung sein. Sie erhoffte sich unendlich viel von diesem Besuch und hatte Furcht, enttäuscht zu werden. Vielleicht war es aber auch die Gegenwart dieses skurril gekleideten Burschen, der jetzt alle Schüchternheit abgelegt hatte und Marian immer wieder mit einem Lächeln von der Seite betrachtete. Unversehens kam ihr der Gedanke, dass Jonathan Mills längst nicht so harmlos war, wie er sich den Anschein gab. Am Ende stimmten die Gerüchte doch, und er hatte die gestrenge Mrs. Potter verführt? War sie es am Ende gewesen, die ihm diese albernen Kleider gekauft hatte?

«Du bist wohl schon oft mit solch einer Kutsche unterwegs gewesen, Marian ...», versuchte Mills beharrlich, die Konversation in Gang zu bringen. «Es ... es ist sehr praktisch, wenn auch etwas langsam ...»

Es half nichts, sie musste sich mit ihm unterhalten, weiter zu schweigen wäre allzu unhöflich gewesen. Also erwiderte sie, dass sie bisher nur ein einziges Mal in einem Hansom gesessen hätte, das wäre vor zwei Jahren gewesen, als Mr. Strykers sie ins Pensionat brachte. Und langsam fände sie die Kutsche überhaupt nicht, zu Fuß würde man ganz sicher dreimal so lange brauchen. Sie bemühte sich, deutlich zu sprechen und Mr. Mills dabei hin und wieder anzusehen, doch all ihre Anstrengungen halfen wenig. Es war lächerlich genug, aber Marian fühlte sich in seiner Gegenwart befangen, und je länger sie neben ihm saß, desto schlimmer wurde es. Eine intensive Spannung war zwischen ihnen entstanden, und immer wenn sein Körper sie wie zufällig berührte, hatte sie das Gefühl, von einem Blitz durchzuckt zu werden.

«Ja, du hast sicher recht, Marian», gab er mit harmloser Miene zu. «Dies ist eine sehr rasche und angenehme Art, sich fortzubewegen.»

«Ja gewiss ...»

Sie bestätigte ihn nur, damit er endlich Ruhe gab. Er schien diese Fahrt mit ihr in der Kutsche jedoch sehr zu genießen und dachte sich immer neue Gesprächsthemen aus.

«Wer ist eigentlich dieser Professor, zu dem wir fahren?», wollte Mills wissen. «Und was willst du dort?»

Marian fand, dass ihn das eigentlich nichts anginge, aber da er sie jetzt wieder eindringlich von der Seite betrachtete, mochte sie nicht mit ihm streiten.

«Er ist ein bekannter Gesangslehrer, und ich werde in einigen Monaten bei ihm ein Studium beginnen.»

«Du liebst die Musik?»

«Sonst würde ich es wohl nicht tun.»

Er schwieg jetzt, fuhr aber fort, sie anzusehen. Marian wandte ihren Kopf zum Fenster, um diesem Blick auszuweichen. Mr. Mills hatte eigentlich blaue Augen, jetzt in der Kutsche aber erschienen sie ihr sehr dunkel, fast schwarz. Weshalb starrte er sie denn nur so an? Fast kam es ihr vor, als läge etwas wie Mitleid oder Anteilnahme in seinem Blick. Ach, wenn sie doch nur endlich in Serenos Institut ankämen und sie von diesem Menschen erlöst würde!

Er schien ihre Ablehnung nun endlich zu spüren, denn er lehnte sich zurück und beschäftigte sich schweigend damit, den zerdrückten Hut wieder in eine einigermaßen annehmbare Form zu bringen. Als der Wagen schließlich vor einem Tor anhielt, stieg er aus, um Marian den Kutschenschlag aufzuhalten.

«Soll ich hier warten?», erkundigte der Kutscher sich.

«Natürlich!», gab Mills zurück.

Es klang energisch, und Marian stellte erneut fest, dass Mr. Mills sehr an Sicherheit gewonnen hatte. Er war einige Schritte zurückgetreten, um sich die hohe mit Zinnen besetzte Mauer anzuschauen, die das Grundstück einschloss. Wer diese massive Ummauerung einst hatte errichten lassen, war ganz offensichtlich auf ein ungestörtes Privatleben bedacht gewesen. Baumkronen ragten über die Zinnen. Von dem mehrstöckigen

Haus konnte man nur den Dachgiebel sehen, doch auch dieser war von belaubten Ästen halb verdeckt. Das Tor bestand aus einem kunstvoll geschmiedeten Eisengitter, das man genau in die Maueröffnung eingepasst hatte. Durch die Gitterstäbe hindurch konnte man einen kiesbestreuten Weg erkennen, der ohne Zweifel zum Haus hinüberführte. Er war von verwilderten Rosen und allerlei anderem Gebüsch gesäumt, das lange keinen Gärtner mehr gesehen hatte. Amüsiert stellte Marian fest, dass Jonathan Mills das Gesicht verzog – dieses Anwesen schien ihm ganz und gar nicht zu gefallen.

«Ist das auch die richtige Adresse?», fragte er den Kutscher.

«Aber natürlich!», rief Marian. «Hören Sie denn nicht?»

In der Tat waren jetzt Klänge zu vernehmen: Eine Frauenstimme sang eine kurze Passage, von Klavierakkorden begleitet, dann brach sie mitten in der Melodie ab, und es war einen Augenblick lang still, bis die Sängerin erneut die gleiche Passage begann.

Mills riss an der Glocke, die neben dem Gittertor hing, und der grelle, scheppernde Klang überdeckte für einen Moment alle anderen Geräusche. Zwei große braune Hunde stürzten zum Tor, sprangen daran hoch und kläfften die Besucher wütend an, dann kam ein Diener gelaufen – ein weißhaariger Alter, der die Hunde am Halsband nahm, und die Tiere beruhigten sich.

«Miss Marian Lethaby? Marian Lethaby? Lethaby?»

Er schnarrte die Worte herunter, ohne seine Stimme dabei zu heben oder zu senken – es klang fast wie eine Aufziehpuppe oder wie ein Papagei.

«Die bin ich», sagte Marian verwundert.

«Miss Marian Lethaby? Marian Lethaby? Lethaby?»

«Ja doch! Ich bin Marian Lethaby ...»

Hilflos sah sie Mills an. Dieser seltsame Alte war entweder nicht ganz richtig im Kopf oder er hielt sie zum Narren.

«Du musst nicken», erklärte Mills. «Ich glaube, er ist taub.»

Mills hatte recht. Als sie jetzt mit einem Kopfnicken bestätigte, Marian Lethaby zu sein, holte der Diener einen Schlüssel hervor und öffnete das Gittertor. Dann zog er sich einige Schritte zurück, um die Gäste vorbeigehen zu lassen, während er die beiden Hunde am Halsband festhielt. Diese Vorsichtsmaßnahme war überflüssig, denn die braunen Wächter schienen eher ängstlich als angriffslustig. Marian glaubte sogar, zu bemerken, dass sie zitterten, als Jonathan Mills an ihnen vorüberging.

Der Garten musste vor Jahren ein Kleinod gewesen sein. Zwischen allerlei Wildwuchs sah man verkrüppelte Zedern und schlanke Pinien, auch zwei zerzauste Palmen kämpften dicht bei der Mauer ums Überleben. In die hübschen Terrakottatöpfe, die nun in Scherben lagen, hatte man wohl einmal Orangen- und Zitronenbäumchen gepflanzt, und das versumpfte Wasserloch war ein romantischer Teich gewesen. Wie schade, dass sich niemand mehr um diesen verlassenen Garten kümmerte!

Auch das Haus, dem sie sich jetzt näherten, hatte schon bessere Zeiten gesehen. Es handelte sich um eine dieser rasch hochgezogenen Fabrikantenvillen, ein ehemals protziges Bauwerk mit einem Säulenvorbau und hohen Fenstern. Das Haus eines Mannes, der schnell reich geworden und möglicherweise ebenso rasch wieder in Armut versunken war. Der helle Putz hatte weiße Bausteine vortäuschen sollen, jetzt jedoch war er an vielen Stellen abgebröckelt und man konnte die schmutzig roten Klinker darunter sehen. Um die Säulen des Vorbaus rankte sich wilder Wein, der bereits das Dach erobert hatte und sich anschickte, die gesamte Villa mit hellgrünem Blattwerk einzuhüllen.

«Was für ein hübsches Anwesen!», staunte Jonathan Mills, der hinter Marian her über den Kiesweg ging. «Ein wenig schattig und ungepflegt, aber sicher ein Hort der Kunst.»

Sie war verblüfft über die Ironie, die sie ihm gar nicht zugetraut hätte. Doch da jetzt wieder die Sopranstimme und das Klavier zu hören waren, überkam sie die Neugier, und sie hatte wenig Lust, sich über Mr. Mills' seltsame Verwandlung Gedanken zu machen. Der weißhaarige Diener hatte die Hunde inzwischen freigegeben und lief den Gästen voran – es war schon erstaunlich, wie flott er in seinem Alter noch auf den Beinen war, denn Marian konnte ihm kaum folgen.

Man durchquerte den grün bewachsenen Vorbau, danach eine düstere Eingangshalle, wo dunkle altmodische Möbel und gewaltige Ölgemälde den Besucher einschüchterten. Dann jedoch öffnete der Alte zwei eingelegte Flügeltüren, und der Blick in einen lichtdurchfluteten Raum wurde frei. Das Erste, was Marian ins Auge sprang, war der Konzertflügel – ein lang gestrecktes Instrument, das ihr in seiner glänzenden Schwärze ungeheuer beeindruckend erschien. In der Einbuchtung des Flügelkorpus stand eine junge Frau im hellblauen, seidig schimmernden Kleid, die wohl gerade eben noch gesungen hatte, denn sie hielt ein Notenblatt in der Hand. Jetzt ließ sie die Noten sinken und blickte den Ankömmlingen leicht verärgert entgegen.

«Na endlich! Da ist sie ja!»

Marian fühlte sich plötzlich klein und hässlich. Wie schön diese Frau doch war, wie geschickt sie ihr braunes Haar aufgesteckt hatte, wie geschmackvoll ihre Aufmachung, das Kleid, die kleinen hellblauen Schuhe, der feine Goldschmuck um ihren Hals! Und wie abschätzig ihre Miene wirkte, während sie Marian von oben bis unten musterte. Erst die kräftige wohltönende Stimme des Professors gab Marian wieder ein wenig Selbstsicherheit zurück.

«Mein liebe Marian – ich freue mich außerordentlich! Komm näher – ich möchte dich meinen Schülern vorstellen!»

Erleichtert tat Marian einige Schritte in den Raum hinein. Die

Helligkeit, die dieses Zimmer so angenehm machte, rührte von dem breiten halbkreisförmigen Erker her, dessen Fenster bis auf den Boden hinabreichten und trotz der Wildnis draußen genügend Licht einfingen. Jetzt bemerkte sie auch, dass Sereno nicht allein mit der jungen Sängerin war. Im Halbrund des Erkers waren Stühle aufgestellt, auf denen junge Leute in zwangloser Haltung saßen, Noten, Wasserflaschen oder Teetassen um sich verstreut hatten und der neuen Schülerin neugierig entgegensahen. Ihre Blicke waren recht unterschiedlich: Einige der Damen zeigten Misstrauen, auch eine aufkommende Feindseligkeit, andere schauten eher mitleidig drein, die jungen Herren starrten sie mit unverhohlenem Interesse an.

Professor Sereno hatte sich von seinem Platz am Flügel erhoben, um seine Schülerin zu begrüßen – eine Geste, die ganz offensichtlich selten vorkam, denn Marian entdeckte in den Gesichtern der Schüler größte Verwunderung.

«Marian Lethaby ist gekommen, um sich bei uns ein wenig umzuschauen. Paul, sei ein Kavalier, und besorge einen Stuhl für unseren Gast! Juliette, gib ihr eine Tasse Tee. Millie – du leihst Marian deine Noten, solange sie hier ist ...»

Die jungen Herrschaften gehorchten ohne Zögern und mit einer solchen Bereitwilligkeit, dass Marian nur staunen konnte. Kaum zwei Minuten später saß sie bequem auf einem Stuhl, hielt ein Notenheft in der Hand, und eine der gut gekleideten jungen Damen war sich nicht zu schade, ihr eine Tasse Tee einzuschenken.

«Gehört der seltsam gekleidete Diener zu Ihnen?», flüsterte Juliette, während sie Marian die Tasse hinhielt.

Oh Schreck, sie hatte Mr. Mills völlig vergessen! Er stand immer noch zwischen den halb geöffneten Flügeltüren, starrte mit seltsam feindseligem Blick zu Professor Sereno und schien drauf und dran, in den Raum zu treten, um sich in Marians

Nähe niederzulassen. Sie sprang rasch von ihrem Sitz auf und ging zu ihm hinüber.

«Bitte, Mr. Mills! Es wird nicht lange dauern – warten Sie doch in der Halle oder im Garten auf mich.»

Sie hatte leise gesprochen, um ihn nicht vor all den Leuten zu blamieren, doch sie spürte, wie verletzt er war. Nun, er hatte sich selbst in diese Lage gebracht, denn schließlich hätte er wissen können, dass ein Angestellter draußen zu warten hatte. Trotzdem tat er Marian leid, als er jetzt enttäuscht davonschlich.

Was nun folgte, war ein Wechselbad der Gefühle. Professor Sereno lebte für die Kunst des Belcanto, er hatte dieser Passion sein ganzes Leben geweiht, und genau das Gleiche schien er von seinen Schülern zu erwarten. Der Weg dorthin war dornig und die Kunst ganz offensichtlich eine unbarmherzige Herrin, die weder Schwäche noch Fehler durchgehen ließ. Professor Sereno behandelte die wohlgekleideten adeligen Schüler mit grausamer Strenge, ließ sie die gleichen Passagen unzählige Male wiederholen, kritisierte, schimpfte, beleidigte seine Schüler, verhöhnte sie und stöhnte theatralisch über deren Begriffsstutzigkeit.

«Wozu gebe ich mir solche Mühe mit dir? Du begreifst es ja doch nicht! Summe! Noch einmal! Spürst du die Vibration in deinem Schädel? Oder spürst du nur die Strohhalme, die dort knisternd gegeneinanderreiben?»

Marian konnte es kaum fassen, aber diese jungen Leute waren wie Wachs in den Händen des Lehrers. Sie ließen sich demütigen und auslachen, sie vollführten auf sein Geheiß die seltsamsten Gesten und Verrenkungen, brachten Töne hervor, die kaum etwas mit Musik zu tun hatten – ja, die jungen Damen wehrten sich nicht einmal, wenn er ihnen die Hand auf Schultern, Nacken und Bauch legte, um ihre Körperhaltung zu korrigieren! In Schweiß gebadet und den Tränen nahe standen sie vor ihrem Peiniger, und doch genügte ein einziges winziges Lob aus seinem Mund, um ihnen ein glückliches Lächeln zu entlocken.

Was hat das mit Musik zu tun?, dachte Marian beklommen. *Und wieso glaubt er, ihre Stimmen durch solch alberne Übungen zu verbessern?* Tatsächlich gab es einige Schüler, die schon recht annehmbar singen konnten, doch in Marians Ohren klang es gekünstelt und schrecklich bemüht. Die Magie, die Serenos Gesang auf Marians Gemüt ausgeübt hatte, besaß keiner seiner Schüler. Aber war er deshalb ein schlechter Lehrer? Seine Schüler zumindest hingen mit großer Ehrfurcht an ihm. Vielleicht brauchte man ja viele Jahre, um so vollkommen singen zu können, wie der Professor es vermochte?

Marian wusste kaum noch, wie lange sie dagesessen und dem Schauspiel dieses Unterrichts zugesehen hatte. Die Zeit war wie im Flug vergangen, und sie war immer noch nicht sicher, wie sie sich entscheiden sollte.

«Du findest es grauenhaft, nicht wahr?», erkundigte die junge Frau sich, die Sereno Juliette genannt hatte. Sie war eine ungewöhnliche Erscheinung, denn ihr Haar war schwarz, und ihre dunklen Augen waren von dichten Brauen überwölbt. Ganz sicher handelte es sich nicht um eine Engländerin.

«Ich verstehe nicht, wie man sich so behandeln lassen kann.»

«Der Beruf einer Sängerin ist hart, Marian. Wer weinend zusammenbricht, wenn er ein böses Wort hört, wird sich auf keiner Bühne behaupten können.»

Das mochte wohl so sein. Vielleicht war es doch nicht so verlockend, diesen Beruf zu ergreifen. Musste sie unbedingt auf einer Bühne stehen? Eigentlich nicht. Sie wollte singen und musizieren, das war alles.

«Lass dich nicht täuschen, Marian!», fuhr Juliette lächelnd fort. «Beim Unterricht ist Sereno unerbittlich. Wenn wir aber ein Konzert singen oder an einem Wettbewerb teilnehmen, dann kann er ermutigen und beflügeln wie kein Zweiter. Er ist ein großartiger Lehrer und setzt sich bis zum Letzten für seine Schüler ein.»

«Tatsächlich?»

«Aber ja, Marian! Es ist ein Privileg, von ihm unterrichtet zu werden.»

Sie strich freundschaftlich über Marians Arm, nickte ihr zu und ging dann mit den anderen davon. Nachdenklich blickte Marian ihr nach – Juliette war die Einzige unter all diesen jungen Leuten, die ihr freundlich entgegengekommen war. Auch das machte sie nachdenklich.

Der Professor selbst schien sie vergessen zu haben. Er saß immer noch am Flügel, und nach all der Plackerei mit seinen begriffsstutzigen Schülern bereitete es ihm nun wohl Freude, für sich allein zu spielen. Leise zuerst, vom Gespräch der davonziehenden Schüler übertönt, nahmen die Klänge nach und nach den Raum ein und umgaben Marian wie ein Schwarm bunter gleißender Sonnenflecken. Dann vernahm sie seine warme Stimme, ein ruhig dahinstrebender Fluss, in den die Fünkchen hineinsanken, um in immer neuen schillernden Farben wieder aus den Fluten emporzusteigen.

War das die Musik, nach der sie sich sehnte? Klänge, die wie buntes Licht anmuteten, glitzernde Teilchen, die von der Sonne zur Erde herabsanken und im fließenden Wasser ihren Widerschein fanden, farbig dahinströmende, lebendige Helligkeit.

Unvermittelt beendete er sein Spiel und blickte Marian fragend an.

«Im September», sagte sie, ohne sich zu besinnen. «Ich freue mich, Professor Sereno.»

«Die Freude ist ganz auf meiner Seite, Marian.»

Als sie durch die düstere Halle lief, verlor die glückselige

Stimmung sich ebenso rasch, wie sie entstanden war, und sie fragte sich, wieso sie ihre Entscheidung nun doch so schnell und impulsiv getroffen hatte. Ihr Herz klopfte so heftig, dass sie sich fast Sorgen machte. War sie am Ende krank? Hatte sie ein schwaches Herz und würde nicht lange leben? Draußen hatte sich der Himmel mit einer dichten Wolkendecke bezogen, es regnete, und ein unfreundlicher Wind riss an Bäumen und Büschen des verwilderten Gartens.

«Mr. Mills? Wo sind Sie? Mr. Mills!»

Wie dunkel es auf einmal wurde – fast so, als legte sich eine graue Nebelbank über Haus und Garten. Als Marian sich jetzt suchend umdrehte und noch einmal nach Mills rief, war das Haus im Dunst kaum noch zu erkennen, nur der Säulenvorbau ragte aus dem Nebel hervor wie ein grün bewachsener antiker Tempel. Du meine Güte, sie war den Londoner Nebel ja gewohnt, aber so rasch schlug das Wetter selten um!

«Mr. Mills, wir müssen zurückfahren! Mr. Mills?»

Ihre Stimme klang dumpf, der Garten schien ihren Klang zu verschlucken. Erschrocken fuhr sie zurück, als ein kleiner Schatten dicht neben ihr vorbeihuschte. Vermutlich war es einer der beiden Hunde, die hier im Nebel umherliefen. Ob Mr. Mills vielleicht noch beim Hauspersonal saß und es sich wohlsein ließ, während sie hier im Garten umherirrte? Ja, gewiss. Da sie ihn fortgeschickt hatte, war er wohl mit dem weißhaarigen Alten in die Küche gegangen, wo das Abendessen für Meister und Schüler gerichtet wurde.

Ärgerlich beschloss Marian, wieder zum Haus zurückzukehren. Dieser Jonathan Mills war fürchterlich verträumt und dazu noch überempfindlich! Wenn er sich das nicht bald abgewöhnte, würde wohl niemals ein annehmbarer Angestellter aus ihm werden. Vorsichtig setzte sie einen Fuß vor den anderen, froh, dass sie ja nur dem Kiesweg zu folgen brauchte, der sie unweigerlich wieder zum Haus zurückführen würde. Der Garten um sie herum war fast gänzlich jetzt in der Nebelbank verschwunden, nur hie und da ragte ein schwarzer Ast oder ein verkrümmter dunkler Stamm aus dem grauen Dunst hervor, um gleich wieder von den wallenden Nebelgeistern verschluckt zu werden.

Etwas schlug gegen Marians Schulter – es fühlte sich wie ein kräftiger Zweig oder eine harte Hand an, die versuchte, sie festzuhalten. Panik erfasste sie, und sie begann, zu laufen, spürte zuerst noch die Kieselsteine des Gartenwegs unter ihren Schuhen, dann jedoch fühlte der Untergrund sich weich an, als liefe sie über eine Rasenfläche. Zweige peitschten gegen ihre Brust, sie schützte das Gesicht mit den Armen und hörte sich gellend laut schreien.

«Mr. Mills ... Zu Hilfe ...»

Schwärze umgab sie, von Blitzen durchzuckt wie in einer Gewitternacht. Sie sah dunkle Gestalten mit großer Gewandtheit gegeneinander kämpfen, Schwertklingen zischten wie bläuliche Flammen an ihr vorüber, dann hatte sie die Empfindung, durch die Luft zu fliegen. Ein Dröhnen füllte ihren Schädel, sie schwebte in großer Höhe über dem brausenden Meer. Unter ihr schlugen dunkle Wellen gegen eine Felswand, schwappten zurück und brandeten erneut gegen das Hindernis, unaufhörlich, ohne dass ein Ende abzusehen war.

Als sie erwachte, erblickte sie dicht vor sich einen gelben Fleck, der sich als Jonathan Mills' Weste entpuppte. Die Kutsche fuhr rasselnd über grobes Kopfsteinpflaster, die Pferdehufe klapperten, der Wagen schaukelte. Marian hatte das Gefühl, aus einem tiefen kalten Abgrund zurückzukehren, sie zitterte noch, und ihr Kopf schmerzte fürchterlich.

«Mr. Mills?»

«Ja, Marian ...»

Seine Stimme klang ungewöhnlich weich und sanft, dennoch fuhr Marian erschrocken zusammen, denn ihr wurde erst jetzt bewusst, dass sie an seiner Schulter lehnte und er den Arm um sie hielt.

«Was ... was ist denn nur passiert?», stammelte sie hilflos.

«Nichts Schlimmes, Marian. Du bist ohnmächtig geworden. So etwas kommt bei jungen Damen hin und wieder vor.»

Er sagte es mit solcher Gelassenheit, als wäre es das Natürlichste von der Welt, und seltsamerweise beruhigte Marian sich bei seinen Worten.

Sie hatte wohl tatsächlich ein schwaches Herz. Das war zwar keine gute Nachricht, aber zumindest eine vernünftige Erklärung. Wahrscheinlich sah man solch verrückte Sachen, wenn man herzkrank war.

«Es tut mir leid», murmelte sie und setzte sich vorsichtig gerade auf, wobei sie seinen stützenden Arm abstreifte. «Ich wollte Sie nicht erschrecken, Mr. Mills.»

Kapitel 8

Er hatte dieses Gefühl bisher nicht gekannt, diese Mischung aus Reue, Scham und Ärger über sein eigenes Fehlverhalten, die man unter Menschen ein «schlechtes Gewissen» nannte. Aber es war genau das, was er jetzt empfand.

«Du hast mich nicht erschreckt, Marian», entgegnete er und spürte, dass es reichlich hilflos klang.

Sie entschuldigte sich bei ihm, die ahnungslose kleine Lichtelbin. Dabei war er es, der sie um Verzeihung hätte bitten müssen. Er hatte ihren willenlosen Körper in den Hansom getragen, dem Kutscher befohlen, loszufahren, und dann die drei kleinen Knöpfe geöffnet, die ihr Kleid im Rücken schlossen. Die Sache hatte sich schwierig gestaltet, denn selbst bei geöffneten Knöpfen war der Rückenschlitz viel zu kurz, um weiteren Einblick zu bieten, zumal auch noch das Unterhemd im Wege war. Er war nicht umhin gekommen, die Stoffe einzureißen, was er mit ungeduldigen Fingern und viel zu hastig getan hatte, sodass er Kleid und Hemd unnötig beschädigte. Ihr entblößter Rücken war ihm rührend verletzlich erschienen, die Schulterblätter traten deutlich hervor, und die kleine Sonne zwischen ihnen schimmerte hellgrün, fast silbrig auf der ohnehin sehr hellen Haut. Er strich vorsichtig mit dem Zeigefinger über dieses Zeichen, das sich unendlich zart anfühlte, und zu seiner Überraschung stiegen in diesem Augenblick höchst unpassende Wünsche in ihm auf. Nie zuvor hatte er eine Lichtelbin begehrt, schließlich hatte man ihm beigebracht, dass diese Wesen gefährliche Feinde waren, die getötet werden mussten. Als er begriff, dass er gleich den Kopf verlieren würde, hatte er die zerrissenen Stoffe so gut es ging zusammengeschoben und die kleinen Knöpfe mit fahrigen Fingern geschlossen. Ja, er hatte seinen Auftrag ausgeführt, gehorsam befolgt, was man ihm befohlen hatte, und auch dieses Mal konnte er nicht stolz auf sich sein. Im Gegenteil – als Marian bewusstlos in seinen Armen lag und er begann, den Stoff ihres Kleides zu zerreißen, hatte er sich selbst dafür zutiefst verachtet. Vermutlich bemerkte sie den Schaden erst, wenn sie sich heute Abend auskleidete, dann würde sie wer weiß was von ihm denken – aber zu dieser Zeit würde er längst fort sein.

«Wo haben Sie gesteckt, Mr. Mills?», hörte er sie leicht vorwurfsvoll fragen. «Ich habe sie mehrfach gerufen, während ich zum Tor ging. Sie sollten doch in der Halle auf mich warten.»

«Es tut mir leid, Marian. Ich ... ging in den Garten hinaus und habe im Nebel die Orientierung verloren.»

«Das war leichtsinnig von Ihnen!», gab sie lehrerhaft zurück und blickte ihn von der Seite mit ihren Elbenaugen an. Hell und tief wie der Himmel an einem Sommertag – eine Farbe, die für einen Nachtschatten nur schwer zu ertragen war und die ihn doch unglaublich faszinierte.

«Ja, es war nicht gerade klug von mir ...»

Sie nickte und lehnte dann erschöpft den Kopf gegen das Polster – ganz sicher plagten sie noch heftige Kopfschmerzen. Er spürte Mitleid und hätte ihr gern gesagt, dass nicht er für diesen Überfall im Garten verantwortlich gewesen war. Er hatte keine Ahnung, wer dahintersteckte, aber der Angreifer, den er nach einem kurzen Kampf aus dem Feld geschlagen hatte, war ein Nachtschatten gewesen. Möglicherweise hatte Gorian den Burschen geschickt, aber irgendwie mochte er nicht so recht daran glauben. Es war eher zu vermuten, dass dieses Nachtwesen auf eigene Rechnung unterwegs war. Vielleicht einer der abtrünnigen Geister, jener Untertanen Gorians, die sich vor langer Zeit gegen ihn empört hatten und von ihm vertrieben worden waren. Genaueres hörte man nicht über sie, denn Gorian liebte es nicht, wenn über sie gesprochen wurde. Doch er wusste, dass einige von Gorians Kriegern den Auftrag hatten, die abtrünnigen Geister zu jagen und zur Strecke zu bringen.

Wer auch immer versucht hatte, die kleine Lichtelbin in seine Gewalt zu bringen – er hatte sich einige böse Schrammen eingehandelt und war schließlich davongeflogen. Er, Darion, hatte das Mädchen wütend verteidigt und sich die Tatsache, dass sie bewusstlos war, zunutze gemacht, um endlich seinen Auftrag auszuführen.

Dämlich genug hatte er sich bisher angestellt, es war kein Wunder, dass Gorian ungeduldig geworden war und ihm bereits zwei Mal einen Boten geschickt hatte! Zu seiner Entschuldigung konnte er nur anführen, dass er es gleich mit drei Lichtelben zu tun hatte, von denen keiner ihn als Nachtschatten erkennen durfte. Fast hätte er gleich zu Anfang alles verpatzt, als er in die Bibliothek geschlüpft war, um dort seine Verwandlung zu vollziehen, und dabei auf Marian gestoßen war. Dumm, wie er war, hatte er sich nicht hinter den Regalen verkrochen, um dort geräuschlos zu warten, bis sie den Raum verließ. Nein, er hatte neugierig ihre Nähe gesucht, ohne daran zu denken, dass sie seine Nachtschattennatur erspüren würde! Wie energisch sie den Vorhang zurückriss – nur die schlecht befestigte Vorhangstange rettete ihn davor, entdeckt zu werden.

Später, als er sich mit allerlei Tricks und viel Mühe in den lächerlichen Burschen Jonathan Mills verwandelt hatte, konnte er sehr zufrieden mit sich sein. Nicht einmal die Crincles, die ganz offensichtlich einen guten Instinkt für seinesgleichen besaßen, hatten ihn erkannt. Marian war vollkommen ahnungslos und rührend vertrauensselig. Er war zwar stolz auf die gute Tarnung, aber zugleich hatte er immer wieder den schwachsinnigen Wunsch verspürt, sich ihr in seiner wirklichen Gestalt zu zeigen. Es widerstrebte ihm, tagein, tagaus als ungeschickter Tölpel vor ihr herumzulaufen und noch dazu der mannstollen Pensionatsleiterin schöne Augen machen zu müssen. Zweimal hatte die dürre spitznasige Person versucht, ihn in ihrem muffigen Salon zu verführen, und er hatte sich schrecklich tölpelhaft anstellen müssen, um ihr zu entkommen und dabei nicht aus seiner Rolle zu fallen.

Zu Anfang hatte er gehofft, durch ein Fenster einen Blick auf Marians Rücken werfen zu können. Deshalb war er unter dem Vorwand, das Dach zu reparieren, dort oben herumgestiegen und hatte sich auf halsbrecherische Weise zu den Fenstern des Waschraums heruntergelassen. Eine schweißtreibende und gefährliche Angelegenheit, bei der ihm schmerzhaft bewusst wurde, dass er in seiner menschlichen Gestalt der Schwerkraft ausgeliefert war. Noch dazu erwies sich aller Aufwand als sinnlos – diese prüden Gören zeigten sich so gut wie niemals unbekleidet! Sogar wenn sie sich wuschen, behielten sie ihre lächerlichen langen Hemden an, auch beim Baden und wenn sie sich umkleideten. Um das Unterhemd zu wechseln, schafften sie es tatsächlich, das frische Hemd über das alte zu ziehen und dann das alte Hemdchen darunter abzustreifen, damit nur niemand sie nackt sehen konnte. Dabei hätte ihn keines dieser blassen Mädchen in unbekleidetem Zustand interessiert – außer einem einzigen.

Der Lärm, der inzwischen von allen Seiten auf sie eindrang, riss ihn aus seinen Gedanken. Man hörte die Flüche und groben Verwünschungen der Fuhrleute, zornige Befehle, die von den Insassen der Kutschen ausgestoßen wurden. Eine Frau kreischte laut, man hätte sie bestohlen, ein Säugling weinte, mehrere Hunde kläfften. Marian hatte eine Hand an ihre Stirn gelegt und sich vorgebeugt, um aus dem kleinen Seitenfenster des Hansom zu sehen.

«Wir kommen keinen Schritt voran», stöhnte sie. «Wie hässlich solch eine große Stadt doch ist! Und wie unfreundlich die Menschen einander behandeln!»

Er wischte die verdreckte Scheibe auf seiner Seite des Hansom blank und erblickte im nebeligen Grau ein Chaos aus Fuhrwerken, Equipagen und schwarzen Automobilen, die so unglücklich miteinander verkeilt waren, dass sie die Straße rettungslos verstopften. Dazwischen tauchten immer wieder Passanten auf, meist einfache Angestellte, die auf dem Heimweg von der Arbeit waren, hin und wieder ein gut gekleideter Gentleman mit Stock und steifem Hut, dann wieder eine schlampig angezogene Frau, die eine Schubkarre vor sich herschob und lauthals warnte, ihr aus dem Weg zu gehen. Der Nebel roch faulig, er wehte vom Fluss herüber und war eher bräunlich als grau.

«Ja, da hast du recht, Marian», sagte er verdrießlich. «Ich frage mich, weshalb der Kutscher ausgerechnet durch Fleetstreet fahren muss – um diese Zeit wäre es besser gewesen, einen Umweg zu nehmen.»

«Sie kennen sich wohl gut in London aus?», fragte sie und sah ihn bewundernd an.

Ihm wurde klar, dass sie seit zwei Jahren wie eine Gefangene in diesem Pensionat eingesperrt war, das sie nur verlassen durfte, um mit den anderen zur Kirche zu gehen. Die Neugier packte ihn – wo war sie wohl aufgewachsen? In London jedenfalls nicht.

«Ja, ich bin viel herumgekommen», gab er in lässigem Ton zurück. Womit er keineswegs log, nur dass er seine Reisen im Flug vollzogen hatte, ließ er unerwähnt.

Marian schwieg und lehnte aufseufzend wieder ihren Rücken an. Die Kutsche ruckelte, es schien nun doch wieder vorwärtszugehen.

«Du bist keine Städterin, oder?»

«Ich bin eine Landpomeranze», erzählte sie lächelnd. «Oben in Yorkshire auf einem Landsitz mit dem Namen ‚Maygarden' habe ich meine Kindheit verbracht. Ich war sehr glücklich dort, es war friedlich und schön, und ich war von lieben Menschen umgeben. Mein Vater hat mich das Reiten gelehrt, aber ich wollte niemals mit ihm auf die Jagd gehen, weil ich kein Tier töten konnte. Er hat mich oft deshalb ausgelacht. Meine Mutter hat mich besser verstanden, sie war wie ich. Jedes Lebewesen, ob Tier, Baum oder Blume, der rauschende Bach und die murmelnde Quelle, sogar die braunen Felsen – sie alle erschienen mir wie meine Freunde. Am meisten aber liebte ich das Licht und die glitzernden Sonnenstrahlen ...»

Er war über ihre Mitteilungsfreudigkeit überrascht. Wie es sich anhörte, war Marians Mutter ganz sicher eine Elbin gewesen, bei ihrem Vater jedoch, war er sich nicht sicher. War Marian das Kind einer Lichtelbin, die einen Menschen geliebt hatte? So etwas kam zwar vor, jedoch ausgesprochen selten. Elben, Nachtschatten und andere Geistwesen blieben lieber unter sich.

«Maygarden - das hört sich romantisch an», meinte er und erwiderte ihr Lächeln.

«Eines Tages werde ich dorthin zurückkehren», fuhr sie verträumt fort. «Der Landsitz gehört zu meinem Erbe. Vorerst verwaltet Mr. Strykers alles für mich, aber wenn ich volljährig bin, werde ich mich selbst darum kümmern.»

Er hatte bereits herausgefunden, dass sie einen Vormund hatte. Dieser widerliche Schleimbeutel, der sich Strykers nannte, hatte am hellen Vormittag mit Mrs. Potter im Salon Tee getrunken, und der Hausmeister Jonathan Mills war beauftragt worden, die dreckigen Gamaschen des Besuchers zu reinigen. Was sich währenddessen im Salon abgespielte, war unschwer zu erraten, denn als Strykers später aus der Türe trat, rückte er mit zufriedener Miene seinen Hosenschlitz zurecht. Nicht dass er ihm dieses Vergnügen verübelte – ganz im Gegenteil: Er war froh, dass die hässliche Pensionsleiterin ihr Schäferstündchen gehabt und ihn, Darion, vorerst in Ruhe lassen würde. Aber er hatte genügend Erfahrungen mit Menschen gemacht, um diesen Strykers als gewissenlosen Gauner zu erkennen. Wenn er sich nicht ganz und gar täuschte, dann war dieser Bursche drauf und dran, sich sowohl des ihm anvertrauten Erbes als auch des bezaubernd hübschen Mädchens zu bemächtigen.

Aber war das noch wichtig angesichts der Tatsache, dass Gorian, der Herr der Nachtschatten, seine Hand nach Marian ausstreckte? Strykers konnte sich seine Hinterlist sparen – die arme Marian würde ihren hübschen Landsitz ohnehin niemals wiedersehen. Bitter stieß ihm auf, dass er, Darion, es war, der die kleine Lichtelbin verriet, sie dem Herrn der Nachtschatten ausliefert, und somit eigentlich kein Deut besser als Strykers war. Im Gegenteil: Strykers war nur darauf aus, sie zu besitzen, Gorian jedoch würde sie töten.

Er schob das ungute Gefühl von sich und machte sich klar, dass es so nicht weitergehen konnte. Er hatte nicht das Recht, die Befehle seines Herrn zu hinterfragen – dieses Mädchen war eine Lichtelbin, eine Feindin, nur das zählte. Trotz ihrer Jugend war sie außerordentlich gefährlich, denn sie rief bisher ungekannte Empfindungen in ihm hervor, machte ihn weich und verletzlich. Wenn er nicht rechtzeitig einen Riegel vorschob, würde er bald an seinem Auftrag scheitern und das Schicksal der Gefangenen in Gorians Palastkeller teilen.

«Deine Eltern leben nicht mehr?», hörte er sich fragen und biss sich gleich darauf auf die Lippen. Wieso wollte er das wissen? Es war von keinerlei Belang für seinen Auftrag.

«Nein, sie sind beide tot», gab sie zurück, und er musste sich gegen die Trauer in ihrer Stimme wappnen. «Meine Mutter starb bei einem tragischen Unfall, als ich zehn Jahre alt war ...»

Sie hatte keine Ahnung, wie knapp sie selbst damals dem Tod entgangen war. Ein Spaziergang, bei dem Mutter und Tochter in die Abendstunden gerieten, Schatten, die Marian ängstigten – was dann geschah, war ihr nicht mehr in Erinnerung. Am folgenden Morgen fand man Marian friedlich schlafend unter einer mächtigen Eiche – von ihrer Mutter fehlte jede Spur. Die Elbin hatte es fertiggebracht, den Nachtschatten von ihrem Kind fortzulocken, bevor er ihren Lichtkörper zerstörte.

«Mein lieber Dad ist vor zwei Jahren krank geworden und ebenfalls von dieser Welt gegangen», erzählte Marian vertrauensselig. «Er wollte unbedingt, dass ich in einem Pensionat erzogen würde. Ich glaube, er hielt es für nötig, damit ich einen guten Ehemann bekomme. Aber nun wird wohl alles ganz anders werden, weil ich singen lernen will ...»

Er nickte und konnte sich dabei nicht mehr gegen die aufsteigende Beklemmung wehren. Ganz sicher würde alles anders kommen, aber nicht so, wie die arme Kleine es sich vorstellte. Immerhin war es erstaunlich, wie viele dubiose Gestalten sich an ihre Fersen hefteten, denn dieser Sereno erschien ihm noch einige Nuancen unangenehmer als Strykers. Er hatte den Gesangsprofessor mit tiefem Misstrauen beobachtet und sich gefragt, was dieser Bursche wohl mit Marian vorhatte. Für einen kleinen Augenblick war ihm sogar der Verdacht gekommen, der aufdringliche Kerl wäre möglicherweise kein Mensch, sondern ein Geistwesen, doch er war inzwischen sicher, sich in dieser Hinsicht getäuscht zu haben. Sereno war zwar reichlich eigenartig, doch eindeutig menschlich. Seine Zauberkraft bestand in seiner musikalischen Kunstfertigkeit, mit der er nicht nur Marian, sondern auch andere an sich band. Wozu? Um sie zu beherrschen? Sie zu willenlosen Gefolgsleuten zu machen? Welches Ziel verfolgte er dabei? Und weshalb war er an Marian ganz besonders interessiert, mehr als an allen anderen?

Er sah ein, dass er dieses Rätsel nicht lösen würde, zumal es keiner Lösung bedurfte, da auch der Professor ohne Zweifel leer ausgehen würde. Der Hansom bog jetzt endlich in die holprige Straße ein, die zum Pensionat führte. Gemächlich zuckelten sie an dem hässlichen Backsteinbau von St. Jacob vorbei, passierten verschiedene Grundstücke, auf denen baufällige, von Rosen überwucherte Häuschen vor sich hinträumten, und erblickten endlich die Mauer des Pensionatsgartens.

«Es wird besser sein, wenn wir meine Ohnmacht nicht erwähnen», sagte Marian. «Mrs. Potter könnte sich sonst unnötige Sorgen machen. Versprechen Sie mir, auch den Crincles nichts zu erzählen, Mr. Mills?»

«Du kannst dich auf mich verlassen», versicherte er und nickte dabei mehrfach hintereinander, wie es für Jonathan Mills typisch war. Weshalb hätte er auch den Crincles von Marians Ohnmachtsanfall im Garten bei Professor Sereno erzählen sollen? Die beiden waren die einzigen Wesen, die Verdacht schöpfen und Marian vor ihm warnen konnten. Doch bisher war sein Verhalten so klug und seine Tarnung so perfekt gewesen, dass auch diese beiden Lichtelben ihn nicht erkannt hatten, und das sollte so bleiben.

«Es war angenehm, von Ihnen begleitet zu werden», erklärte Marian, während sie in den Hof fuhren. «Sie haben zwar im Haus von Professor Sereno ein wenig die Zeit vergessen und herumgetrödelt, doch als ich Sie im Garten brauchte, waren Sie zur Stelle. Ich möchte mich bei Ihnen bedanken, Mr. Mills.»

Sie äußerte es leise, fast ein wenig verschwörerisch und reichte ihm dabei ihre Rechte. Nur zögernd und reichlich beschämt ergriff er sie, umfasste die zarten hellen Finger und hatte das Gefühl, eine gefangene Taube in seiner Hand zu halten.

«Das ... das war doch selbstverständlich», murmelte er und

blickte in ihre hellblauen Elbenaugen, die klar und makellos wie Aquamarin schienen und in deren Tiefe er sich zu verlieren drohte.

Er musste sich heftig zusammennehmen, um bei nüchternem Verstand zu bleiben, denn in dem kurzen Augenblick, als er ihre Hand hielt, kamen ihm allerlei irrwitzige Wünsche und Pläne in den Sinn. Zum Glück war sie es selbst, die diese gefährliche Nähe zerriss. Als der Kutscher den Braunen mit einem lauten Zischen zum Stehen brachte, richtete sie sich kerzengerade im Sitz auf und entzog ihm rasch ihre Hand.

«Du liebe Güte!», hörte man Mrs. Crincles Stimme. «Wie spät ihr doch kommt! Fast hättest du das Abendessen verpasst, Marian!»

Willig schleppte er später im Verein mit Mr. Crincle schwere Gießkannen durch den Garten, um die Gemüsebeete zu wässern, machte sich auf Mrs. Potters Befehl hin an einer knarrenden Tür zu schaffen und versprach, zwei defekte Stühle aus einem der Klassenzimmer herauszutragen, um sie zu leimen. Als endlich alle zu Bett gegangen waren und auch Mrs. Potter mit einem tiefen Seufzer ihren Liebesroman zugeklappt und das Nachtlicht gelöscht hatte, stieg er leise in die Bibliothek hinauf. Es war eine schmerzhafte und mühevolle Angelegenheit, sich wieder zurückzuverwandeln, besonders die Nase brauchte ihre Zeit und fühlte sich noch eine Weile an, als hätte er mit dem Hammer darauf geschlagen.

Er gönnte sich den Spaß, Weste, Jacke und grüne Beinkleider hübsch eindrucksvoll im Salon auf Mrs. Potters Sofa zu drapieren. Sollte sie sich ihre Gedanken dazu machen, die geile Spinne!

Gern wäre er noch einmal in den Schlafsaal der Mädchen eingedrungen, um Marian ein letztes Mal zu betrachten, doch er wagte es nicht. Die Gefahr, dass sie nicht schlief und ihn erblickte, war zu groß – er durfte jetzt kein Risiko mehr eingehen.

Den Genuss, sich leicht wie ein Nebelstreif aus dem Fenster der Bibliothek in die Dunkelheit hinauszuschlängeln, hatte er lange entbehrt. Er dehnte sich ausgiebig, sog die kühle feuchte Nachtluft ein, und während er das Schindeldach des Pensionatsgebäudes betrachtete, drang schon ein dunkles wohlgefälliges Summen aus seiner Brust. Er lachte leise und dunkel, wie es die Nachtschatten taten. Welche Mühe hatten diese glatten

Schindeln dem unglücklichen Jonathan Mills bereitet! Darion, das Schattenwesen, glitt in leichtem Flug über sie hinweg, eine sachte Bewegung seiner Wirbelsäule ließ ihn gleich einem Fisch im Wasser zur Seite schwenken, schwerelos wie ein Wölkchen schwebte er vor den Fenstern des Waschraums. Für menschliche Augen lag das schmale lang gezogene Zimmer in völliger Finsternis. Der Blick des Nachtschattens erfasste jeden einzelnen Gegenstand, die aufgereihten Zahnputzbecher, die Waschlappen an den Haken, die schadhaften Stellen an dem abwaschbaren Ölputz der Wände.

Es war sein Glück, dass er sich noch ein wenig auf dem Dach herumgetrieben hatte, denn so wurde er auf seinen Gegner aufmerksam. Der Abtrünnige musste dem Hansom bis zum Pensionat gefolgt sein, dort hatte er sich zwischen den verrußten Schornsteinen versteckt, um im Schutz der Nacht seine üblen Absichten zu verfolgen. Ein mörderischer Kampf entbrannte, beide trugen Schwerter aus scharf geschliffenem blauen Stahl, und wenn sie aufeinandertrafen, blitzen Funken auf, die die Menschen wohl fälschlicherweise für Sternschnuppen hielten. Der Abtrünnige war geschickter und vor allem kräftiger, als Darion geglaubt hatte, ein alter erfahrener Bursche, der Tricks und Kniffe kannte, die für Darion neu waren. Einige davon durchschaute er zwar, und es gelang ihm, dem Widersacher Paroli zu bieten. In anderen Fällen ging er ihm jedoch auf den Leim und bezahlte seine Unerfahrenheit mit schmerzhaften Wunden an Schenkeln und Unterarmen.

«Gibst du auf?», keuchte der Gegner, der ebenfalls aus einigen Schnitten blutete.

«Ich denke nicht daran!»

«Dann nimm das!» Darion konnte dem überraschenden Schlag gerade noch ausweichen, sonst hätte er ihm die rechte Schulter zermalmt. Doch er nutzte die Tatsache, dass sein Gegner für einen kurzen Moment von der Wucht des eigenen Hiebs nach vorn gerissen wurde, um ihm einen gut platzierten Streich ins Genick zu verpassen. Jeder andere wäre jetzt leblos zu Boden gesunken, um sich dann in nachtblauen Nebeldunst aufzulösen – dieser Kerl jedoch trug einen Nackenschutz. Er taumelte zwar, denn der Streich war von keinem Schwächling geführt worden, dann jedoch richtete er sich wieder zu voller Größe auf. Er überragte Darion um einen halben Kopf, sein Haar war grau und reichte ihm bis an die Hüften. Eigentlich handelte es ich um einen ehrfurchtgebietenden Krieger, schade nur, dass er ein verfluchter Abtrünniger geworden war!

«Wir sind einander gleich», brachte er schwer atmend hervor und hob das Schwert nur sachte, um einem plötzlichen Angriff zuvorzukommen. «Wenn wir uns weiter schlagen, wird es weder Sieger noch Besiegten geben.»

«Erzählst du mir jetzt Geschichten, weil du Angst bekommen hast?», verhöhnte Darion ihn. «Stell dich zum Kampf, Alter! Ich werde keinen abtrünnigen Krieger am Leben lassen, das bin ich meinem Herrn schuldig!»

«Wenn du mich zwingst, dich zu töten, wird niemand dieses unschuldige Geschöpf vor Gorians Machenschaften schützen.»

Darions rechter Arm, der zum Schlag ausholen wollte, blieb unbeweglich. *Das ist ein Trick*, dachte er. *Dieser alte Verräter ist mit allen Wassern gewaschen. Nicht nur mit dem Schwert, auch mit dem Mund ist er brandgefährlich.*

«Von welchem Geschöpf redest du?»

Der Alte starrte ihn mit schwarzen Augen an, die fahl und kalt wie erloschene Krater wirkten. Und doch spürte Darion, dass sich unter dem toten Gestein noch Glut befand.

«Du weißt recht gut, von wem ich rede, junger Krieger. Gorian, der Herr der Nachtschatten, will die kleine Lichtelbin in seine Gewalt bringen.»

«Lass mich lachen! Du selbst hast heute Nachmittag versucht, Marian zu entführen!

«Du irrst dich. Ich wollte nur erfahren, ob sie tatsächlich das Zeichen am Körper trägt. Nun weiß ich es, denn du hast mir die Arbeit abgenommen.»

Darion stieß ein wütendes Zischen aus, sein Schwertarm zuckte hoch, doch der Abtrünnige stand unbeweglich da, als wüsste er, dass der Angriff nicht ernst gemeint war. Tatsächlich ließ Darion sein Schwert gleich wieder sinken – es war nicht die Zeit der Waffen, es war die Zeit der Worte. Dieser hinterhältige Alte musste ihn beobachtet haben, als er Marians Rücken entblößte und den Sonnenkreis fand! Dafür würde er noch bezahlen!

«Verschone mich mit deinen Lügen, Graukopf! Du hast dich hier oben auf dem Dach versteckt, weil du einen zweiten Versuch unternehmen wolltest, sie in deine Gewalt zu bringen. Aber daraus wird nichts. Stattdessen werde ich dich töten!»

Zu seiner Verblüffung vernahm er jetzt ein tiefes leises Lachen. Es währte nur kurz, dann war die Miene des Alten wieder ernst, und sein zerfurchtes Gesicht drückte Verachtung aus.

«Nimm das Maul nicht gar so voll, junger Krieger!», sagte er spöttisch. «Deinesgleichen hat Gorian sich in großer Zahl herangezogen. Junge Burschen ohne Hirn, ohne eigenes Selbst, unwissende ergebene Gefolgsleute, die ohne Zögern für ihren Herrscher töten und sich töten lassen. Fast hätte ich geglaubt, du wärest verständiger als deine Kameraden, doch wie es scheint, habe ich mich getäuscht ...»

«Schweig, Abtrünniger, und stell dich zum Kampf ...»

Darion spürte, dass seine Aufforderung eher einer verzweifelten Flucht nach vorn gleichkam. Die Beleidigungen hatten ihn erbost, zugleich aber spürte er, dass sie viel Wahres enthielten – verbotene Gedanken, die auch ihm oft gekommen waren, die er jedoch rasch wieder verdrängt hatte. Man hatte ihn vor den listigen Reden der Abtrünnigen gewarnt, vor ihren Lügen und Verlockungen, die darauf abzielten, die Krieger Gorians zu verwirren. Sie hatten nichts anderes im Sinn, als die treuen Gefolgsleute des Herrn der Nachtschatten auf ihre Seite zu ziehen und ebenfalls zu Abtrünnigen zu machen. Das beste Mittel gegen solch perfide Reden war das Schwert, so hatte man es ihn gelehrt. Es widerstrebte ihm jedoch, seine Waffe gegen einen Mann zu richten, der ganz offensichtlich nicht kämpfen wollte.

«Hat Gorian dir die Bedeutung dieses Zeichens erklärt?», fragte der Alte, als Darion ihm keine Antwort gab. «Hat er dir gesagt, weshalb eine Lichtelbin mit diesem Zeichen am Rücken solch eine Seltenheit darstellt?»

Darion wehrte sich innerlich gegen die Versuchung. Sein Herr würde ihm dies alles schon enthüllen, wenn es notwendig war. Zu viel Wissen belastete nur, so hieß es. Es war gut und richtig, dass das geheime Wissen der Nachtschatten nur bei Gorian und seinen engsten Getreuen lag.

«Du weißt es also nicht. Das habe ich mir gedacht», hörte er den Alten abfällig äußern. «Du gehorchst, ohne zu fragen, redest, ohne zu denken. Wahrscheinlich würdest du dieses Mädchen auch töten, wenn man es dir befehlen würde ...»

«Niemals würde ich das tun!», entfuhr es ihm.

Er biss sich wütend auf die Zunge, weil er dem Alten auf den Leim gegangen war und seine Gefühle offenbart hatte. Er hätte ihn jetzt auslachen können, doch der Abtrünnige blieb ernst, kostete seinen Triumph nur innerlich aus.

«Hör mir zu, Darion!», begann er leise. «Es wäre möglich, dass Marian diejenige ist, auf die wir alle seit vielen Jahren warten. Wenn es sich so verhält, dann wird sie einen Beschützer bitter nötig haben.»

Darion schwieg. Es wäre wohl klug gewesen, sich die Ohren zu verstopfen, doch dazu war es nun zu spät. Die Worte des Alten muteten wie scharfe Pfeile an und hatten ihr Ziel erreicht. Marian brauchte seinen Schutz, das hatte er längst bemerkt, und er wünschte sich nichts mehr, als ihr diesen Schutz bieten zu können. Seit er sie zum ersten Mal gesehen hatte, verspürte er diesen Wunsch – war es jetzt nicht an der Zeit, sich ehrlich und mutig dazu zu bekennen? Auf die Gefahr hin, sich sogar seinem Herrn entgegenstellen zu müssen?

«Das Zeichen, das sie zwischen den Schulterblättern trägt, beweist, dass sie kein einfache Lichtelbin ist», vernahm er den Abtrünnigen, wobei er Darion scharf im Auge behielt. «Sie ist ein direkter Nachkomme der Elbenkönigin, denn nur solche Lichtelben tragen den Sonnenkreis auf ihrer Haut.»

«Das ist unmöglich! Sie ist ein Mischwesen, ihr Vater war ein Mensch.»

«Du meinst den Adeligen, auf dessen Landsitz sie aufwuchs? Der war nicht ihr Vater. Er hat die schöne Elbin bei sich aufgenommen, weil er sie liebte, und das Kind, das sie auf die Welt brachte, als sein eigenes anerkannt. Marians Vater war Rufius, ein Lichtelbe, der seine Tochter niemals zu Gesicht bekam, denn er starb noch vor ihrer Geburt im Kampf gegen einen Nachtschatten. Es war der gleiche Schatten, der zehn Jahre später ihre Mutter Lavinia tötete. Auch sie trug das Zeichen des Sonnenkreises zwischen den Schulterblättern, denn die Königswürde wird bei den Lichtelben von der Mutter an die Tochter vererbt.»

Die Nachricht löste zwar das Rätsel, doch sie machte auch deutlich, in welcher Gefahr Marian schwebte. Falls sie tatsächlich aus dem Königsgeschlecht der Lichtelben stammte, würde Gorian sie sicher nicht am Leben lassen. Oder doch? Er musste doch etwas mit ihr vorhaben, sonst hätte er längst den Befehl gegeben, sie zu töten!

«Was redest du da von einer, auf die wir alle angeblich seit vielen Jahren warten? Weshalb? Was ist Besonderes an ihr?»

Der Abtrünnige blickte zur Seite, wo jetzt ein schwacher Lichtschein hin und her irrte. Vermutlich war Mrs. Woolcraft aus dem ersten Schlummer erwacht und verspürte das Bedürfnis, das kleinste Gemach des Gebäudes aufzusuchen. Ein Nachtvogel löste sich aus einem Apfelbaum und glitt lautlos über die Gartenbeete, man vernahm das Quieken einer Maus, die gleich wieder verstummte. In irgendeinem der verträumten Häuschen bellte ein Hund, ein zweiter antwortete tief und heiser, ein dritter mischte sich mit hellem Gekläff ins Gespräch.

«Du weißt nichts über die Elbenkönigin Eolin und das Geheimnis, das die Macht des Lichtelbenreichs damals am Leben hielt?»

Der Alte schien unschlüssig, er befühlte einen Schnitt, der quer über seinen Unterarm verlief und jetzt wohl zu schmerzen begann. Auch seine Beine waren mit Wunden bedeckt, die zum Teil heftig bluteten – er würde zudem den Hieb über den Nacken jetzt langsam spüren, denn der Nackenschutz hatte ihn nur vor der scharfen Klinge, nicht aber vor der Wucht des Schlages bewahrt. Darion hatte wieder einmal das beklemmende Gefühl, nicht besonders stolz auf seinen Erfolg sein zu können.

«Was für ein Geheimnis?»

Der Abtrünnige seufzte tief und erzürnt und blickte Darion missbilligend an.

«Schau, welcher Wissensdurst dich plötzlich befallen hat, junger Krieger! Und dabei hättest du all diese Dinge längst in Erfahrung bringen können, wärest du nicht wie all deine Kameraden mit Blindheit und tauben Ohren geschlagen gewesen! Die alten unter den Nachtschatten kennen diese Geschichten wohl, und wer ihnen zuhört, der weiß mehr als Gorian und seine klugen Begleiter, die sich einbilden, das geheime Wissen zu hüten ...»

«Hüte deine Zunge, Verräter! Und vergiss nicht, dass ich den Auftrag habe, alle Abtrünnigen zu töten!»

Darion wurde jetzt ärgerlich. Er hatte wenig Lust, sich weitere Beleidigungen anzuhören. Verdammt, wenn der Alte ihm etwas zu erzählen hatte, dann sollte er es tun oder sein Maul halten! Und außerdem: War die Königin der Lichtelben nicht vor langer Zeit von den Nachtschatten besiegt worden? Hatten ihre Untertanen sich nicht in alle Winde zerstreut? Gar so großartig konnte ihr Geheimnis ja wohl nicht sein, da es weder sie selbst noch ihre Untertanen vor der Niederlage bewahrt hatte!

Weshalb aber hatte Gorian dann wissen wollen, ob Marian den Sonnenkreis zwischen den Schulterblättern trug?

Der Abtrünnige hatte seine Rede unterbrochen, um zu lauschen. Der Nebel hatte sich schon vor einer Weile verzogen, jetzt erhob sich ein schwacher Wind, der das lange graue Haar des Schattenelben wie einen Schleier bewegte. Auch Darion hatte das Gefühl, etwas gehört zu haben. Möglicherweise kroch irgendein Nebelelf auf dem Dach herum, der den Anschluss an seine Kameraden verpasst hatte. Die Mondsichel war am Himmel aufgegangen, und die Schatten der Schornsteine fielen wie schwarze Balken quer über das Schindeldach.

«Es sind drei Dinge, die zu dem Geheimnis führen», murmelte der Abtrünnige. «Das erste ist das Zeichen der Sonne, das zweite der silberne Fluss. Das dritte aber ist das Spiel der Töne, das den Fels zum Bersten bringt. Nur wenn all dies zusammenkommt, wird der ...»

In diesem Augenblick fuhr ein kühler Lufthauch über sie hinweg, und beide erkannten den fremden Nachtschatten an seinem raschen lautlosen Flug. Es handelte sich um einen erfahrenen Krieger, und auch jetzt, da er sich noch nicht materialisiert hatte, sondern einem grauen Nebelstreif glich, war klar, dass er gerüstet und bewaffnet unterwegs war. Vielleicht kam er nur zufällig hier vorbei, möglicherweise aber war er ein Bote, den der ungeduldige Gorian ausgeschickt hatte. Darion hatte wenig Lust, ausgerechnet im vertrauten Gespräch mit einem Abtrünnigen erwischt zu werden, daher kippte er kurzerhand rücklings über die Regenrinne und verbarg sich unter dem Überhang des Daches. Auf welche Weise der Abtrünnige sich davonmachte, konnte er nicht mehr sehen, doch oben auf dem Dach blieb alles still und friedlich. Nun – der Alte kannte eine Menge Tricks, schließlich entkam er nicht zum ersten Mal einem Nachtschatten.

Darion verharrte eine Weile in seinem Versteck. Als sich jedoch nichts weiter regte als einige Spinnen, deren Netze er bei seiner Flucht zerstört hatte, entschied er, sich einen bequemeren Ort zu suchen, um gründlich nachzudenken.

Kapitel 10

Wenn Kate doch nur endlich Ruhe geben wollte! Seufzend drehte Marian sich auf den Rücken und zupfte die Bettdecke zurecht. Die in ein Leinentuch eingeschlagenen Wolldecken waren recht kurz. Besonders im Winter musste man sich zusammenkauern, um während der Nacht keine kalten Füße zu bekommen.

«Wir werden das Wohnzimmer bis auf ein paar Schränke und das Klavier ausräumen und auch den Teppich herausnehmen», flüsterte Kate. «Ringsum werden Stühle und Sessel aufgestellt, und alles wird mit Bändern und Schleifen dekoriert – es wird ausschauen wie ein großer Ballsaal! Mama hat alle wichtigen Bekannten und Freunde eingeladen, und bisher hat noch keiner abgesagt, nicht einmal Mrs. Dotterby mit den beiden Töchtern und ihrem Sohn Jeremy. Der ist im Ministerium angestellt und bisher noch nicht verehelicht ...»

Kate war der festen Meinung, dass Marian ihren Vormund noch umstimmen könnte, deshalb hörte sie nicht auf, von der großartigen Abendgesellschaft im Hause ihrer Eltern zu erzählen. Sie hatte bereits dreimal erwähnt, dass die Dotterbys zwar gesellschaftlich über ihnen stünden, denn Mr. Dotterby nahm eine gehobene Position im Marineministerium ein. Aber Mrs. Jane Dotterby und Kates Mum waren seit ihrer Pensionatszeit Freundinnen geblieben, und das würde sich nun «auszahlen».

«Natürlich wäre eine Tochter der Dotterbys für meinen Vetter George keine schlechte Partie. Leider sind die beiden aber schrecklich hässlich. Ihre arme Mutter reicht sie auf allen Gesellschaften herum, bietet sie an wie sauer Bier – bisher hat sich jedoch noch kein ernsthafter Bewerber gefunden. Das ist kein Wunder: Alice, die Ältere, hat eine Hasenscharte, und Mildred leidet unter scheußlichen Pickeln, besonders im Gesicht und am Dekolleté blühen sie haufenweise wie kleine rote Maulwurfshügel ...»

«Kate, ich möchte jetzt gern schlafen», fiel Marian ihr ins Wort. «Wenn es sein muss, kannst du mir ja morgen beim Frühstück von Mildred Dotterbys Pickeln erzählen. Aber eigentlich könnte ich auch darauf verzichten.»

«Du liebe Zeit, Marian! Du musst nicht glauben, dass ich boshaft wäre – es ist schlimm genug, wenn ein Mädchen mit solchen Makeln behaftet ist. Der junge Jeremy Dotterby soll ja ganz annehmbar aussehen und auch beruflich sehr erfolgreich sein. Mum hat mir erzählt, er habe sich nach mir erkundigt, stell dir mal vor, er wollte wissen, ob ich noch immer solch kupferrotes Haar hätte! Ist das nicht dreist von ihm?»

«Gute Nacht, Kate!»

Marian wandte ihrer Freundin demonstrativ den Rücken zu, kauerte sich zusammen und zog sich zusätzlich die Decke über den Kopf. Auch von anderer Seite gab es jetzt Ärger. Lisa, die drei Betten weiter lag, bemerkte laut, dass man von einem Mädchen gehört hätte, das an seinem eigenen Geschwätz erstickt wäre, weil es vergaß, Luft zu holen. Und Gwendolyn erklärte, das laute Reden im Schlafsaal wäre zu dieser späten Stunde gar nicht erlaubt, und sie würde das morgen Früh melden.

«In einem Pensionat in Glasgow wurde ein Mädchen mit ihrem eigenen Strumpf erdrosselt», ließ Lisa sich düster vernehmen. «Es wurde gemunkelt, sie hätte ihre Freundinnen an die Pensionatsleiterin verraten. Sie sah schrecklich aus, das Gesicht ganz blau und die Zunge herausgestreckt ...»

«Großer Gott – so etwas kann wohl nur in Schottland passieren!», flüsterte Emily entsetzt.

«Wer weiß? Strümpfe gibt es auch hierzulande.»

Daraufhin war es endlich still. Erst nach einer kleinen Weile hörte Marian Lisas unterdrücktes Kichern, Gwendolyn war ganz und gar verstummt, und von Kates Lager waren tiefe regelmäßige Atemzüge zu vernehmen. So war es immer mit Kate: Gerade eben redete sie noch wie ein Wasserfall, und zwei Sekunden später lag sie in tiefem Schlaf.

Marian drehte sich wieder auf den Rücken und starrte hinauf zu den verwaschenen Schattengebilden, die das flackernde Nachtlicht an die Decke warf. Ärgerlich stellte sie fest, dass die Müdigkeit, die sie während Kates Geschwätz empfunden hatte, inzwischen verflogen war. Dafür hatte sich das lästige Herzklopfen wieder eingestellt, und zu allem Überfluss glaubte sie, ein Klirren und Poltern zu hören, das sie auf beängstigende Weise an die Vorgänge im Garten des Professors erinnerte. Klang das nicht so, als träfen metallische Gegenstände aufeinander? Als sprängen dort oben auf dem Dach Leute herum? Aber wenn dem so wäre, dann würden es doch auch die anderen Mädchen hören, vor allem die Lehrerinnen und Mr. Mills, der Hausmeister. Konnte es sein, dass nur sie allein diese Geräusche wahrnahm?

Sie verspürte jetzt solche Angst, dass sich ihr die Kehle zuschnürte und sie kaum noch schlucken konnte. Noch vor einigen Stunden hatte sie es gar nicht als so schlimm gefunden, ein krankes Herz zu haben – jetzt aber wurde ihr bewusst, dass sie möglicherweise bald sterben musste. Ach, sie lebte doch so gern, und seit sie wusste, dass sie singen lernen würde, erschien ihr die Zukunft in leuchtenden Farben!

Aber vielleicht war sie ja gar nicht krank. Vielleicht gab es tatsächlich Geistwesen, und sie hatte die Fähigkeit, sie zu hören und zu sehen.

Der Zweig fiel ihr plötzlich ein, der sich in ihrer Kleidung festgehakt hatte, sodass sie glaubte, eine Hand hätte nach ihr gegriffen. War es tatsächlich ein Zweig gewesen? Jetzt, da sie mit geschlossenen Augen dalag und auf die seltsam fremden Geräusche lauschte, tauchten weitere Erinnerungen aus der Dunkelheit ihrer Ohnmacht auf. Schwerter hatte sie gesehen, scharf geschliffen und von merkwürdig blauer Farbe. Wenn sie aufeinanderschlugen, zuckten Blitze auf, doch die Arme, die die Schwerter führten, waren bräunlich wie der Flussnebel, der von der Themse herübergezogen war. Wer auch immer dort gekämpft hatte – es hatte sich nicht um Menschen, sondern um Geister gehandelt!

Wirkliche Geister – oder nur Vorspiegelungen ihrer Fantasie, Wahnvorstellungen eines kranken Herzens? Es wurde Marian heiß unter der Decke, das wirre hellblonde Haar klebte an Hals und Wangen. Sie hätte doch besser einen Zopf geflochten, aber gerade heute Abend war sie zu faul dazu gewesen. Nach dem Abendessen, als sie mit ihren Freundinnen in den Garten laufen wollte, hatte Mrs. Potter sie zu sich ans Kopfende des Tisches gewunken. Während die Mädchen der gelben Gruppe – das waren die Kleinen – Teller und Schüsseln in die Küche trugen, hatte Marian vor Mrs. Potter zu stehen und über ihren Besuch bei Professor Sereno zu berichten.

«Ich hoffe, du hast einen guten Eindruck hinterlassen, Marian! Der Professor scheint in Bezug auf dich gewisse Erwartungen zu hegen. Wieso das so ist, kann ich mir zwar nicht erklären, aber für dich ist es ein großes Glück. Bei dem, was du an Mitgift bekommst, ist gewiss keine besonders gute Partie zu erwarten ...»

«Aber ich erbe einen Landsitz, Mrs. Potter! Keinen sehr großen, aber immerhin ...»

«Gewiss, mein Kind», erwiderte Mrs. Potter, die auf einmal zerstreut schien. «Aber das Land ist heutzutage nicht mehr so wertvoll, wie es in den Tagen deines Vaters war. Zumal Yorkshire doch eine sehr abgelegene Gegend ist ...»

Sie hatte es jetzt eilig, Marian zu den anderen Mädchen in den Garten zu schicken, und lief in die Küche, wo Mrs. Crincle die Aufsicht über den Abwasch führte.

«Schicken Sie mir den Hausmeister, Mrs. Crincle! Die Tür der Bibliothek knirscht fürchterlich in den Angeln, und im Klassenzimmer der grünen Gruppe sind zwei Stühle defekt ...»

Der arme Mr. Mills hatte fast den ganzen Abend über die schweren blechernen Gießkannen schleppen müssen, weil Mr. Crincle der Meinung war, das frisch gesetzte Gemüse wäre am Vertrocknen. Jonathan Mills hatte große Mühe mit den Kannen, sein schmaler knochiger Körper schien sich unter ihrer Last zusammenzufalten, die Knie knickten ein Stück ein, und sein Gang erinnerte an eine müde Ente. Marians Freundinnen hatten unbarmherzig über den armen Burschen gelacht und boshafte Scherze geflüstert. Als Marian jedoch für ihn eintrat, ging das Theater erst recht los.

«Solch eine Fahrt mit dem Hansom kann zwei Leute einander nahebringen!»

«Schaut doch mal, wie rot sie jetzt wird! Er ist gewiss ein feuriger Verehrer, nicht wahr?»

«Hat er dich auf den Mund geküsst?»

«Aber nein! Dabei hätte er sie doch mit seiner langen Nase aufgespießt!»

«Er hat vielleicht Ring und Stöckchen mit ihr gespielt ...»

«Im Hansom? Du liebe Güte ...»

Das Gelächter, bei dem einige der Mädchen hysterisch aufkreischten, wurde schließlich von Mrs. Crincle unterbunden. Was es da wohl zu lachen gäbe, schalt sie zornig. Auch Marian hatte das nicht begreifen können, ebenso wie viele andere der Mädchen. Doch diejenigen, die gelacht hatten, kicherten immer noch und sahen mit höhnisch-wissenden Blicken auf die ahnungslosen Mitschülerinnen herab.

Bis auf diesen Vorfall war es angenehm im Garten gewesen. Sie hatte Emily und Lisa von Serenos Unterricht und von seinen Schülern erzählt. Später waren sie zu den alten Bäumen hinübergelaufen und hatten gemeinsam auf der Wiese nach Gänseblümchen gesucht. Alles war friedlich und schön gewesen, kein Herzklopfen, keine beweglichen Schatten, keine Geister.

Leise, um niemanden zu wecken, setzte Marian sich auf ihrem Lager auf und sah zu dem Nachtlicht hinüber. Die Laterne, die neben der Tür auf einem Schemel stand, flackerte unruhig – wahrscheinlich war der Kerzendocht zu lang. Sie lauschte und war erleichtert, dass die unheimlichen Geräusche nun verstummt waren. Ihr Herz klopfte allerdings immer noch rascher und lauter als gewöhnlich.

An Schlaf war nicht zu denken. Neidisch sah sie zu Kate und Lisa hinüber, die zusammengerollt und mit heißen Wangen in ihren Betten schliefen. Emily hatte sich wie immer ihr Zopfende in den Mund gesteckt, und Gwendolyn schlief auf dem Rücken liegend, steif wie eine Tote, die Hände über der Brust gefaltet. Irgendwo murmelte ein Mädchen unverständliche Worte im Schlaf, an der Saaldecke tanzten die Schatten zweier Fliegen, die um das Nachtlicht kreisten.

Ein Arzt hätte wohl herausfinden können, ob sie wirklich herzkrank war. Aber würde Mr. Strykers bereit sein, eine Untersuchung zu bezahlen? Auch wenn es nicht sein eigenes, sondern ihr Geld war, hatte Marian doch schon erlebt, dass ihr Vormund geizig sein konnte. Im vergangenen Herbst hatte er ihr sogar die neuen Winterstiefel verweigert, und sie hatte in den alten Schuhen laufen müssen, die an mehreren Stellen Löcher aufwiesen. Ein Arzt, besonders ein Spezialist, kostete gewiss viel Geld. Und wie sollte sie Mrs. Potter und Mr. Strykers von der Notwendigkeit einer Untersuchung überzeugen? Außer dieser Ohnmacht im Garten des Professors konnte sie nur von seltsamen Wahrnehmungen erzählen, höchstens das häufige Herzklopfen könnte Eindruck machen.

Ob man sich bei solch einer Untersuchung etwa auskleiden musste? Bis auf das Unterhemd? Oder sogar noch weiter? Wieder wurde ihr heiß. Nein – besser keine Untersuchung, kein Arzt! Lieber wollte sie irgendwann tot umfallen – wenn sie ein krankes Herz hatte, konnte ein Arzt ihr sowieso nicht helfen. Aber vielleicht war es ja gar nicht ihr Herz. Vielleicht gab es ja tatsächlich Geistwesen ... Marian stöhnte auf – wenn sie doch endlich Klarheit gewinnen könnte! Nichts war schlimmer, als ständig in dieser Ungewissheit zu leben.

Das dicke medizinische Buch in der Bibliothek fiel ihr ein. Dort stand ganz sicher auch etwas über Herzkrankheiten geschrieben. Vielleicht war es ja möglich, auch ohne Doktor etwas über ihren Gesundheitszustand zu erfahren. Sie zögerte einen Moment, denn es war den Zöglingen streng verboten, in der Nacht im Haus herumzulaufen. Dann aber wurde ihr klar, dass heute Montag war – bis zum nächsten Sonntagnachmittag waren es noch sechs Tage. So lange würde sie die Ungewissheit nicht ertragen.

Auf bloßen Füßen, das lange Nachthemd eng um den Körper gezogen, lief Marian durch den langen Saal und öffnete leise die Tür. Bis hierher war die Sache ungefährlich – es war schließlich nicht verboten, in der Nacht die Toilette aufzusuchen. Im Flur stand für diesen Zweck eine Nachtlaterne bereit, die man in die Hand nahm, um damit die entsprechende Örtlichkeit auszuleuchten. Das Haus besaß zwar einen Gasanschluss, aus Gründen der Sparsamkeit gab es jedoch nur in Mrs. Potters Wohnbereich, in den Klassenräumen und im Speisesaal Gaslampen. Alle übrigen Räume und auch die Flure wurden nach alter Väter Sitte von Kerzen und Öllampen erhellt.

Marian hoffte sehr, dass während der folgenden halben Stunde niemand die Toilette aufsuchen musste, denn sie würde die kleine Laterne jetzt mitnehmen. Geräuschlos huschte sie auf nackten Sohlen durch den Flur und bemerkte vor Aufregung nicht einmal, wie eisig kalt sich der geflieste Boden anfühlte. Einige Treppenstufen knarrten unter ihrem Gewicht, und sie begriff, dass es klüger war, den Fuß nicht in die Mitte der Stufe, sondern an die Seite zu setzen. Während sie so leise wie möglich an den Schlafkammern des Gesindes vorbeischlich, spürte sie ein Zittern am ganzen Körper. Es war nicht die feuchte kühle Nachtluft, die sie erschaudern ließ, sondern die Finsternis jenseits des kleinen Lichtkegels der Laterne. Die schwere eingelegte Tür zur Bibliothek knarrte, als sie sie öffnete. Sie hatte es eilig, in den Raum zu schlüpfen und die Tür hinter sich zuzuziehen, weil sie fürchtete, eine Magd könnte das Licht im Flur sehen und sie erwischen.

Mit der Tür im Rücken blieb Marian stehen. Um zu dem Bücherschrank zu gelangen, wo der dicke Foliant zwischen Atlanten und Wörterbüchern stand, würde sie an dem großen Tisch aus Eichenholz vorbei zum hinteren Bereich der Bibliothek gehen müssen. Kein angenehmer Gang mit dem kleinen Licht in der tiefen Dunkelheit des Raumes – aber sie war entschlossen, sich weder durch Schatten noch durch wehende Vorhänge von ihrem Vorhaben abbringen zu lassen. Vorsichtig hob sie die Laterne an, um wenigstens einen kleinen Teil des Zimmers auszuleuchten, dann erstarrte sie.

Am Tisch saß eine männliche Gestalt. Sie sah die Konturen nur für einen kleinen Augenblick, dann driftete der Lichtschein von der Erscheinung fort, weil Marians Arm vor Schreck zitterte. Weglaufen – war ihr erster Gedanke. Den Türknauf drehen, den sie im Rücken spürte, und sich in den Flur retten, die Treppe hinunter, zurück in das schützende Bett im großen Schlafsaal, wo sie zwischen den anderen Mädchen geborgen war. Doch das wilde Pumpen ihres Herzens stimmte sie nachdenklich. Vermutlich würde sie in Ohnmacht fallen oder gar sterben, bevor sie noch die Treppe erreichte.

Was bin ich für ein Hasenfuß!, dachte sie. *Es wird eine Sinnestäuschung gewesen sein. Reverend Jasper hat vielleicht seine Jacke auf einem Stuhl vergessen. Oder Mr. Mills seine Werkzeugtasche ...*

Tatsächlich gehorchte ihr der Arm jetzt wieder, der Lampenschein wanderte zurück zum Tisch. Es hatte sich nicht um eine Täuschung gehandelt, dort saß ein nächtlicher Bibliotheksbesucher.

Jetzt erst erkannte sie ihn. Er trug nicht mehr den merkwürdigen Gehrock, sondern ein dunkles glatt anliegendes Gewand, das einem mittelalterlichen Kettenhemd ähnelte. Sein schulterlanges Haar erschien ihr ziemlich zerwühlt, das Gesicht bleich, die schwarz umschatteten Augen waren mit einem Ausdruck auf sie gerichtet, der etwas von einem ertappten Dieb hatte. Plötzlich wurde Marian klar, dass der fremde Gast über dieses Zusammentreffen mindestens ebenso erschrocken war wie sie selbst. Sie sammelte sich.

«Bist ... bist du ein Geist?»

Sie hatte allen Mut zusammennehmen müssen, um diese Frage zu stellen, und war nun maßlos enttäuscht, weil er keine Anstalten machte, ihr zu antworten. Stattdessen begann seine Gestalt, sich aufzulösen, wurde grauer, die Konturen verschwammen, der Körper wurde durchsichtig wie Rauch.

«Nein!», rief Marian und tat einen Schritt in seine Richtung. «Bleib! Bitte bleib doch! Sag mir, ob du ein Geist bist ...»

Er schien nicht willens, auf ihre Bitte einzugehen, im Gegenteil: Je näher sie zu ihm ging, desto eiliger hatte er es damit, sich vor ihren Augen in Nebeldunst zu verwandeln. Ganz offensichtlich hatte er Furcht vor ihr und versuchte, zu verschwinden. Diese Erkenntnis steigerte ihren Mut.

«Ich würde auch gern wissen, weshalb du mich im Schlafsaal so angestarrt hast!»

Der Nebel schwankte ein wenig und schien dann zum Fenster hinüberziehen zu wollen. Marian hob die Laterne, und der Lichtschein schnitt ihm den Weg ab. Aha – er fürchtete das Licht! Nun – sie würde sich diese Tatsache zunutze machen.

«Ein Gentleman bist du wirklich nicht!», schimpfte sie. «Es ist sehr unhöflich, einer jungen Dame keine Antwort zu geben.»

Er hatte keine Chance bei diesem Spiel. Sooft er auch versuchte, dem Schein der Laterne zu entwischen – Marian fing ihn immer rechtzeitig ein, bevor er in die Dunkelheit entfliehen konnte.

«Jetzt rede schon! Oder bist du stumm? Kennst du die englische Sprache nicht? Oder sprichst du nicht mit jedem? Bin ich dir nicht alt genug? Nicht hübsch genug? Hättest du lieber mit Mrs. Potter geredet?»

«Hör auf, solchen Lärm zu machen, Marian!»

Jetzt hätte sie vor Schreck fast die Laterne fallen gelassen. Er hatte tatsächlich zu ihr gesprochen, leise und mit weicher, ein wenig heiserer Stimme. Es klang ungehalten, fast ärgerlich, zugleich nahm der Nebel Konturen an und verdichtete sich zu seiner ursprünglichen Gestalt.

«Wenn du mir gleich geantwortet hättest, wäre das ganze Theater nicht nötig gewesen!», stellte sie lehrerhaft fest.

Er schien geschlagen, gab den Widerstand auf und ging zum Tisch hinüber, um sich wieder zu setzen. Mit Unbehagen stellte sie fest, dass er einschüchternd groß und kräftig war, zudem trug er über dem dunklen Kettenhemd einen Gürtel, von dem eine Schwertscheide herabhing. Der Knauf des Schwertes ragte daraus hervor, er war von seltsamer Form, glich einem Vogelkörper, der die Flügel angelegt hatte. Eine Eule?

«Also frag, was du wissen willst!»

Nicht nur der Laternenschein machte ihm Schwierigkeiten.

Jetzt bemerkte Marian, dass er auch ihrem Blick auswich. Er konnte es nicht ertragen, wenn sie ihn für eine Weile fest ansah.

«Gut», triumphierte sie, «wer oder was bist du?»

«Wozu musst du das wissen?»

«Man beantwortet eine Frage nicht mit einer Gegenfrage!»

«Weshalb nicht? Auch eine Gegenfrage kann eine Antwort sein.»

Unfassbar – er unternahm immer noch Ausflüchte! Jetzt glaubte sie sogar, ein leicht amüsiertes Grinsen in seinen blassen Zügen zu erkennen. Er hatte sich im Stuhl zurückgelehnt und die Arme über seiner Brust gefaltet – auch das gefiel ihr nicht, denn es zeugte von allzu viel Selbstbewusstsein. Wollte er sich am Ende nur über sie lustig machen?

«Es ist für mich sehr wichtig, darüber Klarheit zu gewinnen», erklärte sie ernsthaft.

«Nun», meinte er gedehnt und machte wieder einen kurzen Versuch, ihr in die Augen zu sehen. «Ich bin nichts weiter als eine Ausgeburt deiner Fantasie, Marian. Ein Traumgebilde. Ein Nebelschweif. Ein Nichts. Du solltest keinen einzigen Gedanken an mich verschwenden.»

Er log sie an, dessen war sie sich sicher. Sie trat näher, bis nur noch die Tischplatte sie trennte, und stellte die Laterne darauf ab. Er drehte den Kopf zur Seite, als das Licht direkt auf sein Gesicht fiel, und sie bemerkte erst jetzt, dass er eine frische Verletzung an der rechten Schläfe hatte. Ein kleiner Ritz war es, wie mit der Spitze eines Messers gezogen, nicht länger als zwei Inches.

«Ein Traumgebilde?», meinte sie kopfschüttelnd. «Das habe ich geglaubt, als ich dich im Garten sah ...»

«Du hast mich im Garten gesehen? Wann?»

«Am gleichen Tag, als du im Schlafsaal herumgelaufen bist. Du hast unter der alten Eiche gestanden.»

Er unternahm einen wenig überzeugenden Versuch, zu lachen. «Da siehst du einmal, wie lebhaft deine Fantasie ist, meine Kleine! Du hast sogar am hellen Tag geträumt.»

«Dann träume ich wohl auch jetzt noch, wie?», begehrte sie auf.

«Natürlich», behauptete er gelassen. «Du gehörst zu jenen Menschen, die schlafend aus dem Bett steigen und im Haus umherlaufen. Eine gefährliche Angewohnheit, dieses Träumen mit offenen Augen. Du solltest jetzt besser wieder hinuntergehen und dich hinlegen, bevor du noch zum Fenster hinaussteigst oder auf das Dach kletterst.»

Glaubte er tatsächlich, was er da redete? Zumindest brachte er diese lächerliche Geschichte mit großem Ernst hervor. Im Grunde aber handelte es sich – oh, sie durchschaute ihn! – nur um einen Trick, mit dem er sich die Freiheit erschleichen wollte. Aber da hatte er Pech – sie würde ihm die Wahrheit schon entlocken, und wenn sie ihn bis zum Morgen hier festbannen musste! Du meine Güte – sie war jetzt vollkommen sicher, dass sie nicht träumte! Sie war auch nicht herzkrank. Vor ihr am Tisch saß ein wahrhaftiger Geist, hatte die Arme vor ihrer Brust verschränkt und bemühte sich mit allerlei Geschwätz, sie zum Narren zu halten.

«Ich sollte also besser nicht aufwachen, bevor ich wieder im Bett liege?», fragte sie scheinbar harmlos nach, ließ die Laterne vor ihm stehen und ging langsam um den Tisch herum.

«Ganz genau. Du könntest nämlich beim Aufwachen so erschrecken, dass du stolperst oder gar die Treppe hinunterfällst.»

Marian ließ ihn nicht aus den Augen, während sie um das Kopfende des Tisches schritt und sich dann auf ihn zubewegte. Für wenige Sekunden hätte er die Chance gehabt, das Licht zu löschen und in die Dunkelheit zu entschwinden, da sie um mehr als eine Armeslänge von der Laterne entfernt war. Er verpasste die Gelegenheit, und nun war es zu spät. Die Tischplatte befand sich nicht mehr zwischen ihnen, Marian stand dicht vor ihm, das Licht in Reichweite.

«Was aber ist, wenn ich gar nicht träume?»

Er sprang auf und riss dabei den Stuhl um, der polternd mit der Lehne auf den Boden schlug. Es war lachhaft – ein großer Mann, ein Krieger mit Panzer und Schwert versuchte vor ihr, Marian, zu flüchten!

«Nimm endlich das Licht weg, Marian! Ich bitte dich! Nicht um meinetwillen – um deinetwillen ... Dein Haar ist gleißend wie die Sonne ...»

Er vollführte eine Körperbewegung, als wollte er zurückspringen, doch Marian vereitelte seinen Fluchtversuch durch einen entschlossenen Griff zur Laterne. Es war also nicht allein die kleine Kerze, die ihn blendete, sondern der Widerschein des Kerzenlichts in ihrem offenen Haar. Wie seltsam!

«Dann hör auf, mich anzulügen! Sag mir, wer du bist!»

Sie war ihm so nah, dass sie seinen Atem spürte. Die Luft zwischen ihnen schien zu vibrieren, unsichtbare spitze Nadeln wirbelten darin, kleine Feuerfünkchen glommen auf und verloschen wieder. Woher nahm sie den Mut, solch ein Wagnis einzugehen? Er war ein Geistwesen, ein Schatten, sie hatte das Schwert an seinem Gürtel gesehen. Und doch gab es da ein Empfinden, das stärker war als ihre Angst. Eine Anziehung, über deren Natur sie sich selbst nicht klar war.

Als Marian die Hand ausstreckte und seinen Arm berührte, durchzuckte sie ein heißer Strom. Hatte er das auch gespürt? Sie sah, wie er vor Schmerz die Augen zusammenkniff, hörte ihn leise aufstöhnen.

«Du weißt nicht, was du tust, Marian!»

Sein Körper bäumte sich auf, ballte sich zu einem Schatten, der sich um sie legte und einschloss. Sie spürte Schmerz und Schrecken, glühende Flammen schienen über ihren Körper zu fahren und jede, auch die schamloseste Stelle ihrer Haut zu versengen. Wie schwach sie nun war, wie gewaltig die dunkle Macht seines Körpers, der sie gefangen hielt! Seine harten zornigen Lippen glitten über ihren Hals, eroberten die kleine Grube unter ihrer Kehle, schoben sich warm und feucht hinunter zu ihren Brüsten, als wäre das Nachthemd gar nicht vorhanden. Sie begann, sich zu wehren, doch sie merkte rasch, dass sie nicht die mindeste Chance hatte. Oh, wie naiv sie gewesen war, als sie glaubte, diesen Geist durch eine harmlose Laterne bannen zu können!

«Lass mich los! Bitte! Lass mich ...»

Er gehorchte nicht, hielt sie stattdessen fest umschlossen, doch ohne ihr Schmerzen zuzufügen. Seine Lippen waren nun auf einmal sanft, sie betupften spielerisch ihre Nase, küssten sachte und wie zufällig ihren Mund. Kitzelnd folgte seine feuchte Zunge der geschwungenen Linie ihrer Oberlippe, und erst als sie eine sehnsüchtige Bewegung machte, wurde er dreister. Sie hatte nicht gewusst, was bei einem solchen Kuss geschah, und presste ihre Lippen fest aufeinander, als seine Zunge in ihren Mund eindringen wollte. Er zwang sie nicht, betupfte ihr nur Wangen und Stirn mit kleinen zarten Küssen.

«Ich bin ein Geist», hörte sie ihn flüstern. «Ein Wesen, das dem Reich der Schatten angehört, eine Ausgeburt der Nacht, ein Nebelschweif am schwarzen Himmel. Ich bin dein Beschützer, Marian.»

Sie begriff nichts, spürte nur die Sehnsucht, für immer in seinen dunklen Armen liegen zu dürfen und seine zärtlichen frechen Küsse zu fühlen. Ein rhythmisches Stoßen und Hämmern erfüllte ihre Ohren, und erst als er sich von ihr löste, begriff sie, dass es sich um seinen aufgeregten Herzschlag handelte.

«Vergiss das nicht, Marian!», raunte er leise mit dunkler weicher Stimme. «Ich bin dein Beschützer. Der Einzige, dem du dich anvertrauen solltest. Wirst du das tun?»

Er hielt sie noch an den Armen, doch die warme erregende Hülle, die er um sie geschlossen hatte, war nicht mehr da. So groß ihr Schrecken zu Anfang gewesen war – jetzt war sie enttäuscht über seinen Rückzug, fühlte sich abgeschoben. Sie blinzelte zu ihm auf, um ihm die volle Kraft ihrer hellen Augen zu ersparen, unsicher, was sie mit seiner Frage anfangen sollte.

«Falls ich einmal einen Beschützer brauchen sollte, werde ich an dich denken», meinte sie lächelnd. «Allerdings nur, wenn du mir deinen Namen offenbarst.»

Sie hatte nicht aufgepasst. Mit einem einzigen weiten Sprung war er dem Lichtkreis der Laterne entkommen. Sie hörte, wie einer der Fenstervorhänge bewegt wurde, sehen konnte sie es nicht, denn das Licht reichte nicht bis dorthin.

«Ich bin Darion», hörte sie seine Stimme. «Darion, ein Geist der Nacht.»

Der Fensterflügel gab ein knarrendes Geräusch von sich, was daran lag, dass das Holz bei Nebel und Feuchtigkeit immer wieder aufquoll. Neugierig lief Marian mit der Laterne zum Fenster, um zu sehen, wie er wohl aus dem Gebäude entkam. Kletterte er die Fassade hinunter? Oder konnte er vielleicht sogar fliegen? Doch als sie den Vorhang zurückgeschoben hatte und sich aus dem offenen Fenster beugte, erkannte sie nur die bizarr geformten Mondschatten der alten Bäume im silberfarbenen Gras der Wiese.

Vermutlich war er wieder zu Nebel geworden und schwebte mit den Wolken davon. Wie auch immer – er würde ganz sicher bald zu ihr zurückkommen. Schließlich hatte er versprochen, sie zu beschützen.

Während sie leise die Tür der Bibliothek öffnete, um in den Schlafsaal zurückzugehen, stieg ein großes belebendes Glücksgefühl in ihr auf.

Sie war vollkommen gesund. Keine Wahnvorstellungen, kein

krankes Herz! Die Sache war so, dass es tatsächlich Geistwesen gab, und sie, Marian, besaß die Fähigkeit, sie zu wahrzunehmen.

Es war gar nichts dabei, Geister sehen zu können. Ganz im Gegenteil, es war wundervoll. Darion – was für ein Name! Darion. Darion. Darion ...

Kapitel 11

Schmerzhafter als tausend Pfeile durchbohrten die gleißenden Lichtstrahlen ihn. Die kleine Gebirgsmulde war wie eine halbrunde Schüssel geformt, der Glimmerschiefer warf die Sonnenstrahlen vielfach zurück, ließ sie bündelweise von allen Seiten auf seinen nackten Körper treffen. Am Anfang hatte er sich an den Fels gepresst und geglaubt, auf diese Weise eine geringe Erleichterung zu finden, doch er irrte. Es gab keinen Schatten in dieser tückischen Felsschüssel, nur die glühend heißen Steinwände, das feindselige Gewirr der hin- und herschießenden Sonnenpfeile und das Licht. Das Licht, das seinen Körper versengte und ihm alle Kraft raubte. Das Licht, das wie geschliffener Stahl durch seine Haut schnitt, ihm den Atem nahm und sein Hirn austrocknete.

Er hatte keine Ahnung, wie lange diese Strafe währen sollte. Zu Anfang hatte er die Nächte gezählt, die kurz waren und wenig Erholung brachten. Später war das Licht schon so tief in ihn eingedrungen, dass er auch in den Nächten von gleißenden Strahlen geplagt wurde, und er hatte jede Zeitrechnung verloren. Entkräftet hockte er in der Mitte der Felsmulde, die Stirn auf die angezogenen Knie gepresst, das herabhängende schulterlange Haar schützte das Gesicht wie ein Vorhang. Die Augen wenigstens wollte er vor dem sengenden Licht bewahren, das mühelos durch die Lider drang und seine Sehkraft zerstörte. Wenn es zu Gorians Plan gehörte, ihn erblinden zu lassen, dann würde er lange, sehr lange darauf warten müssen.

Man hatte ihm von dieser Art der Bestrafung erzählt, als er noch ein unbedarfter junger Bursche gewesen war und seine

Ausbildung zum Krieger begonnen hatte. Ihre Ausbilder hatten ihnen auch die engen Mulden im Fels gezeigt, in denen Unglückliche hockten, tagtäglich dem glühenden, sengenden Licht ausgesetzt, die grausamste denkbare Folter für einen Nachtschatten. Er hatte die Delinquenten, die ja selbst schuld an ihrem Schicksal waren, damals wenig bedauert und mit den Kameraden über sie Scherze gemacht, davon geredet, dass die Burschen dort schön geröstet und gegart würden, wie eine Mittagsmahlzeit im Kochtopf vor sich hinschmurgelten. Nie wäre er auf den Gedanken gekommen, dass er selbst einmal dieser grausamen Folter ausgesetzt sein würde.

Er hatte sich wie ein Dummkopf übertölpeln lassen. In seiner Eile, aus dem Fenster der Bibliothek in die Nacht hinaus zu gelangen, hatte er alle Vorsicht vergessen und war dem von Gorian ausgesandten Botenkrieger geradewegs in die Arme geflogen. Er hatte richtig vermutet: Der Krieger, der ihn und den Abtrünnigen im Gespräch überrascht hatte, hielt sich nicht zufällig in der Gegend auf, es war ein Abgesandter des Herrn der Nachtschatten. Der Bursche hatte sich nicht einmal die Mühe gemacht, ihn anzureden, sich vorzustellen und seine Botschaft auszurichten. Nein, er hatte ihn ohne Umschweife von hinten überfallen. Dennoch hätte Darion gute Chancen gehabt, den Angreifer niederzumachen und zu entkommen, wenn nicht zwei weitere Nachtschatten dem ersten zu Hilfe gekommen wären. Es waren zwei seiner Kameraden, er kannte die Gesichter gut, hatte oft mit den beiden zusammengesessen, gelacht und geprahlt. Jetzt kämpften sie unter dem Befehl des Boten gegen ihren einstigen Freund, gleichmütig und ohne Mitgefühl, so wie man es ihnen beigebracht hatte.

Dass er gebunden wie ein Wickelkind hinter seinen Besiegern her durch die Luft gezerrt wurde, erfüllte ihn mit Scham über die schmähliche Niederlage. Dass dies nur den harmlosen Anfang einer Serie weit schlimmerer Demütigungen darstellen würde, ahnte er da noch nicht.

Man hielt Gericht über ihn. Im großen Saal saß Gorian inmitten seiner sechs Ratgeber auf einem Thron aus grauem Bergkristall, dem uralten Herrschersitz der Nachtschatten. Sie trugen lange feierliche Gewänder aus Samtbrokat, der von den Frauen in den kleinen Bergdörfern gewebt wurde, und auch die Krieger, die der Verhandlung als Zuhörer beiwohnten, waren festlich gekleidet. Dem Angeklagten hatte man jedoch Kettenhemd und Schwert genommen, und das Tuch der Nacht, das seinen Körper umschloss, war voller Schmutz und an einigen Stellen sogar zerrissen.

Quer durch den großen Saal floss der unterirdische Fluss Kairon, der sich brausend in einen tiefen Felsschlund stürzte und auf verschlungenen Wegen durch das Gestein zum Meer hinausströmte. Darion hatte viele Male in diesem Saal gestanden und feierliche Zeremonien miterlebt. Er kannte auch die schwarzen Wellen des Flusses, die einmal gewaltig brausten und zischend den Boden des Saales nässten, zu anderen Zeiten jedoch harmlos und leise dahinplätscherten. Am Tag des Gerichts schien es ihm, als schwiege das Gewässer nur dann, wenn Gorians Ankläger sprach. Wenn aber Darion das Wort erteilt wurde, übertönte das anschwellende Gewässer seine kurzen Verteidigungsversuche.

Es existierte im Grunde auch nicht viel, was er zu seiner Verteidigung hätte anführen können. Es gab nur Fragen, die er gern gestellt hätte, von denen er jedoch wusste, dass es sich um verbotene Fragen handelte. Vielleicht fürchtete Gorian solche Fragen, die die andächtig lauschenden Zuhörer verwirrt hätten, und er hatte den Fluss aus diesem Grund gezwungen, die Worte des Angeklagten unhörbar zu machen? Darion spürte bald, dass es keine Rettung für ihn gab, er hatte Gebote übertreten und entscheidende Fehler gemacht, große Schuld auf sich geladen und Strafe verdient. Nicht nur die aufgebrachten Reden des Anklägers machten ihm seine aussichtslose Lage deutlich. Er las seinen Untergang vor allem in den Gesichtern der Krieger, die die Verhandlung atemlos und mit zunehmender Empörung verfolgten. Zuletzt hoben sogar einige die Faust und zischten Darion wütende Beleidigungen zu. Verräter! Abtrünniger! Überläufer! Feiger Knecht einer Lichtelbenhure!

Wären es nur die älteren Krieger gewesen – es hätte ihm nicht so viel ausgemacht. Doch gerade diese verhielten sich stiller, hörten nur zu und nickten grimmig vor sich hin. Die jungen Burschen, seine Freunde und Kameraden, waren die lautesten Zuhörer, ergingen sich in Schmähungen, und fast schien es ihm, als wetteiferten sie miteinander, um vor Gorian auf diese Weise ihre Treue zu beweisen.

Man sprach ihn schließlich schuldig, einen Abtrünnigen verschont zu haben und den Verführungskünsten einer Lichtelbin erlegen zu sein. Das Strafmaß lag allein bei Gorian, der während der gesamten Gerichtsverhandlung kein einziges Wort gesprochen hatte. Keiner der Zuhörer interessierte sich weiter dafür, was mit Darion geschehen würde. Man verließ den Saal im vollen Vertrauen, dass der Herr der Nachtschatten den verurteilten Verräter wohl angemessen bestrafen würde.

Darion hatte geglaubt, in einen der unterirdischen Keller gesperrt zu werden, und war darüber in Verzweiflung geraten, denn auf diese Weise würde er zwar am Leben bleiben, aber Marian niemals wiedersehen. Er hatte ihr Beschützer sein wollen – das hatte er gründlich verpatzt. Marian, die hinreißend zarte Elbin, die er in seinen Armen gehalten, deren silbrige Haut er mit seinen Lippen gekostet hatte, sie würde nun ohne Schutz bleiben. Gorian, der Herr der Nachtschatten, verfolgte seine Pläne mit ihr, und es sah ganz danach aus, dass er, Darion, keine Chance mehr erhalten würde, sich einzumischen. Aber wenn es denn so sein musste, dann wäre er lieber gestorben, als Tag und Jahr in dem Bewusstsein weiterzuleben, dass er sie durch eigene Schuld für immer verloren hatte.

Doch Gorian hatte ein anderes Los für ihn bestimmt. Er wählte die Qual der Folter, setzte ihn dem unbarmherzigen Licht der Sonne aus, als wollte er ihm höhnisch sagen: *Wer eine Lichtelbin küsst, der muss die Helligkeit lieben. Nimm also davon, so viel du magst, Darion, Verräter! Sauge das Licht in dich hinein, fülle dich damit an, und denke immer daran, dass es das Element ist, aus dem eine Lichtelbin gemacht ist. So wirst du deinem Liebchen stets nahe sein – ihrer silbrigen Haut, ihrem schimmernden Haar und ihren tiefen hellen Augen, in denen du verglühst, wenn du hineinblickst ...*

Wahrscheinlich war er längst verrückt geworden, denn er glaubte tatsächlich immer wieder, Gorians perfide Stimme zu hören, während die Sonne seinen Körper malträtierte. Sein Kopf dröhnte unter den Angriffen der gleißenden Strahlen, seine Haut brannte, jeder einzelne Muskel schien zum Zerreißen gespannt und wund. Lange würde er nicht mehr standhalten können, dann würde er trotz verzweifelter Gegenwehr das Bewusstsein verlieren und zur Seite kippen. Seine ungeschützten Augen waren dann die letzte, die kostbarste Beute des gefräßigen Taggestirns.

Er hatte nicht mitbekommen, dass man ihn längst aus der Felsmulde erlöst und in ein enges Felsgemach gesperrt hatte. Immer noch sah er das funkelnd helle Licht vor Augen, tanzende Pfeile und Kringel narrten ihn, und er spürte die Hitze in seinem Körper. Erst als das Donnern und Zischen der Brandung das dröhnende Geräusch in seinem Schädel übertönte, wurde ihm langsam klar, wo er sich befand. Gorian hatte ihn zwar aus der Lichtfolter erlöst, doch sein neues Gefängnis war nicht viel besser als die gefürchtete Kammer tief unten im Fels.

Er steckte in einer Höhle, die das Meer vor langer Zeit in das Gestein der steilen Küstenwand gewaschen hatte, weit oberhalb des jetzigen Meeresspiegels. Ein Ort, der nur für Seevögel und fliegende Geister erreichbar war. Damit der Gefangene nicht davonfliegen konnte, hatte man die Höhle mit einem Gitter versehen, an dem in stürmischen Nächten die Windbräute rüttelten.

«He – schöner Gefangener! Komm heraus zu uns, denn wir wollen mit dir tanzen!»

«Wir tanzen über den Wellen und baden die Füße in weißer Gischt. Komm, und tanze mit uns, du Schöner! Lass uns nicht warten, denn wir können boshaft werden, wenn wir unzufrieden sind ...»

«Ach, schau doch, Schwester! Er ist ganz nackt, der Hübsche! Wie ein Meermann, nur fehlt ihm der Fischkörper ...»

«Lass doch einmal sehen, ob wir nicht durch das Gitter greifen und ihn zu uns herausziehen können ...»

Darion genas in der feuchten Kühle rascher, als er selbst es für möglich gehalten hatte. Sein Kopf hörte auf, zu dröhnen, und taugte wieder zum Denken, auch die Hoffnung, sich aus diesem Gefängnis durch irgendeine List befreien zu können, wuchs langsam neu in ihm heran.

«Nehmt eure Finger weg, alte Vetteln!», rief er grinsend und atmete tief die aufsteigende Gischt ein. «Ich werde nur der jüngsten und schönsten unter euch die Hand reichen.»

«Und welche soll das sein?», keifte es erbost.

«Macht es unter euch aus!»

Es gab viel Gekreisch und Gezeter – ein Mensch hätte den Lärm wohl für das Schreien der Meeresvögel gehalten, die unablässig über der Brandung kreisten. Darion war inzwischen schon in der Lage, auf seinen Beinen zu stehen und die wenigen Schritte bis zum Gitter zurückzulegen. Wenn er die Stäbe umfasste und sein Gesicht dicht an das kalte Eisen presste, konnte er hinunter auf die tobenden Wellen schauen. Dort ergoss sich auch der Kairon ins Meer und bildete mit den heranstürmenden Wogen einen kreisenden Trichter, eine tödliche Falle für allerlei Meeresgetier, das in den Sog geriet.

Die Gitterstäbe waren nicht allzu eng gesetzt, eine Möwe hätte sich leicht hindurchschieben können, doch er hatte längst begriffen, dass man ihm die Fähigkeit genommen hatte, zu einem Nebelstreif zu werden oder gar zu fliegen. Ein Bannfluch lag auf den Gefangenen, machte sie hilflos wie Menschen und ebenso verletzlich. Falls eine der Windbräute auf den Gedanken kam, zu ihm in das Gefängnis zu schlüpfen und ihr Spiel mit ihm zu treiben, war er ihren groben Scherzen rettungslos ausgeliefert. Zum Glück konnten die wilden Weiber sich jedoch nicht darüber einigen, wer unter ihnen die Schönste war. Sie zankten endlos miteinander, und wenn eine sich den Gitterstäben näherte, waren schon drei andere zur Stelle, um sie zu vertreiben. Er konnte in aller Ruhe die Felshöhle untersuchen und fand, was er schon vermutet hatte: Er befand sich in einem niedrigen Raum, der sich im hinteren Bereich verjüngte und als blinder Gang im Gestein endete. Von hier aus führte kein Weg in die Freiheit.

Und doch musste es eine Möglichkeit geben, aus diesem Gefängnis zu entfliehen, selbst auf die Gefahr hin, die Flucht nicht zu überleben. Konnte er die Windbräute für seine Zwecke nutzen? Würden sie in der Lage sein, die Gitterstäbe aus dem Fels zu sprengen? Ihn über die brüllenden Wogen und den tödlichen Strudel hinweg an Land zu tragen?

Sein Verstand war inzwischen klar genug, um einzusehen, dass dieser Plan puren Wahnsinn darstellte. Selbst wenn es den gierigen Windjungfern gelänge, ihn aus dieser Höhle zu befreien, so würde er doch mit ziemlicher Sicherheit als zerzaustes und zerkratztes Opfer unten bei den Wassergeistern enden. Er zermarterte sich das Hirn, schmiedete ausgeklügelte Pläne und verwarf sie wieder, ging unruhig in seinem Gefängnis auf und ab, stand an den Gitterstäben und starrte in den bewölkten Himmel. Wie seltsam – die Strahlen der Sonne schreckten ihn nicht mehr. Er hatte ihre Macht erfahren, den Schmerz bis zur Neige gekostet – jetzt war er imstande, ihnen mit Gleichmut zu begegnen.

Wenn er über seinen Fluchtplänen grübelte, war er ruhig und voller Zuversicht. Schlimm war es nur, wenn seine Gedanken abschweiften und die Hoffnungslosigkeit ihn erfasste. Er hatte keine Ahnung, was sich inzwischen in London ereignete, ja, er wusste nicht einmal, ob Marian noch am Leben war. Gorian hatte kein Wort mit ihm gesprochen, auch nicht gefragt, wie er seinen Auftrag erledigt hatte. Das konnte nur bedeuten, dass inzwischen ein anderer Krieger seine Aufgabe übernommen hatte, einer der ahnungslosen jungen Burschen, die Gorian blind ergeben waren.

Es war nicht lange her, da war auch er einer dieser hirnlosen Gefolgsleute gewesen. Jetzt war es anders. Immer häufiger kamen ihm die Worte des Abtrünnigen in den Sinn, und obgleich es ihn schmerzte, musste er doch zugeben, dass viel Wahres darin gelegen hatte. Es war hart, diese Zweifel zu nähren, vor allem um der Männer willen, die seine Ausbilder gewesen waren und die er stets bewundert und verehrt hatte. Und doch wurde ihm jetzt immer deutlicher, dass auch diese erfahrenen Krieger nur Handlanger eines ungerechten Herrschers darstellten.

Weshalb hatte Darion dem Abtrünnigen nicht besser zugehört, ihm sein Wissen über das Geheimnis der Lichtelben entlockt? Er musste ein ungewöhnlich fähiger Bursche sein, der Gorians Kriegern immer wieder entwischt war. Ganz anders als er selbst, der nun hier in seinem Gefängnis hockte, nackt und hilflos wie ein Menschenkind. Ein einziger unbedachter Augenblick hatte sein Schicksal besiegelt. Mehr noch: Durch seine Dummheit hatte er Marian, die kleine Lichtelbin, an ihre Feinde ausgeliefert. Marian, die so frech versucht hatte, ihn mit ihrer Laterne zu bannen. Die so energisch eine Antwort gefordert hatte, wo er doch hatte schweigen müssen. Die zitternd vor Angst und dann so süß und hingebungsvoll in seinen Armen gelegen hatte ... Marian ... Marian ... Marian ...

In solchen Augenblicken beneidete er die Seevögel, die schwerelos und frei über dem Meer dahinglitten. Es war noch nicht lange her, da war er mit ihnen um die Wette geflogen, hatte Kapriolen mit dem Sturm getrieben und die geifernden Meerfrauen verlacht, die unten in den Wellen ihre weißen Gischtarme nach ihm reckten. Jetzt war alles anders ...

Er schlief, als die beiden Krieger in seinem Gefängnis erschienen. Schwere Ketten wurden an seinen Handgelenken befestigt, im Flug ging es über Meer und Felsengebirge hinunter in die Tiefe des Palastes. Hoffnung und Verzweiflung kämpften in Darions Innerem, doch die Hoffnung überwog. Was auch immer Gorian jetzt mit ihm vorhatte, er würde jede, auch die kleinste Chance nutzen, um seine Freiheit wiederzugewinnen!

In einem der Räume, die er schon aus früheren Zeiten kannte und die sich doch alle glichen, kettete man ihn an die Felswand.

«Was soll das werden?»

«Du hast nichts zu fragen, Verräter!»

«Wozu schleppt ihr mich hierher?»

Sie gingen, ohne ihm eine Antwort zu geben, vermutlich wussten sie keine. Ihm wurde plötzlich klar, dass in diesem Palast niemand je gewagt hatte, Fragen zu stellen. Es gab nur einen, der fragte und dem keine Antwort verweigert werden durfte.

Gorian ließ ihn warten. Geräuschlos mischte er sich in die Finsternis des Raumes, selbst ein Schatten und Teil der Dunkelheit, doch Darion spürte seine Ankunft und war auf der Hut. Also, das war es: Der Herr der Nachtschatten wollte ihn in aller Stille verhören. Es gab Dinge, die er selbst vor seinen Ratgebern geheim hielt, und die kleine Lichtelbin Marian gehörte dazu.

«Du hattest viel Zeit, um über deine Verfehlung nachzudenken, Darion!»

Die Stimme hatte immer noch keinen Körper. Der Herr der Nachtschatten bewegte sich lautlos durch den Raum, aber Darion konnte fühlen, wie er dicht an ihm vorüberstrich. Eine unbändige Wut stieg in ihm auf, denn die Worte klangen höhnisch und triumphierend. Doch zugleich sagte er sich, dass mit lautem Getöse nicht viel zu erreichen war. Dieses Mal würde er klug sein – es war seine letzte Chance.

«Ja, Herr», gab er leise zu.

«Du hast das Licht gespürt, das unser Feind ist. Ich musste dir diesen Schmerz zufügen, um dich aus dem Bann der Elbin zu befreien.»

Darion horchte auf. Es klang fast so, als hätte Gorian die Absicht gehegt, ihn zu läutern. Wollte er ihm vielleicht gar großmütig vergeben? Wenn ja – weshalb tat er das? Es gab Hunderte, die seinen Platz hätten einnehmen können ...

«Schweigst du aus Trotz oder aus Scham?»

Darion beobachtete, wie sich die Dunkelheit am Ende des Raumes verdichtete, sie klumpte zusammen, gewann Form, wurde zu einer Gestalt. Er trug wie gewohnt Kettenpanzer und Schwert, dazu den langen Mantel aus schwarzem Samt. Seine Züge waren fast weiß, die senkrechten Kerben zu beiden Seiten des Mundes sahen aus wie tiefe Gräben.

«Ich schweige, Herr, weil ich meine Reue nur schwer in Worte fassen kann. Meine Neugier hat mich verführt ...»

«So hätte deine Klugheit sich vor Ungehorsam bewahren müssen!»

«Ich habe gegen den Abtrünnigen gekämpft, Herr. Doch ich konnte ihn nicht besiegen. Er ist erfahren in der Kunst, das Schwert zu führen ...»

«Es gilt zu siegen oder zu sterben. Hattest du auch das vergessen?»

«Er verführte mich mit tückischen Worten, Herr.»

Gorian starrte ihn durchdringend an, als wollte er herausfinden, ob der Einfluss seines Widersachers immer noch seine Wirkung tat. Ganz schien er nicht von Darions Reue überzeugt, denn er zog die Oberlippe hoch, sodass man seine langen gelblichen Zähne sah.

«Sagte er dir auch, dass er einst den Namen Aladion trug und ein erbarmungsloser Jäger war? Rufius, der Vater unserer kleinen Marian, befand sich unter seinen Opfern. Auch Lavinia, ihre Mutter, starb durch ihn.»

Log er ihn an? Darion konnte nicht glauben, dass der Abtrünnige ganz offensichtlich ein doppeltes Spiel getrieben hatte. Wieso berief er ihn, Darion, zu Marians Beschützer, wenn er selbst ihre beiden Eltern getötet hatte?

Gorian hatte die Wirkung seiner Worte mit Genugtuung beobachtet. Jetzt fühlte er sich genötigt, noch einen kleinen Zusatz zu bemerken.

«Den Größenwahnsinnigen gelüstet es nach meinem Thron. Darum lässt er nichts unversucht, um ahnungslose junge Krieger auf seine Seite zu ziehen.»

Darion überlegte blitzschnell, dass weder Gorian noch Aladion zu trauen war, aber vorerst hatte er es mit Gorian zu tun.

«Ich sehe, dass ich ein untauglicher Diener bin, Herr. Ein Abtrünniger hat mich mit schlauen Lügen betrogen, und eine Lichtelbin hat mich mit ihrem Liebreiz betört. Sosehr ich meine Verfehlungen bereue, so weiß ich doch, dass ich kein Recht auf Vergebung habe.»

Der Herr der Nachtschatten gab keine Antwort. Mit einer langsamen Bewegung zog er den Mantel um sich, dann bewegte er sich einige Schritte auf Darion zu. Seine Nähe fühlte sich kühl an wie ein Nebel, der von einem tief gelegenen Gebirgssee emporsteigt.

«Du hast einen kleinen Abglanz jener Strafe zu spüren bekommen, die jeden trifft, der mir die Treue bricht, Darion.»

Es gelang Darion, seine Gesichtszüge zu beherrschen, was eine große Leistung bedeutete. Gorian glaubte also tatsächlich, sich durch Folter und Gefängnis treue Untertanen zu schaffen!

«Ich werde diese Strafe niemals wieder vergessen, Herr. Das schwöre ich, so wahr ich hier stehe ...»

Es war kein Meineid, den er da leistete, diese Tortur würde er tatsächlich niemals aus seinem Gedächtnis löschen können. Gorian schien nun endlich zufrieden. Vielleicht hatte der Eid ihn überzeugt, wahrscheinlicher jedoch war, dass er Darion aus irgendeinem Grund für seine Zwecke brauchte. Es musste so sein, sonst säße er jetzt in einem der Felslöcher tief im Berg, um dort den Rest seines Daseins zu fristen.

«Sag mir also, ob du das Zeichen des Sonnenkreises an ihr gefunden hast!», forderte Gorian.

Darion musste es zugeben, sonst würde man Marian sofort töten.

«Sie trägt eine hellgrüne Sonne zwischen den Schulterblättern, ich habe sie gesehen.»

Gorian nahm diese Nachricht mit großer Befriedigung auf. Mehr noch – für einen Augenblick sah Darion ein rötliches Glimmen in seinen schwarzen Augen.

«Das ist gut! Sehr gut. Was weißt du noch über sie?»

Er zögerte, denn er wusste nicht, was er verraten und was besser verschweigen sollte.

«Sie wird das Pensionat im Herbst verlassen, um die Kunst des

Belcanto bei einem Professor Sereno zu erlernen ...»

Der Gesichtsausdruck des Herrn der Nachtschatten erschien ihm jetzt lauernd, ähnlich einem Raubtier, das um die Beute fürchtet.

«Er will ihr das Singen beibringen? Hat er gesagt, weshalb er das tut?»

«Er ist ein bekannter Gesangslehrer und bildet Bühnenkünstler aus, Herr. Sereno hält Marian für besonders begabt und will eine Primadonna aus ihr machen. Sie wird mit einigen seiner Schüler in seinem Haus wohnen ...»

Er schwieg verblüfft, weil Gorian höchst seltsame Töne von sich gab. Es klang wie das Meckern eine Ziege, doch abgehackter und sehr hell. Er kicherte. Der Herr der Nachtschatten fand Darions Bericht außerordentlich erheiternd.

«Das ist kurios. Aber nicht übel, gar nicht übel ...»

Gorians ungewohnte Heiterkeit währte nur kurz, und Darion war froh darüber, denn sein seltsames Kichern wirkte unheimlicher als alle Drohungen.

«Höre meinen Befehl, Darion ...»

Teil II

Kapitel 12

Marian hatte sich das alles ganz anders vorstellt. Wie genau, das wusste sie selbst nicht so recht, aber irgendwie großartiger, glänzender – getragen von der Faszination der Musik. Was sie schließlich in Serenos Haus vorfand, war ein altmodisch eingerichtetes Zimmer, eine permanent schlecht gelaunte Wirtschafterin und das strikte Verbot, Haus und Garten zu verlassen. Das kannte sie bereits aus dem Pensionat, doch dort war es trotz der strengen Erzieherinnen oft laut und fröhlich zugegangen. Hier aber wohnten außer ihr nur zwei andere Schülerinnen – ehrgeizige junge Frauen, die wenig Wert auf ihre Freundschaft legten und ihr die besondere Zuneigung des Professors neideten.

Elisabeth und Lillian waren einige Jahre älter als Marian und hatten bereits in mehreren Konzerten gesungen. Das öffentliche Auftreten gehörte von Anfang an zur Ausbildung. Ein Sänger – so betonte Sereno immer wieder – musste sich frühzeitig an das Publikum gewöhnen, um mit dem berüchtigten Lampenfieber umgehen zu lernen. Es sollte großartige Stimmen und exzellente musikalische Begabungen gegeben haben, Schüler, die zu größten Hoffnungen Anlass gaben, die jedoch auf der Bühne kläglich scheiterten, weil sie ihre panische Angst vor dem Publikum nicht bewältigen konnten.

Marian, die erst seit zwei Monaten Unterricht erhielt, konnte sich gar nicht vorstellen, dass man vor einem öffentlichen Auftritt zitterte. Es war schon November, bald würde die Vorweihnachtszeit beginnen, da gab es viele Konzerte und Abendmusiken. Vielleicht würde sie ja sogar in St. Jacob auftreten. Welch schöner Gedanke, die ehemaligen Mitschülerinnen wiederzusehen! Ja, sie freute sich sogar darauf, Mrs. Potter und Miss Woolcraft, vor allem aber den lieben Reverend Jasper zu treffen und ihnen zu zeigen, was sie inzwischen gelernt hatte.

Hatte sie etwas gelernt? Es musste wohl so sein, da sie doch täglich gemeinsam mit den anderen Schülern Unterricht erhielt und darüber hinaus noch drei- oder viermal in der Woche bei Professor Sereno zum Einzelunterricht beordert wurde. Sie war zuerst besorgt gewesen, ob sie mit den Lehrmethoden des Professors zurechtkommen würde, denn sie hatte wenig Lust, sich vor den anderen Schülern beleidigen zu lassen. Doch zu ihrer Überraschung war Sereno stets freundlich zu ihr, lobte sie für ihre rasche Auffassungsgabe und rief immer wieder begeistert aus, sie hätte von Natur aus einen perfekten Stimmsitz, er könnte daran kaum etwas verbessern.

«Unsere Arbeit muss dahingehen, dir die Funktion deiner Stimme bewusst zu machen, damit du später, wenn die jugendliche Kraft und die natürliche Lockerheit nachlassen, durch gezielte Übungen Verlorenes zurückgewinnen kannst.»

«Er meint damit, dass du im Augenblick perfekt bist, meine Kleine», hatte Elisabeth schnippisch erwähnt. «Aber in ein paar Jahren schon könnte deine Stimme heiser und abgesungen sein. Dann ist es gut, ein paar Übungen zu kennen ...»

Elisabeth war eine lebhafte Person, die ihre dunkelbraune lockige Haarpracht recht hübsch um das rundliche Gesicht frisierte. Nur die ein wenig schräg stehenden Augen gefielen Marian nicht. Elisabeth konnte bezaubern, wenn sie wollte, sie konnte aber auch ungemein boshaft sein.

«Ja, Marian wurde als Primadonna geboren», mischte sich auch Lillian ins Gespräch. «Unser kleines Engelsköpfchen braucht sich nicht wie wir mit Übungen zu plagen – sie singt einfach, wie es ihr in die Wiege gelegt wurde ...»

Auch die goldblonde, blauäugige Lillian, die so harmlos und naiv dreinschaute, konnte ziemlich gemein sein – sie und Elisabeth hielten meist zusammen, was wohl hauptsächlich daran lag, dass Sereno keine von beiden besonders begünstigte.

«Eine Stimme wie flüssiges Silber – und das durch alle Register! Den Seinen gibt's der Herr im Schlaf», säuselte Lillian und warf Elisabeth einen bedeutsamen Blick zu. Diese zuckte mit den Schultern und blickte Marian gönnerhaft an.

«Nun ja – wenn es nur darauf ankäme ... Du wirst bald erfahren müssen, meine arme Marian, dass weit mehr als Musikalität und Stimme nötig sind, um als Sängerin Erfolg zu haben.»

Sie hatte Marians Stimme, die in allen Lagen schön und voll klang, einmal als ‹charakterlos› bezeichnet. Sie konnte Altpartien ebenso überzeugend wie Sopranpartien singen, schwang sich leuchtend in die höchsten Höhen, hatte aber auch in der Mittellage keine Mühe und verfügte über eine warme, angenehme Tiefe.

«Du hast eine Allerweltsstimme, meine Liebe. Man weiß gar nicht so recht, wo man dich einordnen soll ...»

Den offenen und versteckten Bosheiten dieser jungen Frauen war schwer zu begegnen. Sie wurden mit scheinheiligem Lächeln und herablassender Freundlichkeit vorgetragen, und wenn Marian sich dagegen verwahrte, taten beide erstaunt und erklärten, keinerlei verletzende Absicht gehegt zu haben. Sie wäre noch neu hier, deshalb wollte man darüber hinwegsehen, aber diese Empfindlichkeiten müsste sie sich abgewöhnen.

Marian hatte schon nach wenigen Tagen beschlossen, sich von ihren Mitbewohnerinnen so weit wie möglich fernzuhalten. Doch außer ihnen gab es niemanden im Haus, mit dem sie sich hätte unterhalten können. Professor Sereno bewohnte die oberen Etagen und ließ sich außerhalb des Unterrichts niemals bei ihnen blicken. Er nahm auch die Mahlzeiten allein ein. Das war verständlich, schließlich verbrachte er genügend Zeit mit seinen Schülern, und darüber hinaus wäre es unschicklich gewesen, hätte er mit den im Haus logierenden jungen Schülerinnen privaten Kontakt gepflegt.

Mrs. Waterfield, die Wirtschafterin, war viel zu sehr mit ihren Obliegenheiten beschäftigt, um sich auf längere Gespräche mit den Logiergästen einzulassen. Sie war eine schmale Frau, deren Alter man schwer einschätzen konnte, aber vermutlich war sie schon über fünfzig, denn unter ihrer weißen Haube schauten graue Haarsträhnen heraus, die sie immer wieder mit nervösen Bewegungen zurückstopfte. Stets war sie in Sorge, die Köchin oder die Hausmädchen könnten über die Stränge schlagen, wenn sie ihnen nicht auf die Finger sah. Besonders jetzt, da der alte Diener, mit dem eine jahrelange Freundschaft sie verband, wegen seines Hüftleidens kaum noch gehen konnte, klagte sie über die faulen und diebischen Angestellten, denen man nicht einmal einen hölzernen Kochlöffel anvertrauen könnte.

Wenn Marian keinen Unterricht hatte, Klavier übte oder in einem der kleineren Unterrichtsräume Noten studierte, zog sie sich in ihr Zimmer zurück. Anders als im Pensionat hatte sie hier einen kleinen Raum ganz für sich allein, den sie sogar abschließen konnte. Es war ein lange entbehrtes angenehmes Gefühl, die angefangenen Briefe oder aufgeschlagenen Bücher einfach auf dem Tischlein liegen zu lassen und sicher zu sein, dass keine fremden Finger und Augen sich ihrer annahmen. Dennoch sehnte sie sich schon in der ersten Nacht nach dem großen Schlafsaal, wo sie vor dem Einschlafen noch mit Kate oder Lisa geflüstert hatte und die vielfachen Atemzüge der anderen Mädchen ihr in den Schlaf geholfen hatten.

In solch einsamen Stunden tauchte auch der nächtliche Schattengeist, der sich Darion genannt hatte, wieder vor ihr auf, obgleich sie fest entschlossen war, ihn so gründlich wie möglich zu vergessen. Während der ersten Wochen nach diesem Zusammentreffen war sie in geradezu peinlicher Weise verliebt gewesen, ein Zustand, für den sie sich inzwischen zutiefst vor sich selbst schämte. Immer wieder war sie nachts heimlich in die Bibliothek hinaufgestiegen, doch obgleich sie dort eine Weile am Tisch saß und sogar die Laterne löschte – er kam nicht. Schließlich hatte sie die nächtlichen Ausflüge enttäuscht und verärgert eingestellt, schon deshalb, weil Lisa einmal das Örtchen hatte aufsuchen müssen und Marian auf der Treppe zur Bibliothek erwischte.

«Du liebe Güte – wieso geisterst du mitten in der Nacht im Haus herum, Marian? Ach, ich weiß: Du hast einen schönen Liebhaber, der dort oben in der Bibliothek auf dich wartet. Wer ist es denn? Doch nicht etwa der arme Mr. Mills, der genau wie die beiden Crincles so plötzlich und ohne Abschied verschwunden ist? Komm, sei ein Schatz, und erzähle es mir ...»

Marian hatte getan, als fände sie diesen Scherz großartig, und mit gespielter Albernheit behauptet, Jonathan Mills kletterte jede Nacht an der Fassade des Pensionats empor, stiege durch ein Fenster in die Bibliothek und wartete dort auf sie. Lisa fand diese Vorstellung so komisch, dass sie sich vor Kichern verschluckte. Marian jedoch war nach dieser Begegnung vollkommen ernüchtert. Wie lächerlich sie sich benahm! Wie grotesk es war, einem Geist nachzulaufen, noch dazu einem solchen Schwätzer, der ihr das Blaue vom Himmel heruntergelogen hatte! Ein feiner Beschützer war dieser Darion – er ließ sich einfach nicht mehr blicken!

Er hat sich die Tatsache zunutze gemacht, dass er mit mir allein war, und mich zu Unsittlichkeiten verführt, dachte sie beschämt. Und das Schlimmste daran ist, dass es mir gefallen hat. Pfui, Marian Lethaby! Wie konnte es nur passieren, dass du dich nach den Zärtlichkeiten dies-

es windigen Burschen gesehnt und alle Achtung vor dir selbst vergessen hast!?

Von nun an wollte sie nicht mehr an ihn denken. Was keineswegs leicht war. Im Pensionat war es ihr recht gut gelungen, weil sie dort niemals allein war. Hier aber, in der Einsamkeit ihres Zimmers, kehrten die Gedanken an den ungetreuen Darion zurück, auch sein Bild stieg wieder vor Marian auf, und sie glaubte, seine weiche dunkle Stimme zu vernehmen, seine zornige Umarmung zu fühlen.

Ärgerlich über sich selbst stand sie am Fenster und starrte in den Garten hinaus. Viel war dort selbst am Nachmittag nicht zu sehen, nur wabernde Herbstnebel, die das entlaubte Buschwerk nahezu verschluckten. Falls er sich zwischen diesen Dünsten herumtreiben sollte – sie würde ihr Fenster geschlossen halten! Bei dieser Gelegenheit stellte sie fest, dass sich das Fenster ihres Zimmers sowieso nicht öffnen ließ, man hatte es zugenagelt. Sie fand diese Tatsache zwar ein wenig merkwürdig, doch im Grunde war es ihr ja recht. So verschloss sie in der Nacht auch die Tür und verstopfte das Schlüsselloch. Darion würde kein zweites Mal Gelegenheit haben, ihre Gefühle durcheinanderzubringen!

Doch es gab noch eine weitere Plage, die ihr das Studium der Musik und des Belcanto vergällte, und das waren die häufigen Besuche ihres Vormunds. Gewiss hatte Mr. Strykers die Pflicht, sich nach den Fortschritten seines Mündels zu erkundigen, auch war er – so schien es – außerordentlich besorgt um ihr Wohlergehen. Musste er aber deshalb in ihrem Zimmer herumschnüffeln, die Bücher, die Marian von Sereno erhalten hatte, durchforsten und sogar ihre Briefe lesen?

«Ich trage eine große Verantwortung, mein liebes Kind!», hatte er ihr erklärt, als sie sich darüber beschwerte. «Wie leicht kann solch ein unerfahrenes Ding wie du auf einen falschen Weg gelangen!»

«Wie sollte ich wohl durch ein Buch über die Gesangskunst auf einen falschen Weg gelangen?»

Er hatte das Buch nur rasch durchgeblättert, ohne ein einziges Wort darin zu lesen. Marian war nicht dumm – er hatte darin nach versteckten Zetteln oder Briefchen gesucht, schließlich gehörten zu Serenos Schülern auch drei junge Herren, die – das musste Strykers inzwischen herausgebracht haben – Marian außerordentlich zugetan waren und sich einmal sogar darum gestritten hatten, wer ein Duett mit ihr singen durfte.

«In früheren Zeiten brachte man den jungen Mädchen aus bürgerlichem Haus nicht das Schreiben bei, sondern nur das Lesen und höchstens noch das Rechnen», meinte er grinsend, während er einen Brief von Kate entfaltete, um ihn zu prüfen. «Damit verhinderte man, dass viel unnützes Zeug geschrieben und gute Tinte verschwendet wurde.»

Zum Glück hatte er einen alten Brief erwischt. In ihrem letzten Schreiben kündigte Kate nämlich ihren Besuch an – in Begleitung ihrer Mutter und ihres Cousins George. Die arme Kate wollte die Hoffnung immer noch nicht aufgeben, eines Tages in Marians Nachbarschaft zu wohnen und sich täglich mit ihr auf eine Tasse Tee zu treffen.

«Brav, mein Liebe!», brummte Strykers, nachdem er einige Sätze gelesen und dann seinen Zwicker wieder abgenommen hatte. «Zur Belohnung werden wir heute einen kleinen Ausflug unternehmen.»

«Schon wieder? Sie wissen doch, dass Professor Sereno es gar nicht mag, wenn ich seinen Unterricht verpasse.»

Strykers verzog verächtlich die Lippen und drückte das Doppelkinn heraus, das seine untere Gesichtshälfte jetzt wie ein breiter rosiger Wulst umrandete.

«Der Herr Professor hat sich meinem Wunsch fügen müssen und uns Dispens bis achtzehn Uhr erteilt. Eine so eifrige Schülerin wie du es bist braucht hin und wieder eine kleine Erholung.»

Marian seufzte. Die Erholung bestand meist in einer langweiligen Kutschfahrt durch die Stadt, wobei Strykers ihr entweder den Tower und St. Paul oder Westminster und Hyde Park, manchmal auch Buckingham Palace zeigte. Ausgestiegen waren sie bisher nur ein einziges Mal, da hatte er es tatsächlich über sich gebracht, sein Mündel in eine Gastwirtschaft zu führen, wo er ihr ein Stück Apfelkuchen und eine Tasse Tee spendierte. Er selbst hatte nur zwei Gläser irischen Whiskey zu sich genommen, den er mit Sodawasser verlängerte, und während er trank, war sein Blick seltsam glasig geworden. Nach dem zweiten Whiskey nahmen auch seine Reden merkwürdige Formen an. Ob sie denn wüsste, dass ein Weib dazu gemacht wäre, sich hinzugeben. Dass sie niemals vergessen dürfte, was er für sie getan hätte und immer noch bereit wäre, zu tun. Dass eine junge Künstlerin besser unverheiratet bliebe, da sie als Mutter und Ehefrau nicht taugte. Doch das bedeutete beileibe nicht, dass sie auf die Freuden der Liebe verzichten müsste, ganz und gar nicht. In dieser Hinsicht könnte sie vollkommen auf ihn zählen ...

Er schien ziemlich enttäuscht, als Marian ihm darauf keine Antwort gab und nach einer Weile nur bemerkte, sie wäre müde und würde gern zurückfahren. Beim Abschied hatte er ärgerlich geschnauft, sie wäre in höchstem Grade undankbar und sollte sich vorsehen. Er müsste ernsthaft erwägen, Maßnahmen zu treffen, da Hochmut und Eigensinn einer jungen Frau recht übel zu Gesicht stünden. Möglicherweise wäre diese Ausbildung zur Sängerin doch nicht das Richtige für sie ... Marian war nichts anderes übrig geblieben, als sich bei ihm zu entschuldigen, schließlich besaß er noch fast drei Jahre lang die Macht, über ihr Schicksal zu bestimmen. Jetzt begriff sie auch, weshalb Professor Sereno sich Strykers' Wünschen zwar unwillig, aber letztlich doch gefügt hatte: Marians Vormund musste ihm gedroht haben, anderenfalls die Ausbildung seines Mündels sofort zu beenden.

«Wohin fahren wir dieses Mal?», wollte Marian ohne viel Begeisterung wissen.

«Lass dich überraschen!», antwortete Strykers geheimnisvoll. «Es wird dir ganz sicher gefallen.»

Resigniert zog sie ihre gefütterte halblange Jacke an, setzte den Hut auf und stieg in die Pelzstiefelchen, die ihr Vormund ihr – oh Wunder! – für diesen Winter ausnahmsweise genehmigt hatte. Es wäre auch zu peinlich gewesen, angesichts der wohlhabenden und gut gekleideten Schüler des Professors, in durchlöcherten Winterschuhen herumzulaufen!

Draußen empfing sie trübes, feuchtes Novemberwetter, jene Mischung aus Nieselregen und kühlem Wind, die mühelos jeden Mantelstoff durchdringt und den Spaziergänger frösteln lässt, als herrschten bereits eisige Wintertemperaturen. Ein zitterndes Hausmädchen, das sich mit einem wollenen Tuch gegen die feuchte Kälte schützte, öffnete ihnen das Gittertor, und Marian war heilfroh, dass die Kutsche gleich draußen vor dem Tor wartete. Es handelte sich nicht um einen Hansom, sondern um ein größeres Gefährt, das zu mieten Strykers gewiss einiges gekostet hatte. Seine eigene Schuld – wozu musste er bei diesem scheußlichen Wetter, wo alle Mietkutschen besetzt waren, unbedingt einen Ausflug mit ihr machen?

Es war genügend Platz auf der gepolsterten Kutschbank, aber Strykers saß nach lieber Gewohnheit dicht neben ihr, drängte sie mit seiner Körpermasse an die Seite, und nachdem er seinen nassen Hut abgenommen hatte, versuchte er mehrfach wie zufällig, eine Hand auf ihren Schoß zu legen. Es gelang ihm nicht, weil sie seine dicke Pranke gleich wieder fortschob, doch seltsamerweise schien dieser Misserfolg ihm heute nicht die Laune zu verderben.

«Dies ist ein besonderer Tag, meine liebe Marian!», schwatzte er jovial. «Heute vor zwei Jahren habe ich dich vom Bahnhof abgeholt, und wir sind gemeinsam hinaus nach Hampstead gefahren. Es war dein erster Tag in London, Marian. Und auch der erste Tag im Pensionat von Mrs. Potter ...»

Was redete er nur für einen Blödsinn? Sie war im Mai und nicht im November nach London gereist. Überall hatten die Obstbäume geblüht, daran erinnerte sie sich noch genau, da die wunderschönen schneeweißen und rosigen Blüten ihren Kummer um ihren kurz zuvor verstorbenen Vater noch verstärkt hatten. Aber wozu widersprechen? Die Hauptsache war, diesen lästigen Ausflug so rasch und unbeschadet wie möglich hinter sich zu bringen.

«Gewiss, Mr. Strykers ...»

«Damals warst du noch ein rechtes Kind, dünn wie ein Fädchen und scheu wie ein Rehlein», redete er weiter und wollte mit dem geknickten Zeigefinger über ihre Wange streichen, was sie durch eine rasche Drehung des Kopfes gerade noch verhindern konnte.

«Heute bis du eine junge Frau, Marian. Eine angehende Künstlerin. Das muss wohl bedacht sein! Eine Bühnenkünstlerin führt ein anderes Leben als eine gewöhnliche Frau ...»

Die Kutsche fuhr scheinbar planlos durch verschiedene schmale und breitere Straßen, doch das kleine Seitenfenster war beschlagen, und Marian musste immer wieder ein Guckloch frei wischen, um Genaueres zu erkennen. Es war nicht gerade Eaton Place, was da draußen im diesigen Nieselwetter zu sehen war, vielmehr schaute es nach dem Eastend aus. Kleine halb verfallene Häuser, die dunkel vor Nässe und Schmutz waren, Kneipen, in denen schon am frühen Nachmittag reger Betrieb herrschte, ein verkommener Gasthof, eine kleine Kirche. War das Aldgate, dieser verrufene Ort, wo sich in der Nacht allerlei mörderisches Gesindel herumtrieb?

«Wo sind wir hier, Mr. Strykers?»

Er beugte sich noch weiter zu ihr herüber, um aus ihrem Kutschenfenster sehen zu können. Dabei gab es auf seiner Seite ebenfalls ein Fenster, er hätte es nur mit dem Taschentuch säubern müssen. Marian glaubte, gleich ersticken zu müssen, weil er sich auf ihren Schoß lehnte und dabei mit den Händen ihre Oberschenkel umfasste.

«Wir sind tatsächlich im Eastend. Es ist nicht mehr weit, Marian ...»

«Setzen Sie sich bitte wieder gerade hin, Mr. Strykers!», forderte sie ihn wütend auf und versuchte, ihn von sich wegzuschieben. «Und nehmen Sie Ihre Hände von mir!»

«Nun, nun ... wer wird denn so empfindlich sein! Wenn du eine Künstlerin werden willst, musst du dir die Empfindlichkeiten abgewöhnen, Marian.»

Das hatte sie doch schon einmal gehört? War es tatsächlich so, dass eine Sängerin sich Bosheiten und Übergriffe gefallen lassen musste? Nun – sie jedenfalls würde das nicht tun!

«Ich möchte jetzt zurückfahren, Mr. Strykers!», erklärte sie.

Strykers setzte sich vor Anstrengung schnaufend wieder zurecht, zog seine goldene Uhr aus der Westentasche und klappte den Deckel auf.

«Wir haben noch fast zwei Stunden Zeit, meine Kleine. Es wäre doch schade, allzu früh zurückzukehren! Was sollte Mr. Sereno da wohl von mir denken?»

«Das ist mir gleich», schimpfte Marian, angewidert von seinem Schweißgeruch. «Weisen Sie den Kutscher an, wieder nach Soho zu fahren!»

Es war mittlerweile ungemein feucht und stickig in der Kutsche, sodass ihr fast schlecht war.

«Beruhige dich, Marian!», sagte Strykers, der jetzt begriff, wie ernst sie es meinte. «Mach keinen Aufstand – wir sind ja gleich da. Es wird sehr hübsch sein und dir ganz sicher gut gefallen. Noch diese Gasse ...»

Ein Lastfuhrwerk kam ihnen entgegen, und es dauerte eine Weile, bis die beiden Gefährte aneinander vorbeigefahren waren. Marian erschauderte, als das Gesicht des fremden Fuhrmanns für einen Moment im Seitenfenster auftauchte, denn statt der Nase hatte er nur einen formlosen dunkelroten Stumpf. Eine violettfarbene Narbe zog sich schräg über sein Gesicht – ein grässlicher Unfall hatte den armen Burschen so entstellt.

Marian war wenig begeistert, als die Kutsche bald darauf anhielt. Strykers stieg erstaunlich behände aus, lief um das Gefährt herum und öffnete den Kutschenschlag für Marian. Sie sah eine Reihe leicht verfallener, aber wenigstens nicht verkommener Gebäude, grün gestrichene Haustüren, an den Fenstern hingen Gardinen. Der Weg war selbstverständlich nicht gepflastert, er bestand aus gelblichem Morast, durch den ein stinkendes Rinnsal floss. Hie und da ragte ein Stein hervor, sodass es möglich war, trockenen Fußes auf die andere Seite zu gelangen.

«Weshalb soll ich hier aussteigen?»

«Ich möchte, dass du eine liebe Verwandte von mir kennen lernst, Marian. Eine einsame ältere Dame, die sich schon auf deinen Besuch freut. Nun komm schon, Mädchen! Du wirst meine Tante doch nicht enttäuschen wollen!»

Seine Tante – du liebe Güte, weshalb hatte er da so geheimnisvoll getan? Und überhaupt – was für eine Tante? Er hatte noch nie zuvor von ihr gesprochen. Sie musste ja uralt sein, schließlich war er selbst doch auch schon weit über vierzig.

Es half nichts, sie war genötigt, beim Aussteigen seine Hand zu ergreifen, da die Steine im Morast ziemlich glitschig aussahen. Er packte sie so fest, als hätte er Furcht, sie könnte ihm davonlaufen, und zog sie eilig zu einer der grün lackierten Haustüren. Es schepperte entsetzlich, als er an der Glocke zog, gleich darauf wurde in dem kleinen Fensterchen neben der Haustür ein Vorhang beiseitegeschoben, und das faltige Gesicht einer Frau erschien, umrahmt von einer schwarzen Spitzenhaube. Von Familienähnlichkeit gab es keine Spur – vielleicht hatte sie es ja mit einer angeheirateten Tante zu tun.

Es dauerte ein Weilchen, bis sie die Tür öffnete, da sie zuerst aufschließen und dann noch eine Türkette abhängen musste. Wie viele ältere Menschen hatte wohl auch Tantchen Sorge, jemand könnte sie überfallen und ihr Erspartes stehlen.

Strykers begrüßte seine liebe Verwandte nicht eben zärtlich. Statt sie an sein Herz zu drücken, fuhr er sie an, wieso sie sich so viel Zeit ließe, er hätte keine Lust, auf der Gasse herumzustehen.

«Nun, nun – gut Ding will Weile haben ...», erwiderte sie und grinste Marian auf merkwürdige Weise an. «Ein hübsches Mädelchen, ein wirklich nettes Mäuslein ...»

Marian wurde in den Flur geschoben, und ehe sie der Alten auch nur einen guten Tag wünschen konnte, stand sie auch schon auf der engen hölzernen Treppe.

«Wohin geht es hier?»

«Ins Wohnzimmer, Marian. Geh nur voraus, meine Tante will noch den Tee und ein wenig Gebäck aus der Küche holen. Geh unbesorgt ... Nun geh schon!»

Sie hatte wohl kein Hausmädchen, das den Tee servieren konnte. Das war schon merkwürdig, schließlich war Strykers doch kein armer Mann. Weshalb sorgte er nicht besser für seine alte Tante? Und weshalb hatte er bisher kein einziges Mal ihren Namen erwähnt? Marian stieg die enge Stiege hinauf und fand, dass es in diesem Haus doch sehr eigenartig roch. Bohnerwachs, Kartoffeln, Kohlgemüse oder auch Bergamotte – all das hätte sie bei einer alten Tante erwartet. Nicht aber diesen faulig-süßlichen Duft nach Rosen und Hyazinthen, der irgendetwas anderes, Widerwärtiges verdeckte ...

Im oberen Stockwerk gab es einen winzigen Flur, von dem aus drei Türen in irgendwelche Räume führten. Zögernd blieb Marian stehen und wandte sich zu Strykers um, der so dicht hinter ihr ging, dass sie seinen schnaufenden Atem im Genick spüren konnte.

«Die mittlere Tür, Marian. Und sei nicht erstaunt – meine Tante lebt in bescheidenen Verhältnissen.»

Gehorsam drehte sie den Türknauf und starrte dann verblüfft in den engen Raum, der sich vor ihr öffnete. Das einzige Fensterchen war mit einem dunklen Samtvorhang verhängt, dafür verbreitete die Petroleumlampe auf einem kleinen Tisch mattgelbes Licht. Ansonsten gab es nur eine altmodische Spiegelkommode und ein breites Sofa aus rotem Plüsch, das man unter die Dachschräge gestellt hatte. Darauf schlief ein fetter grauer Kater, umgeben von einer Serie bunter Kissen und zwei Gliederpuppen mit blonden Zöpfen.

«Gib mir deine Jacke, Marian, und den Hut! Vielleicht magst du auch die Stiefel ausziehen? Nein?»

Alles war ungemein seltsam. Strykers nahm ihr eifrig wie ein Angestellter Jacke und Hut ab, zog dann selbst seinen Mantel aus und legte alles auf einen Stuhl. Marian vernahm plötzlich das helle Läuten einer Glocke in ihrem Inneren, rasch und ein wenig schrill wie ein Armesünderglöckchen.

«Setz dich nur, Marian!», ermutigte Strykers sie und legte sanft seinen Arm um ihre Schulter, um sie zum Sofa zu schieben.

Das Glöckchen schrillte lauter, und Marian begriff, dass es eine Alarmglocke war. Sie sah das scheußliche rote Plüschsofa näherkommen, der Kater war aufgewacht und glotzte sie mit riesenhaften grünen Augen an. Sie versuchte, sich gegen Strykers schiebenden Arm zu sträuben, doch er war stärker als sie.

«Nun, nun – wir wollen doch keinen Aufstand machen, mein Kind!», murmelte er. «Es würde auch wenig helfen, da dich hier niemand hören wird. Sei also ganz ruhig, Marian, und gib dich drein, ich meine es gut mit dir ...»

Er stieß sie jetzt plötzlich mit unerwarteter Kraft auf das Sofa, sodass sie das Gleichgewicht verlor und bäuchlings zwischen den bunten Kissen im roten Plüsch landete. Gleich darauf spürte sie, wie er ihr Kleid im Rücken öffnete. Er hatte wenig Mühe mit den kleinen Knöpfen, denn sie bemerkte, wie sich der Stoff lockerte.

«Lassen Sie das! Hören Sie auf! Nein!»

Strykers kümmerte sich nicht um ihr Geschrei, auch ihre verzweifelten Versuche, sich ihm zu entwinden, störten ihn nicht – im Gegenteil: Ihr Zappeln erleichterte es ihm, seine Absicht auszuführen. Das Kleid gab nach und rutschte ein Stück herunter, ihr Hemd zerriss unter seinem Griff, auch die Korsage würde nicht mehr lange widerstehen. Als er sie an den Schultern packte und rücklings in die Kissen presste, sah sie sich verloren – sie hatte nicht geahnt, wie kräftig er war.

«Es tut kaum weh, meine Kleine», keuchte er, während er ihre halb entblößten Brüste begierig anstarrte. «Ich muss es tun, denn sonst könntest du auf die Idee kommen, einen dieser Sänger zu heiraten.»

Marian konnte nicht einmal nach ihm treten, weil er sein fettes Knie quer über ihre Beine gelegt hatte. Dafür spuckte sie ihm ins Gesicht, was ihm jedoch wenig ausmachte.

«Ein Ehemann könnte mich wegen Unterschlagung zur Rechenschaft ziehen, meine Kleine», raunte er und zerrte an ihrer Korsage. «Aber ich werde dafür sorgen, dass dich keiner heiraten wird, meine Süße. Wer will schon eine Hure zur Ehefrau, wie?»

Marian versuchte, ihm in die Hand zu beißen, dafür erhielt sie von ihrem Peiniger eine feste Ohrfeige. War es der Schlag ins Gesicht? Sie hatte plötzlich das Gefühl, der kleine Raum begänne zu schwanken, die Lampe drehte sich, die Kommode tanzte hin und her. Es konnten nur die Vorboten einer Ohnmacht sein, ein mildtätiges Schwinden des Bewusstseins, das ihr die grausamen Vorgänge, die nun unweigerlich folgen würden, ersparen wollte. Doch stattdessen glitt sie in einen traumähnlichen Zustand und sah Dinge, die nicht der realen Welt, sondern nur einer fremden Dimension entstammen konnten.

Der Kater war aufgestanden, hatte sich gestreckt und gebuckelt. Jetzt begann er, zu wachsen. Er wuchs in erstaunlicher Geschwindigkeit sowohl in die Höhe als auch in die Breite, die spitzen Ohren schrumpften ein, der Kopf zog sich in die Länge, verlor die Katerschnauze und erhielt dafür eine menschliche Nase. Ein dunkler Koloss erhob sich hinter dem ahnungslosen Strykers, dehnte sich, und Marian erblickte einen Krieger, dem das graue Haar bis zum Gürtel herabhing.

«Nimm das, elender Wurm!»

Ihr Vormund empfing einen gewaltigen Schlag ins untere Ende seines Rückens, wurde ein Stück nach vorn geworfen und wäre fast auf Marian gefallen. Mit schmerzverzerrtem Gesicht bäumte er sich auf, presste beide Hände an seinen Rücken und stöhnte jämmerlich. Es sah grotesk aus, da er bereits die Hose geöffnet hatte und sein männliches Glied lüstern unter dem langen Hemd hervorsah.

«Verfluchtes Elend! Hilf mir, Marian! Gerechter Gott – ich fühle meine Beine nicht mehr ...»

Starr vor Entsetzen verfolgte Marian, wie die düstere Gestalt des Kriegers wieder in sich zusammensank und zu dem grauen Kater wurde. Ein Geist – in diesem Kater steckte ein Geist! Sie hatte ihn sehen können – Strykers aber schien keine Ahnung davon zu haben, wer ihm diesen Schlag verpasst hatte.

«Ein Hexenschuss, Marian. Sei ein gutes Mädchen, und hilf mir! Zieh mich ganz vorsichtig auf das Sofa! Oh, das sind Schmerzen ...»

Seine Worte gingen in einem Stöhnen unter, er krallte sogar seine Finger in die Kissen. Es musste tatsächlich sehr wehtun. Marian gab ihm einen kräftigen Schubs, um sich endgültig von ihm zu befreien, denn er lag noch halb über ihr. An Hilfeleistung dachte sie keineswegs, sie war vor Grauen und Abscheu innerlich wie gelähmt und begriff kaum, was sie tat. Es war ein Instinkt, der ihr befahl, so rasch wie möglich ihre Kleidung wieder in Ordnung zu bringen und dieses Haus zu verlassen. Abwesend suchte sie in Strykers Jacke nach Geld, fand seinen Geldbeutel und nahm einige Münzen heraus. Sie würde einen Hansom mieten müssen – das war die einzige Möglichkeit, einigermaßen sicher wieder zu der Villa des Professors zurückzugelangen.

Der Kater folgte ihr bis hinunter auf die Straße und lief dort eine Weile hinter ihr her. Erst als sie eine freie Kutsche gefunden hatte, verschwand er hinter einer Hausecke.

Kapitel 13

«Das Kinn locker, lass es hängen, als sei es gar nicht da ... So ist es gut ... Die Kehle weit, ganz weit, so weit wie eine blühende Landschaft im Frühling ... Spürst du, wie dein Schädel sanft vibriert, wenn du singst? Leg die Hand in deinen Nacken ... Fühlst du es? ... Weiter so ...»

Besonders der Einzelunterricht war anstrengend, weil Sereno sie oft mehr als zwei Stunden lang triezte. Marian machte brav alle Übungen, die der Professor ihr auftrug, doch sie empfand die meisten als ziemlich nutzlos. Na schön, der Ton wurde mithilfe der Stimmbänder im Kehlkopf erzeugt und kam in bestimmten Resonanzräumen zum Klingen. Vor allem im Kopf, aber auch in der Brust, eigentlich im ganzen Körper. Und dann war da die Sache mit dem Zwerchfell, eine Art aufgespanntes Tuch unterhalb des Magens. Dort fußte die Luftsäule, die den Ton stützte. Diese sollte man sich wie eine Wasserfontäne vorstellen, auf der oben ein kleiner Gummiball tanzte. Alles musste ganz locker und natürlich vor sich gehen. Aber wozu musste Marian das eigentlich wissen? Es geschah doch von selbst, ihr Körper tat es freiwillig, ohne dass sie darüber hätte nachdenken müssen.

«Der unverwechselbare Klang einer Stimme wird von den Resonanzräumen im Kopf bestimmt», erläuterte Sereno, der am Flügel saß und seine Schülerin nicht aus de Augen ließ. «Schließ den Mund, und summe den Ton – leg den Finger an die Stirn! Spürst du es?»

«Ja, Mr. Sereno. Es vibriert so heftig, dass ich fast Kopfschmerzen davon bekomme.» Er schien jetzt zufrieden und stand auf, um einen Stapel Noten herbeizutragen. Marian war erleichtert – es war viel schöner, Lieder und Arien einzustudieren, als ständig diese albernen Übungen zu machen. Das ganze Haus ähnelte zurzeit einem schwirrenden, summenden Bienenstock, aus allen Übungsräumen drangen Liedpassagen, Koloraturen, manchmal auch Rezitative aus Oratorien. Alle Schüler des Professors bereiteten sich auf ihre Weihnachtsauftritte vor.

«Werde ich die Händel-Arie irgendwo vorsingen?», fragte Marian hoffnungsvoll. «Vielleicht sogar in St. Jacob, das würde Reverend Jasper gewiss sehr freuen.»

Sereno hatte eine Notenmappe aufgeschlagen und blätterte darin. Auf ihre Frage hin blickte er sie rasch und prüfend an, dann richtete er seine Augen wieder auf die Noten. Er sah blass und übernächtigt aus, fand Marian. Juliette hatte ihr erzählt, Sereno sammelte alte Noten und besäße ein umfangreiches Archiv, das er beständig durch weitere Ankäufe vergrößerte. Angeblich verbrachte er lange Nachtstunden damit, die verblassten Papiere zu sichten und zu sortieren, manche schrieb er sogar ab, um sie vor dem Vergessen zu bewahren.

«Für einen öffentlichen Auftritt ist es noch zu früh ...»

Marian verbarg ihre Enttäuschung keineswegs.

«Aber wieso denn? All Ihre Schüler dürfen auftreten! Sie selbst haben gesagt, dass ...»

«Schau dir einmal diese Melodie an, Marian!», unterbrach er energisch und legte ein Notenblatt vor sie auf den Flügel.

Sie kannte das schon. Immer wenn sie ihn bedrängte, doch bald einmal öffentlich singen zu dürfen, lenkte er von ihrem Anliegen ab. Einmal fiel ihm eine Übung ein, die sie unbedingt noch rasch machen musste, dann wieder erzählte er von einem seiner Kollegen, einem berühmten Künstler, mit dem er auf der Bühne gestanden hatte. Meist aber war es eine neue Arie, ein Lied oder nur eine Melodie. Fast immer handgeschrieben und schlecht zu lesen.

«Darunter stehen ja gar keine Worte», beklagte sie unzufrieden. «Wie soll man das denn singen? Auf ‚Lalala'?»

Sereno goss sich ein Glas Wasser aus einer Karaffe ein, die stets auf einem runden Tischlein neben dem Flügel stand. Das Gefäß war schön, aus geschliffenem Glas, in dem sich die Lichtstrahlen funkelnd in allen Farben brachen. Marian liebte diese Karaffe sehr, und ganz offensichtlich gefiel sie auch Sereno, denn er blickte recht oft zu ihr hinüber, wenn er Marians Gesang begleitete.

«Sing einfach so, wie es dir in den Sinn kommt, Marian.»

Es war schon merkwürdig, dass er diese langweiligen alten Notenblätter immer nur ihr vorlegte. Die anderen Schüler traktierte er niemals damit.

«Aber danach arbeiten wir noch ein wenig an der Händel-Arie, ja?»

Sie war ganz vernarrt in die Arie «Er weidet seine Herde ...» aus dem «Messias», die so zart und lieblich dahinfloss. Wie hübsch würde sie in der kleinen Kirche St. Jacob klingen! Ach, es war zu ärgerlich, dass Sereno sie dort nicht auftreten lassen wollte! Weshalb denn nur? Sang sie so schlecht, dass er Sorge haben musste, sich mit ihr zu blamieren?

«Versenk dich in die Töne, Marian! Konzentriere dich! Bitte!»

«Ja, Mr. Sereno ...»

Im Gegensatz zu vielen anderen Schülern hatte sie niemals Mühe, eine Melodie vom Blatt zu singen. Sie brauchte kaum hinzuschauen, denn sie spürte instinktiv, wohin sich die Töne bewegen würden, und sie irrte sich niemals. Diese alte Weise, die Sereno offensichtlich selbst irgendwo abgeschrieben hatte, war wieder einmal ausgesprochen einfältig, ohne jeglichen Reiz. Dennoch bemühte sie sich ihrem Lehrer zuliebe um ein wenig Intensität. Wie es schien, lagen ihm diese alten Sachen ja sehr am Herzen.

«Vergiss alle Technik, und lass die Töne klingen, Marian! Wie flüssiges Silber soll deine Stimme sein. Wie ein gleißender Strom, auf dem das Sonnenlicht liegt. Lass kleine Fünkchen sprühen, lass die Wellen tanzen, das Wasser sprudeln ...»

Er spielte ein paar leise Akkorde zur Begleitung, und seine großen Augen mit den hängenden Lidern blickten sie flehentlich an. Du meine Güte – aus dieser albernen Melodie würde im Leben kein silberner Strom werden, und wenn sie sich noch so viel Mühe gab! Um ihm eine Freude zu machen, improvisierte Marian ein wenig, erdachte Ausschmückungen und Schnörkel und fand, dass ihre eigenen Einfälle weitaus schöner klangen als die Weise, die Sereno ihr präsentiert hatte.

Bald konnte sie seinen eindringlichen Blick nicht mehr ertragen und schaute lieber aus den Erkerfenstern, während sie weitersang. Der verwilderte Garten war inzwischen zu einem durchsichtigen Gewirr kahler Äste und Zweige geworden, ein Gespinst, das morgens hin und wieder mit weißlichem Raureif überzogen war. Die schrägen Strahlen der Morgensonne ließen die winzigen Eiskristalle jedoch nur für kurze Zeit glitzern, allzu schnell schmolz die winterliche Pracht dahin. Jetzt, am frühen Nachmittag, begann es schon wieder, dämmrig zu werden, und Marian entdeckte eine gebückte Gestalt, die mit einem Rechen zwischen den Büschen das Laub zusammenkehrte.

Der arme Jonathan Mills besaß nicht einmal eine anständige Winterjacke, um sich vor der Dezemberkälte zu schützen, es war wirklich ein Wunder, dass er bisher noch nicht krank geworden war. Was für ein unzuverlässiger Bursche! Er hatte sich im Pensionat klammheimlich davongemacht, und nun war er mit harmloser Miene bei Professor Sereno erschienen und hatte um eine Stellung angefragt. Trotz seines leichtfertigen Wesens fand Marian es angenehm, ihn wieder in ihrer Nähe zu haben, und sie hatte weder Mrs. Waterfield noch Professor Sereno gegenüber erwähnt, woher sie ihn kannte.

«Dieses Mal laufen Sie bitte nicht sang- und klanglos davon, Mr. Mills!», hatte sie ihm leise zugeflüstert, als sie im Flur aufeinandertrafen. «Es war sehr ungehörig von Ihnen, Mrs. Potter so im Stich zu lassen!»

Er war ihr im dämmrigen Flur irgendwie fremd erschienen, größer und dennoch nicht so schlaksig, auch seine Gesichtszüge hatten sich verändert, vor allem das Kinn wich nicht mehr so stark zurück.

«Danke, dass Sie mich nicht verraten, Miss Marian», murmelte er verlegen. «Ich verspreche Ihnen auch, dass ich von jetzt an treu und ehrlich zu meinem Dienstherren stehen will.»

«Das hoffe ich doch sehr, Mr. Mills!»

Er nannte sie jetzt «Miss Marian» und grinste sie so begeistert an, dass sie lächeln musste. Irgendwie war er doch ein ganz rührender Kerl.

«Im Übrigen freue ich mich, dass Sie ausgerechnet hier eine neue Stelle gefunden haben, Mr. Mills.»

«Ich bin auch sehr froh darüber, Miss Marian.»

Seine Stimme klang sehr dunkel, als er diesen Satz sprach, und Marian nickte ihm leicht verwirrt zu, um dann eilig in ihrem Zimmer zu verschwinden. Dort musste sie sich erst einmal auf ihr Bett setzen, um das Herzklopfen zu bezwingen. Nein, sie war nicht krank, das hatte sie inzwischen herausgefunden. Diese Unruhe in ihrem Inneren hatte andere Gründe, und es war eigenartig, dass ausgerechnet ein Zusammentreffen mit dem harmlosen Burschen Jonathan Mills sie so durcheinanderbrachte.

Ich war viel zu entgegenkommend, dachte sie beklommen. *Was mag er von mir denken? Dass ich auf ihn gewartet habe? Du liebe Zeit!*

Sie grübelte darüber nach, ob Jonathan Mills vielleicht sogar ihretwegen eine Anstellung in diesem Haus gesucht hatte. Immerhin hatte er sie damals zu ihrem ersten Besuch bei Sereno begleitet – er hatte also gewusst, wo sie zu finden war ... Aber nein – die Vorstellung, der arme, ungeschickte Jonathan Mills könnte irgendwelche Gefühle für sie hegen und ihr deshalb bis hierher gefolgt sein, mutete zu grotesk an ...

Professor Sereno brach die Begleitung ab und ließ seine Hände mit einem Seufzer von den Tasten auf die Knie gleiten.

«Danke – das war sehr hübsch, Marian. Deine Improvisationen sind einfallsreicher, als diese Melodie es verdient hat.»

Er wandte den Kopf zur Seite und betrachtet die gläserne Karaffe. Vielleicht überlegte er, ob er noch einen Schluck Wasser trinken sollte. Weshalb er dabei so unzufrieden aussah, konnte Marian sich jedoch nicht erklären. Hatte er nicht gesagt, sie hätte hübsch gesungen?

«Nun – wir werden eine andere Melodie finden. Für heute ist der Unterricht beendet.»

«Und was ist mit der Händel-Arie?»

Sereno holte tief Luft, als müsste er seinen aufsteigenden Ärger bezwingen, und erklärte dann, diese Arie könnte bis morgen Nachmittag warten, es wäre nicht eilig damit.

«Aber ich würde sie gern irgendwo vortragen ... Das tun doch all Ihre Schüler jetzt in der Weihnachtszeit! Ich könnte doch in der Kirche St. Jacob ...»

Ein hässlicher Missklang, ein Klaster, unterbrach ihre Rede, Sereno hatte mit der flachen Hand auf die Klaviertasten geschlagen.

«Sagte ich nicht vorhin, dass es dafür noch zu früh ist?», fuhr er sie zornig an. «Ich habe keine Lust, mich ständig zu wiederholen, Marian Lethaby!»

Sie fuhr erschrocken zusammen, denn er war laut geworden. Wie widersprüchlich dieser Mann doch war! Gerade eben hatte er sie noch mit samtweicher Stimme gelobt, sie mit seinen Blicken angefleht, so schön wie irgend möglich zu singen. Jetzt starrte er sie so hasserfüllt an, dass sie Angst vor ihm bekam.

«Es ... es tut mir leid, Sir», stotterte sie. «Ich dachte ja nur, weil die anderen doch auch ...»

Marian verstummte, und da er sie immer noch anstarrte, legte sie das Notenblatt verlegen wieder in die Mappe zurück, die noch aufgeschlagen auf dem Flügel lag. Dort hatte er eine ganze Menge solcher Melodien gesammelt – sie hatte sogar den Eindruck, dass es täglich mehr wurden.

«Es sind gewiss sehr schöne alte Weisen dabei», bemerkte sie höflich. Sereno schien sie jetzt völlig vergessen zu haben, er spielte leise Arpeggien auf dem Klavier, sah dabei verträumt in die Luft und summte vor sich hin. Marian machte, dass sie aus dem Zimmer kam.

Vor der Tür wartete Juliette auf ihren Einzelunterricht. Sie saß auf einem Stuhl, hielt die aufgeschlagenen Noten auf dem Schoß und memorierte leise den Text einer italienischen Arie. Als Marian an der Tür auftauchte, hob sie den Kopf und lächelte ihr zu.

«Na, ist er schlecht gelaunt, der alte Kauz?», fragte sie mitleidig. «Nimm es nicht tragisch – er hat seine Anwandlungen. Vor allem jetzt, weil doch bald das Hauskonzert ist und sein Renommee auf dem Spiel steht.»

Richtig – daran hatte Marian gar nicht mehr gedacht! Wie sie inzwischen erfahren hatte, war es schon Tradition, dass kurz vor dem Weihnachtsfest ein Vortragsabend auf Serenos Anwesen stattfand, zu dem sich einflussreiche Kunstmäzene, Kritiker, Kollegen, aber auch Konkurrenten einfanden. Die jungen Sänger, denen Sereno gestattete, dort aufzutreten, stellten seine Aushängeschilder dar und wurden – so hieß es – in Fachkreisen als Geheimtipp gehandelt. Wer allerdings bei diesem Publikum durchfiel, bekam so rasch keinen Fuß mehr auf den Boden – schon allein deshalb, weil er Serenos Ruf geschädigt hatte, was sein Lehrer ihm nicht verzeihen würde.

«Da wird der nervöse Herr Professor jetzt wohl über mich herfallen», meinte Juliette schulterzuckend. «Und wenn schon – ich habe ein dickes Fell.»

Sie strich Marian mit einer heiteren Geste über die Wange und ging zur Tür, um dort theatralisch noch einmal tief Luft zu holen, bevor sie eintrat.

«Auf in die Höhle des Löwen!», scherzte sie, und ihre dunklen Augen blitzten unternehmungslustig.

Sie war wirklich eine begabte Schauspielerin, denn sie brachte Marian zum Lachen. Ach, es war gut, dass es Juliette gab, die einzige liebenswerte unter all den ehrgeizigen, missgünstigen Schülerinnen! Und es war auch schön, dass Jonathan Mills jetzt hier angestellt war und sie ihm im Haus oder im Garten begegnen würde. Zum Kuckuck mit all den dummen Vermutungen und Vorbehalten! Er war ein anständiger und netter Bursche und damit basta!

Die meisten externen Schüler hatten jetzt ihre Übungen beendet, nur aus einigen wenigen Räumen drangen noch beharrliche Koloraturen und Klavierbegleitung. Dafür hatte Jonathan Mills viel zu tun, da er jedem, der Villa und Garten verließ, das Tor öffnen musste, um es dann wieder hinter ihm zu verschließen. Er hatte sich inzwischen mit den beiden braunen Hunden angefreundet, die zuerst große Angst vor ihm gehabt hatten. Jetzt folgten sie ihm mit einer Unterwürfigkeit, die geradezu verblüffend war, denn der ungeschickte, schüchterne Jonathan Mills wirkte – so meinte Marian zumindest – kein bisschen respekteinflößend.

Sie hatte großes Pech, denn gerade als sie an den Übungsräumen vorbei in die Halle hinüberlaufen wollte, trat Lillian aus dem Zimmer. Sie wurde von ihrem Korrepetitor begleitet, einem Musikstudenten, den ihre Eltern dafür bezahlten, dass er dreimal in der Woche mit Lillian die Arien und Lieder übte.

«Ach, da ist ja unser zartes Engelein!», rief Lillian mit gönnerhaftem Ausdruck. «Wie schön du heute wieder gesungen hast, meine Kleine! Nur den Text konnte man leider nicht verstehen ...»

Der Musikstudent – ein dürrer blonder Mensch mit vorstehenden Augen – verneigte sich rasch, wobei unklar war, ob die Höflichkeit Lillian oder Marian galt. Dann machte er sich eilig aus dem Staub. Marian wäre ebenfalls gern davongelaufen, doch diesen Triumph wollte sie der blondlockigen Lillian nicht gönnen. Noch war es nicht so weit, dass sie sich von dieser Giftspritze in die Flucht schlagen ließ!

«Ja, am Text müssen wir noch arbeiten», bemerkte sie mit erzwungener Ruhe. «Es wird nicht einfach sein, da ich über einer vorgegebenen Melodie improvisiert habe.»

«Wie nett!», meinte Lillian gedehnt und zog dann eine Miene, als wäre Marian sehr zu bedauern. «Es ist doch seltsam, wie lange du diese einfachen Melodien singen musst. Ich, zum Beispiel, durfte schon nach zwei Wochen Unterricht die erste Opernarie einstudieren. Aber die Begabungen sind nun einmal unterschiedlich verteilt ...»

Wie boshaft sie die Dinge verdrehte! Lillian konnte noch nicht einmal die simpelste Melodie vom Blatt singen und brauchte einen Korrepetitor, um ihre Arien zu lernen. Nie im Leben wäre sie imstande gewesen, zu einer vorgegebenen Melodie frei zu improvisieren. Allerdings vermochte das auch keine andere Schülerin, zumal es nicht in der Ausbildung vorgesehen war. Marian war die Einzige, die Sereno hin und wieder dazu aufforderte.

«Ich bin ein wenig müde und gehe auf mein Zimmer. Wir sehen uns dann beim Abendessen, Lillian.»

«Ja, ruh dich aus, arme Kleine! Singen ist anstrengend. Wer solch eine schwächliche Konstitution wie du hat, sollte wohl besser nicht zur Bühne gehen. Nichts ist schlimmer, als ein

Beruf, der den Menschen überfordert und ihn letztlich aufzehrt, ihm alle Kräfte raubt ... Ach, sagte ich schon, dass ich am kommenden Sonntag in der Kirche St. Jacob eine Händel-Arie vortragen werde? Die hübsche Arie mit den Schäfchen ... ‚Er weidet seine Herde' ...»

Marian hatte die Halle schon fast durchquert, jetzt aber blieb sie betroffen stehen.

«In St. Jacob? Die kleine Kirche in Hampstead?», vergewisserte sie sich atemlos.

«Ja, ich glaube es war Hampstead. Mr. Sereno wird mich dorthin begleiten. Elisabeth wird auch singen, sie hat eine Arie aus der letzten Kantate der Johannespassion von Bach ausgewählt.»

Marian war klar, welche Arie gemeint war. «Nur ein Wink von deinen Händen ...», auch das war eine ihrer Lieblingsarien. Sie hatte Elisabeth oft beim Üben zugehört und wusste recht gut, dass sie sich immer wieder verzählte und auch die schwierigen Koloraturen unrein sang. Aber Sereno schien ihre Leistung wohl gut genug, um sie in St. Jacob auftreten zu lassen.

«Da wünsche ich viel Glück!»

Marian sprach es mit besonderer Betonung aus und schritt davon, bevor Lillian eine Antwort einfiel. Sie hatte diesen Satz genau so verstanden, wie Marian ihn gemeint hatte: *Du wirst viel Glück brauchen, meine Liebe, um diese Arie wirklich gut zu singen!* Oh, auch Marian erlernte langsam die Kunst, harmlos klingende Sätze wie spitze Pfeile zu gebrauchen!

In ihrem Zimmer ließ sie sich auf den Stuhl sinken und schwankte zwischen der Versuchung, in Tränen auszubrechen, und dem heißen Wunsch, Serenos alberne Bücher gegen die Wand zu schmettern. Sie entschied sich für Letzteres, fegte dabei zwei gerahmte Fotografien von ihren Nägeln und erzeugte einige dunkle Kerben in der sowieso schon ziemlich vergilbten Blümchentapete. Es tat richtig gut. Also, diese beiden Schnepfen durften öffentlich singen, ausgerechnet in St. Jacob und dazu noch gerade die Arien, die Marian besonders am Herzen lagen! Sie stand auf, um die Bücher wieder einzusammeln. Sie waren in widerstandsfähige Lederdeckel eingebunden und würden noch einen weiteren Flug aushalten.

Kawumm!

Die Lehrwerke des Belcanto knallten gegen die Tür, wobei sie einen dumpfen Laut erzeugten, und fielen mit Gepolter auf die Holzdielen. Zufrieden langte Marian nach dem letzten Geschoss, da vernahm sie ein schüchternes Klopfen. Oh weh – da kamen schon die ersten Beschwerden!

«Ja bitte?»

Der leicht trotzige Unterton war ganz sicher nicht zu überhören.

«Ich bin es nur ... Jonathan Mills ...»

Es klang ziemlich bekümmert – der arme Bursche war gewiss nicht aus eigenem Antrieb gekommen. Vermutlich hatte Mrs. Waterfield ihn geschickt, oder – schlimmer noch – die boshaften Kolleginnen hatte ihn zu Marian beordert.

«Kommen Sie herein, die Tür ist offen!»

Er schob die Tür nur ein kleines Stück auf und streckte vorsichtig den Kopf durch den Spalt.

«Ist ... ist alles in Ordnung, Miss Marian?», fragte er. «Es klang, als sei ein Poltergeist in Ihrem Zimmer am Werk.»

«Tatsächlich?», knurrte Marian. «Haben Ihnen das meine bezaubernden Mitschülerinnen eingeredet?»

Er lächelte sie jetzt an, und sie glaubte, ein Quäntchen Ironie in diesem Lächeln zu erkennen. Machte er sich vielleicht gar insgeheim über sie lustig?

«Aber nein, Miss Marian! Ich hörte den Lärm und machte mir große Sorgen um sie.»

Sie sah ihn scharf an, und er senkte errötend den Blick, das ironische Lächeln stellte er jedoch nicht ein. Widerwillig musste sie zugeben, dass es ihm gar nicht so übel stand, es machte ihn reifer und hintergründiger. Überhaupt war Jonathan nicht mehr der harmlose, naive Junge, sondern einer, der es faustdick hinter den Ohren hatte.

«Wie Sie sehen, gibt es keinen Grund, sich zu beunruhigen», meinte sie ungeduldig. «Es sind mir nur ein paar Bücher heruntergefallen.»

Angesichts der leicht angeschlagenen Werke auf dem Fußboden war diese Erklärung einleuchtend, wenn auch nicht ganz zufriedenstellend. Eine kleine Pause entstand, während der Marian sich fragte, weshalb er immer noch an der Tür stand, statt sich zu verabschieden und sie endlich in Ruhe zu lassen.

«Ja, richtig!», rief Jonathan Mills aus und schlug sich mit der Hand gegen die Stirn. «Ich sollte etwas abgeben, Miss Marian.»

Amüsiert sah sie zu, wie er umständlich in den Taschen seiner viel zu weiten Jacke und anschließend in seinen Hosentaschen – Gott, wie peinlich, er trug einen Strick anstelle eines Gürtels! – nach dem Gegenstand forschte, den er ihr aushändigen sollte. Wo er nur immer diese schrecklichen ausgeleierten Kleider hernahm? Die Jacke wirkte, als hätte ein schwergewichtiger Mensch sie schon gute zehn Jahre in einer staubigen Schreinerwerkstatt getragen, und was über die Hose zu sagen gewesen wäre, durfte ein Mädchen nicht einmal denken.

«Da ist er ja – Gott sei Dank!», stöhnte Jonathan erleichtert und zog schließlich einen zusammengefalteten Brief aus dem rechten Schuh. «Von Ihrem Vormund, Miss Marian.»

«Von Mr. Strykers?», fragte sie stirnrunzelnd.

«Derselbe», nickte Jonathan eifrig. «Er ließ das Schreiben von einem Boten bringen. Ich fürchte, es steht nicht gut um die Gesundheit des alten Herrn – der Bote hat mir erzählt, er liege immer noch zu Bett. Die arme Mrs. Strykers musste eine Pflegerin engagieren, weil die weiblichen Dienstboten sich geweigert haben ...»

«Schon gut, Mr. Mills!», unterbrach Marian und streckte die Hand nach dem Brief aus. «Sie haben bestimmt noch eine Menge zu tun.»

«Oh Verzeihung, Miss Marian! Ich stehe hier und schwatze Ihnen die Ohren voll. Stehle Ihnen die Zeit. Mrs. Waterfield sagt immer, einen solchen Zeitstehler wie mich habe sie in ihrem ganzen Leben noch nicht gesehen ...»

Er trat einige Schritte näher und reichte ihr das zusammengefaltete Schreiben, und wie zufällig berührte er ihre Hand, als sie nach dem Brief fasste. Erschrocken zuckte sie zusammen, denn es schien ein heißer Strom durch ihren Arm zu ihrem Herzen zu fahren, ihr wurde schwindelig, der Blick trübte sich. Für einen Augenblick glaubte sie, die dunkel umschatteten Augen des Geistes in Jonathan Mills' Gesicht zu sehen, weit geöffnet, die Pupillen wie von schwarzblauem Samt. Anders als damals in der Bibliothek wich er ihrem Blick jetzt nicht aus, er schien vielmehr in sie einzudringen und sie aussaugen zu wollen ...

«Du liebe Güte! Setzen Sie sich besser hin, Miss Marian! Sie sind ja ganz blass geworden ...»

Der seltsame Zustand verging so rasch, wie er gekommen war. Schon im nächsten Moment waren Mills' Augen wieder klein und hellbraun wie unreife Haselnüsse, und außer, dass sie ein wenig tief in den Höhlen lagen, war nichts Ungewöhnliches an ihnen. Marian bemerkte erschrocken, dass sie sich mit beiden Händen an der Stuhllehne festklammerte. Oh Gott – wie peinlich! Es war nur gut, dass der arme Mills nicht wissen konnte, welch groteske Fantasien sie gerade eben überkommen hatten.

«Es ist alles in Ordnung, Mr. Mills», erklärte sie mühsam. «Sie können jetzt wirklich gehen.»

Er machte eine linkische Verbeugung, bevor er ihr Zimmer

verließ, und schloss die Tür so leise hinter sich, dass sie es kaum hören konnte.

Ich muss ihn vergessen, flüsterte Marian unglücklich und schlug sich gegen die Stirn. *Fort mit dir! Misch dich nie wieder in mein Leben ein!*

Sie vermied es, den Namen «Darion» auszusprechen. Namen besaßen eine magische Kraft, die sie auf keinen Fall beschwören wollte.

Kapitel 14

«Und wo?»

«Das weiß ich nicht genau», knurrte Jonathan Mills. «Ihr Vormund hat eine Kutsche gemietet und war mit ihr ein paar Mal in London unterwegs. Zuletzt vor zwei Wochen – seither ist er krank, und sie hat die Villa nicht mehr verlassen.»

«Besucher?»

«Keine. Möglicherweise wird sie aber demnächst von ihrer Freundin Kate aufgesucht, die einen jungen Mann mitbringen will. Ihren Vetter George ...»

«Woher weißt du das?»

«Sie hat es einer Mitschülerin erzählt.»

«Aha.» Gorians Bote war einer der jungen Kerle, die mit ihm gemeinsam ausgebildet worden waren. Er kannte ihn jedoch nur vom Sehen, zu seinen Freunden hatte dieser Streber schon damals nicht gezählt. Jetzt umwaberte der übereifrige Geselle die Gartenmauer als grauer Nebeldunst, nötigte Jonathan, zum Schein mit der Harke zwischen den Bäumen zu hantieren, und quetschte ihn dabei aus wie eine Zitrone.

«George? Und der Nachname?»

«Harrison, glaube ich. Ein harmloser Bursche, den Kate unbedingt mit Marian verheiraten will.»

«Verheiraten?»

Jonathan kratzte einige festgefrorene Blätter von der Wiese und scheuchte dabei ein Eichhörnchen auf, das ein paar Nüsse aus seinem Versteck ausgraben wollte. Es war elend kalt, wenn man als Jonathan Mills herumlief – aber das konnte der unerfahrene junge Schnösel sich nicht vorstellen. Ein Nachtschatten fror nur selten, Kälte war für seinesgleichen ebenso wie die Dunkelheit ein Zustand angenehmen Wohlbehagens.

«Ja, verheiraten.»

«Wird sie darauf eingehen?»

«Sieht nicht so aus.»

«Und sonst?» Jonathan verlor langsam die Geduld. Wollte dieser penetrante Bursche ihn überhaupt nicht mehr in Ruhe lassen?!

«Nichts von Bedeutung. Sie singt und ist fleißig.»

«Was singt sie?» Er hatte diese Frage schon mindestens drei Mal beantwortet und war auch jetzt nicht gewillt, Dinge zu offenbaren, die Gorian besser nicht erfahren sollte.

«Gesangsübungen. Du weißt schon. Lalalaa. Numinee. Dubiduu. So – ho – nnenschein. Re – he – genflut. Ni – hi – mmermehr ...»

«Leise, sonst hört man dich!»

«Ich muss jetzt sowieso rein», murrte er. «Mrs. Waterfield wird sich schwer wundern, dass ich um diese Zeit noch Laub zusammenreche.»

«Was ist mit der Aufgabe? Hast du sie gelöst?»

«Noch nicht.»

«Immer noch nicht? Das ist sehr bedauerlich.»

Wie er sich aufspielte, dieser junge Schnösel! Dabei hatte er garantiert keine Ahnung, worum es bei dieser Aufgabe ging. Einem solchen Handlanger verriet Gorian niemals die Hintergründe seiner Befehle, schon gar nicht in einem Fall von solcher Wichtigkeit. Vermutlich hatte er nur die Anweisung erhalten, nachzufragen, etwas zu drängeln, damit Jonathan nicht glaubte, er hätte alle Zeit der Welt. Da er keine Antwort erhielt, schnaubte der Bote abfällig eine Wolke weißlichen Nebeldampf in die Abendluft und bemerkte, dass der Herr der Nachtschatten großen Wert auf einen genauen und ausführlichen Bericht legte.

«Den wirst du ihm ohne Zweifel liefern.»

Er war misstrauisch, der Kontrolleur, vermutlich hatte er die Ironie herausgehört. Jonathan ärgerte sich über sich selbst, er musste vorsichtiger sein. Nicht nur im Umgang mit Gorians Boten, auch Marian gegenüber. Vor allem Marian gegenüber.

«Du weißt ja, was mit dir geschieht, wenn du ein zweites Mal versagst», erinnerte der Bote ihn. «Es wird nicht lustig sein, darauf kannst du dich verlassen.»

«Gewiss ...» Ganz offensichtlich befolgte er mit dieser Drohung einen Befehl, denn bisher hatte jeder Bote sie am Ende des Verhörs ausgesprochen. Sie kamen jeden Abend, um ihn auszufragen, manchmal auch in der Nacht. Gorian wollte dieses Mal ganz sichergehen, dass sein Abgesandter keine eigenen Wege ging. Es waren weniger die Fragen, die recht banal anmuteten und sich um Marians tägliches Leben, ihren Umgang oder ungewöhnliche Ereignisse drehten. Es war die ständige Präsenz und Kontrolle, die Jonathan Mills deutlich machen sollten, dass die Augen und Ohren seines Herrn auf ihm ruhten.

Und doch würde er sein eigenes Spiel spielen. Trotz dieser engmaschigen Überwachung musste es gelingen, Gorian hinzuhalten und zugleich dem Geheimnis auf die Spur zu kommen, dass der Herr der Nachtschatten ihm geflissentlich verschwieg. Das Geheimnis der Elbenkönigin – nur darum konnte es sich handeln.

Jonathan verfolgte den Abflug des Boten mit scharfem Blick und passte gut auf, dass der Knabe nicht etwa als Nebelwolke im Gezweig eines Baumes oder im Dachgiebel hängen blieb und dort seine Beobachtungen fortsetzte. Übereifrig, wie dieser Kerl war, wäre ihm das durchaus zuzutrauen gewesen. Auf der anderen Seite wurde er oben in Schottland in Gorians Palast erwartet – da würde er sich wohl kaum die Nacht um die Ohren schlagen, um sich anschließend einen Rüffel einzuhandeln, weil er zu spät kam.

Jonathan trug die Harke zurück in den von Efeu überwucherten

Verschlag, in dem die Gartengeräte aufbewahrt wurden – Mrs. Waterfield konnte hysterisch wie eine geifernde Windbraut werden, wenn das Gesinde nicht alle Geräte wieder an Ort und Stelle räumte. Noch gestern Früh hatte er sich einen erbaulichen Vortrag über die Haltbarkeit eines blechernen Putzeimers und des dazugehörigen Feudels anhören müssen. Er hatte diese beiden Wertgegenstände neben dem Hintereingang vergessen, und der Feudel war über Nacht steif wie ein Brett gefroren.

Fröstelnd lief er zwischen den kahlen Bäumen hindurch zur Villa zurück und überlegte kurz, ob er sich in der Küche ein wenig aufwärmen sollte, da dort ständig ein warmes Herdfeuer brannte. Doch er verspürte wenig Lust auf den Anblick der beiden pummeligen Hausmädchen, die dort jetzt ohne Zweifel noch zusammensaßen und Tee tranken. Und auch auf Mrs. Waterfields bärbeißige Mütterlichkeit konnte er gern verzichten. Er hatte längst gemerkt, dass man über ihn und die Wirtschafterin allerlei Klatsch verbreitete. Mrs. Waterfield, die sonst so Unbestechliche, hätte einen Narren an ihm gefressen, ließe ihm Dinge durchgehen, für die andere längst aus dem Haus gejagt worden wären. Was durchaus stimmen konnte, denn er hatte sich mithilfe seines männlichen Charmes über Wasser halten müssen. Verdammt, er war ein Krieger und kein Schreiner, auch kein Gärtner und schon gar kein Putzteufel! Es gab Arbeiten, die um der Sache willen getan werden mussten, aber es gab auch solche, die unter seiner Würde waren und vor denen er sich selbst in der albernen Gestalt des Jonathan Mills so weit wie möglich drückte!

Er kauerte sich in einer Ecke der Halle zusammen, schlang seine Arme um die hochgezogenen Knie und genoss das Gefühl, mit der Dunkelheit zu verschmelzen. Wenn nur die elende Dezemberkälte nicht gewesen wäre, die der unglückliche Jonathan Mills in allen Knochen spürte! Er bereute jetzt, ausgerechnet diese Verkleidung gewählt zu haben, schon allein deshalb, weil er Marian gern in einer eindrucksvolleren Gestalt gegenübergetreten wäre. Auf der anderen Seite war es als Jonathan Mills sehr viel einfacher, in ihre Nähe zu gelangen. Sie kannte ihn, und da er lächerlich und damit ungefährlich schien, schenkte sie ihm Vertrauen. Wie sollte sie auch ahnen, dass der Krieger Darion sie durch Jonathan Mills' haselnussfarbene Augen mit sehnsüchtigem Begehren anstarrte und sich nach jedem Zusammentreffen wieder energisch zur Ordnung rufen musste. Welche Verführungskraft besaß dieses zarte Elbenwesen doch, welche Leidenschaft konnte sie entfachen! Manchmal glaubte er, seiner Sehnsucht nicht länger widerstehen zu können, und war drauf und dran, sie aus ihrem Zimmer zu entführen. Als Darion würde er sie auf seinen Armen durch die Nacht davontragen, hinunter in den Süden, wo das lichtblaue Meer an weiße Strände rollte und schlanke Palmen ihnen ihre fächerförmigen Blätter wie große dunkelgrüne Hände entgegenstreckten. An solchen Orten besaß Gorian nur wenig Macht, zumindest tagsüber, aber auch in den Nächten waren Mond und Sterne so hell, dass die Krieger der Nachtschatten Schwierigkeiten hatten, sich zurechtzufinden. Und doch wäre eine solche Flucht voreilig und höchst gefährlich für sie beide gewesen, zumal auch ihm selbst der Aufenthalt an einem weißen Strand im hellen Sonnenschein, noch dazu bei lichtblauen, glitzernden Wellen eine Menge Probleme bereitet hätte. Gab es überhaupt einen Ort, an dem sie beide miteinander leben konnten? War es nicht so, dass immer einer von ihnen leiden musste? Er, der Nachtschatten, spürte schmerzlich das gleißende Licht – sie, die Lichtelbin, fürchtete sich vor der Dunkelheit.

Ein Windstoß rüttelte an den Fenstern und sang gleich darauf eine jammervolle Arie im Kaminschacht. Er krümmte sich noch enger zusammen und dachte missgünstig daran, dass

Sereno jetzt oben in seinem Archiv ganz sicher ein warmes Kaminfeuer angezündet hatte, während er mit der Lupe bewaffnet über alten Noten saß. Gorian hatte über den eifrigen Professor des Belcanto gelacht, dennoch war er sehr interessiert an Serenos Forschungen und ließ immer wieder fragen, was er Marian vorlegte und wie diese Melodien klangen. Es war ziemlich klar, dass hier der Schlüssel des Geheimnisses liegen musste. Sereno war auf der Suche nach einer Melodie, einer bestimmten Weise, die ganz offensichtlich einen großen Wert besaß. Nur Marian, die Lichtelbin aus dem Hause der Königin, konnte sie erkennen – das war wohl der Grund, weshalb Sereno ihr diese alten Noten antrug. Worin dieser Wert bestand, das hatte Jonathan noch nicht herausgefunden, und er war sich ziemlich sicher, dass auch Marian keine Ahnung von all diesen Dingen hatte. Zumindest war es ihr nicht bewusst.

Gorians Auftrag war ihm seltsam diffus erschienen. Er sollte Marian beobachten, ihm jede Einzelheit ihres Tagesablaufs sorgfältig vermelden, sie vor allem behüten, was ihrem Studium abträglich sein könnte. Inzwischen hatte Jonathan längst begriffen, worauf es dem Herrn der Nachtschatten wirklich ankam: Genau wie Sereno war er auf der Suche nach der magischen Melodie. Doch er ließ Sereno für sich arbeiten, wartete in aller Ruhe ab, bis dieser fündig geworden war, um ihm dann den Lohn seiner Mühen zu entreißen. Diese verlorene Melodie musste auch für Gorian eine große Kostbarkeit darstellen – ohne Zweifel barg sie das Geheimnis, das die Elbenkönigin einst gehütet hatte.

Woher aber stammten Serenos Kenntnisse? Er war kein Geistwesen, sondern nur ein Mensch, dem solches Wissen eigentlich verborgen war. Nach einigem Grübeln hatte Jonathan vermutet, dass die Lösung in Serenos wohlgehütetem Archiv zu finden war. Der Professor musste dort irgendeine alte Schrift aufbewahren – ein Buch, eine Papierrolle, was auch immer –, die ihn auf die Spur des Geheimnisses gebracht hatte. Vielleicht hatte einer der Lichtelben sein Wissen niedergeschrieben, damit es nicht ganz und gar verloren ging, nachdem das Reich zerfallen und die Elbenkönigin gestorben war? Wenn es sich so verhielt, dann war Sereno mit großer Beharrlichkeit ausgestattet, denn eine solche Schrift wehrte sich gegen jeden Unbefugten und erschloss sich nur einem Elben. Wie auch immer – Sereno war auf die Spur des Geheimnisses gelangt und hatte weder gerastet noch geruht, bis er Marian an sich gebunden hatte.

Woher aber wusste er, dass sie eine Lichtelbin aus dem Hause der Königin war? Der Gedanke, Sereno könnte das Zeichen an ihrem Rücken ebenfalls gesehen haben, gefiel Jonathan überhaupt nicht. Hatte dieser windige Musikprofessor Marian etwa bei irgendeiner Gelegenheit unbekleidet betrachtet? Ebenfalls machte ihm die Tatsache zu schaffen, dass Sereno das Mädchen wie eine Gefangene hielt und sogar die Fenster ihres Zimmers hatte zunageln lassen. Es war ihm aufgefallen, als er Marians Fenster putzte und dabei ganz diskret die Möglichkeit untersuchen wollte, ungesehen in ihr Zimmer zu gelangen. Ahnte Sereno vielleicht sogar, dass der Herr der Nachtschatten ihn ausspähen ließ? Oder hatte er einfach nur Angst, Marian könnte ihm über Nacht davonlaufen?

Fragen über Fragen! Jonathan Mills schnaubte leise und verdrießlich vor sich hin. Vorläufig blieb ihm nichts anderes übrig, als Augen und Ohren offen zu halten und abzuwarten. Er musste dieses Elbengeheimnis noch vor den beiden anderen entschlüsseln und Marian mithilfe dieses Zaubers in Sicherheit bringen. Denn eines war klar: Wenn Gorian so eifrig hinter dieser Melodie her war, bedeutete ihre Kenntnis unendliche Macht.

Es war nicht gerade einfach, diesen Plan zu verfolgen, denn er saß zwischen drei Feuern: Sereno gegenüber musste er die harmlose Miene wahren. Das war noch am einfachsten, denn der

Professor kümmerte sich recht wenig um seinen Angestellten Jonathan Mills. Viel schwieriger war es, den Herrn der Nachtschatten zufriedenzustellen, während er ihm doch wichtige Beobachtungen verschwieg und weiter verschweigen würde. Die schwerste Prüfung jedoch bestand darin, in Marians Nähe zu leben, sie täglich zu sehen und ihr die Wahrheit doch nicht eingestehen zu können. Es war vollkommen unmöglich, ihr zu diesem Zeitpunkt Dinge zu erklären, die außerhalb ihrer Vorstellungswelt lagen. Sie würde ihm vermutlich kein einziges Wort glauben, schlimmer noch: Durch unbedachte Äußerungen konnte sie ihn verraten.

Ihrer Verführungskraft ausgesetzt zu sein und sich dabei nichts anmerken zu lassen, kostete eine Menge Selbstdisziplin. Verdammt – er hatte sich gerade eben hinreißen lassen, zwei ihrer Finger zu berühren! Prompt war der Blitz durch ihn hindurchgefahren, sodass er geglaubt hatte, auf der Stelle zu verglühen. Was für ein Leichtsinn! Es hätte seine mühsam hergestellte Verwandlung auf einen Schlag zerstören können und als Darion vor ihr gestanden! Was dann geschehen wäre, durfte er sich jetzt auf keinen Fall ausmalen, sonst ging der letzte Rest seines Verstandes auch noch dahin. Erst wenn sie beide außerhalb aller Gefahren waren, würde er Marian in seiner wahren Gestalt gegenübertreten und sich dem Rausch hingeben, den ihr zarter Elbenkörper immer wieder in ihm auslöste.

Was dann geschehen würde, stand vollkommen in den Sternen, denn seines Wissens hatte noch nie zuvor ein Nachtschatten eine Lichtelbin geliebt. Sie waren wie Feuer und Wasser, wie Tag und Nacht, Sonne und Mond – es gab keine zwei Wesen im ganzen Universum, die sich fremder waren als sie beide.

Und doch hatte er sie in seinen Armen gehalten, und sie war keineswegs unter seinen Küssen gestorben. Ganz im Gegenteil, es hatte ihr gefallen.

Er fror jetzt erbärmlich und beschloss, in seine Kammer hinaufzusteigen. Sie befand sich – wie alle Gesindekammern – direkt unter dem Dach und hielt neben der eisigen Kälte auch eine muntere Schar kleiner Mäuse für ihn bereit. Aber wenigstens konnte er sich dort in seine Wolldecke wickeln. Er pfiff die beiden braunen Hunde herbei, die nur widerwillig aus der warmen Küche in die Halle gelaufen kamen, ihm dann aber gehorsam bis unters Dach folgten. Dort legten sie sich rechts und links neben ihn auf das Bett, wärmten ihn mit ihren wolligen Körpern, während er die Decke über sie alle drei breitete.

Drüben, wo die beiden Hausmädchen und Mrs. Waterfield ihre Kammern hatten, ragte der Schornstein zum Dach hinauf, und da Sereno immer noch seinen Kamin befeuerte, würde der Schlot in den Kammern etwas Wärme verbreiten. Hier jedoch, wo man ihn untergebracht hatte, gab es keinen Schlot. Es handelte sich um ein Quartier für einen «gesunden kräftigen, jungen Mann». Das hatte Mrs. Waterfield ihm mit anzüglichem Lächeln erzählt, als sie ihm seine Unterkunft zeigte. Sein Vorgänger, der jetzt unten in der Küche nächtigte, hatte fast vierzig Jahre lang Winter wie Sommer hier gewohnt, dafür plagten ihn jetzt das Rheuma und ein heftiges Rückenleiden. Es war nicht immer lustig, ein Mensch zu sein, das hatte Jonathan Mills auf dieser Reise gelernt.

Es würde ihm wohl nichts anderes übrig bleiben, als in Serenos Archiv auf die Suche zu gehen. Gelegenheiten dazu gab es momentan genügend, da ständig irgendwelche Schüler in Kirchen oder anderen Konzerten auftraten und Sereno sie meist begleitete, um ihre Fortschritte zu überprüfen. Oder um mit seinen Schülern anzugeben, was auch immer.

Er streckte sich wohlig aus und genoss die Wärme, die die beiden Hunde ausstrahlten. Dann lauschte er auf einen neuen Windstoß, der heulend über die Dachschindeln fegte, und plötzlich sagte seine Geistnatur ihm, dass dort oben nicht nur der kalte Dezembersturm sein Unwesen trieb. Etwas war dort auf dem Dach gelandet, keine Windbraut und auch kein Nebelgeist, sondern etwas Größeres, vermutlich ein Nachtschatten.

Wütend dachte er an Aladion, den Abtrünnigen, der sich regelmäßig in der Gegend herumtrieb und ihm schon am ersten Tag hier im Garten aufgelauert hatte. Er war nicht nur erfahren, der Alte, er war auch unverschämt schlau, denn er flog Gorians Kriegern ständig vor der Nase herum, ohne dass es ihnen bisher gelungen wäre, ihn zu erwischen. Und selbst dann war es immer noch fraglich, ob einer von Gorians jungen Burschen es mit ihm hätte aufnehmen können. Auch er selbst hatte damals große Mühe gehabt – vermutlich war Aladion nur durch ein Geschwader zu überwältigen.

Er war zornig auf den Alten, weil er ganz sicher mehr wusste, als Sereno, vielleicht sogar mehr als Gorian. Aber wie es schien, kochte auch Aladion sein eigenes Süppchen. Der Abtrünnige machte nur hie und da vielsagende Andeutungen, behielt jedoch sein Wissen lieber für sich und besaß noch die Frechheit, sich über Jonathan Mills lustig zu machen.

An jenem Nachmittag hatte der frisch eingestellte Jonathan Mills in der Gartenhütte nach einer Axt gesucht, da Mrs. Waterfield ihn beauftragt hatte, Brennholz zu hacken. Er war ordentlich zusammengefahren, als Aladion ihn anredete – der Alte hatte sich zwischen den Gartengeräten versteckt und ihm dort aufgelauert.

«Was für eine Überraschung! Ich habe nicht damit gerechnet, dich noch einmal zu Gesicht zu bekommen.»

Jonathan hatte sich zwar schnell gefasst, dennoch ärgerte es ihn, dass er für einen Augenblick zusammengezuckt war und beinahe die Axt fallen gelassen hätte.

«Tut mir sehr leid», gab er bissig zurück. «Damit verderbe ich dir wohl die angenehme Vorstellung, dass der aufmüpfige Darion in Gorians unterirdischen Gefängnissen verschimmelt.»

«Du täuschst dich», lautete die ruhige Antwort. «Aber es war sehr wahrscheinlich, dass Gorian dich so bestrafen würde, nachdem du dich wie ein Strohkopf hast einfangen lassen. Ich hatte viel Mühe, unsere Schutzbefohlene vor Nachstellungen zu bewahren – was eigentlich deine Aufgabe gewesen wäre.»

«Nachstellungen?», fragte Jonathan halb ungläubig, halb erschrocken.

«Ihr liebenswürdiger Vormund wollte das Recht der ersten Nacht an ihr ausüben, und er war trotz ihres verzweifelten Widerstands nicht bereit, sich zu zügeln. Sie war schon fast nackt, als ich mich endlich entschloss, ihm in den Rücken zu fallen ...»

Jonathan zweifelte keinen Augenblick an der Wahrheit dieser Worte, und ihm wurde schwarz vor Augen. Strykers – dieser elende Dreckskerl! Er hätte ihn gewiss noch ganz anders zugerichtet, wenn er ihm zwischen die Finger geraten wäre! Aber es war Aladion gewesen, der Marian beschützt hatte, während er selbst zu dieser Zeit noch in seinem feuchten Gefängnis hockte, hilflos den Tücken der Windbräute und Gorians Willkür ausgeliefert. Statt dem Alten dankbar zu sein, empfand er jedoch nichts als Zorn und brennende Eifersucht. Wer weiß, ob der Alte Marians hilflose Lage nicht ausgenutzt hatte! Wie eilig er es gehabt hatte, ihm diese Neuigkeit auf die Nase zu binden, und wie höhnisch seine Erzählung klang!

Aladion saß als schwarzer Schatten zwischen einer blechernen Gießkanne und mehreren Stapeln irdener Blumentöpfe. Man hätte mit dem Stiel der Hacke gut zielen müssen und vermutlich wären dennoch einige der Töpfe zu Bruch gegangen. Was wiederum bei Mrs. Waterfield einen hysterischen Anfall ausgelöst hätte.

«Zur rechten Zeit am rechten Ort», gab Jonathan ironisch

zurück und wog die Axt in seinen Händen. «Nicht jeder hat solches Glück wie du, Aladion.»

Die Blumentöpfe knirschten, weil der Schatten sich neben ihnen ausdehnte.

«Er hat dir also meinen Namen verraten. Und was noch?»

Jonathan überlegte, ob es der Mühe wert war, mit diesem Burschen ein Gespräch zu führen, zumal er sich damit neuen Ärger einhandeln konnte. Aber zum Ersten war dieser Dezembermorgen nahezu wolkenlos, was es Gorians Boten erschwerte, sich dem Anwesen zu nähern. Und zum Zweiten bot sich die Gelegenheit, den Abtrünnigen ein wenig auszuhorchen.

«Was Gorian über dich erzählte? Nur Gutes», höhnte er und ging mit der Axt in der Hand aus dem Unterstand, um seine Arbeit zu beginnen. «Du warst einer seiner besten Krieger, Aladion. Ein gnadenloser Elbenjäger. Du kannst wirklich stolz auf deine Vergangenheit sein ...»

Der Hackklotz stand gleich neben dem Unterstand, auch das Brennholz war dort gestapelt. Jonathan spaltete ein paar Scheite und hielt dann inne. War er etwa schon davongeflogen?

«Hat er dir auch von dem Sonnenrad erzählt, auf das man mich geflochten hat?»

Der Abtrünnige musste durch ein Astloch aus dem Unterstand geschlüpft sein und verbarg sich jetzt im dichten immergrünen Laub des Efeus.

«Sonnenrad? Keine Ahnung ...»

«Ein großes Wagenrad, auf das der Delinquent gespannt und festgebunden wird. Es war auf drei Eisenstangen festgeschmiedet, die man tief in den Stein getrieben hatte. Weit oben auf dem Felsen, sodass die Sonne es gut erreichen konnte ...»

Jonathan stellte sich seelenruhig ein weiteres Scheit zurecht und schlug zu. Die Teile sprangen nach rechts und links, eines verschwand im Efeu, und er war genötigt, es dort herauszufischen. Aladions Geständnis hatte ihn wenig beeindruckt. Er hatte die Qual der Lichtfolter kennen gelernt – viel schlimmer konnte dieses Sonnenrad auch nicht gewesen sein.

«Man kam von dieser Art der Bestrafung ab, weil das Rad samt Delinquent eines Tages verschwunden war ...», hörte er den Alten leise murmeln.

«Die verfluchten Windbräute, wie?»

«Allerdings. Sie ließen mich teuer für meine Freiheit bezahlen. Seither ist sie mir kostbar, Darion.»

«Verstehe ...» Er sah zur Villa hinüber und entdeckte gerade rechtzeitig, dass Mrs. Waterfield an der Hintertür stand und ihr Blick auf ihm ruhte. Um seiner Rolle als ungeschickter Angestellter gerecht zu werden, ließ er das nächste Holzscheit zuerst einige Male vom Hackklotz fallen, bevor er es in die richtige Position stellte und zuschlug – natürlich daneben. Er hörte Aladion im Efeu leise vor sich hinlachen.

«Ist es wahr, dass du Marians Eltern getötet hast?»

Der Alte antwortete prompt, was nicht gerade von tiefer Reue zeugte.

«Eine meiner Heldentaten, gewiss. Trauerst du vielleicht gar um zwei Lichtelben? Mir scheint, auch du bist kein schlechter Elbenjäger gewesen, oder täusche ich mich da?»

«Du täuschst dich nicht ...»

Aladion hatte im Grunde vollkommen recht. Er war ein Nachtschatten, die Lichtelben waren ihre Feinde. Daran änderte sich auch nichts, weil er sich in eine von ihnen verliebt hatte.

«Willst du nicht wissen, weshalb man mich auf das Sonnenrad band?» Mrs. Waterfield hatte jetzt eine der Dienstmägde im Visier, die mit einem Eimer Kartoffelschalen zum Komposthaufen hinüberging. Man hörte die Wirtschafterin keifen, die Schalen wären fingerdick, ob sie ihre Herrschaft an den Bettelstab bringen wollte, indem sie gut die Hälfte der Kartoffeln auf den Kompost warf.

«Ich kann es mir denken», entgegnete Jonathan und stellte sich den Korb für die Holzscheite zurecht. «Du hast dich von Marians Mutter übertölpeln lassen und nicht gemerkt, dass da noch ein kleines Mädchen war.»

«Ich habe Marian sehr wohl gesehen», widersprach der Alte. «Aber ich habe sie nicht getötet. Ich konnte es nicht tun, weil sie sich unter eine Eiche geflüchtet hatte. Die Eichen in Maygarden sind mit einem Zauber belegt, der sie vor Nachtschatten beschützt.»

«So, so», meinte Jonathan misstrauisch. «Und weshalb hattest du dann nach Gorians Ansicht eine Strafe verdient? Schließlich war es nicht deine Schuld, dass die Eiche das Mädchen beschützte, oder?»

«Das nicht, nur hätte ich sie leicht noch erwischen können, bevor sie den Schutz erreichte ...»

Jonathan stieß ein grimmiges Lachen aus. Wollte der Alte ihm vielleicht weismachen, er hätte Marian damals absichtlich verschont? Aus welchem Grund wohl?

«Warum auch immer – ich habe das Meinige getan, Darion. Es ist nun an dir, sie vor Gorian zu bewahren.»

«Und weshalb sollte ich das tun?»

«Weil du sie liebst.»

Jonathan hätte jetzt gern mit der Axt in den unschuldigen Efeu geschlagen. Leider hätte er dem Schatten damit kaum schaden können, sich selbst jedoch Mrs. Waterfield gegenüber in nicht geringen Erklärungsnotstand gebracht. Also ließ er es sein.

«Hoho – nicht so, alter Mann!», gab er ärgerlich zurück. «Willst du mir vielleicht weismachen, es läge dir daran, mir zu einem Elbenliebchen zu verhelfen? Halte mich nicht für so dumm! Was ist mit dem Geheimnis der Elbenkönigin Eolin?»

«Ich sagte dir ja: Frag die Alten im Reich der Nachtschatten, sie können dir die Geschichte erzählen.»

«Ich will sie von dir hören!»

Es raschelte im Efeu, weil zwei kleine Mäuse dort herumturnten, und Jonathan fürchtete schon, der Schatten hätte sich feige davongeschlichen. Aber er war noch da, hatte sich nur ein wenig tiefer verkrochen, dorthin, wo das dunkelgrüne Laub grau und vertrocknet war und die Spinnen hausten.

«Eines solltest du auf keinen Fall tun, Darion», kam es aus der Tiefe des Gestrüpps. «Wenn dieses Ding, was er dir gegeben hat, tatsächlich zu glühen beginnt – melde es ihm nicht!»

Woher wusste er das, dieser neunmalkluge Alte? Er trug das kleine Fläschchen noch unter dem grauen Gewand der Nacht an einem Lederband um den Hals. Eine Phiole, kreisrund und abgeflacht, kaum größer als eine Walnuss und mit rotem Siegellack verschlossen. Darin befand sich eine durchsichtige Flüssigkeit. Gorian hatte ihm dieses seltsame Ding mit viel Geheimnistuerei um den Hals gehängt und den Auftrag erteilt, sofort Meldung zu machen, falls die Phiole zu vibrieren und zu leuchten begänne. Jeden Tag erkundigte der lästige Bote sich nach der Erfüllung dieses Auftrags – es tat sich jedoch nichts.

«Und weshalb sollte ich das deiner Meinung nach nicht tun?»

«Weil du Marian dann verlieren wirst, Dummkopf!»

Jonathan warf die letzten Scheite in den Korb und ging in den Unterstand zurück, um die Axt an ihren Platz zu stellen. Er konnte es sich jedoch nicht verkneifen, im Vorbeigehen einen kräftigen Faustschlag in den Efeu zu landen. Er hörte Aladion schnaufen und wusste, dass er gut getroffen hatte.

«Steck dir deine schlauen Ratschläge doch an den Kirchturm, Abtrünniger!» Nichts hatte er erfahren! Nur eine Vermutung hatte sich bestätigt, aber dazu hätte er Aladion nicht gebraucht. Diese Phiole fungierte als eine Art Anzeiger, sie würde glühen, sobald Marian die richtige Melodie sang.

Kapitel 15

Was für eine Nacht! Es war so kalt geworden, dass Marian am Morgen nicht einmal wagte, sich im Bett auszustrecken, sondern wie ein Embryo zusammengekauert unter der Decke liegen blieb. Wieso war sie eigentlich schon aufgewacht? Es musste noch sehr früh sein. Das übliche Morgengeklapper in der Küche hatte noch nicht eingesetzt, und sie nahm auch noch nicht den stechenden Geruch wahr, der entstand, wenn die Öfen angeheizt wurden.

Sie seufzte wohlig, kuschelte sich ein wenig enger zusammen und wollte noch einmal in das sanfte Reich des Schlafs abtauchen, da hörte sie ein leises Kratzen an ihrem Fenster.

Ein Zweig? Oder vielleicht irgendein Tier? Draußen war es noch stockdunkel, und sie war zu schläfrig, um aus dem warmen Bett zu steigen und nachzusehen. Doch jetzt schien es fast, als klopfte jemand an ihre Fensterscheibe. Es konnte allerdings auch sein, dass sie schon träumte, denn sie war kurz davor, in den süßen Strom des Unbewussten zu gleiten, um mit ihm davonzureisen.

Irgendjemand wird sich einen dummen Scherz mit mir machen, fuhr es ihr durch den Sinn. *Aber da hat er Pech gehabt – die Fenster meines Zimmers sind zugenagelt. Selbst wenn ich wollte, könnte ich sie gar nicht öffnen.*

Der Fluss nahm sie auf, wiegte sie sachte auf den Wellen des Schlummers, und von seinem Grund stiegen zahllose verlockende Bilder empor. Marian wusste recht gut, wie gefährlich diese Bilder waren, ganz besonders am frühen Morgen besaßen sie eine fast magische Kraft, der man sich nur schwer entziehen konnte. Scheinbar harmlos gaukelten sie ihr zarte Eisblumen vor, solche, die sie gestern Früh an ihren Fensterscheiben gesehen hatte. Schlanke ineinander versponnene Pflanzenstängel und vielblättrigen Blüten wuchsen im rauchigen Eisbelag der Scheibe, wogten hin und her, als bewegte sie ein leichter Wind, begannen, auseinanderzufließen, wurden zu einem Nebelgewölk, einem grauen Dunstgebilde ... Es war zu spät, sich noch dagegenzustemmen, die Traumfalle schnappte zu, an ein Entkommen war nicht mehr zu denken.

Seine Augen hatten die Farbe einer herabsinkenden Sommernacht, sie waren weit geöffnet und schimmerten wie Samt. Bleich wie das Mondlicht schimmerte seine Haut, aber sein Mund war dunkelrot und die Lippen schön geschwungen. Er lächelte sie an. Ja, er blickte ihr in die Augen, wich nicht mehr aus, sondern drang mit dunkelblauer Kühle in sie ein.

«Willst du, dass ich dich beschütze, Marian?»

Nichts auf der Welt wünschte sie sich sehnlicher, als von ihm beschützt zu werden. Er stand vor ihr, ein hochgewachsener Krieger im schimmernden Kettenhemd, das Schwert an der Seite ...

«Ja, Darion. Kein anderer soll es jemals tun! Nur dir will ich mich anvertrauen ...»

Sogar mitten in ihrem süßen Traum spürte sie, dass es jetzt hochgradig gefährlich wurde und sie besser aufwachen sollte. Doch dazu hätte sie sich energisch in den Arm zwicken müssen, und irgendwie konnte sie nicht die richtige Stelle finden, auf jeden Fall klappte es nicht. Stattdessen sah sie den hohen dunklen Schatten auf sich zukommen, spürte den Sog seiner kühlen Augen, der dunkelroten Lippen und gab allen Widerstand auf.

«Wenn ich dein Vertrauter bin, Marian», hörte sie seine weiche Stimme, «dann will ich, dass du dich mir ganz und gar hingibst.»

Er neigte sich über sie, und ihr Herz schlug Trommelwirbel, als sie glaubte, seine Lippen auf ihrer Haut zu spüren. Sie berührten ihre Wangen, küssten zärtlich ihr Kinn, und statt ihren Mund zu suchen, krochen sie ihren Hals hinab. Oh Gott – was würde er nun tun? Würde er ihr das Nachthemd öffnen und wieder jene Stellen berühren, die er damals mit frechem Mund geküsst hatte? Die heißen Spitzen ihrer Brüste reckten sich ihm entgegen, doch er verschmähte sie, schob den Stoff des Nachthemds weiter hinunter, suchte sich den Weg zu ihrem Bauchnabel, und sie erzitterte, als seine Zunge sich spielerisch in die kleine Grube bohrte. Sie hielt sich dort nur eine Weile auf, dann glitten seine warmen feuchten Lippen tiefer, erreichten den Hügel ihrer Lüste und machten sich daran, eine Stelle zu liebkosen, für die es eigentlich keinen Namen gab. Jedenfalls kannte ein anständiges Mädchen kein Wort für diesen weichen hochempfindlichen Spalt und schon gar nicht für die süßen Geheimnisse, die darin verborgen waren.

«Nein ...», hörte sie sich flüstern. «Nein ...»

Selten hatte ein «Nein» so sehnsuchtsvoll und begehrlich geklungen, und sogar im Traum begriff Marian, dass es eigentlich ein «Ja» bedeutete. War das seine Zunge, die sie jetzt dort spürte? Das konnte nicht sein, es war gar zu unanständig! Und doch zugleich wundervoll, streng verboten, ganz und gar lasterhaft, unendlich süß, im höchsten Grade sündig ...

Ein hartes, dumpfes Geräusch riss sie aus dem Traum und brachte sie mit einem Schlag wieder in ihr eisig kaltes Zimmer zurück. Jemand klopfte an die Tür.

«Der Tee, Miss Lethaby!»

Es war eines der beiden Dienstmädchen, das den Auftrag hatte, allen Hausbewohnern am frühen Morgen eine Tasse Tee zu bringen. Sosehr Marian das arme Geschöpf bemitleidete, das bei dieser Kälte überall herumlaufen musste und sich mürrische Antworten einhandelte – in diesem Augenblick hätte sie das Mädchen gern erdolcht.

«Danke, Mary!», erwiderte sie stattdessen, um einen freundlichen Ton bemüht.

Es gelang ihr nur teilweise, aber Mary hörte es sowieso nicht mehr. Sie hatte die Tasse auf die kleine Flurkommode gestellt und war mit ihrem Tablett schon zu Lillian und Elisabeth unterwegs, um sie ebenfalls mit einem wärmenden Morgentrunk zu versorgen. Marian blinzelte zum Fenster hinüber, wo jetzt ein matter Lichtschein zwischen den Gardinen hindurch ins Zimmer drang. Es war gewiss schon nach acht Uhr, im Pensionat saßen die Mädchen um diese Zeit längst in den Schulklassen.

Geschieht mir recht, dass ich jetzt in die Kälte hinausmuss!, dachte sie, während sie sich aus der Decke schälte. Sie schämte sich für den lasterhaften Traum, den sie wieder einmal zugelassen hatte, statt sich ihm mit aller Entschiedenheit zu verweigern. Es war doppelt schlimm, weil sie nicht nur fürchterlich schamlose Dinge geträumt und sogar für schön befunden hatte – sie hatte auch noch den ungetreuen Darion im Traum gesehen. Ihren Beschützer! Von wegen! Ein hohler Schwätzer, das war er.

Um sich selbst zu bestrafen, lief sie auf nackten Sohlen über die kalten Holzdielen und trat dabei aus Versehen auf eines der Bücher, die sie gestern gegen die Wand geworfen hatte. Sie jammerte, weil sie genau auf die Buchkante getreten war, dafür überdeckte der kleine Schmerz das Frösteln in der eisigen Morgenkälte. Mit der dampfenden Teetasse in der Hand stieg sie wieder in ihr Bett, zog bibbernd die Decke an sich und schlürfte das heiße aromatische Gebräu.

Langsam breitete sich wohlige Wärme in Marians Gliedern aus, sogar in den kalten Füßen spürte sie ein anregendes Prickeln. Es war schon großartig, was eine simple Tasse Tee ausrichten konnte! Auch ihre Stimmung besserte sich. Eigentlich war es sehr angenehm, dass man hier in Serenos Villa nicht gar so früh aus den Federn steigen musste. Vor allem der Professor selbst war kein Morgenmensch. Er hatte ihnen mehrfach erläutert, dass die frühen Tagesstunden dem Sänger eher abträglich wären, die Stimme wäre noch nicht wach, die Stimmbänder schlecht durchblutet, und dazu käme noch der lästige Morgenschleim. Diesen dürfte man auf keinen Fall abhusten oder gar durch eifriges Räuspern vertreiben wollen, das schadete der Stimme und führte zu chronischer Heiserkeit. Man müsste warme Getränke zu sich nehmen, nichts Bröseliges essen, auch beileibe nichts Scharfes und geduldig warten, bis die Stimme von selbst klar wurde.

Marian trank die Neige aus ihrer Tasse und stellte das gute Stück vorsichtig auf dem Nachttisch ab. Sie war immer noch ärgerlich auf Sereno und fand, dass der Professor doch in manchen Dingen sehr seltsam war. Weshalb in aller Welt ließ er sie nicht auftreten? Und wieso musste sie ständig diese alten Melodien singen? Sie waren eintönig und langweilig – aber Sereno beharrte darauf, dass sie jede Einzelne von den Noten absang und dazu improvisierte. Zu Anfang hatte er sie immer wieder gefragt, was sie vor Augen hatte, wenn sie diese Melodien erfand. Ob sie vielleicht eine Landschaft sähe? Hügel, Wälder, vielleicht einen See? Oder zerklüftete Berge, Felsen, brausende Wasserfälle? Einen Fluss, der durch ein liebliches Tal seinen Weg nähme ...

Aber sie hatte nichts dergleichen gesehen. Nur Farben, die manchmal einzelnen Tönen, dann wieder ganzen Tonfolgen zugeordnet waren, aber diese Nachricht schien den Professor zu enttäuschen, und er hatte seine Fragerei später eingestellt.

Es wäre wirklich nett, dachte Marian, *wenn er auch bald aufhören würde, mir seine dummen Lieder aufzudrängen! Soll er sie doch selbst singen!*

Jetzt waren Schritte im Flur zu hören: Lillian stieg mit Elisabeth die Treppe hinab, um unten das Frühstück einzunehmen. Natürlich tuschelten die beiden wieder miteinander, und da Marian über ein feines Gehör verfügte, verstand sie einige Sätze.

«Durch den ganzen Garten – bis zu ihrem Fenster! Man sieht jeden einzelnen Fußtritt.»

«Tja – stille Wasser sind tief, meine Liebe.»

«Dass sie es so schamlos treibt, hätte ich wirklich nicht gedacht ...»

Marian hatte eigentlich gar nicht zuhören wollen, aber entgegen ihrem Willen packte sie jetzt die Neugier. Durch den Garten? Jeden einzelnen Fußtritt? Sie sprang von ihrem Lager und zog die Vorhänge vom Fenster zurück. Auch in dieser Nacht waren Eisblumen an den Scheiben gewachsen, wunderschöne zarte Gebilde aus unzähligen winzigen Kristallen zusammengesetzt, ein kostbares Brokatmuster, das der Winter geschaffen hatte. Es war schade, aber sie musste ein Guckloch hineinhauchen, sonst hätte sie nicht in den Garten schauen können.

Es hatte geschneit! Flaumiger Schnee bedeckte die Mauer wie ein Kissen, lag hell auf den kahlen Ästen, und drüben auf dem alten Schuppen war der grüne Efeu von weißen Flöckchen bestreut. Du liebe Güte – es war das erste Mal, dass sie in London Schnee zu sehen bekam! Daheim in Maygarden hatte es jeden Winter geschneit, und sie war als Kind auf dem Hügel unter den alten Eichen Schlitten gefahren.

Sie hauchte noch einmal, da das Guckloch schon wieder zufrieren wollte, und plötzlich entdeckte sie die Spuren. Es waren Abdrücke von groben Männerstiefeln, breit und flach, am Absatz hin und wieder verwischt, als hätte die Person den Fuß zuerst vorsichtig vorgeschoben und dann erst aufgesetzt. Die Spur begann – soweit sie es von hier aus sehen konnte – irgendwo hinten bei der Ummauerung und führte zwischen den Bäumen hindurch direkt unter ihr Fenster, das sich im ersten Stock befand. Was der Unbekannte dort an Abdrücken hinterlassen hatte, konnte sie nicht sehen, sie hätte das Fenster dazu öffnen und sich hinausbeugen müssen. Doch es war recht gut zu erkennen, dass er offensichtlich unverrichteter Dinge wieder davongegangen war. Seine Spur führte quer durch den Garten am Schuppen vorbei und verlor sich zwischen den kahlen Büschen.

Das seltsame Geräusch am frühen Morgen! Hatte jemand versucht, in ihr Zimmer einzudringen?

Dann hätte er wohl eine Leiter mitbringen müssen, dachte Marian belustigt. *Nein, es wird Jonathan Mills gewesen sein, der heute schon in aller Frühe im Garten herumgelaufen ist, um Brennholz zu holen. Ungeschickt, wie er ist, musste er ausgerechnet unter meinem Fenster stehen bleiben und mich in Verruf bringen. Nun haben diese Schwatzdrosseln wieder einen Anlass, um über mich herzuziehen. Als ob es ihnen daran gefehlt hätte!*

Während sie sich ankleidete, fiel ihr wieder ein, dass Elisabeth und Lillian in St. Jacob auftreten würden, während sie selbst ganz offensichtlich noch zu schlecht sang, um sich öffentlich hören zu lassen. Ärgerlich hob sie das Buch vom Fußboden auf, an dem sie sich den bloßen Fuß gestoßen hatte, betrachtete den leicht geknickten Einband und legte es auf den Tisch. Dort fiel ihr Strykers Brief ins Auge, den sie voller Widerwillen von sich geworfen hatte, ohne ihn zu öffnen. Gewiss, der arme Mr. Strykers war halb gelähmt und hilflos, dennoch konnte sie kein Mitleid für ihn empfinden. Im Gegenteil – alles, was diesen Menschen betraf, war ihr entsetzlich widerwärtig. Sie konnte es kaum ertragen, dass jemand seinen Namen aussprach, und die Briefe, mit denen er sie ständig belästigte, mochte sie nicht einmal anfassen. Wie jämmerlich! Jetzt, nachdem seine boshaften Pläne fehlgeschlagen waren, bettelte und drohte er in jedem Brief, sie dürfte auf keinen Fall darüber reden, was sich im Hause seiner Tante zugetragen hätte. Es wäre alles nur ein Missverständnis gewesen, in ihrer Unerfahrenheit hätte sie die Lage gewiss völlig falsch eingeschätzt, denn er, ihr Vormund, hätte stets nur ihr Bestes im Sinn gehabt. Dabei war es Marian sowieso nicht möglich, über seinen hinterhältigen Überfall zu sprechen. Zum einen war es viel zu peinlich, und zum anderen gab es niemanden, dem sie sich hätte anvertrauen können.

Sie überlegte, ob sie diesen Brief nicht besser ungeöffnet in den Kamin werfen sollte, tat es aber doch nicht. Ihr Zimmer besaß keinen Kamin, es wurde durch den Schlot beheizt, der von der Küche nach oben stieg. Sie hätte das Schreiben in den großen Unterrichtsraum mitnehmen müssen, wo ein kräftiges Kaminfeuer loderte, und natürlich hätten Elisabeth und Lillian sie mit harmloser Miene gefragt, ob sie vielleicht gar die Briefe ihres Liebhabers den Flammen übergäbe.

Als sie die Treppe hinablief und den Weg zur Küche einschlug, um sich noch rasch mit einem Frühstück zu versorgen, kam ihr Jonathan Mills entgegen. Er sah ziemlich verfroren aus, der arme Kerl, das Gesicht war gerötet, und in seinem Haar, das büschelweise vom Kopf abstand, entdeckte sie tauende Schneereste. Er musste schon wieder draußen herumgelaufen sein.

«Guten Morgen, Mr. Mills. So früh schon im Garten gewesen?»

Er blieb vor ihr stehen und fuhr sich verlegen durchs Haar. Als er den feuchten Schnee bemerkte, wurde er noch verlegener und wischte sich die nasse Hand an der Jacke ab.

«Einen schönen guten Morgen, Miss Marian. Ja, ich ... ich habe Schnee gefegt und natürlich Brennholz herbeigetragen. Wenn Sie noch frühstücken wollen, müssen Sie sich beeilen. Ich glaube, Mr. Sereno ist schon in den großen Erkerraum gegangen ...»

Tatsächlich waren schon ein paar Akkorde auf dem Flügel zu vernehmen, es war ganz sicher Sereno, der dort spielte, das konnte Marian hören.

«Soll ich Ihnen einen Imbiss zusammenstellen und hinüberbringen?», bot er sich dienstfertig an. «Es macht mir keine Mühe ...»

«Danke, aber ich komme schon so zurecht. Sagen sie mal, Mr. Mills, könnte es sein, dass Sie heute Früh unter meinem Fenster gestanden haben?»

Er starrte sie erschrocken an, und sie las in seinem Gesicht, dass sie ihn ertappt hatte. Nein, nein, beruhigte sie ihn. Sie wäre nicht böse. Sie hätte sich nur gewundert, als sie die Spuren sah.

«Haben Sie vielleicht gar Schneebälle gegen meine Fensterscheibe geworfen?»

«Schneebälle?»

«Oder kleine Steinchen? Ich hörte so seltsame Geräusche.»

Merkwürdig war, dass er jetzt die Augen zusammenkniff und weniger ertappt als vielmehr besorgt wirkte. Überhaupt hatte er sich wieder ein wenig verändert: Die Nase war zwar immer noch kräftig, aber nicht mehr ganz so übermächtig wie zuvor. Und dann schien die Farbe seiner Augen dunkler, was natürlich an dem dämmrigen Flur liegen konnte.

«Es ist wohl besser, wenn ich es zugebe», meinte er und grinste wie ein Schuljunge. «Ja, ich habe ein paar Schneebälle geformt und sie gegen die Mauer geworfen. Es war einfach zu verführerisch – wann haben wir hier in London schon richtigen Schnee?»

«Du liebe Güte!», rief Marian kopfschüttelnd aus. «Machen Sie das aber bitte in Zukunft nicht mehr vor meinem Fenster! Heute Früh haben meine Mitschülerinnen Ihre Spuren gesehen und allerlei dummes Zeug über uns beide erzählt.»

Sofort verkörperte er das personifizierte Schuldbewusstsein. Um Himmels willen! Das hätte er nicht gewollt. Wie er nur so unbedacht hätte handeln können! Aber er wäre bereit, zu seinem Fehler zu stehen, auf keinen Fall könnte er dulden, dass

Miss Marians guter Ruf durch seine Schuld zu Schaden käme.

«Ich werde Ihren Mitschülerinnen erzählen, wie die Spuren zustande kamen ...»

«Das lassen Sie schön bleiben!», wiegelte sie ab. «Je weniger über diese dumme Geschichte gesprochen wird, desto schneller ist sie vergessen. Ich sagte es ja auch nur, damit Sie sich in Zukunft besser in Acht nehmen ...»

«Es tut mir unglaublich leid, Miss Marian! Ich bin solch ein ungeschickter Tölpel ...»

Wie bezaubernd er doch sein konnte, wenn er sie halb schuldbewusst, halb belustigt anblinzelte! Man konnte diesem Burschen einfach nicht böse sein, zumal er wohl tatsächlich in sie verliebt war.

«Aber nein, Mr. Mills, das sind Sie nicht! Ich kann sie ja gut verstehen. Ich habe früher in Maygarden auch gern mit Schneebällen geworfen ...»

Sie lächelte ihm aufmunternd zu und lief dann schnell an ihm vorbei, um wenigstens noch ein Butterbrot und eine Tasse Tee in der Küche zu ergattern. Als sie wenig später bei Mrs. Waterfield am Küchentisch saß und mit vollen Backen kaute, fiel ihr ein, dass es doch zu der Zeit, als sie die Geräusche an ihrem Fenster hörte, noch vollkommen dunkel gewesen war. Hatte Mills etwa im Dusteren mit Schneebällen geworfen? Irgendetwas stimmte da nicht ...

Am Nachmittag war Marian wieder zum Einzelunterricht bei Sereno bestellt und betrat den Übungsraum mit einer ungeheuren Wut im Bauch. Der Professor war am Morgen vor versammelter Schülerschaft zum ersten Mal recht unfreundlich mit ihr umgegangen, was vor allem ihre Mitschülerinnen mit großer Befriedigung zur Kenntnis genommen hatten. Endlich bekam auch die kleine Marian einmal zu hören, dass sie noch keine fertige Primadonna war, wie sie wohl bisher geglaubt hatte! Das liebe Engelchen war ja bisher erstaunlich gut weggekommen, heute aber hagelte es Kritik.

«Wie stehst du denn da? Wie eine Putzfrau, die ihren Schrubber verloren hat! Der Sänger muss die Füße im Boden verankern, dort befindet sich die Basis, der Grund, auf der die Stimme ruht ...»

Nichts hatte sie ihm recht machen können. Kaum sang sie einen Ton, da fing er schon an, zu nörgeln. Wo die Stütze wäre? Sie hätte ein Zwerchfell und sollte es gefälligst einsetzen! Der Klang hätte keine Substanz, pendle hin und her ... Und das Kinn wäre nicht locker ...

Marian hatte all ihre Energie aufwenden müssen, um die halbe Stunde durchzustehen, in der er sie vor ihren Mitschülern vorführte. Mehrfach war sie versucht gewesen, ihm die Noten vor die Füße zu werfen und wutentbrannt aus dem Übungsraum zu laufen. Doch sie hielt durch – ein solch lächerliches Schauspiel wollte sie den hämisch grinsenden oder mitleidig dreinblickenden Zuschauern nicht bieten.

Jetzt aber, da sie im Einzelunterricht mit ihm allein war, würde sie andere Saiten aufziehen. Wenn er glaubte, sie würde ihm aus der Hand fressen, wie es all die anderen Schüler taten, dann irrte er sich!

Während sie zum Flügel hinüberging und sich in Position stellte, lastete sein Blick schwer auf ihr. War das Zorn oder Angst in seinen übergroßen braunen Augen? Oder war es tiefe Enttäuschung, die schmerzliche Erkenntnis, dass eine große Hoffnung sich nicht erfüllen wollte? Wie auch immer – dieser Blick ging ihr auf die Nerven.

«Marian Lethaby!», empfing er sie, bevor sie auch nur ein einziges Wort sagen konnte. «Ich bin fest entschlossen, eine große Sängerin aus dir zu machen, denn du hast das Zeug dazu!»

Sie öffnete den Mund, um einzuwenden, dass er ihr heute ganz im Gegenteil das Gefühl gegeben hätte, eine völlige Versagerin zu sein. Doch er schlug zwei Akkorde auf dem Flügel an und redete dann einfach weiter.

«Ja, so ist es, Marian. Ich habe schon viele große Talente ausgebildet. Aus meiner Schule sind Künstler hervorgegangen, die auf allen Bühnen Europas stehen und ihr Publikum begeistern. Aber noch nie in meiner ganzen Laufbahn habe ich eine Stimme erlebt, die der deinen gleicht.»

Sie war verblüfft und natürlich auch geschmeichelt. Ja, sie hatte immer das Gefühl gehabt, den anderen überlegen zu sein, die Probleme, mit denen die übrigen Schüler zu kämpfen hatten, gar nicht zu kennen. Eine Ausnahmestimme. Eine Weltkarriere. Ach, das war es doch, wovon sie alle träumten – und auch sie! Obgleich sie immer erzählt hatte, es genügte ihr, nur für sich selbst zu musizieren.

Obwohl sie vor Glück hätte jubeln mögen, fiel Marian auf, dass Sereno sie scharf beobachtete, und ein Instinkt sagte ihr jetzt, dass sie auf der Hut sein musste. Hatte er dieses Lob nur ausgesprochen, weil eine Absicht dahintersteckte? Aber weshalb hätte er sie anlügen sollen?

«Ein solch ungewöhnliches Talent, Marian, braucht Ruhe und Zeit, um sich zu seiner schönsten Blüte zu entfalten. Vor allem aber ist absolutes Vertrauen vonnöten. Es darf nichts geben, das zwischen Lehrer und Schülerin steht, nur so ist es möglich, das beste Ergebnis zu erzielen ...»

Was wollte er eigentlich von ihr? Jetzt spielte er wieder irgendwelche Arpeggien auf dem Klavier, lauschte der Musik, als hätte er sie noch nie zuvor gehört, und betrachtete Marian mit einem Gesichtsausdruck, der zwischen Enttäuschung und Vorwurf schwankte.

«Du solltest vorsichtig sein, Marian. Es gibt vielleicht Menschen, die dieses Vertrauen zwischen uns beiden untergraben wollen. Die dich sogar von hier fortbringen möchten. Solchen

Leuten solltest du – im Interesse deiner Zukunft – auf keinen Fall vertrauen und auch keinen Kontakt zu ihnen halten ...»

«Ehrlich gesagt – ich verstehe kein Wort, Mr. Sereno!», platzte Marian dazwischen. «Es gibt niemanden, der mich von hier fortbringen wollte. Nicht einmal Mr. Strykers kommt auf solch eine Idee.»

«Dann ist es gut, Marian. Ich hatte schon befürchtet, du wolltest heute Nacht davonlaufen ...»

«Ich?! Davonlaufen?» Er hörte wohl heraus, dass ihre Verblüffung ehrlich und nicht gespielt war, und seine Miene hellte sich auf. Jetzt auf einmal war er wie umgewandelt und begann sogar, über seine eigenen Worte zu lachen, als hätte er einen guten Scherz gemacht. Marian lächelte nur schwach – wie kam er denn nur zu dieser Annahme? Hatte das vielleicht gar mit den Spuren im Schnee zu tun?

«Nun – reden wir nicht mehr davon! Ich habe hier einige sehr hübsche Melodien, die du mir vorsingen sollst ...»

Sie wartete gar nicht erst ab, bis er seine hässliche alte Mappe herbeigeschleppt hatte. Energisch schüttelte sie den Kopf.

«Nein, Mr. Sereno!»

Ihre Entschiedenheit war neu für ihn. Zuerst versuchte er, sie zu ignorieren, lächelte kopfschüttelnd und blätterte dabei in den Noten herum. Als sie das ausgewählte Notenblatt, das er vor sie auf den Flügel legte, jedoch mit der Hand zurückschob, begriff er, dass sie es ernst meinte.

«Was soll das heißen, Marian? Diese alten Melodien sind sehr wichtig für die Ausbildung deiner musikalischen Fähigkeiten ...»

«Sie wissen genau, dass das nicht wahr ist, Mr. Sereno!»

Die Hand, mit der er die Notenmappe hielt, begann, zu zittern. Sie hatte richtig geraten – das Singen der alten Weisen und das Improvisieren gehörten gar nicht zur Ausbildung. Es war einfach eine Manie von ihm. Wahrscheinlich war er total begeistert, eine Schülerin gefunden zu haben, die improvisieren konnte.

«Wenn es auch nicht unbedingt notwendig ist», begann er unsicher, «so stellt es doch eine sehr gute Übung für dich dar ...»

Jetzt hatte Marian ihn endlich dort, wo sie ihn haben wollte! Und es war viel leichter gegangen, als sie gedacht hatte. Sie brauchte nur noch ihre Bedingungen zu stellen.

«Ich habe ja gar nichts dagegen, diese Melodien zu singen, Mr. Sereno. Ich möchte nur höflich behandelt werden ...»

«Ich war heute Früh ein wenig nervös, das gebe ich zu. Aber du weißt ja, Marian, dass dies nicht die Regel zwischen uns beiden ist ...»

Wie klein er jetzt war! Welche Angst er hatte, sie könnte sich weigern, seine alten Lieder zu singen! Marian war angesichts der Macht, die sie plötzlich ausübte, selbst verblüfft.

«Und noch etwas, Mr. Sereno», fuhr sie fort. «Ich möchte auftreten – vor Publikum singen. Schließlich muss ich mich daran gewöhnen, wenn ich die Laufbahn einer Sängerin einschlagen will.»

Es schien ihm sehr schwerzufallen, ihr in diesem Punkt entgegenzukommen, denn er machte ein Gesicht, als müsste er einen schleimigen Frosch schlucken. Vorsichtig wandte er ein, dass sich ein solch großes Talent wie das ihre besser in der Zurückgezogenheit bildete, doch ihm wurde rasch klar, dass er unglaubwürdig klang. Schließlich hatte er bisher immer das Gegenteil gepredigt.

«Also schön! Ende Januar kann ich einen kleinen Auftritt im Haus einer guten Bekannten arrangieren ...»

Das Angebot war ziemlich vage und gefiel Marian keineswegs. Womöglich handelte es sich nur um ein Nähkränzchen oder eine interne Wohltätigkeitsveranstaltung, zu der einige Freundinnen der Dame erschienen, um gemeinsam zu häkeln und zu schwatzen. Glaubte er vielleicht, sie ließe sich mit so etwas abspeisen?

«Ende Januar? Das ist viel zu lange hin! Ich will beim Hauskonzert singen.»

«Auf keinen Fall!»

Er wand sich, sie konnte ihm ansehen, wie schwer es ihm fiel, sich einem fremden Willen zu beugen. Aber er gab nach – die Sorge, sie könnte sich fortan weigern, seine alten Melodien zu singen, schien stärker zu sein als alle Bedenken.

«Eine Arie und ein Lied», forderte Marian unbarmherzig. «Und ein Duett, außerdem ...»

«Was noch?!», fuhr Sereno sie wütend an. «Willst du den Abend vielleicht ganz allein bestreiten? Nimmst du immer die ganze Hand, wenn man dir einen Finger reicht, Marian Lethaby?»

«Eine Arie und ein Duett!», entschied sie ungerührt.

«Es sei!», knurrte er geschlagen.

Gleich darauf hatte er ihr eine seiner langweiligen Melodien vor die Nase gelegt, und sie mühte sich ab, den wenigen Tönen etwas Schönheit und Eleganz abzugewinnen. Es gelang nur schlecht, aber immerhin hatte sie ihren Teil der Abmachung ehrlich erfüllt. Sereno war nach der Übungsstunde so erschöpft, dass er sich ein Glas Wasser aus der Karaffe einschenken musste.

Juliette, die im Vorzimmer wartete, machte große Augen, als Marian ihr im Überschwang ihres Triumphes um den Hals fiel.

«He – darfst du etwa auftreten?!»

«Beim Hauskonzert. Zwei Tage vor Heiligabend!», jubelte sie. «Und ich darf mir die Arie sogar aussuchen. Magst du mit mir ein Duett singen, Julie?»

«Na und ob! Weißt du, dass der bekannte Impresario Samuel Meller zum Weihnachtskonzert kommt? Er ist immer auf der Suche nach jungen Talenten ...»

«Oh Julie – wir beide werden bald auf allen großen Bühnen Europas singen! Marian und Juliette, das unwiderstehliche Duo ...»

Die beiden Mädchen fielen sich in die Arme und tanzten eine übermütige Runde durch das kleine Vorzimmer, ein Tischlein geriet ins Wanken, der runde Teppich verrutschte ...

«Ach, Marian!», kicherte Juliette. «Habe ich dir nicht gesagt, dass er launisch ist? Heute so, morgen so, übermorgen ...»

Ihr heiterer Rundtanz wurde jäh unterbrochen, weil Sereno ganz gegen seine Gewohnheit die beiden Flügeltüren aufriss und Juliette wütend anzischte.

«Kein Unterricht heute! Einer Verrückten bringe ich nicht das Singen bei!»

Betroffen waren die beiden stehen geblieben. Als der Professor die Türen nach diesem Zornesausbruch gleich wieder zuschlug, zuckten sie zusammen.

«Das tut mir sehr leid, Juliette ...», murmelte Marian kleinlaut.

«Ach was!», meinte Juliette und zuckte mit den Schultern. Doch man sah ihr die Betroffenheit an. «Heute ist er wirklich unausstehlich. Es muss am Schnee liegen.»

Marian begleitete Juliette durch die Halle zum Ausgang, um sie dort zu verabschieden. Juliette wohnte nur wenige Straßen weiter bei einer Tante – einer «alten Zicke», die die junge Nichte sorgsam bewachte und den Eltern für Kost und Logis nicht wenig Geld abnahm.

«Wir singen unser Duett – verlass dich drauf!», beharrte Marian siegesgewiss.

Ein Weilchen stand sie an der Haustür und sah Juliette nach, die – gefolgt von Jonathan Mills – den Gartenweg zum Gittertor entlanglief. Bis auf wenige Reste hatte sich der Schnee während des Tages zu einer durchscheinenden grauen Masse gewandelt.

Auf der Wiese war er gänzlich getaut und in der Erde versickert. Auch die Fußspur, die noch heute Früh für so viel Aufregung gesorgt hatte, war verschwunden. Marian fiel auf, wie geschickt Jonathan sich trotz der unförmigen Schuhe bewegte. Er übersprang die breiten Pfützen, ohne auszugleiten oder zu stolpern, überholte Juliette mühelos und war rechtzeitig zur Stelle, um ihr das Gittertor aufzuschließen.

In ihrem Zimmer musste Marian die Gaslampe anzünden, die Dämmerung brach um diese Jahreszeit früh herein. Eigentlich hätte sie sich über ihren Erfolg freuen können, sie hatte erreicht, was sie immer gewollt hatte: Sie durfte öffentlich singen. Trotzdem verspürte sie ein banges Gefühl, das sich verstärkte, als ihr Blick wieder auf Strykers' Brief fiel.

Aufmachen und lesen? Oder gleich fortwerfen? Sie war zu neugierig und riss den Umschlag auf, zerrte das zusammengefaltete Blatt heraus und stellte überrascht fest, dass sich zwei Briefe im Umschlag befanden. Der eine stammte ohne Zweifel aus Mr. Strykers' Feder. Sie erkannte seine kleine emsige Schrift und die üblichen Phrasen, die sie längst auswendig kannte. Der zweite Brief war auf grobem Papier geschrieben, die Tinte zerfloss sogar an einigen Stellen. Dafür hatte der Verfasser eine ganz ungewöhnlich schöne, fein geschwungene Handschrift.

An Marian, Lavinias Tochter,

lange haben wir gezögert, waren zu feige, allzu sehr um uns selbst besorgt, um unsere Pflicht zu tun. Nun aber wissen wir, welch große Aufgabe wir erfüllen müssen. Das Mädchen aus dem Hause der Königin ist geboren, das Zeichen der Sonne kam in die Welt. Der silberne Fluss wird ihm folgen, und auch das letzte, größte Wunder wird sich vollziehen. Das Spiel der Töne wird den Fels zum Bersten bringen, und wenn dies geschehen ist, kann das Reich der Lichtelben neu erstehen.

Du, Marian, Lavinias Tochter, darfst in diesem Haus nicht bleiben, denn hier lauern die Schatten, um dich in Besitz zu nehmen. Öffne uns dein Fenster heute Nacht, damit wir dich von hier an einen sicheren Ort bringen können! Denn dies ist unsere Aufgabe: die neue Königin zu schützen, bis der Tag gekommen ist, auf den die Kinder des Lichts, die heimatlos auf der Erde zerstreut leben müssen, schon so lange Zeit hoffen.

Marian las die Zeilen mit großer Verwunderung, denn sie konnte sich keinen Reim darauf machen. Was für ein verrücktes Zeug! Auch die Unterschrift war rätselhaft. Sie bestand aus mehreren übereinanderliegenden Worten, und obgleich sie das Schreiben näher an die Lampe hielt, war die Schrift kaum zu entziffern.

Erin ... Egrin ... Eireen. Darüber waren andere Namen geschrieben: Crinstle, Creekle, Christle ... Crincle.

Der Gedanke, dass Mr. Crincle, der schweigsame Gärtner mit den breiten Händen, oder gar seine Frau diese seltsamen Zeilen verfasst haben könnte, erheiterte Marian. Nein – die beiden waren es ganz gewiss nicht gewesen, zumal sie sich nicht völlig sicher war, ob Mr. Crincle überhaupt des Schreibens kundig war.

Ein dummer Scherz ihrer Mitschülerinnen? Hatte man sie vielleicht gar dazu verführen wollten, heute Nacht aus dem Fenster zu steigen? Um sich dann über sie lustig zu machen? Hatte Jonathan Mills nur so harmlos getan, während er in Wirklichkeit mit Lillian und Elisabeth im Bunde war? Ach nein, das mochte sie nicht glauben!

Sie las den merkwürdigen Brief noch einmal. Wer immer das geschrieben hatte, er kannte den Namen ihrer Mutter. Falls es sich tatsächlich um einen Scherz handelte, dann fand sie es nicht gerade geschmackvoll, ihre verstorbene Mutter hineinzuziehen.

Kapitel 16

«Du willst uns also nicht begleiten?», fragte Elisabeth spitz. «Ach, wie schade!»

Die beiden Mitschülerinnen standen fertig angekleidet in der Halle. Lillian trug eine lederne Mappe unter dem Arm, in der die Noten vor den feuchten Schneeflocken geschützt waren. Beide hatten sich in warme Jacken mit Pelzkrägen gehüllt und zusätzlich mit wollenen Schultertüchern ausgestattet, denn sie würden eine Weile in der Kirchenbank sitzen und auf ihren Auftritt warten müssen. St. Jacob war wie alle kleinen Kirchlein schlecht geheizt.

«Wie jammer-jammerschade!», wiederholte Lillian. «Dabei hörte ich, dass du diese Kirche recht gut kennst. Stimmt das?»

Marian verfluchte ihre Neugier, die ihr dieses unliebsame Zusammentreffen beschert hatte. Wäre sie doch in ihrem Zimmer geblieben – aber nein, sie musste in die Halle hinunterlaufen, um dort in den alten Bücherschränken herumzuschnüffeln! Dabei wusste sie doch, dass die beiden spätestens gegen fünf Uhr hier auftauchen mussten. Sereno hatte – wie er es immer tat – einen Hansom bestellen lassen.

«Ich war früher im Pensionat von Mr. Duncester, das sich nicht weit von der Kirche befindet», erklärte sie. «Wir haben jeden Sonntag den Gottesdienst in St. Jacob besucht.»

«Ach, wie süß!», rief Elisabeth aus und schlug ihre Hände zusammen, die in warmen Pelzhandschuhen steckten. «Du warst eines dieser niedlichen kleinen Mädelchen in den grauen Kleidchen mit den weißen Krägelchen. Du hast sicher bezaubernd ausgesehen, Marian!»

«Oh, sie würde auch jetzt noch niedlich ausschauen, wenn man sie in solch eine Uniform steckte», ließ Lillian sich vernehmen. «Aber wenn du dich dort so gut auskennst, können wir wirklich nicht verstehen, weshalb du nicht mitkommst. Schmollst du etwa, Marian Lethaby?»

«Wie kommt ihr denn auf so etwas?»

Marian hörte selbst, dass ihr Ausruf nicht ganz überzeugend klang. Deshalb redete sie vorsichtshalber rasch weiter, erklärte, dass Professor Sereno es lieber sähe, wenn sie den heutigen Abend in der Villa blieb, schon wegen des feuchten Wetters, und außerdem hätte sie an ihren eigenen Auftrittsstücken zu arbeiten. Das war nicht einmal gelogen. Sereno, der sonst so viel Wert darauf legte, dass seine Schüler bei den Auftritten ihrer Kollegen zuhörten, hatte Marian niemals dazu aufgefordert. Einige Male war sie trotzdem in der gemeinsam gemieteten Kutsche mitgefahren, hatte jedoch von Elisabeth und Lillian bald zu hören bekommen, dass die Fahrt nicht umsonst wäre und sie sich an den Kosten beteiligen müsste. Daraufhin war sie lieber in der Villa geblieben, denn Mr. Strykers zahlte ihr keinen Penny Taschengeld.

«Ja, das Wetter ist wirklich schlimm ... Man muss aufpassen, dass man sich keine Erkältung holt, besonders wenn man so zart wie unsere kleine Marian ist ...», heuchelte Lillian Mitgefühl.

«Es ist noch eine ganze Woche Zeit bis zum Hauskonzert – eine Stimmbandentzündung kann sich leicht über Nacht entwickeln.»

Die beiden benahmen sich wie besorgte ältere Schwestern, aber an den Seitenblicken, die sie sich zuwarfen, konnte Marian erkennen, dass es ihnen große Freude machte, das «blonde Engelchen» vorzuführen. Erst als die große Gestalt des Professors, angetan mit Mantel und Zylinderhut, in der Halle auftauchte, ließen die beiden von Marian ab und beeilten sich, ihrem Lehrer nach draußen zu folgen. Obgleich Sereno über einen Schlüssel verfügte, musste Jonathan Mills das Gittertor für sie öffnen und es wieder hinter ihnen verschließen. Als er danach in die Halle zurückkehrte, waren sein dunkles Haar und seine Jacke mit weißen Watteflöckchen gesprenkelt.

«Dieses Jahr wird es vielleicht Schnee zu Weihnachten geben», meinte Marian lächelnd. «Es schaut so hübsch aus. Jede dieser weißen Flocken besteht aus Tausenden winziger kunstvoller Eiskristalle. Wenn die Sonne darauf scheint, glitzern sie in allen Farben wie ein Feuerwerk.»

«Das ist wahr, Miss Marian», stimmte er ernst zu. «Ein Feuerwerk, das die Augen blendet.»

Sie schob sich die Lampe ein wenig näher zum Bücherregal und lachte über seine bekümmerte Miene.

«Haben Sie empfindliche Augen, Mr. Mills?»

«Ein wenig», murmelte er.

Er senkte den Kopf und fuhr sich mit der Hand durch das Haar, um die nassen Flöckchen abzuschütteln. Als er sich wieder aufrichtete, hing es ihm zwar reichlich wirr herunter, aber es stand nicht mehr in lächerlichen Büscheln ab. Marian, die mit ihrer Suche beschäftigt war, hatte nur einen kurzen Blick zu ihm hinüberwerfen wollen, jetzt aber blieben ihre Augen an ihm hängen. Wie seltsam – er ähnelte immer stärker diesem treulosen Schattengeist, dessen Namen sie nicht einmal mehr denken wollte. Es musste ihre Fantasie sein, die ihr diesen Unsinn vorgaukelte!

«Wonach suchen Sie denn?», wollte er wissen und blinzelte in den matten Schein der Gaslampe.

«Ach, nur ein Wörterbuch», schwindelte sie. «Ich werde ein Lied von Franz Schubert singen und möchte wissen, was der Text bedeutet.»

«Ist es denn nicht ins Englische übersetzt?»

«Doch, aber Sereno besteht darauf, dass ich mir den Originaltext ganz genau ansehe. Er ist da sehr eigen ...»

Er wollte zu ihr hinübergehen, um die oberen Reihen des Bücherregals, die sie ohne Schemel nicht erreichen konnte, durchzusehen. Doch er kam nicht dazu – Mrs. Waterfields Befehlsstimme drang aus der Küche.

«Jonathan! Wo treibt dieser Bursche sich denn nur herum? Jonathan – es fehlt Brennholz! Und die Küche muss gekehrt werden. Wieso ist die Halle nicht gewischt?!»

«Ich fliege, Mrs. Waterfield!»

Es klang grimmig, und Marian hätte gern gelacht, wenn ihr der arme Jonathan Mills nicht so leidgetan hätte. Eine Weile hatte man sich darüber amüsiert, dass die gefürchtete Mrs. Waterfield den jungen Mann erstaunlich milde behandelte, aber damit schien es inzwischen vorbei zu sein. Ganz im Gegenteil: Wenn es um Jonathan Mills ging, verwandelte die Wirtschafterin sich gern in eine Furie.

Marian fand tatsächlich ein deutsch-englisches Wörterbuch und nahm es mit auf ihr Zimmer. Obgleich Sereno ihr keineswegs angeraten hatte, den deutschen Urtext nachzulesen, fand sie die Idee gar nicht so übel. Aber eigentlich hatte sie das Wörterbuch Jonathan gegenüber nur als Vorwand benutzt. In Wirklichkeit suchte sich nach etwas anderem.

Sie hatte sich den merkwürdigen Brief noch mehrmals durchgelesen und war zu der Überzeugung gekommen, dass weder Elisabeth noch Lillian ihn geschrieben haben konnten. Zum Ersten wegen des groben Papiers, das beide nicht einmal mit Handschuhen angefasst hätten. Und auch wegen der Schrift, die zierlich geschwungen, aber zugleich auch flüssig war – sie sah nicht aus, als hätte jemand seine Handschrift verstellt. Außerdem war dieser jemand geschickt genug gewesen, um Strykers'

Umschlag über Wasserdampf zu öffnen, sein eigenes Schreiben hineinzuschmuggeln und den Umschlag wieder zuzukleben, ohne Spuren zu hinterlassen. Es gehörte eine ziemliche Handfertigkeit dazu, die Marian weder Elisabeth noch Lillian und schon gar nicht dem armen Jonathan Mills zutraute.

Dennoch schien der Schreiber – milde gesagt – nicht ganz heil im Oberstübchen zu sein, denn der Inhalt war vollkommen konfus. Und schwülstig dazu. Großer Gott: «das Zeichen der Sonne», «der silberne Fluss», «das Spiel der Töne» und vor allem «das Reich der Lichtelben». Was – um alles in der Welt – war denn ein Lichtelbin?

Möglicherweise eine Märchengestalt. Oder ein Wesen aus der schottischen oder irischen Sagenwelt. Es klang hübsch – Lichtelbe. Ein Elbe, das war so etwas wie eine Elfe. Eine Fee. Ob dieser haltlose Schwätzer, der «Geist der Nacht», den sie in der Bibliothek des Pensionats getroffen hatte, am Ende ein Elbe war? Ein Lichtelbe?

Wohl eher nicht, entschied Marian nach einigem Nachdenken. Er hatte schließlich Angst vor dem Licht der Laterne, der Feigling! Da war er wohl eher ein «Dunkelelbe» – falls es so etwas gab.

Sie hatte eine Weile darüber nachgegrübelt, ob vielleicht er diesen Brief geschrieben hatte, doch es war ganz und gar unmöglich, seinen Namen aus dieser Unterschrift herauszulesen. Immerhin hatte der Briefeschreiber die Absicht bekundet, «die neue Königin zu schützen», und er, dessen Namen sie nicht mehr denken wollte, hatte doch ebenfalls davon gesprochen, sie zu schützen, oder? Wirklich merkwürdig, wie viele Leute sie in letzter Zeit beschützen wollten!

Marian musste kichern – «die neue Königin», damit war wohl sie gemeint. Nein – wer diesen Brief geschrieben hatte, war aller Wahrscheinlichkeit nach aus einer Irrenanstalt entlaufen.

Das Reich der Lichtelben. Welch seltsame Faszination doch von diesem Begriff ausging! Er wollte Marian nicht mehr aus dem Kopf gehen. Gar zu gern hätte sie gewusst, ob es so etwas wie Lichtelben gab. Aber in den Bücherregalen in der Halle, die Sereno ihnen zur Benutzung freigestellt und sogar empfohlen hatte, war kein einziges vernünftiges Lexikon zu finden. Nur Werke über die Gesangskunst, über Komponisten, Instrumentalisten, Dirigenten und Mäzene. Gewiss – Sereno besaß oben in seinen Privaträumen eine umfangreiche Bibliothek und ein Archiv – aber sie mochte ihn gerade jetzt, wo er ärgerlich auf sie war, nicht gern um etwas bitten.

Die große Standuhr in der Halle tat sechs Schläge – draußen war es bereits stockdunkel, nur im gelblichen Lichtkreis der beiden Außenlaternen konnte man die dicken wattigen Schneeflocken sehen. Die Laternen standen rechts und links des Aufgangs zum Säulenvorbau, damit Sereno und seine beiden Schülerinnen den Weg leichter fanden, wenn sie nachher zurückkehrten.

Marian überlegte. Gegen achtzehn Uhr, also jetzt, würde das kleine Weihnachtskonzert in St. Jacob beginnen. Sie stellte sich vor, wie Elisabeth und Lillian in der kalten Kirche auf unbequemen Holzbänken saßen, fröstelnd, die Umschlagtücher über ihr Knie gelegt, und auf ihren Auftritt warteten. Wahrscheinlich würde der Organist einige magere Stückchen zum Besten geben, dann sang der Kirchenchor Choräle, und Reverend Jasper las passende Bibeltexte. Irgendwann zwischendrin waren dann Elisabeth und Lillian an der Reihe, vermutlich würde der Organist sie begleiten und dabei eine Menge falscher Töne einbauen – wieso hatte sie die beiden eigentlich beneidet?

Gegen halb acht würde das Konzert auf jeden Fall zu Ende sein, und es war Serenos Gewohnheit, danach sofort zurückzufahren. Um neun Uhr wären sie wieder hier in der Villa.

Drei Stunden Zeit, um oben in Serenos «Archiv» nach einem vernünftigen Lexikon zu suchen, den Begriff «Lichtelben» nachzuschlagen und wieder hinunterzulaufen. Allerdings nur unter der Voraussetzung, dass er seine Privaträume nicht abgeschlossen hatte.

Marian zündete eine Kerze an und trat damit vor die Tür ihres Zimmers. Es war geradezu unheimlich still in der Villa, nicht einmal aus der Küche drangen Geräusche, obgleich Mrs. Waterfield um diese Zeit gemeinsam mit den Dienstmädchen die Wäsche bügelte.

Aber besser so als anders – im Grunde war es ja gut, dass niemand sie störte. Sie schützte die Kerze mit der Hand vor dem sachten Luftzug, der durch den Flur wehte, und stieg die Treppe zu Serenos Wohnbereich hinauf. Es war wie verhext – wohin sie auch den Fuß setzte, die alten Stufen knarrten fürchterlich. Hin und wieder blieb sie stehen und stellte ärgerlich fest, dass ihr Herz wieder einmal rasch und laut klopfte. Woher kam der kühle Wind, der plötzlich an ihrer Kerzenflamme zerrte? Stand irgendwo eine Tür offen? Oben angekommen verharrte sie einen Moment, um zu lauschen. Nichts. Nur das leise Knacken der alten Möbel und ganz entfernt das Ticken der großen Standuhr unten in der Halle.

Sie kannte nicht alle Räume hier oben, nur das kleine Vorzimmer, in dem man auf den Einzelunterricht warten musste, und das Zimmer, in dem Sereno seine Privatstunden gab: ein ausgedehnter schöner Raum mit einem großen Flügel und Möbeln im Barockstil ausgestattet. Das Archiv mit der Bibliothek musste hinter diesem Unterrichtsraum liegen, wahrscheinlich führte eine der beiden Türen dorthin, die mit Portièren und Vorhängen in dunkelrotem Samt zugehängt waren.

Marian schlich durch das Vorzimmer und stellte fest, dass die Flügeltüren in den Angeln knarrten, was sie tagsüber niemals bemerkt hatte. Es war merkwürdig, den dunklen Unterrichtsraum auf leisen Sohlen zu durchqueren. Normalerweise brannten hier schon gegen Nachmittag mehrere Gaslampen, und die Persönlichkeit Serenos, der meist an seinem Flügel saß, erfüllte das Zimmer. Es war albern, aber sie schaute immer wieder zu dem dunklen Flügel hinüber, als müsste sie sich versichern, dass der Schemel vor der Tastatur tatsächlich leer war.

Welche Tür mochte zum Archiv führen? Sie überlegte kurz und entschied sich für die rechte, hinter der sie den größeren Raum vermutete. Die andere Tür barg vermutlich Serenos Schlafzimmer, dort wollte sie auf keinen Fall eindringen, nicht einmal aus Versehen.

Mutig umfasste Marian den Türknauf aus blinkendem Messing und drehte ihn – es knackte, es knarrte, die Tür ließ sich aufschieben. Die Kerze flackerte bedenklich, als sie in den Raum hineinleuchtete. Vielleicht lag das an dem muffigen Geruch, der ihr entgegenschlug. Es stank nach alten Papieren, Staub, Folianten, Buchdeckeln aus Leder und vor allem nach dem süßlichen Bohnerwachs, das Mrs. Waterfield benützte, um die Dielen damit einzuschmieren.

Marian hatte die richtige Tür gewählt – hier befand sich ganz sicher nicht Serenos Schlafzimmer. Allein der miefige Geruch hätte jedem Schlafenden Kopfschmerzen bereitet. Überhaupt lastete auf diesem Raum eine eigenartig schwere Atmosphäre, als kröchen traurige Geschichten und düstere alte Weisen aus den Folianten, um sich zu einem zähen Dunst zu verbinden. Oder bildete sie sich das nur ein?

Vorsichtig tat sie einige Schritte, schützte die flackernde Kerze mit der Hand, und plötzlich hatte sie das beklemmende Gefühl, nicht allein in diesem Raum zu sein. Atmete da jemand? Rieb da Stoff auf Stoff, so als hätte jemand leise im Dunkeln seinen Arm bewegt?

Wer sollte sich denn hier aufhalten?, dachte sie, um sich Mut zu machen. Sereno ist im Konzert. Zum Glück streifte jetzt der Kerzenschein den weißen Glaskörper einer Petroleumlampe, die auf einer Kommode stand, und Marian lief darauf zu, um sie zu entzünden. Ohne vernünftiges Licht war es sowieso nicht möglich, hier nach einem Buch zu suchen. Vorsichtig stellte sie die Kerze auf die Kommode und nahm den Glaskörper von der Lampe, um die Flamme zu entzünden. Gleich darauf zuckte sie jedoch erschrocken zusammen und hätte um ein Haar das Glas fallen gelassen.

«Wer da? Ich habe doch Augen im Kopf! Zeig dich, du verdammter Einbrecher!»

Eindeutig die schrille Stimme von Mrs. Waterfield. War diese Person denn überall? Wieso schlich sie durchs Haus und lauerte harmlosen Archivbesuchern auf? Großer Gott, die Flügeltüren knarrten – sie musste schon drüben in Serenos Unterrichtsraum sein!

Plötzlich war Marians Kerze aus. Wie durch ein Wunder war das Licht erloschen, noch bevor sie es selbst hatte ausblasen können, nur der beißende Rauch des Dochts stieg ihr in die Nase. Es blieb ihr keine Zeit, um über dieses merkwürdige Phänomen nachzudenken, denn im gleichen Moment wurde hinter ihr die Tür geöffnet, und im Schein einer Hauslaterne erkannte sie Mrs. Waterfields scharfes Profil, das eine weiße Haube umrahmte.

«Ich finde dich!», drohte die eifrige Wirtschafterin. «Auch wenn du dich noch so gut versteckst. Komm heraus, diebische Elster!»

Unfassbar – damit konnte doch unmöglich sie, Marian Lethaby, gemeint sein! Ob sie am Ende eines der Dienstmädchen im Verdacht hatte, hier oben herumzuspionieren? Die zornige Mrs. Waterfield bewegte sich jetzt zu allem Unglück auch noch auf

Marian zu, steuerte zielsicher die Petroleumlampe auf der Kommode an, die sie vermutlich anzünden wollte. Marian spürte die Ecken eines Bücherregals in ihrem Rücken und presste sich in eine Lücke zwischen zwei Möbelstücken. Viel Hoffnung hatte sie nicht, von der aufmerksamen Schaffnerin übersehen zu werden, zumal Mrs. Waterfield in diesem Augenblick ihre erloschene Kerze entdeckt hatte.

«Aha! Hier ist der Beweis – du kleine Hexe! Noch ganz warm, das Wachs ist noch weich. Komm heraus, bevor ich dich an den Haaren aus deinem Versteck hervorziehe!»

Der Schein der Laterne in Mrs. Waterfields Hand wanderte im Raum umher, und Marian überlegte, ob es sinnvoll wäre, in die Hocke zu gehen. Dann, plötzlich, erfasste das Licht eine Gestalt. Marian musste sich blitzschnell die Hand vor den Mund halten, um nicht erschrocken aufzuschreien.

Dort stand Darion – jener Geist der Nacht, dessen Namen sie nicht einmal mehr hatte denken wollen! Deutlich sah sie sein glitzerndes Kettenhemd, das den Oberkörper eng umschloss, den Gürtel, an dem die Schwertscheide hing. Sein blasses Gesicht, der dunkelrote Mund, die umschatteten Augen. Er blickte nicht zu der vor Verblüffung erstarrten Mrs. Waterfield, seine nachtblauen Augen waren auf Marian gerichtet.

«Mr. Jonathan Mills!», keifte die Wirtschafterin, die sich rasch von ihrer Überraschung erholt hatte. «Das ist wirklich der Gipfel!»

Marian blinzelte mehrfach und stellte fest, dass dort tatsächlich Jonathan Mills stand. Welcher Geisterspuk hatte sie da wieder genarrt? Von wegen glänzendes Kettenhemd! Das waren eindeutig die abgetragene viel zu weite Jacke und die ausgebeulten Hosen des Hausangestellten, jene unmöglichen Kleider, die sich kein anderer als Jonathan Mills hätte aussuchen können. Sein Gesicht wirkte zwar wirklich ziemlich blass – vermutlich aufgrund des Schreckens –, aber die kräftige Nase und das zurückweichende Kinn waren unverkennbar. Nur seine Augen schienen ihr ungewöhnlich dunkel und von Schatten umgeben.

«Behalten Sie die Ruhe, Mrs. Waterfield!», gab Jonathan zurück, und sogar seine Stimme erinnerte Marian jetzt ein wenig an den anderen, für den sie ihn gerade eben noch gehalten hatte. «Ich fürchte, Sie sind da einem Missverständnis aufgesessen ...»

«Missverständnis?!», keifte die Wirtschafterin. «Ich verstehe nur zu gut, was hier vor sich geht! Leeren Sie Ihre Taschen, Mr. Mills!»

«Aber Mr. Waterfield! Wie können Sie so etwas nur von mir annehmen? Ich hörte Lärm und wollte hier oben nach dem Rechten sehen ...»

«Ach ja? Und deshalb haben Sie die Kerze gelöscht, als Sie mich rufen hörten? Machen Sie sich nicht lächerlich, Mr. Mills! Ihr Spiel ist aus!»

Mit wehenden Röcken, die Laterne in der ausgestreckten Hand haltend, strebte die Wirtschafterin auf ihn zu. Marian konnte sehen, wie sie angriffslustig ihr Kinn vorreckte und die Unterlippe über die Oberlippe schob. Wäre die aufgeregte Mrs. Waterfield nicht über einen Hocker gestolpert, den sie in ihrem Eifer übersehen hatte, hätte sie vermutlich dem armen Jonathan die Lampe über den Schädel geschlagen.

«Ich sagte doch, es ist besser, die Ruhe zu bewahren», hörte Marian Jonathans Stimme, die jetzt einen leicht ironischen Tonfall annahm. «Sie werden sich noch verletzen, Mrs. Waterfield. Gestatten Sie, dass ich Ihnen aufhelfe. Vorsichtig, Ihr Rock hat sich im Schemel verfangen ...»

«Sie ... Sie ... Sie unmöglicher Kerl! Fassen Sie mich nicht an! Ich bin eine anständige Frau! Leeren Sie lieber Ihre Taschen ...»

«Gewiss, Mrs. Waterfield. Stellen Sie Ihre Laterne hier auf den

Tisch, und bleiben Sie ganz ruhig. Sehen sie, da ist ein Taschentuch, dann ein Stück Schnur, ein Taschenmesser und zwei Pennys. Die hat mir gestern Miss Lillian gegeben, weil ich ihren Schirm zur Reparatur getragen habe. Möchten Sie auch den Inhalt meiner Hosentaschen sehen?»

Es war aufregend, die beiden im gelblichen Lichtschein zu beobachten. Mrs. Waterfield war noch ein wenig außer Atem, da sie beim Stolpern in die Knie gegangen war. Jonathans Miene kam Marian eher verschmitzt vor, es bereitete ihm sichtlich Vergnügen, dieses Zeug vor Mrs. Waterfields gestrengen Augen auf Serenos Schreibtisch zu legen.

«Stecken Sie die Sachen wieder ein!, forderte sie schließlich, als er noch etliche abgerissene Knöpfe, zwei angebissene Brotkanten und zuletzt den Torschlüssel aus den Hosentaschen räumte.

«Aber gern doch, Mrs. Waterfield! Wie Sie sehen, war alles nur ein Irrtum. Ich sagte ja, dass ich ein ungewöhnliches Geräusch hörte und deshalb ...»

«Machen Sie, dass Sie in die Küche hinunterkommen! Ich habe noch Arbeit für Sie!»

Der Lichtschein bewegte sich zur Tür, Mrs. Waterfield ging voraus, die Lampe haltend, Jonathan folgte ihr. Als er die Tür hinter sich schloss, drehte er sich um, und Marian sah für einen Augenblick in sein Gesicht. Tatsächlich, er grinste sie an! Gleich darauf stand sie im Dunklen.

Was auch immer er hier im Archiv getan hatte – er musste sie gesehen haben, als sie mit der Kerze in der Hand hineinging. Aber er hatte sie mit keinem Sterbenswörtchen an Mrs. Waterfield verraten – das war sehr anständig von ihm. Großer Gott – das hätte eine schöne Geschichte werden können, wenn die zornige Mrs. Waterfield sie alle beide hier entdeckt hätte! Damit wäre Marians guter Ruf wohl endgültig ruiniert gewesen.

Sie löste sich vorsichtig aus ihrer Nische und schüttelte sich, denn sie verspürte ein unangenehmes Kitzeln an den Wangen und im Nacken, so als hafteten Spinnweben an ihr. Einen Moment lang zögerte sie, horchte auf die sich entfernenden Schritte im Treppenhaus, dann tastete sie über die Kommode und fand, was sie dort neben der Petroleumlampe vermutet hatte: eine Schachtel Zündhölzer. Eilig fingerte sie ein Hölzchen aus der Schachtel und strich es an. Zischend und nach Schwefel duftend schoss die Flamme empor, schuf einen kleinen Lichtflecken in der Dunkelheit, und Marian beeilte sich, außer der Kerze auch die Petroleumlampe anzuzünden, deren Glaszylinder sie schon abgehoben hatte. Sie musste das Herzklopfen niederzwingen und sich immer wieder sagen, dass sie sowieso ein wenig warten musste, bevor sie wieder hinunterlief, da Mrs. Waterfield noch mit lautem Getöse auf der Treppe zugange war. Sie konnte also genau so gut ihr Vorhaben zu Ende bringen und danach in aller Stille wieder hinuntersteigen. Schließlich war es kein Verbrechen, einen Begriff in einem Lexikon nachzuschlagen.

Mit der Petroleumlampe in der Hand bewegte sie sich langsam durch den Raum, ging von Schrank zu Schrank, von Regal zu Regal und ließ den Lichtschein darübergleiten. Du lieber Himmel – was für ein abenteuerliches Chaos! Während die Bibliothek im Pensionat nach einem bestimmten System geordnet gewesen war, lag und stand hier alles in vollkommenem Durcheinander. Staubige Folianten und neue Bücher, Stapel von alten Papieren mit ausgefransten Rändern, Schriftrollen jeglicher Größe und dazwischen allerlei ungewöhnliches Zeug, das in einer Bibliothek eigentlich nichts zu suchen hatte. Ausgestopfte Eulen mit Pinselohren und riesigen Glasaugen starrten sie an, seltsam geformte Wurzeln, Bachkiesel und Bergkristalle, schmale Glasgefäße, in denen fremde Wesen in einer durchsichtigen Flüssigkeit schliefen, ein kleiner Stab aus Elfenbein, ganz und gar mit

Schnitzereien bedeckt. Man hätte meinen können, ein Hexenmeister hätte all diese Dinge zusammengetragen.

Ein vernünftiges Lexikon war nirgendwo zu entdecken. Dafür fiel ihr ein in helles Leder gebundener Foliant auf, der ein Stück aus der Reihe der Bücher hervorsah, als hätte jemand versucht, ihn herauszuziehen. Doch nicht etwa Jonathan Mills? Er hatte zwar behauptet, wegen eines ungewöhnlichen Geräuschs hierher gekommen zu sein, doch genau wie Mrs. Waterfield traute auch Marian ihm nicht so recht über den Weg. Ob ihn nicht doch die schönen Bergkristalle verlockt hatten? Sie konnte nur hoffen, dass es nicht so war.

Der Lampenschein blieb zitternd an dem Folianten haften, und Marian stellte überrascht fest, dass das Buch das Licht reflektierte. Wie merkwürdig – das hellbraune Leder schien zu leuchten, die Goldschrift auf dem Buchrücken glitzerte und funkelte! Sie stutzte und stellte die Lampe ab, um den Folianten aus dem Regal zu nehmen, und kaum hielt sie ihn in ihren Händen, öffnete das Buch sich wie von selbst. Die Seiten waren nicht aus Papier, sondern aus hartem Pergament und waren von Hand mit hellgrüner Tinte beschrieben. Ihr Herz raste plötzlich, wollte sich überschlagen, in ihren Ohren dröhnte es. War es der Aufruhr in ihrem Inneren, oder sah sie tatsächlich zwischen den handgeschriebenen Zeilen hügelige Landschaften, Felsen und dichte Wälder? Welcher Zauberwind blätterte die Seiten um, wendete sie eine nach der anderen und verursachte dabei ein Geräusch, das an fließendes Wasser erinnerte?

Das muss ein Geisterbuch sein, dachte Marian. *Und es ist für mich bestimmt.*

Dessen war sie sich ganz sicher, denn der Foliant drängte sich ihr förmlich entgegen, schien sie anzuflehen, sich auf seinen Inhalt einzulassen.

Sereno wird bemerken, wenn ich das Buch mitnehme, überlegte sie beklommen. *Und dann kommt heraus, dass ich heimlich hier herumgeschnüffelt habe ...*

Doch die Macht des Folianten war stärker als alle Bedenken. Sie klemmte ihn unter den Arm, löschte die Petroleumlampe und ging leise beim Schein der Kerze aus der Bibliothek. Schwer legte sich der Dunst des Raumes auf sie, schien sich drohend über ihr zu verdichten und wie mit Armen nach ihr greifen zu wollen. Sie war eine Diebin, trug einen Schatz davon, der Sereno gehörte. Wenn Mrs. Waterfield sie jetzt erwischte, hatte sie allen Grund, sie zu verurteilen. Marian schlich von Schuldbewusstsein niedergedrückt durch den Unterrichtsraum, und es schien ihr, als hörte sie die zornige Stimme ihres Lehrers, die ihr befahl, ihre Beute sofort wieder in sein Archiv zurückzutragen.

Die Kerze war fast heruntergebrannt, als Marian endlich mit rasendem Puls vor ihrem Zimmer ankam. Eilig wollte sie den Türknauf drehen, um so schnell wie möglich in den sicheren Raum zu gelangen – da vernahm sie hinter sich eine bekannte Stimme.

«Oh, Miss Marian! Ich habe auf Sie gewartet.»

Erleichtert stellte sie fest, dass es Mills war. Gut – er hatte sich vorhin wie ein Gentleman benommen, sie musste sich bei ihm bedanken. Auch wenn es ihr nicht gefiel, dass er ihr hier im dunklen Flur auflauerte und sie zu Tode erschreckt hatte.

«Mr. Mills – es war sehr anständig von Ihnen, meine Gegenwart Mrs. Waterfield gegenüber nicht zu erwähnen. Ich bin Ihnen wirklich sehr dankbar dafür. Jetzt aber möchte ich gern zu Bett gehen.»

Ohne sich zu ihm umzuwenden, öffnete sie ungeduldig ihre Zimmertür und wollte hineinschlüpfen, doch er war beharrlicher, als sie geglaubt hatte.

«Es wird nicht lange dauern, Miss Marian. Ich bitte Sie inständig, mich anzuhören. Es geht um ... es geht um diesen Folianten, den Sie unter dem Arm tragen.»

Fast wäre sie schon in ihrem Zimmer verschwunden, doch als Jonathan den Folianten erwähnte, verharrte sie zwischen Tür und Angel. Wie peinlich – er hatte es bemerkt! Dieser Mensch musste wie eine Katze im Dunkeln sehen können.

«Ich ... ich will das Buch nur für kurze Zeit ausleihen», stotterte sie.

«Es ist ein besonderes Buch, Marian. Sie sollten auf keinen Fall ganz allein darin lesen.»

Das war nicht Jonathan Mills' Stimme und auch nicht seine devote, unentschlossene Art, zu sprechen. Der Satz klang energisch, fordernd. Wer – um alles in der Welt – stand dort in der Dunkelheit?!

«Ich begreife nicht ...»

«Was in diesem Buch steht, könnte für Sie sehr verwirrend sein. Deshalb bitte ich Sie, es mit mir gemeinsam zu lesen.»

«Mit ... mit Ihnen gemeinsam?»

«Ja, denn Sie werden jemanden brauchen, der Ihre Fragen beantworten und Ihnen vieles erklären kann.»

«Sie sind ja vollkommen verrückt geworden, Mills! Sie sind doch Jonathan Mills, oder etwa nicht?»

Sie spürte, dass ihre Frage sehr hell, fast zittrig klang. Weshalb fragte sie überhaupt? Sie wusste doch ganz genau, dass dort nicht Jonathan Mills stand. Es war der andere, es war ...

«Lass mich in dein Zimmer, Marian!», flehte Darions warme Stimme. «Dort will ich dir alles erklären.»

Kapitel 17

«Ich denke nicht daran!» Marian schlug die Tür so fest hinter sich zu, dass Kalk und Staub als feiner Nebel aus der Türfüllung quollen. Was hatte er auch erwartet? Sie war in einem Pensionat erzogen worden, dort hatte man ihr beigebracht, dass eine anständige junge Frau niemals einen Mann in ihr Schlafzimmer einließ. Wogegen grundsätzlich nichts zu sagen war, auch er hatte diese Regel respektiert und war kein einziges Mal heimlich bei ihr eingedrungen. Schon deshalb, weil er sich einer solchen Versuchung nicht aussetzen durfte.

Jetzt aber lagen die Dinge anders. Sie hatte die Elbenschrift gefunden, das war eine Katastrophe, mit der er nicht gerechnet hatte. Wie war sie nur auf die Idee gekommen, in Serenos Archiv herumzuschnüffeln? Oh, er hatte schon eine vage Ahnung gehabt, als sie unten in der Halle die Regale durchsuchte und dann mit einem Lexikon davonging! So schlau sie sich auch herausredete, sein Gespür hatte ihm doch verraten, dass sie ihm etwas verschwieg.

«Marian!», rief er mit halblauter Stimme. «Lass mich bitte ein – ich werde dir nichts tun, das schwöre ich!»

Es war ihm gleich, dass die eifrige Mrs. Waterfield ihn möglicherweise hören konnte, denn in der Aufregung war die Verwandlung von ihm abgefallen. Darion der Nachtschattenkrieger war für Menschen nur als grauer Nebel wahrnehmbar. Marian aber, die eine Lichtelbin war, konnte ihn sehen.

Natürlich antwortete sie nicht. Weshalb sollte sie seinen Versprechungen glauben, er war ja selbst nicht einmal sicher, ob er die Kraft besitzen würde, sie einzuhalten. Und doch blieb ihm nichts anderes übrig, als in diesen Raum einzudringen. Das Buch, das jetzt in ihren Händen war, barg nicht nur wichtige Erkenntnisse, die ihn auf die Spur des Geheimnisses führen konnten, es würde Marian vor allen Dingen eröffnen, wer sie beide in Wirklichkeit waren: eine Lichtelbin und ein Nachtschatten; sie waren schon als Feinde geboren. Wenn Marian erst begriff, dass ein Nachtschatten ihre Mutter getötet hatte, wenn ihr klar wurde, dass auch er, Darion, Jagd auf die zerstreut lebenden Elben gemacht hatte – wie sollte sie dann noch Vertrauen zu ihm gewinnen? Wie sollte sie ihm jemals glauben können, dass er sie liebte? Sie würde ihn hassen.

Ach, er hatte ihr all diese Dinge in Ruhe erklären wollen, doch dazu war es jetzt zu spät! Vermutlich hatte sie schon zu lesen begonnen – er musste handeln.

Das zerknüllte Papierstückchen, mit dem sie das Schlüsselloch verstopft hatte, war herausgefallen, als sie die Tür zuschlug – der Weg durch die kleine Öffnung war frei. Zu seiner Erleichterung brannte in ihrem Zimmer nur die Kerze. Sie hatte das Gaslicht nicht angezündet, was den Raum in angenehmer Dämmerung beließ. Zuerst fürchtete er, sie könnte bei seinem Anblick laut schreien oder irgendwelchen anderen Unsinn begehen. Dann jedoch stellte er fest, dass sie zusammengekauert auf ihrem Bett lag und ihn gar nicht bemerkt hatte. Es hatte etwas rührend Kindliches an sich, wie sie mit hochgezogenen Knien auf der Seite lag, den Folianten an ihre Brust gepresst, als müsste sie sich an den kantigen Buchdeckeln festhalten. Ihm wurde bewusst, dass sie seinetwegen so angstvoll verharrte, und das machte ihm beklommen. Seine Hoffnung, sie für sich zu gewinnen, sank erneut.

«Hör mir zu, Marian!», flüsterte er. «Du wirst am Tisch bei der Lampe sitzen und mir vorlesen, und ich werde hier an der Tür stehen bleiben. Ich werde dich nicht berühren, aber ich muss dir erklären, was dort geschrieben steht! Wenn ich das nicht tue, kann etwas Schlimmes geschehen ...»

Sie fuhr hoch, als sie seine Stimme hörte, und der entsetzte Ausdruck ihrer schönen Elbenaugen tat ihm weh. In diesem Augenblick begriff sie, dass sie wohl den armen Jonathan Mills aus ihrem Zimmer aussperren konnte, nicht aber Darion, den Geist der Nacht, für den verschlossene Türen kein Hindernis darstellten. Schon wollte er sie für sein Eindringen um Verzeihung bitten, da verwandelte ihr Schrecken sich in Zorn, und sie blitzte ihn mit böse funkelndem Blick an.

«Was auch immer in diesem Buch steht», zischte sie, «ich brauche ganz sicher niemanden, der meinem Verständnis auf die Sprünge hilft! So dumm, wie du glaubst, bin ich nicht, du jämmerlicher Angeber!»

«Bitte, Marian ... Du ahnst nicht, was auf dem Spiel steht ...»

«Und du ahnst nicht, wozu ich fähig bin, verlogener Geist!»

Sie schleuderte ihr Kopfkissen auf ihn, das an seiner Brust landete und zu Boden fiel. Ihr Zorn war beeindruckend, und doch war er froh darüber, denn nun hatte er den Beweis, dass auch sie ihn liebte.

«Sobald ich die Lampe anzünde, bist du klein wie ein Fingerhut vor Angst!», höhnte sie, während sie vor Aufregung zu zittern begann.

Er war nach der Lichtfolter zwar etwas unempfindlicher gegen den hellen Lampenschein geworden, dennoch gefiel ihm diese Drohung nicht.

«Lass mich erklären, Marian, bitte!»

«Was gibt es schon zu erklären? Glaubst du vielleicht, ich hätte auf dich gewartet? Mir nach dir die Augen ausgeweint? Oh, ich wusste gleich, was von deinen Versprechen zu halten ist, du großartiger Beschützer der Unschuld!»

Hinter dem Zorn spürte er deutlich ihren Kummer und ihre

Enttäuschung. Wäre er damals doch vorsichtiger gewesen – der lästige Bursche Aladion hatte leider nicht ganz unrecht: Er hatte sich die Gefangenschaft bei Gorian im Grunde selbst zuzuschreiben.

«Ich wurde gegen meinen Willen aufgehalten, sonst wäre ich nicht so lange fortgeblieben.»

Wie und unter welchen Umständen er aufgehalten worden war, konnte er ihr nicht erzählen, zumindest jetzt noch nicht. Doch es schien sie auch wenig zu interessieren. Stattdessen warf sie ihm hinterhältige Täuschung vor.

«In der Gestalt des armseligen Jonathan Mills hast du mich monatelang ausgespäht und dich dabei über meine Ahnungslosigkeit lustig gemacht!»

«Für diese Verkleidung gibt es wichtige Gründe. Ich habe mich niemals über dich lustig gemacht, Marian. Auch als Jonathan Mills habe ich dich beschützt ...»

Sie stutzte und schwieg einen Moment verunsichert. Hatte sie ihm verziehen? Als sie jetzt zu ihm aufsah, war ihr Blick sanft und voll unausgesprochener Dankbarkeit.

«Hast du mich auch als grauer Kater beschützt?»

«Als ... grauer ... Kater?»

«Vor einigen Wochen im Haus von Strykers' Tante ...»

Blitzschnell begriff er. Es musste Aladion gewesen sein, der diese Verkleidung gewählt hatte, um die Lichtelbin vor dem elenden Dreckskerl Strykers zu retten.

«In jeder Gestalt schütze ich dich, Marian. Vor jeder Gefahr will ich dich bewahren. Und wenn es auch mein Leben kosten würde ...»

Er sah ein winziges Spottfältchen auf ihrer Stirn, ansonsten aber hatten diese Worte ihre Wirkung nicht verfehlt – sie war beeindruckt. Er bereute die Lüge nicht. Hätte er die Gelegenheit gehabt, dann wäre er in dieser Lage ganz sicher ihr Retter gewesen, wobei der alte Lustgreis Strykers nicht so glimpflich davongekommen wäre. Schließlich hatte er Gefangenschaft und Folter um ihretwillen erlitten, was zählten da ein paar fremde Federn?

«Sogar dein Leben?», fragte sie und lächelte ihn an. «Warum tust du das?»

Er hatte sie zurückgewonnen! Namenlose Erleichterung stieg in ihm auf, zugleich aber wurde ihm bewusst, dass er sich auf dünnem Eis befand. Es gab nur eine Antwort auf diese Frage, doch wenn er sie aus ehrlichem Herzen aussprach, dann würden sie jetzt beide den Boden unter den Füßen verlieren.

«Warum ich das tue?», wiederholte er und überlegte fieberhaft, was er antworten sollte.

«Genau das frage ich dich, Darion.»

Er würde es sich ewig vorwerfen, wenn er jetzt schwieg. Sollte das Schicksal mit ihnen anstellen, was es wollte, Glück oder Unglück, Leben oder Tod, Seligkeit oder ewige Pein!

«Weil ich dich liebe, Marian. Ich habe in dieser Welt kein anderes Ziel mehr, als dir nahe zu sein, dich zu behüten und für dein Glück zu sorgen ...»

Sie hatte den Kopf ein wenig angehoben und sog seine Worte mit halb geöffneten Lippen in sich hinein. Ahnte sie, welche Verlockung sie für ihn verkörperte, so auf dem Bett liegend, die Beine halb angewinkelt, den Oberkörper mit dem rechten Arm abgestützt und ihm zugewendet? Machte sie sich bewusst, dass er keine Mühe hatte, sich ihren Körper in dieser Haltung völlig unbekleidet vorzustellen?

Er war verloren und sie mit ihm. Langsam trat er an ihr Bett, spürte kaum, dass er sich bewegte, weil der Sog, der von ihr ausging, ihn zu ihr hintrug.

«Wir sollten ...», murmelte er und spürte, dass sein Mund staubtrocken war. «Das Buch ... lass es uns jetzt aufschlagen ...»

«Welches Buch?»

Ihre Elbenaugen schimmerten jetzt vielfarbig wie das Kleid der Erde. Tiefes Blau, von hellem Rot und lichtem Gelb umfangen, loderte flammengleich, sanftes Grün leuchtete, als schiene die Sonne durch junges Blattwerk. Sie war eine Elbin – wer konnte sich ihrer Verlockung widersetzen? Ihrer Macht entkommen?

Gleißende Feuer schossen empor, als Darion sich niederbeugte und ihren kleinen Fuß berührte. Beide zuckten sie zusammen, sahen sich erschrocken in die Augen, dann schlugen die Flammen höher, umgaben sie mit einer brausenden, gleißenden Feuerwand und vereinigten sich über ihnen zu einer flackernden Kuppel.

Nichts gab es mehr als ihren zarten weißen Elbenleib, den er gierig und zugleich voller Andacht aus den störenden Kleidern schälte. Wie sehr sie ihm dabei entgegenkam, seine wohlerzogene Marian! Es war, als lösten sich die Haken ihres Kleides von selbst, als streifte sie mit jeder ihrer weichen sinnlichen Bewegungen den Stoff herunter, um sich vor seinen Augen zu entblößen, ihn mit der Verführungskraft ihrer Nacktheit zu bannen. Keine Elbin hatte je erlernen müssen, wie sie sich einen Mann Untertan machte – auch Marian, die Ahnungslose, von den Menschen Erzogene trug dieses Wissen in sich. Und sie tat unbefangen, was ihre Elbennatur ihr eingab.

Die Hitze verzehrte Darion. Mit einer zornigen Bewegung warf er Gürtel und Schwert von sich, streifte das störende Kettenhemd herunter. Kein Nachtschatten hatte je eine Elbin geliebt, zumindest hatte man ihm das erzählt, doch in diesem Moment war er davon überzeugt, dass man ihn belogen hatte. Kein Wesen auf dieser Erde konnte verführerischer sein als diese kleine Elbin, die sich in süßer Nacktheit vor ihm wand, ihre rundlichen festen Brüste mit den Händen umfasste, als wollte sie diese Blöße vor ihm verbergen, während sie ihm ihren Busen in Wirklichkeit entgegenhob.

«Marian!», hörte er sich flüstern. «Meine süße Geliebte ... mein zärtlicher Engel ... meine verführerische Elbin ...»

Er biss sich auf die Zunge, weil ihm dieses Wort unbedacht über die Lippen gekommen war, und im gleichen Augenblick erinnerte er sich auch der Phiole, die er unter dem grauen Kleid der Nacht trug und die sie auf keinen Fall entdecken durfte. Es fiel ihm nicht leicht, sich von ihr abzuwenden, um Kleid und Phiole abzustreifen, und er spürte, wie ihre neugierigen Blicke dabei in seinem Rücken brannten.

«Eine Elbin?», hörte er sie wispern. «Vielleicht gar eine Lichtelbin? Die Königin der Lichtelben? Willst du mich deshalb beschützen?»

Erschrocken wendete er sich zu ihr um. Hatte sie vielleicht doch schon in dem Elbenbuch gelesen? Doch in ihren Zügen spiegelte sich nur ahnungslose Spottlust, die sich bei seinem Anblick in Fassungslosigkeit verwandelte. Elbin oder nicht – sie hatte ganz sicher noch niemals einen nackten Mann gesehen, noch dazu in diesem Zustand der Erregung, in den sie ihn versetzt hatte. Er beugte sich herab, verbarg dabei sein hartes Glied mit einer Hand und küsste ihren kühlen weichen Mund. Leidenschaft kochte in ihm hoch, als er ihre flinke Zunge spürte, er focht mit ihr, hörte Marian stöhnen und halb erstickte Laute gurren, doch er ließ nicht nach, bis er die schlanke Gegnerin besiegt und ihre Mundhöhle in Besitz genommen hatte. Als er seine Lippen wieder von ihr löste, lag sie atemlos in seinen Armen, die Lider halb gesenkt, ihre zarten Nüstern bebten.

«Du bist kühl wie eine Schneeflocke und glühst doch wie eine Flamme ...»

Er strich spielerisch durch ihr glitzerndes Haar, strich es beiseite und bedeckte ihr Gesicht mit Küssen. Es hatte die Form eines Herzens, die Haut makellos weiß, die Augen wie Mandeln geformt und voller leuchtender Lichter und Farben. Seine Zunge leckte über ihre kleinen Ohrmuscheln, und er hörte sie kichern, fühlte, wie ihr ganzer Leib dabei vor Lust vibrierte, die harten rosigen Spitzen ihres Busens sich an seiner Brust rieben. Sie besaß die Öhrchen einer Elbin, das bewiesen die schmalen angewachsenen Ohrläppchen und die spitze Form der Ohrmuschel. Er konnte kaum aufhören, sie mit heißer Zunge zu liebkosen, denn diese Berührung erregte die Elbin so sehr, dass sie sich unter ihm hin und her warf. In süßer allwissender Ahnungslosigkeit bot sie ihm die warme Spalte ihrer Scham, bewies ihm damit, wie sehnsuchtsvoll ihr Körper ihn erwartete, und der Duft ihrer Weiblichkeit drang berauschend in seine Sinne. Wusste sie, was er nun unweigerlich tun würde? Ganz sicher hatte niemand es ihr erzählt, weder die prüden Erzieherinnen noch die ahnungslosen Mädchen, mit denen sie aufgewachsen war.

Er würde sie nicht erschrecken oder ihr unnötig Schmerz zufügen, aber sein Glied zuckte bereits vor Lust, und er ließ es sanft über den weichen Hügel ihrer Scham gleiten. Wie seidig ihre Haut war, wie zart der feine goldfarbene Flaum, der die doppelte Wölbung bedeckte! Sachte führte er seine harte Männlichkeit zwischen die warmen bebenden Lippen, spürte ihre Feuchtigkeit und kam fast um vor Verlangen, sich ohne Umschweife in sie hineinzuschieben. Lockend stieß er gegen ihre feste Perle, spürte, wie sie vor Sehnsucht aufstöhnte und sich an ihn klammerte. Sie gurrte wie eine weiße Taube, sie flehte, schien wie ein flirrender Lichtstrahl, der ziellos auf der verzweifelten Suche nach Erlösung umherirrte. Seine süße Elbin gab sich ganz und gar hin – die Herrin des Lichts bot sich in hilfloser Wollust einem Nachtschatten. Er verlor alle Beherrschung und drang in sie ein, erfüllte ihre Begierde mit solcher Heftigkeit, dass sie beide glaubten, daran sterben zu müssen.

Eine Ewigkeit lang kreisten sie im unendlichen Raum des Kosmos, hinausgeschleudert von der Kraft dieser verbotenen Vereinigung, aneinandergeklammert, Licht und Schatten vereint zu einem glückseligen Doppelwesen. Nur langsam näherten sie sich wieder dem bläulichen Erdenball, sanken durch die weiche, wässrige Wolkenschicht, das Dach der Villa, die Zimmerdecke. Fanden sich in Marians weißen Laken wieder, immer noch aneinandergeschmiegt und unter keinen Umständen bereit, den anderen aus der zärtlichen Umarmung zu entlassen.

«Darion», flüsterte Marian, «sag mir, ob es eine Sünde war, was wir getan haben!»

«Und wenn es so wäre – würdest du sie dann bereuen?»

Sie tat einen tiefen, wohligen Seufzer, dann spürte er, dass sie kicherte.

«Nein, aber es kann ja auch keine Sünde sein, denn du bist nur ein Geist. Ein Geist der Nacht.»

«Was meinst du mit ‚nur'?», fragte er amüsiert.

Die Kerze war längst erloschen. Mit einer zärtlichen Bewegung löste sie sich jetzt von ihm und legte sich auf den Rücken, die Arme hinter ihrem Kopf verschränkt. Sie ahnte nicht, dass er in der Dunkelheit sehen konnte und ihre verführerische Nacktheit mit allen Sinnen genoss, sonst hätte sie sich vermutlich nicht so freimütig vor ihm gezeigt. Es lag eine Menge Arbeit vor ihm. Er musste ihr nicht nur die Welt der Geistwesen erklären, er würde auch dafür sorgen müssen, dass sie die lästige Prüderie ihrer menschlichen Erziehung endgültig ablegte und sich zu ihrer Elbennatur bekannte.

«Nun», antwortete sie schmunzelnd, «wärest du ein Mensch, dann hättest du mir jetzt die Unschuld geraubt und ich würde alles daransetzen, von dir geheiratet zu werden. So aber ...»

«So aber ...?»

«So aber bist du nur mein Geliebter, ein nächtlicher Geist, der mich aufsucht, um mich glücklich zu machen.»

Er war verblüfft. Im Kopf der wohlerzogenen Pensionatsschülerin hatten solch elbische Gedanken Platz – wie gut, dass der brave Reverend Jasper wohl niemals davon Kenntnis erlangen würde! Immerhin schien ihre Elbennatur sich immer weiter gegen die menschliche Erziehung durchzusetzen, und das war gut so. Darion musste nur verhindern, dass sie während dieses Vorgangs allzu seltsame Blüten trieb.

«Du irrst dich, Marian», sagte er ernst. «Ich bin zwar ‚nur' ein Geist, ein nächtlicher Schatten, doch deine Liebe werde ich mit keinem anderen teilen. In dieser Hinsicht bin ich eigen – ich will dich für mich allein haben, meine süße Geliebte!»

«Und was ist mit mir? Woher weiß ich, dass du mir ebenso gehörst? Du kommst und gehst, wann du Lust hast, erscheinst mir in anderer Gestalt, fliegst durch das Fenster hinaus in die Nacht ...»

«Von heute an werde ich immer bei dir sein», versprach er, um sie zu beruhigen. «Tagsüber diene ich dir als Jonathan Mills, und in den Nächten werde ich als Darion bei dir liegen. Bist du nun zufrieden?»

Einen Augenblick lang war Marian still, offensichtlich musste sie über seine Worte nachdenken. Sein Blick folgte der zauberhaft geschwungenen Line ihrer Hüfte und saugte sich im goldbeflaumten Dreieck zwischen ihren Schenkeln fest. Der Duft, der diesem verlockenden Ort entströmte, war so stark, dass die Begierde ihn schon wieder übermannen wollte. Er schloss die Augen, was sie im Dunklen zum Glück nicht sehen konnte.

«Alles wäre viel einfacher, wenn du ein Mensch wärst», verkündete sie das Ergebnis ihres Grübelns. «Denn dann könntest du mich heiraten, und wir würden einander vor aller Welt gehören.»

«Soll Jonathan Mills dann also um dich anhalten?», scherzte er.

«Du liebe Güte – nein! Jonathan ist ein netter Bursche, ich mag ihn recht gern leiden. Aber zum Ehemann will ich Darion.»

Das stellte zwar einen rührenden Beweis ihrer Liebe dar, zugleich aber auch einen starken Rückfall in die engstirnige Denkweise der Menschen. Nun – die Stadt Rom wurde auch nicht an einem einzigen Tag erbau. Darion konnte nicht erwarten, dass sie nach ihrer ersten Liebesbegegnung schon durch und durch zur Lichtelbin geworden war.

«Um einem nächtlichen Geist als Gefährtin anzugehören, braucht es keinen Priester und kein Standesamt, Marian. Geistwesen, die einander lieben, sind untrennbar miteinander verbunden – und das für alle Zeit.»

«Das klingt wunderschön!», seufzte Marian und wandte sich ihm zu, um sich wieder an ihn zu schmiegen. Er genoss die Berührung mit ihrer seidigen Haut, die heftig aufsteigende Erregung kämpfte er jedoch nieder, denn sie kuschelte sich jetzt an seine Brust wie ein kleines Mädchen, das Schutz und Wärme suchte.

«Aber leider bin ich kein Geistwesen wie du, Darion», fuhr sie fort. «Was soll aus mir werden, wenn du eines Tages beschließt, eine Quelljungfer zu lieben? Oder eine Fee? Eine Lichtelbin?»

«Eine Lichtelbin? Wie kommst du darauf?»

Jetzt endlich löste sich das Rätsel. Sie hatte einen Brief erhalten, in dem von dem Reich der Lichtelben die Rede war – ja, man bezeichnete sie sogar als die neue Königin der Elben. Er selbst – Trottel, der er war – hatte ihr dieses Schreiben gebracht, versteckt in einem Brief ihres Vormunds. Wieso hatte er das nicht bemerkt? Es konnte sich nur um einen verfluchten Elbenzauber handeln, der seine Sinne betäubt hatte!

«Magst du mir diesen Brief zeigen?»

Sie wand sich aus seinen Armen und tastete suchend nach ihren Kleidern. Es sah hübsch aus, weil sie zu diesem Zweck auf dem Bett herumkroch und ihm den Anblick ihres runden Pos bot. Wenn sie erst wusste, dass er im Dunklen sehen konnte, würde sie vermutlich wütend auf ihn sein – aber das musste er mannhaft ertragen. Jetzt endlich hatte sie Mieder und Hemd gefunden – in was für unmögliche Kleider die Menschen ihre Frauen doch steckten!

«Ich werde die Lampe anzünden, damit du ihn lesen kannst», erklärte sie. «Und auch weil ich dich sehen will, Darion. Ich liebe deine schwarzen umschatteten Augen, die manchmal auch nachtblau erscheinen ...»

«Schmeichlerin!»

Er hoffte, dass sie auch an anderen Regionen seines Körpers Gefallen gefunden hatte und es ihm irgendwann eingestehen würde. Die Gaslampe verbreitete ein widerlich weißliches Licht und dazu einen scharfen Dunst, der ihm zusätzlich in die Augen stieg. Er nahm den Brief aus Marians Hand und begriff, dass die Crincles ihn geschrieben hatten, die beiden Lichtelben, die im Pensionat als Gärtner und Haushälterin verkleidet gelebt hatten. Während er den Inhalt unter dem Schutz der Bettdecke, wo es dunkler war, überflog, beobachtete er, wie Marian das Elbenbuch auf ihrem Tisch gleich neben der Lampe zurechtlegte. Sie wollte also noch heute mit der Lektüre beginnen – umso besser!

«Seltsame Kleider trägst du», bemerkte sie, mit Blick auf das am Boden liegende graue Gewand der Nacht, das zu einem dunklen Schleier geworden war. «Und was ist das für ein hübsches Amulett?»

Sie hatte scharfe Augen, ein Mensch hätte die kleine Glasphiole unter dem Schleiergewand wohl nicht entdeckt.

«Ein Andenken», schwindelte Darion.

«Ach ja?»

Ihr Ton klang ein wenig spitz, und ihm wurde sofort klar, dass seine Antwort ungeschickt gewesen war, denn damit hatte er ihre Aufmerksamkeit erst recht auf das Amulett gelenkt. Sie kniete nieder und hob die kleine Phiole vom Boden auf, betrachtete sie neugierig, schüttelte sie und hielt sie ins Licht. Ein gleißender Blitz traf seine Augen, sodass er vor Schmerz fast aufgeschrien hätte. Bei diesem Zeug musste es sich um eine ganz besondere Flüssigkeit handeln!

«Wer hat es dir geschenkt? Ein Geistwesen? Lass mich raten! Es war bestimmt eine zarte schöne Quellnixe!»

In diesem Punkt schienen weibliche Wesen sich alle zu ähneln – gleich, ob es sich um Menschenfrauen, Geistwesen oder Naturgeister handelte. Seine bezaubernde Elbenkönigin war eifersüchtig, sie fürchtete, er könnte sein Herz bereits an eine Nymphe verloren haben.

«Es ist ein Andenken an einen Freund», redete Darion sich heraus. «Ein Luftgeist, dem ich einst einen Gefallen tat.»

«Ach ja?» Marian hielt das kleine Fläschchen immer noch in der ausgestreckten Hand, drehte es im Lampenschein hin und her und freute sich an den vielfarbigen Lichtstrahlen, die davon ausgingen.

«Es ist das schönste Schmuckstück, das ich je gesehen habe», flüsterte sie hingerissen. «Schenkst du es mir?»

Er schwieg erschrocken. Was für ein Verhängnis – er hätte ihr jeden Stern vom Himmel geholt und den Mond dazu! Wenn sie es verlangt hätte, wäre er in den Tower gestiegen, um die Kronjuwelen für sie zu stehlen.

«Das kann ich nicht tun, Marian.»

Ihre Enttäuschung war riesengroß, und er verfluchte dieses elende Fläschchen, das Gorian ihm aufgehalst hatte. Aber er durfte es ihr auf keinen Fall überlassen, es konnte sie beide in große Gefahr bringen.

«Ich verstehe», erwiderte sie und schloss ihre Finger für einen Augenblick um die kleine Phiole, bevor sie sie auf den dunklen

Schleier am Boden warf. «Dieses Ding hier ist dir sehr ans Herz gewachsen. Es war ungeschickt von mir, dich darum zu bitten.»

«Marian!», rief Darion unglücklich aus und stand auf, um sie in die Arme zu nehmen. «Es tut mir unendlich weh, dir diese Bitte abschlagen zu müssen, das schwöre ich! Aber es geschieht um deinetwillen, weil ich um deine Sicherheit besorgt bin ...»

Gerade in diesem Moment vernahm man das Rasseln einer Kutsche – Sereno und die beiden Schülerinnen kehrten zur Villa zurück. Gleich darauf ertönte Mrs. Waterfields schrilles Organ.

«Jonathan! Wo stecken Sie schon wieder? Die nassen Schirme und Gamaschen müssen in die Waschküche getragen werden!»

Marian löschte die Lampe – es war besser, wenn die Heimkehrenden glaubten, sie schliefe bereits, sonst kamen Lillian und Elisabeth am Ende bei ihr vorbei, um von ihrem grandiosen Auftritt zu prahlen.

«Ich komme zurück und werde dir dann alles erklären», flüsterte Darion, während er sich in einer Ecke des Zimmers mit fliegender Hast in Jonathan Mills verwandelte. In der Kürze der Zeit bedeutete das eine Meisterleistung, die ihm so leicht kein anderer Nachtschatten nachmachte.

«Das ist unnötig. Ich will das Ding nicht mehr haben. Reden wir nicht mehr davon!»

Im Dunkeln konnte sie nicht sehen, dass er das Elbenbuch unter Jonathan Mills' weite Jacke schob, obgleich der verflixte Foliant sich heftig dagegen sträubte. Darion wollte auf keinen Fall das Risiko eingehen, dass sie allein darin las.

«Ich liebe dich, Marian. Ich liebe dich mehr, als du ahnst!»

Sie gab ihm keine Antwort, und sein Herz wurde schwer. Was gewann er eigentlich mit den ständigen Ausreden und Schwindeleien? Gar nichts – stattdessen verlor er nur ihr Vertrauen und vielleicht sogar ihre Liebe. Schluss mit diesem unheilvollen Lügengebäude – in dieser Nacht würden sie gemeinsam das Elbenbuch lesen, und am Morgen würde sie die Wahrheit kennen! Auch wenn sie ihn dann hassen und verabscheuen sollte, so herrschte wenigstens Ehrlichkeit zwischen ihnen.

Darion hatte kaum Marians Zimmertür hinter sich geschlossen, da flammte dicht vor ihm ein Licht auf. Unfassbar grell stach es ihm in die Augen, sodass er zurückprallte und mit dem Rücken gegen die Wand stieß. Noch halb geblendet rang Jonathan Mills verzweifelt mit einem übermächtigen Gegner, schlug mit der Faust, stieß mit den Füßen und konnte doch nicht verhindern, dass ihm das Buch entrungen wurde.

Kapitel 18

«Ihr Tee, Miss Lethaby!» Marian fuhr aus dem Tiefschlaf und brauchte einen kleinen Moment, um zu sich zu kommen. Wie dunkel es noch im Zimmer war, aber das lag daran, dass draußen dichter Regen herabrauschte.

«Danke. Stellen Sie die Tasse auf die Kommode!», murmelte sie verschlafen und war sich fast sicher, dass das Dienstmädchen längst weitergelaufen war und sie nicht mehr hörte.

Sie blieb einen kleinen Moment lang still in den Kissen liegen, um auf den Regen zu lauschen, und auch, um die winzig kleine Hoffnung in ihrem Herzen zu bewahren, Darion könnte bei ihr im Zimmer sein. Zwar nicht neben ihr im Bett, das hätte sie längst gespürt, aber doch vielleicht am Tisch sitzend, in einer Ecke auf dem Fußboden oder neben der Tür stehend. Schließlich hatte er allen Grund, ihr an diesem Morgen Abbitte zu leisten, denn er hatte gestern das Buch an sich genommen, ohne sie vorher um Erlaubnis zu fragen. Die halbe Nacht hatte sie auf ihn gewartet, da er doch versprochen hatte, zurückzukehren, um mit ihr gemeinsam darin zu lesen. Was er nicht getan hatte.

Auch wenn das Rauschen des Regens alle anderen Geräusche überdeckte, wurde Marian rasch klar, dass sie allein war. Ihr nächtlicher Geist, ihr zärtlicher Geliebter hatte sein Versprechen wieder einmal nicht eingelöst. Gehörte das etwa zur Natur eines Geistwesens, dass man sich auf seine Worte nicht verlassen konnte? Waren sie ebenso wandelbar wie sein Körper, der verschiedene Gestalten annahm und sich sogar als grauer Dunst durch ein Schlüsselloch schlängeln konnte? Ach, wieso hatte sie ihm jemals vertraut!

Sie spürte, dass ihr die Tränen in die Augen steigen wollten, und verließ entschlossen das Bett, um sich gar nicht erst dem Kummer und der Enttäuschung hinzugeben. Wie gut, dass es so kühl im Zimmer war, so musste sie fröstelnd ihre Wäsche und die Kleider zusammensuchen und hatte keine Zeit, zu heulen. Ganz im Gegenteil: Während sie sich die langen spitzenbesetzten Unterhosen in der Taille band und das Mieder zuhakte, kamen ihr allerlei schlimme Vermutungen in den Sinn.

Hatte Darion, der Geist der Nacht, es vielleicht von Anfang an nur auf dieses Buch abgesehen gehabt? Natürlich – weshalb sonst hatte er in Serenos Archiv herumspioniert? Er hatte erfolglos nach diesem Buch gesucht, das Marian selbst auf den ersten Blick entdeckt hatte. Nur aus diesem Grund hatte er sie in ihrem Zimmer aufgesucht, hatte sie verführt und ihre Hingabe genutzt: um sie zu bestehlen!

Was heißt «Hingabe»?, dachte Marian bitter und zündete die Lampe an, um sich das Haar vor dem kleinen Wandspiegel zu kämmen. *Ich sollte es besser «Dummheit» nennen. Ich war recht großzügig zu ihm, ließ ihn in mein Bett, erlaubte ihm, mich zärtlich zu berühren, danach zu bestehlen, und um meine Einfalt noch zu krönen, nahm ich klaglos hin, dass er mir auch dieses hübsche Amulett verweigerte. Als Unterpfand seiner Liebe wollte ich mir dieses Ding um den Hals hängen, ich blödes Huhn! Aber natürlich – weshalb sollte er es mir schenken, da er mich doch gar nicht liebt!*

War es tatsächlich so? Hatte es sich auch bei seinen Liebesversprechen um Lügen gehandelt? Alles passte so perfekt zusammen, und doch mochte sie Darion nicht ganz und gar verurteilen.

«Warte nur!», murmelte sie und betrachtete ihr aufgestecktes Haar im Spiegel. «Heute wird Jonathan Mills nichts zu lachen haben!»

Sie würde ihm sehr deutlich zeigen, dass sie keine dumme Gans war, wie er offensichtlich glaubte. Sobald sie Gelegenheit fand, für ein Weilchen mit ihm allein zu sein, würde sie das Buch von ihm fordern. Auf der Stelle hatte er es beizubringen! Tat er es nicht, dann ... dann würde sie Professor Sereno verraten, dass sein Hausangestellter in Wirklichkeit ein nächtlicher Geist war ...

Marian schluckte und wurde sich dessen bewusst, dass man sie in diesem Fall vermutlich auslachen oder für verrückt erklären würde. Beklommen blickte sie auf ihr eigenes Bild in dem kleinen Wandspiegel. Wie blass sie war! Wie groß ihre Augen erschienen! Die Iris grün und dunkelrot gefiedert wie das Federkleid eines Vogels, dazwischen goldfarbene und silberne Einsprengsel. In den schwarzen Pupillen schwamm das Spiegelbild einer Landschaft, sie konnte Hügel und Wälder erkennen, auch die zarte Linie eines Bachlaufs.

Es ist schon merkwürdig, dass meine Augen in letzter Zeit so oft ihre Farbe verändern, dachte sie besorgt. *Bin ich vielleicht doch krank? Oder verrückt? Wieso bin ich davon überzeugt, dass der Hausangestellte Jonathan Mills in Wirklichkeit Darion, der Geist der Nacht ist? Was für ein Unsinn! Wahrscheinlich habe ich das alles nur geträumt, und es gibt in Wirklichkeit weder ein Buch noch einen Geist der Nacht. Nur Marian Lethaby, eine angehende Sängerin, die vom Größenwahn befallen wurde und vermutlich in einer Irrenanstalt enden wird.*

Nein, vermutlich war es klüger, sich Jonathan Mills gegenüber völlig normal zu verhalten. Marian stand auf, um ihren Morgentee hereinzuholen. Vor lauter Grübeln hatte sie ihn fast vergessen, bestimmt war er nun nicht mehr heiß. Als sie vor ihre Zimmertür trat, schlug die große Standuhr unten in der Halle halb neun, und man konnte Elisabeths helles Lachen hören, das immer so künstlich klang. Himmel, wie spät es schon war, in einer halben Stunde würde der Unterricht be...

Der Tee in der Tasse schwappte über, und Marian schaffte es gerade noch, das bunt bemalte Geschirr mit zitternden Händen auf der Kommode abzustellen. Dann bückte sie sich, um einen kleinen Gegenstand vom Fußboden aufzuheben.

Es war ganz ohne Zweifel das Amulett. Hell glänzte die Flüssigkeit in dem kleinen Glasbehälter, sogar hier im dämmrigen Flur konnte sie die bunt schimmernden Lichtblitze wahrnehmen, die das Amulett aussandte, wenn man es bewegte. Einen Augenblick lang war sie tief ergriffen. Nein, sie war nicht verrückt, sie hatte auch nicht geträumt – Darion, ihr nächtlicher Gefährte war ein Teil der Wirklichkeit! Mehr noch: Er hatte sich besonnen und ihr das Amulett, das sie so sehr begehrte, zum Geschenk gemacht.

«Hast du etwas verloren, Marian? Sollen wir dir suchen helfen?»

Sie war so versunken, dass sie Lillian und Elisabeth, die den Flur entlang zur Treppe gingen, gar nicht bemerkt hatte. Blitzschnell schloss sie ihre Finger um das Amulett, doch sie konnte nicht verhindern, dass die beiden das Band sahen, an dem Darion es um den Hals getragen hatte.

«Ach je!», bemerkte Lillian. «Kein Wunder, dass du deinen Schmuck verloren hast! Das Band ist ja gerissen.»

«Meine Güte, du bist mal wieder schrecklich spät dran, Marian!», fügte Elisabeth hinzu. «Es ist übrigens schade, dass du gestern nicht mitgefahren bist. Es war eine sehr gelungene Veranstaltung, nicht wahr, Lilli?»

«Ja, das stimmt. Der Professor war ganz begeistert ...»

Marian raffte sich auf. Mit Mühe gelang es ihr, ein «Wie schön für euch» herauszubringen, dann verharrte sie vor ihrer Zimmertür und sah den beiden nach, bis sie auf der Treppe verschwanden.

Richtig – das schwarze Seidenband, das sich um die versiegelte Öffnung der Phiole schlang, war zerrissen. Hatte Darion die Phiole gar nicht als Geschenk vor ihre Tür gelegt, sondern das

Amulett einfach nur verloren? War das Band gestern gerissen, als er sich so hastig in den Hausangestellten Mills verwandelte, und er hatte gar nicht bemerkt, wie ihm die Phiole vom Hals glitt? Marians glückselige Stimmung sank wieder in sich zusammen.

Wie auch immer, dachte sie zerknirscht und schob das Amulett in ihrem Ärmel. *Ich werde ihn fragen, dann wird sich die Wahrheit schon herausstellen. Dieses Mal falle ich auf keine seiner Ausreden herein!*

Jonathan Mills schien sich wohlweislich von ihr fernzuhalten, denn Marian traf ihn weder auf dem Weg zur Küche noch später, als sie eilig durch die Halle in den großen Unterrichtsraum lief. Dort herrschte heute eine solch explosive Atmosphäre, dass sie sogar vergaß, durch die Fenster in den Garten hinauszuspähen, um Jonathan Mills dort zu entdecken. Professor Serenos schlechte Laune hing wie eine dunkle Wolke im Raum, er barst geradezu vor Nervosität und Unzufriedenheit, und die Beleidigungen, mit denen er seine Schüler traktierte, waren mehr als ehrenrührig.

«Du gackerst wie ein Huhn, das gerade ein Ei gelegt hat! Hör auf, mit den Augenbrauen zu wackeln wie ein Clown im Zirkus! Ich bin es leid, unfähige Dilettanten zu unterrichten. Geht nach Hause, und hockte euch unter den Küchentisch, aber kommt um Gottes willen nicht auf die Idee, eine Bühne zu betreten!»

Ganz besonders schlimm beflegelte er jene Schüler, die morgen beim Hauskonzert auftreten sollten. Einen nach dem anderen rief er nach vorn zu sich an den Flügel und pflückte ihn oder sie dort erbarmungslos auseinander. Niemand wagte, dem Meister zu widersprechen oder gar beleidigt zu sein, stattdessen bemühten sich alle voller Verzweiflung, seinen Forderungen gerecht zu werden. Offensichtlich waren sie der Meinung, dass sie durch diese Katharsis hindurchgehen mussten, um für die Aufführung gestählt zu sein.

«Wenn das Konzert vorbei ist», flüsterte Juliette Marian zu, «wird er jeden Einzelnen begeistert umarmen und allen erzählen, sie wären großartig gewesen. So ist es immer, man gewöhnt sich daran.»

«Ich nicht», gab Marian zurück, die auf heißen Kohlen saß, denn auch sie würde morgen singen. «Wenn er es wagt, mir zu erzählen, ich gackere wie ein Huhn, dann werfe ich ihm die Noten vor die Füße!»

«Da bin ich gespannt.»

Doch zu Marians nicht geringem Erstaunen ließ Sereno sie ungeschoren, er schien sie vollkommen vergessen zu haben und rief sie nicht einmal nach vorn. Auch das Duett, das sie mit Juliette singen würde, blieb ungeübt, was Juliette zwar Sorgen bereitete, Marian aber ziemlich kalt ließ.

«Es klappt ganz bestimmt, Juliette, schließlich haben wir es oft genug miteinander geprobt.»

Gegen Mittag, als Sereno ihnen vor den Einzelproben eine kurze Pause gönnte, erschienen die beiden Dienstmädchen mit Sandwichs und Tee. Marian saß mit Juliette und zwei der jungen Herren zusammen, man unterhielt sich leise, schlürfte den Tee und achtete sorgfältig darauf, sich auf keinen Fall an einem Sandwichkrümel zu verschlucken. Mitten im Gespräch jedoch wäre Marian das Käsesandwich fast im Hals stecken geblieben, denn was sie durchs Fenster erblickte, war ebenso unglaublich wie beklemmend.

Man sah Mrs. Waterfield im dunkelgrünen Regenumhang durch den Garten zum Unterstand stapfen, einen Korb für Feuerholz hinter sich herziehend.

«Wie merkwürdig!», sagte einer der beiden jungen Männer. «Das ist doch eigentlich Mr. Mills' Arbeit.»

«Nun, dann wird der arme Kerl vielleicht krank geworden sein», überlegte Juliette mitleidig. «Kein Wunder, wo er doch bei jedem Wetter nach draußen laufen muss, um das Tor aufzuschließen ...»

Marian trank einen Schluck Tee, um das enge Gefühl im Hals loszuwerden. Das kühle Glas der kleinen Phiole schien sich unter dem Kleiderärmel an ihre Haut zu pressen.

«Hat ... hat jemand von euch Jonathan Mills heute schon gesehen?»

Verneinende Gesten, Schulterzucken, einer der beiden jungen Männer befragte ein Dienstmädchen und erhielt die Auskunft, Jonathan Mills wäre heute Früh nicht zur Arbeit erschienen. Mrs. Waterfield hätte sich daraufhin höchstselbst in seine Schlafkammer oben unterm Dach begeben, um nach ihm zu schauen und den Faulpelz gegebenenfalls aus dem Bett zu werfen. Dort hätte die Wirtschafterin festgestellt, dass Mills' persönliche Besitztümer wie Kamm, Zahnbürste, zwei Unterhemden, drei Paar Socken, eine geflickte Hose sowie einige Kupfermünzen noch vorhanden waren, von ihm selbst aber jede Spur fehlte. Auch in den Wirtschaftsräumen, im Keller und im Garten war erfolglos nach ihm gesucht worden, sodass Mrs. Waterfield schließlich annahm, dass der treulose Bursche sich über Nacht davongemacht hatte.

«Das ist nicht recht von ihm», jammerte das Dienstmädchen. «Gerade jetzt, wo wegen des Hauskonzerts so viel Arbeit ansteht, muss er weglaufen!»

Marian stimmte ihr kopfnickend zu und äußerte ebenso wie Juliette ihre Empörung über diesen unzuverlässigen Burschen – dann jedoch wurde sie schweigsam. Ihre Vermutungen hatten sich nun also auf das Schlimmste bestätigt: Darion hatte sie kaltherzig belogen und verführt, um sich das Buch zu beschaffen. Nun, da er besaß, wonach es ihm gelüstete, war auch seine Rolle als Jonathan Mills ausgespielt, und er war davongefahren, dorthin, woher er gekommen war. Ganz sicher war das ein Ort, an dem kein Mensch, sondern höchstens ein Geistwesen ihn auftreiben konnte.

Es war nicht einfach für Marian, ihre tiefe Niedergeschlagenheit vor den anderen zu verbergen. Vor allem Juliette besaß ein feines Gespür. Sie neigte sich zu Marian hinüber und flüsterte:

«Geht es dir gut, Mary? Du bist auf einmal so still.»

«Ach ich bin nur ein wenig müde ...»

Das war nicht einmal gelogen, sie war wirklich erschöpft. Kein Wunder, schließlich war sie die halbe Nacht wach geblieben, um auf einen Geist zu warten, der längst über alle Berge war. Oh, wie dumm sie sich doch benommen hatte! Und selbst jetzt, da sie ihn vollkommen durchschaute, war ihr so jammervoll zumute, dass sie am liebsten laut geweint hätte. Er war schön und begehrenswert, dieser gewissenlose Lügner. Seine Hände und Lippen konnten ein Mädchen zur Glückseligkeit führen, während doch sein Herz dabei kalt wie Eis blieb. Weshalb gelang es ihr immer noch nicht, zornig auf ihn zu sein? Sie hätte ihn hassen sollen, diesen gemeinen Lügner! Doch alles, was sie zustande brachte, waren verhaltene Tränen.

«Na so etwas!», hörte sie Juliettes überraschte Stimme. «Wir sind noch nicht einmal für den Einzelunterricht eingetragen! Ich glaube fast, der Professor will uns gar nicht auftreten lassen.»

Gleichgültig überflog Marian den Unterrichtsplan, der wie üblich an der Flurwand aufgehängt worden war. Der Auftritt morgen beim Hauskonzert, den sie sich so hartnäckig erkämpft hatte, erschien ihr jetzt als das Unwichtigste der Welt. Wozu wollte sie dort überhaupt singen? An diesem Affentheater teilhaben, das heute schon seine düsteren Schatten vorauswarf? Serenos Nervosität hatte längst auch seine Schüler angesteckt, überall brachen Streitereien aus. Man reagierte betroffen, wo man sonst gelächelt hätte, es wurden die Namen wichtiger Leute, die im Publikum sitzen würden, geflüstert, und diejenigen Schüler, die nicht auftreten durften, platzten vor Neid.

«Aber natürlich werden wir singen, Julie! Das Programm ist doch schon gedruckt und wurde den eingeladenen Gästen zugeschickt ...»

Richtig, in ihrer Enttäuschung hatte Juliette diesen Umstand völlig vergessen. Jetzt seufzte sie erleichtert auf und erklärte, den Nachmittag lieber bei ihrer Tante verbringen zu wollen, als sich hier von den lieben Kollegen verrückt machen zu lassen. Schließlich wäre morgen noch genügend Zeit, um das unweigerlich auftretende Lampenfieber auszuleben.

«Komm doch mit, Marian! Meine Tante ist zwar eine alte Schreckschraube, aber in meinem Zimmer sind wir unter uns. Ich lese gerade einen hinreißenden Liebesroman, ich muss dir unbedingt einige Stellen daraus vorlesen ...»

Marian hätte den Nachmittag zwar gern mit der fröhlichen Juliette verbracht, um nicht in ihrem Kummer zu versinken. Aber die Aussicht auf rührselige Romankapitel, in denen es um Liebe ging, lockte sie überhaupt nicht.

«Du weißt doch, Julie: Ich darf die Villa nicht ohne Serenos Erlaubnis verlassen.»

«Na schön, du braves Mädchen!, witzelte Juliette. «Dann sehen wir uns morgen Früh, um uns von Sereno vor dem großen Auftritt noch einmal so richtig nierdermachen zu lassen!»

Sie lachte und umarmte Marian, gleich darauf sah man sie unter dem aufgespannten Regenschirm den Gartenweg zum Tor entlanglaufen. Eines der Dienstmädchen begleitete sie zum Tor, in ein kariertes Tuch eingewickelt, um sich vor dem Regen zu schützen. Mrs. Waterfield würde auf einen gewissen Jonathan Mills vermutlich äußerst schlecht zu sprechen sein. Morgen musste der große Unterrichtsraum in einen Konzertsaal verwandelt werden. Dazu wurde nicht nur alles gewischt und entstaubt, es mussten auch – so hatte man Marian erzählt – sämtliche Stühle der Villa herbeigeschleppt und in Reihen aufgestellt werden. Auch bei dieser Arbeit würde man den fleißigen Hausangestellten schmerzlich vermissen.

Jetzt, da Juliette fort war, versank Marian wieder in ihrem Jammer. Bekümmert blieb sie an dem hohen Erkerfenster des Unterrichtsraumes stehen und starrte in den vom Regen aufgeweichten Garten. Wie hübsch hatte dies alles im Schnee ausgesehen, als die wattige weiße Schicht die zerbrochenen Mauersimse und das faulige Laub am Boden überdeckte! Nun war es über Nacht wärmer geworden, und es herrschte ein scheußliches feuchtes Schmuddelwetter.

Es passt großartig zu meiner Stimmung, dachte Marian und schloss die Augen. Leise Töne stiegen in ihrem Inneren auf, wurden zu einer zarten traurigen Melodie, die direkt aus ihrem Herzen kam und wie von selbst den Weg zu ihren Lippen fand. Sie summte die Weise vor sich hin, hüllte sich in dieses zarte Netz von Tönen ein, die so sanft und trostreich waren, zugleich aber eine seltsam fremde Magie in sich trugen.

Etwas brannte plötzlich schmerzhaft heiß an ihrem Arm, sodass sie erschrocken innehielt und mit ihrer Hand in den Kleiderärmel fuhr. Es war das Amulett, das Darion verloren hatte und das jetzt auf einmal zu glühen schien. Verblüfft musterte sie die kleine Phiole, in der die Flüssigkeit schäumte, als wollte sie das dünne Glas zersprengen.

«Hilfe!», kreischte eine weibliche Stimme hinter ihr. «Ein Erdbeben! Der Fußboden hat gezittert. Oh, mein Gott, wenn das kein böses Vorzeichen für morgen ist ...»

Marian drehte sich um, denn sie hatte Lillians Stimme erkannt. Zwei Schülerinnen, die sich miteinander unterhalten und Tee getrunken hatten, sprangen auf und liefen zu der erschrockenen Lillian hinüber. Von der anderen Seite eilte Elisabeth herbei, um der Freundin beizustehen, auch die beiden jungen Männer näherten sich voller Neugier. Gleich darauf war Lillian von hilfreichen Freunden umringt, doch Marian hatte gerade noch erkennen können, dass sie ein Glas in der Hand hielt, in dem es blinkte und funkelte. Offensichtlich hatte sie sich an Serenos Wasserkaraffe bedient.

«Ich schwöre euch, es hat Wellen geschlagen! Richtig geschäumt hat es, ich glaubte schon, die Erde wollte sich unter mir auftun ...»

«Meine liebe Lilly, deine Nerven sind total überspannt. Und dabei singst du morgen nicht einmal. Wie wird das erst sein, wenn du ...»

«Halt den Mund, Elisabeth, du falsche Person! Ob ich morgen singe oder nicht singe, geht dich gar nichts an! Du selbst wurdest ja auch nicht ausgesucht. Erkläre mir lieber, wieso dieses Wasser in der Karaffe plötzlich in Bewegung geriet ...»

«Nun, du wirst versehentlich an das Tischlein gestoßen sein ...», meinte einer der jungen Herren. «Schaut euch die Karaffe doch an: Das Wasser schwankt immer noch ein wenig.»

«Ich bin nicht an das Tischlein gestoßen!»

«Aber natürlich, liebste Lilly. Vielleicht hast du es selbst ja gar nicht bemerkt. Anders ist es nicht möglich, sonst hätten wir es mit Zauberei zu tun.»

«Ich habe dieses alberne Tischlein nicht einmal berührt! Das Wasser in der Karaffe begann völlig ohne Grund, plötzlich zu sprudeln und Wellen zu schlagen ...»

«Schon gut, meine arme Lilly! Beruhige dich! Trink einen Schluck Tee, das wird dir guttun ...»

Wie merkwürdig!, dachte Marian und betrachtete verstohlen das Amulett in ihrer Hand. Jetzt war die Flüssigkeit darin wieder klar und kühl, ein bläulicher Schein ging von ihr aus wie bei einem tiefen Wasser, das den offenen Himmel reflektiert.

Marian war fest davon überzeugt, dass sowohl dieses Amulett als auch die seltsame Erscheinung in der Wasserkaraffe Geisterwerk waren und mit dem boshaft ungetreuen Darion zu tun hatten. Wer weiß? Vielleicht hatte er den Verlust des Amuletts inzwischen bemerkt und geisterte in der Villa umher, weil er sein Zauberding wiederhaben wollte.

Na warte, du Gauner!, dachte Marian, und endlich kam zu ihrer Erleichterung ein wenig Zorn auf. Das Buch hatte er ihr gestohlen, aber das Amulett würde sie ihm nicht so einfach überlassen! Sie knotete die gerissenen Enden des Seidenbands fest zusammen und hing sich die Phiole um den Hals. Wenn er dieses Fläschchen haben wollte, dann musste er sich schon in ihre Nähe begeben! Und eines hatte sie begriffen: Im Gegensatz zu anderen Menschen war sie in der Lage, ihn zu sehen.

«Miss Lethaby!»

Marian fuhr zusammen und schob das Amulett rasch unter ihr Kleid. Doch es war nur Milly, eines der beiden Dienstmädchen, ein junges dünnes Wesen mit großen hellbraunen Augen und einer hässlichen Warze rechts unten am Kinn. Ihr Rock war nass und am Saum voller Schmutz – sie war es gewesen, die Juliette vorhin zum Tor begleitet hatte.

«Was gibt's?»

«Es ist Besuch für Sie gekommen, Miss Lethaby. Eine junge Lady. Sie wartet in der Halle ...»

Das Mädchen reichte Marian eine Visitenkarte, die reichliche Spuren ihrer feuchten Finger aufwies.

«Kathryn Feathers» war darauf in schön geschwungener Druckschrift zu lesen. Kate! Du liebe Güte, Kates letzter Brief lag schon seit Wochen unbeantwortet auf Marians Schreibtisch.

«Danke, Milly!»

So lästig ihr Kates beharrliche Freundschaft auch manchmal geworden war, jetzt freute Marian sich über diesen Besuch. Wie rührend von Kate – bei diesem scheußlichen Wetter verließ sie ihr gemütliches Haus, um Marian zu sehen!

In der großen, ein wenig düsteren Eingangshalle nahm die Freundin sich recht unscheinbar aus. Das lag ohne Zweifel daran, dass Serenos Gesangsschüler teure und auffallende Kleidung bevorzugten, während die gute Kate eine grau gemusterte Jacke und einen altmodischen Hut trug. Auch das leuchtend rote Haar, das Marian so sehr an ihr gefiel, war zu einer straffen Aufsteckfrisur gebändigt, die Kates kantige Gesichtsform noch stärker betonte. Doch als Kate sie anlächelte, gewannen ihre Züge die altbekannte Wärme und Herzlichkeit zurück. Sie musste sich ohne Marian sehr einsam gefühlt haben.

«Du liebe Güte, Marian!», seufzte sie, als sie einander umarmten. «Du bist ja noch viel hübscher geworden – und so elegant, eine richtige Dame. Hattest du mich denn ganz und gar vergessen? Ich habe so lange auf ein Lebenszeichen von dir gewartet, dass ich mir schon Sorgen machte, ob es dir auch gut geht. Lass dich anschauen ...»

«Eine Dame bin ich ganz sicher nicht geworden, Kate ...»

Lächelnd drehte Marian sich einmal um sich selbst und bemerkte dann, dass die wenigen Kleider, die Mr. Strykers für sie hatte anfertigen lassen, keineswegs mit den teuren Gewändern der anderen Schülerinnen mithalten konnten.

«Auch morgen zum Konzert werde ich wohl in einem ganz gewöhnlichen Straßenkleid auftreten. Aber das ist auch nicht wichtig ...»

«Das ist außerordentlich wichtig, Marian!», rief Kate aus und fasste ihre Hände. «Weißt du was? Ich werde dir eines meiner Kleider leihen! Meine Mutter hat mir einige sehr schöne festliche Sachen genäht, die müssten dir auch passen ...»

Marian wollte ablehnen, aber Kate war so begeistert von dieser Idee, dass sie einfach weiterredete. Sie wäre sowieso gekommen, um die ungetreue Marian für zwei oder drei Stunden aus der Villa zu entführen. Zu Hause wartete man schon auf sie, ein kleiner Imbiss wäre auch gerichtet.

«Ich habe dir so viel zu erzählen, Marian! Stell dir vor, ich werde mich bald verloben – ist das nicht großartig? Er ist Angestellter beim Marineministerium und wird dort bald in eine höhere Position befördert werden ...»

«Wie ... wie schön für dich, Kate! Und liebst du ihn?»

«Ach ... die Liebe wird sich schon noch einstellen, wenn wir erst verheiratet sind. Aber Walter ist ein zuverlässiger Mensch mit ernster Lebensführung, und er will schnellstens eine Familie gründen ...»

Also vermutlich ein Biedermann und Langweiler – arme Kate! Auf der anderen Seite hatte die Freundin vielleicht gar nicht so unrecht. Noch gestern Nacht hatte Marian geglaubt, die Liebe eines aufregenden, wundervollen Mannes zu besitzen, doch der Morgen hatte ihr grausam die Augen geöffnet. Liebe bedeutete Schmerz und Enttäuschung, da war es auf die Dauer vielleicht besser, sich gar nicht erst zu verlieben.

«Nun komm schon, Marian! Hol deinen Umhang, es regnet draußen. Der Hansom wartet vor dem Tor ...»

Weshalb sollte sie Kate eigentlich nicht besuchen? Nur zwei oder drei Stunden – das würde Sereno in seiner momentanen Aufregung gar nicht bemerken. Kates Kleider würden ihr zwar ganz sicher nicht gefallen, aber die vernünftige Denkweise ihrer Freundin würde ihr guttun. Zudem waren ihre Eltern angenehme Menschen, in deren Gesellschaft sie sich immer wohlgefühlt hatte.

«Wird dein künftiger Verlobter auch anwesend sein?», wollte Marian wissen, während sie unter Kates breitem Regenschirm den Gartenweg entlang zum Tor liefen.

«Aber nein! Um diese Zeit ist Walter im Ministerium, er besucht uns nur am Donnerstagabend und am Samstagnachmittag. Bei gutem Wetter auch am Sonntag, aber da trinkt Walter niemals Alkohol, weil er befürchtet, am Montag mit Kopfschmerzen ins Ministerium gehen zu müssen.»

«Oh!»

Walter ist nicht nur ein Langweiler, er ist auch ein Mimöschen, dachte Marian amüsiert, während sie Milly, die das Tor aufgeschlossen hatte, freundlich zunickte und dann neben Kate in der Kutsche Platz nahm.

«Er ist in seinem Beruf sehr eifrig, Marian, und sehr genau. Einen Fehler würde er sich niemals verzeihen.»

Pingelig war er also noch dazu. Im Laufe der Fahrt wartete Kate mit weiteren Charaktereigenschaften ihres Zukünftigen auf. So war er streng gegen das Tabakrauchen und Kartenspielen eingestellt, wohnte aus Sparsamkeit möbliert bei einer Witwe und war entschlossen, im Falle einer Eheschließung mit seiner jungen Frau im Haus ihrer Eltern zu leben.

«Wie schade, dass ich ihn nicht zu sehen bekomme!», scherzte Marian. «Er ist gewiss das Musterexemplar eines soliden, fleißigen Familienvaters.»

«Oh!», machte Kate beglückt, und ein leichter Rosaton bemächtigte sich ihrer blassen Wangen. «Du hast ganz sicher recht, Marian. Aber du wirst dich heute trotzdem nicht bei uns langweilen, denn wir haben einen Gast für dich eingeladen.»

Sie hätte es sich denken können! Was für ein hinterlistiger Überfall – der liebe Vetter George weilte zu einem Besuch bei den Feathers!

Marian kannte das kleine Haus schon von früheren Besuchen. Es lag in einer ruhigen Straße in Hoxton, besaß eine grün angestrichene Eingangstür mit einem blank geputzten Messingknauf und war von einem winzigen sorgfältig gepflegten Gärtchen umgeben. Der Anschlag war von langer Hand gemeinsam mit Kates Eltern vorbereitet – man hatte den Tisch im Wohnzimmer festlich gedeckt und wies der lieben Marian den Sitzplatz zur Rechten des lieben Vetters George an.

«Was für eine Überraschung!», bemerkte Marian ironisch, als der Angekündigte schüchtern auf sie zutrat.

«Ich ... ich hoffe sehr, dass es Ihnen nicht unangenehm ist, Miss Lethaby», stotterte er. «Ich ... ich freue mich außerordentlich, Sie wiederzusehen ...»

Er war noch genauso rothaarig und spindeldürr wie früher, es war auch nicht zu erwarten gewesen, dass er sich während der vergangenen Monate entscheidend zu seinem Vorteil verändert hatte. Doch seine Verlegenheit rührte Marian, und so lächelte sie ihm ermutigend zu. Weshalb sollte sie sich den Nachmittag verderben lassen? Besser war es, die Dinge von der heiteren Seite zu nehmen.

«Oh, ich freue mich auch, Mr. Harrison. Zumal Sie mir einen Dienst leisten könnten. Kate will mir eines ihrer Kleider leihen, wir werden also gleich eine Modenschau veranstalten und benötigen dazu ein fachkundiges Publikum.»

Oh weh – hätte sie nur nichts gesagt!. Der arme Kerl wurde jetzt rot bis hinunter zum Hemdkragen. Vermutlich spielte seine Fantasie ihm aufregende Umkleideszenen in Kates Zimmer vor.

«Zu Ihren Diensten, Miss Lethaby! Ich will tun, was ich kann. Auch wenn mein Urteil gewiss sehr persönlich ausfallen wird, da ich Sie strahlend schön finde, ganz gleich, welches Kleid Sie tragen.»

Die Stimmung bei Tisch war fröhlich, und Marian beglückwünschte sich zu der Entscheidung, diesen Nachmittag nicht in der Villa, sondern hier bei den Feathers zu verbringen. Kates Mutter war eine hervorragende Köchin, das kalte Rindfleisch war zart, die Soße delikat, und Kates Vater wusste die jungen

Leute mit Anekdoten und Erinnerungen zu unterhalten. Für ein Weilchen vergaß Marian sogar den ungetreuen Darion und das gestohlene Buch und gab sich ganz und gar der fröhlichen Stimmung hin. Nach dem Essen wurde die Teekanne hereingetragen, und die beiden jungen Frauen verschwanden in Kates Zimmer, um die Kleiderfrage anzugehen.

«Schau, Marian: Dieses blaue Kleid würde dir wunderbar stehen. Oder das grüne. Nein, probier zuerst das cremefarbene! Das war auch das teuerste, allein der Stoff hat uns fast ruiniert ...»

Die Kleider waren mit viel Liebe genäht, aber wie Marian schon vermutet hatte, taugten sie nicht für ihren Zweck. Die hochnäsigen Schülerinnen des Professors würden vermutlich die Nase rümpfen, weil die Schnittmuster gar zu altbacken wirkten und die überall sorgsam aufgenähten Spitzen nicht der neuen Mode entsprachen. Da war es schon besser, in ihrem eigenen schmucklosen Kleid aufzutreten.

Um Kate nicht zu enttäuschen, schlüpfte sie trotzdem in das cremefarbene Kleid. Der Rock war zwar ein klein wenig zu lang, aber das eng geschnittene Oberteil passte sich perfekt ihrem Körper an. Nur der offenherzige Ausschnitt behagte Marian nicht, während Kate jedoch behauptete, es sähe entzückend aus, ihre Haut glänzte wie Silber und wäre vollkommen makellos.

«Du Glückliche! Ich musste stundenlang pudern, um meine blöden Sommersprossen zu verdecken!», seufzte Kate und zupfte noch ein wenig an dem Rock herum. «Geh hinüber, und führe es vor – ich bin sicher, sie werden hingerissen sein!»

«Was du für einen Unsinn redest, Kate! Aber da wir die Maskerade nun einmal angekündigt haben, will ich die Zuschauer nicht enttäuschen.»

Erst als sie das Wohnzimmer betrat, wurde Marian klar, dass diese Vorstellung mit zum Komplott gehörte. Dort befand sich nur noch Vetter George, ein schuldbewusstes Lächeln auf den schmalen Lippen, während sein Blick sie sehnsuchtsvoll zu verschlingen schien.

«Meine Tante, Mrs. Feathers, lässt sich entschuldigen, der Haushalt nimmt sie in Anspruch. Mr. Feathers ist zur Arbeit gegangen und wird erst gegen Abend zurückkehren. So werden Sie leider mit meiner Gesellschaft vorliebnehmen müssen, Marian.»

Sie versuchte, gute Miene zum bösen Spiel zu machen, und erklärte, seine Gesellschaft wäre ihr sehr angenehm. Als sie sich suchend nach Kate umsah, erklärte George ihr, seine Cousine wäre soeben von ihrer Mutter in die Küche gerufen worden. Oh, Kate – du kleine hartnäckige Kupplerin!

«Sie wird nicht lange fortbleiben», meinte er beruhigend, als er ihr Befremden bemerkte. «Sie müssen keine Sorge haben, Marian!»

«Na schön», gab sie verärgert zurück. «Dann will ich jetzt hören, ob dieses Kleid Gnade vor Ihren Augen findet, damit ich mich wieder umziehen kann.»

George stand beim Esstisch, auf dem nur noch einige Teetassen und die Kanne zurückgeblieben waren, und hielt sich mit beiden Händen an einem der hohen Stuhlrücken fest. Nein, Vetter George würde ganz sicher nicht wagen, ihr nahezutreten, dazu war er viel zu ängstlich! Mit weit aufgerissenen hellblauen Augen starrte er auf Marians offenherziges Dekolleté, als gäbe es dort etwas zu sehen, das einzigartig in der Welt war.

«Die Phiole der Elbenkönigin!», hörte Marian ihn andächtig flüstern. «Seit Jahrhunderten war sie verschollen, wir alle glaubten, sie wäre in die Hände der Nachtschatten gefallen.»

«Wie bitte?!»

Er war ja durchaus ein komischer Kauz, aber bisher hatte Marian niemals daran gezweifelt, dass in seinem Oberstübchen alles am rechten Platz war. Jetzt allerdings war sie in dieser Hinsicht nicht mehr so sicher, denn das strahlende Lächeln, mit dem George sie beglückte, kam ihr verdächtig vor – um nicht zu sagen ... merkwürdig. Äußerst merkwürdig sogar.

«Ich wusste es schon, als ich Sie zum ersten Mal erblickte», fuhr er fort, und sein lockiges, rotes Haar sträubte sich in die Höhe, während er sprach. «Ich sah es Ihnen an, Herrin, dass Sie aus dem Hause der Königin stammen. Die Zeit ist da, und ich bin glücklich, in ihr leben zu dürfen ...»

Sein Geschwätz kam Marian bekannt vor. Hatte nicht Ähnliches in diesem seltsamen Schreiben gestanden? Natürlich – Vetter George hatte ihr diesen Brief geschickt! Himmel, wie kam sie nur wieder heil aus dieser verrückten Situation heraus?! Ob er ihr am Ende folgen würde, wenn sie jetzt in Kates Zimmer zurücklief?

«Entschuldigen Sie mich bitte, ich möchte mich jetzt umkleiden.»

«Ich bitte Sie herzlich – bleiben Sie noch einen Augenblick!»

Er ließ den Stuhlrücken fahren, um die wenigen Schritte zur Tür hinüberzugehen, und legte seine Hand auf den Türknauf. Panik erfasste Marian, denn damit hatte er ihr den Rückweg abgeschnitten.

«Verzeihen Sie mir meinen Überschwang, Marian!», bat er. «Sie haben sicher keine Ahnung, wovon ich rede.»

«Allerdings nicht.»

Immerhin sprach er jetzt wieder in seinem normalen Tonfall, wenn auch sein Gesicht noch reichlich verklärt anmutete. Marian entspannte sich und überlegte fieberhaft, ob er vielleicht einen Anfall gehabt hatte. Eine Geistesverwirrung, die nur hin und wieder auftrat und nicht lange anhielt?

«Niemand hat Ihnen gesagt, dass Sie eine Lichtelbin sind, nicht wahr?», fuhr George fort. «Aber schauen Sie doch in den Spiegel, Marian, dann werden Sie es erkennen! Die silbrige Haut. Das gleißend helle Haar. Elbenaugen, die ihre Farbe verändern und die Natur in all ihren Formen spiegeln. Sie sind eine Elbin und können Geistwesen ebenso wie Menschen sehen. Haben Sie das wirklich noch nie bemerkt?»

Es wurde ihr unheimlich. Was er da sagte, klang irrsinnig, und doch war etwas Wahre daran. Die Sache mit ihren Augen und ihrer Haut. Auch dass sie Geistwesen sehen konnte, zumindest manchmal.

«Eine Lichtelbin?», fragte Marian unsicher, denn sie fürchtete, ihn in seinen Verrücktheiten zu bestärken. «Aber ich weiß nicht einmal, was das ist!»

«Ein Naturwesen – ebenso wie Wassernymphen, Nebelfrauen oder Geister der Nacht ... Wir werden Ihnen alles erklären, Marian.»

Was redete er da nur? Wen meinte er, wenn er «wir» sagte? Vor allem aber ...

«Geister der Nacht? Was ist das?»

George erschien ihr jetzt auf einmal abwesend, blickte an ihr vorbei zum Fenster hinaus und nickte sogar mehrfach, als wollte er jemandem ein Zeichen geben.

«Die Geister der Nacht?», wiederholte er zerstreut.

Dann besann er sich und lächelte ihr beruhigend zu. «Es gibt verschiedene, Marian. Die meisten sind harmlos, sie steigen in der Dämmerung aus Pflanzen und Teichen, streifen als dunkle Nebel umher und trinken den Tau der Nacht. Gefährlich sind nur die Nachtschatten, die von dem ehrgeizigen Gorian beherrscht werden. Man erkennt sie an dem grauen Kleid der Nacht, das ihren Körper umgibt, und an ihrer Haut, die die bleiche Farbe des Mondes besitzt. Gorians Krieger tragen darüber hinaus ein dunkles Kettenhemd und ein kurzes Schwert.»

«Gorians Krieger ...», stammelte sie verwirrt.

«Gorians Krieger, die erbarmungslos jede Lichtelbin zu Tode

hetzen. Vor ihnen müssen wir Sie schützen, Marian.»

In ihrem Kopf drehte sich alles im Kreis. Schon wieder wollte jemand sie beschützen, dieses Mal der arme Vetter George! Das letzte Mal war es Darion gewesen, ein Lügner und ein Dieb. Und der eine fatale Ähnlichkeit mit der von George so eindrücklich geschilderten Spezies der Nachtschatten besaß ...

Das konnte alles gar nicht sein! Wäre sie eine Lichtelbin und Darion ein Nachtschatten, dann hätte er sie doch zu Tode hetzen müssen. Aber vielleicht war er ja gerade dabei, dies zu tun? Er hatte sie belogen und bestohlen, er hatte Liebe und Sehnsucht in ihr erweckt und sie dann böswillig verlassen. War das nicht das Gleiche? Nein, eigentlich nicht, zumindest nicht ganz. Es war ein Anfang.

«Wir haben alles vorbereitet, Marian», sagte George aufgeregt und streckte ihr mit einer linkischen Geste seine Hand entgegen. «Wir Lichtelben werden Sie an einen sicheren Ort bringen, dorthin, wo kein Nachtschatten Ihnen etwas antun kann. Kommen Sie mit ...»

Gerade eben hatte sie noch geglaubt, der arme Vetter George redete im Irrsinn auf sie ein – jetzt begann sie, zu fürchten, sie selbst befände sich in einem Zustand der Geistesverwirrung. Wie hätte sie sonst Mr. und Mrs. Crincle an der Wohnzimmertür erblicken können? Sie strahlten sie an, lächelten verklärt, als wäre sie eine Erscheinung der Heiligen Jungfrau, und winkten ihr, herbeizukommen. Besonders Mr. Crincle mit seinen dünnen überlangen Armen sah sehr seltsam dabei aus. Befremdlich war auch, dass Mrs. Crincle ihr ein weites dunkelblaues Cape entgegenhielt und Anstalten machte, es ihr um die Schultern zu legen.

«Beeilen Sie sich, Herrin! Es ist kalt, und der Weg ist weit, doch wir haben einen mächtigen Beschützer ...»

Das Cape war mit einem weichen Pelzkragen geschmückt, der

Saum berührte den Boden, als Mrs. Crincle ihr das Kleidungsstück hastig umlegte. Angstschweiß brach ihr aus. Kate, wo steckte ihre Freundin Kate? Weshalb hatte sie sie hier allein gelassen? Wo war Mrs. Feathers abgeblieben? Sie konnte doch nicht für ewige Zeiten in ihrer Küche verschwinden!

«Rasch, Herrin! Die Zeit eilt uns davon ...», wisperte Mr. Crincle und streckte seinen langen dünnen Arm nach Marian aus.

Da rasselte draußen auf der Gasse eine Kutsche heran, und man vernahm die lauten, schneidenden Rufe des Kutschers, der die beiden Pferde vor dem Haus zum Stehen brachte. In Sekundenschnelle öffnete sich der Kutschenschlag, und eine große dunkel gekleidete Gestalt stürzte im Eilschritt auf das Haus zu.

«Wo ist sie? Heraus mit ihr, oder ich hole die Polizei! Heraus! Heraus!»

Professor Sereno riss an der Türglocke wie ein Besessener, schlug dann wütend mit seinen Fäusten gegen die grün gestrichene Eingangstür, und gleich darauf vernahm man einen erschrockenen Aufschrei, der ohne Zweifel von Mrs. Feathers stammte, die ihm die Tür geöffnet hatte.

Mr. und Mrs. Crincle wichen erschrocken zur Seite, als Sereno ins Wohnzimmer stürmte, der arme George erhielt einen Schlag vor die Brust und taumelte gegen den Esstisch. Die Teekanne und zwei Tassen rutschten über den Tischrand und fielen klirrend zu Boden.

«Her zu mir!», brüllte der Professor und griff die entsetzte Marian am Arm. Nur wenige Minuten später saß sie neben ihm in der davonjagenden Kutsche, ohne Jacke und Hut, dafür aber in Kates cremefarbenem Kleid und mit einem fremden Umhang angetan. Sereno sagte kein Wort, doch er hielt noch immer seine Hand um ihr Handgelenk geschlossen, und sie spürte, wie aufgeregt sein Atem ging.

«Dein Vormund hat dir verboten, die Villa ohne Erlaubnis zu

verlassen!», fuhr er sie an, nachdem sie eine Weile durch die Stadt gefahren waren. Als er bemerkte, dass sie vor Angst und Schrecken den Tränen nahe war, beruhigte er sich, und sein Ton wurde milder.

«Zum Glück bin ich noch rechtzeitig gekommen, sonst hätte es gefährlich werden können.»

Er schien jetzt mehr besorgt als zornig, fragte, ob man ihr etwas angetan habe, ob sie verletzt sei, ob er anhalten lassen solle, um ihr ein Glas Wasser zu besorgen.

«Danke, es geht schon ... Ich habe mich nur erschreckt ...»

«Wir sind gleich bei der Villa. Dort wirst du dich ein wenig hinlegen und zur Ruhe kommen. Es ist ja nichts Schlimmes geschehen, Marian. Nichts als ein böser Traum, der bald verblassen wird ...»

Er hatte den Griff um ihr Handgelenk gelockert und strich mit hilflosen Bewegungen über die roten Abdrücke, die seine Hand auf ihrer Haut hinterlassen hatte. Marian ließ ihn schweigend gewähren. Nein, sie träumte nicht, sie fuhr tatsächlich in einer Kutsche durch die verregnete kalte Stadt, und Sereno saß ihr gegenüber, den Blick seiner übergroßen braunen Augen starr auf sie gerichtet. Ein seltsamer Ausdruck lag darin, eine Mischung aus angstvoller Sorge und gieriger Erwartung. Sie hatte auch vorhin nicht geträumt, als sie die beiden Crincles gesehen hatte. Sie hatte überhaupt nicht geträumt, und sie war auch nicht verrückt. Um sie herum taten sich seltsame Dinge.

Gab es sie tatsächlich, diese zweite Welt neben der ersten? Und konnte es sein, dass sie selbst ein Teil davon war? Eine ... Lichtelbin?

Kapitel 19

Der Fiebertraum ließ sich nicht abschütteln, mischte Geschehenes mit Wahnvorstellungen und peinigte Darion mit grotesken Bildern. Wie ein Schwarm düsterer Vögel sanken die Gegner vom Nachthimmel herab, das schwarze Panzerhemd bildete ihr Federkleid, stählerne Schwerter ihre Schnäbel. Von allen Seiten griffen sie ihn an, es war kein Kampf nach den Regeln, kein Messen von Kraft und Geschicklichkeit Mann gegen Mann, so wie er es einmal gelernt hatte. Hier zählte nur die Vernichtung. Eine dichte wirbelnde Masse von Armen, Leibern und Schwertern stürzte über ihn her, hie und da ein mondbleiches Antlitz, Augen wie schwarze Schattenflecke, Münder halb geöffnet, als steckte dem Kämpfer schon das Triumphgeschrei in der Kehle.

Darion wehrte sich, hieb um sich wie ein Besessener, und wer von ihm getroffen wurde, wich angstvoll zurück, überließ seinen Platz einem anderen. Keiner dieser Anfänger war ihm gewachsen, hätte es sich um einen ehrlichen Kampf gehandelt. Er hätte sie nacheinander besiegt, jeden Einzelnen von ihnen, selbst wenn er mit seinen Kräften schon am Ende gewesen wäre. So hingegen blieben ihm nur die Wut der Verzweiflung und das Wissen um die unausweichliche Niederlage. Doch dieses Mal würde Gorian ihn nicht lebendig bekommen! Er würde sterben, sich in roten Nebeldunst verwandeln, der sich mit den Wolken der Morgendämmerung über dem Meer vereinigte.

Ein schwarzer Arm stieß Darion entgegen, in der Faust das dunkelblaue scharf geschliffene Schwert, und er hörte sich vor Anstrengung stöhnen, als er den Hieb parierte. Noch nicht, noch schlug sein Herz, sein Wille war ungebrochen, und seine

Muskeln gehorchten ihm. Ein tiefer Stich drang in seinen ungeschützten Rücken, auch an den Seiten war das graue Gewand der Nacht von zahllosen Schnitten durchlöchert. Er dachte an Marian, versuchte, sich ihr Bild vor Augen zu rufen, während er weiter gegen die Übermacht anfocht, immer untauglichere Verteidigungsschläge austeilte. Um Marians willen würde er sterben, um seiner Liebe willen, die sich nur ein einziges Mal erfüllt hatte. Er hatte eine Lichtelbin geliebt, die Königin der Lichtelben hatte in seinen Armen gelegen. Vielleicht hatte er mehr Glückseligkeit erfahren, als einem Wesen zustand. Und doch war es bitter, so ohne Abschied von ihr gehen zu müssen, einen elenden Tod unter den Schwertern dieser Feiglinge zu erleiden, und die Geliebte schutzlos zurückzulassen.

Die Schläge, die Darion austeilte, wurden ungenau, er sah, wie seine Gegner zurückwichen, ohne getroffen worden zu sein, bemerkte das höhnische Grinsen in ihren Gesichtern, hörte, wie sie sich Mut zuriefen.

«Nicht nachlassen – gleich haben wir ihn!»

Die Rufe hallten überlaut in seinen Ohren wider. Auch vernahm er ein Brausen, das an die schäumende Brandung des Meeres erinnerte, das aber hier in den Hügeln des schottischen Hochlandes nur von einem starken Wind stammen konnte.

«Da – er taumelt schon! Zwei nach links, die anderen zur rechten Seite! Passt auf, Schwachköpfe – Gorian will ihn lebendig haben!»

«Lebendig?»

«Ganz recht – lebendig!»

«Tot wäre einfacher.»

Tot ... tot ... tot ... Es klang, als hätte jemand in einen großen leeren Raum hineingerufen und die Worte hallten von allen Seiten zurück. Lebendig ... tot ... tot ... lebendig ...

«Vorsicht!», brüllte jemand dazwischen. «Da ist noch einer.

Nehmt ihn in die Zange! Umringt ihn! Verflucht noch einmal, was seid ihr denn für Memmen?!»

Der Kampf flammte erneut auf, Gestalten bäumten sich gegeneinander, stürzten in die Tiefe, andere traten an ihre Stelle. Schatten von Armen und Beinen, zu schwarzen Klumpen verkeilte Kämpfer, herrenlose Schwerter, zuckende Leiber, fluchende Münder. Er sah graues langes Haar im Wind flattern, und die große Gestalt des Kriegers schien seine eigenen fast versiegten Kräfte neu zu beleben. Unerwartet war er aufgetaucht, stand ihm als mächtiger Kampfgenosse zur Seite.

«Das Elbenbuch!», dröhnte es in Darions Ohren. «Wo ist es?»

«Es ist verloren!», stöhnte er. «Für alle Zeit in den feuchten Händen der Wassergeister.»

«Verloren?!»

Verloren ... Verloren ... Das fatale Wort hämmerte in seinen Ohren, als stünde dort ein Schmied am Amboss und schlüge emsig auf das harte Metall ein. Verloren ... verloren ... für immer und ewig verloren ...

Wütend zischten und brausten die Wellen, brachen sich donnernd an kantigem Fels, die lang gezogenen gierigen Schreie der Meeresvögel mischten sich in das Tosen des nassen Elements. Darunter vernahm er den wilden Gesang der Meergeister, die sich in der Brandung tummelten ...

«Darion!»

Er fuhr aus seinen Fieberträumen und konnte gerade noch einen rettenden Ast fassen, um nicht aus dem verschlungenen kahlen Gezweig in die Tiefe zu stürzen. Jetzt war auch der Schmerz da, den er im Halbschlaf nur verhalten gespürt hatte, und er stöhnte leise, während er seinen zerschlagenen Körper auf dem unbequemen Sitz zurechtrückte. Die rettende Zuflucht, zu der Aladion ihn getragen hatte, bestand aus einem riesigen Baum, der seine knotigen ineinander verhakten Äste gleich einem gewaltigen Wurzelwerk gen Himmel streckte. Darion hatte von dieser Esche reden hören, die seit Anbeginn der Welt auf einer kahlen Felseninsel wuchs, wo außer ihr weder Gras noch Halm Nahrung fanden. Sie sog ihre Lebenskraft aus einem unterirdischen Gewässer, und wer in ihren Ästen Schutz suchte – gleich ob Mensch, Tier oder Geistwesen –, den nahm sie auf und barg ihn vor seinen Feinden im gittergleichen Gewirr eisenharter Zweige. Einen bequemen Zufluchtsort stellte dies jedoch keineswegs dar, schon gar nicht, wenn man mit Wunden und blutigen Schrammen bedeckt war und die Morgensonne mit grellen Lichtblitzen durch die Wolken schoss.

Darion suchte sich einen Platz in einer breiten Astgabel und versuchte, sich mit dem Rücken anzulehnen, ließ es aber sofort wieder bleiben, als er den brennenden Schmerz spürte. Verdammte Feiglinge, die einem kämpfenden Mann in den Rücken stachen! Gleich, wie er sich bewegte: Es schmerzte jedes Glied, sogar die Finger waren zerschnitten, der Kettenpanzer hing in Fetzen herunter, auch die Stiefel waren ihm abhandengekommen. Schlimmer noch war, dass er das Amulett, das um seinen Hals gehangen hatte, vermisste, auch das war nun also verloren, genau wie das Elbenbuch. Nur sein Kopf schien jetzt wieder einigermaßen klar zu sein, was immerhin einen kleinen Anlass zur Hoffnung gab.

«Darion!» Er fuhr zusammen, denn jetzt erinnerte er sich, dass Aladion schon einmal seinen Namen gerufen hatte. Die Stimme des Abtrünnigen klang heiser und ungewöhnlich schwach.

«Ich bin hier, Aladion.»

Er musste wegen der hellen Sonnenstrahlen blinzeln, als er sich suchend nach seinem Gefährten umblickte. Er entdeckte ihn ein Stück weiter unten im Gezweig in einer dreifachen Astgabelung, ein Bein angewinkelt, um sich damit abzustützen, das andere ausgestreckt, die Arme schlaff herabhängend. Als er den Blick des Alten auffing, begriff er, dass Aladion, der ihm vor wenigen Stunden noch das Leben gerettet hatte, nun selbst mit seinen Kräften am Ende war. Der Kopf des Alten lehnte am Stamm, und sein langes Haar hing strähnig um seine Schultern. Dunkles Blut klebte daran.

«Warte, ich steige zu dir herunter ...»

«Lass es sein, Darion», hielt der Abtrünnige ihn zurück. «Sag mir lieber, ob du trotz deiner Wunden fliegen könntest.»

Das würde nicht ganz einfach und schon gar nicht schmerzfrei sein, aber es mochte gehen. Das Problem war nur, dass das Geschwader der Nachtschattenkrieger möglicherweise noch in der Nähe weilte, um sich auf ihn zu stürzen, sobald er die schützenden Zweige der Esche verließ.

«Drüben auf dem Festland findest du ein schmales Tal, durch das sich ein Bachlauf windet. Es wird von einem mächtigen Berg versperrt, einem Felsbrocken, der quer zu den übrigen Bergrücken liegt. Nur Birken und wenige Fichten gedeihen in dem karstigen Gestein. Dort entspringt die Quelle, aus der sich der Bachlauf speist.»

«Eine Quelle. Willst du, dass ich dir heilendes Wasser bringe?»

Aladion gab keine Antwort, und Darion begriff, dass es ihm ziemlich elend gehen musste, sonst hätte sein Stolz ihn ganz sicher daran gehindert, eine solche Bitte auszusprechen.

«Gib mir ein paar Minuten, damit ich mich sortieren kann», versuchte er, zu scherzen. «Der Rest ist ein Kinderspiel.»

«Nimm dich in acht, Darion! Die Quelle wird bewacht ...»

«Gut, dass du es erwähnst ...»

Es kostete einige Mühe, sich aufzurichten und aus dem verschlungenen Gezweig herauszusteigen, denn die Esche schien Darion geradezu lieb gewonnen zu haben und versuchte, ihn festzuhalten. Vorsichtig beschattete er seine Augen und spähte in alle Richtungen. Das Meer war grau und aufgewühlt. Wenn die Sonne durch die Wolken brach, schienen unzählige gleißende Lichter darin zu brennen. In der Ferne verwischten Nebelgeister die Linie des Horizonts. Zum Land hin erblickte man dunkles Felsgestein, in das die See zahlreiche kleine und größere Buchten gewaschen hatte, dahinter erhoben sich Berge, die jetzt zur Winterzeit unwirtlich und kahl wirkten. Feindliche Nachtschatten entdeckte Darion nicht, nur ein paar Wassergeister, die am Strand herumlungerten, und auf einem der Felsen sonnte sich eine hässliche Trollin. Nach diesem Rundblick brauchte er ein Weilchen, bis das Brennen in seinen Augen nachließ, aber eines war sicher: Gorians Krieger würden bei diesem gleißenden Morgenlicht noch schlechter sehen als er selbst, der durch die Hölle der Lichtfolter gegangen war.

Aladion lag vollkommen reglos, er schien nicht einmal zu bemerken, dass sein Gefährte über ihm herumkletterte – Darion bekam jetzt wirklich Angst um ihn. Er wand sich aus dem anhänglichen Gezweig heraus und stieg als Nebelstreif in die Luft, prüfte den Wind, der zum Glück hilfreich war und ihn dem Land zutrieb, und achtete sorgsam darauf, nicht in den Bereich der hoch aufschäumenden Wellen zu gelangen, denn in seinem momentanen Zustand war er dem groben Spiel der Wassernixen nicht gewachsen.

Noch gestern hätte er sich nicht vorstellen können, dass er einmal sein Leben riskieren würde, um dem Abtrünnigen Aladion zu helfen – doch inzwischen war viel geschehen.

Er hatte den hinterhältigen Angreifer, der ihm das Elbenbuch vor Marians Zimmertür entwunden hatte, nur allzu gut erkannt. Es handelte sich um einen der Boten Gorians, ein ehrgeiziges Bürschlein, das – verflucht, Darion hatte es schon befürchtet! – neben der allabendlichen Fragerei auch noch ein wenig in der Villa herumspioniert hatte. Wahrscheinlich war er ihm ins Archiv gefolgt und hatte auch durch das Schlüsselloch in Marians Zimmer geschaut – allein dafür hätte Darion ihn gern erschlagen. Mit einer unbändigen Wut im Bauch hatte er sich nach dem überraschenden Überfall wieder aufgerappelt, um den Angreifer zu verfolgen. Er musste das Buch unbedingt zurückhaben – wie sollte er Marian jemals ohne das Elbenbuch unter die Augen treten?

Er brauchte nicht lange, um den jungen Burschen ausfindig zu machen, schließlich war er kein Dummkopf, wie der andere wohl geglaubt hatte. Hinter dem Schornstein hatte er sich versteckt und wollte schlau abwarten, dass der Krieger Darion in die Wolken hinaufstieg, um sich dort oben schwarz zu suchen. Es kam zu einem kurzen Kampf auf dem Dach, doch es gelang Darion nicht, den anderen zu erwischen, weil ihm zwei aufgeregte Nebelfrauen mit ihren wattigen Körpern dazwischenfuhren. Bis er die klebrigen Weiber wieder los war, hatte der Bücherdieb längst das Weite gesucht.

Stundenlang spielten sie Katz und Maus miteinander, wohl zehnmal hatte er den schlüpfrigen Burschen gestellt, zweimal war das Buch schon fast in seine Hände gefallen, und doch musste dieser ehrgeizige Schattenbote einen Glücksbringer bei sich tragen, denn er entkam ihm immer wieder. Erst über dem Meer, als der Sturm sie beide beutelte, gelang es Darion, seinen Widersacher einzuholen und am Genick zu fassen, doch als der verfluchte Bursche begriff, dass sein Spiel verloren war, warf er seine Beute lieber ins Meer, als sie dem Gegner zu gönnen. Darion sah das Elbenbuch wie einen braun-weißen kopflosen Vogel über den aufgewühlten Wellen flattern, beobachtete, wie die Windbräute danach haschten und die Wassergeister ihre kalten grünen Arme reckten. Doch obgleich er wie ein Falke herabstieß, um das Buch im Flug zu ergreifen, waren die nassen Hände doch rascher und zogen die Elbenschrift ins Meer hinab. Wie lächerlich dumm sie waren, diese glitschigen fischleibigen Wasserwesen! Was wollten sie wohl mit einem Elbenbuch anfangen, das sich Wort für Wort und Seite für Seite im Meer auflösen und vergehen würde?

Darion hatte in heller Verzweiflung auf das versinkende Buch gestarrt, und erst als er die Schatten über sich spürte, begriff er, dass sein Gegner inzwischen Verstärkung von einem ganzen Geschwader Nachtschattenkrieger erhalten hatte. Über dem Meer hatte er nicht die mindeste Chance – Windbräute und Wassergeister würden sich in den Kampf mischen und ihn auf ihre Weise nutzen. Er floh zum Land hin und hoffte, in einem felsigen Tal oder einer Höhle Zuflucht zu finden, doch sie stellten ihn, kaum dass er die ersten Hügel erreicht hatte ...

Aladion hatte ihm das Leben gerettet – ausgerechnet dieser Abtrünnige, über den er sich oft genug geärgert hatte, war aus den Wolken herabgestoßen, um an Darions Seite zu kämpfen. Er schien Erfahrung mit solchen Gegnern zu haben, der Alte, denn er hielt sich nicht damit auf, die Jungschar wie ebenbürtige Kämpfer zu behandeln. Er prügelte förmlich auf die überraschten Nachtschatten ein, stieß sie herum, teilte sogar Fußtritte aus. Eine Weile sah es so aus, als wollten ihre Gegner sich zur Flucht wenden, dann aber tauchten zwei weitere Nachtschatten auf, die der Kampfeslärm offensichtlich auf ihrem Flug angelockt hatte, und diese beiden waren keine Anfänger, sondern etwa in Darions Alter. Das Blatt wendete sich auf der Stelle, am Ende entkamen sie nur mit knapper Not der Vernichtung.

Darion musste in die Wolken aufsteigen, um einen besseren Überblick zu gewinnen, denn das Tal, von dem Aladion gesprochen hatte, war nirgendwo zu sehen. Er entdeckte es eine gute Wegstrecke landeinwärts, einen schmalen Einschnitt zwischen zwei Bergrücken, eher eine Klamm als ein Tal, durch die sich ein Wildbach drängte. Ein klobiger lang gezogener Felsen lag quer zu den übrigen Bergrücken, als hätte sich ein steinerner Drachen hier niedergelassen, um den Ausgang des Tals zu verbarrikadieren. Aus seinem grauen Felsenleib entsprang der Wildbach in halber Höhe als Wasserfall, ein weißes Band, das sich herabstürzend in mehrere schaumige Fäden zerfaserte und am Fuß des Felsens in einen runden Quelltopf rieselte.

Was hatte Aladion gemurmelt? Die Quelle wurde bewacht? Darion hatte vermutet, dass der Alte damit die Quellnymphe meinte, die an diesem Ort lebte und das Gewässer beschützte. Aber vor einer solchen Nymphe musste sich niemand in acht nehmen – im Gegenteil: Diese Wassermädchen waren lieblich anzusehen, und die einzige Gefahr, die von ihnen ausging, bestand in ihrer weiblichen Anziehungskraft. So mancher junge Kerl, gleich ob Mensch oder Geist, hatte schon länger als geplant an solch einer Quelle verweilt, was jedoch keinem je ernsthaft geschadet hatte. Ganz im Gegenteil: Man erinnerte sich gern an diese Zeit.

Es ist eine heilende Quelle, dachte er, während er mit den Wolken landeinwärts zog und sich dann einer Nebelbank anschloss, die seitlich der Klamm an einem Bergrücken klebte. *Möglich, dass die Quellnymphe eines so besonderen Gewässers eine wehrhafte Person ist und nicht jeden dahergelaufenen Gauner mit ihrem kostbaren Nass bedient.*

Darions Vorsicht zahlte sich aus. Getarnt von den aufsteigenden Nebeln stieg er über den Bergrücken und entdeckte gleich neben dem runden Quelltopf zwei Schatten. Sie wirkten recht harmlos, verborgen unter den dichten Zweigen einer Fichte, doch er erkannte die gewappneten Krieger des Herrn der Nachtschatten. Sie hielten sich nicht als Gäste hier an der Quelle auf, sonst hätten sie ihre Schwerter abgelegt, wie es an einem solchen Ort Brauch war. Sie hockten dicht am Fels, in den Schatten der Fichtenzweige zurückgezogen, und starrten mit schmalen Augen ins Tal, bemühten sich auch, hin und wieder die Berghänge abzusuchen, wobei sie ihre schmerzenden Augen mit den Händen beschatteten.

Gorian ließ die heilende Quelle bewachen! Weshalb? Seit alters her war es die Aufgabe der Nymphen und Elben, solche Quellen zu hüten und sie jedem, der Hilfe brauchte, zugänglich zu machen. Doch wie es schien, war es jetzt der Herr der Nachtschatten, der entschied, wem die Quelle Heilung bringen durfte.

Hatte der nächtliche Kampf sich bereits herumgesprochen? Waren vielleicht sogar einige seiner angeschlagenen Gegner im Morgengrauen hierher geflogen, um ihre Wunden zu behandeln? Dann wäre es wenig ratsam, sich dem Quelltopf zu nähern. Auf der anderen Seite brauchte Darion das heilende Wasser für Aladion.

Die Nebel hoben sich jetzt ziemlich rasch. Er beschloss, in aller Vorsicht oben auf dem mächtigen Felsbrocken zu landen, aus dem die Quelle entsprang, und sich von dort aus zum Wasserfall hinabzulassen. Das gleißende schäumende Wasserband bereitete den Nachtschattenaugen ziemliche Schmerzen, sodass anzunehmen war, dass die beiden Aufpasser nur selten dort hinaufschauten. Und selbst wenn sie es taten, tränten ihnen die Augen so heftig, dass sie kaum etwas sehen konnten. Das Glück war Darion hold, denn als er sich wie ein schmaler grauer Schatten in eine Felsnische schmiegte und schon grübelte, wie und in welcher Form er nun zum Wasserfall hinabsinken konnte, vernahm er ein Flüstern.

«Es ist Aladion, der dich schickt, nicht wahr?»

Es war die Quellnymphe, die Gorian hier oben auf dem Felsen zu einem einsamen Höhlendasein verdammt hatte, fern von dem Wasserbecken, in dem sie früher in mondhellen Nächten badete. Sie war schön wie alle Nymphen, doch ihr Haar wirkte glanzlos und ihre Haut blass, wie bei einem Wesen, das seiner Bestimmung beraubt worden war und nun kummervoll dahinsiechte.

«Woher weißt du das?», fragte er zurück.

«Ich weiß es. Ich spüre, dass das Leben aus ihm weicht.»

«Dann hilf uns, Nymphe! Bitte!»

Sie lächelte müde und blickte zu ihrem Wasserfall hinunter. Ihr Blick mutete zärtlich an, wie eine Frau ihren Geliebten betrachtet, wie eine Mutter nach ihrem Kind schaut.

«Ich kann ihm für eine Weile Heilung bieten», erwiderte sie leise, so als redete sie gar nicht mit Darion, sondern mit sich selbst. «Aber dennoch ist sein Ende nicht mehr weit.»

Darion staunte und fragte sich, in welchem Verhältnis die beiden wohl zueinander standen. Der alte Abtrünnige und die schöne Quellnymphe – sie schienen einander schon lange zu kennen.

«Wir alle müssen einmal sterben und vergehen», murmelte er. «So wie auch die Menschen, die ein so viel kürzeres Dasein haben als wir Geistwesen.»

«So ist es», seufzte sie. «Seitdem das Reich der Lichtelben zerfiel, ist der Tod uns allen gewiss. Niemals wieder wird die Quelle sprudeln, die einst die Elbenkönigin hütete. Denn als die Nachtschatten das Reich der Lichtelben eroberten, starb Eolin lieber, als ihren Zauber in den Dienst der Feinde zu stellen.»

Darion starrte sie an und begriff, dass er soeben die Lösung gefunden hatte. Ganz harmlos, sozusagen nebenbei, hatte die Nymphe das Geheimnis der Elbenkönigin ausgeplaudert! Es war eine Quelle, die eine ganz besondere Kraft besaß ...

«Die Quelle des ewigen Lebens?», fragte er aufs Geratewohl.

«Ja», bestätigte sie mit traurigem Lächeln. «Niemand außer Eolin konnte diese Quelle zum Fließen bringen, denn es bedurfte dreier Dinge, um dieses Wunder geschehen zu lassen. Das erste war das Zeichen der Sonne, das zweite der silberne Fluss, das dritte aber das Spiel der Töne, das den Fels zum Bersten bringt.»

Darions Hirn arbeitete so eifrig, dass der Schmied wieder auf den Amboss schlug und er Kopfschmerzen bekam. Verflucht, er war noch längst nicht wieder im Normalzustand, aber eine solche Gelegenheit würde niemals wiederkehren! Jetzt verstand er auch, woher Aladion sein Wissen bezog: Die schöne Nymphe hatte ihm solche Geheimnisse verraten.

«Das Zeichen der Sonne beweist die Zugehörigkeit zum Haus der Königin, nicht wahr?», forschte Darion nach.

Überrascht sah die Nymphe ihn an, dann schien sie amüsiert, schließlich blickte sie besorgt drein.

«Ich sollte diese Dinge keinem Fremden erzählen. Aber du bist ein Freund von Aladion und wirst ihm mein heilendes Wasser bringen ...»

Sie beugte sich ein wenig vor und war nun ganz und gar damit beschäftigt, ihren geliebten Wasserfall zu betrachten. Sie murmelte sogar leise Worte, als wollte sie sich mit ihrem sprudelnden Element unterhalten. Darion durfte mit seinen Fragen nicht nachlassen.

«Was ist der silberne Fluss?»

«Das weißt du nicht? Hat Aladion es dir nicht gesagt? Nun, dann werde auch ich schweigen.»

Was tat sie nur? Um den Wasserfall hatten sich jetzt feine Nebel gebildet, zarte Schleier aus winzigen Wassertröpfchen, die allesamt das Sonnenlicht reflektierten. Er musste die Augen schließen, weil ihm die bunten glitzernden Lichter Löcher in die Iris brannten.

«Ist es ihr gleißendes Haar? Oder nein. Es ist der Fluss, der sich aus der Quelle des ewigen Lebens speist ...»

Er hörte sie leise auflachen und begriff, dass er ganz und gar danebenlag. Immerhin hatte er etwas zu ihrer Erheiterung beigetragen, denn als er jetzt seine Augen öffnete, schien ihre Miene fast fröhlich. Unten tanzte ein leuchtender Regenbogen in den Wassernebeln, für eine Quellnymphe gewiss ein schöner Anblick, für die Augen eines Nachtschatten eher eine Tortur.

«Aber nein, du Dummkopf! Es ist die Stimme der Elbenkönigin. Nur sie besaß diese Stimme, deshalb konnte auch keine andere als Eolin die Quelle zum Fließen bringen.»

«Aber ... sie sang gewiss auch eine ganz bestimmte Weise, oder nicht? Eine Melodie, die nur sie kannte.»

«Gewiss. Das Spiel der Töne, das den Fels zum Bersten bringt. Aus dem Fels kommt das Wasser, das ihr Gesang sprudeln und schäumen lässt, sodass es sich schließlich seinen Weg nach draußen bahnt. Schau hinunter!»

Der Wasserfall, der aus der Felswand strömte, rauschte jetzt sehr viel stärker als vorher, dichte Nebel umgaben ihn, von den breiten Farbbändern des Regenbogens überspannt, und selbst hier oben auf dem Felsen waren nun die feuchten Wassertröpfchen zu spüren.

«Jede von uns hat ihre Methode», hörte er die Quellnymphe flüstern. «Auch ich weiß meine Quelle zu lenken, und wenn ich einst vergehe, wird nur diejenige dieses Wasser zum Fließen bringen, der ich mein Geheimnis anvertraue ...»

Sie streckte ihre Arme aus und formte mit den Händen eine Schale, in der sich nun die schimmernden Tropfen sammelten und zu klarem Wasser wurden. Als sie genügend davon beisammen hatte, goss sie es in das Horn einer Gemse, verschloss es mit Bienenwachs und reichte es Darion.

«Bring es ihm, und sag, dass es von Selena kommt, dass sie selbst es für ihn bereitet hat und dass ihre Gedanken und Wünsche bei ihm sind.»

«Wie soll ich dir danken, Selena?» Ihr Lächeln bekam etwas Verlockendes, das anziehende Lächeln einer schönen Nymphe, und er fürchtete schon, sie würde in aller Harmlosigkeit seine Liebesdienste als Dank begehren. Gewiss – früher hatte er sich in solchen Fällen nicht lange bitten lassen. Jetzt aber liebte er eine Lichtelbin, und er war nicht bereit, seine Liebe zu teilen.

«Rette ihn!», antwortete sie in bittendem Ton, und Darion wurde erleichtert klar, dass ihr Lächeln nicht ihm, sondern dem todesmatten Aladion gegolten hatte.

Die Rückkehr gestaltete sich wegen des Gemsenhorns, das er nicht zu Nebel wandeln konnte, ein wenig schwieriger, doch der tosende, von Gischt und Dünsten umwallte Wasserfall zog die Aufmerksamkeit der beiden Wächter auf sich und half Darion, unentdeckt die andere Seite des Bergrückens zu erreichen.

Er hörte die Nachtschatten fluchen und nach der Nymphe rufen. Ganz offensichtlich gingen sie mit der schönen Herrin der Quelle nicht gerade respektvoll um. Es ärgerte ihn gewaltig, und er konnte sich gut vorstellen, dass der Abtrünnige ähnlich empfunden hätte, wäre er jetzt an seiner Stelle gewesen.

Sie ist sanftmütig, die schöne Selena, dachte er, während er mühsam gegen den Wind ankämpfend der Küste zustrebte. *Auch wenn Gorian sie beherrscht und schikaniert, so schenkt sie doch weiterhin die heilende Kraft ihrer Quelle an Kranke und Verwundete.*

Die Elbenkönigin Eolin war von anderer Art gewesen – sie weigerte sich, dem Herrn der Nachtschatten dienstbar zu sein, und ließ die Quelle des ewigen Lebens lieber für immer versiegen, als sich knechten zu lassen.

Der silberne Fluss – die Stimme der Königin! Jetzt begriff Darion, weshalb Sereno Marian unbedingt in seine Gewalt bringen wollte. Er war zwar nur ein Mensch, aber er verstand etwas von Stimmen, der Herr Professor. Er musste gehört haben, dass Marian die Stimme der Elbenkönigin besaß.

Es gelang ihm, einer Gruppe wilder Windbräute rechtzeitig aus dem Weg zu fliegen. Hätten sie ihn über dem Meer erwischt – matt und verwundet, wie er war –, hätte das Gemsenhorn mit dem heilenden Wasser möglicherweise einen ähnlichen Weg wie das Elbenbuch genommen. Der Umweg, zu dem er genötigt wurde, fraß jedoch Zeit, und es war schon Nachmittag, als er die Esche auf der kleinen Felseninsel erblickte. Immer noch wehte der Wind landeinwärts. Was ihm heute Früh hilfreich gewesen war, erwies sich jetzt als schier unüberwindliches Hindernis. Doch der Anblick von Aladions Körper, der matt und reglos im Gezweig der Esche hing, verlieh Darion die Kraft, um auch diese letzte Wegstrecke zu bewältigen. Keuchend sank er in die rettenden Äste, verwandelte sich noch, während er hinabstieg, vom Nebelstreif in seine eigentliche Erscheinungsform, und als er den Alten mit der Hand berührte, spürte er erleichtert, dass dieser noch lebte.

«Grüße von Selena», murmelte er und brach das Wachs auf, das das Gemsenhorn versiegelte. «Sie hat dieses Wasser extra für dich bereitet und ist mit ihren Gedanken und Wünschen bei Aladion.»

Der Alte öffnete die Augen nur einen Spalt breit, und als er seinen Arm hob, um das Gemsenhorn in die Hand zu nehmen, schien ihn diese Bewegung unendlich viel Mühe zu kosten. Darion sah zu, wie er die Flüssigkeit in langsamen Schlucken trank und den Kopf dann wieder zurücksinken ließ.

«Hier», sagte er und reichte Darion das Horn, «der Rest gehört dir.»

«Ach was! Es geht mir schon wieder ...»

«Trink!»

Es hatte wenig Sinn, jetzt mit ihm zu streiten, deshalb ließ Darion sich gehorsam die Neige durch die Kehle laufen, und noch während er schluckte, verspürte er die belebende Wirkung des Wassers. Er hatte oft von dem Zauber solcher Quellen gehört, doch ihre Magie bisher niemals am eigenen Leib verspürt. Es war so, als wäre man neu geboren – kein Wunder, dass der Tyrann Gorian nach dem Besitz der Quelle gierte!

«Hat sie dir das Geheimnis der Elbenkönigin verraten?»

Aladion konnte schon wieder grinsen, seine Wunden begannen, sich zu schließen, und seine Haut, die selbst für einen Nachtschatten sehr bleich, fast weiß, gewesen war, färbte sich eine Nuance dunkler.

«Allerdings. Hast du mich deshalb zu ihr geschickt?»

«Nicht nur deshalb», gab Aladion zurück. «Aber ich dachte mir, wenn meine Zeit zu Ende sein sollte und ich der Morgenröte entgegengehen muss, solltest du wenigstens wissen, wofür wir gekämpft haben.»

Darion streckte vorsichtig Arme und Beine, dann stellte er fest, dass sogar das zerfetzte Kettenhemd wieder zusammenwuchs. Ein erstaunliches Heilwässerchen.

«Und wo befand sich diese Elbenquelle?»

«Das weiß niemand mehr.»

Aladion richtete sich gerade und bewegte probeweise die Schultern, dann die Beine. Als er sein rechtes Knie bog, kniff er mit schmerzverzerrtem Ausdruck die Augen zusammen – er war zu ungeduldig gewesen.

«Niemand? Nicht einmal Gorian?»

«Der schon gar nicht! Ich hatte gehofft, dass es in dem Elbenbuch steht, das du dir hast stehlen lassen. Nächtelang habe ich in Serenos Archiv danach gesucht, aber genau wie du konnte ich es nicht entdecken. Es gehörten die Augen einer Lichtelbin dazu ...»

«Falls der Ort der Quelle dort geschrieben stand, dann wissen es jetzt nur die Wassergeister», folgerte Darion niedergeschlagen.

«Und Sereno.» Richtig! Wenn man davon ausging, dass es Sereno gelungen war, die Elbenschrift zu entziffern, dann war er allen anderen – sogar Gorian – ein Stück voraus.

«Sereno weiß vielleicht, wo sich der Ort befindet, aber wie will er die richtige Melodie erkennen? Besitzt er etwa auch solch ein Amulett wie jenes, das Gorian mir gab?»

Darion hielt es nicht für nötig, zu erwähnen, dass ebenjenes Amulett inzwischen verloren war. Das würde Aladion noch früh genug herausfinden, ein Unglück kam eben selten allein.

«Ganz sicher nicht», gab Aladion zurück. «Diese Phiole gibt es nur ein einziges Mal. Sie gehörte einst Eolin, der Königin der Lichtelben, und befindet sich seit dem Fall ihres Reiches in den Händen der Nachtschatten. Alles, was man darüber weiß, ist, dass die Flüssigkeit sich rot färbt, wenn das Lied der Elbenkönigin erklingt. Doch es muss noch eine andere Möglichkeit geben, die rechte Weise zu erkennen, sonst würde Sereno Marian nicht so eifrig alte Melodien singen lassen.»

«Und welche?»

«Keine Ahnung. Es muss in dem verdammten Elbenbuch gestanden haben.»

Darion stöhnte leise auf und verfluchte wieder sein elendes Pech. Dazu empfand er jetzt tiefe Reue, Marians Bitte nicht erfüllt zu haben. Diese Phiole war ihr Erbe, ebenso wie das Buch, das einer ihrer Vorfahren geschrieben hatte. In seiner Hand hatte es gelegen, ihr diesen rechtmäßigen Besitz zurückzugeben. Doch er hatte es verpatzt. Wie sollte sie ihm das jemals verzeihen?

«Wie es scheint, hält dieser Mensch alle Trümpfe in der Hand», überlegte er düster. «Sereno muss einen Glücksstern haben, da er das Elbenbuch aufgetrieben hat.»

«Diese Schrift stand in der Bibliothek der Villa, die er vor einigen Jahren gekauft hat. Aber ob das Buch ihm Glück oder Unglück bringen wird, ist noch nicht entschieden.»

«Du meinst, weil Gorian im Hintergrund lauert?», fragte Darion mit Unbehagen.

«Die Quelle des ewigen Lebens ist ein köstliches Gut, fur das es sich zu kämpfen lohnt.»

Darions Unbehagen steigerte sich zu heftigem Misstrauen. Gerade eben war ihm der Abtrünnige noch als guter Freund und Waffenbruder erschienen – jetzt stieg wieder der alte Verdacht in ihm auf. Auch Aladion strebte nach der Macht, auch er hatte nichts weiter im Sinn, als die Lichtelbin Marian seinen

Zielen dienstbar zu machen.

«Was führst du im Schilde, Abtrünniger?» Aladion war jetzt vollständig genesen, er rückte sein Kettenhemd zurecht und zog probeweise das Schwert aus der Scheide. Zweifelnd schaute er Darion an, dann zuckte er mit den Schultern.

«Nichts, was deinen Wünschen zuwiderlaufen würde.»

«Du willst Gorian vernichten.»

«Hast du vielleicht Mitleid mit ihm?»

Darion lachte kurz auf, dann nahm seine Miene einen feindseligen Ausdruck an.

«Wie auch immer – die eigentliche Herrin dieser Quelle ist Marian, und ich werde alles tun, was in meiner Macht steht, um sie zu schützen. Ganz gleich vor wem.»

Der Abtrünnige blickte ihn lächelnd an.

«Um Marian musst du dir keine Sorgen machen. Meine Freunde haben sie inzwischen an einen sicheren Ort gebracht.»

«Du hast sie ... entführt?»

«Es war ein wenig voreilig, denn ich hoffte auf das Elbenbuch, das jetzt leider verloren ist. Dennoch war es höchste Zeit, sich ihrer zu versichern. Die Quelle des ewigen Lebens wird weder Sereno noch Gorian gehören – sie wird unser sein.»

Die Begeisterung in Aladions Augen gefiel Darion wenig, doch er beschloss, vorerst zu schweigen.

«Wohin haben deine Freunde sie gebracht?»

Aladion machte Anstalten, sich aus dem schützenden Gezweig herauszuarbeiten. Es war nicht einfach, die Esche hielt ihre Gäste mit zärtlicher Liebe in ihren hölzernen Armen fest, und Aladion büßte bei seinen Bemühungen ein Stück seines Kettenhemdes und ein Büschel langer Haare ein.

«Wenn alles nach meinem Plan gegangen ist, dann befindet unsere kleine Lichtelbin sich jetzt auf Maygarden im Schutz der großen Eichen», verkündete er stolz.

Kapitel 20

Der Abendtee hatte ein seltsames Aroma besessen. Obgleich Marian nur eine halbe Tasse davon trank, fiel sie in einen tiefen dumpfen Schlaf, kaum dass sie sich zu Bett begeben hatte. Es war gut so, denn sie wollte sich all den beunruhigenden Gedanken nicht hingeben, wollte nichts von Nachtschatten und Lichtelben wissen und schon gar nicht die Hoffnung aufkeimen lassen, Darion könnte in dieser Nacht vielleicht zu ihr zurückkehren. Als sie am Morgen von der Stimme des jungen Dienstmädchens geweckt wurde und aus dem Bett kletterte, um ihren Tee ins Zimmer zu holen, fühlte sie sich ausgeruht und absolut klar im Kopf. Heute Abend fand das Hauskonzert statt, bei dem sie ihren ersten Auftritt haben würde, nur das war wichtig, darauf musste sie sich konzentrieren. Schließlich war sie hier, um die Kunst des Belcanto und den Beruf einer Sängerin zu erlernen. Das war der Weg, den sie sich ausgesucht hatte, und sie wollte ihn gehen, auch wenn die Begeisterung, die sie zu Anfang empfunden hatte, stark nachließ. Man konnte sogar sagen, dass es ihr vollkommen gleichgültig war, ob sie Erfolg hatte oder nicht, sie sang aus Pflichtgefühl sich selbst gegenüber – basta.

Unten in der Halle begegnete sie einem untersetzten rotwangigen Burschen, dem das krause Haar unter der Mütze hervorquoll, und sie brauchte einen Moment, um zu begreifen, dass dies Jonathan Mills' Nachfolger war. Marian schaute ihm nach, wie er zur Gartenhütte hinüberstapfte, mit ungeschickten Tritten über die Pfützen stieg und schließlich begann, die Buchenscheite klein zu hacken. Nein, bei diesem bodenständigen jungen Burschen handelte es sich ganz sicher nicht um eine

Verkörperung ihres ungetreuen Nachtgeistes! Darion war fort, er hatte Jonathan Mills mit sich genommen – je schneller sie die beiden vergaß, desto besser. Entschlossenen Schrittes stieg sie in die Küche hinunter, um sich ein Frühstück zu besorgen, und schwatzte mit einem der Dienstmädchen über den treulosen Mr. Mills, der bei Nacht und Nebel davongelaufen war und sie alle mitten in der Arbeit sitzen gelassen hatte.

«Aber es ist schon komisch», seufzte das Mädchen. «Auch wenn er solch ein unzuverlässiger Kerl war – wir vermissen ihn. Er hatte etwas Besonderes an sich, wissen Sie, er war so ... charmant.»

Marian war fast froh, dass Mrs. Waterfield jetzt die Unterhaltung störte und das Mädchen wütend ankeifte, ob es denn nichts zu tun hätte. Die Fenster im Konzertraum wären noch nicht alle geputzt, auf den Fußbodenleisten läge der Staub, und aus der Wohnung von Mr. Sereno müssten noch Stühle in den Konzertraum hinuntergetragen werden. Und das alles möglichst geräuschlos, um den Klavierstimmer nicht zu stören, der am Flügel zugange war.

Ein Sandwich kauend spazierte Marian in der Villa umher, lächelte über das Chaos im Konzertraum, wo Mrs. Waterfield die Stühle höchstselbst aufstellte, und betrachtete mitleidig die angestrengten blassen Gesichter ihrer Mitschüler. Nur widerwillig erklärte sie sich bereit, das Duett mit Juliette noch einmal zu proben – schließlich hatten sie es so oft miteinander gesungen, dass sie es sogar im Tiefschlaf fehlerlos hätten aufführen können.

Mitten in der Probe riss der rotwangige Hausangestellte die Tür auf, um Marian einen Brief zu überreichen.

«Wurde eben gerade für Miss Lethaby abgegeben. Sie sind doch Miss Lethaby, oder nicht?»

«Was für ein plumper Bursche!», schimpfte Juliette. «Kein

bisschen Feingefühl! Jonathan Mills hätte niemals eine Probe gestört, nur um die Post zu bringen!»

Der Brief stammte von Kate. Sie entschuldigte sich wegen der «Vorkommnisse» am gestrigen Tag, sie selbst hätte nicht begreifen können, was in ihren Vetter George gefahren sei, sie würde ihn nur als liebenswerten und ein wenig schüchternen Menschen kennen. Er wäre allerdings schon seit vielen Monaten unsterblich in Marian verliebt, was wohl der Grund für sein ungeschicktes Benehmen sein müsste. Sie hoffte sehr, Marian würde ihr und dem lieben George vergeben können, zumal es George gelungen wäre, für den heutigen Abend zwei Plätze im Publikum zu ergattern.

«Wie seltsam!», meinte Juliette, als Marian ihr davon erzählte. «Normalerweise sind außer den engsten Verwandten nur die wichtigen Leute von Oper und Konzert geladen. Und ein paar Pressemenschen ... Schreibt der Vetter deiner Freundin vielleicht für eine Zeitung?»

«Nicht dass ich wüsste ...»

Marian war wenig erfreut, Kate und vor allen Dingen Vetter George wiederzusehen, denn sie mochte nicht an die verwirrenden Ereignisse bei Kates Eltern erinnert werden. Auf keinen Fall sollte dieser Verrückte ihr etwas von Lichtelben und ähnlichen Dingen erzählen, sie wollte nichts davon hören! Vielleicht gab es sie ja, diese andere Welt, die Sphäre der Geister und Schattenwesen. Es war sogar ziemlich sicher, dass sie existierte, aber sie, Marian Lethaby, gehörte nicht dorthin. Ganz einfach deshalb, weil es dort drüben boshafte, treulose Schattengeister gab, mit denen sie auf keinen Fall noch einmal zusammentreffen wollte.

Von Professor Sereno war im Konzertraum nichts zu sehen, doch man wusste, dass er oben in seinem privaten Übungszimmer einigen der jungen Sänger letzte Anweisungen erteilte.

Juliette und Marian standen allerdings nicht auf seinem Plan, daher war Marian überrascht, als eines der Dienstmädchen sie gegen Mittag nach oben rief.

Als sie die Treppe hinaufging, fiel ihr das Buch wieder ein, das sie heimlich aus seinem Archiv genommen hatte und das mitsamt ihrem zärtlichen Darion verschwunden war. Aber woher sollte Sereno wissen, dass sie die Diebin war? Niemand hatte sie gesehen. Niemand außer Jonathan Mills ...

Zu allem Überfluss begegnete sie Lillian und Elisabeth im Flur, die beide heute Abend nicht auftreten durften und Marian mit neidischen Blicken bedachten.

«Na, bist du schon aufgeregt? Einer meiner besten Freundinnen ist ja vor Lampenfieber die Stimme weggeblieben, sie bekam keinen Ton heraus, als sie auf der Bühne stand ...»

«Aber das wird dir ja gewiss nicht passieren, meine Liebe. Nur keine Angst, sing mutig drauflos, und achte nicht darauf, dass die Akustik im vollen Saal eine ganz andere sein wird! So richtig dumpf und trocken wird die Stimme klingen ...»

Beide erklärten sich bereit, ihr nach altem Brauch über die linke Schulter zu spucken und «Toi, toi, toi» zu wünschen. Marian lehnte diese Liebestat höflich, aber bestimmt ab und drängte sich an den beiden neidischen Schnepfen vorbei, die Treppe hinauf. Als sie vor den weißen Flügeltüren stand, klopfte ihr Herz so unruhig, dass sie einen Moment warten musste, bevor sie eintrat.

Sereno erschien ihr fahrig, das Gesicht gerötet, die Augenlider geschwollen, als hätte er schlecht geschlafen. *Er ist mindestens so aufgeregt wie seine Schüler, dachte sie. Es muss schlimm für ihn sein, den Vorträgen seiner Schäfchen zuzuhören, die Fehler zu registrieren und doch nichts mehr daran ändern zu können.*

«Sie wollten mich sprechen, Mr. Sereno.»

Er saß wie üblich hinter seinem Flügel, doch statt versonnen ein paar Akkorde anzuschlagen, wie er es sonst gern tat, lagen seine Hände untätig auf den Knien.

«Marian», begann er mit dumpfer Stimme, «du wirst heute Abend nicht auftreten.»

Sie erstarrte. Wie hinterhältig er doch war! Zuerst erlaubte er ihr den Auftritt, und jetzt, kurz bevor es losging, machte er einen Rückzieher! Du liebe Güte – inzwischen lag ihr ja gar nicht mehr so viel daran, aber es passte ihr nicht, sich so behandeln zu lassen!

«Aus welchem Grund, Mr. Sereno?»

Sein Blick flackerte für einen Augenblick, die rechte Hand spielte einen leisen dissonanten Akkord, der wie ein beklommener Seufzer klang.

«Weil deine Leistungen nicht ausreichen.»

Das war mehr als ungerecht, und er wusste es. Marian spürte, wie der Zorn in ihr aufstieg.

«Mein Name steht auf dem Programm, Mr. Sereno. Was wollen Sie dem Publikum erzählen?»

«Das ist meine Sache!»

Sie stand aufrecht vor ihm, der Zorn blitzte in ihren Augen, sie hatte sogar die Fäuste geballt, was er jedoch nicht sehen konnte, denn die Rockfalten verbargen ihre Hände.

«Ich werde singen, Mr. Sereno! Niemand hält mich davon ab, auch Sie nicht!»

Es klang viel entschlossener, als sie selbst es für möglich gehalten hätte, und sie bemerkte sofort, dass Sereno beeindruckt war.

«Ich habe wichtige Gründe dafür, Marian ...»

«Und welche sind das?»

Er wand sich und redete allerlei Unsinn, sie hätte zu wenig Erfahrung, sänge zu unbefangen daher, er müsste sie vor der unbarmherzigen Kritik der Fachleute bewahren. In seinem Bemühen, plausible Gründe für sein Verbot zu erfinden, erschien er Marian so verzweifelt, dass sie fast Mitleid mit ihm bekam. Von dem Buch sagte er kein Wort – also hatte er auch nichts mitbekommen.

«Ich bitte dich herzlich darum, Marian! Ich bitte dich als dein Lehrer und dein Freund ...»

Sie wurde weich, da er tatsächlich krank zu sein schien. Weshalb sonst war er so blass und seine Stirn voller Schweißperlen? War es die Sache wert, so hart zu bleiben? Im Grunde war es ihr doch egal, ob sie heute Abend auftrat oder erst in einigen Wochen zu Ostern in einer Kirche sang.

«Na schön», lenkte sie ein. «Aber ich kann nur die Arie absagen, nicht das Duett. Das kann ich Juliette nicht antun.»

In diesem Punkt blieb sie standhaft, obgleich Sereno vorschlug, eine andere Schülerin einspringen zu lassen. Nein, sie hatte dieses Duett mit Juliette geprobt, sie waren aufeinander eingesungen, eine Umbesetzung kurz vor dem Auftritt kam nicht infrage.

Missgelaunt ging sie wieder nach unten und verbrachte die Zeit bis zum Abend in ihrem Zimmer. Sie fühlte sich unzufrieden und ungerecht behandelt, zugleich aber hatte sie kein reines Gewissen, wenn sie an das entwendete Buch dachte. Traurig lag sie auf ihrem Bett ausgestreckt und dachte daran, mit wie viel Neugier und Begeisterung sie vor einigen Monaten diese Ausbildung begonnen hatte. Jetzt hatte sie das Gefühl, einen falschen Weg eingeschlagen zu haben, den sie eigentlich verlassen sollte.

Es ist Darion, dachte sie unglücklich. *Ich habe einfach nur Liebeskummer und deshalb erscheint mir alles, was ich tue, in düsteren Farben.*

Ihr Blick fing ein kleines Licht ein, das irgendwo zwischen den Büchern auf dem Tisch aufblitzte und gleich darauf wieder verschwand. Richtig, dort lag die Phiole, die sie gestern Abend vom Hals genommen hatte. Dieses seltsame Amulett, das Darion ihr nicht hatte geben wollen und das sie später vor ihrer Tür auf dem Boden fand. Gefüllt mit einer Flüssigkeit, die schäumen und glühen konnte.

Nachdenklich stand sie auf und nahm die kleine Flasche in die Hand. Die Flüssigkeit darin blieb klar und still, doch als sie die Phiole auf ihre Handfläche legte, ging ein sanfter Schimmer von dem Amulett aus. Sie musterte das zerrissene Band, das sie so kunstvoll wieder zusammengeknotet hatte, und schob einen beständig bohrenden Gedanken beiseite. Nein, Darion war nicht von irgendeiner dunklen Macht gezwungen worden, sie zu verlassen. Er war einfach ein unsteter Geist, der sich einmal hier, einmal dort herumtrieb. Eigentlich sollte sie dieses Amulett fortwerfen, damit sie endgültig von dieser unglücklichen Liebe frei wurde.

Doch je länger sie auf das schimmernde Glas in ihrer Hand blickte, desto stärker spürte sie die Magie dieser klaren Flüssigkeit und begriff, dass sie sich niemals davon trennen würde. Die Phiole strahlte bis tief in ihr Herz hinein und füllte es mit einem warmen stolzen Empfinden. Dieses Amulett mochte an Darions Hals gehangen haben, in Wirklichkeit jedoch gehörte es ihr, genau wie das Buch, das sie aus dem Archiv genommen hatte. Er hatte ihr den Folianten gestohlen – diese kostbare Phiole aber war ihr geblieben.

«Miss Lethaby?»

Die Stimme des Dienstmädchens riss sie rüde aus ihrer traumähnlichen Stimmung. «Miss Juliette lässt fragen, ob Sie schon angezogen sind. Sie wartet unten auf Sie.»

«Ich ... ich komme. Einen kleinen Augenblick noch ...»

Erschrocken schob Marian den Fenstervorhang beiseite und stellte fest, dass es draußen schon vollkommen dunkel war – wo war die Zeit geblieben? Gedämpfte Stimmen drangen zu ihr hinauf, Gespräche, Gelächter, das Geräusch von Absätzen auf dem Steinfußboden der Halle. Waren das schon die Konzertbesucher, die dort Mäntel und Hüte ließen, bevor sie in den Saal gingen?

Nun – sie würde Juliette nicht enttäuschen. Hastig knöpfte sie ihr Kleid auf, zögerte einen Moment und entschloss sich dann doch, Kates cremefarbenes Gewand anzuziehen. Warum eigentlich nicht, die Freundin würde unter den Zuschauern sitzen und sich ganz sicher darüber freuen. Als sie einen letzten prüfenden Blick in den schmalen Wandspiegel warf, stellte sie fest, dass sie das Amulett um den Hals trug, obgleich sie sich nicht daran erinnern konnte, es umgehängt zu haben. Es sah wundervoll aus, fast wie ein geschliffener Edelstein, der im Licht alle Farben des Spektrums versprühte.

Die «Phiole der Elbenkönigin» hatte Vetter George das Amulett genannt – was mochte er wohl damit gemeint haben? Es blieb ihr keine Muße, darüber nachzugrübeln, denn jetzt klopfte schon Juliette an ihre Zimmertür.

«Kommst du, Marian? Unten ist schon ein fürchterliches Gedränge. Alle Plätze sind besetzt, es mussten sogar noch Stühle aus der Küche und vom Dachboden geholt werden ...»

Juliette trug ein rotes Kleid aus Seide, das ausgezeichnet zu ihrem dunklen Haar passte und ihr das Aussehen einer südländischen Schönheit verlieh. Wie zierlich sie ihre schwarzen Löckchen um die Stirn angeordnet hatte! Marian, die ihr Haar nur zusammengedreht und am Hinterkopf aufgesteckt hatte, kam sich jetzt blass und unscheinbar vor.

«Du bist zart und schön wie eine Fee», behauptete Juliette lächelnd. «Ich werde nie herausbekommen, wieso deine Augen sich ständig verändern. Einmal sieht man das Meer darin, dann eine grünende Landschaft, einmal einen hellblauen See und manchmal sogar grauen schrundigen Fels. Du hast Zauberaugen, Marian, besonders wenn du singst, spiegeln sich darin allerlei Dinge ...»

«Was für einen Unsinn du redest, Julie!»

«Du hast recht», lachte sie und kniff Marian in den Arm. «Ich bin einfach wahnsinnig aufgeregt. Wenn wir es doch schon hinter uns hätten!»

«Du liebe Zeit! Lass es uns genießen – schließlich habe wir lange genug dafür geprobt!»

Sie hielten einander an den Händen, während sie die Treppe in die Eingangshalle hinunterliefen. Hier trafen nur noch vereinzelt Konzertbesucher ein, vornehmlich ältere Herren, die von einem Diener begleitet wurden. Alle hatten es eilig, den Hausangestellten Mäntel und Kopfbedeckungen zu reichen, um dann in den Konzertsaal zu gehen, denn die ungeheizte düstere Halle bot keinen angenehmen Aufenthalt. Auch der junge Angestellte, den Mrs. Waterfield zu dem heutigen Anlass in eine dunkelblaue goldbetresste Livree gesteckt hatte, machte einen verfrorenen Eindruck. Vermutlich hoffte er darauf, dass nun endlich alle Zuhörer eingetroffen waren und er sich unten in der Küche ein wenig aufwärmen konnte.

«Es sind recht komische Leute dabei», flüsterte Juliette Marian ins Ohr. «Ich hörte Mrs. Waterfield sagen, sie hätte einige davon noch nie in ihrem Leben gesehen.»

«Nun – es werden jedes Jahr ein paar neue Zuhörer dabei sein. Das ist doch ganz normal, oder?»

«Mrs. Waterfield hat behauptet, es wären seit vielen Jahren immer die gleichen. Nur heute ...»

Die beiden jungen Frauen durchquerten fröstelnd die Halle, wo sich ein kleinwüchsiger dürrer Mensch mit Ziegenbart gerade seines gefütterten Mantels entledigte. Als er Marian und Juliette erblickte, verbeugte er sich mit gewinnendem Lächeln und murmelte etwas von «bezaubernd» und «jugendlicher Frische». Sie erwiderten seinen Gruß mit verbindlichem Kopfnicken und machten, dass sie hinüber in den kleinen Übungsraum kamen, wo sie sich – der Anordnung des Meisters gemäß – vor und nach ihrem Auftritt einzufinden hatten. Dort befanden sie sich in guter Gesellschaft – auch die anderen Sänger standen oder saßen herum, und fast alle kämpften verbissen gegen das Lampenfieber.

«Dieser Konzertbesucher sah wirklich etwas seltsam aus», fand Marian. «Mit einem Pferdefuß ausgestattet und zwei gebogenen Hörnchen auf der Stirn hätte man ihn fast für ...»

«... ein Teufelchen halten können?», vervollständigte einer der jungen Sänger. «Nun – das kann eigentlich nur Mr. Meller, der bekannte Impresario gewesen sein. Somit wären wir für heute Abend also komplett.»

Gelächter kam unter den Wartenden auf, das jedoch wegen der Anspannung reichlich gezwungen klang. Marian, die als Einzige von jeglichem Lampenfieber verschont blieb, kam sich schrecklich dumm vor. Ausgerechnet den berühmten Mr. Meller hatte sie nicht erkannt, dabei war doch schon oft von seinem absonderlichen Aussehen die Rede gewesen.

Drüben in der Halle tat die Standuhr acht dröhnende Schläge, die Herren zogen ihre Taschenuhren zurate – jawohl, es war acht Uhr, gleich würde das Konzert beginnen! Die beiden Sängerinnen, die den Reigen der schönen Stimmen mit einem Duett eröffnen würden, richteten sich gerade, und atmeten tief durch. Sie erhielten flüsternd Ermutigung, eine Freundin spuckte ihnen mit bitterernstem Gesichtsausdruck über die Schultern. Aus dem Saal vernahm man jetzt Serenos tiefe Stimme, der seine Konzertgäste traditionsgemäß mit wenigen Sätzen begrüßte und danach das Feld seinen Schülern überließ.

«Achtung!»

Die Tür des Unterrichtsraums wurde von außen geöffnet, und Marian erblickte Mrs. Waterfield in einem Kleid von dunkelgrünem Brokatstoff. Selten hatte sie eine derart skurrile Aufmachung gesehen. Das Kleid war großzügig dekolletiert und so eng geschnürt, dass die Brüste der Dame wie Hefeklöße emporquollen, dazu hatte sie ihr ergrautes Haar auf altmodische Weise aufgetürmt und mit zahlreichen grünen Schleifchen geschmückt. Immerhin stellte diese Erscheinung für die jungen Sänger offenbar nichts Ungewöhnliches dar, denn keiner von ihnen verzog eine Miene.

«Miss Gregor und Miss Carpenter – zum Auftritt bitte! Mr. Copperby und Miss Ginger – halten Sie sich bitte bereit, Sie sind als Nächste dran ...»

Mrs. Waterfield war auch in ihrer ungewohnten Abendtoilette absolut zuverlässig und hatte die Augen überall. Prüfend ließ sie ihren Blick über die beiden Sängerinnen schweifen, die an ihr vorüber in den Flur hinaustraten, und zupfte eine Fluse vom Kleid der einen.

Beklommenes Warten, nachdem die Tür sich wieder geschlossen hatte. Man vernahm die Ansage der Gesangsstücke – eine Aufgabe, die Lillian übernommen hatte - dann die ersten Töne. Tatsächlich – man nickte sich bedeutungsvoll zu –, sowohl der Flügel als auch die Gesangsstimmen klangen in dem gut gefüllten Saal dumpf, jede Unsicherheit, jeder, auch der kleinste Fehler war zu hören.

Die beiden machten ihre Sache gar nicht schlecht, wenn man bedachte, dass sie schließlich als Erste vor das Publikum treten mussten. Es gab zaghaften Applaus, gleich darauf wurde die Tür aufgerissen, fliegender Wechsel unter Mrs. Waterfields Argusaugen. Die beiden Sängerinnen, die soeben ihren Auftritt beendet hatten, waren noch erhitzt, ihre Wangen glühten, in ihren Mienen wechselte Erleichterung mit Enttäuschung.

«Mein Gott, es klingt, als sängest du gegen einen Berg von Watte!»

«Was für Gesichter! Wie sie uns angestarrt haben – als wollten sie uns fressen!»

«Ich habe einen solchen Mist gesungen – der Professor wird es mir niemals verzeihen ...»

Dieses Mal kümmerte sich niemand um die aufgeregten Kommentare, jeder hatte mit seinem eigenen kurz bevorstehenden Auftritt zu tun. Es ging jetzt rasch, man hörte die Arien und Duette gedämpft aus dem Saal herübertönen. Einiges gelang, anderes ging daneben, glückstrahlende und zutiefst am Boden zerstörte junge Künstler stolperten in den kleinen Raum zurück, Tränen flossen, Taschentücher und Gläser mit kaltem Wasser machten die Runde.

«Gleich kommen wir dran, Marian!», flüsterte Juliette. «Meine Güte, wie sparsam sie mit dem Applaus sind! Und dabei waren einige von uns wirklich gut!»

Marian schwieg. Dies alles wirkte hektisch und unwirklich, wie schade, dass das Lampenfieber die schöne Musik in einigen Fällen verdorben hatte! Musste man tatsächlich auf einer Bühne stehen, um vor all diesen lästigen Menschen zu glänzen? War das der Sinn von Musik? Sich mit ihrer Hilfe vor anderen Menschen hervorzutun? War die Musik nicht viel eher dazu da, alle Wesen zu erfreuen, sie in einen beseelten Zustand zu versetzen, in dem es weder Kummer noch Schmerz gab?

«Miss Lethaby und Miss Thornton bitte! Die beiden Herren Tenöre halten sich schon einmal bereit. Danach kommt Miss Copperby mit der großen Arie ...», kommandierte Mrs. Waterfield, und die Schleifchen in ihrer Frisur zitterten dabei.

Als die Türen zum Saal sich vor Marian und Juliette öffneten, schlug ihnen warme, stickige Luft entgegen, die ihnen fast den Atem nahm. Man hatte mehrere Lampen in der Nähe des Flügels aufgestellt, um die Sänger ins rechte Licht zu setzen, auch spiegelte sich der Schein zahlloser Kerzen in den Wandleuchtern aus blank geputztem Messing. Trotzdem hatte Marian das Gefühl, in einen düsteren Raum zu treten, in dem eine feindliche Macht darauf wartete, über sie herzufallen. Ihre junge Kollegin hatte recht gehabt: Die Zuhörer starrten sie an, lauernd, gierig, als wollte man sie fressen.

Wie dumm!, dachte sie. *Jetzt habe ich wohl doch Lampenfieber, und dabei war ich so sicher, davon verschont zu bleiben!*

Mühsam nahm sie sich zusammen, doch während sie hinter Juliette durch den Saal ging, glaubte sie zu spüren, dass sich unsichtbare Arme und Hände nach ihr ausstreckten, um sie zu greifen. Am Flügel saß nicht Sereno, sondern einer der jungen Pianisten, die manchmal für den Professor arbeiteten. Sereno selbst hatte in der letzten Reihe Platz genommen, und Marian konnte trotz der Entfernung den starren Blick seiner übergroßen braunen Augen spüren. Es lag keine freudige Erwartung in diesem Blick, auch nicht der Verdruss, dass sie nun gegen seinen Willen doch auftrat und ihn vor den Fachleuten blamieren würde – in Serenos Augen las Marian die blanke Angst.

Sie stellten sich vor dem Flügel auf und verneigten sich höflich zur Begrüßung des Publikums. Marian lächelte dem jungen Pianisten zu, um anzudeuten, dass sie bereit wäre, nahm Blickkontakt zu Juliette auf, die jetzt vollkommen konzentriert wirkte – man konnte beginnen. Die ersten Klänge der Begleitung klangen recht unbeteiligt, der junge Pianist spielte bereits seit fast zwei Stunden ein Stück nach dem anderen und sehnte sich nach dem Ende des Konzerts. Als jedoch Marian zu singen begann, riss der Zauber ihrer Stimme auch ihn aus der Lethargie.

Das Duett entstammte der Oper «Orfeo et Euridice» von Christoph Willibald Gluck, eine dramatische Szene, in der Orpheus sehnsuchtsvoll versucht, seine Geliebte aus dem Schattenreich ans Licht zurückzuführen. Als Euridice das Gebot der Götter übertritt und sich zu ihm umwendet, ist alle Hoffnung dahin, und Orpheus wird Opfer seiner Verzweiflung.

Marian sang die Partie des unglücklichen Orpheus mit großem Ernst, spürte doch auch sie tief in ihrem Inneren die Sehnsucht nach einem Wesen, das in eine andere Welt entschwunden war. Zugleich aber erfasste ihr Blick die Gesichter der Zuhörer, schweifte von einem zum anderen und entdeckte Befremdliches. Dort war Vetter George im karierten Anzug, doch neben ihm saß nicht Kate, sondern Mrs. Crincle, die im Licht der vielen Kerzen ungewöhnlich jung und geradezu lieblich erschien. Nicht weit von ihnen befand sich auch ihr Ehemann, Mr. Crincle – kaum zu erkennen mit diesem dunkelblonden wuchernden Backenbart, doch erstaunlicherweise ganz und gar wie ein Gentleman gekleidet. Woher mochte er die Mittel für eine so teure Garderobe genommen haben? Marians Blicke wurden endlich von einem Mann angezogen, der im hinteren Bereich der Stuhlreihen Platz genommen hatte. Niemand hätte an diesem stämmigen schnurrbärtigen Menschen etwas Ungewöhnliches feststellen können, und doch überlief sie bei seinem Anblick ein Zittern. Er saß zurückgelehnt, die Arme auf die Lehnen gestützt, hatte den Kopf erhoben und verfolgte das Geschehen vorn am Flügel mit großer Aufmerksamkeit. Lag es daran, dass sie wie Orpheus in die Welt der Schatten eingetreten war? Marian glaubte wahrzunehmen, wie hinter der aufmerksamen Miene dieses Zuhörers ein zweites Gesicht auftauchte, als hätte sich die wahre Person von ihrer Maske gelöst. Das mondbleiche Antlitz dieses Wesens war schmal, rechts und links des Mundes hatten sich zwei tiefe senkrechte Furchen eingegraben, und die bläulich umschatteten Augen waren mit lauerndem Blick auf sie gerichtet. Es glich einem Raubtier, das auf den rechten Augenblick wartet, um zum tödlichen Sprung auf sein Opfer anzusetzen.

«Komm, Geliebte!», sang Orpheus. «Komm, und folge mir ...»

«Nein, das kann ich nicht ...», sang Juliette.

«Folge mir ...», flehte Orpheus. «Zwischen Licht und Schatten liegt der Ort unserer Liebe. Zwischen dem leuchtenden Wasser und der dunklen Erde. Zwischen den blitzenden Sternen und dem schwarzen Himmelssamt. Folge mir dorthin, Geliebte ...»

War sie aus ihrer Rolle gefallen? Nur für wenige Sekunden sang sie Worte und Töne, die nicht aus der Feder des Komponisten stammten und sich doch vollkommen seiner Musik anpassten. Der Pianist hielt für einige Sekunden inne, lauschte wie gebannt und lächelte dabei, als vernähme er himmlische Weisen. Dann, als sie wieder in ihre Partie zurückfand, fuhr auch er mit der Begleitung fort. Eine kleine Ausschmückung, eine Kadenz, wie sie damals gern gesungen wurde – niemand fand etwas dabei, nur Juliette blickte leicht irritiert zu Marian hinüber. Sie starrte auf das Amulett an deren Hals, das für wenige Sekunden eine tiefrote Farbe angenommen hatte.

Sie ernteten frenetischen Applaus, die Stimme der zarten blonden Sängerin hatte alle Zuhörer in ihren Bann geschlagen. Wie ein silberner Fluss strömte sie dahin, leicht und doch voll, metallisch und weich zugleich, eine Quelle unendlicher Schönheit, der man ewig lauschen wollte. Ein Leben lang, viele Leben, bis ans Ende der Zeit.

«Das war großartig!», flüsterte Juliette überglücklich, als sie durch den Flur ins Übungszimmer zurückliefen.

Marian konnte nicht antworten. In ihrem Kopf dröhnte und hämmerte es, eine Glocke schrillte ungeheuer laut, sodass ihr schwindelig wurde und sie sich gegen die Wand lehnen musste.

«Gute Güte!», hörte sie Juliette mitleidig ausrufen. «Trink rasch einen Schluck Wasser, Mary! Wie seltsam – bei dir kommt das Lampenfieber wohl erst dann, wenn alles vorbei ist!»

Kapitel 21

Das kühle Wasser tat Marian wohl, das Schwindelgefühl legte sich, und es war ein wenig peinlich, dass die Mitschüler jetzt alle um sie herumstanden und nach ihrem Befinden fragten.

«Setz dich hier auf das Polster, Marian ...»

«Du hast wundervoll gesungen, ich wünschte, ich hätte im Saal sitzen dürfen! Aber sogar hier sind uns die Tränen heruntergelaufen ...»

«Ja, es war sehr anrührend. Vor allem diese Kadenz, die du eingefügt hast ...»

«Mir hat die Hand so gezittert, dass ich das Wasserglas kaum halten konnte. Ich habe alles vollgekleckert ...»

«Geht es dir wieder besser?»

«Danke», sagte Marian beschämt. «Es geht mir gut. Ich danke euch allen sehr!»

Das Konzert war fast zu Ende, man vernahm noch die letzten Töne einer großen Altarie, die den Abschluss und Höhepunkt des Abends darstellen sollte. Gleich würden sie alle noch einmal in den Saal hinübergehen, um sich den Zuhörern zu zeigen, sich zu verbeugen und Applaus einzuheimsen. Danach war es für kurze Zeit gestattet, Verwandte zu begrüßen und – was Sereno nur ungern sah – mit den anwesenden Journalisten und den wichtigen Leuten der Musikszene Kontakt aufzunehmen. Obgleich der Professor gern in alleiniger Machtvollkommenheit über die Karriere seiner Schüler entschied, war es ihm doch nicht möglich, sie ganz und gar von der Außenwelt abzuschotten. Doch er wusste seinen Einfluss zu gebrauchen, um allzu frühe Angebote oder gar Abwerbeversuche seiner lieben

Professorenkollegen im Keim zu ersticken.

«Vielleicht können wir ja zwei Takte mit dem ziegenbärtigen Meller reden», meinte Juliette hoffnungsfroh, während drüben im Saal jetzt der Abschlussapplaus rauschte.

«Weil er vorhin so charmant gelächelt hat?», fragte Marian, der eigentlich gar nicht zum Scherzen zumute war. «Ich fürchte, wir sind nicht die Einzigen, über die er seinen männlichen Charme versprüht.»

Der Beifall wollte nicht enden, man vernahm jetzt einzelne Rufe: «Bravo!», «Ausgezeichnet!», «Großartig!», «Da Capo!», und die jungen Sänger blickten sich vielsagend an. Gewiss, dieses begeisterte Lob galt zunächst einmal ihrem Lehrer, aber auch sie waren gemeint – sie alle, sogar diejenigen, denen nicht alles wie erhofft geglückt war. Es war ein stolzer Augenblick, den Mrs. Waterfield erbarmungslos zerriss, indem sie die Tür aufstieß und suchend im Zimmer umherblickte.

«Miss Lethaby? Ach, da sind Sie ja! Kommen Sie bitte mit!»

Aller Augen hefteten sich auf Marian, Neugier, Misstrauen und aufkommender Neid lagen in den Blicken der jungen Kollegen, die eben noch ihr Lob gesungen hatten. Wollte da einer der wichtigen Opernagenten ganz exklusiv und allein mit der kleinen Lethaby sprechen? Ihr ein Angebot machen, von dem Sereno nichts erfahren sollte? Vielleicht sogar eine Einladung nach Paris oder Wien?

«Worum geht es, Mrs. Waterfield?», wollte Marian wissen. Die Aufforderung war ihr eher lästig, denn sie fühlte sich noch nicht ganz wiederhergestellt.

«Es möchte Sie jemand sprechen.»

«Und wer?»

Mrs. Waterfield war an sofortigen Gehorsam gewöhnt, zumal dieser Abend wirklich anstrengend für sie gewesen war. Ärgerlich schüttelte sie ihr Haupt mit den grünen Schleifchen und meinte, sie wäre jederzeit bereit, den Schülern des Professors einen Gefallen zu tun, das täte sie aus Treue zu Mr. Sereno, für den sie schon so viele Jahre arbeitete. Sie hätte jedoch keine Lust, lange Diskussionen zu führen.

«Es ist ein guter Bekannter von Ihnen, ein Reverend aus Hampstead. Er ist nicht ganz wohlauf und wird deshalb gleich wieder heimfahren, will Sie aber vorher gern noch begrüßen und Ihnen Glück wünschen.»

«Reverend Jasper?», rief Marian aus. «Weshalb sagen Sie das nicht gleich? Oh, mein Gott – ist er etwa krank?»

«Was weiß ich?», gab Mrs. Waterfield ungeduldig zurück. «Er wartet drüben in der Halle auf Sie.»

«Vielen Dank, Mrs. Waterfield!»

Die Kollegen verloren jegliches Interesse an der Sache, einige lächelten ihr zu, als sie sich an Mrs. Waterfield vorbeischob, um durch den Flur in die Halle hinüberzulaufen, die meisten lauschten weiter auf den immer noch andauernden Applaus, der jetzt allerdings ein wenig an Kraft verlor. Nur Juliette rief ihr nach, sie sollte sich – wenn möglich – beeilen, damit sie gleich miteinander in den Saal gehen könnten.

In der Halle war es kalt und wie immer ziemlich düster. Auch die beiden Gaslaternen, die den Ausgang zum Garten beleuchteten, konnten an diesem Zustand wenig ändern. Kein menschliches Wesen war zu sehen. Marian bedauerte jetzt, keine Lampe mitgenommen zu haben, denn sie konnte außer den Schränken und Bücherregalen nur wenig erkennen. Hatte Reverend Jasper die Villa vielleicht schon verlassen? Das wäre sehr schade gewesen, sie hätte den liebenswerten älteren Herrn gern begrüßt. Wie seltsam, dass sie ihn nicht im Publikum entdeckt hatte, aber vermutlich hatte er bescheiden an der Seite gesessen und sich vielleicht sogar hinter anderen Zuhörern versteckt.

«Marian?»

Sie fuhr herum, denn der Ruf war hinter ihr erklungen. Reverend Jasper stand mit Hut und Mantel angetan bei der Tür zum Flur, die sie eben gerade durchschritten hatte. Ganz offensichtlich war er ihr entgegengelaufen. Wie seltsam, dass sie sich in dem engen Flur verpasst hatten!

«Reverend Jasper! Ich freue mich unendlich, Sie wiederzusehen! Hoffentlich war es nicht allzu unbequem für Sie, bei diesem kalten Wetter hinaus nach Soho zu fahren ...»

Er bewegte sich langsam auf sie zu, ohne eine Antwort zu geben, und Marian fand es irritierend, dass sie sein Gesicht nicht erkennen konnte. Weshalb schwieg er? Wieso hörte man seine Schritte auf dem Steinboden nicht?

«Reverend Jasper?», fragte sie und wich ein wenig zurück. «Sie ... Sie sind doch Reverend Jasper, oder etwa nicht?»

Ihr Herz klopfte jetzt so rasch, dass ihr das Blut in Wangen und Schläfen stieg. Dieser Mann war gar nicht der Erwartete – Mrs. Waterfield hatte sie belogen, oder man hatte die Hausdame getäuscht! Die Gestalt, die sich in Hut und Mantel durch den dämmrigen Raum auf sie zubewegte, war ...

«Darion!»

Woher sie es plötzlich wusste, hätte sie nicht sagen können, doch als sie seinen Namen rief, blieb er erschrocken stehen.

«Ja, ich bin es», sagte er leise. «Folge mir, Marian! Rasch, sonst sind wir verloren ...»

In dem pelzverbrämten Mantel sah er aus wie der Spross einer Londoner Adelsfamilie, ein junger Gentleman, der alle Mädchenherzen höher schlagen ließ, und Marian musste sich gegen die wieder aufkeimende Leidenschaft wehren. Oh nein! Er hatte sie belogen und bestohlen, das würde sie keinesfalls vergessen!

«Was soll das werden – eine Entführung?», meinte sie spöttisch, während ihr Herz sich vor Sehnsucht zusammenzog.

«Ja, eine Entführung», bestätigte er lächelnd. «Bei Nacht und Nebel bringe ich dich von hier fort, meine süße Fee, und dieses Mal wird die Flucht gelingen. Folge mir nur, und hab keine Angst!»

Er stand jetzt dicht vor ihr und wollte ihr einen Umhang umlegen, doch sie entschlüpfte ihm und rettete sich zum Ausgang hin, wo die beiden Gaslaternen brannten.

«Ich denke nicht daran, Geist der Nacht! Glaubst du, du kannst dein Spiel mit mir treiben? Einmal bist du Jonathan Mills, dann wieder Darion, ein anderes Mal bleibst du ganz und gar verschwunden. Und jetzt tauchst du urplötzlich wieder auf und verlangst, ich solle dir folgen?!»

Er musste die Augen schmal zusammenkneifen, weil das Licht der Lampen ihm Schmerzen bereitete. Aus dem Saal war frenetischer Applaus zu hören, aber auch laute Rufe. «Wo ist sie?», «Weshalb versteckt er sie?», «Wir wollen sie sehen!». Marian begriff plötzlich, dass das Publikum nach ihr rief, denn sie war die Einzige von Serenos Schülern, die sich jetzt nicht drüben im Saal vor den Leuten verbeugte. War man tatsächlich so begeistert von ihrem Gesang? Sie hatte doch nur ein Duett gesungen ... Durch den Applaus hindurch vernahm man jetzt Schritte im Flur, die sich rasch näherten – das war gewiss Mrs. Waterfield, die den Auftrag hatte ...

«Wir haben keine Zeit, um zu streiten», sagte Darion hastig und warf ihr mit einer energischen Bewegung den Mantel um die Schultern. «Vergib mir, Geliebte!»

Es ging so rasch, dass sie nicht einmal einen Versuch unternahm, sich zu wehren. In den weiten Umhang gewickelt wurde sie wie ein kleines Mädchen durch den Garten getragen, ihr Kopf lag an seiner Brust, wo der weiche Pelzbesatz des Mantels sie in der Nase kitzelte. Es war ringsum dunkel, und sie spürte die raschen sicheren Bewegungen seines angespannten Körpers. Sein warmer Atem berührte ihren Nacken, sie meinte sogar, sein Herz aufgeregt klopfen zu hören.

«Wie kannst du es wagen ...», schimpfte sie. «Lass mich sofort los!»

«Später ...»

Sie hörte, wie das Gittertor sich quietschend bewegte, und fragte sich, woher er wohl den Schlüssel hatte, dann tauchte die dunkle rechteckige Form einer geschlossenen Kutsche vor ihr auf. Ein Pferd schnaubte, jemand, der in der Dämmerung nicht zu erkennen war, hielt den Kutschenschlag auf.

«Steig ein – rasch! Sie sind uns schon auf den Fersen ...»

Er hob sie mehr in den Wagen hinein, als dass sie freiwillig einstieg, und bevor sie noch fragen konnte, wer ihnen denn «auf den Fersen» wäre, klappte der Schlag schon wieder neben ihr zu.

«Darion! Was soll das? Ich will nicht ... Ich will ...»

Der Ruck der anfahrenden Kutsche warf sie gegen das Rückenpolster, gleich darauf hatte sie sich gefasst und zerrte das Kutschenfenster herunter, um sich hinauszubeugen und zornig um Hilfe zu rufen. Doch was sie zu sehen bekam, war so unwirklich und erschreckend, dass ihr der Ruf im Halse stecken blieb.

Da war er wieder, der grauhaarige Krieger, dieses seltsame Geistwesen, das damals aus einem grauen Kater gewachsen war, um sie vor Strykers zu beschützen. Doch sie erblickte noch andere Gestalten, die miteinander ringend aus der Dämmerung tauchten, für einen kurzen Augenblick ihre wilden mondbleichen Körper und verzerrten Gesichter zeigten, um gleich darauf wieder zu verschwinden. Nebelschwaden zogen vorüber, in der Dämmerung nur als feuchte Schatten wahrnehmbar, doch heute schien der Dunst belebt. Marian sah schmale Arme und wabernde Gewänder, hörte seltsam flüsternde Stimmen.

«Was für ein Kampf! Lasst mich auch etwas sehen, Schwestern ... Wie sie sich metzeln und morden ... Wie das rote Blut aus ihren Wunden spritzt ...»

«Weg mit dir – drängle dich nicht vor! Das ist Aladion, der Abtrünnige – was für ein Mannsbild! Und neben ihm Gesira und ihr Ehemann Latur, die Elben. Und wer ist dieser rothaarige Bursche, der sich so verbissen mit Gorians Knechten herumschlägt?»

«Ein Lichtelbe ist das. Ich glaube, er nannte sich in seiner menschlichen Verkleidung George ... ein Jammer um ihn, er ist noch so jung und mutig ...»

«Oh, ich liebe die Rothaarigen mit der blassen sommersprossigen Haut ... Zarte Nebeltröpfchen setze ich darauf ab, rinne daran entlang, verteile mich in seinem Gemächt und fließe ...»

«Täusche ich mich, oder ist dort Gorian, der Herr der Nachtschatten?»

«Du hast recht, Schwester. Hu – der sah auch schon frischer aus! Ganz dürr und bleich ist er geworden ...»

«Ja, ein paar Tröpfchen Elbenwasser würden ihm wohltun.»

«Wenn du mich fragst: Er müsste ein ganzes Fass davon trinken, bevor er einer Nebelfrau gefallen könnte ...»

Kühle klebrige Hände legten sich auf Marians Wangen, drückten gegen ihre Schultern und schoben sie in das Innere der Kutsche zurück.

«Mach jetzt nur keinen Unsinn, Mädchen!», vernahm sie eine spöttische Stimme. «Mit diesem Burschen ist nicht zu spaßen.»

Mit wem war nicht zu spaßen? Sie hockte verwirrt und verschüchtert auf den Polstern und sah ungläubig zu, wie die Glasscheibe des Kutschenfensters von weißlichen Nebelhänden hinaufgeschoben wurde. Nebelfrauen. Elben. Nachtschatten. Es war eindeutig, dass sie sich in der anderen Welt, der Sphäre der Geister befand. Darion hatte sie gegen ihren Willen dorthin verschleppt.

Wo steckte er überhaupt? Stand er etwa hinten auf dem Kutschbock und hielt die Zügel? Durch das kleine Fenster an der Rückseite der Kutsche konnte sie nichts erkennen, es war zu dunkel, weil niemand die Kutschlaternen angezündet hatte. Auch die kämpfenden Geistwesen und die aufdringlichen Nebelweiber waren verschwunden. Die Kutsche holperte durch dunkle Gassen, in denen nicht einmal eine Straßenbeleuchtung brannte. Keuchend ließ Marian sich in den Sitz zurücksinken und versuchte, zu begreifen, was mit ihr geschah. Noch vor wenigen Minuten hatte sie sich in dem kleinen Übungsraum befunden, umringt von ihren Kollegen, die Freundin Juliette an ihrer Seite. Jetzt raste sie in einer Kutsche durch die nächtliche Stadt, von wilden Geisterkämpfen geängstigt, auf der Flucht vor einer unbekannten Gefahr. Einen Augenblick lang hoffte sie, dies alles könnte einfach nur ein Traum sein, aus dem sie gleich erwachen würde. Sie würde sich in ihrem kleinen Zimmer wiederfinden, im Bett zwischen den Kissen eingekuschelt, und das Dienstmädchen würde an die Tür klopfen, um den Morgentee anzukündigen.

Doch es gab kein Erwachen, nur das Rasseln und Schütteln der Kutsche, die bei der rasenden Fahrt hie und da ins Schlingern geriet, das trommelnde Geräusch der Pferdehufe, die Peitsche, die in regelmäßigen Abständen knallte. Kälte zog durch den Mantel, sie begann, zu zittern, und in ihrem Inneren stieg die Gewissheit auf, dass ihr tatsächlich Gefahr drohte.

Sie ging von jenem unheimlichen Mann aus, diesem schmalgesichtigen Wesen, das sein wahres Antlitz hinter der Maske eines wohlgenährten schnurrbärtigen Menschen verborgen hatte. Er war es gewesen, der mit seiner düsteren Sphäre den Saal verdunkelte, nur seinetwegen hatte sie diese unerklärliche Angst vor dem Publikum empfunden.

Er ist ein Geistwesen, dachte sie beklommen. *Ein Nachtschatten vielleicht, genau wie Darion. Was geschieht in dieser fremden Geisterwelt, in die man mich hineingeworfen hat?*

Die Kutsche preschte mit unveränderter Geschwindigkeit durch die nächtliche Stadt, und Marian fragte sich, wie das Pferd dieses Tempo auf Dauer wohl durchhalten konnte. Handelte es sich auch bei diesem Tier um ein Geistwesen? Verfügte es über Zauberkräfte, die ihm ermöglichten, stundenlang zu traben, ohne müde zu werden?

Der matte Schein einzelner Straßenlaternen tauchte jetzt in regelmäßigen Abständen auf, die Räder ratterten über Kopfsteinpflaster, sie fuhren durch die Londoner Innenstadt. Lichter erwuchsen aus der Finsternis, reihten sich aneinander und ließen Menschen und Gebäude erkennen. Hinter den Ladenscheiben brannten bunte Glühbirnen, beleuchtete Kutschen rasselten an ihnen vorüber, Diener trugen Laternen, um ihrer Herrschaft auf dem Heimweg von der Oper zu leuchten, zwei livrierte Angestellte schleppten eine vornehme Dame in einer Sänfte.

Marian starrte aus dem Kutschenfenster auf das unbefangene Leben, das dicht an ihr vorüberströmte. Sie konnte das Gekeife einer betrunkenen Händlerin hören, der ein paar Lausbuben den Bauchladen ausgeleert hatten. Nicht weit davon stand eine Gruppe zerlumpter Bettler um eine Blechtonne, in der sie ein Feuer entzündet hatten, um sich ein wenig aufzuwärmen. Hier war die Welt der Menschen, lärmend und prall, voller Lichter, voller handfester Wesen aus Fleisch und Blut. Man konnte die Nase über sie rümpfen oder sie verachten, und doch erschien ihr diese Welt jetzt wie eine sichere Zuflucht. Was waren schon ein paar Betrunkene gegen die tödliche Bedrohung durch ein unheimliches Schattenwesen? Auf der Regent Street herrschte dichter Verkehr, vermutlich hatten die Theater gerade eben ihre Vorstellungen beendet. Die Kutsche geriet zwischen die dahinzockelnden Wagen und war gezwungen, langsamer zu fahren.

Marian streckte zögerlich die Hand nach dem Griff des Türschlags aus, drehte sich dann um und betrachtete durch das Rückfenster die muskulösen Beine des Kutschers, die trotz der Dezemberkälte weder von Beinkleidern noch von einem Paar Stiefel verhüllte waren. Trug Darion etwa Kettenhemd und Schwert unter dem Mantel? Sie hatte ein schlechtes Gewissen bei ihrem Vorhaben und hätte ihm gern erklärt, weshalb sie so handelte. Doch wozu eigentlich? Hatte Darion ihr jemals sein Verhalten erklärt? Keineswegs – er redete nur immer davon, dies später einmal zu tun.

Als dicht vor ihnen ein Wagen anhielt, um zwei Fahrgäste einsteigen zu lassen, geriet der Verkehr erneut ins Stocken – der passende Moment war gekommen! Leichter, als sie geglaubt hatte, ließ der Hebel sich bewegen, der Kutschenschlag öffnete sich, und sie sprang hinaus.

«Marian! Nein!»

Sie war darauf vorbereitet, dass Darion ihre Flucht bemerken und sie verfolgen würde, deshalb beeilte sie sich, in die Nähe der hell beleuchteten Geschäfte zu gelangen, wo seine Augen sie nur schwer erfassen konnten. Fast tat er ihr nun leid, denn sie sah ihn zwischen den Menschen umherirren, ein häufig angestoßenes Hindernis, und sie hörte, wie er verzweifelt ihren Namen rief. Unbeweglich blieb sie vor einem hellen Ladenfenster stehen, in dem die neuesten Hutkreationen ausgestellt waren, und erst als er zu der Kutsche zurückkehren musste, schlüpfte sie zwischen den Menschen hindurch und eilte davon.

Eine Weile lief Marian neben einer Straßenhändlerin her, einer ältlichen, verhärmt aussehenden Person, die ein kariertes Tuch gegen die Kälte um ihre Schultern gelegt hatte und den Vorübergehenden bunt bemalte Holzfigürchen anbot. Das Geschäft war mager, schließlich wurde die Ärmste sogar von einer geifernden Konkurrentin verscheucht, die kleine Engelfiguren aus Wachs verkaufte und behauptete, hier ihren Stammplatz zu haben.

Marian hätte die Händlerin gern gefragt, ob sie ihr eine preiswerte Unterkunft für die Nacht empfehlen könnte, doch dann fiel ihr ein, dass sie keinen Penny bei sich hatte. Ihr einziger Besitz war das Amulett, das sie um den Hals trug, doch lieber schlief sie in dieser Nacht auf einer Bank im Park, als dass sie diesen Schatz veräußerte. Während sie der Straße in östlicher Richtung folgte – immer auf der Hut vor Darion, der ganz sicher nach ihr Ausschau hielt –, überlegte sie fieberhaft, wohin sie sich wenden könnte. An Mr. Strykers? Auf keinen Fall, auch wenn er nicht einmal weit von der Regent Street wohnte. An Kate und ihre Eltern? Ihnen traute sie seit dem seltsamen Vorfall im Haus der Feathers nicht mehr über den Weg. Ach, es wäre so schön gewesen, wieder im Pensionat von Mrs. Potter aufgenommen zu werden, zwischen all den fröhlichen Mädchen zu leben und in dem großen Schlafsaal in ihrem alten Bett zu liegen! Mrs. Potter war eine Person, an die sich ganz sicher kein Geist heranwagte, und auch in Reverend Jaspers Nähe wäre sie vor der Bedrohung aus der anderen Welt in Sicherheit. Aber bis hinauf nach Hampstead war es ein weiter Weg, den Marian in dieser Nacht vermutlich nicht mehr geschafft hätte.

«Benötigen Sie eine Kutsche?»

Marian erschrak, denn sie war auf eine solche Frage, die ganz und gar unüblich war, nicht gefasst. Neben ihr auf der Straße bewegte sich ein schwarzer Hansom langsam voran, und der Kutscher hatte sich zur Seite gebeugt, um sie anzureden. Er war ein groß gewachsener, kräftiger Mann, trug feste Stiefel, eine dunkle Jacke und den hohen schwarzen Hut der Kutscher. Sein Gesicht erschien ihr jedoch trotz des verbindlichen Lächelns beängstigend bleich. War das Licht der Gaslaterne schuld daran, an der er gerade vorüberfuhr? Oder glich seine Gesichtsfarbe eher dem Licht des Mondes, von dem am bewölkten Londoner Nachthimmel jedoch nichts zu sehen war.

«Danke», erwiderte Marian höflich und ging ein wenig rascher. «Ich brauche keine Kutsche.»

«Das ist schade», sagte er und zügelte sein Pferd, das in Trab fallen wollte. «Ich habe nämlich heute Geburtstag und befördere meine Fahrgäste umsonst. Fassen Sie sich ein Herz, junge Frau! Ich fahre Sie gratis, wohin Sie wollen!»

Kannte sie diese Stimme nicht? Diese nachtblauen Augen, die er ein wenig zusammenkneifen musste, weil sie jetzt an einer Straßenlaterne vorüberzogen? Unfassbar – er hatte eine neue Verkleidung angenommen und versuchte, sie hereinzulegen!

«Fahr, wen du willst, Darion, aber nicht mich!»

Marian blieb vor einem hell beleuchteten Restaurant stehen. Durch die hohen Fenster konnte man Ladys und Gentlemen an kleinen Tischen sitzen sehen, man speiste, unterhielt sich angeregt, einige rauchten. Darion hatte sein Gefährt an den Straßenrand gelenkt und zum Stehen gebracht.

«Ich bitte dich, Marian! Du ahnst nicht, in welcher Gefahr du bist. Steig ein, und vertrau mir!»

«Dein Geburtstag, wie? Du beförderst deine Fahrgäste umsonst, ja?», entgegnete sie spitz. «Wie soll ich dir eigentlich vertrauen, wenn du mich ständig anlügst?»

«Es war keine großartige Idee, ich gebe es zu. Aber in der Not fiel mir nichts Besseres ein. Bitte, Marian! Wir dürfen auf keinen Fall Aufsehen erregen!»

«Ich will nicht!», fauchte sie wütend. «Lass mich mit deiner Geisterwelt in Ruhe! Die Welt der Menschen reicht mir vollkommen aus, dort fühle ich mich wohl, und dort gibt es auch niemanden, der mich bedroht.»

«Du kannst nicht zurück!», rief Darion aufgeregt, sodass einige Passanten stehen blieben und sich nach ihm umschauten.

«Du bist eine Lichtelbin, Marian!»

Nun war es ausgesprochen, was er ihr die ganze Zeit über verschwiegen hatte. Aber sie war nicht so dumm und unwissend, wie er glaubte.

«Und du bist ein Nachtschatten, Darion! Ein Wesen, das die Lichtelben zu Tode hetzt!»

Sie hatte vorgehabt, in das Restaurant zu gehen, um ihn loszuwerden, doch gerade in diesem Augenblick traten einige Gäste aus dem Eingang, sodass sie einen Moment warten musste.

«Ich liebe dich, Marian. Alles, was ich getan habe, war nur zu deinem Schutz ...»

Darions Stimme klang seltsam dumpf, als hätte jemand ihr Watte in die Ohren gesteckt, doch sie achtete nicht darauf, während sie sich nun doch zwischen den Restaurantgästen hindurch ins Innere des Gebäudes drängte. Er sollte sie mit diesem Geschwätz in Ruhe lassen! Begriff er denn nicht, dass es wehtat, immer wieder enttäuscht zu werden?

«Marian Lethaby! Was für eine Überraschung! Du bist doch nicht etwa ganz allein unterwegs?»

Verblüfft blieb sie stehen, wollte kaum glauben, wen sie vor sich sah, und doch war es unverkennbar Mrs. Potter, die Leiterin des Mädchenpensionats. Sie hatte sich für den Restaurantbesuch ganz ungewöhnlich hübsch gemacht, trug ein blassblaues Kleid mit langer wattierter Jacke, dazu einen recht passablen Hut, und ihre Hände steckten in einem Müffchen aus grauem Kaninchenpelz. Der Herr an ihrer Seite war Mr. Duncester, der Besitzer des Pensionats.

«Oh, Mrs. Potter – was für ein glückliches Zusammentreffen! Würde es Ihnen etwas ausmachen ... ich meine, Mr. Strykers wird Sie gewiss dafür bezahlen ... könnte ich diese Nacht im Pensionat unterkommen?»

Mrs. Potter schien dieses Ansinnen als reichlich dreist zu

empfinden. Sie hob das Kinn und blickte zweifelnd zu ihrem Begleiter, der wiederum Marian anstarrte.

«Nun – die junge Lady scheint in Schwierigkeiten zu stecken», meinte Mr. Duncester und räusperte sich. «Da ist es unsere Christenpflicht, ihr für dieses Mal beizustehen. Schließlich war sie einmal Zögling meines Instituts ...»

Etwas Seltsames ging plötzlich um sie herum vor, doch da ihr jetzt ein wenig schwindelig wurde, konnte sie das Geschehen nur zum Teil wahrnehmen. Sie sah, wie Mr. Duncester seine Hand hob, um eine Kutsche herbeizuwinken. Gleich darauf stand das dunkle kastenförmige Gefährt schon vor ihr, und Mrs. Potter, die bereits darin Platz genommen hatte, fasste Marians Arm, um sie hineinzuziehen. Auf der Straße jedoch – dort, wo Mr. Duncester noch stehen geblieben war – hatte sich so etwas wie ein Tumult erhoben. Wie es schien, fielen die Leute, die das Restaurant verlassen hatten, übereinander her.

«Kümmere dich nicht darum, Marian!», befahl Mrs. Potter, die ihr gegenüber in der Kutsche saß. «Eine Lady schaut nicht hin, wenn der Mob sich prügelt.»

«Aber ... aber das waren doch die Gäste des Restaurants, Mrs. Potter! Lauter wohlhabende, gut situierte Gentlemen. Und auch Mr. Duncester ...»

«Nicht hinschauen, habe ich gesagt! Verdammt, Marian Lethaby, weshalb kannst du nicht gehorchen?!»

Mrs. Potters Stimme klang ungewöhnlich kräftig, auch war es bisher niemals vorgekommen, dass die Leiterin des Pensionats Kraftausdrücke benutzte. Panik erfüllte Marian. Sie hatte nur einen kurzen Blick durch das Rückfenster der Kutsche geworfen, doch trotz der Betäubung, in die man sie versetzt hatte, begriff sie, dass dort vor dem Eingang des teuren Restaurants ein Kampf im Gange war. Wer diese dunkel gekleideten geschmeidigen Figuren waren und woher sie kamen – sie wusste es nicht, doch eines war nur allzu deutlich: Die Menschen gingen vollkommen unbeteiligt an dem Tumult vorüber – ja, ein junges Paar unter einem breiten Regenschirm lief sogar mitten durch die Kämpfer hindurch. Sie konnten die Wesen der anderen Welt nicht sehen.

«Du musst dir keine Sorgen machen, Marian», setzte Mrs. Potter mit einer fremden hellen Männerstimme an. «Dort, wohin ich dich bringe, wird niemand dir etwas zuleide tun. Im Gegenteil, meine Liebe! Du wirst hochgeachtet und von allen geliebt werden.»

Unbeschreibliches Grauen erfasste Marian, als die ihr gegenübersitzende Gestalt sich nun zu wandeln begann. Das Gesicht zog sich in die Länge, die Augenhöhlen fielen ein, umgaben sich mit Schatten, mondfarbene Blässe breitete sich auf den Zügen des Wesens aus.

«Sie ... sie sind gar nicht Mrs. Potter ...»

Sie erhielt keine Antwort. Vielleicht hatte er ihr Flüstern gar nicht gehört, oder er war viel zu sehr mit seiner Verwandlung beschäftigt. Die Kleidung veränderte sich, der Damenhut wurde zu einem Zylinder, das hellblaue Kleid war jetzt ein dunkler Anzug von merkwürdigem Zuschnitt, der graue Muff verwandelte sich in eine große Ratte, die Marian mit runden nachtklaren Augen anstarrte.

«Was haben Sie mit Darion gemacht?»

Immer noch schwieg ihr Gegenüber, doch als jetzt rechts und links seines schmallippigen Mundes die tiefen Furchen wuchsen, erkannte sie ihn. Eisige Kälte wollte sie lähmen. Wie dumm sie gewesen war, als sie glaubte, in der Menschenwelt Zuflucht vor der Welt der Geister zu finden! Ihre verzweifelte Flucht hatte sie diesem Wesen geradewegs in die Arme geführt.

«Darion ist mein treuer Bote, Marian. Nun hat er seine Aufgabe erfüllt und erhält seinen Lohn.»

Unter dem bohrenden Blick seiner kleinen schwarzen Augen verstärkte sich das Schwindelgefühl, in Marians Ohren rauschte es, als befände sich ganz in der Nähe ein Wasserfall. Aber wahrscheinlich rührte es einfach vom Rattern und Klirren der Kutsche her. Wohin fuhren sie? Es war dunkel hinter den Fenstern, schwarze Nacht umgab sie.

«Seinen Lohn? Aber sie sind über ihn hergefallen ...»

Die Züge des Geistwesens bewegten sich kaum, schmal und bleich schien sein Gesicht in der Dunkelheit des Kutschenraums zu schweben. Nur wenn man es aufmerksamer betrachtete, konnte man erkennen, dass sein Mund sich leicht verzog. Es war belustigt.

«Den Lohn, den er sich verdient hat, Marian. So ergeht es jedem Wesen in meinem Reich, denn ich bin ein gerechter Herr, der jedem das Seine zukommen lässt.»

Marian hörte die Ironie heraus und begriff, dass Darion dort in den Straßen der Stadt um sein Leben kämpfte. Es war ihre Schuld, vielleicht wäre alles anders gekommen, wenn sie ihm gefolgt wäre. Doch ihre Reue kam zu spät, sie war in der Gewalt dieses unheimlichen Wesens, niemand konnte ihr helfen, am wenigsten Darion, der vielleicht schon unter den Toten war.

Verzweiflung stieg in ihr auf wie eine gewaltige Woge, übermächtig, lähmend, zerstörerisch. Dann aber erhoben sich Töne tief in ihrem Inneren, schreckliche nie gekannte Klänge vibrierten in ihren Ohren und ließen sie am ganzen Körper erzittern. Was geschah mit ihr? Wer sandte ihr diese Melodie? Ihre Kehle wurde weit, und die Töne brachen aus ihr hervor, sie sang ihren Zorn mit der Stimme der Königin.

Das mondbleiche Antlitz des Geistwesens verzerrte sich vor Entsetzen, streckte seine Hände vor, um Marian zu ergreifen, ihren Ruf zu ersticken. Doch bevor es sie auch nur berühren konnte, erfasste eine gewaltige Kraft die gesamte Kutsche, beutelte sie, riss sie in die Höhe und ließ sie wieder hinabstürzen. Marian hörte vielstimmige Schreie, die in einem Zischen und Brausen untergingen, das nur von einem zornig aufbrausenden Gewässer stammen konnte. Dann brandete der aufgewühlte Fluss gegen die Kutschenfenster, riss die Türen auf und schwemmte alles davon, was sich im Inneren befand.

Teil III

Kapitel 22

«Sie ist zart wie eine Fee und schön wie ein Engel.»

«Eine seltene Kostbarkeit!»

Marian glaubte, diese Stimmen zu kennen, doch sie war sich nicht sicher, denn in ihrem Kopf herrschte vollkommener Wirrwarr. War sie krank? Fiebrig? Oder hatte sie geträumt? Nein, Fieber hatte sie auf keinen Fall, eher war ihr kalt. Und feucht schien es hier zu sein, geradezu nass. Aber wenigstens lag sie auf einer weichen Unterlage, auf einer Daunendecke oder einem Bett aus Watte. Es schmiegte sich angenehm, wenn auch ein wenig klebrig an ihren Körper, man konnte sich wunderbar darauf ausruhen. Sie war so müde.

«Nun kommt schon! Habt ein Herz für einen armen Verwundeten!»

Diese Stimme kannte sie auf jeden Fall, sie gehörte dem treulosen Schattengeist Darion. Etwas in ihrem Inneren schmerzte bei dem Gedanken an ihn. Gewiss, er hatte sie bestohlen und belogen und doch behauptet, sie zu lieben. Er hatte sie schamlos verführt, nie hatte sie solche Lust empfunden wie in dieser Nacht, als er bei ihr lag. Aber er war tot, die schwarzen Gestalten hatten ihn erschlagen, es war der gerechte Lohn für seine «Botendienste» ... Wer hatte das doch gesagt?

«Habt ihr gehört, Schwestern? Er versucht es auf die Mitleidstour. Komm her, du armer Verwundeter ...»

«Ja, komm ein wenig näher, Darion, du hübscher Nachtschatten ...»

«Lass uns deine Wunden ansehen, damit wir sie heilen. Überall wollen wir dich heilen, am ganzen Körper, du Schöner ...»

Die Stimmen klangen weich und schmeichlerisch, auch ein wenig spöttisch. Marian verspürte gelinden Ärger. Wer verlockte den Geist der Nacht mit solch aufdringlichen Worten? Überhaupt – war er denn nicht tot? Sie seufzte und versuchte, ihren Kopf zu drehen, doch dabei wurde ihr schwindelig, und so ließ sie es besser sein.

«Nehmt eure klebrigen Finger von mir!», knurrte der Geist der Nacht. «Ich stehe nicht zur Verfügung. Weshalb habt ihr euch nicht bei Gorians Gefolge bedient?»

Abfälliges Zischen und lautes Kichern bildeten die Antwort. Marian wurde jetzt klar, dass es die Nebelfrauen waren, die sich irgendwo in der Nähe mit Darion stritten. Aber wo befand sie sich? Dem fauligen Geruch nach konnte der Fluss nicht weit sein. Wenn sie doch nur etwas hätte sehen können, aber um sie herum herrschte dichte Finsternis.

«Machst du Witze? Nicht einmal bedankt haben sie sich für unsere Freundlichkeit! Gedroht hat er uns, der Herrscher der Nachtschatten!»

«Tatsächlich?», fragte Darion mit nicht zu überhörender Häme.

«Der grobe Kerl wollte die kleine Lichtelbin von uns haben. Aber da hat er Pech gehabt, denn wir waren es, die sie aus dem Fluss geborgen haben und deshalb gehört sie nun uns ...»

«Wie klug ihr seid, schöne Frauen! Was wollt ihr denn nun mit ihr anfangen?»

«Oh, sie kann uns Gesellschaft leisten. Mit uns über den Fluss wallen und die Fischer verwirren, sodass ihre Boote stromabwärts treiben und sie das Ufer nicht mehr finden ...»

«Sie könnte auch unsere Gespielin werden. Wenn sie sich lieb und zärtlich zeigt, verraten wir ihr ein Geheimnis. Ein süßes, unschuldiges Geheimnis, mein armer Darion ...»

Marian versuchte aufs Neue, sich zu bewegen, und dieses Mal gelang es ihr, den Kopf zu heben, ohne dass das widerliche Schwindelgefühl sie übermannte. Ein süßes Geheimnis wollten die Nebelfrauen ihr verraten?

«Hört auf damit!», schimpfte Darion. «Ihr werdet keine Ruhe finden, wenn ihr sie bei euch behaltet, denn Gorian will sich ihrer bemächtigen.»

«Wir fürchten ihn nicht, den faltigen alten Kerl. Er hat keine Macht über uns Nebelfrauen.»

«Er wird einen Weg finden, euch die Lichtelbin zu rauben!»

Gelächter war zu hören, die Nebelfrauen schienen es außerordentlich lustig zu finden, dass man ihnen eine Lichtelbin stehlen könnte.

«Also, sag, schöner Darion, was du uns für sie geben willst!»

Gekicher folgte dieser Aufforderung, und Marian ärgerte sich wieder über diese albernen, boshaften Weibsbilder.

«Wir merken ja, wie sehr du an der zarten Elbin hängst ...»

«Allerdings solltest du nicht außer Acht lassen, dass sie eine mächtige Elbin ist ...»

«Sie hat den Fluss zum Schäumen gebracht und eine Überschwemmung verursacht, deine zarte, harmlose Fee ...»

«Es könnte deine Kräfte übersteigen, sie auszulösen ...»

«Ich habe nicht vor, euch Dienste zu leisten!», machte Darion ihnen klar. «Ihr werdet sie mir einfach aus Freundlichkeit geben.»

«Aus Freundlichkeit?!», riefen einige der Nebelfrauen und prusteten vor Vergnügen. «In Erinnerung an verflossene Nächte, als wir miteinander in den Flussauen hingen und auf den Hausdächern herumtollten?»

«Als wir uns über den stillen Wiesen drehten und unsere Geistkörper ineinanderflochten ...»

«Und auf der Tower Bridge haben wir alle miteinander Bockspringen gespielt. Wir waren die Schäfchen und du der ...»

«Nein, wir hatten wirklich jede Menge Spaß miteinander ...»

«Nicht so laut!», ermahnte Darion sie mit gedämpfter Stimme. «Ich leugne ja nicht, dass es nett mit euch war. Aber das ist vorbei.»

«Oh weh!», stöhnte eine der Nebelfrauen theatralisch. «Der arme Junge ist verliebt!»

«Verliebt?», fragte eine andere zurück. «Ich glaube eher, dass er krank ist.»

«Das ist das Gleiche, Schwester. Die Liebe ist eine schlimme Krankheit, es kann zu ernsten Krisen kommen und sogar tödlich enden.»

«Und ist es heilbar?»

«Kaum. Gegen die Liebe ist kein Kraut gewachsen. Wer sich einmal damit angesteckt hat, der leidet bis an sein Lebensende daran.»

Dieser Scherz stachelte die Nebelfrauen zu kreischendem Gelächter an, das nicht mehr aufhören wollte und immer wieder aufs Neue ausbrach. Marian stöhnte und legte sich die Hände auf die Ohren. Es half jedoch nicht viel.

«Es reicht!», fuhr Darions dunkle Stimme dazwischen. «Lasst mich los, ich habe zu tun!»

Die überlaute Heiterkeit steigerte sich, und Marian überlegte, was dort in der nächtlichen Finsternis wohl vor sich ging. Vergnügte er sich vielleicht gar mit diesen watteweichen feuchten Weibern? Oder versuchte er einfach nur, die anhänglichen Nebeltanten abzuschütteln? Nun – eines war auf jeden Fall sicher: Darion war am Leben geblieben. Eine Erkenntnis, die sie ungeheuer erleichterte und ein warmes Glücksgefühl in ihr wachsen ließ.

Sie vernahm Schritte, hohl klingende Aufschläge von ledernen Stiefelsohlen auf Pflasterstein. Es musste irgendwo über ihr ein Gewölbe geben. Jetzt, da sich der Lärm der Nebelweiber ein wenig legte, vernahm sie auch das Geräusch eines großen schwer dahinfließenden Flusses. Die Themse? Lag sie unter einer der vielen Brücken, um die nächtliche Nebel wallten? Darion war bei ihr. Sie konnte ihn nicht sehen, doch sie spürte, wie er sich über sie beugte, sein warmer Atem streifte ihre Wangen, dann strich er sanft mit zwei Fingern über ihre Stirn.

«Schlaf, meine kleine Elbin!», murmelte er. «Schlaf und vergiss alle Schrecken, vergiss die schlimmen Schatten, vergiss auch deinen eigenen zornigen Gesang! Nichts ist geschehen, es waren nur schwere Träume, die dich gequält haben. Wenn du aus dem Schlaf erwachst, werden sie aus deiner Erinnerung verschwunden sein und dir nicht mehr wehtun.»

Die leisen Worte klangen wie eine zärtliche Beschwörung, und Marian gab sich ihnen bereitwillig hin, schon deshalb, weil sie immer noch vollkommen erschöpft war. Ohne Gegenwehr ließ sie sich von ihm aufheben und davontragen. Sie vernahm das Gekicher der Nebelfrauen, spürte wohl auch ihre feuchten kitzelnden Körper über sich hinwegstreichen, doch diese Berührungen waren sanft. Wie es schien, gaben die Damen ihnen den Weg frei.

Marians Schlaf war unruhig und voller erschreckender Bilder. Das schmale bleiche Gesicht ihres Entführers hing statt des Mondes am nächtlichen Himmel, schwarze Gestalten mit gezückten Schwertern wirbelten umher und löschten alle Sterne aus. Sie sah Professor Sereno in einem reißenden Gewässer vorübertreiben, er klammerte sich an ein Buch, das ihm immer wieder entglitt. Zuletzt erblickte sie eine felsige Schlucht voller Geröll und abgestorbener Baumstämme, die die Hitze mit vielen Rissen durchzogen und hell ausgebleicht hatte. Es war merkwürdig, dass gerade dieser Anblick sie so bekümmerte, denn dort geschah nichts Schlimmes oder Bedrohliches – es herrschte vollkommene Stille. Nur die toten Äste, die sich wie verkrümmte Arme und Beine nach oben reckten, schauten ein wenig unheimlich aus, und einmal sah sie zwei graue Raubvögel über die Schlucht hinwegstreichen. Sie machten keine Anstalten, zu landen, denn dort unten fing sich die Sonne wie in einem Kessel, und die Hitze ließ die aufsteigende Luft flimmern.

Hin und wieder verließ sie das Reich der Bilder, dann öffnete sie blinzelnd ihre Augen und erblickte das Innere einer Kutsche, ganz mit dunkelrotem Brokatstoff ausgeschlagen. Sie lag mit angezogenen Beinen auf dem Sitz, ein weiches Kissen stützte ihren Kopf, eine gefütterte Decke, an deren Ecken jeweils eine dicke Quaste befestigt war, wärmte ihren Körper. Schlaftrunken richtete sie sich ein wenig auf und schob den Fenstervorhang beiseite, sah Schneeflocken vorüberwehen, dahinter weiß verschneite Hügel, niedrige Häuschen, kleine Mauern aus aufgeschichteten Feldsteinen, kahle Bäume, auf denen die Krähen hockten. Wo befanden sie sich? Wohin brachte er sie? War das die Geisterwelt oder die andere, die Welt der Menschen? Manchmal warf sie noch einen kurzen Blick zum Rückfenster hin, das winzig klein war und nur die Schäfte zweier Lederstiefel sehen ließ. Gehörten sie Darion? Waren es die gleichen Stiefel, deren Tritte sie unter der Brücke vernommen hatte?

Marian war zu müde, um länger über diese Frage nachzudenken, und noch viel weniger hatte sie Lust, sich aufzusetzen, um herauszufinden, wer diesen Wagen kutschierte und wohin die Fahrt ging. Stattdessen sank sie auf ihr bequemes Kissen zurück, zog die wattierte Decke zurecht und gab sich dem Schwanken und Rattern der Kutsche hin, das so wundervoll einschläfernd wirkte.

«Was ist mit ihr? Ist sie krank? Bewusstlos?»

Das war Mrs. Crincles Stimme, die aufgeregt und sehr besorgt klang. Jemand trug sie auf den Armen, es war ein angenehmes schwebendes Gefühl. Marian öffnete die Augen einen winzigen Spalt und sah Darions Kinnpartie und seinen Hals. Dann, als er zu ihr hinunterschaute, nahm sie wahr, dass er grinste.

«Unsere Prinzessin ist müde, das ist alles. Der Herr der Nachtschatten hat sie mit einem Zauber betäubt. Sie wird noch ein Weilchen schlafen, dann ist sie davon frei ...»

«All das ist unsere Schuld», seufzte jemand, dessen Stimme ihr ebenfalls bekannt vorkam. «Wir haben zugelassen, dass Sereno sie in seine Villa zurückbrachte, wir waren zu träge und zu feige, um uns ihm entgegenzustellen.»

Konnte es sein, dass Kates Vetter George hier war? Befand sie sich etwa im Haus der Feathers? Sie wandte den Kopf zur Seite und erblickte einen geschnitzten Schrank, daneben mehrere Bilder, die ihr vertraut waren, ebenso wie die hellgrüne Tapete und die hohen Fenstervorhänge aus grünem bedruckten Leinen. Dort die Bleistiftstriche auf der Tapete, die der Vorhang halb verdeckte, die damals ihr Vater gezogen hatte. Am Neujahrstag hatte sie sich immer dorthin stellen müssen, damit er nachmessen konnte, wie viel sie im vergangenen Jahr gewachsen war ...

«Vergiss das alles, Ansur! Wir sind hier in Maygarden, und die Eichen schützen uns vor Gorians Kriegern.»

«Uns allen wäre viel erspart geblieben, wenn wir Lichtelben beherzter gehandelt hätten. Wo sind die mutigen Elbenkrieger geblieben, die einst Eolin, unsere Königin, umgaben? Der Tod hat sie dahingerafft, und ihre Nachkommen sind unfähige Feiglinge!»

«Auch uns ist nicht alles gelungen», gestand Darion.

«Das ist wohl wahr!», knurrte eine tiefe Männerstimme, die Marian noch nie zuvor gehört hatte. Oder doch? Konnte es sein, dass der graue Kater sich zu Wort meldete?

«Vor allem, wenn ich an das Elbenbuch denke ...»

«Schon gut, Alter!», schalt Darion verärgert. «Habt ihr ein Lager für sie bereitet? Sie wird gewiss noch bis zum Morgen schlafen.»

«Ein Lager? Wir waren fest davon überzeugt, dass du sie bis morgen Früh auf deinen Armen tragen willst.»

«Wenn nötig noch viel länger, Aladion Lästermaul!»

Aladion, das musste der Krieger sein, der aus dem grauen Kater gewachsen war. Ein Nachtschatten war er wohl, genau wie Darion. Die anderen aber schienen Lichtelben zu sein – wie merkwürdig, dass sie wie Freunde miteinander umgingen! Hieß es nicht, die Nachtschatten hetzten alle Lichtelben zu Tode? Ach, Marian konnte das alles nicht begreifen, wollte es auch nicht wissen – nicht jetzt, wo sie so schläfrig war! Darions kräftiges Kinn, das sie über sich sah, war jetzt wichtiger, sein entblößter Hals, dessen Haut blass wie das Mondlicht war, die Sehnen, die hervortraten, wenn er den Kopf hob, die Auf- und Abbewegungen seines Adamsapfels.

Er seufzte tief und erleichtert, als er sie auf ein hell bezogenes Bett legte, und sie hörte den hölzernen Fußboden unter seinen Schritten knarren, weil er zum Fenster hinüberging, um die Vorhänge zu schließen. Tief atmete sie den Duft des Bettbezugs ein, der ihr seit ihrer Kindheit vertraut war. Er roch nach den kleinen Kissen aus buntem Stoff, die ihre Mutter früher mit getrocknetem Salbei und Lavendelblüten gefüllt und zwischen die frische Wäsche gelegt hatte.

«Zu faul, um sich nachtfertig zu machen», murmelte Darion, der sich jetzt über sie beugte. «Weißt du, wie süß du bist, wenn du so beharrlich schläfst, Elbenprinzessin?»

Sie brummelte etwas Unverständliches und brachte ihn damit zum Lachen. Gleich darauf spürte sie, dass er sie aus dem Mantel wickelte und ihr die Schuhe von den Füßen zog.

«Süß und gefährlich», flüsterte er, während er ihr vorsichtig das Kleid öffnete. «Mit ein paar Tönen hast du den Fluss in Wallung gebracht und eine Gruppe gut ausgebildeter Nachtschattenkrieger in die Flucht geschlagen. Samt ihrem Herrn, den die Fluten der Themse ebenfalls davongeschwemmt haben ...»

Er schälte sie aus dem feuchten Kleid, das eigentlich Kate gehörte und jetzt nach dem Bad im Fluss vermutlich rettungslos verdorben war. Dann drehte er sie auf den Bauch, zerrte an ihrem Mieder herum und zischte ungeduldig, weil die nassen Schnüre sich so schlecht aufbinden ließen. Obgleich sie immer noch schrecklich müde war, begann sie, zu kichern, was Darion noch mehr aufbrachte.

«Das gefällt dir wohl!», schimpfte er. «Eine männliche Kammerzofe, über die du auch noch lachen kannst. Hilf mir lieber, sonst wirst du dir in den feuchten Sachen eine Erkältung holen!»

«Kann nicht ...», murmelte sie. «Zu müde ...»

«Wenn das so ist, garantiere ich für nichts ...»

Marian streckte sich wohlig aus und wehrte sich nicht, als er ihr jetzt die Unterröcke und die langen spitzenbesetzten Hosen herunterzog. Sein Atem war deutlich zu hören, er beschleunigte sich, als er mit beiden Händen über ihre bloßen Pobacken streichelte. Er wollte damit nicht aufhören, seine Bewegungen wurden sogar fester und energischer, er knetete ihre Rundungen mit großer Hingabe und hielt erst inne, als sie einen leisen Seufzer tat.

«Schlaf ruhig, mein Schatz! Ich wollte dich nur wärmen, deine Haut erschien mir etwas ausgekühlt ...»

Deckte er sie zu? Sie wusste es nicht genau, auf jeden Fall drehte er sie wieder auf den Rücken. Dann geschah eine Weile nichts, außer dass er tief die Luft einsog und leise unverständliche Worte murmelte. Erst nach einer Weile spürte sie, dass er sich an den Häkchen ihres Mieders zu schaffen machte. Das hätte er eigentlich gleich tun können, es war viel einfacher, als die nassen Schnüre im Rücken zu lösen.

«Nebelfrauen tragen keine Mieder, oder?», nuschelte Marian.

Er war zu verblüfft, um gleich zu antworten. Schweigend öffnete er die letzten Häkchen, schlang dann den Arm um sie und hob ihren Oberkörper ein wenig an, um das nasse Mieder unter ihr herauszuziehen.

«Ich kann mich nicht entsinnen», flüsterte er ihr ins Ohr, während er sie festhielt. «Der Zauber einer tückischen Elbin hat all meine Erinnerungen gelöscht.»

«Du hast mich belogen ... und bestohlen ... und ... und verführt.»

«Ich würde es jederzeit wieder tun ... ich meine: dich verführen.»

Er legte sich ebenfalls auf das Lager, ohne Marian dabei loszulassen, und sie bemerkte, dass er sich bemühte, seine Stiefel loszuwerden. Sie selbst war jetzt vollkommen nackt, bis auf das Amulett, das sie noch um ihren Hals trug, und es war das Selbstverständlichste der Welt, sich dicht an Darions warmen Körper zu schmiegen. Sie war schläfrig und fror – das waren ausreichende Gründe, seine Nähe zu suchen. Tatsächlich hielt er sie fest in seinen Armen, streichelte ihren bloßen Rücken, und sie spürte seinen Atem in ihrer Halsbeuge, während er hastig Sätze flüsterte.

«Das andere bereue ich bitter, Marian, das schwöre ich dir! Ja, ich bin ein Nachtschatten. Im Dienste Gorians hatte ich den Auftrag, dich zu beobachten. Aber schon, als ich dich in deinem Bett in dem großen Schlafsaal des Pensionats sah, war es um mich geschehen. Von diesem Moment an war ich nur darauf bedacht, dich zu schützen. Ich konnte dir nicht sagen, wer ich bin, weil ich fürchtete, du würdest mich verabscheuen, Marian ...»

Was er weiter stockend und aufgeregt erklärte, begriff sie nicht mehr. Schon deshalb, weil alles so verworren schien und er sich beständig selbst widersprach, dann aber auch, weil die Müdigkeit sie einholte. Sanft glitt sie in die schwerelose Dämmerung zurück, die nun keine angsterregenden Bilder mehr hervorbrachte, sondern nur noch ein leises weit entferntes Rauschen, das beruhigende Geräusch eines stetig dahinfließenden Wassers. Sie vertraute sich diesem Strom an, trieb auf seiner Oberfläche dahin wie ein Schiff, das gemächlich schaukelnd zum Meer hin gleitet.

Knorrige Weiden wuchsen an den Flussufern, trugen zartgrünes Laub und tauchten ihre schlanken Zweige in den Fluss, der sie spielerisch bewegte. Im Uferschilf blieb ihr Schifflein hängen, kippte zur Seite, und sie glitt hinaus, lag zwischen hohen grünen Halmen und gelben Sumpfdotterblumen, während über ihr der Wind in die Weidenäste griff. Kitzelnd fuhren die geschmeidigen Zweige über ihre Haut, machten, dass ihre Bauchmuskeln sich lustvoll zusammenzogen und die Spitzen ihrer Brüste fest wurden. Wieder und wieder strichen die Äste über ihren Körper hinweg, glitten mit schmalen zarten Blättchen von ihrem Hals bis hinab zu den Füßen, verweilten dort ein wenig, bis der Wind sich gedreht hatte, und begaben sich auf den Rückweg. Wohlig streckte Marian sich der Berührung entgegen, hob ihr Becken an, reckte ihre Brüste, um das prickelnde Gefühl auszukosten. Wie erfindungsreich der Wind doch mit den Zweigen spielte! Sie strichen streichelnd über ihre Hüften und ringelten sich um ihre Brüste. Manchmal, wenn der Wind zunahm, wurden sie zu kleinen Peitschen und reizten ihre Haut, sodass sie ein erregendes Brennen verspürte. Die Spitzen ihrer Brüste spannten sich unter diesen Schlägen an und wurden zu harten Murmeln. Darin tobte und zuckte es, erregende Blitze schienen durch ihren ganzen Körper zu fahren und ließen sie vor Wonne aufstöhnen. Genüsslich drehte sie sich hin und her, damit auch beide Brüste dieser köstlichen Berührung ausgesetzt wurden. Da fiel der Wind mit Macht über die Weide her, beutelte und schüttelte sie, sodass ihr Gezweig einen prickelnden Trommelwirbel auf Marians Haut vollführte. Ein leises dunkles Summen durchzog die Luft, der Gesang eines Bienenvolks oder die Serenade einer Hummel – wer konnte das wissen? Sie zuckte zusammen, als einer der schlanken Zweige sachte über ihren Schamhügel streifte, dann ihre Schenkel und Hüften kitzelte und sich schließlich zwischen ihre Beine schlängelte. Das schmale biegsame Ästchen drang wie zufällig ein wenig in ihre Spalte ein, und die Blättchen streiften an ihrer heißen Lustperle vorbei, als der Wind den Zweig wieder fortwehte. Sie gurrte voller Sehnsucht, denn die Berührung hatte alle Schleusen ihrer Lust geöffnet, Feuchtigkeit strömte aus ihr hervor, und sie zog ihre Beine auseinander, um sich den zärtlichen Zweigen ganz und gar zu öffnen.

«Das gefällt dir, wie? Möchtest du jetzt vielleicht aufwachen, faule Prinzessin?»

Darions leise dunkle Stimme war dicht an ihrem rechten Ohr, seine Zunge leckte heiß über ihre Ohrmuschel, und sie begriff, dass sie geträumt hatte. Der Fluss, das Schilf, die Weidenzweige – das alles waren nur Traumgebilde gewesen. In Wirklichkeit lag sie in Darions Armen, und er ließ seine Hände über ihren nackten Körper gleiten.

«Ich bin längst wach, Nachtschatten», murmelte sie.

«Lass sehen, ob du die Wahrheit sagst, Elbenkind.»

Gemächlich zog sein Finger weite und immer enger werdende Kreise um die empfindliche Stelle, die seiner Berührung schon entgegenbebte, schob sich dann jedoch unbarmherzig an ihr vorbei, um gleich darauf mit einer geschickten Bewegung in ihre weibliche Öffnung einzudringen. Marian schrie leise auf vor Überraschung, dann begann sie, in seinem Rhythmus ihre Lust zu tanzen, atemlos, leise keuchend vor Sehnsucht und seinen Namen flüsternd.

Kurz bevor es in ihr zu zucken begann, hielt er inne, umfasste sie fest mit beiden Armen und drehte sich auf den Rücken. Noch benommen von ihrem Rausch lag sie auf ihm, atemlos vor Lust und Erwartung und spürte erst jetzt, dass er nackt war. Wie blass seine Haut im Licht der Morgensonne schimmerte, die sich bereits durch die Fenstervorhänge stahl! Er war ein Nachtschatten, ein Wesen, das der Dunkelheit angehörte. Bei hellem Tageslicht war er hilflos, seine Augen, mit denen er die Finsternis durchdringen konnte, tränten und schmerzten im Schein der Sonne. Auch jetzt hatte er die Lider nur einen Spalt geöffnet, doch seine Züge waren in der Leidenschaft verklärt. Er lächelte und hob jetzt eine Hand, um zart über Marians Haar zu streichen.

«Elbenhaar», wisperte er. «Es ist wie gleißendes Silber, verlockend und gefährlich.»

«Gefährlich?»

«Wie ein Licht im dunklen Zimmer, das die Nachtfalter anzieht, um sie in seiner Flamme zu verbrennen.»

«Sag so etwas nicht, Darion!»

«Ich liebe dich, Elbin. Auch wenn ich in deinem Licht verglühen sollte, werde ich nicht von dir lassen.»

Etwas in seinem Lächeln machte sie bekümmert. Jetzt erst wurde ihr bewusst, dass er sein Leben wagte, um in ihrer Nähe zu sein, um sie zu beschützen. Wie hatte sie ihn nur so ungerecht verdächtigen können? Er war seinem Herrn ungehorsam gewesen, und fast hätte ihn die Strafe dafür ereilt. Sie bekam plötzlich Angst um ihn.

«Ich will nicht, dass du meinetwegen sterben musst, Darion!»

Eine blitzende Träne stahl sich aus seinem linken Auge und rann die Schläfe hinab auf das Kopfkissen. Ihr Finger folgte zärtlich dem Weg, den der salzige Tropfen genommen hatte, bis Darion ihre Hand fasste, um sie zu küssen.

«Ich bin ein Krieger, Marian. Früher glaubte ich, mein höchstes Glück bestünde darin, im Kampf für meinen Herrn zu fallen. Heute aber weiß ich, dass ich nur für dich sterben will.»

«Das kommt gar nicht infrage!», begehrte sie auf. «Niemand soll für mich sterben, am allerwenigsten du! Ich verbiete dir solchen Unsinn, hast du gehört?»

«Ihr verbietet mir, aus Liebe für Euch zu sterben, holde Herrin?», fragte er amüsiert.

«Hör auf, zu lästern, ich habe es ernst gemeint!»

«Und was brachte Euch zu dieser Forderung? Liegt Euch vielleicht gar etwas an Darion, dem ungehorsamen Nachtschatten? Sorgt Ihr Euch um ihn? Könnte es vielleicht sogar sein, dass Ihr ihn ... liebt?»

«Muss ich ihm das sagen?»

«Es würde ihm sehr gefallen, hohe Herrin.»

«Mag sein», murmelte sie, und ihre Hand folgte der dunklen Linie seiner Augenbrauen. «Aber ich halte es doch besser vor ihm geheim. Er könnte eingebildet werden, wenn er erfährt, dass ich ihn mehr liebe als alles auf der Welt.»

Er begann, fröhlich zu lachen, presste sie an sich und rollte sich mit ihr hin und her. Sie quietschte, forderte energisch, dass er sie losließ, beschimpfte ihn als tückisches Nachtschattengewächs, und als er endlich wieder ruhig auf dem Rücken liegen blieb, lag sie still in seinen Armen und schwieg.

«Ich habe es mit dem Heldentod nicht gerade eilig, mein Schatz», murmelte er. «Von mir aus können wir noch ...»

Er hielt inne und sog hart die Luft ein, als hätte ihn ein plötzlicher Schmerz getroffen. Es war jedoch alles andere als dies, sondern eine Berührung, die sein Blut heiß durch die Adern rauschen ließ. Marians Hände lagen mit zärtlichem Druck auf seiner Männlichkeit, und als sie jetzt neugierig ihre Finger bewegte, waren die Auswirkungen so heftig, dass er in arge Bedrängnis geriet. Wo war die strenge Erziehung geblieben, die sie im Pensionat erfahren hatte? Ach, er hatte ja gewusst, dass sie den Zauber ihrer Sippe in sich trug, die seit Beginn der Welt ihre magischen Netze über die Sinne von Menschen und Geistern warf! Aufstöhnend gab er sich in ihre Hände, genoss lustvoll die Unbefangenheit ihrer Erkundungen und hatte alle Mühe, seine Leidenschaft nicht außer Kontrolle geraten zu lassen.

Er musste ihr nicht zeigen, was er sich wünschte, sie hatte es längst begriffen. Unter halb geschlossenen Lidern sah er sie an, während sie ihn ritt, sah ihre weißen Brüste tanzen, ihr gleißendes Haar um ihre Schultern fliegen, und in ihren Augen wogten türkisfarben die schaumgekrönten Meereswellen. In nie erlebtem Lustrausch versinkend gab er seinen Rhythmus mit hinein, und als er sich wild aufbäumend in ihr verströmte, hielten sie einander umfangen.

«Maygarden», flüsterte sie an seiner Schulter. «Ich wollte immer hierher zurückkehren, Darion. Wir werden unendlich glücklich sein!»

Kapitel 23

Schneegeister tobten über das Anwesen hinweg, rüttelten an den Fensterläden und heulten schaurig-schöne Weisen im Kamin. Es handelte sich um gutartige Naturwesen, die einen Sinn für derbe Scherze hatten. In den Nächten bliesen sie Schneemassen vor das Landhaus und freuten sich diebisch, wenn man am Morgen Mühe hatte, die Haustür zu öffnen. Manchmal trieben sie sich tagelang in den Hügeln herum, schüttelten die kahlen Eichen, ließen die Fichten unter ihrer Last knacken und stöhnen und scheuchten das Wild tief in die Wälder hinein. Doch unter der weißen Schicht, die sie über Äcker und Wiesen legten, waren Tiere und Pflanzen vor dem tödlichen Frost geborgen.

«Wir werden unendlich glücklich sein!», hatte Marian vorausgesagt, und Darion war nahe daran, es zu glauben. Nie zuvor in seiner Existenz hatte er so intensiv empfunden, niemals waren Schmerz und Lust, Sehnsucht und Erfüllung so dicht beieinander gewesen. Wie jämmerlich arm war sein Leben doch gewesen, als er noch Gorians Krieger war und glaubte, in Kampf und Tod für seinen Herrn höchste Erfüllung zu finden! Jetzt, da er die Tage und Nächte in Marians Nähe verbrachte, war es, als öffnete ein Zauber sein Herz, und er fand dort eine Fülle bisher unbekannter Gefühle, die ebenso verwirrend wie beglückend anmuteten. Liebe zeigte sich nicht allein in Form der süßen Anziehung ihrer Körper und der Lust, die sie empfanden, wenn sie beieinanderlagen. Liebe war ebenso die beständige Sorge um das geliebte Wesen, die Beseeltheit, es glücklich zu sehen, die Hoffnung, sich niemals von der Geliebten trennen zu müssen. Vorerst schien ihr Glück tatsächlich vollkommen.

Marian stellte nur wenige Fragen und gab sich mit Darions Erklärungen bereitwillig zufrieden. Sie war eine Lichtelbin und er ein Nachtschatten, doch er gehorchte nicht mehr seinem Herrn, sondern dem eigenen Herzen, war ein Abtrünniger aus Liebe zu ihr. Sie hatte auch nach dem Amulett gefragt, das er während seines Kampfes mit Gorians Boten ausgerechnet vor ihrer Tür verloren hatte. Ja, es wäre Eigentum der Elbenkönigin gewesen, gab er zu, und bei ihrer Gefangennahme vor vielen Jahren fiel es in die Hände der Nachtschatten. In der Phiole wären einige Tropfen Wasser eingeschlossen, die glühten und schäumten, wenn eine Nachkommin der Königin sang.

«Es ist eine seltene Gabe, das Wasser bewegen zu können», meinte er vorsichtig.

«War das der Grund, weshalb du mich beobachten solltest? Hat sich dein Herr Gorian für mein Talent interessiert?»

Darion schluckte, weil er jetzt doch dicht an der Lüge war, zumindest machte er sich des Verschweigens schuldig, denn er würde die Quelle des ewigen Lebens unerwähnt lassen.

«Oh ja! Er glaubte wohl, es sich nutzbar machen zu können. Aber du hast ihn eines Besseren belehrt.»

«Ich?»

Er hätte sich ohrfeigen können, denn jetzt musste er ihr verraten, dass sie es gewesen war, die die Fluten der Themse aufgewühlt hatte. Marian, in ihrer Ahnungslosigkeit, hatte diese Tatsache gar nicht bemerkt, und noch viel weniger war ihr bewusst, dass sie eine bestimmte Melodie gesungen hatte. Ihrer Erinnerung nach hatte sie gar nicht gesungen, sie war einfach nur zornig und verzweifelt gewesen.

«Im Frühling, wenn die Bäche wieder eisfrei sind, reiten wir hinaus in Wiesen und Wälder, mein Schatz», sagte sie heiter zu ihm. «Dann werde ich ein paar Lieder singen, und wir werden sehen, was die Wasserläufe dabei anstellen!»

Er war heilfroh, dass sie die Angelegenheit damit auf sich beruhen ließ. Auch den Ehrgeiz, eine berühmte Primadonna zu werden, hatte sie ganz offensichtlich abgelegt. Sie sprach niemals über Professor Sereno und seine Schule des Belcanto, nur ihre Freundin Juliette, die dort geblieben war, schien sie zu vermissen. Stattdessen hatte sie das hübsche Landhaus schon in den ersten Tagen wieder in Besitz genommen, kümmerte sich gemeinsam mit den Crincles, die sie nun Gesira und Latar nannte, um Küche und Keller, schob die Möbel herum, zog Bücher aus den Regalen und wurde nicht müde, Darion an ihren glückseligen Erinnerungen teilhaben zu lassen.

Dass der alternde Lord nicht ihr Vater, sondern ihr Ziehvater gewesen war, wusste sie nicht, und Darion zögerte damit, ihr die Wahrheit zu sagen, denn sie hegte große Zärtlichkeit für den alten Knaben. Nach allem, was sie berichtete, musste er tatsächlich ein sehr liebenswerter, wenn auch etwas skurriler Bursche gewesen sein. Über ihre Mutter sprachen sie wenig. Man hatte Marian damals nur gesagt, sie wäre während eines Gewitters vom Blitz erschlagen worden.

«Wie lange willst du sie darüber noch im Ungewissen lassen?», fragte Aladion hin und wieder, wenn Marian nicht in der Nähe weilte. «Sie hat ein Recht darauf, zu erfahren, wer ihre Eltern waren. Und sie sollte auch wissen, über welche Macht ihre Vorfahrin einst verfügte.»

«Wenn du ihr auch nur ein Sterbenswörtchen davon erzählst, ist es aus mit unserer Freundschaft!»

«Du bist ein Narr!», entgegnete Aladion ärgerlich. «Irgendwann wird sie es sowieso erfahren.»

«Wieso hast du es so eilig damit? Warst du es nicht, der ihre Mutter getötet hat?»

«Ich habe es tief bereut und gebüßt. Und ich habe Marians Leben gerettet. Aber wie auch immer sie es aufnehmen wird, ob sie mich hasst oder verachtet – sie sollte die Wahrheit erfahren, Darion!»

«Richtig – und zwar von mir! Aber erst dann, wenn die Zeit dafür gekommen ist.»

«Und wann wird das sein?»

«Das ist meine Sache, Alter!»

Die Gespräche waren kurz, und von Mal zu Mal wurde Aladion ungehaltener, doch er respektierte Darions Willen. Niemals versuchte er, Marian durch eine Frage oder Bemerkung neugierig zu machen, denn er wusste recht gut, dass die schöne Lichtelbin den Nachtschatten liebte. Aladion konnte seine Pläne nur mit Darions Einverständnis, nicht aber gegen ihn verwirklichen.

Darion wusste nicht übermäßig viel von diesen Plänen, was nicht an Aladions mangelnder Mitteilungsbereitschaft, sondern an Darions Desinteresse lag. Er war ganz und gar mit seiner Liebe zu Marian beschäftigt – einer Liebe, für die es keinen Ort zu geben schien, da sie so verschieden wie Tag und Nacht waren. Sie hatte ihn ausgelacht, als er ihr diese Sorge anvertraute, und von diesem Augenblick an übertrafen sie sich gegenseitig in ihren Einfällen. Marian hatte gelernt, die Lampen mit zarten Seidentüchern zu bedecken, um Darions Augen zu schonen, und er gewöhnte sich an, ihr mit Worten auszumalen, was er in der Dunkelheit wahrnahm. Wenn der Himmel bedeckt war, unternahmen sie Spaziergänge durch die verschneiten Hügel, und eines Tages brachte sie ihm mit einem verschmitzten Lächeln die getönten Augengläser ihres Ziehvaters. Bald unternahmen sie Fahrten mit dem Pferdeschlitten oder Ausritte – gleich, ob die Sonne schien oder das Wetter trübe war. Die Abende und Nächte allerdings verbrachten sie im Landhaus, das von drei hohen Eichen beschirmt wurde, und Darion bestand energisch darauf, alle Fenster geschlossen zu halten.

«Dir ist schon klar, dass ihr euch in Gefahr begebt, oder?», murrte Aladion. «Jenseits der schützenden Eichen kann sich jeder Nachtschatten auf euch stürzen.»

«Ich kann mit jedem Nachtschatten fertig werden», gab Darion großspurig zurück.

Natürlich war ihm bewusst, dass er bei einem ganzen Geschwader von Gorians Kriegern verloren war, und Aladion zögerte keineswegs, ihm diese Tatsache unter die Nase zu reiben. Auch ließ er ihn wissen, dass er es ihm, Aladion, verdankte, dass er überhaupt an Marians Seite durch den Eichenwald reiten konnte, ohne von den schützenden Bäumen als Nachtschatten erkannt und angegriffen zu werden. Der Alte hatte sich schon in früheren Jahren häufig auf Maygarden aufgehalten, und wie es schien, war es ihm gelungen, das Vertrauen der magischen Eichen zu gewinnen.

«Sie haben auch dich als Beschützer der Elbin akzeptiert», erklärte er selbstzufrieden. «Die anderen hingegen müssen sich vor den Eichenwäldern in Acht nehmen.»

Die anderen – das waren jene Bundesgenossen, die Aladion in letzter Zeit anwarb und irgendwo in den Hügeln oder zwischen den Felsen ansiedelte. Diese Aktivitäten bildeten ganz offensichtlich einen Teil seiner Pläne. Vermutlich sammelte er Kämpfer, um irgendwann gegen Gorian zu ziehen. Darion vermutete, dass es sich bei einigen davon um abtrünnige Nachtschatten handelte, viele Krieger sich aber auch aus Erdgeistern, Zwergen oder Wassermännern rekrutierten, die allesamt dem Herrn der Nachtschatten nicht gewogen waren. Auch die Zahl der Lichtelben, die mit ihnen im Landhaus und den dazugehörigen Nebengebäuden lebten, vergrößerte sich beständig.

Marian hatte schon einmal besorgt gefragt, woher die vielen Angestellten wohl kämen und wovon sie sie alle bezahlen sollte. Tatsächlich machten sich diese Lichtelben in Haus und Hof, in

Ställen und Kellern nützlich. Auch der rothaarige George war eifrig bemüht, die Pferde zu striegeln und die Räder der Kutsche zu schmieren. Die Lichtelben waren Marian allesamt wie die Hündchen ergeben, blickten voll seliger Hoffnung auf ihre neue Königin und erfüllten ihr jeden Wunsch, noch bevor sie ihn aussprach. Darion hatte oft Mühe, seine freundliche Miene zu wahren, denn diese naiven Traumlinge fielen ihm fürchterlich auf die Nerven. Man hatte ihm berichtet, dass die Lichtelben in alten Zeiten gewitzte und mutige Krieger hervorgebracht hätten. Sogar vor den kämpfenden Frauen hätte man sich in Acht nehmen müssen, doch davon war bei all diesen armseligen Flüchtlingen nicht viel zu erkennen. Eine Verstärkung für Aladions dubiose «Armee» stellten sie keinesfalls dar, im Gegenteil: Falls es tatsächlich zu einem Kampf kommen sollte, würden diese Gestalten den anderen nur im Wege stehen.

Im Grunde hatte Aladion nur dann eine Chance gegen die große Armee des Herrn der Nachtschatten, wenn seine Kämpfer zuvor aus der Quelle getrunken hatten, die nur Marians Stimme zum Sprudeln bringen konnte. Aus der Quelle des ewigen Lebens.

Dachte er sich das so? Darion war sich ziemlich sicher – weshalb sonst hätte Aladion ihn ständig bedrängt, Marian von ihren Eltern zu berichten. Von der Macht, die ihre Vorfahrin einst besessen hatte. Er hoffte darauf, dass sie selbst den Entschluss fassen würde, die Quelle zu suchen.

Genau das würde Darion nicht zulassen. Marian durfte nicht zum Machtinstrument eines herrschsüchtigen Tyrannen werden – weder Gorian noch Aladion sollten sich ihrer bedienen. Die Quelle des ewigen Lebens gehörte den Lichtelben, und wenn Marian tatsächlich irgendwann nach ihr forschte, dann sollte ihre segensreiche Macht nur ihr und ihrem Volk zukommen.

Darion sehnte diesen Tag nicht gerade herbei, denn er hatte keine Ahnung, was in diesem Fall aus ihrer Liebe werden würde. Konnte sich die Königin der Elben, die Herrin der Quelle des ewigen Lebens, mit einem Nachtschatten verbinden? Vermutlich nicht. Zum Glück war diese Gefahr ausgesprochen gering, denn niemand, nicht einmal Marian, wusste, an welchem Ort die Quelle sich einst befunden hatte.

Tage und Nächte vergingen, Schnee und Frost wechselten mit lauen Winden, in den Nächten vernahmen sie den Ruf der Wölfe in den Wäldern, tagsüber scharrten die Amseln im modernden Laub, und die Raben kreisten über den grauen Wiesen. In den Bachbetten gluckste und brauste das Wasser unter dem Eis, Sprünge und weißliche Flecken taten sich auf, und an den Zweigen, die ins Wasser hingen, glitzerten bizarre Eisgespinste.

Darions Verlangen nach Marians verlockendem Elbenkörper erschöpfte sich niemals, es wurde stärker mit jedem Tag und jeder Nacht, je mehr sie voneinander begriffen, je unbefangener sie miteinander scherzten, desto sehnsüchtiger waren ihre Liebesbegegnungen. Längst war seine schöne Elbin nicht mehr das ahnungslose kleine Mädchen, das damals in der Bibliothek des Pensionats von einem einzigen Kuss berauscht gewesen war. Marian wusste die Leidenschaft ihres Geliebten mit zarten Händen und Lippen zu entfachen, sie ließ sich Zeit dabei, und ihr Einfallsreichtum trieb tausend bunte Blüten. Ihre Finger konnten streicheln und locken, reiben und kitzeln, sie schonten keine Stelle seiner Männlichkeit, bestürmten die prallen Rundungen seines Gemächts mit zärtlichen Herausforderungen, und ihre Küsse ließen ihn verzweifelt vor Lust aufbegehren.

Doch auch er kannte die Geheimnisse ihrer Leidenschaft, wusste die kleine rosige Perle zu liebkosen, ihre Brüste mit Küssen zu erregen, bis sie den Rhythmus ihrer Hingabe vor ihm tanzte und immer wieder sehnsuchtsvoll seinen Namen flüsterte. Wenn sie das tat, verging er vor Glückseligkeit, diese Augenblicke hätte er ins Unendliche ausdehnen mögen. Sie liebte ihn, Darion, dessen Namen sie immer wieder rief. Er gehörte ihr, war ihr Diener und ihr Herr, ihr Knecht und ihr Beschützer, er war der Ritter, an dessen Seite sie über die Hügel des Landsitzes ritt, er war der Mann, der ihren nackten Leib in heiße Lust versetzte.

Aladion, der Abtrünnige, übte sich in Geduld, ohne die Hoffnung ganz aufzugeben. Immer wieder erging er sich in bissigen Bemerkungen, fragte spöttisch, ob Darion beschlossen hätte, bis ans Ende seiner Tage Liebessklave einer schönen Elbin zu bleiben. Wo sein Kampfesmut geblieben wäre? Seine Lust an der Gefahr? Seine Freude am raschen Flug über Meer und Land in Gesellschaft der Kameraden?

«Welcher Kameraden?», fragte Darion verständnislos zurück.

«Schon gut», lenkte Aladion beleidigt zu. «Ich war der Meinung, so etwas wie dein Bundesgenosse zu sein.»

«Wenn es gegen Gorian geht – gewiss.»

«Und du glaubst, er hat unsere Elbentochter schon vergessen? Nachdem er ihre Macht am eigenen Leibe zu spüren bekam?»

Darion schnaubte verächtlich und behauptete, Gorian wäre nicht mehr der Jüngste, er hätte vermutlich resigniert und pflegte seine morschen Knochen. Er wusste selbst, dass dies nicht sehr wahrscheinlich war, aber immerhin hatte es bisher noch keinen einzigen Angriff von Gorians Seite gegeben.

«Du hast recht, junger Mann», gab Aladion mit leiser Ironie zurück. «Gorian ist alt, seine Zeit wird bald abgelaufen sein. Aber gerade dies muss für ihn einen Grund darstellen, sich der Quelle des ewigen Lebens so bald als irgend möglich zu bemächtigen.»

Aladion sparte nicht mit Ausschmückungen, die beunruhigend, vor allem jedoch leider nicht ganz unwahrscheinlich klangen. Gorian würde sich in diesem Fall nicht darauf beschränken, Herrscher der Nachtschatten zu sein. Schon jetzt hätte er andere

Naturwesen unterjocht, die Quellnymphen seien in seiner Hand, auch viele Wassergeister und mehrere Zwergenvölker. Er würde nicht zögern, seine Macht zudem über die Erd- und Berggeister auszudehnen, Flüsse und Seen in seine Gewalt zu bringen und sich schließlich auch die Menschen Untertan zu machen.

«Die Menschen?», meinte Darion abschätzig. «Was hätte er damit wohl gewonnen?»

Aladion stieß einen ärgerlichen Seufzer aus und äußerte, dass ihm in seinem langen Leben schon so mancher Bursche begegnet wäre, der zu faul war, sein Hirn zu gebrauchen. Darion aber würde in dieser Hinsicht alle übertreffen.

An den folgenden Tagen tauchte er im Landhaus nicht auf, und Darion hegte den Verdacht, dass der gute Aladion es leid war, immer nur den lästigen Mahner zu spielen, und stattdessen seiner schönen Freundin Selena einen Besuch abstattete.

Marian war tief gerührt gewesen, als er ihr von Aladions Freundschaft zu der Quellnixe erzählt hatte. Seine geliebte Elbin hegte eine große Zuneigung zu dem Abtrünnigen, vermutlich würde sie ihm niemals vergessen, dass er sie einmal vor ihrem widerlichen Vormund beschützt hatte. Darion musste zwar zugeben, dass auch er Aladion zu Dank verpflichtet war, doch er kannte dessen hochfliegende Pläne und wusste auch, welche Rolle Marian dabei zugedacht war. Nein, Aladion war nicht weniger machtgierig als Gorian. Es war klug, sich vor allen beiden in Acht zu nehmen.

Zwei Tage später ritt Darion neben Marian am Bach entlang, wobei er wie immer bemüht war, sich nicht allzu weit von dem schützenden Eichenwald zu entfernen. Es hatten sich inzwischen noch weitere Lichtelben eingefunden, die allesamt in ihrer menschlichen Verkleidung verharrten, möglicherweise deshalb, weil sie sich bisher noch niemals zu ihrer Elbennatur bekannt hatten. Sie waren in kleinen hölzernen Gebäuden nahe des Waldes untergebracht und wirkten selbst aus der Entfernung recht deplatziert, denn die meisten schienen als Beamte, Schulmeister oder Schreiberlinge ihr Brot verdient zu haben. Sie alle starrten Marian mit großen leuchtenden Augen an, und wenn sie an ihnen vorüberritten, sah man ein glückliches Lächeln auf ihren Gesichtern.

«Die Königin!», hörte man es flüstern.

«Da reitet sie vorbei!»

«Wie schön sie ist! Wie ihr silbernes Haar leuchtet!»

«Sie trägt Eolins Amulett um den Hals.»

«Sie wird Eolins Macht wiederherstellen.»

«So ist es geweissagt. So wird es kommen.»

Marian fand dieses Geflüster reichlich verwirrend. Was wollten diese Leute von ihr? Gut, sie war eine Nachkommin der Elbenkönigin – aber war sie denn die einzige? Das konnte eigentlich nicht sein, Eolin hatte ganz sicher viele Nachkommen. Und überhaupt – wozu brauchten diese Leute eine Königin? Es gab doch gar kein Königreich.

Sie gab ihrer Stute die Sporen, um so schnell wie möglich aus der Nähe dieser Gaffer zu gelangen, und Darion folgte ihr besorgt. Marian trug einen lichtblauen Mantel, den die Elbin Gesira, die ehemals Mrs. Crincle gewesen war, für ihren Schützling genäht hatte, und dazu einen Hut, an dem ein weißer Schleier befestigt war. Marian hatte diese Aufmachung zwar etwas unpassend für die ländliche Umgebung gefunden, aber weil sie Gesira nicht enttäuschen wollte, hatte sie die Sachen doch angelegt. Nun war sie – besonders wegen des flatternden Schleiers – aus allen Richtungen, besonders auch von oben, sehr gut sichtbar.

«Wo bleibst du denn?», rief sie fröhlich, sich im Sattel nach Darion umwendend. «Hast du nicht versprochen, immer an meiner Seite zu bleiben?»

Darions Pferd war ein braver Fuchswallach, der schon ein wenig bequem war und plötzliche Tempoänderungen wenig schätzte. Daher hatte er Mühe, sie einzuholen, und handelte sich noch dazu ihren Spott ein.

«Wie soll das erst später werden, wenn du mir jetzt schon nicht mehr folgen kannst!»

«Keine Sorge, ich lasse mir schon etwas einfallen!», erwiderte er grinsend und fasste ihre Hand, um sie während des Ritts für eine kurze Zeit festzuhalten. «Zur Not werde ich eben fliegen müssen, meine schöne Herrin.»

Sie lachte, warnte ihn jedoch davor, ihr davonzufliegen, wie er es in der Vergangenheit bereits getan hatte.

«Wie halten es denn die Nachtschatten mit der Zweisamkeit?», wollte sie dann wissen.

«Mit der ... Zweisamkeit?», fragte er verständnislos.

«Du meine Güte!», schalt sie ihn und verdrehte die Augen zum Himmel, an dem keine einzige Wolke zu sehen war. «Ich meine, was tun zwei Nachtschatten, wenn sie sich lieben und beieinanderbleiben wollen?»

Jetzt begriff er und war tief gerührt. Sie wünschte sich eine Hochzeit, wie sie unter Menschen üblich war. Was sollte er antworten? Dass sich noch nie zuvor ein Nachtschatten mit einer Lichtelbin verbunden hatte?

«Ich bin noch nicht in dieser Lage gewesen», gestand er. «Aber ich weiß, dass man sich gegenseitige Treue verspricht. Vielleicht fragen wir einmal Mrs. Crincle, wie die Elben in diesem Fall handeln?»

«Nicht anders als die Menschen. Man heiratet eben», erklärte Marian kopfnickend.

Eine kleine Weile ritten sie schweigend nebeneinander her. Darion beobachtete den Himmel und die Kuppen der Hügel, um keine bösen Überraschungen zu erleben, hin und wieder schauten beide zum Bach hinüber. Er führte nur wenig Wasser, doch von den hohen Ufern vom Wind geschützt hatte sich unten im Bachbett schon das erste Grün aus dem Boden gewagt.

«Wären wir beide Menschen, dann würde ich dich jetzt fragen, ob du meine Ehefrau werden willst», sagte er leise.

«Wären wir beide Menschen und du würdest mich fragen, ob ich deine Ehefrau werden will – dann würde ich jetzt mit Ja antworten.»

Beide blickten einander an, beglückt von diesem Bekenntnis, das zwar ein wenig förmlich und auch überflüssig, zugleich aber ein neuer Beweis ihrer Verbundenheit war. Darion beschloss, einen ersten Vorstoß zu wagen.

«Würdest du mir dann folgen, wie eine Ehefrau ihrem Mann folgt, Marian?»

«Ja, das würde ich», gab sie, ohne zu zögern, zurück.

«Selbst wenn ich die Absicht hätte, Maygarden zu verlassen?»

Sie schluckte, und er wusste, dass ihr diese Entscheidung unendlich schwerfallen würde. Sie hing mit ihrer ganzen Seele an diesem Landsitz, auf dem sie ihre Kindheit verbracht hatte.

«Es täte mir nur um die vielen Angestellten leid», wandte sie zögernd ein. «Sie hängen doch so an mir ... Ach, du weißt ja gar nicht, wie schön es hier im Frühjahr und im Sommer ist! Nein, wirklich, es gibt keinen Grund, Maygarden zu verlassen, Darion ...»

«Und wenn unsere Liebe davon abhinge?», fragte er ernst.

«Dann gehe ich mit dir, wohin du willst», sagte sie leise, und in ihren Elbenaugen erkannte er sein eigenes Bild.

Es schnitt ihm ins Herz, sie so bekümmert zu sehen, doch er hatte längst entschieden, dass eine gemeinsame Flucht die einzige Möglichkeit darstellte, sowohl Gorian als auch Aladion loszuwerden. Irgendwohin, wo die Tage voller Sonne und die Nächte voller Sterne waren. Er besaß die gefärbten Augengläser, konnte sich mit dunkler Kleidung schützen. Wassergeister und Meermänner waren ihre Verbündeten, auch die Gnome und Berggeister waren Gorian nicht wohlgesinnt ...

Ein Schatten zog sich über den Himmel, und Darion fuhr aus seinen Gedanken. Blitzschnell griff er nach den Zügeln von Marians Stute und lenkte seinen Wallach unter die schützenden Eichen, Marians Reittier hinter sich herzerrend.

«Was ist denn los? Was tust du?», protestierte sie ärgerlich.

«Es kommt ein Gewitter, mein Schatz. Besser, wir ziehen uns hierher zurück, sonst werden wir noch nass.»

«Bist du verrückt? Jedes Kind weiß, dass man bei einem Gewitter auf keinen Fall unter einer Eiche stehen sollte ...»

Er gab sich große Mühe, sie noch tiefer in den Wald zu ziehen, doch ihre Stute, das dumme Vieh, wehrte sich.

«Das ist kein Gewitter, Darion! Das sind Nebelgeister. Ich kann ihre Kettenhemden sehen, sie tragen Schwerter, wie auch du eines besitzt ... Es sind ...»

«Schau nicht hin, Marian!», bat er.

Natürlich gehorchte sie nicht. Fasziniert starrte sie auf die heranschwebenden Geister, die den Himmel wie eine düstere Wolke verdunkelten, wogende, quellende Dünste, die sich nur zum Teil schon in Krieger verwandelt hatten, zum anderen Teil noch als wabernde Nebel heranwehten. Ein Mensch hätte diese Himmelserscheinung für eine Gewitterwolke gehalten, doch Marian war eine Elbin ...

«Es sind Nachtschatten», gestand er. «Keine Ahnung, was sie vorhaben, aber du brauchst dich nicht zu ängstigen. Hier unter den Eichen können sie uns nichts anhaben.»

Sie gab keine Antwort, beobachtete die dunklen Krieger mit schmalen Augen und sprach mit leiser beruhigender Stimme auf ihre Stute ein. Das Geschwader überflog das Tal, ohne sich länger in ihrer Nähe aufzuhalten, und verschwand hinter den Hügeln.

«Es sind Gorians Nachtschatten, nicht wahr? Und sie sind auf der Jagd nach mir», sagte sie dann, ohne Darion anzusehen. «Weshalb lügst du mir vor, dies sei eine Gewitterwolke? Hältst du mich für ein Kind, dem man die Wahrheit verschweigen muss?»

Er konnte Zorn und Enttäuschung in ihrer Stimme heraushören und begriff, dass der glückselige Schwebezustand, in dem ihre Liebe hatte gedeihen können, von nun an in Gefahr war.

«Vergib mir, Marian!», flehte er. «Ich wollte dir den Schrecken ersparen, das war dumm von mir. Aber ich fürchtete ernsthaft, du könntest im Zorn den Bach zum Überlaufen bringen ...»

Sein Scherz kam schlecht an, Marian trieb mit unbeweglicher Miene ihre Stute tiefer ins Dickicht hinein, um auf dem schmalen gewundenen Waldpfad zum Wohnhaus zurückzukommen. Darion folgte ihr wortlos, blickte mit gewohnter Wachsamkeit umher, doch zwischen den knorrigen alten Stämmen war außer einer schlafenden Wildschweinsippe und einigen Rehen nichts Auffälliges zu entdecken.

Inzwischen war er zu der Erkenntnis gelangt, dass es sich bei dem Nachtschattengeschwader keineswegs um Gorians Kämpfer gehandelt hatte. Es waren die abtrünnigen Burschen gewesen, die Aladion hier in der Umgebung in Höhlen und zwischen den Felsen untergebracht hatte. Er hätte das eigentlich gleich merken müssen, doch es hatte ihn irritiert, dass Aladion selbst nicht unter ihnen war. Vermutlich lag der Alte noch in den weißen Armen seiner Quellnymphe, während seine Leute hier auf Maygarden aus lauter Langeweile Erkundungsflüge unternahmen und dabei die Pferde scheu machten.

Darion hatte ein ungutes Gefühl, als sie in den Hof ritten und von den Pferden stiegen. Marian hatte recht: In seinem Bemühen, sie zu schützen, hatte er ihr viel zu viele Dinge verschwiegen. Unter anderem auch die Tatsache, dass Aladion in den Felsen eine eigene Armee heranzog. Er musste mit ihr sprechen, bevor es zu spät war – sie sollte seine Entscheidung, Maygarden zu verlassen, begreifen und mittragen. Nur so würden sie beide ...

«Herrin», sagte der rothaarige George zu Marian, während er ihr den Steigbügel hielt. «Wir haben einen Gast. Einen guten Bekannten. Die Nachtschatten nahmen ihn gefangen, als er sich in einer Reisekutsche dem Landsitz näherte.»

«Die ... Nachtschatten?»

«Nun ... sie sind auch mir noch unheimlich, aber ihre Wachsamkeit ist lobenswert, Herrin. Sogar dann, wenn ihr Herr Aladion nicht hier ist, sorgen sie zuverlässig für unsere Sicherheit.»

Ratlos sah sie sich zu Darion um, um dessen Mund es zuckte. Verdammt – dieser Tag wartete wirklich überreichlich mit Unglück auf! Jetzt entdeckte man auch eine leicht beschädigte Reisekutsche, die zwischen Stall und Scheune geschoben worden war. Die beiden Pferde soffen in aller Ruhe aus dem Sandsteintrog.

Töne drangen aus dem Haus, jemand hatte das Klavier – ein Erbstück von Marians Mutter – geöffnet und spielte darauf. Marians Miene hellte sich auf, als jetzt die wohlbekannte dunkle Stimme zu vernehmen war. Einen kleinen Moment lang lauschte sie dem Lied mit geschlossenen Augen, dann lief sie zum Eingang des Wohnhauses.

Darion verstellte ihr den Weg, flehte sie an, nicht hineinzugehen. Erinnerte sie an das Versprechen, das sie ihm unterwegs gegeben hatte.

«Du wolltest mir folgen, Marian!»

«Lass mich durch! Ich muss Professor Sereno begrüßen. Ich habe ihm so vieles zu erklären ...»

«Tu es nicht, Marian! Wir müssen fort. Es gibt keinen Aufschub. Wenn du mich liebst, dann kommst du jetzt mit mir!»

Sie trat einen Schritt zurück und blickte ihn mit zornigen

Elbenaugen an. Sturm lag darin, Wälder, die sich unter dem Angriff des Windes beugten, wirbelnder goldfarbener Staub, zischende dunkelgrüne Brandung gegen grauen Fels.

«Ich begreife nicht, was in dich gefahren ist, Darion!»

Er hätte Gewalt anwenden, sie an sich reißen und mit ihr davonfliegen müssen. Gegen ihren Willen handeln, um sie nicht zu verlieren. Er tat es nicht.

Kapitel 24

Die Reisekutsche holperte über den aufgeweichten Weg, hin und wieder lag ein Feldstein in der Fahrrinne, und das Gefährt geriet für einen Moment in eine gefährliche Schieflage. Es hatte jedoch bisher alle Widrigkeiten gemeistert, ohne umzukippen. Marian fröstelte. Sie hatte über den gefütterten Mantel eine wollene Decke gewickelt, ihre Hände steckten in einem Pelzmuff, und doch wollte ihr nicht warm werden. Dabei war es draußen nicht einmal kalt. Der Nieselregen, der ihre Fahrt nun schon seit Tagen begleitete und alle Wege in schlammige Rinnsale verwandelt hatte, war lau, er roch nach vermodertem Laub und fauligem Vorjahresgras. Marian hatte schon lange nicht mehr aus dem Fenster gesehen, wo kahle Bäume, graue Wiesen und manchmal auch niedrige einsam gelegene Gehöfte vorüberzogen. Sie lehnte den Hinterkopf gegen das harte Polster, zog die Wolldecke über ihrer Brust zusammen und versuchte, zu vergessen, dass sie scheußliche Kopfschmerzen hatte.

«Es kann nicht mehr weit sein», sagte Professor Sereno.

Er sagte diesen Satz wohl zum hundertsten Mal. Im Gegensatz zu Marian schwitzte er vor Aufregung, wischte sich immer wieder mit einem Taschentuch über die Stirn und zog eine zusammengelegte Landkarte aus der Manteltasche, um sie umständlich auf seinen Knien zu entfalten.

«Kommt dir diese Gegend denn nicht bekannt vor? Hast du sie schon einmal gesehen? Im Traum vielleicht? In deiner Erinnerung?»

«Nein, Mr. Sereno.» Er war enttäuscht und ließ es sie spüren. Schlecht gelaunt fuhr er mit dem Finger über die Karte, blickte dann aus dem Fenster und fluchte, weil der Zugwind ihm die Landkarte von den Knien blasen wollte.

«Halt das Papier fest! Siehst du nicht, dass es davonflattert?», fuhr er Marian an.

«Ich habe Kopfschmerzen, Mr. Sereno.»

«Frauen haben immer Kopfschmerzen!», gab er bissig zurück, wobei er das Wort «Kopfschmerzen» mit hoher Stimme aussprach und das Gesicht abfällig verzog. Er hob einen flachen Holzkasten auf seine Knie, in dem er zwei Pistolen aufbewahrte, und breitete die Karte auf dieser Unterlage aus.

«Sagten Sie nicht, Sie wüssten, wo sich der Ort befindet?»

«Natürlich», knurrte er. «Es ist nur so, dass diese Karte schwer zu lesen ist.»

Es handelte sich um eine ganz gewöhnliche Landkarte von Schottland, die er irgendwo in einem Laden gekauft hatte. Aber er wäre – wie er immer wieder ärgerlich erklärte – nun einmal Künstler und kein Geograf. Und dann wäre es vor allem ihre Schuld, denn sie unterstützte ihn zu wenig. Dabei täte er dies alles nur für sie und für das Volk der Lichtelben. Marian hatte zu Anfang tatsächlich an dieses Gerede geglaubt, inzwischen jedoch begriffen, dass Sereno vor allem an sein eigenes Wohl dachte. Selbstlos waren nur ihre drei Begleiter: Vetter George auf dem Kutschbock und die Lichtelben Gesira und Latar, die oben auf dem Kutschendach beim Gepäck saßen, zu dem auch ein dickes Bündel Eichenzweige gehörte. Diese drei waren klaglos bereit, jede Mühsal auf sich zu nehmen, jede Not zu leiden, ja sogar ihr Leben für das ihrer Königin hinzugeben.

Eine lange Woche waren sie nun schon unterwegs, doch statt freudig und voller Stolz ihre Aufgabe anzugehen, verfiel Marian täglich mehr dem Kummer und fragte sich bald, weshalb das Schicksal gerade ihr, Marian Lethaby, eine solch hehre Mission abforderte. Ausgerechnet sie musste Eolins Stimme geerbt haben, und noch dazu schienen tief in ihrer Erinnerung die Lieder der längst verstorbenen Elbenkönigin zu schlummern. Nur hin und wieder stiegen sie auf, meist ohne dass es ihr selbst bewusst war, dann aber konnte sie Überschwemmungen hervorrufen und Stürme in Wassergläsern verursachen. Angeblich konnte sie auch eine Quelle aus dem Felsen springen lassen, die ein ganz besonderes Wasser führte: das Wasser des ewigen Lebens.

Marian seufzte und bewegte die klammen Finger in ihrem Muff, während Sereno wieder einmal das Fenster herunterschob, um sich hinauszubeugen.

«Immer noch nichts zu sehen?», brüllte er nach draußen.

«Berge am Horizont, Mr. Sereno.»

«Na also!», stieß er aufatmend aus und ließ sich in den Sitz zurückfallen, ohne sich die Mühe zu machen, das Fenster wieder zu schließen. «Es kann nicht mehr lange dauern.»

Marian schloss wieder die Augen und fragte sich, wie sie bei diesen vertrackten Kopfschmerzen überhaupt würde singen können. Aber sie würde es tun, sie musste. Schon um der vielen liebenswerten Lichtelben willen, die sich so hoffnungsfroh auf Maygarden eingefunden hatten. Sie, Marian Lethaby, war die neue Königin, die in dem verlorenen Elbenbuch vorausgesagt wurde und die die Quelle des ewigen Lebens wieder zum Sprudeln bringen, Eolins Reich wiedererstehen lassen würde.

Wenn sie ehrlich war, musste sie zugeben, dass ihr persönlich nicht allzu viel daran lag, dieses dubiose Elbenreich wieder ins Leben zu rufen, zumal ihr völlig unklar war, wo es überhaupt liegen sollte. Außerdem schienen die Feinde der Lichtelben sozusagen schon Schlange zu stehen, um die Quelle des ewigen Lebens für sich zu beanspruchen.

Da war zu allererst dieser scheußliche Nachtschattenherrscher Gorian, der versucht hatte, sie zu entführen. Dann aber leider auch Aladion, der Abtrünnige, über den Vetter George ihr schreckliche Dinge erzählt hatte. Gewiss besaß auch Professor Sereno ein sehr egoistisches Interesse an dieser Quelle. Vor allem aber Darion. Darion, ihr Geliebter, der sie zum wiederholten Mal belogen und getäuscht hatte. Der ihr die Wahrheit über ihre Eltern und die Quelle des Lebens verschwieg und auch den Lichtelben auf Maygarden verboten hatte, mit ihr darüber zu sprechen. Sie hatten einen langen und bösen Streit miteinander ausgefochten, denn er hatte behauptet, all dies nur aus Liebe zu ihr getan zu haben. Er hätte sie schützen wollen. An einen Ort bringen, wo sie beide unbehelligt miteinander leben konnten.

«Wolltest du mich im Käfig halten wie ein hübsches Vögelchen, mir die Flügel beschneiden und ein Tuch über den Käfig werfen, wenn ich zu laut singe?»

«So hör mir doch zu, Marian!»

«Ich habe dir schon viel zu lange zugehört!»

Nach allem, was er ihr bereits erzählt und vor allem verschwiegen hatte, konnte sie ihm kein einziges Wort glauben. Der Gedanke tat weh, aber sie musste sich daran gewöhnen: Auch Darion war auf seine ganz spezielle Weise hinter der Quelle des ewigen Lebens her.

«Morgen um diese Zeit werden wir das Gebirge erreicht haben», sagte Sereno und schob geräuschvoll das Fenster zu. «Dann wirst du dich ganz sicher erinnern, Marian. Du musst dich erinnern, hörst du?»

«Ich werde es versuchen, Mr. Sereno», gab sie zurück, damit er sie endlich in Ruhe ließ.

Hatte er nicht behauptet, in dem alten Folianten gelesen zu haben, wo sich die Quelle einst befand? Wieso verlangte er dann ständig, sie müsste sich erinnern? Bitter stieß es ihr nun wieder auf, dass dieses kostbare Buch, das ein Nachkomme der Elbenkönigin einst verfasst hatte, durch Darions Unachtsamkeit verloren gegangen war. Auch in diesem Punkt hatte er sie angelogen: Er hatte es nicht – wie behauptet – in Serenos Archiv zurückgetragen, sondern bei irgendwelchen dubiosen Kämpfen ins Meer fallen lassen. Hatte er das absichtlich getan? Damit sie die Botschaft ihres elbischen Vorfahren nicht zu lesen bekam? Ja, das passte ins Bild. Egoistisch und respektlos hatte er dieses wertvolle Vermächtnis an sie einfach vernichtet!

Zum wiederholten Male sagte Marian sich, dass es sinnlos wäre, sich über Darion den Kopf zu zerbrechen. Er war ein charmanter Verführer und ein unwiderstehlicher Liebhaber, sie hatte sich in seiner Gegenwart bisher keine Sekunde gelangweilt. Aber er war ein Wesen, dem man nicht trauen konnte. Ein Nachtschatten. Niemals konnte es eine Verbindung zwischen einer Elbin und einem Nachtschatten geben, das hatte Sereno ihr bestätigt – und auch die Lichtelben. Aladion, den sie fast für ihren Freund und Beschützer gehalten hätte, war der Mörder ihrer geliebten Mutter. Und auch Darion hatte viele Lichtelben ums Leben gebracht – wie hatte sie das außer Acht lassen können? Der Zauber der Liebe hatte ihre Sinne vernebelt und sie blind gemacht.

Gegen Abend hörte der Nieselregen auf, dafür senkten sich graue Nebel über die Landschaft und machten es trotz der Lampen fast unmöglich, die Zäune und Mäuerchen rechts und links des Weges zu erkennen. Sereno fluchte über das verdammte schottische Wetter und auf die Schotten überhaupt, die seit Jahrhunderten widerspenstige kulturlose Gesellen wären und außer Torf und Haferbrei nichts in ihren hohlen Köpfen hätten.

Marian ließ ihn schimpfen. Er war nur ein Mensch und wusste es nicht besser. Sie selbst und auch die drei Lichtelben jedoch konnten die Nebelgeister sehen, die in dem grauen Dunst umherglitten, sich über die verdreckten Reisenden lustig machten und Serenos Flüche mit boshaften Kommentaren beantworteten.

«Er mag keinen Haferbrei, der zornige Engländer. Sollten wir ihm einen Topf davon übergießen, wenn er schläft?»

«Er scheint auch keinen Regen zu mögen, der Engländer. Sollten wir ihm einen Hagelschauer bescheren, wenn er aus der Kutsche steigt?»

«Wollt ihr euch etwa mit dem hässlichen Alten abgeben? Lasst uns lieber nach den anderen schauen! Sie sind jung und stark und brauchen gewiss ein wenig Ablenkung nach dem eiligen Flug ...»

«Ablenkung und heitere Spiele ...»

«Heitere Spiele und zärtliche Hände ...»

«Zärtliche Hände und dampfende Feuchtigkeit ...»

Man hörte ihr albernes Kichern von allen Seiten, und Marian hätte sie gern gefragt, welche eiligen Flieger sie denn ablenken und zärtlich befingern wollten, doch sie ließ es besser bleiben. Diesen Nebelweibern war nicht zu trauen, sie schienen so sanft und durchscheinend und konnten doch ordentlich fest zupacken, wenn sie Lust dazu verspürten. Hatte nicht selbst Darion damals Mühe gehabt, sie aus den Händen dieser tückischen Geister zu befreien? Darion! Wieso führte jeder zweite Gedanke sie zu ihm zurück? Ach, es war schwer, ihn zu vergessen!

Sie waren schon fast entschlossen, die Nacht in der Kutsche zu verbringen, wie sie es bereits einmal getan hatten, da tauchte links des Weges eine graue unregelmäßig gesetzte Mauer auf, dann ein breites Gatter aus Holz, das einen Hofeingang versperrte. Zwei braune zottige Hunde erschienen knurrend am Gatter, zeigten die Zähne und begannen, feindselig zu kläffen. Gleich darauf erschien eine Gestalt im Hof.

«Wer da?»

Die Stimme klang rau, und Marian hörte heraus, dass der Rufende ein gutes Quantum schottischen Whisky gegen die feuchte Abendkühle und den Nebel zu sich genommen hatte. Sereno stieg aus der Kutsche und versuchte, sich gegen das doppelte Hundegekläff verständlich zu machen, was ihm nur deshalb halbwegs gelang, weil ihm ein beachtliches Stimmvolumen zur Verfügung stand.

«Still!», befahl der Mann den Hunden, und beide Tiere gehorchten augenblicklich. Als er sich jetzt dem Gatter näherte, um die Reisenden genauer zu betrachten, sah man, dass er eine breite Lederschürze über der Kleidung trug, wie sie die Schmiede gebrauchten. Er schien auf jeden Fall ein Handwerk zu betreiben.

Sereno erzählte ihm die gleiche ausgedachte Geschichte, die er auch den übrigen Gastwirten und Bauern aufgetischt hatte, bei denen sie ein Nachtlager erhielten. Er wäre mit seiner Tochter auf der Reise in die Highlands, um sie ihrem Bräutigam zuzuführen. Dessen Name wäre Brian MacDonald, und er lebte ziemlich weit im Nordwesten, wollte ihnen aber entgegenkommen. Bei Inverness würde man sich treffen und gemeinsam zum Wohnsitz der Brautleute reisen. Er redete mit opernhaften Gesten und sonorer Stimme. Marian hegte jedoch ihre Zweifel, ob die Gastgeber ihm Glauben schenkten. Bisher hatte allerdings niemand dumme Fragen gestellt, und so verhielt es sich auch hier. Der Hofbesitzer erklärte sich einverstanden, sie für eine Nacht in seinem Haus zu beherbergen, die Kutsche könnte im Hof stehen bleiben, für die Pferde gäbe es einen Stall und genügend Heu. Die drei Lichtelben, die Sereno als Magd, Diener und Kutscher bezeichnete, sollten mitsamt dem Gepäck in der Scheune bleiben.

«Ich bin Ryan, der Schmied», stellte er sich Marian mit der Andeutung einer Verbeugung vor, jedoch ohne seine schmutzige Lederkappe vom Kopf zu nehmen. «Es ist mir eine Ehre, eine so hübsche, junge Braut in meinem Haus zu beherbergen! Wir sind keine reichen Leute, daher geht es einfach zu, aber ich werde meine Frau anweisen, Ihnen ein gutes Abendessen und ein bequemes Bett zu richten.»

Marian zwang sich zu einem freundlichen Lächeln und ein paar netten Worten. Der Mann gefiel ihr nicht, und auch die drei Lichtelben schienen wenig Sympathie für ihn zu hegen. Es hatte nichts damit zu tun, dass dieser Mensch mit einer hässlichen dunkelroten Wucherung an der Nase geschlagen war. Er hatte etwas Boshaftes an sich, auch seine Geldgier sprach nicht für ihn. Sereno musste einen erheblichen Preis für diese Übernachtung zahlen – und das im Voraus, sonst hätte der fleißige Schmied ihnen nicht das Hofgatter geöffnet.

«Es ist etwas im Gange, Herrin», flüsterte der rothaarige George Marian zu, als er ihre Reisetasche ins Haus trug. «Nehmt Euch in Acht, und legt diesen Zweig auf Euer Lager. Wir werden froh sein, wenn wir morgen das Gebirge erreichen. Dort sollen Eichenwälder stehen, sagte man mir.»

«Wer sagte das? Gesira und Latar?»

Er lächelte. Nein, eine Bachnymphe hätte es ihm heute Früh verraten. Es wären keine gewöhnlichen Eichen, sondern elbische Bäume, die ihresgleichen Zuflucht und Schutz gewährten.

Er verbeugte sich tief vor ihr, als er wieder hinausging, um mit den anderen beiden Elben in der kalten Scheune zu übernachten.

In der Kammer, die der Schmied ihnen zugewiesen hatte, war es allerdings kaum wärmer. Zwar brannte wohl drüben in der verräucherten Küche ein Feuer, der Rauch zog jedoch durch den Schlot davon und die Flammen besaßen zu wenig Kraft, um auch die Nebenkammer zu heizen. Das angekündigte bequeme Bett bestand aus einem wackeligen Holzgestell, auf dem zwei platt gelegene Strohsäcke, ein mottenzerfressenes Kuhfell und zwei Wolldecken lagen. Auch die gute Mahlzeit, die ihnen eine hagere verängstigte Frau mit verhuschten Bewegungen servierte, hätte Marian unter anderen Umständen nicht angerührt. Jetzt aber, da sie den ganzen Tag über nichts gegessen hatte, zwang sie sich, wenigstens einige der weich gekochten Karotten und eine halbe Zwiebel aus der Haferpampe zu fischen, während sie das fette Fleisch gern Sereno überließ.

«Was für ein widerlicher Fraß!», schimpfte er. «Aber morgen schon wird alles anders aussehen. Wir haben es fast geschafft, Marian! Oder sollte ich besser ‚Königin der Elben' zu dir sagen?»

Er machte die Andeutung einer großen Reverenz, und das Grinsen, mit dem er sein Possenstück begleitete, gefiel Marian wenig. Es war klar, dass ihm das Reich der Lichtelben im Grunde vollkommen egal war. Der Grund, weshalb er all diese Strapazen und Gefahren auf sich nahm, war die Quelle des ewigen Lebens. Er hatte ihr erzählt, dass ein Sänger stets zwei Tode stürbe. Der erste träte ein, wenn die Stimme den gewohnten Klang einbüßte, der zweite wäre der Tod des restlichen Körpers. Doch für ihn bedeutete der Verlust seiner Stimme den eigentlichen Tod, denn ohne dieses Organ wäre sein Dasein bar jeglichen Inhalts.

Einstweilen schien Sereno jedoch noch recht gut bei Stimme zu sein. Nach der widerlichen Mahlzeit legte er sich auf das Bett, breitete eine der beiden Decken über sich aus, und nur wenige Minuten später ließ er kräftige Schnarchtöne hören. Die flache Kiste mit den Pistolen hatte er griffbereit neben sich stehen, Marian bezweifelte allerdings, dass er aus diesen hübsch verzierten Dingern jemals einen Schuss abgefeuert hatte. Und selbst wenn er damit umgehen konnte – Pulver und Blei taugten höchstens dazu, menschliche Wesen oder wilde Tiere zu verscheuchen, die Wesen der Geisterwelt würden nur darüber lachen.

Marian zögerte, die Lampe zu löschen und ebenfalls zu Bett zu gehen, schon deshalb, weil es ihr unangenehm war, an Serenos Seite zu liegen. Er hatte zwar bisher niemals Anstalten gemacht, sie zu berühren, aber allein der Gedanke, in der Nacht zufällig an ihn zu stoßen oder am Morgen seinen Atem in ihrem Gesicht zu spüren, ließ sie erschaudern. So ging sie unentschlossen einige Schritte auf und ab, überlegte, ob sie besser auf dem Boden nächtigen sollte, fand zwischen den groben Brettern jedoch so viel Ungeziefer, dass sie davor zurückschreckte. Das einzige Fenster der Kammer war winzig klein und mit einem Laden verschlossen, daher öffnete sie die Tür, denn der Raum kam ihr plötzlich so klein und stickig vor.

Ihre Laterne warf nur einen schwachen gelblichen Schein in den dunklen Hof. Das Licht reichte nicht einmal aus, um die Reisekutsche ausfindig zu machen. Einer der beiden Hunde lag direkt vor Marians Füßen und blinzelte sie misstrauisch an, der andere schien umherzulaufen, denn sie hörte sein aufgeregtes Schnüffeln. Nebelschwaden bewegten sich im Licht, drehten sich wie Zigarrenrauch und tanzten vorüber. Sie konnte das Geflüster der Nebelweiber hören, dazwischen auch andere Stimmen, tiefere männliche. Mit wem vergnügten die Nebelinnen sich?

Marian warf noch einen Blick in die Richtung, in der sich die Scheune befand, doch von dem strohgedeckten Steinbau, in dem ihre drei Begleiter die Nacht verbrachten, war bei dieser Beleuchtung nichts zu erkennen.

Eigentlich seltsam, dachte sie. *Sagte er nicht, dass er ein Schmied sei? Wieso gibt es keine Werkstatt und kein Schmiedefeuer, das über Nacht weiterglimmt, um am Morgen wieder angeblasen zu werden? So halten es doch die Schmiede normalerweise. Aber vielleicht hat er ja wenig zu tun, er scheint hier auch recht einsam zu wohnen.*

Sie widerstand der Versuchung, mit der Lampe in der Hand in die Scheune hinüberzugehen, um bei den freundlichen Lichtelben zu übernachten. Nach allem, was Sereno ihren Gastgebern über sie erzählt hatte, wäre ihnen dieses Verhalten doch recht sonderbar vorgekommen. So entschloss sie sich schweren Herzens, in die muffige Kammer zurückzukehren, und bereitete sich dort ein Nachtlager auf zwei hölzernen Stühlen. Den

Eichenzweig, den George ihr gegeben hatte, legte sie über ihre Knie. Lange konnte sie wegen der unbequemen Körperstellung und Serenos Schnarchkonzert nicht einschlafen, dann aber – es musste schon weit nach Mitternacht sein – nahm ein dumpfer Schlummer von ihr Besitz. Seltsam bizarre Träume bemächtigten sich ihrer. Sie sah Jonathan Mills auf dem Dach des Pensionats sitzen, einen Korb voller grüner Zweige vor sich, die er einen nach dem anderen in den Garten hinunterwarf. Eine Frau im hellen Kleid stand unten auf der Wiese und fing die Zweige auf, um sie in den Boden zu stecken. War das Mrs. Potter? Aber nein, jetzt quoll unter dem breiten Strohhut gleißend helles Haar hervor, und als die Frau sich umwandte, erkannte Marian ihre Mutter. Jung war sie und schön wie eine Elbin, sie lächelte Marian verschmitzt zu, wie sie es so oft getan hatte, und wies auf die Zweige, die allesamt zu hohen Bäumen wuchsen. Marian wollte ihrer Mutter entgegenlaufen, sich wie damals, als sie noch ein kleines Mädchen gewesen war, in ihre Arme werfen. Doch ihre Füße gehorchten ihr nicht, und während sie noch in das zarte junge Gesicht ihrer Mutter blickte, veränderten sich deren Züge. Die Augen wurden schmäler, der Mund kleiner und voller, und als der Wind ihr das Haar aus dem Gesicht blies, sah man, dass ihre Ohren schmal und spitz waren.

Böse funkelte die Elbin sie an, streckte den Arm aus und deutete mit dem Finger auf Marian, die plötzlich spürte, wie das Amulett, das sie um den Hals trug, zitterte und glühte. Dann wehten dunkle Nebel von allen Seiten herbei, verhüllten die Gestalt der Elbin, und Marian sah die Villa des Professors. Mrs. Crincle hatte direkt vor dem Eingangsvorbau einen großen Haufen Gartenabfälle angezündet und stocherte mit der Harke eifrig darin herum. Drinnen im Saal saß Sereno hustend hinter seinem Flügel und versuchte, die dunklen Rauchschwaden mit der Hand abzuwehren.

«Zum Teufel mit diesem Schmied ... Will er uns vielleicht ausräuchern?»

Erschrocken fuhr Marian aus dem Schlaf und wäre fast von ihrem improvisierten Lager gefallen. Sereno war aufgestanden und hatte die Tür zum Hof aufgerissen. Er hustete und schimpfte aus vollem Halse, was jedoch den schwarzen Rauch nicht daran hinderte, in die Kammer einzudringen.

«Guten Morgen», krähte die Stimme des Schmieds. «Die Nacht ist vorbei, das Tagwerk beginnt!»

Die Worte kamen aus einem niedrigen Steingebäude, dessen Tür weit geöffnet war, sodass man das brennende Schmiedefeuer sehen konnte. Einen Amboss konnte Marian nicht entdecken, nur ein paar verrostete Zangen hingen an den Wänden, und auf dem Boden neben der Feuerstelle lagen verschiedene Werkzeuge herum, die allesamt nicht so aussahen, als wären sie während der letzten Monate benutzt worden. Der Rauch war so dicht, dass man den Schmied, der sich im Hintergrund der Werkstatt aufhielt, nur undeutlich erkennen konnte.

Das Frühstück bestand aus einer dünnen lauwarmen Hafersuppe und rußgeschwärzten Brotfladen, die bitter schmeckten. Sereno kochte vor Wut, beschimpfte den Schmied und seine Frau als habsüchtige Geizknochen und elende Betrüger, was außer den kläffenden Hunden niemand zur Kenntnis nahm. Der Aufbruch der Reisegruppe glich einer Flucht, sie mussten sich sogar selbst das Gatter öffnen, und für einen Moment schien es fast, als wollten die beiden Hunde die Fremdlinge vom Hof vertreiben. Während die Kutsche auf den schlammigen Wegen mühsam voranrollte, vernahmen sie hinter sich noch eine ganze Weile das feindselige Gebell.

Der Morgen war kühl, ein scharfer Wind wehte von Norden her und trieb schwere Regenwolken über das Land. Wie zerschlissene Fetzen eines dunklen Tuchs eilten sie über den Himmel, und wenn sich die Sonne zeigte, sah man ihre düsteren Wolkenschatten über die Ebene jagen.

«Wir müssen uns beeilen, Herrin», sagte Gesira leise zu Marian, als sie später an einem Bachlauf anhielten, um sich notdürftig zu waschen und die Pferde trinken zu lassen.

«Wegen der Wolkenschatten?», fragte Marian besorgt.

«Ja, Herrin. Sie waren mit dem Schmied im Bund. Er und sein Weib haben über Nacht all unsere magischen Eichenzweige gestohlen und das Schmiedefeuer damit geheizt.»

Marian tröstete Gesira und erklärte ihr, dass man schon am Nachmittag die schützenden Berge erreichen würde. Tatsächlich hatte sie an die Wirkung der abgeschnittenen Zweige nie so recht geglaubt, aber die Vorstellung, dass die Schmiedefrau in der Nacht zu ihr geschlichen war, um den Zweig von ihrem Schoß zu nehmen, gefiel ihr überhaupt nicht.

Kapitel 25

«Du hast sie gehen lassen?!»

«Was sollte ich sonst tun? Er hat ihr die Geschichte von der Quelle des ewigen Lebens erzählt und noch allerlei Dinge, die sie bisher nicht wusste. Sie war nicht zu halten.»

Aladion war bleich geworden, und Darion fiel zum ersten Mal auf, wie tief die Falten um seine Augen lagen. Der Abtrünnige mochte so alt wie Gorian sein, vielleicht auch noch älter.

«Willst du mir erzählen, du wärest nicht imstande, eine Lichtelbin aufzuhalten?! Bist du ein Krieger oder ein verfluchter, jämmerlicher Hasenfuß?!»

Darion stieß laut die Luft aus. Hatte er es nötig, sich Vorhaltungen machen zu lassen? Ausgerechnet von Aladion, der die vergangenen Tage und Nächte weit entfernt von Maygarden in den Armen seiner zärtlichen Nymphe verbracht hatte?

«Ich bin keiner, der einem Mädchen Gewalt antut!»

Der Abtrünnige brach in Gelächter aus, wofür Darion ihn gern geprügelt hätte. Als Aladion das bemerkte, hörte er auf, zu lachen, und blickte dem jungen Mann fest in die Augen.

«Verletzte Eitelkeit, nicht wahr? Sie hat sich für Professor Sereno entschieden, und da war der junge Freund gekränkt. Dabei hast du dir das alles selbst eingebrockt, Darion. Hättest du ihr von Anfang an die Wahrheit erzählt ...»

Darion hielt dagegen. Hätte Aladion ihm gleich zu Anfang reinen Wein eingeschenkt, statt immer nur vage Andeutungen zu machen – vieles wäre anders gekommen.

«Hätte, könnte, sollte!», äffte Aladion ihn nach. «Jeder von uns könnte jetzt lange Erklärungen abgeben und schlaue Argumente vorbringen. Inzwischen ist Sereno schon unterwegs, um das Spiel zu gewinnen.»

«Es wird ihm nicht gelingen», sagte Darion verächtlich.

«Er hat das Elbenbuch gelesen und kennt den Ort, wo sich die Quelle befand.»

«Aber wie hat er Marian gefunden?»

«Er wird von den schützenden Eichenwäldern auf Maygarden gelesen haben», überlegte Aladion. «Die Frage ist nur, was der Herr der Nachtschatten jetzt unternehmen wird.»

Gorian hatte seine Boten seit Wochen über Maygarden ausgeschickt, die Abreise von Sereno und Marian würde ihnen auf keinen Fall entgangen sein.

«Das kann ich dir genau sagen.»

Darion hatte seit Marians Abreise keineswegs beleidigt die Hände in den Schoß gelegt. Jede Nacht war er unterwegs gewesen, um die Reisekutsche zu beobachten. Er wusste, dass sie sich langsam, aber stetig in nördliche Richtung bewegte und inzwischen die Grenze zu Schottland passiert hatte. Seine Nachtflüge waren gefährlich gewesen, denn er war nicht der Einzige, der sich für die Reisenden interessierte. Wie es schien, hatte Gorian eine ganze Schwadron seiner Boten ausgesandt, eine hochgefährliche graue Schar, die sich tagsüber in dichten Regenwolken verbarg, in den Nächten aber die Erde bevölkerte und in jeder Hütte, hinter jedem Baum, vornehmlich aber in den feuchten Armen der Nebelfrauen anzutreffen war.

«Gorian wartet ab. Er wird erst dann handeln, wenn der Ort gefunden ist und Marian die Quelle zum Fließen gebracht hat.»

«Wie es scheint, bin ich gerade noch rechtzeitig zurückgekehrt», bemerkte Aladion.

«Ich war schon drauf und dran, ohne dich loszuziehen», gestand Darion.

«Allein? Gegen Gorians Krieger?»

«Nicht ganz. Ich hätte einige Kämpfer aus deiner Armee rekrutiert.»

«Immer mit der Ruhe! Das Spiel tritt in seine letzte Phase, und der Gegner ist uns um einen Schritt voraus. Wir dürfen jetzt also keinen Fehler machen.»

Aladion teilte seine Armee in drei Abteilungen, die allesamt auf seinen Befehl hin nach Norden ziehen sollten, jede Abteilung in ihrem eigenen Tempo und gemäß ihren Möglichkeiten. Die verlässlichsten Kämpfer waren die abtrünnigen Nachtschatten. Sie würden die Kutsche mit Leichtigkeit in kaum einer Flugstunde erreicht haben, doch hatten sie Befehl, sich vor Gorians überall umherschwirrenden Nachtschattenkriegern verborgen zu halten. Ihnen folgten die Erdgeister und Wassergeister – Wesen, die von gemächlicherer Natur waren und an dem ihnen zugeordneten Element klebten. So bewegten die Erdgeister sich vornehmlich in unterirdischen Gängen voran, wobei sie Mäuse- und Kaninchenbauten ebenso nutzten wie Fuchshöhlen und die Wohnungen der Zwerge. Die Wassergeister hingegen folgten den Bächen und Wasseradern, die sich überall wie ein dicht verzweigtes Netz durch den Erdboden zogen. Auch wenn sie voller Kampfesmut waren, so würden sie doch wesentlich länger brauchen, um in die Nähe der Kutsche zu gelangen. Deshalb waren Nachtschatten als Boten abkommandiert, um die Verbindung zu halten. Die dritte Gruppe bildeten die Lichtelben, eine große Schar untauglicher Wesen, die allesamt zu Fuß unterwegs waren, darunter auch Greise, Weiber und Kinder. Von ihnen – das musste Aladion jetzt endlich zugeben – war nur wenig Unterstützung zu erwarten. Doch konnte er sie auch nicht ausschließen, denn diese hilflosen Wesen brannten darauf, für ihre Königin und das neue Reich der Lichtelben zu kämpfen.

«Es heißt, die Lichtelben seien in alten Zeiten schlaue und gefährliche Krieger gewesen», meinte Darion. «Davon scheint bei diesen da nicht mehr viel übrig.»

«Leider», seufzte Aladion. «Es wird auch berichtet, dass die Lichtelben früher anders aussahen. Schmale Augen und spitze Ohren sollen sie ausgezeichnet haben, und ihre Körper waren sehnig. Niemand bewegte sich rascher durch Wälder und Gebirge, auch gab es keine besseren Bogenschützen als die Elbenkrieger. Einige sollen sogar die Kunst des Fliegens beherrscht haben.»

Darion sah Marians liebliches Gesicht vor sich, ihren zarten, aber doch festen Körper und er fragte sich, welchen Sinn diese Elbenprophezeiung hatte. Eolin, die letzte Elbenkönigin, war noch eine Kämpferin gewesen, doch auch sie hatte untergehen müssen. Wie sollte sich da ein so schwaches und zierliches Geschöpf wie Marian behaupten? Was halfen ihr die Stimme und die Lieder der Elbenkönigin, was nutzte ihr die Fähigkeit, das Wasser in Bewegung zu versetzen, angesichts der Untauglichkeit ihrer Untertanen und der Übermacht des Feindes? Selbst wenn sie die Quelle des ewigen Lebens finden und zum Fließen bringen würde – das alte Elbenreich konnte sie damit nicht mehr zum Leben erwecken. Es war für immer dahin.

Sie verloren keine Zeit, lösten sich in graue Nebel auf und fuhren mit den Wolken gen Norden. Aladions Nachtschatten waren fast alle erfahrene Kämpfer, kaum einer der jungen Burschen, die Gorian in Unwissenheit gehalten und zu willigen Dienern erzogen hatte, hatte sich den Abtrünnigen angeschlossen. Jene aber, die Aladion folgten, wussten, was sie taten, und waren ihrem Herrn treu ergeben.

Die Insassen der Kutsche hatten die Nacht in einem einsam gelegenen Gehöft verbracht, dessen Besitzer gegen Morgen ein kräftig rauchendes Feuer aus Eichenholz entzündet hatte. Darion, der in der Nacht über das Anwesen geflogen war, hatte bemerkt, dass der Schmied einen feindlichen Nachtschatten einließ, und sich schon zum Kampf bereitgehalten, denn er fürchtete, man wollte Marian gefangen nehmen. Doch nichts dergleichen geschah, Gorian störte sich nur an den Eichenzweigen, die die Lichtelben mitgenommen hatten. Das Zeug sorgte dafür, dass seinen Boten die Augen tränten und sie beständig niesen mussten, einigen wurde sogar übel davon. Am Morgen hatte die Kutsche den Hof verlassen, um weiter gen Norden zu fahren, wo sie bald ein Gebirge erreichen würde.

Langsam und vorsichtig folgte Aladion mit seinen Abtrünnigen der Reisekutsche, sie bewegten sich in großer Höhe, um nicht von den dichter am Boden fliegenden Nachtschatten Gorians entdeckt zu werden. Die Reisenden dort unten würden den Himmel als schwer und dunstig empfinden, von mehreren Wolkenschichten bedeckt, die dennoch keine Neigung zeigten, sich abzuregnen.

Darion bewegte sich schweigend zwischen Aladions Kriegern, die leise Mutmaßungen anstellten, wohin die Kutsche wohl fahren würde. Lag die Quelle des ewigen Lebens in dem Gebirge, auf das sie sich zu bewegten? Oder weiter im Norden, möglicherweise sogar in den Highlands, die noch ein gutes Stück entfernt waren?

«Ganz gleich, wo sie liegt – Gorian wird sie nicht bekommen», sagte einer der Abtrünnigen.

«Er wird nur bekommen, was er verdient hat, Brüder: den Tod!»

«Es ist schade, dass er nur ein Mal sterben kann, denn er hat drei Mal den Tod verdient.»

«Zum Ersten, weil er Augirian hinterlistig ermordet hat. Zum Zweiten, weil er sich den Thron nahm, der Aladion zukam ...

«... zum Dritten, weil er sich durch Schrecken und Terror an der Macht hält.»

«Tausendfacher Tod gebührt ihm! Für alle, die unter der Folter starben, für alle, die in den Felsenhöhlen gefangen sind, für alle, die er verstümmeln und hinrichten ließ ...

Darion hörte ihnen zu, ohne sich in die leisen Gespräche einzumischen, doch er begriff, dass es im Reich der Nachtschatten Ereignisse gegeben hatte, die unter Gorians Herrschaft totgeschwiegen wurden. Nach der offiziellen Version war Augirian an Altersschwäche verstorben und hatte die Herrschaft über die Nachtschatten an seinen Neffen Gorian abgegeben. Wenn Gorian tatsächlich seinen Vorgänger getötet hatte und Aladion der eigentliche Thronerbe gewesen wäre, dann war der Alte weit mehr als ein gewöhnlicher Krieger. Er musste aus der Familie der Herrscher stammen und war vermutlich sogar mit Gorian verwandt.

Erst am späten Nachmittag, als schon die Dämmerung einfiel, bewegte die Kutsche sich über die ersten Ausläufer des Gebirges. Die Pferde waren erschöpft, doch der Kutscher trieb sie unbarmherzig an, bis sie den Wald erreichten, wo zwischen Fichten und Tannen auch zahlreiche Eichen wuchsen. Dort hielt die Kutsche an, und wie es schien, hatte man vor, die Nacht im Freien zu verbringen, denn kurz darauf stieg der Rauch einer Feuerstelle zwischen den Bäumen empor.

«Für Menschen ziemlich ungemütlich», bemerkte Aladion, der seine Nachtschatten in die Berge hinaufbeordert hatte, damit sie Gorians Boten nicht in die Quere kamen. Die jungen Boten des Herrn der Nachtschatten fluchten über den tückischen Wald, denn auch diese Eichen waren ihnen wenig gewogen. Sobald einer von ihnen versuchte, zum Waldboden durchzustoßen, ergriff ihn ein heftiges Niesen, der Atem stockte, und es half nur der eilige Rückzug gegen den Erstickungstod.

Aladion hatte seinerseits einige abtrünnige Boten empfangen, die ihm mitteilten, dass die Erdgeister und Wassermänner nicht weit von hier lagerten, man wäre jedoch mit einigen hier ansässigen Gnomen in Streit geraten, die den Erdgeistern den Zugang zum Gebirge verbieten wollten. Die Gnome fürchteten eine Invasion fremder Erd- und Wassergeister, die sie auf keinen Fall dulden könnten, da es bereits einen hinterhältigen Überfall einiger Zwergenvölker gegeben hätte, die mit Gorian, dem Herrn der Nachtschatten, im Bunde wären. Diesem wäre ganz besonders zu misstrauen, äußerten die Gnome, denn er hätte bereits oben in den Highlands ganze Gnomenfamilien ausgerottet und sich ihrer Besitztümer bemächtigt. Von den Lichtelben war nur in Erfahrung zu bringen, dass sie irgendwo in der Ebene in einen Sumpf geraten wären, sich aber daraus hätten befreien können und nun endlich den rechten Weg gefunden hätten.

«Sie sollen mutig weiterziehen», ließ Aladion den Boten wissen, «sich aber nicht zu sehr abhetzen. Wer langsam geht, kommt auch ans Ziel.»

Darion wechselte einen raschen Blick mit dem Alten, der vollkommen ernsthaft gesprochen hatte. Als der Bote jedoch davongeflogen war, leisteten sich beide ein belustigtes Grinsen. Dann erklärte Aladion, mit den Gnomen verhandeln zu wollen, denn es wäre viel gewonnen, wenn sie sich ihnen anschlössen.

«Diese Burschen sind ausdauernde, wenn auch eigenwillige Kämpfer, wir können sie gut gebrauchen.»

«Du bist tatsächlich ein begabter Feldherr, Abtrünniger!»

«Wer lange genug lebt, der hat Zeit, allerlei Dinge zu lernen», lautete die ruhige Antwort.

Darion hätte ihn jetzt gern nach seiner Herkunft gefragt, denn es ärgerte ihn, dass Aladion ihm kein Sterbenswörtchen darüber verraten hatte, während alle anderen ganz offensichtlich Bescheid wussten. Doch es war kein guter Zeitpunkt für einen neuen Streit, also äußerte er nur, im Gezweig einer Fichte nächtigen zu wollen und dabei hin und wieder ein wachsames Auge auf Kutsche und Reisenden zu werfen.

«Nimm dich in Acht, dass dich keiner von Gorians Boten sieht!», schärfte Aladion ihm ein.

«In Ordnung, Feldherr!»

Missgünstig sah er zu, wie Aladions Nebelgestalt sich davonmachte, und kaute eine Weile an seinem Verdruss. Wer hatte denn die Kutsche schon seit Tagen unauffällig beobachtet? Aber der Herr Aladion, Spross des Herrschergeschlechts der Nachtschatten, meinte wohl, ihm Vorschriften machen zu müssen! Jetzt stieß ihm auch wieder übel auf, dass Aladion ebenso wie Gorian darauf lauerte, dass Marian die Quelle fand und wieder zum Leben erweckte. Weshalb sonst rückte er mit seiner albernen Armee hier an? Doch nicht um die Lichtelbin Marian vor Schaden zu bewahren, wie Darion zuerst gehofft hatte. Aladion wollte seinen Widersacher Gorian aus dem Feld schlagen und die Quelle des ewigen Lebens samt ihrer Herrin, der Elbenkönigin Marian, für seine eigenen Zwecke nutzen.

Darion fand, dass es Zeit wurde, den beiden machthungrigen Nachtschatten einen Strich durch die Rechnung zu machen. Die Gelegenheit dazu war mehr als günstig. Sanft und leise ließ er sich aus den grünen Fichtenzweigen herab auf den Waldboden gleiten. Dort verharrte er ein Weilchen, umhüllte den schuppigen Fichtenstamm als grauer Nebel und wartete ab, wie die Eichen sich benehmen würden. Die noch winterkahlen Gesellen bewegten sich mit leisem Knarren, Äste streckten sich aus, schienen ihn betasten und einschätzen zu wollen, zugleich verspürte er ein heftiges Kribbeln in der Nase.

«Einen schönen Gruß von den Eichen in Maygarden», raunte er leise. «Ich bin ein Freund der Lichtelben ...»

Es half nicht viel, die magischen Eichen steckten voller Misstrauen, und er war nun einmal ein Nachtschatten, das war nicht zu übersehen. Der Niesreiz wurde schlimmer, jetzt begannen auch die Augen, zu tränen, Darions Atem ging keuchend. Wenn ihm jetzt nicht gleich etwas Kluges einfiel, konnte er sich nur noch eilig zurückziehen, sonst war es aus mit ihm.

«In Eolins Namen», stammelte er, «ich komme als Freund der neuen Königin Marian!»

Er hörte, wie es in den Ästen knackte, man schien seinen Ausspruch vernommen zu haben und überdachte nun, was zu tun war. Ein kahler Eichenzweig, der sich eben noch dicht vor seinen Augen befunden hatte, bewegte sich langsam rückwärts und schnellte dann in seine natürliche Position empor. Ein gutes Zeichen! Tatsächlich bekam er jetzt wieder Luft, und auch das lästige Kribbeln in der Nase hörte auf – die Eichen hatten seine Gegenwart akzeptiert. Vielleicht spürten sie, dass er mit guten Absichten unterwegs war.

Er würde die Versöhnung suchen, selbst auf die Gefahr hin, abgewiesen zu werden. Er war sogar bereit, Marians Zorn zu ertragen, den gerechten und auch den ungerechten, seine Schultern waren breit genug. Eine lange Woche war seit ihrem Streit vergangen, jeden Tag, jede Stunde hatte er sich nach ihr gesehnt, und er war sich fast sicher, dass es ihr genauso ging. Sie würde ihm verzeihen und in aller Heimlichkeit mit ihm fliehen – dann konnten Gorian und Aladion gern gegeneinander Krieg führen, es ging sie nichts mehr an.

Der nächtliche Wald war wie geschaffen für Darions Augen. Er sah Stämme und Zweige so scharf wie in Stahl gestochen, weder die Rehe noch die schlafenden Wildschweine konnten sich vor ihm verbergen. Nichts war so angenehm wie dieses Dämmerlicht, das ihm so hell vorkam wie den Elben und Menschen der klare Tag. Die schwarze Reisekutsche mit den kupferfarbenen Laternen war schon aus einiger Entfernung zwischen Stämmen und Dickicht zu erkennen, auch die beiden Apfelschimmel, die auf der Lichtung grasten. Die Reisenden schliefen nicht. Die Lichtelben saßen unweit des Feuers unter einer

Eiche und hatten offensichtlich beschlossen, Wache zu halten.

Marian schien sich mit Sereno in der Kutsche zu befinden – eine Konstellation, die Darion wenig gefiel. Schlimm genug, dass sie den ganzen Tag über bei dem alten Kerl in diesem engen Kasten saß – musste diese vertraute Nähe auch in der Nacht fortbestehen? Er hatte zu seinem Ärger schon mehrfach feststellen müssen, dass Marian im gleichen Zimmer mit Sereno schlief, und es war ihm schwergefallen, nicht durch das Fenster zu steigen, um den Alten aus seinem Bett zu prügeln.

Seine Schritte wurden rascher, ein Fuchs, der eine Maus belauerte, fühlte sich gestört und sprang ins Dickicht. Die drei Lichtelben hörten das Rascheln und starrten in seine Richtung, vermochten den Nachtschatten jedoch in der Finsternis nicht zu sehen.

Jetzt konnte Darion durch das Kutschenfenster Marians Profil erkennen, und eine tiefe Sehnsucht und Zärtlichkeit erfassten ihn. Wie lebhaft sie gestikulierte, die hellen Brauen senkte, die Lippen unzufrieden schürzte! Marian, die Lichtelbin, seine Geliebte. Sie gehörten zueinander wie Licht und Schatten, Hell und Dunkel, Tag und Nacht. Keines konnte ohne das andere auskommen, wie war es da möglich, dass man sie beide auseinanderriss?

«Sie wissen es also doch nicht!», hörte er sie aufgebracht schelten. «Sie haben mich belogen, Mr. Sereno!»

«Das habe ich nicht, Marian. Ich kenne nur nicht den genauen Ort. Ich weiß aber, dass er sich in diesem Gebirge befinden muss!»

Sie stieß ihr helles Lachen aus, das klang, als hätte jemand an einer Schnur gezogen, an der unzählige silberne Glöckchen befestigt waren.

«Hier im Gebirge? Na wunderbar! Und wie groß ist dieses Gebirge? Wie lange sollen wir bei diesem Wetter hier umherirren?»

Darion war ebenfalls empört über das, was er mitgehört hatte. Dieser unverschämte Kerl hatte nur vorgegeben, die Stelle zu kennen, wo sich die Quelle befunden hatte! In Wirklichkeit hatte das Elbenbuch wohl nur vage Andeutungen enthalten.

«Wenn du mithilfst, können wir sehr schnell fündig werden», hörte Darion Serenos dunkle Stimme. Sie klang etwas heiser, und die hastige Sprechweise wies darauf hin, dass der Herr Professor sich nicht recht wohl in seiner Haut fühlte.

«Du musst versuchen, dich zu erinnern, Marian!», fuhr er fort. «Der Ort ist in deinem Gedächtnis aufbewahrt, genau wie die Weisen der Elbenkönigin. Wenn du in seine Nähe gelangst, wird dir ein Zeichen gegeben werden. Deshalb musst du aufmerksam sein, wenn wir morgen weiterfahren, und mir sofort mitteilen, ob du etwas spürst!»

Marian stieß einen langen ärgerlichen Seufzer aus, und Darion konnte sehen, wie sie ihre Hände in den kleinen Pelzmuff steckte. Vermutlich fror sie fürchterlich.

«Was soll ich denn spüren?», fragte sie mürrisch.

«Das sagte ich doch: ein Zeichen. Und jetzt gib endlich Ruhe – morgen ist ein weiterer anstrengender Tag! Ich bin es leid, mich bei all den Strapazen auch noch mit dir herumärgern zu müssen!»

Unfassbar, wie dieser Kerl sie behandelte! Darion hatte vorgehabt, Sereno durch eine List aus der Kutsche zu locken, jetzt aber schien es ihm gerechtfertigt, ihm einige kräftige Hiebe zu verpassen. Allerdings würde er sich in diesem Fall etwas für die Lichtelben einfallen lassen müssen, die dann vermutlich herbeiliefen und jede Menge Lärm machten.

«Wenn Sie wollen, dass ich Ihnen helfe, dann erwarte ich, höflich behandelt zu werden, Mr. Sereno!», forderte Marian aufgebracht. «Ansonsten denke ich gar nicht daran, in Ihrer Gegenwart nach der Quelle zu suchen.»

Man vernahm Serenos zischendes Gelächter, dem ein Hustenanfall folgte. Aha, der Alte hatte sich erkältet, das hatte seine Laune wohl nicht gerade verbessert.

«Ach, die Dame will Ansprüche stellen?», höhnte er und hustete wieder. «Ich will dir etwas sagen, Marian Lethaby! Diese Kutsche und die Pferde und überhaupt die gesamte Ausrüstung sind von meinem Geld bezahlt. Auch die Dienerschaft wird aus meinem Portemonnaie entlohnt. Wenn ich Lust habe, dann setze ich dich hier mitten im Wald aus, dann kannst du zu Fuß und ohne Begleitung nach der Elbenquelle suchen!»

Zu Darions Verblüffung antwortete Marian auf diese Unverschämtheit mit großer Ruhe. Auch klang ihre Stimme jetzt verändert, nicht mehr hell wie die eines jungen Mädchens, sondern tiefer und kräftig, als redete eine erwachsene Frau.

«Kutsche und Pferde mögen Ihnen gehören, Mr. Sereno, nicht aber die Dienerschaft. Gesira, Latar und George sind meine Untertanen und werden nur meinen Befehlen gehorchen. Also nehmen Sie sich in Acht, dass wir den Spieß nicht umdrehen!»

«Deine ... Untertanen?», fragte er blöde.

«Sie sind Lichtelben, Mr. Sereno. Wussten Sie das nicht?»

«Licht...»

Er konnte das Wort nicht zu Ende sprechen, weil ein plötzlicher Sturm die Bäume niederbog und die Kutsche hin und her schaukelte. Heulend und brüllend fiel der tückische Wind über den Wald her, blies das Lagerfeuer an und ließ die Flammen an den winterkahlen Eichen emporzüngeln. Rauch erfüllte die Lichtung, dunkle nebelhafte Gestalten schienen sich vom Nachthimmel herabzusenken, krochen wie grauer Dunst unter die Eichen und fachten den Brand noch kräftiger an. Man hörte das Ächzen der alten Bäume, die mit den Flammen kämpften, dann blitzten auf der Lichtung die ersten Schwerter auf.

Darion hatte kaum Zeit, seine Waffe aus der Scheide zu ziehen, so rasch fielen Gorians Nachtschatten über die Kutsche her. Noch focht er verzweifelt gegen drei wütende Gegner, hoffte schon, sie zu bezwingen und zu Marian vorzudringen, da geschah das Unfassliche: Die Kutsche hob sich samt ihrer Insassen gen Himmel, getragen von einer gewaltigen Anzahl Nachtschatten – Gorian hatte diesen Coup gut vorbereitet.

Marians helle Rufe gellten in Darions Ohren, und er gebrauchte sein Schwert so kräftig wie nie zuvor, um sich zu ihr durchzuschlagen – vergebens. Über dem Wald tobte der Kampf der beiden Heere, denn Aladion war inzwischen mit seinen Getreuen herbeigeflogen. Gorian hatte jedoch starke Einheiten aufgestellt, die sich Aladions Leuten entgegenwarfen, damit die geraubte Kutsche sicher in seinen Palast gelangte.

Die ganze Nacht über dauerte die Schlacht der Nachtschatten, sie entwurzelte uralte Fichten und Eichen, fuhr dröhnend über die Felsen und scheuchte das Wild in die verborgensten Winkel des Waldes. Zahllose Krieger verloren ihr Leben, wurden zu grauem Dunst und stiegen bei Sonnenaufgang als rötliche Nebelschleier zum Himmel hinauf, wo sie sich auflösten und vergingen.

Kapitel 26

«Du bist nicht allein», sagte die Stimme. «Ich bin bei dir.»

Der Raum war vollkommen finster. Marian hatte die feuchten Felswände abgetastet und keine Ecken gefunden, nur eine unendliche Folge kleiner und größerer Vorsprünge. Einige waren so spitz, dass man sich daran verletzen konnte, andere bildeten nur flache glatte Wölbungen. Ein kreisrundes Gefängnis tief im Fels. Woher aber drang diese Stimme an ihr Ohr?

«Ich war hier, lange bevor du kamst», hörte sie die Stimme. «Ich habe auf dich gewartet.»

«Auf mich?»

«Auf dich!»

Es war eine Frau, die mit ihr sprach, und Marian glaubte, diese Stimme schon einmal vernommen zu haben. Vielleicht auch öfter. Vielleicht hatte sie in ihrer Kindheit sogar täglich mit ihr geredet, sie wusste es nicht mehr genau. Ihr Kopf tat weh, und ihre Gedanken waren wirr. Dies alles war ein langer scheußlicher Traum, sie würde sehr froh sein, endlich daraus zu erwachen.

«All meine Hoffnung lag auf dir, Marian. So viele Jahre und Jahrhunderte habe ich geweint, um dir meine Tränen zu geben! Auch all meine Sehnsucht und meine Verzweiflung habe ich für dich aufgehoben.»

Marian lehnte sich erschöpft gegen den Fels und schloss die Augen. Was für eine Folter diese Dunkelheit darstellte! Und dazu diese Stimme! Weshalb ließ diese penetrante Person sie nicht endlich in Ruhe? Sie wollte ihre Sehnsucht und Verzweiflung nicht haben, ihr reichte ihr eigenes Unglück.

«Nur wer so tief gelitten hat, kann so stark werden, wie ich es geworden bin, Marian. Und diese Stärke ist Teil von dir. Sie erfüllt dich, sie wärmt dich und wird dir eine Stimme verleihen.»

Was redete sie da? Marian hatte sich noch nie so schwach und zittrig gefühlt wie in diesem Augenblick, da sie mit geschlossenen Augen in kalter Dunkelheit stand und spürte, wie ihr die Beine unter dem Körper wegrutschten. Tief unter der Erde im grauen Fels war dieses Verlies, kein Laut drang hierher, kein Licht, nicht die mindeste Spur von Leben.

«Vergiss das nicht, Marian! Ich bin bei dir. Eolins Stärke wirkt in dir.»

«Lass mich endlich in Ruhe!», murmelte Marian.

Ihr wurde übel, und sie musste sich flach auf den kalten Felsboden legen, um nicht das Bewusstsein zu verlieren. Nun endlich verstummte die lästige Person, dafür stiegen wieder die grausigen Geschehnisse der vergangenen Stunden in ihrer Vorstellung auf. Dieser Wust von düsteren ineinander verschlungenen Gestalten, die plötzlich vor den Kutschenfenstern aufgetaucht waren. Bleiche Gesichter mit tiefen Augenhohlen, dunkle Körper, die im grauen Dunst nur teilweise zutage traten und gleich wieder verschwanden. Sehnige Arme, angespannte Schenkel, Schultern, blitzende Schwerter, auch blutige Wunden, ein gespaltenes Haupt, ein tiefer Schnitt quer über den Rücken eines Kämpfers. Das verzweifelte Wiehern ihrer Pferde, die ächzenden Eichen, an denen die Flammen emporzüngelten, und das scheußliche Gefühl, eine hilflose Gefangene zu sein, die man mitsamt der Kutsche davontrug.

Sereno hatte zuerst starr wie ein Toter dagesessen, dann plötzlich mit zitternden Händen den Kasten mit seinen Pistolen geöffnet und umständlich begonnen, sie zu laden.

«Das hat keinen Sinn!», hatte Marian ihm zugerufen. «Es sind Nachtschatten, Geister der Nacht – keine Pistolenkugel kann ihnen etwas anhaben!»

«Ein Bubenstreich!», kreischte er. «Sie wollen mich einschüchtern! Mit Flammen und Rauch. Sie rütteln an der Kutsche und vertreiben uns die Pferde ...»

Sie widersprach nicht mehr, denn sie erkannte, dass er dem Wahnsinn nahe war. Als es ihm endlich gelungen war, die Waffen zu laden, riss er eines der Kutschenfenster herunter und begann, blindwütig nach draußen zu feuern. Nur eine der beiden Pistolen tat ihren Dienst, die andere versagte, doch Marian vernahm das höhnische Gelächter der Nachtschatten. Sereno aber, der ein Mensch war und die Geister weder sehen noch hören konnte, brüllte wütende Beschimpfungen, nannte die Angreifer Schurken und Hundesöhne und machte ernsthafte Anstalten, die Tür der Kutsche aufzureißen, um gegen die vermeintlichen Räuber anzutreten?

So zornig Marian noch kurz zuvor auf ihn gewesen war – jetzt versuchte sie verzweifelt, ihn festzuhalten, denn sie waren längst hoch oben in den Lüften.

«Lass mich los, dummes Gör! Ich weiß, wie man mit solchen Spitzbuben umgeht ... So lass doch los, Marian Lethaby ...»

Ausgerechnet einer der Nachtschatten kam ihr zu Hilfe, er versetzte Sereno einen festen Schlag mit der Faust, sodass der Professor taumelte, für einen Augenblick ungläubig vor sich hinstarrte und dann bewusstlos zurück auf den Sitz sank. Marian fürchtete zunächst, er könnte an dem Schlag sterben. Sie lockerte sein Halstuch, damit er freier atmen konnte, und versuchte, ihn ein wenig bequemer zu lagern. Später jedoch, als man sie aus der Kutsche zerrte und in völliger Finsternis durch enge feuchte Felsgänge in ihr trostloses Gefängnis stieß, beneidete sie Sereno. Was immer man jetzt mit ihm anstellte – er schlief sanft und selig und bekam nichts davon mit.

Es gab keinen Zweifel daran, dass Marian erneut in die Gewalt jenes Wesens geraten war, das schon einmal versucht hatte, sich ihrer zu bemächtigen. Gorian lautete sein Name, der Herr der Nachtschatten. Sie erinnerte sich deutlich an das schmale mondbleiche Gesicht mit den tiefen Längsfurchen rechts und links des Mundes, das damals in der verdunkelten Kutsche zu schweben schien. Gorian war der Nachfahre jenes Nachtschattenherrschers, der einst Eolin besiegt und das Reich der Lichtelben zerstört hatte, und Marian wusste inzwischen recht genau, was dieser gefährliche Tyrann von ihr wollte: das Wasser des ewigen Lebens.

Wie soll ich ihm geben, was ich selbst nicht besitze?, dachte sie. *Aber auch wenn ich wüsste, wo der Ort sich befindet, und meine Stimme die Quelle wieder aus dem Fels rufen könnte – ich würde diesem boshaften Kerl keinen Tropfen davon gönnen. Lieber sterbe ich, wie Eolin es tat!*

Für einen Moment stieg Darions Bild vor ihr auf, und sie empfand einen tiefen Schmerz bei dem Gedanken, ihn niemals in ihrem Leben wiederzusehen. Er war ein Lügner und Betrüger – gewiss. Und dennoch musste sie sich eingestehen, dass sie ihn liebte, dass es keinen anderen gab, der diesen Platz in ihrem Herzen einnehmen konnte. Es war gut, dass Darion nichts von ihrer Gefangennahme wusste, denn sie wollte nicht, dass er sich ihretwegen in Gefahr begab. Er konnte ihr nicht helfen, niemand konnte das, sie war ganz und gar auf sich allein gestellt.

Es war bitterkalt auf dem nackten Felsboden, daher erhob sie sich, sobald es ihr ein wenig besser ging, und begann, in ihrem Gefängnis auf und ab zu laufen. Es waren nur wenige Schritte, dann stießen ihre vorsichtig ausgestreckten Hände schon wieder an eine Felswand, sie musste sich umwenden und wieder zurückschreiten. Eine Weile hielt sie sich so in Bewegung, doch diese Maßnahme half nur wenig gegen die Kälte und führte außerdem dazu, dass sie sich wie ein Insekt vorkam, das man in ein Marmeladenglas gesperrt hatte. Schließlich setzte sie sich resigniert wieder auf den Boden und umschloss ihre hochgezogenen Knie mit den Armen. Das war wohl die beste Methode, um nicht allzu sehr auszukühlen.

«Bleib ruhig!», beschwor die Stimme Marian. «Er will dich mürbe machen. Aber er selbst zittert vor Ungeduld.»

Es bestand kein Zweifel, dass diese Stimme Eolin gehörte. Ein Teil ihres Wesens musste sich hier im Fels erhalten haben, er lebte in den glitzernden Quarzeinschüssen, in den bunten Metalladern, in den unzähligen feinen Wasserwegen, die den Stein durchzogen. Er lebte auch in Marians Kopf und in ihrem Sinn. Eolin war mit ihr.

Die Zeit dehnte sich, zählte nach Jahrhunderten, nach dem leisen beharrlichen Tropfen irgendwo im Fels, das seinen Rhythmus über Jahrtausende weder verlangsamte noch beschleunigte.

«Steh auf!»

Ein Licht wuchs sachte in die Dunkelheit, ein blasser Kreis um eine kleine Laterne, deren Glasscheiben milchig waren – vermutlich, damit sie die Augen der Nachtschatten schonten.

«Nun mach schon! Der Herr wartet!»

Es waren zwei junge Männer mit fahlen nichtssagenden Gesichtern. Sie trugen nicht die üblichen Kettenhemden, sondern graue, seltsam altmodisch anmutende Gewänder und eng anliegende Stiefel. Ganz sicher handelte es sich nicht einmal um Krieger, sondern nur um Bedienstete, die einen ziemlich niederen Rang einnahmen. Dennoch blickten sie abschätzig auf die am Boden sitzende Lichtelbin, als wäre sie ein hässliches, möglicherweise sogar gefährliches Insekt.

Der Moment war gekommen – Gorian konnte seine Ungeduld nicht mehr bezähmen. Langsam erhob Marian sich, zupfte ihren Rock zurecht und knöpfte den Mantel zu. In dem schwachen Licht erkannte sie nun, dass ihr Gefängnis tatsächlich kreisrund war. Die Öffnung im Fels, durch die die beiden Männer hereingekommen waren, hatte sie nicht bemerkt, als sie die Wände abtastete und sie war sich ziemlich sicher, dass sie auch nicht da gewesen war.

Der schwache Lichtschein der Laterne irrte über den felsigen Boden, huschte über die Wände, hastete ihnen voraus und verlor sich immer wieder am Ende eines der schmalen Gänge, durch die man sie führte. Hie und da blitzte ein Bergkristall auf, der im Fels eingeschlossen war und das Licht reflektierte, dann fluchten die beiden Nachtschatten leise vor sich hin. Marian hingegen schöpfte Hoffnung aus dem funkelnden Licht.

Es war unmöglich, sich diesen Weg zu merken, der kreuz und quer, auf und ab durch ein System aneinanderhängender Höhlen führte. Manchmal begegneten sie Gruppen von Nachtschattenkriegern, die sie neugierig anstarrten und dabei die Augen zusammenkneifen mussten, weil das helle Haar der Lichtelbin den Schein der Lampe zurückwarf. Seltener lugte auch eine Frau aus einer der Höhlen hervor und verkroch sich scheu, wenn sie an ihr vorübergingen. Eine beängstigende Stille herrschte in den dämmrigen Gängen, als schluckte die Dunkelheit auch alle Geräusche.

Endlich blieben die beiden Nachtschatten stehen, und zwei Krieger traten auf sie zu, um die Gefangene zu übernehmen.

«Die Lichtelbin, die der Herr sehen will», vermeldete einer ihrer Begleiter demütig.

Beide ließen die Schultern hängen und hatten die Köpfe eingezogen – wohl eine Geste der Unterwerfung, die bei den Nachtschatten üblich war.

«Halte die Lampe nicht so hoch, Dummkopf!»

Die beiden Krieger schienen den Auftrag zu haben, die Gefangene genau zu prüfen, damit ihr Herr keine bösen Überraschungen erlebte. Langsam schritten sie um Marian herum, groß gewachsene dunkle Burschen, die – anders als die beiden

Bediensteten – ihr Opfer mit viel Neugier musterten.

«Solches Haar gehört abgeschnitten, es blendet schlimmer als Feuer!»

«Was für helle Augen sie hat!»

«Silbrige Haut, vermutlich am ganzen Körper.»

«Sie soll ein Zeichen zwischen den Schulterblättern tragen.»

«Zieh Mantel und Kleid aus, damit wir das kontrollieren können!», forderte einer der beiden sie auf.

Marian bewegte sich nicht. Um nichts in der Welt wäre sie freiwillig bereit gewesen, sich vor diesen Burschen zu entkleiden.

«Was ist los? Müssen wir nachhelfen?»

In diesem Augenblick vernahm man einen Schrei, der Marian das Blut in den Adern gefrieren ließ. Selbst die Nachtschatten wechselten irritierte Blicke, dann ließen sie von ihr ab und tauchten in die Dunkelheit ein.

Der Schrei war erneut zu hören, und sie erzitterte. Es war der heisere verzweifelte Schrei eines männlichen Wesens, ein Ausruf des Grauens, ein tiefes angstvolles Stöhnen, als blickte jemand auf den eigenen entsetzlichen Tod.

«Nicht die Stimmbänder!»

«Gewiss, es wäre schade um eine solche Stimme», stimmte jemand sanft zu. «Eine Jahrhundertstimme, so nennt man das, nicht wahr?»

Vor Marian öffnete sich der Fels zu einem breiten Durchgang, und sie blickte in einen riesigen unterirdischen Saal. Bläuliches Licht glomm an den Wänden, die Decke war hoch gewölbt wie in einer Kathedrale, Tropfsteine hingen herab, rötliche und braune Zapfen, an deren Spitzen Wassertropfen blinkten. Sie vernahm das Rauschen eines Flusses, doch sie achtete nicht darauf, denn all ihre Aufmerksamkeit galt dem Unglücklichen, der mit zerrissenen Kleidern und blutenden Füßen am Boden kniete.

«Reißt mir die Zunge heraus!», stieß Sereno heiser hervor. «Schlagt mir Hände und Füße ab! Macht mit mir, was ihr wollt – aber lasst mir meine Stimme!»

«Ein Wort von dir, und du bist außer Gefahr, Professor des Belcanto ...»

Marian musste ihre Augen anstrengen, um den Sprechenden in der bläulichen Dämmerung zu erkennen. Zuerst trat das mondbleiche Gesicht hervor, ein längliches Oval, die Augen tief in den Höhlen, zwei senkrechte Kerben links und rechts des schmal verzogenen Mundes. Er lächelte – es schien ihm Freude zu bereiten, Sereno zu demütigen.

«Ich kenne den Ort nicht ... ich schwöre es ... so wahr mir Gott helfe!»

«Das ist schlimm für dich, Meister der Töne.»

Es war offensichtlich, dass man Sereno gefoltert hatte, denn er sah schrecklich aus. Man hatte ihm nur Hemd und Hose gelassen, auch diese Kleidungsstücke waren zerrissen, und auf dem weißen Hemd zeichneten sich dunkle und hellrote Flecken ab Erschreckender noch war für Marian seine demütige Haltung, denn der große kräftige Mann kniete am Boden und streckte dem Herrn der Nachtschatten mit flehender Geste die Arme entgegen. Gewiss, Sereno hatte eine Neigung zu theatralischen Auftritten, doch Marian war sich sicher, dass seine Verzweiflung nicht gespielt war. Als er sich jetzt zur Seite drehte, konnte sie sein Gesicht sehen – es war von zahllosen Schlägen dick geschwollen.

«Was soll ich denn tun?», stöhnte er. «Ich weiß, dass sich dieser Ort irgendwo im Gebirge befindet, das ist alles.»

«Du langweilst mich, Maestro.»

Der Körper des Nachtschattenherrschers wurde nun deutlicher, eine schlanke hochgewachsene Gestalt, ganz wie ein Adeliger aus dem Mittelalter gekleidet. Der prächtige Gewandrock aus nachtblauem Samt reichte ihm bis zu den Knien, Perlen und kleine Edelsteine waren in die Stickereien der weiten Ärmel eingearbeitet, und in der Taille hielt ein Gürtel mit goldfarbenen Beschlägen das Gewand zusammen. Als er jetzt seinen rechten Arm hob, sah man den weiten Mantel aus schwarzem Samt, der von seinen Schultern bis zum Boden hinabfloss.

«Nein!», kreischte Sereno, der die Bedeutung dieser Geste offensichtlich kannte. «Nein! Lasst mich! Ich flehe Euch an! Habt doch Erbarmen ...»

Er begann, hilflos zu schluchzen, und hielt sich dabei die Hände vor sein zerschlagenes Gesicht. Marian erschauderte bei diesem Anblick – wie rasch hatten Folter und Drohungen aus dem herrischen Professor dieses jämmerliche Bündel Mensch gemacht!

Weshalb hatte man sie hierhergebracht? Um ihr vorzuführen, was geschah, wenn man dem Herrn der Nachtschatten ungehorsam war? Um ihr zu zeigen, wie leicht es für ihn war, ein Wesen zu zerstören?

«Ein letztes Mal, Musikus!», sagte Gorian. «Sag mir, was du in dem Elbenbuch gelesen hast!»

Seine Stimme klang leise und sehr sanft, doch Marian hörte die Nervosität deutlich heraus, die dahinter schwang. Gorian hatte einen Coup gelandet, doch er hatte das Spiel noch lange nicht gewonnen.

Serenos Antwort bestand aus unverständlichen Satzfetzen, durchsetzt von Stöhnen und verzweifeltem Schluchzen. Soweit Marian verstehen konnte, verriet das Buch tatsächlich den genauen Ort der Quelle nicht, es stand nur geschrieben, dass die Quelle aus einem Felsen hervorbrechen würde, um sich darunter in einem kreisrunden Becken zu sammeln. Es entsprach der Wahrheit, das wusste sie, denn hätte Sereno den genauen Ort gekannt, hätte er es ihr gesagt.

«Du lügst, Schmierenkomödiant!», zischte Gorian ihn schließlich an. «Der Schreiber dieses Buches war ein verdammter Lichtelbe und kannte den Ort. Also rede, solange du noch deine Stimme besitzt!»

«Ich ... schwöre ... bei allem, was mir heilig ist ... Hab Mitleid mit einem alten Mann ...»

Er flehte umsonst. Aus dem dunklen Hintergrund des Saales traten mehrere Bedienstete heraus, grobe Gestalten mit flachen fahlen Gesichtern. Ganz offensichtlich gab es zwei Sorten Nachtschatten: die Krieger und die einfachen Diener, die Gorian für alle unangenehmen Arbeiten einsetzte, zu denen man nicht allzu viel Verstand benötigte. Diese da waren von der simplen Art, sie fassten den am Boden knienden Mann unter den Armen und hoben ihn auf die Füße.

«Haltet ihn fest, seinen Kopf! Klemmt ihm etwas zwischen die Zähne, damit er den Mund nicht schließen kann! Maladriel – walte deines Amtes! Aber sieh dich vor, dass du ihm dabei nicht unnötig wehtust ...»

Marion wollte sich schaudernd abwenden, doch die beiden Krieger standen jetzt dicht neben ihr und hielten sie fest. Mit den Fäusten griffen sie in ihr langes offenes Haar, sodass es ihr unmöglich war, den Kopf zu drehen, und während sie wie erstarrt auf der Stelle verharrte, vernahm sie von beiden Seiten das eindringliche Flüstern ihrer Peiniger.

«Schau hin, hübsche, kleine Lichtelbin! Es ist ein nettes Schauspiel, das dir nicht jeden Tag geboten wird.»

«Sieh es dir genau an, meine Schöne! Diese Kerle sind ebenso dumm wie gefühllos, sie reißen Zungen heraus, hacken Hände und Arme ab, sie machen Männer mit einem raschen Schnitt zu Kapaunen ...»

«Sie haben auch keine Schwierigkeiten, eine nackte Elbin mit Ruten zu schlagen, bis ihre silbrige Haut von blutigen Striemen übersät ist ...»

«Zuvor aber wird Gorian dich uns Kriegern überlassen. Nur

eine Weile, bis jeder von uns an der Reihe gewesen ist ...»

«Natürlich könntest du uns um dieses Vergnügen bringen, meine Schöne. Wer Gorians Willen erfüllt, der steht unter seinem mächtigen Schutz, und niemand würde es wagen ...»

Ein vielstimmiger Schrei unterbrach ihn. Marian konnte in der bläulichen Dämmerung des Saales nicht allzu viel erkennen, doch sie begriff, dass Sereno den Bediensteten entkommen war.

Er hatte also doch Theater gespielt, sich als Verzweifelter, als demütig um Mitleid bettelnder Feigling dargestellt, während er in Wirklichkeit auf seine Chance lauerte. Doch welche Hoffnung gab es für einen Menschen, der unter Nachtschatten in einem unterirdischen Saal gefangen war?

Jetzt endlich sah Marian ihn: Er rannte quer durch den großen Raum, verfolgt von den plumpen Bediensteten, auf deren Gesichtern sich panische Angst abzeichnete. Gorian bestrafte offensichtlich diejenigen seiner Diener, die sich als untauglich erwiesen. Sereno bewegte sich mit unglaublicher Schnelligkeit, von den Folgen der Folter war nichts zu bemerken, vielleicht spürte er jetzt in der Aufregung keinen Schmerz. Was hatte er vor? Konnte er überhaupt sehen, wohin er lief – auch menschliche Augen hatten in der Dämmerung des unterirdischen Saales ihre Schwierigkeiten.

Marians Blicke wanderten zu Gorian hinüber, der das Schauspiel mit unbeweglicher Miene verfolgte. Der Herr der Nachtschatten war sich sicher, dass dieser untaugliche Fluchtversuch rasch beendet sein würde.

Er behielt Recht. Irgendein Hindernis blockierte Serenos Weg, er musste abrupt stehen bleiben und war auf der Stelle von seinen Verfolgern umringt.

«Niemand wird besitzen, was einst Eolin gehörte!», tönte seine laute tiefe Stimme durch die hohe Halle. «Auch du nicht, Gorian! Ich verfluche dich, nächtliches Gespenst ...»

Sein Körper schnellte vor und verschwand. Man vernahm ein Zischen und Brausen, die Bediensteten brüllten und gestikulierten, dann begriff Marian, dass das Hindernis, das Serenos Flucht aufgehalten hatte, ein unterirdisches Gewässer gewesen war. Schwarze eilig dahinströmende Wellen hatten Serenos Körper aufgenommen, sie rissen ihn mit sich fort, ohne dass Gorians Bedienstete eine Chance hatten, ihn festzuhalten oder gar aus dem Wasser zu ziehen. Gurgelnd stürzte der unterirdische Fluss sich in einen felsigen Schlund, schleuderte Serenos Körper gegen den glatten Stein und zog den Leblosen in die Tiefe hinab.

«Den hat's erwischt!», stellte einer der beiden Krieger neben Marian fest.

«Der sagt nichts mehr.»

«Und singen wird er auch nicht mehr.»

«In der Haut dieses armen Burschen möchte ich jetzt nicht stecken.»

«Sei still!»

Marian war wie betäubt. Wollte dieser grausige Traum denn niemals aufhören? Würde sie nie daraus erwachen? Was sie soeben gesehen hatte, konnte doch nicht wahr sein! Professor Sereno, dieser launische, schwierige Mensch, der zugleich ein so faszinierender Sänger war – er saß jetzt gewiss in seiner Villa hinter dem Flügel und schikanierte eine ihrer Kolleginnen. Vielleicht die goldblonde boshafte Lillian. Oder Elisabeth, die so eifersüchtig gewesen war, weil Marian beim Hauskonzert auftreten durfte ... Nein, Professor Sereno war nicht tot, es war nur ein Schatten, ein Traumbild, das soeben von den schwarzen Fluten verschlungen worden war!

«Mitkommen!»

Der Boden des Saals bestand aus poliertem schwarzen Stein, glatt wie ein Spiegel. Während Marian widerwillig zwischen ihren Bewachern dahinschritt, sah sie, dass die unglücklichen

Bediensteten, die Sereno so schlecht bewacht hatten, von einer Schar Krieger abgeführt wurden. Ihre gebeugten Rücken und die hängenden Arme drückten aus, dass sie sich dumpf ihrem Schicksal ergaben und recht genau zu wissen schienen, was ihnen bevorstand.

Der Herr der Nachtschatten, eine hoch aufgerichtete Gestalt in bläulicher Dämmerung, erwartete Marian. Er stand unbeweglich wie eine Statue, an den weiten Ärmeln blitzte hie und da ein Edelstein auf, das Gold an seinem Gürtel glänzte matt. Hell schien nur sein Gesicht, das von der Farbe des bleichenden Mondes war, und je näher sie kam, desto schärfer zeichneten sich auf der fahlen pergamentartigen Haut die beiden Kerben ab. Jetzt begriff sie seine Ungeduld: Er war alt, sein Leben ging dem Ende zu. Nur die Quelle des ewigen Lebens konnte ihn vor dem nahenden Tod bewahren.

Seltsam geformte Felsen aus grauem Bergkristall wurden nun für Marians Augen sichtbar. Einige davon waren mit Werkzeugen zu Bänken und Stühlen geschlagen, der größte in der Mitte schien Gorian als Thronsessel zu dienen. Andere hatte man im Urzustand gelassen. Sie lagen wie Reptilien mit gezackten Rücken zwischen den Bänken, umgaben den Thron wie eine Schutzgarde uralter versteinerter Echsen.

Marian war sich sicher, dass diese Echsen einst auch Königin Eolin gesehen hatten. Besiegt und gefangen, ihrer Macht beraubt, der Willkür des Siegers ausgeliefert, hatte sie vor diesem Thron gestanden. Und doch war ihr Wille ungebrochen.

«Marian Lethaby!», empfing Gorian sie. «Es ist schade, dass unser Zusammentreffen damals ein solch abruptes Ende nahm. Ich bin ein großer Bewunderer deiner Stimme und wollte dir ein Angebot machen.»

Er schien auf eine Antwort zu warten, doch sie schwieg. Glaubte er tatsächlich, sie für sich einnehmen zu können? Der Blick seiner kleinen schwarzen Augen irrte an ihr vorbei, umkreiste sie, glitt über ihre Gestalt und bohrte sich dicht vor ihr in den Boden. Auch er war ein Nachtschatten, es fiel ihm schwer, in die hellen Augen einer Elbin zu sehen.

«Es scheint dort unten im Fels keine Zeit zu geben», fuhr er fort. «Das ist ein Irrtum. Auch dort unten vergehen Tage und Monate. Auch dort unten werden Monate zu Jahren, Jahre zu Jahrzehnten. In der geräuschlosen Finsternis werden deine Augen erblinden und deine Ohren ertauben, du wirst nicht einmal mehr die Kälte spüren und den Geruch der feuchten Steine erkennen. Deine Gedanken werden immer langsamer in deinem Hirn kreisen, bis sie endlich stillstehen. Dein Körper wird altern und sterben, Marian.»

Er sprach leise und eindringlich, und Marian verspürte helle Verzweiflung bei dem Gedanken, dass dieses Los der Preis für ihre Standhaftigkeit sein würde. Wenn sie sich Eolins würdig erweisen wollte, dann musste sie dieses Schicksal annehmen.

«Niemals wieder das Licht sehen», sprach er weiter, und seine schwarzen Augen krochen langsam an ihrem Gewand hoch. «Niemals wieder im goldenen Sonnenlicht baden, die Farben des Regenbogens über einem tosenden Wasserfall erblicken. Das Funkeln und Gleißen der Wellen spüren, auf denen sich das Licht bricht. Das sanfte Murmeln einer Quelle hören, die zwischen Stein und Geröll ihren Weg findet ...»

Wie gut wusste er, seine Worte zu wählen! Er war ein Nachtschatten und hatte gewiss wenig Freude an Sonne und Licht, aber er verfügte über genug Fantasie, um sich die Empfindungen einer Lichtelbin vorzustellen. Marian schwieg immer noch, sie wusste jedoch, was jetzt kommen würde, und sie wappnete sich. Eolin, die Königin, hatte einst an dieser Stelle gestanden, und wie eine Königin hatte sie gehandelt.

«Willst du so viel Glück wirklich wegwerfen? Hast du das

Recht dazu? Denkst du nicht an deine Untertanen, Marian, Königin der Lichtelben?»

Sie begriff nicht. Worauf wollte er hinaus?

«Die Quelle des ewigen Lebens sollte uns allen zugutekommen, Marian», fuhr Gorian leise und eindringlich fort. «Nachtschatten und auch Lichtelben sollten daraus trinken und von ihrer Wirkung profitieren. Sieh, ich bin ein großzügiger Herrscher! Ich verspreche dir, das Reich der Lichtelben wieder neu zu errichten. Unter meinem Schutz werden all die verstreut umherirrenden Elben zueinanderfinden, und du wirst ihre Königin sein, wie es vorherbestimmt war!»

Sein Blick war jetzt auf Marians Gesicht gerichtet, und er schaffte es, einige Sekunden lang in ihre Augen zu starren, bevor er zur Seite schauen musste. In Marians Kopf verwirrten sich die Gedanken und Hoffnungen. Konnte sie ihm glauben? Das Reich der Lichtelben sollte neu erstehen? Alle sollten von der segensreichen Wirkung dieser Quelle profitieren?

«Überlege gut, Marian!», hörte sie ihn flüstern. «Du hast nicht das Recht, die Quelle so vielen Wesen vorzuenthalten. Sie alle sind dem Tod anheimgegeben, wenn du dich weigerst, auf meinen Vorschlag einzugehen. Ein Vorschlag, der uns allen gerecht wird. Ein kluger Vorschlag. Ein gütiger Vorschlag ...»

Seine schmeichlerische Art machte sie misstrauisch, und doch konnte sie nicht auf Anhieb sagen, was ihr an seinem Angebot missfiel. Eigentlich klang es doch ganz vernünftig, ja fast großzügig, oder?

Ich bin ein großzügiger Herrscher ... unter meinem Schutz ... wirst du Königin der Lichtelben sein ... Die Quelle sollte uns allen zugutekommen ...

Da war die Falle – wie hatte sie nur so naiv sein können!

«Niemals!», erwiderte sie mit klarer ruhiger Stimme. «Niemals wird es ein Reich der Lichtelben von deinen Gnaden geben,

Gorian! Und niemals wird die Quelle des ewigen Lebens unter deine Herrschaft geraten. Sie wird den Lichtelben gehören oder auf ewig verloren bleiben!»

Noch hallte ihre Stimme durch den großen Saal, da vernahm sie hinter sich ein zorniges Rauschen. Die schwarzen Wellen des unterirdischen Flusses strömten plötzlich mit großer Unruhe dahin, schwappten über die felsigen Ufer und benetzten den glatten Boden des Saals.

«Der Kairon», flüsterte einer der Krieger.

«Der verdammte Fluss will über die Ufer treten!»

Gorian zog verärgert die Oberlippe hoch und zeigte dabei seine langen gelblichen Zähne. Er zischte einen Befehl, den Marian nicht verstehen konnte, und von allen Seiten strömten Krieger und Bedienstete herbei. Man räumte Felsbrocken beiseite, um das Flussbett zu verbreitern, damit auf diese Weise die aufgewühlten Wogen keinen Schaden mehr anrichteten.

«Welche Macht deine schöne Stimme doch besitzt, kleine Elbin!», wandte sich der Herr der Nachtschatten an Marian. «Es ist schade, dieses Geschenk verkümmern zu lassen, denn es wird über Jahrhunderte nur ein einziges Mal verliehen. Besinne dich, Marian, und denke über meinen Vorschlag nach!»

«Hoffe nicht darauf, Gorian! Nein und niemals!»

Die beiden Krieger fassten ihre Arme und zerrten sie mit sich fort. Zornig rauschten und schäumten die Wasser des unterirdischen Flusses, doch seine Wellen brachen sich an den Felsbrocken, die man zu beiden Seiten seines Laufes aufgeschichtet hatte. Auch der Kairon war ein Gefangener.

«Nein und niemals – welch trotziges Lied!», rief Gorian höhnisch hinter ihr her. «Sing, kleine Elbin! Ich bin neugierig, ob auch die Wasser des Meeres dir gehorchen werden. Sing, solange du noch eine Stimme hast, mein Vöglein! Gorian ist langmütig und geduldig ...»

Kapitel 27

Die Schlacht hatte bis Mitternacht gewütet, dann zogen Gorians Krieger sich zurück, und dem Brausen und Tosen des Geistersturms folgte eine unheimliche Stille. Als der rote Sonnenball am Horizont aufstieg, lag der Wald in blutigem Nebel, entwurzelte Fichten türmten sich übereinander, vom Feuer geschwärzte Eichen reckten ihre Äste.

Darion hatte sich gemeinsam mit anderen, die glimpflich davongekommen waren, um die Verwundeten gekümmert, ihnen von dem heilenden Wasser eingeflößt, das Aladion von der Quelle mitgebracht hatte, ihnen Mut zugesprochen und erklärt, es wäre längst noch nicht alles verloren. Gegen Mittag war tiefe Erschöpfung über ihn gekommen, er hatte sich auf dem zerwühlten Waldboden niedergelassen, lehnte den Rücken gegen einen grauen Findling und starrte in dumpfer Verzweiflung vor sich hin. Als Aladion ihn entdeckte und sich zu ihm setzte, klangen seine Lobesworte wie Hohn in Darions Ohren.

«Ich habe dich unterschätzt, Freund. Du kämpfst ja wie ein Berserker! Wenn all meine Krieger von deiner Sorte wären, dann gehörte Gorians Palast längst uns!»

Darion sparte sich die Bemerkung, dass er weder Aladions Krieger war noch Gelüste nach Gorians Palast verspürte, sondern auf eigene Rechnung gekämpft hatte. Es war jetzt nicht der Augenblick, um wegen solcher Dinge zu streiten. Zumal es gleichgültig war, für wen oder was er gekämpft hatte, denn er hatte kläglich versagt. Vor seinen Augen hatte man Marian davongetragen, und er war nicht imstande gewesen, die Entführung zu verhindern. Er war in dieser Nacht so dicht an seinem

Ziel gewesen und dann so jämmerlich gescheitert – das war fast mehr, als ein einzelner Nachtschatten ertragen konnte. Weshalb hatte er so lange herumgestanden und Serenos Gerede in der Kutsche angehört? Kostbare Minuten hatte er vergeudet, den entscheidenden Moment verpasst, um das Schicksal noch zu seinen Gunsten zu wenden. Später, als er wie ein Irrsinniger gegen die Übermacht gekämpft hatte, war längst alles zu spät gewesen. Marian war in Gorians Hand. Das war das Schlimmste, was hatte geschehen können.

«Wir können von Glück sagen, dass wir beide gut davongekommen sind», versicherte Aladion nun schon zum zweiten Mal. «Verflucht – fast hätte er uns im Sack gehabt!»

Der Abtrünnige sprach nicht davon, dass Gorian ihn regelrecht ausgetrickst hatte, er überging diese Tatsache geschickt und redete von anderen Dingen, doch Darion wusste recht gut, wie sehr der Alte sich diese Schlappe zu Herzen nahm. Gorians Boten mussten die heranrückende Armee der Abtrünnigen schon vor einigen Tagen ausgespäht haben, und der Nachtschattenherrscher hatte daraufhin die Entführung klug geplant.

«Wir haben ihnen schwere Verluste beigebracht», redete Aladion sich die Niederlage schön. «Sie sind geschwächt, ich würde sogar sagen: sehr verletzlich. Diese jungen Burschen sind stumpfe Draufgänger, doch wenn es darum geht, Durchhaltevermögen zu zeigen, dann versagen sie kläglich. Sogar ihre Verwundeten haben sie liegen gelassen – so etwas gab es zu meinen Zeiten nicht. Noch ist nicht aller Tage Abend, Darion! Auch wenn unser stärkster Trumpf sich jetzt in Gorians Hand befindet.»

Darion würdigte ihn keiner Antwort. Für Aladion bedeutete Marian einfach nur einen Trumpf, den er nun an den Gegner verloren hatte. Dem war nichts hinzuzufügen – es wäre schade um jedes Wort gewesen. Als nun einige Boten auftauchten, die Aladions Aufmerksamkeit in Anspruch nahmen, blieb Darion ruhig bei seinem Findling sitzen. Er war weder Aladions Freund noch sein Kampfgenosse – sollte dieser seine Angelegenheiten ruhig ohne ihn regeln!

Die Erd- und Wassergeister waren zu ihnen gestoßen und veranstalteten nicht wenig Geschrei um die missglückte Schlacht. Auch die Gnome mischten sich ein, hatten tausend Ratschläge, wie man es hätte klüger anfangen können, und jammerten über die entwurzelten Bäume. Nur die Lichtelben waren bisher nicht erschienen. Sie steckten noch irgendwo in einem Wäldchen nahe der schottischen Grenze und ließen ausrichten, dass man einen Tag pausieren müsste, da die Kinder zu müde wären und zwei der älteren Herren an einem Gichtanfall litten.

Darion verfolgte mit einem bitteren Grinsen, wie Aladion sich mit den Anführern der Wasser- und der Erdgeister herumärgerte und schließlich die Gnome mit dem Versprechen beschwichtigte, in Zukunft ihren Rat vor einem Kampf einzuholen. Die Enttäuschung seiner Bundesgenossen wusste er durch allerlei Versprechen rasch wieder in frohe Zuversicht umzuwandeln, und Darion erfuhr zu seiner Verblüffung, dass Aladion nichts Geringeres plante als die Belagerung und Einnahme von Gorians Palast.

«Wir werden es dieses Mal gründlich vorbereiten. All meine Nachtschattenkrieger kennen Gorians Palast, und ihr Erd- und Wassergeister werdet uns eine große Hilfe sein! Natürlich auch die Gnome ...»

«Und wo befindet sich dieser Palast?»

«Es ist eine felsige Halbinsel weit im Norden ...»

Darion blinzelte in die ersten goldfarbenen Sonnenstrahlen, die den Nebel durchdrangen, seine Augen tränten dabei, aber er empfand nicht mehr den stechenden Schmerz, den er früher bei solchem Licht gespürt hatte. Aladion und seine Verbündeten hatte sich auf der Flucht vor dem Morgenlicht längst in den

Schatten einer gestürzten Fichte begeben. Dort legte Aladion ihnen dar, wie der Palast in die Felsenschlucht hineingebaut war und wo sich seine strategischen Schwachstellen befanden. Vor allem der Kairon, der den Palast durchfloss, würde Sache der Wassergeister sein. Dann die Spalten und Hohlräume im Fels, durch die die Erdgeister mit Leichtigkeit kriechen konnten. Außerdem gehörte zu dem Palast auch eine Stadt, wo die Untertanen des Herrschers mit Frauen und Kindern lebten. Diese Stadt müsste zuerst erobert werden ...

Darion lauschte den Gesprächen, bewunderte Aladions Fähigkeit, andere für seine Sache zu begeistern, doch er selbst hielt nichts von den Plänen des Abtrünnigen. Gorians Palast war selbst für jemanden, der sich häufig dort aufhielt, vollkommen unübersichtlich, und er zweifelte daran, dass es überhaupt ein Wesen gab, das alle geheimen Gänge und Kammern kannte. Vermutlich hatte nicht einmal Gorian selbst eine genaue Übersicht. Allerdings würde der Herr der Nachtschatten ganz sicher über einen ausgeklügelten Fluchtplan verfügen, der es ihm erlaubte, seinen Gegnern im Falle einer Belagerung zu entwischen. Was Gorian dann mit seiner Gefangenen tun würde, wollte sich Darion lieber nicht vorstellen.

Nein, dachte er, *Aladion und sein großes Heer sind mir nur im Wege. Wer Marian aus diesem Palast herausholen will, der muss listig wie ein Fuchs und mutig wie ein Löwe sein. Und fest entschlossen, lieber zu sterben, als sie in den Händen des Feindes zu lassen.*

Er erhob sich und nahm vorsorglich einen Schluck von dem heilenden Wasser, das Aladion von seinem Besuch bei Selena mitgebracht und unter den Verwundeten hatte austeilen lassen. Dann überließ er Aladion seinen strategischen Verhandlungen, verwandelte sich in einen grauen Dunststreif und nutzte die letzten Wiesennebel, um mit ihnen in die Wolken aufzusteigen. Es war kein angenehmer Flug, denn die Morgensonne schien gleißend durch dünne Flaumwölkchen, und er wäre fast in ihren Strahlen verglüht, wenn nicht eine Schicht dichter Regenwolken vom Meer herbeigezogen wäre. Auch jetzt hatte er alle Mühe, gegen den beständigen Nordwind die Richtung zu halten. Mehrmals ließ er sich auf Berggipfeln oder hohen Fichten nieder, um sich von der Kraftanstrengung zu erholen. Dort versuchte er vergeblich, sich im hellen Tageslicht zu orientieren, und erst als die dicht zusammengedrängten Regenwolken platzten und ihre feuchte Last auf Land und Meer herabfallen ließen, wurde die Reise im trüben, diesigen Wetter für ihn angenehmer. Als er in der Ferne endlich das Meer sah – eine graugrüne Fläche, auf der hie und da ein weißer Schaumrand aufleuchtete –, entdeckten einige umherjagende Windbräute ihn und fielen mit Geschrei und Gejohle über ihn her.

«Ein Nachtschatten in den Regenwolken – fast hätten wir dich mit einem Niebling verwechselt!»

«Und dabei ist es doch unser schöner Darion!»

«Komm her zu uns, Darion! Wir haben noch ein Hühnchen miteinander zu rupfen, du lausiger Nachtschatten.»

«Wir haben noch eine Rechnung offen, du eiliger Flieger.»

«Wir fordern Revanche für die verlorene Partie.»

Sie waren nachtragend, diese Windbräute, und wesentlich gefährlicher als die Nebelfrauen. Leider hatte Darion nur allzu oft sein Spiel mit ihnen getrieben, sie herausgefordert und war ihnen dann in einem kühnen Flug hinab in die Gebirgsspalte entkommen. Das rächte sich jetzt.

«Nur sachte, ihr Schönen!», versuchte er, sie zu beruhigen. «Ich will gern mit euch einen ganzen Hühnerstall rupfen – aber zuerst brauche ich eure Hilfe.»

Sie umflogen ihn jetzt so dicht, dass sie seinen Nebelkörper streiften, eine streckte schon ihre langgliedrige Krallenhand nach ihm aus und ließ den grauen Nebel zwischen ihren Fingern hindurchfließen, was kein schönes Gefühl war. Eine andere hauchte ihn mit heißem Wüstenatem an, und er musste rasch einen Schlenker fliegen, sonst hätte das Miststück ihn versengt.

«Er braucht unsere Hilfe ...»

«Da schau an ... Sollen wir dich vor uns hertreiben?»

«Dicht über den Meereswogen, wie du es liebst?»

«Sollen wir dich in die kalten Arme der Wasserfrauen stürzen?»

«Oder deinen Nebelkörper hoch in der Luft in Fetzen reißen?»

Sie waren dazu imstande, das wusste Darion. So mancher unvorsichtige Nachtschatten war schon in den Fängen der grausamen Windischen zerschlissen worden.

«Nicht jetzt, ihr Schönen! Sagt mir, ob ihr heute Nacht eine Kutsche gesehen habt!»

Er hatte gerade noch Zeit, sich vor den spitzen Zähnen einer lüsternen Windischen in Sicherheit zu bringen, und parierte ihren Versuch mit einem ordentlichen Klaps.

«Eine ... Kutsche sollten wir gesehen haben?»

«Ganz recht. Eine Kutsche, die von einem Geschwader Nachtschatten durch die Luft getragen wurde. Ist sie euch etwa entgangen?»

Ein Heulen war zu hören, die Laute, die darauf folgten, klangen wie höhnisches Gelächter oder entferntes Hundegebell. Darion begriff, dass die Damen keine guten Erinnerungen mit diesem Gefährt verbanden.

«Nachtschatten haben sie getragen – ein großes schweres Ding. Geschossen hat es, die Kugel schlug gegen den Fels, fast hätte sie einen schlafenden Albatros getroffen ...»

«Saß in der Kutsche ein Mädchen?»

«Hört euch das an! Er fragt nach dem Mädchen. Dem Mädchen in der Kutsche, die von den Nachtschatten getragen wurde ...»

«Nun kommt schon, schöne Damen! Wohin haben sie die Kutsche getragen? Oder wollt ihr es mir nicht sagen, weil ihr eifersüchtig auf das Mädchen seid?»

Das Hundegebell ähnelte jetzt dem Gekicher einer Nebelfrau. Letztlich waren Windbräute und Nebelfrauen nahe Verwandte, wenn man das ihnen gegenüber auch nicht erwähnen durfte, denn sie verachteten einander. Sie besaßen allerdings eine Gemeinsamkeit, die nicht zu unterschätzen war: Sie unterwarfen sich niemandem.

«Eifersüchtig?»

«Für wie dumm hältst du uns, Darion? Glaubst du, wir wissen nicht, wer sie ist?»

«Denkst du, wir kennen Marian nicht? Die neue Königin der Lichtelben?»

«Aber sag, was du mit ihr zu schaffen hast, Nachtschatten?»

Die Krallenhand griff wieder nach ihm, auf der anderen Seite versuchte eine Windbraut, ihn um ihren luftigen Körper zu wickeln, um den Nebelstreif wie eine flatternde Fahne hinter sich her zu zerren.

«Was ich mit ihr zu schaffen habe?», rief er hastig und schüttelte die aufdringliche Person ab. «Wollt ihr die Wahrheit hören, zierliche Bräute?»

«Was sonst?»

«Sperrt die Ohren auf!»

«Ach, er lügt ja doch ...»

«Vielleicht auch nicht ...»

«Also, rede endlich, bevor wir dich einatmen und als Wolkendunst über das Meer schicken!»

Er hatte noch nie zuvor den Versuch gemacht, ernsthaft mit ihnen zu sprechen. Vielleicht war das ein Fehler gewesen, denn es sollte Fälle gegeben haben, in denen diese Windbräute sich freundschaftlich und sogar hilfreich benommen hatten. Natürlich nur aus einer Laune heraus, wie das bei Naturgeistern üblich war. Aber vermutlich hatte er es längst mit ihnen verdorben ...

«Ich liebe Marian, die Elbenkönigin.»

Eine kurze Weile war es still. Eine fast unheimliche Ruhe, die mitten in das Sausen und Tosen der Winde hereingebrochen war. Darion hörte tief unter sich das Meer rauschen, leise und gleichmäßig, aus großer Entfernung.

«Er hat die Wahrheit gesagt.»

«Er könnte ihr helfen.»

«Du musst wissen, Darion, dass wir Freunde der Lichtelben sind.»

«Deshalb haben wir auch ihr Buch aufbewahrt, das dir damals ins Meer fiel.»

«Ein Elbenbuch, Darion. Kostbar und unersetzlich.»

«Wir haben es den Meerweibern abgerungen und mit unserem sanftesten Odem getrocknet.»

Was logen diese Weiber ihm da vor? Jetzt bereute er seinen ersten und einzigen Versuch, es mit Ehrlichkeit zu probieren. Zumindest bei den Windbräuten war damit kein Blumentopf zu gewinnen.

«Oh, ich vergaß, dass ihr große Leserinnen seid!», spottete er. «Habt ihr den nassen Folianten eurer weltberühmten Bibliothek einverleibt, die zwischen den vier Winden über dem Meer hängt?»

Jetzt wurde seine Lage wirklich unangenehm, denn die beleidigten Windbräute fielen mit Krallen und Zähnen über ihn her, und er musste in einem eiligen Sturzflug flüchten. Fast wäre er dabei ins Meer gefallen, konnte sich jedoch gerade noch rechtzeitig abfangen. Nach dem nächtlichen Kampf und dem stundenlangen Flug gegen den Nordwind war er nicht ganz auf der Höhe.

«Du hast es wirklich nicht verdient, dass wir dir helfen, spöttischer Schatten!»
«Wir tun es auch nicht für dich, sondern für die Lichtelben.»
«Damit sie die Nachtschatten in ihre Schranken verweisen.»
«Damit Gorian sein wohlverdientes Ende findet.»
Darion gab die Flucht auf, verlangsamte seinen Flug und ließ sich wieder in die Wolken hinauftreiben. War am Ende doch etwas Wahres an diesem Gerede dran? Oder wollten sie ihn einfach nur verwirren, um sich dann über ihn lustig zu machen? Boshaft genug waren sie, um so etwas zustande zu bringen.
«Was schwatzt ihr da? Wie sollten diese unfähigen Wesen, die sich Lichtelben nennen, die Nachtschatten in ihre Schranken verweisen?»
«Ach, schau an – jetzt auf einmal interessiert es ihn!»
«Wieso sollten wir dir das erzählen, da du uns sowieso nichts glaubst?»
«Wieso sollten wir dir sagen, wo sich das Elbenbuch befindet?»
«Und dass du es Marian bringen musst.»
«Weil sie sonst sterben wird.»
«Nur das Elbenbuch kann sie und ihr Volk retten. Aber wir konnten es ihr nicht bringen, es ist zu gefährlich.»
«Nur ein kühner Flieger und Schwimmer wie du könnte es schaffen.»
Das klang tatsächlich ziemlich verwirrend, aber eines war Darion vollkommen klar: Sie wussten, wo Marian sich befand. Und es schien eine Möglichkeit zu geben, zu ihr zu gelangen.
«Das Meer hat in jahrtausendelangem Kommen und Gehen viele Löcher in den schwarzen Fels gewaschen. Eine dieser dunklen feuchten Grotten ist ihr Gefängnis.»
Darion kannte diese Höhlungen nur zu gut, hatte selbst als Gefangener darin geschmachtete, doch befand sich sein Gefäng-

nis damals hoch oben am Berg, weit über der Brandung. Wenn er den Windbräuten glauben konnte, dann steckte Marian in einer Grotte dicht über dem Meeresspiegel, in einer dieser Höhlungen, in die das steigende Meerwasser gurgelnd und zischend eindrang, um sie bei Flut fast ganz auszufüllen.

«Du musst ihr das Buch bringen, Darion! Es liegt unter den Wurzeln der großen Lebensesche.»

Er wollte nichts davon wissen. Marian steckte in einer dieser verfluchten Grotten, und wenn die Flut höher als gewöhnlich stieg, konnte sie ertrinken. Es war keine Zeit zu verlieren.

«Nur ruhig, schöner Held! Wir zeigen dir die Grotte und auch das Buch. Alles, was du willst, zeigen wir dir. Aber nur unter einer Bedingung.»

Da war sie, die Tücke der Windbräute! Wie sanft und leise sie auf einmal reden konnten, geradezu schmeichlerisch umstrichen sie ihn! Er ahnte Übles und überlegte insgeheim schon, dass er die Grotte wohl auch ohne ihre Hilfe finden würde.

«Wir wollen Gorian!»

Er begriff nicht.

«Wir wollen ihn für uns, verstehst du, Darion! Wenn Marian ihn besiegt hat, dann soll sie ihn uns überlassen.»

«Wir treiben ihn über den Ozean und reißen ihn in Fetzen!»

Darion versprach ihnen alles, was sie wollten. Die Windbräute waren schon seltsam skurrile Weiber, aber das hatte er ja immer gewusst.

Als sie nur kurze Zeit später die felsige Halbinsel anflogen, in deren Mitte sich Gorians Palast befand, begriff er, weshalb die Windbräute nicht in die Grotte gelangen konnten. Der Eingang zu der Höhlengrotte lag unter der Wasseroberfläche und war so schmal, dass nur ein Fisch hindurchschlüpfen konnte. Es war aussichtslos, Marian vom Meer aus zu befreien. Diese Hoffnung konnte er getrost begraben.

«Das wird ein Fest!», kreischten die Windbräute und tanzten wilde Reigen über der tosenden Brandung. «Die Möwen und Albatrosse sollen nach ihm picken, die Seehunde nach ihm schnappen! Und die Wassergeister bekommen, was von ihm übrig bleibt ...»

Kapitel 28

Marian hatte es so gewollt: sich stolz verweigern, wie Eolin es getan hatte. Dem Tyrannen die Stirn bieten. Lächelnd in den Tod gehen.

War Königin Eolin lächelnd in den Tod gegangen? Marian zog fröstelnd den Mantel um ihre Schultern, es half jedoch wenig, da das Kleidungsstück bereits völlig durchweicht war. Eine kleine Laterne beleuchtete einen Teil der Grotte – nicht um ihr Los zu erleichtern, sondern um ihr die Gefahr deutlicher vor Augen zu führen. Man sah glatte Stufen, die das Meer im Fels ausgewaschen hatte. Die oberste Stufe – so hatten die Nachtschattenkrieger ihr höhnisch mitgeteilt – wäre schon seit einigen Monaten nicht mehr vom Meer überspült worden. Dort wäre sie bei Flut vor dem Ertrinken sicher – vorerst. In wenigen Tagen würden jedoch die Frühjahrsstürme einsetzen, dann schossen die aufgewühlten Wasser mit Macht in die Grotte und füllten sie ganz und gar aus.

Marian hatte Haltung bewahrt. Die hochnäsigen Krieger sollten nicht sehen, wie bang ihr zumute war! Gewiss – Gorian hatte nicht vor, sie zu töten, er brauchte sie. Er wollte ihr Furcht einflößen. Den Tod vor Augen führen. Und ihr immer wieder sein Angebot unterbreiten. Wie angenehm konnte das Leben sein, wenn sie sich ihm unterwarf! Keine Finsternis, keine Kälte und Nässe, nicht das beständige, immer bedrohlicher werdende Zischen der Meereswellen, die jetzt schon in den unteren Bereich der Grotte hineinflossen.

«Eolin», flüsterte sie, «Eolin, sag mir, ob du lächelnd gestorben bist!»

Doch die Stimme schwieg, vielleicht wurde sie auch vom Schlagen und Zischen des aufgewühlten Meeres übertönt. Es musste stürmisch draußen sein, sonst wäre das Wasser nicht mit solcher Gewalt durch die schmale Felsöffnung in die Grotte eingedrungen. Schaumige Wellen leckten gierig in die Höhle hinein, sprühten als weißliche Fontänen empor und stürzten dann in sich zusammen, um wieder von der Felsöffnung angesogen zu werden. Der Atem des Meeres sorgte für ein immerwährendes Kommen und Gehen des Wassers, doch es war nicht zu übersehen, dass der Pegel in der Grotte beständig anstieg.

Marian nahm die Laterne in die Hand und kletterte zur obersten Stufe empor, um sich dort niederzusetzen. Es war das Einzige, das sie tun konnte. Die Frage war nur, wie lange Gorian zögern würde, bevor er sie erlöste. So lange, bis das Wasser auch die Laterne gelöscht hatte? Bis die Fluten ihre Knie benetzten? Bis zu ihrem Bauch, bis zu ihrer Brust, vielleicht gar bis zu ihrem Kinn reichten? Würde er sie ein Weilchen mit dem Tode ringen lassen und sie erst hier herausholen lassen, wenn sie schon halb ertrunken war?

Singen sollte sie, hatte Gorian höhnisch gerufen. Die Fluten des Ozeans beherrschen, so wie sie den Fluss zum Schäumen gebracht hatte. Aber sie wagte nicht einmal, zu sprechen, aus Sorge, das heranbrausende Wasser noch mehr zu beunruhigen. Zumal sich in den Fluten, die die Grotte jetzt füllten, immer wieder seltsame Gesichter zeigten, die weder Fischen noch Amphibien gehörten. Sie starrten sie mit glubschigen Fischaugen an und schienen mit runden Mäulern lange Reden zu halten, doch leider konnte Marian kein einziges Wort verstehen. Es mussten Geister sein, Wassergeister, die im Meer lebten und möglicherweise noch nie zuvor eine Lichtelbin gesehen hatten. Ob sie vielleicht gar gekommen waren, um sie in ihr feuchtes Reich zu entführen?

Wieder stürmten die Wogen gegen den Fels, eine schäumende Wassersäule schoss bis zur Decke der Grotte empor. Marian schob die Laterne weiter zurück, damit das Licht nicht durch das umherspritzende Wasser gelöscht wurde, dann starrte sie ungläubig auf die bewegten Fluten. Die Fontäne war wie üblich in sich zusammengefallen, doch ein Rest von ihr war geblieben. Ein Gebilde aus weißem Schaum schwamm in dem dunklen Wasser, verdichtete sich zu einem Körper, Marian erblickte einen hellen Rücken, muskulöse Arme, schwarzes Haar umfloss das mondblasse Haupt des Wesens.

Das war nicht möglich! Ihre Fantasie spielte ihr einen Streich, es war die Sehnsucht, die sie Dinge sehen ließ, die gar nicht da waren!

«Marian!» Seine Stimme klang gedämpft, übertönte kaum das Brausen und Gurgeln der Flut, die sich jetzt wieder zurückzog. Er wehrte sich gegen den Sog, der ihn wieder zu der schmalen Öffnung zurückziehen wollte. Auch schienen sich einige der Fischgesichter an ihn hängen zu wollen, die er immer wieder von sich abschütteln musste.

«Marian, hilf mir! Reich mir die Hand!»

Nein, es handelte sich nicht um ein Fantasiegebilde – dort in den dunklen Wassern kämpfte Darion gegen Wassergeister und Strömung, und er war verloren, wenn sie ihm nicht beistand! Marian stieg die Stufen bis zum Wasser hinunter und streckte ihm ihre Hand entgegen. Sein Griff war so fest, dass sie erschrak, doch sie hielt stand, zog ihn mit all ihrer Kraft zu sich heran, und erst, als er schon die Felsstufen unter den Füßen hatte, glitt sie aus und wäre fast ins Wasser gerutscht.

Er keuchte vor Anstrengung, stieß noch einmal kräftig mit dem Fuß gegen eines der aufgerissenen Fischmäuler, dann sank er neben ihr in die Knie.

«Das war knapp!», stammelte er. «Du bist kräftiger als ich dachte, Marian.»

Darion fuhr sich mit der Hand über das nasse Gesicht und dann über sein triefendes Haar. Danach beugte er sich zur Seite und bemühte sich, das Wasser aus seinem Ohr herauslaufen zu lassen. Marian betrachtete ihn, wie er neben ihr auf dem Fels kniete, nackt, die Haut bleich wie der Mond, jeder Muskel, jeder Schatten zeichnete sich auf seinem Körper ab. Er trug nicht einmal das graue Gewand der Nacht am Leib, nur um seine Körpermitte hatte er mit dem Gürtel ein Bündel befestigt, das wohl seine Kleider enthielt und dessen er sich jetzt entledigte.

Sie hätte zornig sein müssen – schließlich hatten sie sich im Streit getrennt. Doch sie spürte nur ein ungeheures Glücksgefühl, ihn zu sehen, ihn in diesem düsteren feuchten Gefängnis an ihrer Seite zu spüren. Als er sie jetzt anlächelte – halb triumphierend, halb beklommen –, war sie besiegt und schlang wortlos die Arme um ihn.

«Vergib mir, Marian!», murmelte er. «Ich mache alles wieder gut. Nie wieder Lügen! Nie wieder werde ich dir etwas verschweigen ...»

«Sei still!»

Wie kalt sein Körper sich anfühlte! Sie begann, seine Brust zu massieren, um sein Blut wieder zum Fließen zu bringen, strich mit kreisenden Bewegungen über seinen Rücken, bearbeitete seinen Nacken, wärmte sein Gesicht mit ihren Küssen. Wangen und Stirn waren kühl, die Nasenspitze eiskalt, und seine Lippen musste sie erst mit ihrer Zunge beleben.

«Du machst das wundervoll», flüsterte er. «Es lohnt sich, zu ertrinken, wenn man anschließend durch eine Elbin wieder zum Leben erweckt wird ...»

Sie musste wider Willen lächeln. Als sie nun an seinen Armen entlangstrich, spürte sie sehr deutlich, wie wieder Leben in ihm erwachte, seine Muskeln spannten sich, schwollen an, ließen Marians Finger über Hügel und Täler gleiten. Für einen glücklichen Moment gab sie sich dem Rausch seines geschmeidigen, sehnigen Körpers hin, küsste seinen Hals, berührte die zarte Haut an seiner Brust mit ihrer Zunge, nahm sie spielerisch zwischen die Zähne, um daran zu knabbern. Es war unvorsichtig, jeden Augenblick konnten Gorians Krieger an der Tür hinter ihnen erscheinen, doch die Versuchung war übergroß.

Auch Darion erlag ihr, grub seine Hände unter Marians Mantel, betupfte sehnsüchtig mit seiner heißen Zunge ihren Hals, fluchte leise vor sich hin, dass sie so fest eingewickelt wäre und ihm kein Fleckchen ihrer Haut gönnen wollte.

«Wir sind verrückt», wisperte sie ihm ins Ohr. «Lass mich los, wir dürfen jetzt nicht den Kopf verlieren!»

Ohne dass sie sich dessen bewusst wurde, strichen ihre Hände über seine Lenden und schlossen sich um sein aufgerichtetes Glied. Hatte sie ihn nicht gerade noch aufgefordert, sie loszulassen? Jetzt wäre sie lieber gestorben, als dieses süße lang entbehrte Liebesspiel aufzugeben. Sie vernahm sein tiefes Stöhnen, vergaß Meer und Felsen, Todesfurcht und Dunkelheit, spürte nur noch seinen nackten atmenden Körper, und die Lust wollte ihr die Besinnung rauben.

War es Traum oder Wirklichkeit, dass sie jetzt miteinander über den Wolken dahintrieben? Ineinander verschlungen, seine Lippen kitzelnd und saugend an ihren Brüsten, seine Hand sachte auf ihrem Hügel, der Mittelfinger, der sich in ihre Spalte schob. Konnte es wahr sein, dass sie während ihres Flugs den Himmel betrachteten, der von dunklem Blau und unendlicher Tiefe war? Dass sie sich an ihn klammerte und nicht wusste, wohin mit ihrer Lust, weil er ihre feste Perle mit zwei Fingern umstrich. Dass sie zugleich aber den Mond erblickte, dessen bleiches Gesicht sich in einem runden Teich spiegelte?

«Darion ... Darion ...»

«Ich liebe dich, Elbenkönigin ...»

Der Teich brodelte, sie sah das Wasser im Mondlicht wie Silber aufblitzen, es lief über den Rand des Teichs und durchfeuchtete die Wiesen. Silberne Wellen umspielten die Gräser, flossen zu einem Rinnsal zusammen und strebten davon, vorbei an Fels und Geröll, durch Täler, Wälder und Steppen dem Meer entgegen.

«Die Quelle des ewigen Lebens ...», murmelte sie.

Sie spürte seine zärtlichen Küsse auf ihren Wangen, ihrer Stirn, und sie fand sich in der feuchten Dämmerung der Grotte wieder, von kalten Meereswogen bedroht, hilflos dem Feind ausgeliefert.

«Wie konntest du dich hierherwagen?», fragte sie verzweifelt. «Wenn die Krieger kommen, werden sie dich töten!»

«Oder umgekehrt», gab er ruhig zurück. «Bisher weiß niemand, dass ich hier bin – das ist mein Vorteil.»

Darion hatte tatsächlich vor, ihre Bewacher zu überraschen, sie zu töten und dann mit ihr durch die unterirdischen Gänge des Palastes zu fliehen. Es müsste einen geheimen Ausgang geben, vermutlich sogar mehrere, mit etwas Glück würde er sie sicher hinausbringen. Einen anderen Weg in die Freiheit gab es nicht. Nur weil er sich verwandelt hatte, war es ihm gelungen, durch die enge Spalte in die Grotte einzudringen. Marian – so zierlich sie auch war – würde durch diese enge Öffnung nicht hindurchpassen.

Sie hätte ihm gern geglaubt, zumal er selbstsicher verkündete, Gorians Palast seit seiner Kindheit zu kennen. Doch als er jetzt die nassen Kleider anlegte und das kurze Schwert ergriff, zitterte sie vor Furcht. Gorian mochte sie foltern und demütigen, sie in kalter Finsternis verschmachten lassen – alles konnte sie ertragen. Wenn aber Darion im Kampf für sie fiel, dann wollte auch sie nicht mehr leben.

«Ach ja – bevor ich es vergesse», sagte er grinsend und faltete das dunkle Kettenhemd auseinander. «Hier ist etwas, das dir gehört. Ich hatte es – nun sagen wir: ausgeliehen. Heute bringe ich es dir zurück.»

Das Buch. Er hatte es in sein Kettenhemd eingewickelt, doch das Wasser war dennoch in den hellbraunen Einband eingedrungen – nicht zum ersten Mal. Der Foliant war verquollen, die Seiten wellten sich, und auf dem Einband befanden sich hässliche dunkelbraune Flecken.

«Schlag es auf, und lies darin!», forderte er sie auf. «Du wirst staunen.»

«Das fürchte ich auch», meinte sie kopfschüttelnd. «War es dir nicht ins Meer gefallen? Wie hast du es zurückbekommen? Du bist doch nicht etwa ...»

«Das ist eine längere Geschichte, mein Schatz.»

Er untersuchte die kleine Laterne, die er wohl in seinen Plan einbeziehen wollte, und bedauerte, dass die Kerze schon ein gutes Stück heruntergebrannt war. Marian kniete mit dem beschädigten Buch neben dem Licht nieder und öffnete es. Wie erwartet war die Schrift auseinandergelaufen und die Zeichnungen so verwaschen, dass man auf den ersten Blick kaum etwas erkennen konnte.

«Es tut mir leid, Marian», knurrte Darion, und seine Hand strich warm über ihre Schulter. «Es ist meine Schuld, ich könnte mich heute noch dafür ohrfeigen ...»

«Aber – es ist doch nichts geschehen, Darion!»

Er glaubte zuerst, sie machte einen Scherz, doch dann begriff er, dass sie die verlaufene Schrift lesen konnte. Es mussten ihre Elbenaugen sein, die mehr sahen als andere Augen. Vielleicht auch die Magie desjenigen, der dieses Buch geschrieben hatte, denn es richtete sich allein an sie, Marian, die künftige Königin.

Darion ließ sich neben der Tür nieder, den Rücken gegen den Fels gelehnt, und behielt die eiserne Pforte fest im Blick. Nur manchmal schielte er zu Marian hinüber, die mit großen ernsten Augen las, Seite um Seite wendete und manchmal mit den Lippen lautlos Worte formte. Er lächelte zufrieden. Die verflixten Windbräute hatten das Elbenbuch zwischen den verschlungenen Wurzeln der Lebensesche versteckt, er hatte mit Aladion nach seinem Kampf sozusagen darauf gesessen. Aber was zählte das jetzt noch – er hatte seinen Fehler wiedergutgemacht, das Elbenbuch war in Marians Händen, und sie konnte es sogar lesen! Wenn nur auch der zweite Teil seiner Unternehmung so glücklich enden würde! Er hatte zwar davon gehört, dass der Kairon über weite Strecken durch ein Höhlensystem floss, das begehbar war, doch er hatte nur eine vage Vorstellung, wie man dorthin gelangte. Wenn es gelang, in dieses Höhlensystem einzudringen, brauchte man nur flussaufwärts zu gehen, dann erreichte man irgendwann das Tageslicht. Oder das Mondlicht – was ihm wesentlich lieber gewesen wäre.

Der Wasserpegel in der Grotte stieg jetzt rascher an, dafür hatte das Zischen und Gurgeln aufgehört. Die Flut stand draußen schon hoch und drückte das Meerwasser in die Höhlungen des Felsens. Mit einem leisen Schwappen eroberte es Stufe um Stufe, leckte zuerst schüchtern über den Fels und zog sich wieder zurück, um gleich darauf einen neuen Anlauf zu unternehmen.

Marian erhob sich, denn schon wurden ihre Knie nass, sie schloss das Elbenbuch und legte es neben die Laterne.

«Bleib bei der der Pforte!», wies Darion sie an. «Und wenn sie kommen, halte die Laterne hoch, damit sie geblendet sind, wenn ich sie angreife!»

Sie wollte etwas einwenden, doch in diesem Augenblick knirschte ein Schlüssel im Schloss der Pforte. Darion sprang auf die Füße, stand unbeweglich, den Rücken gegen die Felswand gepresst, das Schwert in seiner Rechten. Mit einem leisen Quietschen bewegte sich die eiserne Tür nach außen, der Kopf eines Nachtschattenkriegers wurde sichtbar, und sein hämisches Grinsen brachte Darions Blut zum Kochen.

«Nun, Hoheit Marian? Habt Ihr Euch nasse Füße geholt?»

«Das nächste Mal kommen wir nicht so pünktlich ...»

«Weg mit der Laterne, verdammt! Hast du nicht gehört? Du sollst die Laterne ...»

Marian stand mit zitternden Knien da und starrte auf die Kämpfenden. Darions Schwert leistete rasche Arbeit, die Nachtschattenkrieger sanken in sich zusammen, und während ihre Geistkörper in das dunkle Meerwasser glitten, umschwammen die Wassergeister sie, berührten sie mit ihren grünlichen Fischhänden und zogen sie mit sich fort.

«Schnell!» Darion fasste Marians Hand, und sie folgte ihm in die Dunkelheit des Felsenganges, wo er sich ohne Licht orientieren konnte, sie selbst aber vollkommen blind war. Hohl hallten ihre Schritte, keuchend ging ihr Atem, in Marians Ohren dröhnte ein Pochen, das von ihrem eigenen wild klopfenden Herzen kam. Immer wieder blieb Darion stehen, dann spürte sie seinen kräftigen Arm, der sie umfasste und an die Felswand drückte, und sie wusste, dass es galt, sich vor den Bediensteten und Kriegern Gorians zu verbergen. Nur langsam gewöhnten ihre Augen sich ein wenig an die Dämmerung der Kammern und Gänge, sie sah schwarze Schatten in der grauen Düsternis, nahm Bewegungen wahr, hie und da sogar das mondblasse Gesicht eines Nachtschattens.

Der Berg musste von einem Labyrinth von Gängen durchzogen sein, in dem man jegliche Orientierung verlor. Immer wieder bogen sie um Ecken, folgten Windungen, durchquerten Kammern, in denen Tropfsteingebilde von den Decken herabhingen, die sich mit den am Boden wachsenden Säulen zu langen Stäben vereinigten.

«Hörst du?», flüsterte Darion.

Beide blieben stehen, und Marian vernahm das Brausen eines Gewässers. Der Kairon. Jener unterirdische Fluss, dessen schwarze Wogen Serenos Körper davongetragen und gegen den Fels geschmettert hatten.

«Hinter dieser Tür muss der Zugang sein.» Marian hatte keine Tür gesehen, doch Darions Nachtschattenaugen war sie nicht entgangen. Eine schwere dunkle Pforte aus dicken Eichenbrettern, uralt wie das Reich der Nachtschatten und hart wie Eisen. Darion rüttelte daran – sie war verschlossen.

«Wünsche uns Glück!», wisperte er. «Vielleicht passt er ja.»

Er hatte den Schlüssel mitgenommen, mit dem die Nachtschatten die Tür zur Grotte geöffnet hatten.

Es knackte und knirschte in dem alten Türschloss, das wohl schon lange nicht mehr benutzt worden und vollkommen verrostet war.

Darion arbeitete langsam und geduldig, versuchte es immer wieder, kam millimeterweise voran, bewegte den Schlüssel niemals mit zu viel Kraft, damit er nicht abbrach. Mit einem hässlichen Geräusch sprang der Türriegel schließlich zurück, knarrend ließ die Eichenpforte sich öffnen, dahinter tobte der Fluss durch eine enge Höhle.

«Wir haben es geschafft, Marian! Entgegen die Fließrichtung geht es in die Freiheit!»

«Da täuscht ihr euch!»

Darion fuhr herum und zog sein Schwert, doch noch in der Bewegung begriff er, dass jeder Widerstand den sicheren Tod bedeutet hätte. Sie waren von einer Schar bewaffneter Krieger umgeben, die ihnen ihre gezückten Schwerter entgegenhielten.

«Rührt ihn nicht an!», rief Marian zornig.

Gelächter aus rauen Kehlen war die Antwort.

«Wir werden ihm nichts tun, schöne Königin. Sein Leben liegt in deiner Hand!»

Kapitel 29

Unablässig trieb der Sturm die Wogen gegen den Fels, wo sie sich mit donnernden Schlägen brachen, zischend emporschossen, zu weißlicher Gischt zerstäubten. Kein Sturmvogel wagte den kühnen Flug über die tosende Brandung, dieser Ort gehörte den Windbräuten und Wassergeistern, die sich dort in wilden Tänzen miteinander vermischten.

«Gib es her!»

«Es gehört mir!»

«Es gehört niemandem!»

Kreischend balgten Sturmfrauen und Fischwesen sich um den braunen Folianten, rissen ihn sich gegenseitig aus den Fingern, schnappten und bissen, zerrten und rissen. Der Buchdeckel brach auseinander und gab die Blätter frei, weißes Pergament flatterte wie eine Schar Möwen über dem Meer, wurde von den Windbräuten umhergewirbelt, unten griffen die grünen Fischfinger der Wassernixen danach. Eine Gischtmuhme fing die braunen Buchdeckel ein und trug sie eine Weile durch die schäumende Brandung, dann langweilte das nasse Lederding sie, und sie überließ es einem Meerelf.

«Wie hübsch es fliegen konnte!»

«Wie gut es den Fischen mundete!»

«Wie schade, dass es nun kaputt ist!»

«Es hat seinen Dienst getan.»

Im großen Saal des Palastes stand Darion mit gefesselten Gliedern vor dem Herrscher der Nachtschatten. Die jungen Krieger, die ihn gefangen hatten, platzten vor Stolz. Sie hatten die beiden Flüchtlinge entdeckt, weil das helle Haar der Elbin weithin leuchtete. Zuerst hatten sie geglaubt, ein Irrlicht hätte sich in den Palast verlaufen, und vorsichtshalber Verstärkung besorgt, dann aber wäre alles ganz einfach gewesen.

«Du hast großes Glück, Darion», bemerkte Gorian spöttisch. «Deine schöne Freundin ist klug, sie wird dein Leben retten.»

«Ich rate ihr nicht dazu!», stieß Darion wütend hervor.

Die jungen Nachtschattenkrieger warfen sich empörte Blicke zu. Was für eine Respektlosigkeit! Er wagte es, dem Herrscher solch eine Antwort zu geben! Scheu sahen sie zu Gorian auf – es war so gut wie sicher, dass dieser Abtrünnige sein Leben verwirkt hatte.

«Sie wird nicht nach deinem Rat fragen, Verräter!», gab Gorian gelassen zurück.

«Was auch immer du ihr versprochen hast – du wirst sie betrügen!»

«Du kennst mich gut, Darion. Aber nicht gut genug.»

Gorians bleiche Züge blieben versteinert, nur sein Mund verzog sich, sodass seine gelblichen spitzen Zähne sichtbar wurden. Darion war vollkommen klar, dass der Herr der Nachtschatten sich in diesem Augenblick gern auf ihn gestürzt hätte, um ihn zu töten. Es wäre nicht schwer gewesen, da er gefesselt und völlig wehrlos vor ihm stand. Doch Gorian musste sich zurückhalten – Marian würde nur dann auf seine Wünsche eingehen, wenn Darion kein Härchen gekrümmt wurde.

Er war darüber tief verzweifelt, doch es gab keine Gelegenheit, mit ihr zu sprechen, da man sie gleich nach der Gefangennahme getrennt hatte. Wie konnte sie nur Gorians Wort vertrauen? Wenn sie die Quelle tatsächlich fand und sie zum Leben erweckte, würde dieser Tyrann Marian für immer und ewig unterjochen. Die Drohung, ihren Geliebten zu töten, würde sie bis in alle Ewigkeit zu Gorians Sklavin machen.

Aber wahrscheinlich fand sie die Quelle gar nicht. In diesem

Fall würde Gorian seine Wut an ihnen beiden auslassen. Darion wusste, dass er unfähig war, Marian leiden zu sehen – er würde daran zugrunde gehen.

Gorian hatte seinen Kriegern ein Zeichen gegeben, den Gefangenen fortzuführen, da er sich nicht länger mit ihm befassen wollte. Man stieß ihn rüde voran, es war klar, dass seine Bewacher zwar Order hatten, sein Leben nicht in Gefahr zu bringen, von guter Behandlung aber keine Rede sein konnte. Er hatte es nicht anders erwartet, schließlich war er nicht zum ersten Mal Gorians Kreaturen ausgeliefert.

Zu seiner Überraschung führte man ihn jedoch nicht in eines der Verließe in der Tiefe, auch nicht zur Lichtfolter oben im Berg, noch weniger in ein Gefängnis an der Felswand über der Brandung. Seine Begleiter benutzten einen der ihm wohlbekannten Hauptgänge, der in langsamen Windungen zum Ausgang hinaufführte. Der Gang war breit, etliche Kammern und Nebengänge mündeten hier, und im Vorübergehen bemerkte Darion, dass sich an mehreren Stellen Gruppen von Kriegern sammelten, die ganz offensichtlich zu irgendeiner Unternehmung abkommandiert waren. Bereitete man sich auf einen Kampf vor? Hatte Aladion seine Absicht wahr gemacht und den Palast mit seinen Kämpfern umzingelt? Würden Gorians Nachtschattenkrieger angreifen?

«Bleib stehen!» Darion erhielt einen Schlag in den Magen und brauchte ein Weilchen, bis er wieder vernünftig atmen konnte. Seine Bewacher kontrollierten derweil gleichmütig seine Fesseln, zogen die Stricke fester an, die seine Arme auf den Rücken banden, prüften, ob die Fußfesseln, die ihm erlaubten, kleine Schritte zu gehen, auch gut und sicher verknotet waren. Dann verpassten die jungen Burschen ihm ein paar harte Schläge in den Rücken, und er biss wütend die Zähne zusammen, damit ihm kein Schmerzenslaut entschlüpfte.

«Weiter! Und versuche ja nicht, dich zu verwandeln! Wir sind schneller als du.»

Sie hatten leider recht – unter Nachtschatten half die Fähigkeit der Verwandlung wenig, denn alle verfügten über die gleichen Kräfte. Man bewegte sich tatsächlich zum Ausgang des Palastes, einer schmalen Pforte, die bei Gefahr verschlossen und verriegelt werden konnte. Von dort aus führte ein Bergpfad durch die düstere Schlucht der Halbinsel bis hinüber zum Festland, wo das Felsengebirge niedriger wurde, von Wäldern und Grasland bedeckt war und endlich in der fruchtbaren Hügellandschaft auslief. Es war ein Weg, der hauptsächlich von den Bediensteten benutzt wurde, um Waren und andere Lasten aus den Dörfern in den Palast zu schaffen. Die Krieger bewegten sich hier nur selten, sie kamen und gingen in den Nächten per Flug.

Durch die Pforte am Ausgang drang fahles Licht in den Gang, das so manchem jungen Spund schon Augenschmerzen bereitete, obgleich es nur das frühe Morgenlicht war. Als Darion nun auch den Herrn der Nachtschatten in voller Rüstung unter den Kriegern erblickte, wurde ihm klar, dass er an das Nächstliegende nicht gedacht hatte. Gorian war noch nie zuvor gemeinsam mit seinen Kriegern in einen Kampf gezogen, er befehligte seine Truppen vom sicheren Palast aus, denn er hatte viel zu viel Sorge um seine eigene kostbare Person. Es ging um die Quelle. Marian musste versprochen haben, nach dem Wasser des ewigen Lebens zu suchen, und Gorian begleitete sie – beschirmt von einem großen Aufgebot seiner Krieger.

Ihn, Darion, führte man ebenfalls bei dieser Unternehmung mit, vermutlich um Marian bei passender Gelegenheit erpressen zu können.

«Was ist denn? Los, weiter! Schlaf nicht ein ...»

Er war stehen geblieben, denn in diesem Augenblick trat Marian aus einem der Seitengänge – auch sie von mehreren Kriegern begleitet. Sie schaute sich suchend nach ihm um, und als ihre Blicke sich trafen, versank Darion in der Tiefe ihrer schönen Elbenaugen. Kein Jammer und keine Verzweiflung herrschten dort, er sah grünende Täler und Bäume, die mit rosigen Blüten bedeckt waren. Was träumte sie? Worauf hoffte sie?

«Vertrau ihm nicht!», rief er ihr zu. «Tu nichts um meinetwillen, was du später bereuen würdest!»

Er fing ihr Lächeln auf, dann erhielt er einen harten Stoß mit dem Knauf des Schwertes und taumelte voran, sich mühsam den Schmerzenslaut verbeißend. Glaubte Marian wirklich, die Quelle finden zu können? Oder führte sie Gorian an der Nase herum? Wollte sie Zeit gewinnen? Ach, er wusste ja, dass sie alles Erdenkliche tun würde, um sein Leben zu retten! Ihre Liebe stellte nun auch ihrer beider Unglück dar, denn sie machte sie verletzlich und schwach.

Während man dem Bergpfad folgte, quälten ihn tausend Gedanken und Mutmaßungen. Wohin führte Marian sie? Hin und wieder ließ er seinen Blick nach oben schweifen, wo zwischen den aufsteigenden Nebeln die schwarzen Ränder der Bergschlucht sichtbar wurden. Kahl und gezackt ragte der Grat in den immer heller werdenden Morgenhimmel, hie und da sah man jetzt Vögel, die den Flug über die Schlucht wagten und die empordampfenden Nebel kreuzten. Ein Adlerpärchen war darunter, prächtige kühne Tiere, die einander auf ihrer Flugbahn immer wieder begegneten und von den boshaften Möwen eifrig belästigt wurden.

Falls Aladion seinen Plan wahr machte, bot sich ihm jetzt eine gute Gelegenheit. Gorian hatte einen großen Teil seiner Krieger vom Palast abgezogen, mit dem Rest, der noch dazu ohne Anführer war, würde der Abtrünnige leicht fertig werden. Auch er kannte den Palast und sein verwirrendes Höhlensystem – möglicherweise wusste er dort sogar besser Bescheid als Darion.

Er hörte die Nachtschattenkrieger murren, denn obgleich der Himmel nun von Wolken verhangen war, bereitete es ihnen wenig Vergnügen, bei Tag durch das Gebirge zu laufen. Sie mussten sich fügen – die Königin der Lichtelben würde den Weg keinesfalls in dunkler Nacht finden. Darion beobachtete, wie seinen Begleitern die Augen tränten, und empfand dabei eine boshafte Genugtuung. Seine eigenen Augen hatten sich inzwischen an das diesige Licht eines trüben Tages gewöhnt, aber diese Weichlinge heulten schon bei blässlichem Morgenschein.

Die Halbinsel mit den schroffen Felsen und Gorians Palast lag hinter ihnen, der lange Zug der Nachtschattenkrieger bewegte sich in westlicher Richtung über das sanft gewellte Land, durchquerte kleine Wäldchen, in denen jetzt schon die ersten lindgrünen und rostroten Blättchen leuchteten, überstieg Bachläufe, schritt durch Wiesen von frühlingshaftem Grün. Gorian gönnte ihnen keine Rast, stattdessen befahl er seinen Kriegern, die Lichtelbin Marian auf ihren Schultern zu tragen, damit man schneller vorankam.

Wie war es ihr gelungen, Gorian weiszumachen, sie wüsste den Weg zur Quelle? Der Herr der Nachtschatten musste felsenfest von dieser Tatsache überzeugt sein, sonst hätte er nicht eine solch aufwendige Unternehmung gestartet. Aber hatte Sereno nicht behauptet, der Ort, an dem die Quelle sich einst befand, wäre in dem Elbenbuch nicht beschrieben?

Und wenn er gelogen hatte, der listige Professor? Hatte er sein Wissen vor Marian geheim gehalten, weil er fürchtete, sie könnte ihm entfliehen und die Quelle allein zum Leben erwecken?

Darion verfluchte seine unglückliche Lage – wenn er doch nur mit Marian hätte sprechen können! Sie sollte wissen, dass er den Tod nicht fürchtete. Lieber wollte er sterben, als mitanzusehen, wie Gorian sie um seinetwillen demütigte!

Erst um die Mittagszeit, als einige der Nachtschattenkrieger schon halbblind vorantaumelten, ordnete Gorian eine kurze Rast in einem schattigen Tannenwäldchen an. Dann führte Marian sie durch ein breites Tal, vorbei an mehreren Dörfern der Menschen, die den Zug der Nachtschatten nicht sehen konnten und die junge Fremde erstaunt anglotzten, die anscheinend vollkommen allein ihres Weges zog.

«Weiß eigentlich jemand, wohin wir laufen?», murrte einer der Krieger in Darions Nähe.

«Seit still!», flüsterte ein anderer.

«Der Herr der Nachtschatten wird es wissen. Das reicht.»

«Aber es ist die verdammte Lichtelbin, die den Weg vorgibt!»

«Das wird seinen Grund haben.»

«Es ist nicht die Lichtelbin. Es ist das Amulett, das sie um ihren Hals trägt.»

«Irgendein Zauber wird es sein. Der Herr der Nachtschatten wird ihn bannen.»

«Hoffentlich tut er es bald! Meine Augen ...»

«Ruhe! Wollt ihr, dass sie uns melden?»

Jetzt hatte Darion Gewissheit. Natürlich! Das Amulett der Elbenkönigin enthielt einige Tropfen der versiegten Quelle, und dieses Wasser strebte zu dem Ort, an dem es einst geflossen war. Dieses Geheimnis musste im Elbenbuch gestanden haben, und Sereno, dieser misstrauische Gauner, hatte es gewusst, wollte es Marian aber wohl erst im letzten Moment sagen.

Gegen Abend erreichten sie jenes Gebirge, in dem die Schlacht zwischen Aladions und Gorians Kriegern stattgefunden hatte. Hier in dieser Gegend – so hatte Sereno behauptet – müsste man nach der Quelle forschen.

Gorian war vorsichtig, er schickte mehrere Spähtrupps aus, um herauszufinden, ob Aladion sich noch in der Nähe aufhielt, und erst als ihm gemeldet wurde, man hätte niemanden entdecken können, befahl er, weiterzuziehen. Seine Krieger waren den ganzen Tag über marschiert, dennoch war ihnen kaum Erschöpfung anzumerken, zumal jetzt das Tageslicht schwand und die anbrechende Dämmerung ihnen frische Kräfte bescherte. Die Stimmung der Nachtschatten hob sich, aus irgendeinem Grund schienen alle das Gefühl zu haben, sich dicht vor dem Ziel zu befinden.

Vielleicht lag es daran, dass Marian einige Male ihre Stimme hören ließ, und selbst die spöttischen Krieger Gorians hoben die Köpfe und lauschten andachtsvoll dem süßen Klang. Wie ein silberner Fluss durchzog ihr Lied den Wald, malte zarte Lichtstreifen in die Dämmerung und vergoldete die rötlichen Knospen der Eichen. Auch Darion war wie verzaubert und glaubte, zwischen den Bäumen und im Dickicht kleine Lichter zu erblicken, als hätte dort jemand eine Kerze aufgestellt. Wenn er jedoch die Stelle genauer ins Auge fasste, schwand das Licht, und es blieb nur ein grauer oder brauner Schatten. Es war schwer zu erkennen, weil die Lichtlein, so klein sie auch waren, die Augen der Nachtschatten dennoch unangenehm blendeten. Darion war bald davon überzeugt, dass es sich bei diesen Erscheinungen um Waldgeister handeln musste, möglicherweise Gnome oder Baumelfen, die den Zug der Nachtschatten durch ihr Reich mit Misstrauen verfolgten. Angreifen würden diese Naturwesen sie ganz sicher nicht, gegen die mächtigen gut bewaffneten Nachtschatten waren sie machtlos.

Die Zeit verrann, doch die Abenddämmerung wollte nicht in nächtliche Finsternis übergehen. Immer wieder zeigte sich der volle Mond zwischen den Wolken und tauchte die Landschaft in sein blasses, milchiges Licht. Der Zug der Krieger hatte den Wald verlassen und folgte jetzt einer von Gräsern und Büschen fast zugewucherten Rinne, die nur die glatt gewaschenen Steine und Kiesel als Bachbett zu erkennen gaben. Der ausgetrocknete Bachlauf führte sie in ein schmales Seitental, von hohen

Felswänden umgeben, das die Nachtschattenkrieger mit Unbehagen betraten. Darion konnte sie gut verstehen – falls am anderen Ende dieses Tälchens kein Weiterkommen war, saß Gorian mit seinen Kriegern hier in der Falle.

Das Tal mutete selbst den Nachtschattenkriegern gespenstisch an. Tote Baumgerippe ragten empor, reckten den Ankommenden ihre bleichenden Zweige wie dürre Arme entgegen, und ihre schwarzen Mondschatten verdoppelten die Zahl der insektenhaften Ungeheuer. Das verdorrte Holz moderte nicht, es wuchs weder Moos noch Gras darüber, auch schien es keinerlei Getier als Unterschlupf zu dienen.

«Was für ein widerwärtiger Ort!», murmelte jemand dicht neben Darion.

«Hoffentlich sind wir bald hindurch!»

Es war nicht einfach, sich zwischen den abgestorbenen Bäumen zu bewegen, denn die Äste verhakten sich in den Kettenhemden der Krieger. Viele zogen ihre Schwerter, um sich den Weg frei zu schlagen, doch das tote Holz erwies sich als eisenhart, und wo es doch gelang, ein Stück abzuhauen, quoll eine Flüssigkeit rot wie Blut aus der Wunde.

Darion hatte Mühe, zu laufen, da die Stricke an seinen Fußgelenken ihm hinderlich waren. Immer wieder erhielt er zornige Stöße und Tritte von seinen ungeduldigen Bewachern, als er jedoch stürzte, fingen ihn die Äste auf, ohne ihn zu verletzen.

Man hatte sich bereits eine gute Weile durch das störrische Holz gekämpft, da kam der Zug ins Stocken.

«Was ist los?»

«Das Tal endet dort bei der Felswand.»

«Das war doch schon längst zu vermuten.»

«Ruhe!»

«Bringt den Gefangenen vor den Herrn der Nachtschatten!»

Man stieß Darion voran, fluchte über seine Langsamkeit,

konnte nicht begreifen, weshalb die verdammten Äste ihn ganz offensichtlich verschonten, während einige der Krieger bereits Löcher in ihren Kettenhemden davongetragen hatten.

Das Tal wurde von einem gewaltigen Felsblock verschlossen, ein heller Stein, der im Mondlicht schwach glitzerte und einigen der Nachtschatten Augenschmerzen bescherte. Gorian erwartete seinen Gefangenen dicht vor dem Felsen stehend, von seinen Getreuen umgeben, sein bleiches Gesicht leuchtete im Mondschein wie frischer Schnee.

«Haltet ihn gut fest!»

Jetzt erst, da die Krieger auf Gorians Befehl zurücktraten, erblickte Darion Marian. Sie stand ruhig vor dem schimmernden Fels, sah an der steilen Wand hinauf und lächelte, weil der runde Mond direkt über ihnen stand. Dann ging sie mit langsamen Schritten zu der Felswand und berührte sie mit der ausgestreckten Hand. Ein Licht ging von ihr aus und erfüllte den Stein, brachte ihn zum Leuchten, und im gleichen Augenblick blinkten überall im Tal zwischen den toten Baumästen Tausende von winzigen Feuern.

Den Nachtschatten erschien dies bedenklich, man vernahm Gemurmel, es wäre besser dieses verfluchte Tal zu verlassen, weil es hier nicht geheuer wäre. Doch eine einzige Armbewegung des Herrschers ließ sie verstummen.

«Hier also?», fragte Gorian, und seine Stimme zitterte vor Ungeduld.

«Hier an dieser Stelle», gab Marian ruhig zurück.

«Wenn du mich betrügst, Elbin, wird dein Geliebter es zu spüren bekommen!»

Sie hob den Kopf, in ihrem Lächeln lag unendliche Verachtung. Darion erschien sie jetzt fremd, als hätte er sie nie gekannt, als hätte sie niemals in seinen Armen gelegen und ihm ihre Liebe gestanden. Sie war die Königin der Lichtelben, ein Wesen voller

Kraft und Hoheit, die rechtmäßige Nachfolgerin Eolins.

«Ich betrüge dich nicht, Gorian. In diesen Felsen ist die Quelle des ewigen Lebens eingeschlossen.»

Sie zog das Amulett unter dem Mantel hervor, und die Nachtschattenkrieger zischten erschrocken, denn die kleine Phiole verbreitete einen feurigen Schein.

Gorians kleine dunkle Augen überflogen die Schar seiner Krieger, und alle wussten, dass jedes Zeichen von Sorge oder gar Angst eine strenge Strafe nach sich ziehen würde. Man stand schweigend, wartete, was geschehen würde.

«Wenn du unsere Abmachung einhältst, Elbin, dann siehst du und dein Volk einer glücklichen Zeit entgegen.»

«Gewiss.»

«Versuchst du aber, mir das meine vorzuenthalten, dann wird dein Geliebter eine Verwundung erleiden, die euer Liebesglück für immer trüben wird. Bedenke, dass die Schwerter meiner Krieger auf ihn gerichtet sind!»

«Ich sehe es, Herr der Nachtschatten.» Sie sprach leise und sah Gorian dabei ins Gesicht, doch er war nicht in der Lage, den Blick der hellen Elbenaugen zu erwidern. Mit einem ärgerlichen Zischen wandte er sich ab, trat ein Stück von der hell schimmernden Felswand zurück und hob seinen Arm.

«Beginne!», rief er laut und herrisch.

Ein helles Lachen war die Antwort. Es flirrte durch das dämmrige Tal, schien sich in blitzendes Licht zu verwandeln und wurde von den Felswänden tausendfach zurückgeworfen. Darion sah, wie die Schwerter in den Händen seiner Bewacher zu zittern begannen, und auch er selbst wurde von der Magie der Klänge und Lichter erfasst. Die Windbräute hatten ihm die Wahrheit gesagt, die er nicht hatte glauben wollen. Es war das Elbenbuch, das Marian die Kraft verlieh, ihren Auftrag zu erfüllen.

Sie warf den Kopf in den Nacken, als sie die ersten Töne sang, denn sie galten dem Fels, der dieses Lied seit Jahrhunderten nicht mehr vernommen hatte. Woher kannte sie die Melodie? Sie sang eine Weise, die tief aus ihrem Inneren aufstieg – das Lied der Elbenkönigin, das Eolin einst gesungen hatte. Wie ein silberner Fluss strömte es durch das Tal, brachte den starren Fels zum Klingen, ließ ihn zittern und vibrieren, bis er endlich mit lautem Getöse auseinanderbrach. Ein tiefer Riss zog sich von oben bis unten durch den Stein, und aus dem Spalt schoss schäumend das klare Bergwasser hervor.

Gorian hatte das Geschehen voller Spannung verfolgt, jetzt stürzte er sich gierig auf den Quell, um mit beiden Händen daraus zu schöpfen. Doch Marian trat ihm mit ausgebreiteten Armen in den Weg.

«Diese Quelle gehört meinem Volk!», rief sie laut. «Sie werden die Ersten sein, die davon trinken!»

«Deinem Volk?», lachte Gorian höhnisch. «Du hast kein Volk, Elbin. Es gibt keine Lichtelben mehr, nur ein paar jämmerliche Gestalten, die sich als Menschen verkleidet haben und so meinen Kriegern entkamen ...»

«Du täuschst dich, Herr der Nachtschatten!»

Plötzlich war das Tal von hellem Licht erfüllt. Das Wasser des Lebens hatte sich seinen Weg durch das ausgetrocknete Bachbett gesucht, und die Wesen, die davon tranken, verwandelten sich. Aus den traurigen, mutlosen Elben, die ihrer Königin gefolgt waren, wurden wieder jene Krieger, die in grauer Vorzeit der Schrecken der Nachtschatten gewesen waren. Pfeile zuckten wie Blitze durch das Tal, Speere flogen, schlanke Krieger hielten hell schimmernde Schwerter in ihren Händen. Ein feuriger Lichtblitz traf Darions gefesselte Arme, schnitt die Stricke durch und schützte ihn zugleich vor seinen Bewachern.

«Verräterin!», kreischte Gorian. «Verfahrt mit dem Gefangenen, wie ich befohlen habe!»

Doch die Nachtschattenkrieger waren nicht in der Lage, den Befehl ihres Herrn auszuführen. Ein wütender Kampf war entbrannt, immer neue Lichtelben erstanden wie durch Zauberei, sie stiegen von den Felswänden herab, drängten aus dem Hintergrund des Tales heran. Auch die toten Bäume belebten sich, richteten sich auf, und an ihren Zweigen sprossen grüne Blätter. Aus den belaubten Ästen wanden sich junge Elben, ihre Körper leuchteten wie Flammen, und sie zögerten nicht, sich in den Kampf zu stürzen.

Gorian begriff nun endlich, dass seine Krieger im Nachteil waren, und stürzte sich in blinder Wut auf die junge Königin der Lichtelben.

«Stirb!», kreischte er. «Lieber soll niemand die Quelle besitzen, als dass ich sie den Lichtelben lasse!»

Es war Darions Stunde, der Moment, da er Marians Leben retten und ihr seine Treue beweisen konnte. Und es war die lang ersehnte Rache an dem Herrn der Nachtschatten, der ihm schon so vieles angetan hatte. Gorian fiel, von seinem eigenen Schwert getroffen, das Darion ihm entwand und noch während der Herr der Nachtschatten sein Leben aushauchte, zerrten die Windischen seinen Körper in die Luft empor.

Kapitel 30

«Nun geh schon!», hatte Aladion zu ihm gesagt. «Weshalb stellst du dich so an?»

Darion hatte sich schweigend abgewandt. Wie kam Aladion dazu, ihm diesen Weg zuzumuten? Zu ihr, die doch nun eine ganz andere war. Unerreichbar, die Herrin ihres Volkes, die Königin der Lichtelben. Was sollte sie wohl mit einem Nachtschattenkrieger anfangen? Sie würde einen Lichtelben zu ihrem König erwählen, einen jener schlanken jungen Krieger, die sie von dem jahrhundertealten Bann erlöst hatte. Sie musste es tun, sie war es ihrem Volk schuldig.

«Es kann keinen besseren Unterhändler als dich geben, Darion!», hatte Aladion ihn bedrängt. «Wir wollen einen dauerhaften Frieden begründen, das wird sowohl den Lichtelben als auch den Nachtschatten von Nutzen sein. Nimm dich, verdammt noch mal, zusammen, und vergiss deine persönlichen Geschichten! Es geht um eine wichtige Sache.»

«Geh selbst!», hatte Darion geknurrt.

Es war eine überflüssige Retourkutsche, denn er wusste recht gut, dass Aladion nicht abkömmlich war. Der Alte hatte tatsächlich den Palast angegriffen und ihn in Gorians Abwesenheit ohne viel Mühe erobert. Einige Wassermänner und Gnome waren durch das Höhlensystem des Kairon in die unterirdischen Gänge eingedrungen, hatten sich dort bis hinauf zum Eingang durchgeschlagen und den Kameraden die Pforte geöffnet. Der Rest war einfach gewesen – die zurückgebliebenen Krieger und Frauen im Palast leisteten nur wenig Widerstand. Aladions Sieg zog eine Reihe von schwierigen Verhandlungen nach sich, denn seine Verbündeten, die Gnome, Wassergeister und Zwerge, stellten heftige Forderungen an den neuen Herrn der Nachtschatten. Auch war er beschäftigt, die jungen Krieger, die die Elbenschlacht überlebt hatten, auf sich einzuschwören.

Darion hatte sich schließlich zu der Mission bereiterklärt, lehnte aber jede Begleitung ab. Er brauchte niemanden, der ihn schützte, auch keinen, der mit ihm unterwegs belanglose Gespräche führte. Auch nachdem Aladion nun die Herrschaft über die Nachtschatten übernommen hatte, fühlte Darion sich fremd unter seinesgleichen. Er war entschlossen, diesen Auftrag zu erfüllen, der ihm gut und wichtig erschien. Danach würde er allein seines Weges ziehen, um irgendwo seinen Frieden zu finden.

Es waren vier Wochen vergangen, seitdem Marian die Quelle des ewigen Lebens erweckt und Gorian sein Ende gefunden hatte. Inzwischen war der Frühling ins Land gezogen, die Wiesen und Wälder hatten sich mit jungem Grün geschmückt, und in der Nacht zog der bittersüße Duft der Bluten über die Erde. Selbst die unberechenbaren Windbräute zeigten sich sanfter, trugen laue Winde von Süden herbei und trieben sich gern mit Wassermännern und Erdgeistern herum.

Darion reiste während der frühen Morgenstunden, doch der Flug über Gebirge und Täler bereitete ihm wenig Vergnügen. Der warme frühlingshafte Geruch, der von der Erde aufstieg, störte ihn, dazu ging ihm das Gekeife der Windischen auf die Nerven, und selbst das fröhliche Spiel eines Fuchspärchens am Waldrand veranlasste ihn, einen Umweg zu fliegen.

Das Gebiet, das nun zum Reich der Lichtelben gehörte, war ziemlich groß. Es lebten dort jedoch auch andere Wesen, wie Zwerge und Waldgeister, die sich friedlich mit den Elben geeinigt hatten. Gerüchten zufolge hatte auch Marian Verhandlungen geführt und Verträge geschlossen, zugleich aber die

Grenzen ihres Reiches in das bisherige Gebiet der Nachtschatten ausgedehnt. Sie konnte das tun, weil ihr eine große Anzahl von Elbenkriegern und auch kriegerischen Elbinnen zur Verfügung stand, eine Armee von Lichtgestalten, denen weder die Nachtschatten noch andere Wesen gewachsen waren.

Man hatte auch berichtet, dass die neue Königin das grün schillernde Gewand der Lichtelben trüge und mit Bogen und Speer bewaffnet wäre. Frauen und Männer aus dem Volk der Lichtelben bildeten ihr Gefolge, darunter auch viele junge Krieger, die ihrer Herrin mit Leib und Leben ergeben wären. Darion war sich nicht sicher, ob er das glauben konnte, doch er hatte Marian seit dem Elbenkampf nicht mehr gesehen. Gewiss, er hatte ihr Leben gerettet und Gorian getötet. Dann aber hatte er in den Kampf eingegriffen, um zu verhüten, dass die aufgebrachten Lichtelben alle Nachtschatten mitleidlos niedermetzelten. Er hatte den Rückzug organisiert und die Überlebenden zum Palast zurückgeführt, wo sie sich Aladion bereitwillig unterwarfen.

Unweit des Gebirges, in dem sich die Quelle des ewigen Lebens befand, fingen mehrere Elbenkrieger ihn ab, die ihn trotz seiner Verwandlung und der frühen Morgendämmerung erkannt hatten. Er hatte jedoch Glück, denn es stellte sich heraus, dass einer von ihnen Hausdiener in Maygarden gewesen war. Er kannte den Nachtschatten Darion und nannte ihn sogar «Freund und Beschützer der Königin».

Welch ein Ehrentitel!, dachte Darion verbittert, während er sich dem Tal näherte. *Vielleicht werden sie mir sogar die Stelle des getreuen Paladin der Königin anbieten? Warum nicht? Manche Herrscher lieben es, ihren Hof mit exotischen Wesen zu schmücken. Ein zahmer Nachtschatten macht sich vielleicht nicht schlecht am Hof der Elbenkönigin ...*

Als er das Tal erreicht hatte, nahm er seine gewohnte Gestalt an, und der Spott verging ihm. Man hatte allerlei Wunderdinge über dieses Tal berichtet, dennoch war er verblüfft über das, was er zu sehen bekam. Die vormals abgestorbenen Bäume waren zu gewaltigen Riesen gewachsen und mit dichtem Laub bedeckt, zwischen ihnen wucherte blühendes Buschwerk, in dem reges Leben herrschte. Die Tiere des Waldes schienen dort eingezogen zu sein, denn er bemerkte Rehe und Füchse, Eichhörnchen liefen an den Stämmen auf und ab, der Klang der Vogelstimmen erfüllte seine Ohren. Als er nun langsam und vorsichtig in den Wald eindrang, umfing ihn bald grünliches Dämmerlicht, eine Labsal für seine Nachtschattenaugen. Das Volk der Elben war fleißig gewesen, sie hatten sich in Hügeln und zwischen den mächtigen Baumwurzeln angesiedelt, die meisten aber schienen in den Ästen der Bäume Quartier bezogen zu haben, denn er entdeckte Leitern und Schlingen.

«Ein Nachtschatten!», rief eine helle Stimme.

«Vertreibt ihn!»

«Er hat hier nichts zu suchen!»

«Da hast du!»

Glänzende Gesichter zeigten sich zwischen dem Laub, grinsten, feixten, verschwanden wieder. Pfeile trafen seinen Kettenpanzer, waren jedoch zu schwach, um einzudringen. Lästiger waren die Kieselsteine, die nun auf ihn herunterprasselten. Er musste den Kopf mit seinen Händen schützen, dann aber stieg er blitzschnell eine Strickleiter hinauf und griff sich eines der kleinen Bürschlein.

«Hört auf mit dem Quatsch – ich komme als Unterhändler!», brummte er und schüttelte den Knaben gelinde. «Wo finde ich die Königin?»

«Als Unterhändler?»

«Weißt du nicht, was das ist?»

«Doch ... schon ... aber du bist doch ein Nachtschatten.»

«Kluger Kerl!»

Der Elbenknabe drehte mühsam den Kopf und betrachtete seinen Bezwinger mit eng zusammengekniffenen Augen.

«Bist du vielleicht Darion?»

«Allerdings», gab dieser verwundert zurück. Wie es schien, stellte er eine Art Berühmtheit im Reich der Lichtelben dar. Sogar die Kinder kannten seinen Namen.

Der Kleine grinste begeistert und deutete mit dem Finger in die grüne Dämmerung des Waldes hinein.

«Ihr Palast ist dort. In der großen Eiche, die bis an den Himmel wächst.»

«Aha ...»

Der Kleine schüttelte sich wie ein junger Hund, als Darion ihn aus seinem Griff entließ. Er brachte sich mit einigen Sprüngen in Sicherheit, dann konnte er es nicht lassen.

«He, Darion?»

«Was gibt's, Grünling?»

«Sei vorsichtig, wenn du dorthin gehst!»

«Warum?»

«Unsere Königin ist wunderschön!»

Damit war er zwischen dem dichten Eichenlaub verschwunden. Darion lächelte – er wusste nur zu gut, wie recht der Kleine hatte. Ja, er musste vorsichtig sein. Sein Herz in beide Hände nehmen. Er würde stark sein und ihr den Abschied leicht machen. Auch das war ein Gebot der Liebe.

Die Dämmerung erleichterte ihm die Sicht, bald erblickte er mehrere junge Elbenkrieger, die als Wächter auf den unteren Zweigen einer mächtigen Eiche hockten.

«Ich komme als Unterhändler von Aladion, dem Herrn der Nachtschatten.»

«Das ist Darion!»

«Na endlich! Wir warten schon eine ganze Weile auf dich.»

«Leg dein Schwert ab, bevor du hinaufsteigst!»

Der Nachrichtendienst der Lichtelben musste großartig arbeiten, wenn man sogar schon auf ihn wartete. Er ärgerte sich ein wenig über das schwere Kettenhemd, das ihn beim Klettern störte, denn er bemühte sich, es den leichtfüßigen Elbenkriegern gleichzutun. Oben in den Wipfeln blitzte das Morgenlicht durch das Laub, und er musste ein paarmal die Augen schließen. Dann erblickte er dicht vor sich den Eingang zum Thronsaal der Elbenkönigin.

Er schien in den schrundigen Stamm der Eiche hineinzuführen, doch als er eintrat, öffnete sich vor ihm ein ausgedehnter runder Raum, der unmöglich im Eichenstamm Platz haben konnte. Und doch bestand der Fußboden aus poliertem glänzenden Eichenholz, und auch die Wände, die von gründenden Ästen überwuchert wurden, schienen das Innere einer Baumhöhle zu bilden. Fensteröffnungen reihten sich aneinander, von Blattwerk umrankt, in denen das Licht spielte. Von hier aus blickte die Königin weit über die Landschaft bis an die Grenzen ihres Reiches. Auf der östlichen Seite, wo sich jetzt die Sonne erhob, blitzten in der Ferne die Wellen des Meeres. Darion war so versunken in den Anblick dieses verzauberten, fremdartigen Ortes, dass er beim Klang ihrer Stimme erschrocken zusammenfuhr.

«Darion! Wie lange hast du mich warten lassen!»

Er verharrte einen Augenblick mit dem Rücken zu ihr, denn er musste sich wappnen, um ihren Anblick ertragen zu können. Wie froh ihre Stimme klang! Das Unvermeidliche schien ihr leicht zu fallen – da wollte auch er nicht nachstehen.

«Herrin», begann er, sich zu ihr umwendend, und musste sich gleich darauf räuspern. «Ich komme zu Euch im Auftrag von Aladion, dem Herrscher der Nachtschatten.»

Man hatte ihm die Wahrheit berichtet. Die Königin trug das schimmernde hellgrüne Kleid der Elben, das sich eng an ihren Körper schmiegte und ihre bloßen Füße unbedeckt ließ. Ihr offenes Haar glänzte wie ein Geflecht aus feinen Silberfäden, ihr Lächeln war hoheitsvoll, wie es einer Königin anstand, wenn auch etwas verschmitzt.

«Seid mir willkommen, Unterhändler!», grüßte Marian mit nunmehr ernster Miene. «Aladion ist ein kluger Herrscher, der seine Macht einzuschätzen weiß. Ich denke, wir werden uns einigen.»

«Das ... das denke ich auch.»

Darion hatte eigentlich erwartet, sie inmitten ihres Hofstaates anzutreffen, doch ganz offensichtlich war sie allein. Zumindest für den Moment.

«Lasst Eure Vorschläge hören, Unterhändler ...»

Sie winkte ihn zu einer hölzernen Bank, die mit weichen Graspolstern belegt war und die er bisher übersehen haben musste. Auch der runde Tisch aus schön gemasertem Wurzelholz war ihm nicht aufgefallen. Es musste an seinen Augen liegen, dass er diese elbischen Dinge nicht gleich erkennen konnte.

Marian setzte sich neben ihn, lehnte ihren Rücken bequem gegen die belaubte Wand und hörte ihm aufmerksam zu. Immer wieder spürte er den prüfenden Blick ihrer Elbenaugen, die jetzt in allen Grüntönen schimmerten, so wie die Hügel und Täler im Frühling. Darion musste sich zusammennehmen, um nicht irgendwelchen Unsinn zu reden, denn ihre Nähe, ihre Blicke und der zarte Duft ihrer Haut wollten ihm den Verstand rauben.

«Das gefällt mir», stimmte sie zu, als er zu Ende gesprochen hatte. «Ich habe nur noch einige wenige Anmerkungen dazu, die Aladion gewiss gutheißen wird. Wir werden einen Vertrag aufsetzen und einen Boten zu ihm schicken ...»

Ihr Lächeln war harmlos und zugleich ungeheuer verführerisch. Darion schluckte und versuchte, die Aufregung zu verbergen, die sie in seinem Körper anrichtete. Das Elbengewand zeichnete die Form ihrer Brüste nach, den flachen Bauch, den kleinen Hügel im Dreieck ihrer Weiblichkeit. Unfassbar, dass sie solch ein Gewand inmitten ihres Hofstaats trug, in Gegenwart dieser jungen Elbenkrieger, die ganz sicher allesamt verrückt nach ihr waren ...

«Ist Euch vielleicht zu heiß, Unterhändler?»

Er riss sich zusammen. Marian sollte nicht bemerken, dass er vor Sehnsucht und Eifersucht verging. Aber er war ärgerlich darüber, dass sie ihn herausforderte.

«Keineswegs, Herrin. Ich denke nur, dass wir keinen Boten benötigen, denn ich selbst werde den Vertrag zu Aladion bringen.»

Ihre Lider senkten sich ein wenig, sie blitzte ihn mit schmalen Augen zornig an.

«Das wirst du nicht tun, Darion!»

«Wieso nicht?»

«Weil du hier in meinem Reich bleiben wirst!»

Er begriff nichts mehr. Was wollte sie? Ihn als ihren Geliebten behalten? Während sie einen jungen Elben zum König mach te? Bildete sie sich etwa ein, er würde sich zu solch einer Rolle hergeben?

«Nein, Marian», widersprach er leise und bekümmert. «Ich werde dein Reich verlassen, und du wirst mich nicht halten können. Meine Liebe zu dir ist nicht teilbar. Ich will dich ganz und gar besitzen oder dich für immer aufgeben.»

«Mich aufgeben?!», rief sie laut und voller Entsetzen aus.

Sie fuhr von ihrem Sitz auf, und während sie durch den Saal eilte, wehte das Elbenkleid wie ein Schleier um ihren Körper. Als sie dann jedoch vor ihm stehen blieb, legte sich das Gewand wieder dicht um ihren Leib.

«Du kannst mich nicht aufgeben, Darion», sagte sie leise und zärtlich. «Du hast eine Elbin geküsst – und das nicht nur ein

Mal. Du gehörst mir sieben Jahre lang für jeden Kuss, und ich werde auf keinen Tag und keine Minute, nicht auf eine Sekunde dieser Zeit verzichten. Weißt du nicht, wie sehnsüchtig ich auf dich gewartet habe?»

«Marian», flüsterte er gerührt. «Marian, es ist doch nicht ...»

«Schweig!», gab sie sanft zurück und kniete vor ihm nieder. «Ich habe all meine Krieger angewiesen, nach dir Ausschau zu halten. Ich bin selbst immer wieder durch den Wald und über die Wiesen gelaufen, um dich zu empfangen, wenn du zu mir kommst. Denn ich wusste ja, du würdest kommen. Deine Liebe würde dich zu mir tragen ...»

Er wehrte sich verzweifelt, doch der Sog ihrer schönen Augen war zu stark. Er gab nach und versank in einer Welt zärtlicher Versprechungen und verbotener Lust.

«Meine Liebe wird immer dir gehören, Marian ...»

Sie schlang ihre Arme um seinen Nacken, ihr weicher Mund näherte sich, sein Puls raste – wie sollte er gegen diese Versuchung ankommen?

«Ich nehme deine Liebe und gebe dir dafür mein Königreich, Darion», erklärte sie, und ihr Mund berührte dabei fast seine Lippen. «Eine Lichtelbin nimmt einen Nachtschatten zum Gemahl – was hätte die große Eolin wohl dazu gesagt?»

Sie kicherte, und noch während Darion sie küsste, spürte er, wie ihr Körper unter einem kleinen Lachen zitterte.

«Das willst du wirklich tun? Aber ... was werden deine Untertanen dazu sagen?»

Ihr Körper straffte sich für einen Moment, und der Blick, mit dem sie ihn streifte, war der einer Königin.

«Ich bin die Herrin und spende das ewige Leben. Ich sorge für alle Wesen in meinem Reich und gebe ihnen, was sie benötigen. Ich wähle mir auch den Gemahl, der mir gefällt. Und der bist du, Darion. Mein Beschützer und mein Freund. Mein starker

Paladin und mein Herr, dem ich dienen will mit allen meinen Sinnen.»

Der Rausch überkam ihn jetzt so gewaltig, dass er nicht einmal mehr wusste, wie sie beide auf das breite Lager aus Gras und duftenden Blüten geraten waren. Aber seine Augen würden sich schon bald an solche Elbentricks gewöhnen, ebenso wie an die grünliche Dämmerung des Waldes, in dem er nun mit Marian leben würde.

Ende

REZENSIONEN:

«Liebe, Sex, Intrigen ... Äußerst anregend!» Orkus

«Romantik-Fans wie Krimiliebhaber kommen auf ihre Kosten. Julie Kenner aka J.K. Beck überzeugt auf ganzer Linie!» necroweb.de

DER RUF DES BLUTES
JULIE KENNER schreibt als J.K. BECK

Taschenbuch
12 x 18 cm, 384 Seiten
ISBN: 978-3-939239-28-4
12,95 Euro (D + A)

DER RUF DES BLUTES
J. K. BECK

Staatsanwältin Sara Constantine ist Feuer und Flamme über ihre jüngste Beförderung – bis sie herausfindet, dass sie nun Vampire und Werwölfe strafrechtlich verfolgen muss. Der erste Angeklagte, den sie hinter Gitter bringen soll, ist Lucius Dragos, just der sexy Unbekannte, mit dem sie kürzlich eine heiße Nacht erlebte.
Als Lucius die schöne Dame neben ihm in der Bar küsst, hofft er eigentlich nur darauf, dem Mann nicht aufzufallen, den er töten soll. Aber was mit diesem ersten Kuss beginnt, wird zur alles verschlingenden Leidenschaft.
Des Mordes angeklagt weiß Lucius, dass Sara, seine Anklägerin, gleichzeitig seine letzte Hoffnung ist ...